中国古代名著全本译注丛书

闲情偶寄

译注

［清］李 渔 著

孙敏强 译注

图书在版编目（CIP）数据

闲情偶寄译注 /（清）李渔著；孙敏强译注. —上海：上海古籍出版社，2019.4
（中国古代名著全本译注丛书）
ISBN 978-7-5325-9164-0

Ⅰ. ①闲⋯　Ⅱ. ①李⋯　②孙⋯　Ⅲ. ①杂文集-中国-清代②《闲情偶寄》-译文③《闲情偶寄》-注释
Ⅳ. ①I264.9

中国版本图书馆CIP数据核字（2019）第053773号

中国古代名著全本译注丛书
闲情偶寄译注
［清］李　渔　著
孙敏强　译注
上海古籍出版社出版发行
（上海瑞金二路272号　邮政编码200020）
（1）网址：www.guji.com.cn
（2）E-mail：guji1@guji.com.cn
（3）易文网网址：www.ewen.co
江阴金马印刷有限公司印刷
开本890×1240　1/32　印张23.375　插页5　字数838,000
2019年4月第1版　2019年4月第1次印刷
印数：1—4,100
ISBN 978-7-5325-9164-0

I·3366　定价：82.00元
如发生质量问题，请与承印公司联系

前　言

　　李渔的《闲情偶寄》是清代最具代表性的小品文著作之一。全书处处体现着作者对生活的热爱、对美的捕捉，以及对艺术与人生的丰富体验与深切理解。李渔不仅在戏曲、小说和散文创作上颇有建树，而且在叙事艺术和园林艺术理论与实践方面都有不凡的作为。这部有关艺术和生活的百科全书式的著作，由李渔这样一位才情横溢、百科全书式的传奇人物写来，自然是驾轻就熟的，而我们观者读来，也颇感愉快轻松。当然，正如书中所言，李渔"播迁四方"，"四海为家"，身处易代之际，能有如此作为，实属不易。独特的人生际遇，对自然与人生的热爱与广泛兴趣，和在文艺创作及理论方面的别有会心与卓越实践，这一切，使《闲情偶寄》别具特色，问世以来，一直受到人们的关注和喜爱。

　　李渔（1610—1680），字笠鸿，又字谪凡。后号笠翁、湖上笠翁。浙江兰溪下李人，出生于江苏如皋。父辈经营药材生意，家资颇为殷实。但到他十九岁时，父亲去世，家道中落。他曾不得已变卖家产来维持生计。他在明末曾考中秀才，后来乡试却屡屡名落孙山。大明覆亡，南明的存在亦如昙花一现，兵荒马乱，生灵涂炭，"扬州十日"，"嘉定三屠"，江南富庶之地屡遭荼毒。当此之时，李渔是怎样的心理反应，我们不得而知，也无从得知。所可知者，如在《闲情偶寄·饮馔部·肉食第三》谈"鳖"一节中，他说到自己的亲身经历："至于甲申、乙酉之变，予虽避兵山中，然亦有时入郭，其至幸者，才徙家而家焚，甫出城而城陷，其出生于死，皆在斯须倏忽之间。噫！予何修而得此于天哉？报施无地，有强为善而已矣。"其所历之惊险，主观之感受，乃至惴惴不安的心魂，虽然其间表达十分含蓄，却溢于言表。明亡以后，清廷于顺治十五年（1658）首开乡试，李渔却终其一生，未曾应试，这也是一种态度的体现吧。

　　顺治八年（1651），李渔迁居杭州，开始了他作家、书商兼剧团老板的生涯。李渔可以说是中国古代较早而典型的一位职业文人。鼎革之际，战乱以后，生存下来，养家糊口，应该是他所要优先考虑的课题。大约在康熙元年（1662），李渔移家金陵。他在此营建别业，取佛经芥子纳须弥之意（《维摩诘所说经·不思议品》），名之为芥子园。他还开办芥子园书铺，刊行了许多小说、剧本，包括他自己的不少作品，很受读者欢迎。此外，李渔还编印过《笠翁诗韵》、《古今史略》、《资治新书》等。芥子园书铺刊印的书画尤为精致，其中《芥子园画谱》（初集）最为著名。其所印制的笺简也十分精巧新颖，畅销于一时。在杭州、南京期间，他与吴伟业、尤侗和"西泠十子"等诸名士交游，从事小说、戏曲创作。他还组建了以其姬妾家人为主要演员的家庭剧团，带着道具，到各地巡回演出，也给达官贵人唱堂会，游食四方，兼打秋风，足迹遍及浙江、江苏、安徽、湖北、河南、河北、山东、山西、陕西、甘肃、江西、福建、广东及北京等地。作为周旋于达官贵人之间、行走于民间江湖之上的典型文人，李渔是一位机智、风趣、敏感好奇、新鲜好玩的"老江湖"。三教九流，贩夫走卒，都成为他阅历中的元素、艺术创作的背景，或直接鲜活地走进了他创造的艺术世界之中。康熙十六年（1677），李渔举家迁回杭州。康熙十九年（1680），在一生著述、交游、演艺、出版、经商种种精彩过后，李渔在贫困中死去，葬于西子湖畔九曜山上，享年七十一岁。

　　《闲情偶寄》中，占全书篇幅与分量最大、最重的是戏曲论部分。《词曲部》上下两部，加上《演习部》，就约占全书篇幅的三分之一，后人将这两部分抽出一并刊印，名为《李笠翁曲话》或《笠翁剧论》，是中国戏曲理论史上的重要著作。如果将与戏曲密切相关的《声容部》也归入其中，那么戏曲论部分占全书的比重就更大了。在《词曲部》中，作者就情节构思、结构安排、形象塑造、虚实处理和语言音律等有关戏曲创作的重要问题作了系统的论述。《演习部》则对戏曲导演工作中剧本的选择与艺术处理、教习唱腔和说白时的注意事项以及演出时需要避忌的俗套恶习等等进行了较为深入和全面的探讨。李渔的戏曲理论，始终贯穿着"专为登场"（《闲情偶寄·演习部·选剧第一》）的指导思想，着眼并切合于戏曲表演的艺术实践。他在高度评价金圣叹之评《西厢》"晰毛辨发，穷幽极微，无复有遗议于其间"的同时，又指出："圣叹所评，乃文人把玩之《西厢》，非优人搬弄之《西厢》也。文字之三昧，圣叹已得之；优人搬弄之三昧，圣叹犹有待焉。"（《闲情偶寄·词曲部》下《格局第六·填词余论》）深得作为舞台表演艺术的戏曲之三昧，是李渔戏曲理论有别于他人的最显著的特征。尤其值得注意的是，他自己编创剧本，并执导、搬演自创的新戏，积累了丰富的戏曲创作、导演及表演的艺术经验。这使他的戏曲创作与理论主张都十分契合作为舞台表演艺术的戏曲的审美特性。

对于戏曲艺术，李渔是真喜欢。作为小说家，他甚至把小说也称为"无声戏"，并以此作为其短篇小说集的书名。其《无声戏》，又名《连城璧》、《十二楼》等，为后人所推重。他在戏曲创作方面更是成果丰硕。传世的剧本有：《奈何天》、《比目鱼》、《蜃中楼》、《怜香伴》、《风筝误》、《慎鸾交》、《巧团圆》、《凰求凤》、《意中缘》、《玉搔头》，合称《笠翁十种曲》。另有《偷甲记》、《四元记》、《双锤记》、《鱼篮记》、《万全记》、《十醋记》、《补天记》、《双瑞记》等八记是否为李渔所撰尚有疑问。李渔《词曲部》上《音律第三》提到"自手所填诸曲"时说：他有"已经行世之前后八种，及已填未刻之内外八种"，则其所创制的剧本即有三十六种。当然，因笠翁未一一说明剧名，我们也只能存疑了。诗人作者，兴之所至，虚张其词，也是可以理解的或有之事，但他于戏曲创作笔耕甚勤，成果颇丰，而且多佳作，尤其作品中曲词宾白便于演员唱念演出，是显而易见的。如他所言："笠翁手则握笔，口却登场，全以身代梨园，复以神魂四绕，考其关目，试其声音，好则直书，否则搁笔，此其所以观听咸宜也。"（《闲情偶寄·词曲部》下《宾白第四·词别繁减》）其实，他何止"口却登场"？他不仅自编，自导，而且作为家庭剧团老板，还亲自粉墨登场，过把戏瘾，这恐怕不只是因为迫于生计吧？在"戏子"之称流行的旧时代，真心喜欢被视为诗余俗曲的艺术，并且与此道中人惺惺相惜，平等交流的士人，往往被视为另类，目为浪子，而他们在面对世事时，也常常怀着些叛逆之心，带着点傲岸之气。如宋代词人柳永，干脆自称"奉旨填词柳三变"，便可谓李笠翁之前辈。故作者在《演习部·授曲第三》中申明："予作一生柳七。"

作为一位戏曲艺术的理论家，李渔的戏曲理论与理念，是以丰富的创作、编导与搬演的戏曲实践经验为基础的，同时，他也将其戏曲理论与理念贯彻于戏曲文本创作与舞台演出的实践当中。这不仅使他和他的家庭剧团颇受南北戏迷的欢迎，也使他的戏曲理论与理念颇有根基和切合实际。例如，他在《结构第一》序论中指出："填词之理变幻不常，言当如是，又有不当如是者。如填生旦之词，贵于庄雅，制净丑之曲，务带诙谐，此理之常也，乃忽遇风流放佚之生旦，反觉庄雅为非，作迂腐不情之净丑，转以诙谐为忌。诸如此类者，悉难胶柱。"颇中肯綮。李渔论戏曲，首重结构，强调剧作要"立主脑"，这涉及剧作的主题命意的确立和凸显，描绘角色人物与设置情节事件时的主次、轻重、真实性与虚拟性及其关系的考虑，以及戏剧冲突情节的繁简、线索的缜密与前后照应等方方面面，在《演习部》中，他还特别提到"剂冷热"，从场上演出时观演效果的角度论述戏曲创作和演出要处理好冷热关系，张弛有道。这实际上已涉及创作和编导时对戏曲冲突艺术节奏与张力的调控把握的问题，在戏曲美学上颇有理论意义。综上可见，李渔关于戏曲理论的许多论述都非常到位，十分契合戏曲创作与演出的艺术实践。

以今天的眼光观之，《闲情偶寄》这部撰述于三百多年前的著作，已有一些超前的类似今人的见识，令人印象深刻。例如，《器玩部·制度第一》中《笺简》部分，体现了李渔自觉的广告意识和明确的维权理念。在阐述笺简规制、样式的同时，他着重陈述了为其书铺所设计的笺简为坊间他人所无的新颖独创性和种类繁多的丰富性，标榜自己对此书铺与事业的经营成效。他还将《闲情偶寄》一书当作自媒体，将其创制广而告之，予以推介："海内名贤欲得者，倩人向金陵购之。是集内种种新式，未能悉走寰中，借此一端，以陈大概。售笺之地即售书之地，凡予生平著作，皆萃于此。有嗜痂之癖者，贸此以去，如偕笠翁而归。千里神交，全赖乎此。只今知己遍天下，岂尽谋面之人哉？（金陵书铺廊坊间有"芥子园名笺"五字者，即其处也。）"（《器玩部·制度第一·笺简》）在文中他还为维护自己创意的著作权，防止他人剽窃仿制而软硬兼施，声色俱厉地警告威胁，苦口婆心地劝诫说服：

> 是集中所载诸新式，听人效而行之；惟笺帖之体裁，则令奚奴自制自售，以代笔耕，不许他人翻梓。已经传札布告，诫之于初矣。倘仍有垄断之豪，或照式刊行，或增减一二，或稍变其形，即以他人之功冒为己有，食其利而抹煞其名者，此即中山狼之流亚也。当随所在之官司而控告焉，伏望主持公道。至于倚富恃强，翻刻湖上笠翁之书者，六合以内，不知凡几。我耕彼食，情何以堪？誓当决一死战，布告当事，即以是集为先声。总之，天地生人，各赋以心，即宜各生其智，我未尝塞彼心胸，使之勿生智巧，彼焉能夺吾生计，使不得自食其力哉！

另外，其《凡例》七则"四期三戒"，四期分别为"点缀太平"、"崇尚俭朴"、"规正风俗"和"警惕人心"，是关于其书创制之内容宗旨与社会教化效应的，三戒分别为"剽窃陈言"、"网罗旧集"和"支离补凑"，是关于其书创制规范与撰述原则的。显示了身兼作者与出版商双重身份的李渔的职业精神与道德，今天读来还很有意义。《种植部·木本第一》中《紫薇》一节，借民间"紫薇怕痒"之说，而有如下议论："禽兽草木尽是有知之物……草木之受诛锄，犹禽兽之被宰杀，其苦其痛，俱有不忍言者。人能以待紫薇者待一切草木，待一切草木者待禽兽与人，则斩伐不敢妄施，而有疾痛相关之义矣。"又如《饮馔部·肉食第三》中《鹅》一节的大段议论，一片婆心，可谓颇类当今绿色环保人士和动物保护主义者的意识。《颐养部·疗病第六》弁言引"病不服药，如得中医"的谚语，至谓此语为"八字金丹，救出世间几许危命"。虽颇有讳医忌药的意味，却也说得自有几分道理。凡此种种，令人读之，常得会心。

文人多自恋，何况，李渔是个有意趣、有才情的人。观《闲情偶寄》全书，作者每每情不自禁地站出来自我表扬，申明自己的一得之见，令人忍俊不禁。在《居室》、《器玩》诸部中，作者时时写自己如何别出新裁，发明这些、那些新鲜玩意儿。《饮馔部》开篇，对造化赋形，而人有口腹之患发大段议论，幽默风趣，亦有见地。文中多论寻常蔬食，娓娓道来，言之有味，令人口舌生津。《种植部·木本第一》谈李树，而有"李是吾家果，花亦吾家花"之语，作者之自恋有趣，也可见一斑。笔者尤其欣赏他在《种植部·草本第二》中论花草，以菜花殿后之意趣:《闲情偶寄·种植部》中对花花草草的品鉴赏悟，与《词曲部》一样，同为亮点颇多的部分，也是此书魅力的重要所在。而其中最打动我的，是作者对菜花的点评。我以为这是李渔此书最好的文字之一，可圈可点，令人心醉。在撰写此段白话翻译的时候，我甚至时或放弃字面语意的翻译，而不由自主地"越俎代庖"，揣作者之意而加以发挥。

李渔可以遗漏其他的花卉，却把如此普通平常的菜花拿来作《种植部》第三部分《草本》的压卷。"花相"芍药，作为重要的观赏性花卉，由园丁精心栽种培植于园圃庭院；花中君子芝兰，被视为情操寄寓和艺术象征，为文人雅士清供于书斋案头。唯有菜花，为至贱之物，非众芳之等伦，向来作为经济作物，由农夫漫洒漫种，自由生长于田间乡野。李渔却独取菜花，安排在这特殊的位置上，写得那样郑重其事，那样诗意盎然，境界全出。这是独具只眼，值得称道之举。作者推菜花为盛，是以其"盈阡溢亩，令人一望无际"，"一气初盈，万花齐发，青畴白壤，悉变黄金，不诚洋洋乎大观也哉"！那精光四射的文字，源于作者郁勃的生命热情，和在日常生活中发现大美的慧眼，这不仅仅是独特的生命体验与审美趣味的呈现，更是其生命哲学与社会理念的体现。

古人常说，春生、夏长、秋收、冬藏。油菜花发，占早春之时，一气初盈，万花齐放，盈阡溢陌，清新、灿烂，田野成为花的海洋。仿佛时间开始了，一切已然苏醒，一年的农事、一岁的光景，由此拉开序幕。这是农耕文明的典型画面。笔者有幸，儿时曾在乡下生活了十几年，那样的画面，作为生命之初的美好记忆，深深镌刻在我的心性脑海。而今，在都市生活了近四十年的我，一到早春，恋恋不忘的还是那油菜花发的图景。记得二十年前，曾经去李渔家乡（浙江兰溪）授课，回杭州时打的去金华火车站，司机走的是捷径小路，摇下车窗，两边掠过的，满眼是大片大片嫩黄的油菜花，满耳是早春的晨风。随风而来的，是菜花青草的气息，清新、浓郁、芬芳，那是田野的气息。当时的我，心都醉了。我想，当李渔走笔至此，是否会想起家乡，想起他儿时的同样光景？就像我写到此处，心中浮现的依然是儿时的田野一样。

其间值得注意的是，与对此"卑卑不数之花"的推尊赏悟相联系的，是作者在字里行间流露的民本思想，这是遍游天下，周旋于达官贵人之间，打秋风，为清客，或不免逢场作戏，甚至有趋炎附势之嫌的李渔，其为人心性和思想人格的另一方面。《菜花》一段文字，较大篇幅是由所引《孟子·尽心》下"民为贵，社稷次之，君为轻"而发的议论。以往哲人着眼的是由平凡普通聚集而成的至巨、至大的能量、危险与破坏性。《荀子·王制》："传曰：'君者，舟也，庶人者，水也，水则载舟，水则覆舟。'此之谓也。"而李渔却由此感悟到由平凡普通聚集而成的美。花亦如人，以众为胜，以多为盛，"积至贱至卑者而至盈千累万，则贱者贵而卑者尊矣"，至盈阡溢亩，万花齐发，青畴白壤，悉变黄金，一望无际，诚洋洋乎大观！当作者将孟子之说作为其推赏菜花之说的依据的时候，他也将菜花胜景写成了社会学的隐喻，虽意在赏花，但我们依然不能忽视此段议论中所包含的可贵的草根意识思想因子。当然，此节文字，主要还是落于赏花。让我们珍惜韶光芳华，应和作者同呼："当是时也，呼朋拉友，散步芳塍，香风导酒客寻帘，锦蝶与游人争路，郊畦之乐，什佰园亭，惟菜花之开，是其候也！"

世人对李渔存有诸多偏见与苛求，笔者曾为之作过一些辩护（详见浙江古籍出版社2000年版《闲情偶寄注·前言》）。但二十多年过去，现在来看，这些辩护似乎还不够，偏见固然少了许多，而苛求依然存在。故笔者在此进一步申说。

李渔于《居室部》中《取景在借》一节说自己平生"不喜盆内之花，笼中之鸟，缸内之鱼，及案上有座之石，以其局促不舒，令人作囚鸾絷凤之想"，读来有深切共鸣，想见其为人。他是一位终身勤于笔耕，创作小说，编剧演戏，出版售书，以维持生计的职业文人。他将倾注其才情、智慧和心得的成果奉献给读者，以获取些许应得的报酬来养家糊口，优游卒岁，既无悖良知，亦无亏义节，可谓俯仰天地之间，不愧做人。其创制与著述大多俱存于世，供读者观览，食髓知味，见仁见智，我们又何必苛求先贤？据载，李渔葬于九曜山，笔者曾登此山，希冀能寻访到些许遗踪，然满眼所见的，不过斜阳草树，不胜唏嘘而返。

本次重新校点、详注并精译了李渔的代表作《闲情偶寄》，一是为了让更多的读者得以更加深入地去了解李渔其人，二是为了使得知识性较强的此书更加便于阅读。此次以雍正八年（1730）芥子园版《笠翁一家言全集》本为底本，文中明显错误处径改，不再出校记。鉴于底本中评论内容参差，故一并删去。本次参考了单锦珩先生的校点本（浙江古籍出版社1985年版），在此谨表谢意。感谢查明昊老师，使本书得以面世。笔者才疏而学浅，注译中或难免有失误疏漏之处，敬请方家读者指教。

目　录

序

　　《周礼》一书[1]，本言王道[2]，乃上自井田军国之大[3]，下至酒浆扉屦之细[4]，无不纤悉具备，位置得宜，故曰：王道本乎人情。然王莽一用之于汉而败[5]，王安石再用之于宋而又败者[6]，其故何哉？盖以莽与安石，皆不近人情之人，用《周礼》固败，不用《周礼》亦败。《周礼》不幸为两人所用，用《周礼》之过，非《周礼》之过也。苏明允曰："凡事之不近人情者，鲜不为大奸慝。"[7]古今来大勋业、真文章，总不出人情之外，其在人情之外者，非鬼神荒忽虚诞之事，则诪张伪幻狯猰之辞[8]，其切于男女饮食日用平常者，盖已希矣。余读李子笠翁《闲情偶寄》而深有感也。昔陶元亮作《闲情赋》[9]，其间为领、为带、为席、为履、为黛、为泽、为影、为烛、为扇、为桐，缠绵婉娈，聊一寄其闲情，而万虑之存，八表之憩，即于此可类推焉。今李子《偶寄》一书，事在耳目之内，思出风云之表，前人所欲发而未竟发者，李子尽发之；今人所欲言而不能言者，李子尽言之；其言近，其旨远，其取情多而用物闳。潦潦乎[10]，缅缅乎[11]，汶者读之旷[12]，僿者读之通[13]，悲者读之愉，拙者读之巧，愁者读之忭且舞[14]，病者读之霍然兴。此非李子偶寄之书，而天下雅人韵士家弦户诵之书也。吾知此书出将不胫而走，百济之使维舟而求，鸡林之贾挈金而购矣[15]。而世之腐儒，犹谓李子不为经国之大业，而为破道之小言者[16]。余应之曰：唯唯否否。昔谢文靖高卧东山，系天下苍生之望[17]，而游必携妓，墅则围棋。谢玄破贼，桓冲初忧之，郗超曰："玄必能破贼。[18] 吾尝共事桓公府，履屐间皆得其用，是以知之。"白香山道风雅量，为世所钦，而谢好、陈结、紫绡、菱角，惊破霓裳羽衣之曲；罢刑部侍郎时，得臧获之习管磬弦歌者指百以归[19]。苏文忠秉心刚正，不立异，不诡随，而琴操、朝云、蟆头、鹊尾，有每闻清歌辄唤奈何之致[20]。韩昌黎开云驱鳄，师表朝廷，而每当宾客之会，辄出二侍女合弹琵琶筝[21]。故古今来能建大勋业、作真文章者，必有超世绝俗之情，磊落嵚崎之韵[22]，如文靖诸公是也。今李子以雅淡之才，巧妙之思，经营惨淡，缔造周详，即经国之大业，何遽不在是？而岂破道之小言也哉！往余年少驰骋，自命江左风流，选妓填词，吹箫跕屣[23]，曾以一曲之狂歌，回两行之红粉，而今老矣，不复为矣！独是冥心高寄，千载相关，深恶王莽、王安石之不近人情，而独爱陶元亮之闲情作赋，读李子之书，又未免见猎心喜也[24]。王右军云："年在桑榆，正赖丝竹陶写。"[25] 余虽颓然自放，倘遇洞房绮疏，交鼓绲瑟[26]，宫商迭奏，竹肉竞陈，犹当支颐郭袖[27]，倾耳而听之。

时康熙辛亥立秋日建邺弟余怀无怀氏撰

【注释】

〔1〕《周礼》：为儒家"三礼"之首（另两种是《仪礼》、《礼记》），又名《周官》、《周官经》，备载先秦社会政治、经济、文化、风俗、礼法、名物制度。关于其作者及成书年代，历来众说纷纭，大致有西周周公说、春秋说、战国说、秦汉之际说、汉初说和王莽伪作说等。

〔2〕王道：儒家用以指往昔圣王治理天下的仁义之道。

〔3〕井田军国之大：指耕战之类的军国大事。井田，道渠纵横，将田亩分隔成"井"字，故称"井田"。学界认为周代曾实行井田制，井田中间为公田，周边为私田。分得私田的农人要无偿耕种公田。也有学者认为，井田制可能并未得到严格实施。

〔4〕酒浆扉屦之细：指饮食穿着之类生活琐事。

〔5〕王莽：字巨君，西汉末外戚，专权代汉，建立新朝，后天下大乱，死于乱军之中。

〔6〕王安石：字介甫，号半山，临川（今属江西抚州）人，北宋著名政治家、文学家和改革家，唐宋八大家之一。他在神宗支持下推行的变法以失败告终。

〔7〕苏明允：即苏轼、苏辙之父苏洵，号老泉，四川眉山人。北宋文学家，与其二子并称"三苏"，同列于"唐宋八大家"。"凡事"一语，见于其所著《辨奸论》。奸慝（tè）：指奸邪为恶之人。旧说以为是苏洵为讥讽王安石"不近人情"而作，或以为此文为后人（邵伯温）假托苏洵之名所作。

〔8〕诪（zhōu）张伪幻：欺诳诈骗，迷惑人们。语出《尚书·无逸》："民无或胥诪张为幻。"狯猾（kuài xù）之辞：指胡编乱造的鬼话。狯，狡猾。

〔9〕陶元亮：即陶渊明，一名潜，字元亮，东晋文学家。浔阳柴桑（今江西九江）人，今存《陶渊明集》。其《闲情赋》有"十愿"、"十悲"，寄慨沉切，寓意遥深。

〔10〕漻漻（liáo liáo）：清澈的样子。

〔11〕纚纚（lí lí）：连绵不断。

〔12〕汶（mén）：昏暗不明。旷：明白宽敞。

〔13〕僿（sài）：闭塞不通。

〔14〕忭（biàn）且舞：欢欣鼓舞。忭，欢欣，喜乐。

〔15〕"百济"二句：是说李渔《闲情偶寄》的影响将及于海外，异邦人士踊跃求购。鸡林，即新罗，与百济同为朝鲜半岛古代国名。

〔16〕经国之大业：语出曹丕《典论·论文》。经国，治理国家。破：

害。小言：不合大道的言论。出于《孔子家语·好生》："小辩害义，小言破道。"

〔17〕谢文靖：即谢安，字安石，陈郡阳夏（今河南太康）人，东晋名相。谢安少以清谈知名，隐居会稽郡山阴县之东山，后复起。在著名的淝水之战中，作为总指挥，以八万北府兵大败号称百万的前秦军，为东晋赢得了几十年的和平安宁。逝后谥号"文靖"。系天下苍生之望：是指谢安一身系天下苍生的安危和期望。《世说新语·排调》："谢公在东山，朝命屡降而不动。后出为桓宣武司马，将发新亭，朝士咸出瞻送。高灵时为中丞，……戏曰：'卿屡违朝旨，高卧东山，诸人每相与言："安石不肯出，将如苍生何？"今亦苍生将如卿何？'谢笑而不答。"

〔18〕玄：谢玄，字幼度，东晋名将，豫州刺史谢奕之子、名相谢安之侄。玄善治军，招训北来难民中的骁勇之士，为劲旅"北府兵"，以少胜多，赢得淝水之战，并乘胜收复今河南、山东、陕西等部分地区。桓冲：字幼子，小字买德郎，谯国龙亢（今安徽怀远）人。东晋名将，淝水之战中与谢氏协力抗击前秦。郗超：字景兴，一字敬舆，小字嘉宾，高平金乡（今山东金乡）人，东晋书法家。淝水之战时，朝中有人对谢玄能否胜任表示异议，郗超虽与谢玄不和，却盛赞谢玄必能成事，典出《晋书·谢玄传》。

〔19〕白香山：即白居易，字乐天，晚号香山居士，唐代下邽（今陕西渭南）人，唐代著名诗人。有《白氏长庆集》。谢好、陈结、紫绡、菱角：都为追随白居易的歌姬。白居易《小庭亦有月》有"菱角执笙簧，谷儿抹琵琶。红绡信手舞，紫绡随意歌"之句，其自注有云："菱、谷、紫、红，皆小臧获名也。"霓裳羽衣：唐玄宗时著名乐舞，杨贵妃善此舞，白居易《长恨歌》特为提及此舞。臧获：奴仆。

〔20〕苏文忠：即苏轼，字子瞻，又字和仲，号"东坡居士"，世称"苏东坡"。眉州眉山（今四川眉山）人，北宋著名诗人、散文家、书画家。谥号文忠。不诡随：即秉心刚正之意。诡随，欺诈虚伪。琴操、朝云：是苏东坡在杭州结识的歌姬才女，二人都深爱苏子。琴操后出家，朝云则一生追随遭谴谪的苏子，病逝于惠州，年仅34岁。螭头、鹊尾：苏轼《瑞鹧鸪·城头月落尚啼乌》有"映山黄帽螭头舫，夹岸青烟鹊尾炉"的词句。螭头指龙舟，鹊尾指香炉。有每闻清歌辄唤奈何之致：语出《世说新语·任诞》："桓子野每闻清歌。辄唤'奈何'，谢公闻之，曰：'子野可谓一往有深情。'"

〔21〕韩昌黎：即韩愈，字退之，河南河阳（今河南孟州）人，唐代著名文学家，倡导古文运动，为唐宋八大家之首。因祖籍昌黎，故世称

"韩昌黎",有《韩昌黎集》。开云驱鳄:韩愈有《祭鳄鱼文》,是在潮州刺史任上为驱鳄而作。

〔22〕磊落嵚(qīn)崎:比喻品格卓异超群,襟怀坦荡光明。

〔23〕跕屣(dié xǐ):指挟妓冶游。

〔24〕见猎心喜:见到打猎就欣喜心动,也想一试身手。

〔25〕王右军:即书圣王羲之,东晋书法家,字逸少,号澹斋,祖籍琅琊临沂(今属山东),后迁会稽(今浙江绍兴),曾任会稽内史,领右将军,故人称"王右军"。年在桑榆,正赖丝竹陶写:语见《世说新语·言语》:"谢太傅语王右军曰:'中年伤于哀乐,与亲友别,辄作数日恶。'王曰:'年在桑榆,自然至此,正赖丝竹陶写,恒恐儿辈觉,损欣乐之趣。'"桑榆,桑树和榆树。这里指落日余晖映照桑榆,喻指暮景、晚年。丝竹,弦乐与管乐。陶写,陶冶,排遣。

〔26〕交鼓絙瑟:击鼓弹瑟。语出《九歌·东君》:"絙瑟兮交鼓。"

〔27〕支颐郭袖:手托下巴,以袖遮颜。

凡例七则　四期三戒

一期点缀太平

圣主当阳〔1〕，力崇文教。庙堂既陈诗赋〔2〕，草野合奏风谣〔3〕，所谓上行而下效也。武士之戈矛，文人之笔墨，乃治乱均需之物：乱则以之削平反侧，治则以之点缀太平。方今海甸澄清〔4〕，太平有象，正文人点缀之秋也，故于暇日抽毫，以代康衢鼓腹〔5〕。所言八事无一事不新〔6〕，所著万言无一言稍故者，以鼎新之盛世，应有一二未睹之事、未闻之言以扩耳目，犹之美厦告成，非残朱剩碧所能涂饰榱楹者也〔7〕。草莽微臣，敢辞粉藻之力？

【注释】
〔1〕当阳：指君子面南临朝。
〔2〕庙堂：朝堂。
〔3〕风谣：民歌，谣谚。
〔4〕海甸：海内，天下。
〔5〕康衢：四通八达的大道。鼓腹：指鼓腹而歌。
〔6〕八事：指作者于此书词曲、演习、声容、居室、器玩、饮馔、种植、颐养八部所论之事。
〔7〕榱楹（cuī yíng）：传统建筑中的椽子木柱。

【译文】

圣明的君主在位听政，大力弘扬文化教育。庙堂之上，既已诗赋盈耳；乡野民间，也自当奏吟歌谣，正所谓上行而下效。武士之戈矛，文人之笔墨，是治乱之世都需要的东西：乱世用它削平反叛，治世则以它点缀太平。现如今海内清明，有天下太平的景象，正是文士点缀的时机。所以我在闲暇之时挥笔书写，以代替于通衢大道鼓腹而歌的民歌谣谚。书中所言八类事情，没有一事不新鲜；所著万言，没有一句是老调重弹。因为改朝换代后的盛世，应该有一二类见所未见之事、闻所未闻之言来扩展丰富人们的视听。犹如美屋华厦宣告落成之时，那些残朱剩碧是不能涂饰成雕梁画栋的。我作为草野之人，怎敢推辞用文章粉饰盛世点缀太平之劳呢？

一期崇尚俭朴

创立新制，最忌导人以奢。奢则贫者难行〔1〕，而使富贵之家日流于侈，是败坏风俗之书，非扶持名教之书也〔2〕。是集惟《演习》、《声容》二种为显者陶情之事，欲俭不能，然亦节去靡费之半〔3〕；其余如《居室》、《器玩》、《饮馔》、《种植》、《颐养》诸部，皆寓节俭于制度之中，黜奢靡于绳墨之外〔4〕，富有天下者可行，贫无卓锥者亦可行〔5〕。盖缘身处极贫之地，知物力之最艰，谬谓天下之贫皆同于我，我所不欲，勿施于人〔6〕，故不觉其言之似吝也。然靡荡世风，或反因之有裨〔7〕。

【注释】

〔1〕奢：奢侈。
〔2〕名教：礼教。
〔3〕节：节省。
〔4〕黜（chù）：免除。绳墨：准则，规矩。

〔5〕贫无卓锥：穷得没有存身立锥之地。

〔6〕我所不欲，勿施于人：语本《论语·颜渊篇》："己所不欲，勿施于人。"

〔7〕有俾：有益，有助于。

【译文】

　　创立一种新的体制，最忌讳引导世人奢侈。奢侈则让贫穷之人难以施行，且使富贵人家日渐趋于奢侈。那么这就成了伤风败俗之作，而不是弘扬礼教正道的书了。本书只有《演习》、《声容》两部所论属于显贵者陶冶性情之事，想倡导节俭也难以做到，但是也节约了一半的消耗花费；其余如《居室》、《器玩》、《饮馔》、《种植》、《颐养》各部，也都把节俭的宗旨寓于各项规制当中，而将奢靡的做法摈除于规矩之外，富有天下的人可以做到，贫无立锥之地的人也可以施行。都是因为我身处极为贫穷的境地，知道物力最为艰难，误认为天下人都同我一样穷。我所不欲，勿施于人，所以感觉不到自己的言论似乎吝啬了一些。然而对抑制奢靡之风，或许反而因此有所助益。

一期规正风俗

　　风俗之靡，日甚一日。究其日甚之故，则以喜新而尚异也。新异不诡于法〔1〕，但须新之有道，异之有方。有道有方，总期不失情理之正。以索隐行怪之俗〔2〕，而责其全返中庸〔3〕，必不得之数也〔4〕，不若以有道之新易无道之新，以有方之异变无方之异，庶彼乐于从事，而吾点缀太平之念为不虚矣。是集所载，皆极新、极异之谈，然无一不轨于正道，其可告无罪于世者此耳。

【注释】

　　〔1〕诡：乖异。

〔2〕索隐：这里指寻幽探微，追踪摄迹，和"行怪"同为追新逐异，标新立异之意。

〔3〕责：强求。

〔4〕数：定数。

【译文】

社会风气的奢靡，一日盛于一日。推究奢靡之风日盛的原因，就是因为世人喜欢新潮、崇尚奇异。标新立异不一定有违规矩法度。但是必须新得合理，异得合度。做到合理合度，总是期于不偏离人情物理的正道。以现在追新逐异的社会风气，要强求其完全回归到中庸之道上来，势必是不可能的。不如用合乎人情物理的新来代替不合道理的新，用合乎法度的异来代替不合法度的异。这样世人大概会乐于去实行，而我点缀太平的心愿也不至于落空。本书所记载的，都是极新极异的言论，然而没有一点不走在正道上。我可以正告世人自己无罪于社会，也正是基于这一点。

一期警惕人心

风俗之靡，犹于人心之坏，正俗必先正心。然近日人情喜读闲书，畏听庄论〔1〕，有心劝世者正告则不足，旁引曲譬则有余〔2〕。是集也，纯以劝惩为心〔3〕，而又不标劝惩之目，名曰《闲情偶寄》者，虑人目为庄论而避之也。劝惩之语，下半居多，前数帙俱谈风雅〔4〕。正论不载于始而丽于终者〔5〕，冀人由雅及庄〔6〕，渐入渐深，而不觉其可畏也。劝惩之意，绝不明言，或假草木昆虫之微，或借活命养生之大以寓之者，即所谓正告不足，旁引曲譬则有余也。实具婆心，非同客语，正人奇士，当共谅之。

【注释】

〔1〕庄论：庄重严肃的言论。

〔2〕旁引：旁敲侧击地引证。曲譬：委婉曲折地比方。

〔3〕劝惩：劝善惩恶。

〔4〕帙：卷。

〔5〕丽：附着。

〔6〕冀：望。

【译文】

　　社会风气的奢靡，在于人心的败坏，要匡正社会风气，首先必须端正人心。然而近来人们喜好读闲书，怕听庄重严肃的言论。有心劝世的人，正面劝告不足，委婉譬喻，旁敲侧击有余。我这本书，纯粹出以劝善惩恶的本心，而又不标示劝善惩恶的名目，书名取为《闲情偶寄》，就是怕人们将之视为庄重严肃的言论，避而不读。劝善惩恶的言论，下半部分居多，前几卷谈论的都是风雅之事。正论之所以不放在前面而附于后部，是希望读者能够由风雅到庄重，逐渐深入，而不觉得此书可畏。劝善惩恶的本意，决不明言，而是或假借草木昆虫这类细微之物，或借用活命养生的大事寄寓其中，这也就是上面所说的正面劝告不足，委婉譬喻，旁敲侧击有余。实在是一片婆心，不是那虚应客套之言。正人君子，奇人逸士，应当体谅我的初衷。

一戒剽窃陈言

　　不佞半世操觚〔1〕，不攘他人一字〔2〕，空疏自愧者有之，诞妄贻讥者有之〔3〕，至于剿窠袭臼〔4〕，嚼前人唾余〔5〕，而谓舌花新发者，则不特自信其无，而海内名贤，亦尽知其不屑有也。然从前杂刻，新则新矣，犹是一岁一生之草，非百年一伐之木。草之青也可爱，枯则可焚；木即不堪为栋为梁，然欲刈而薪之〔6〕，则人有不忍于心者矣。故知是集也者，其初出则为乍生之草，即其既陈既腐，犹可比于不忍为薪之木，以其可斫可雕而适于用也〔7〕。以较邺架名编则不足〔8〕，以角奚囊旧著则有余〔9〕。阅是编者，请由始迄终验其是新是旧。如觅得一语为他书所现载，人口所既言者，则作者非他，即武库之穿窬〔10〕，词场之大盗也。

【注释】

〔1〕不佞（nìng）：谦称，犹言不才。操觚（gū）：执简操笔，写文章。觚，木简，古代用以书写文字。

〔2〕攘（rǎng）：窃取，夺占。

〔3〕贻：招致。

〔4〕剿窠袭臼：袭用旧规，落入俗套。

〔5〕嚼前人唾余：拾人牙慧，抄袭前人。

〔6〕刈（yì）：砍伐。

〔7〕斫（zhuó）：砍削。

〔8〕邺架：指用专门书架保存珍贵书籍。典出《邺侯家传》，唐邺侯李泌父承休藏书万卷，以别架置之。

〔9〕奚囊：指盛储诗句的锦囊。语出唐李商隐《李贺小传》。唐代诗人李贺常骑驴外出，带一小奚奴背旧锦囊相随，得新警诗句就投入锦囊。

〔10〕穿窬（yú）：穿墙，指偷盗行为。语出《论语·阳货》："譬诸小人，其犹穿窬之道也。"

【译文】

鄙人大半辈子舞文弄墨，从不剽窃别人一个字。因为笔墨空疏而自感惭愧的情况是有的，因为荒诞虚妄而招致讥嘲的情况也是有的，至于因袭旧轨，落入俗套，重复陈词滥调，却自以为口吐新蕊、妙笔生花的情况，不仅自己确信没有，就是海内名人贤士也都知道我不屑为此。然而以前刊刻的一些杂著，新固然是新的，但还只是一年一生的小草，而不是百年一伐的大树。小草青青时可爱可喜，枯萎之时即可付之一炬；大树即使不能为栋为梁，要把它砍掉当柴来烧，还是会有人于心不忍的。因此知道我的这本书，刚面世时就像初长的小草，即使它随着时移世改而显得陈腐了，也还可以比作不忍心砍了当柴烧的树木，因为它可以砍削可以雕琢，而适于实用。虽然跟藏书之家特架珍藏的名著相比有所不足，但比寻常口袋中随带的旧书却绰绰有余。阅读本书的人，请从头至尾验视它是新还是旧。如果找出一句是其他书中已经刊载，或他人口中说过的现成话，那么我作为作者不是别的，正是武库里穿墙的窃贼、文场上抄袭的大盗了。

一戒网罗旧集

　　数十年来，述作名家皆有著书捷径[1]，以只字片言之少，可酿为连篇累牍之繁，如有连篇累牍之繁，即可变为汗牛充栋之富[2]。何也？以其制作新言缀于简首[3]，随集古今名论附而益之。如说天文，即纂天文所有诸往事及前人所作诸词赋以实之[4]，地理亦然，人物、鸟兽、草木诸类尽然。作而兼之以述，有事半功倍之能，真良法也。鄙见则谓著则成著，述则成述，不应首鼠二端[5]。宁捉襟肘以露贫[6]，不借丧马以彰富。有则还吾故有，无则安其本无，不载旧本之一言，以补新书之偶缺，不借前人之只字，以证后事之不经。观者于诸项之中，幸勿事事求全，言言责备。此新耳目之书，非备考核之书也。

【注释】
　　[1] 述作：传述和创作。述，绍述。作，创作。语出《论语·述而》："述而不作，信而好古，窃比于我老彭。"
　　[2] 汗牛充栋：是说运书可使牛马累出汗，藏书一直要堆到屋顶。形容著作或藏书之多。语出柳宗元《给事中皇太子侍读陆文通先生墓表》："其为书，处则充栋宇，出则汗牛马。"

〔3〕缀：寄附，连缀。

〔4〕纂（zuǎn）：编集。

〔5〕首鼠二端：即首鼠两端，指顾前顾后，两边都不得罪。语出《史记·魏其武安侯列传》："武安已罢朝，出止车门，召韩御史大夫载，怒曰：'与长孺共一老秃翁，何为首鼠两端？'"

〔6〕捉襟肘：即捉襟见肘，形容衣服破破烂烂，扯着胸前即露出手肘。比喻顾此失彼，疲于应付。语出《庄子·让王》：曾子居卫，"十年不制衣，正冠而缨绝，捉衿而肘见"。

【译文】

几十年来，著书立说的名家都有写书的捷径，由少许的只字片言，可以敷衍出连篇累牍的繁富文章，如果有了连篇累牍的繁富文章，就可以变出汗牛充栋的鸿篇巨制。何以能这样呢？因为他们创制新警之句放在篇首，再收罗古今著名言论附在后面来扩展篇幅。如果讲天文，就纂集有关天文的各种往事以及前人所做的各种词赋来充实内容。讲地理也同样如法炮制，讲人物、鸟兽、草木等类事情无不如此。自创而兼之以引述前人，有事半功倍的效能，这真是一个好办法。然而依我看来，自著就是自著，引述就是引述，不应首鼠两端。宁肯捉襟见肘显露自己的贫乏，也不借死马来混充自家富有。有就展现我本来所有，无就安心于本无所有。不转载旧著中片言，来弥补我新书偶然的缺漏；也不假借前人只语，来印证后事之不合常理。读者在阅读本书各部分时，请不要事事求全，句句责备。这是让人一新耳目的书，而不是备考证查核的书。

一戒支离补凑

有怪此书立法未备者，谓既有心作古[1]，当使物物尽有成规，胡一类之中止言数事？予应之曰：医贵专门，忌其杂也，杂则有验有不验矣。史贵能缺，"夏五"、"郭公"之不增一字[2]，不正其讹者，以示能缺；缺斯可信，备则开天下后世之疑矣。使如子言而求诸事皆备，一物不遗，则支离补凑之病见，人将疑其可疑，而并疑其可信。是故良法不行于世，皆求全一念误之也。予以一人而僭陈八事〔3〕，由词曲、演习以及种植、颐养，虽曰多能鄙事，贱者之常〔4〕，然犹自病其太杂，终不得比于专门之医，奈何欲举星相、医卜、堪舆、日者之事〔5〕，而并责之一人乎？其人否否而退。八事之中，事事立法者止有六种，至《饮馔》、《种植》二部之所言者，不尽是法，多以评论间之，宁以"支离"二字立论，不敢以之立法者，恐误天下之人也。然自谓立论之长，犹胜于立法。请质之海内名公，果能免于支离之诮否〔6〕？

湖上笠翁李渔识

【注释】

〔1〕作古：这里指开创先例，自我作古。

〔2〕夏五、郭公：指《春秋》史书，一仍旧贯，保持史书真实原样。《春秋·桓公十四年》"夏五"后缺"月"字。《春秋·庄公二十四年》"郭公"后无下文。

〔3〕僭：僭越。这里是自谦，有不自量力，越超所能的意思。

〔4〕"多能鄙事"两句：语出《论语·子罕》："太宰问于子贡曰：'夫子圣者与？何其多能也？'子贡曰：'固天纵之将圣，又多能也。'子闻之，曰：'太宰知我乎？吾少也贱，故多能鄙事。君子多乎哉，不多也。'"鄙事，指鄙俗的技艺。

〔5〕星相：算命。堪舆：看风水。日者：占卜吉时的人。

〔6〕诮（qiào）：讥诮，责备。

【译文】

有人责怪此书订立法度不完备，说既然有心创造先例，就应该使各式各样的物事都有成规可依，为什么一类当中只谈几类事项？我回应他说：医术贵于专门而忌太杂，杂则有的灵验，有的不灵验。史书贵在能有所缺漏，《春秋》一书中，文字脱漏的地方如"夏五"、"郭公"后面，之所以一个字也不添加，也不补正讹误缺漏，就是为了显示能有所缺漏；有缺漏才可信，过于完备反而会引发天下后世的怀疑。假使像您说的那样追求事事都很完备，一样都不缺漏，那么支离补凑的毛病就会显现，人们将怀疑可疑的，而且一并怀疑本来可信的。好的方法之所以不得通行于世，都是为求全这一理念所误。我以一人之力而要越超所能来谈论八类事情，由词曲、演习到种植、颐养，虽说会做诸多鄙俗杂事，是卑贱者的常态，然而还是自我担心所述太杂，终究比不上有专长的良医，哪里还能试图将星相、医卜、堪舆、日者之类事，全都让一人去论述呢？那个人连称"否否"而退。此书所述八部分中，事事创立法度的唯有六种，至于《饮馔》、《种植》两部分所述的，不全是法度，里面夹杂了诸多评论。我宁肯以"支离"二字立论，而不敢用它来立法，是唯恐误导天下之人。不过我自以为立论之长，还胜过立法。请允许我求教于海内名家，果然能免于受支离的讥诮吗？

湖上笠翁李渔记

卷一 词曲部上

结 构 第 一

　　填词一道[1]，文人之末技也[2]，然能抑而为此[3]，犹觉愈于驰马试剑[4]，纵酒呼卢[5]。孔子有言："不有博弈者乎？为之犹贤乎已。"博弈虽戏具，犹贤于"饱食终日，无所用心"[6]；填词虽小道[7]，不又贤于博弈乎？吾谓技无大小，贵在能精；才乏纤洪[8]，利于善用；能精善用，虽寸长尺短亦可成名[9]。否则才夸八斗，胸号五车[10]，为文仅称点鬼之谈[11]，著书惟供覆瓿之用[12]，虽多，亦奚以为[13]？填词一道，非特文人工此者足以成名[14]，即前代帝王，亦有以本朝词曲擅长，遂能不泯其国事者[15]。

　　请历言之：高则诚、王实甫诸人[16]，元之名士也，舍填词一无表见[17]；使两人不撰《琵琶》、《西厢》，则沿至今日，谁复知其姓字？是则诚、实甫之传，《琵琶》、《西厢》传之也。汤若士[18]，明之才人也，诗文尺牍[19]，尽有可观，而其脍炙人口者[20]，不在尺牍诗文，而在《还魂》一剧；使若士不草《还魂》，则当日之若士，已虽有而若无，况后代乎？是若士之传，《还魂》传之也。此人以填词而得名者也。历朝文字之盛，其名各有所归，"汉史"、"唐诗"、"宋文"、"元曲"，此世人口头语也。《汉书》、《史记》，千古不磨[21]，尚矣[22]；唐则诗人济济，宋有文士跄跄[23]，宜其鼎足文坛，为三代后之三代也[24]。元有天下，非特政刑礼乐一无可宗，即语言文学之末，图书翰墨之微[25]，亦少概见[26]；使非崇尚词曲，得《琵琶》、《西厢》以及《元人百种》诸书传于后代[27]，则当日之元，亦与五代、金、辽同其泯灭，焉能附三朝骥尾[28]，而挂学士文人之齿颊哉？此帝王国事，以填词而得名者也。由是观之，填词非末技，乃与史传诗文同源而异派者也[29]。

近日雅慕此道[30]，刻欲追踪元人、配飨若士者尽多[31]，而究竟作者寥寥，未闻绝唱。其故维何？止因词曲一道，但有前书堪读，并无成法可宗，暗室无灯，有眼皆同瞽目，无怪乎觅途不得，问津无人[32]，半途而废者居多，差毫厘而谬千里者，亦复不少也[33]。尝怪天地之间有一种文字[34]，即有一种文字之法脉准绳[35]，载之于书者，不异耳提面命[36]，独于填词制曲之事，非但略而未详，亦且置之不道。揣摩其故，殆有三焉[37]：一则为此理甚难，非可言传，止堪意会；想入云霄之际，作者神魂飞越，如在梦中，不至终篇，不能返魂收魄；谈真则易，说梦为难，非不欲传，不能传也。若是，则诚异诚难，诚为不可道矣。吾谓此等至理，皆言最上一乘[38]，非填词之学节节皆如是也，岂可为精者难言，而粗者亦置弗道乎？一则为填词之理变幻不常，言当如是，又有不当如是者。如填生旦之词[39]，贵于庄雅，制净丑之曲〔40〕，务带诙谐，此理之常也，乃忽遇风流放佚之生旦，反觉庄雅为非，作迂腐不情之净丑，转以诙谐为忌。诸如此类者，悉难胶柱〔41〕。恐以一定之陈言〔42〕，误泥古拘方之作者〔43〕，是以宁为阙疑〔44〕，不生蛇足〔45〕。若是，则此种变幻之理，不独词曲为然，帖括诗文皆若是也〔46〕，岂有执死法为文，而能见赏于人、相传于后者乎？一则为从来名士以诗赋见重者十之九，以词曲相传者犹不及什一，盖千百人一见者也。凡有能此者，悉皆剖腹藏珠〔47〕，务求自秘，谓此法无人授我，我岂独肯传人。使家家制曲，户户填词，则无论《白雪》盈车，《阳春》遍世〔48〕，淘金选玉者未必不使后来居上，而觉糠秕在前〔49〕；且使周郎渐出，顾曲者多〔50〕，攻出瑕疵〔51〕，令前人无可藏拙，是自为后羿而教出无数逢蒙，环执干戈而害我也〔52〕，不如仍仿前人，缄口不提之为是。吾揣摩不传之故，虽三者并列，窃恐此意居多。以我论之：文章者，天下之公器〔53〕，非我之所能私；是非者，千古之定评，岂人之所能倒？不若出我所有，公之于人，收天下后世之名贤悉为同调，胜我者，我师之，仍不失为起予之高足〔54〕；类我者，我友之，亦不愧为攻玉之他山〔55〕。持此为心，遂不觉以生平底里〔56〕，和盘托出，并前人已传之书，亦为取长弃短，别出瑕瑜，使人知所从违〔57〕，而不为诵读所误。知我，罪我，怜我，杀我，悉听世人，不复能顾其后矣。但恐我所言者，自以为是而未必果是；人所趋者，我以为非而未必尽非。但矢一字之公〔58〕，可谢千秋之罚。噫！元人可作〔59〕，当必赏予〔60〕。

　　填词首重音律，而予独先结构者，以音律有书可考，其理彰明较著[61]。自《中原音韵》一出，则阴阳平仄画有胜区[62]，如舟行水中，车推岸上，稍知率由者[63]，虽欲故犯而不能矣。《啸余》、《九宫》二谱一出[64]，则葫芦有样，粉本昭然[65]。前人呼制曲为填词，填者，布也，犹棋枰之中画有定格[66]，见一格，布一子，止有黑白之分，从无出入之弊，彼用韵而我叶之[67]，彼不用韵而我纵横流荡之。至于引商刻羽，戛玉敲金[68]，虽曰神而明之[69]，匪可言喻，亦由勉强而臻自然，盖遵守成法之化境也[70]。至于结构二字，则在引商刻羽之先，拈韵抽毫之始[71]。如造物之赋形，当其精血初凝，胞胎未就，先为制定全形，使点血而具五官百骸之势。倘先无成局，而由顶及踵，逐段滋生，则人之一身，当有无数断续之痕，而血气为之中阻矣。工师之建宅亦然：基址初平，间架未立，先筹何处建厅，何方开户，栋需何木，梁用何材，必俟成局了然，始可挥斤运斧[72]；倘造成一架而后再筹一架，则便于前者，不便于后，势必改而就之，未成先毁，犹之筑舍道旁[73]，兼数宅之匠资，不足供一厅一堂之用矣。故作传奇者[74]，不宜卒急拈毫[75]，袖手于前，始能疾书于后[76]。有奇事，方有奇文，未有命题不佳，而能出其锦心，扬为绣口者也[77]。尝读时髦所撰，惜其惨淡经营[78]，用心良苦，而不得被管弦、副优孟者[79]，非审音协律之难，而结构全部规模之未善也。

　　词采似属可缓，而亦置音律之前者，以有才技之分也。文词稍胜者即号才人，音律极精者终为艺士。师旷止能审乐，不能作乐〔80〕；龟年但能度词，不能制词〔81〕；使与作乐制词者同堂，吾知必居末席矣。事有极细而亦不可不严者，此类是也。

【注释】

〔1〕填词：古代词曲创作都为按谱填词，这里专指戏曲创作。李渔在《闲情偶寄》里提到词、词曲，多是指戏曲。

〔2〕末技：雕虫小技。班固《幽通赋》："操末技犹必然兮，矧湛躬于道真。"古人素有辞赋为小道、余事做诗人之说，又以词为"诗余"，以曲为"词余"，故称。

〔3〕抑：降格，退一步。

〔4〕愈于：胜过。

〔5〕呼卢：赌博。卢，古时有一种叫樗蒲的赌博方式，参赌者手执五枚骰子，骰色上黑下白，如果掷得五个骰子皆为黑色，则谓之卢，是赌赛中最上彩。故参赌者在掷骰子时，往往连声呼卢，以祈求优胜。

〔6〕"不有博弈者乎"数句：语本《论语·阳货》："子曰：'饱食终日，无所用心，难矣哉！不有博弈者乎？为之，犹贤乎已。'"意思是：不是有博弈之类的游戏吗？玩一玩，也总比吃饱了整天没事干好些。

〔7〕小道：末技，微不足道的技艺。《论语·子张》："虽小道，必有可观者焉。"

〔8〕才乏纤洪：才无论大小。乏，无。纤，细小。洪，巨大。

〔9〕寸长尺短：《楚辞·卜居》："尺有所短，寸有所长。"是说比起更长的来，尺就显得短了；比起更短的来，寸就显得长了。比喻人和事物各有其长处和短处。

〔10〕"才夸八斗"两句：是指文才高，学问多。才夸八斗，宋无名氏《释常谈·八斗之才》："文章多，谓之八斗之才。""谢灵运尝曰：'天下才有一石，曹子建独占八斗，我得一斗，天下共分一斗。'"胸号五车，《庄子·天下》："惠施多方，其书五车。"

〔11〕点鬼之谈：对写诗作文喜欢罗列古人姓名者的讽刺。据唐张鷟《朝野佥载》："杨（炯）之为文，好以古人姓名连用……号为'点鬼簿'。"

〔12〕覆瓿（bù）：盖酱罐子。《汉书·扬雄传》载：刘歆看过扬雄所著《太玄经》和《法言》后，跟扬雄说："空自苦！今学者有禄利，然尚不能明《易》，又如《玄》何？吾恐后人用覆酱瓿也。"

〔13〕虽多，亦奚以为：语出《论语·子路》。

〔14〕非特：不仅。

〔15〕泯：埋没。

〔16〕高则诚：高明，字则诚，自号菜根道人，元末浙江瑞安人。著名戏曲作家，南戏《琵琶记》的作者。王实甫：王德信，字实甫，元大都（今北京）人。元代前期著名的杂剧作家，《西厢记》的作者。

〔17〕表见：表现。

〔18〕汤若士：汤显祖，字义仍，号若士，别署清远道人。江西临川人。明代著名戏曲家，著有《还魂记》（即《牡丹亭》）等。

〔19〕尺牍：即信札。古代用一尺长的木片（牍）给人写信，故称书信为尺牍。汤显祖的信札，当时即有"压倒流辈"之誉。

〔20〕脍炙（kuài zhì）人口：为人喜食的可口菜肴，此处喻指人们喜闻乐见、广为传诵的文艺作品。脍，细切的鱼或肉。炙，烤肉。

〔21〕千古不磨：永不磨灭。

〔22〕尚矣：赞美之意。尚，同"上"，这里有成就很高的意思。

〔23〕济济、跄跄（qiāng）：形容人才众多，阵容齐整。出自《诗经·大雅·公刘》："跄跄济济，俾筵俾几。"

〔24〕三代后之三代：前一个"三代"，指夏、商、周，被认为是美好的盛世。后者指汉史、唐诗、宋文的三个文学盛世。

〔25〕翰墨：笔墨。指文辞或书画艺术。

〔26〕亦少概见：谓缺少具有代表性的优秀作品。《史记·伯夷列传》："其文辞不少概见。"

〔27〕《元人百种》：指明臧懋循（晋叔）所编的元杂剧剧本集《元曲选》，其中收有近一百个杂剧剧本，大多为元人作品。

〔28〕附：依附。三朝：指汉史、唐诗、宋文三个时代。骥：千里马。

〔29〕同源而异派：同一本源，而支脉不同。异派，这里指不同的文体。

〔30〕雅慕：非常仰慕。

〔31〕刻欲：刻意地想要。配飨（xiǎng）：原是指后死者附名于先亡者之后受祭，这里指希望得到同样的尊崇的意思。

〔32〕问津：问路。津，渡口。

〔33〕半途而废：语出《礼记·中庸》。差之毫厘，谬以千里：典出《礼记·经解》。

〔34〕文字：这里指文体。

〔35〕法脉准绳：创作规范与法则。

〔36〕耳提面命：形容恳切地教诲。典出《诗经·大雅·抑》："匪面命之，言提其耳。"

〔37〕殆：大概，大约。

〔38〕最上一乘（chéng）：佛家语，最上一等的意思。佛教原有大小二乘，禅宗兴起后，别立上乘禅之名，即所谓最上一乘。

〔39〕生：传统戏曲脚色行当。一般扮演青壮年男子，常是剧中主要人物。旦：传统戏曲脚色行当。扮演女性人物。有正旦、小旦、花旦、老旦等。正旦也简称旦，为戏曲中主要女性角色。

〔40〕净：俗称"花脸"、"花面"。传统戏曲脚色行当。大都为性格、品质或相貌上有特异之点的男性配角人物，如张飞、曹操等。丑：丑角。传统戏曲脚色行当。由于化装时在鼻梁上抹一小块白粉而得名"小花脸"。

〔41〕胶柱：比喻墨守成规，不能变通。典出《史记·廉颇蔺相如列传》。柱，琴瑟上系弦的小木块。把柱用胶粘住，就不能调音。

〔42〕陈言：前人说滥了的话。这里指老套路。

〔43〕泥古拘方：拘泥于古法教条，不知道变通。

〔44〕阙疑：有疑问暂置不论，不作主观臆测。《论语·为政》："多闻阙疑。"

〔45〕蛇足："画蛇添足"省语。谓节外生枝，多此一举。语出《战国策·齐策》。

〔46〕帖括：唐制，明经科以帖经考试。把经文贴去若干字，让应试者回答。后因帖经难记，总括经文编成歌诀，以便记诵应试，称"帖经"。明清时也用来指八股文。泛指科学应试文章。

〔47〕剖腹藏珠：剖开肚子藏珍珠。比喻过度爱惜。《资治通鉴·唐太宗贞观元年》："吾（唐太宗）闻西域贾胡得美珠，剖身以藏之……人皆知，笑彼之爱珠，而不爱其身也。"

〔48〕《白雪》、《阳春》：古代楚国歌名，后人用以指称高雅的歌曲。宋玉《对楚王问》："客有歌于郢中者，其始曰《下里》、《巴人》，国中属而和者数千人……其为《阳春》、《白雪》，国中属而和者，不过数十人。"

〔49〕糠秕在前：粗劣者居前。《晋书·孙绰传》载，绰与习凿齿同行，孙绰在前，两人互相嘲戏。绰"顾谓凿齿曰：'沙之汰之，瓦石在后。'凿齿曰：'簸之扬之，糠秕在前。'"

〔50〕周郎顾曲：《三国志·吴书·周瑜传》："瑜少精意于音乐，虽三爵之后，其有阙误，瑜必知之，知之必顾。故时人谣曰：'曲有误，周郎顾。'"顾，顾视，回头看。

〔51〕攻出瑕疵：玉工加工美玉，要磨去玉中的斑痕，这里指发现作

品中的缺点和毛病。

〔52〕"是自为后羿而教出无数逢（féng）蒙"二句：语本《孟子·离娄下》："逢蒙学射于羿，尽羿之道，思天下惟羿为愈己，于是杀羿。"羿，古代传说中的神射手。环执干戈，手执武器。

〔53〕公器：指天下人共有的事物。《庄子·天运》："名，公器也，不可多取。"

〔54〕起予之高足：能举一反三、发明师意的优秀学生。《论语·八佾》："子曰：'起予者，商也，始可与言诗已矣。'"起，启发。

〔55〕攻玉之他山：《诗经·小雅·鹤鸣》："它山之石，可以攻玉。"指别处山上的石头可用来磋磨玉器，这里比喻可以从和自己相类的人那里得到启发和帮助。

〔56〕生平底里：平生的心得体会。

〔57〕别出瑕瑜：分别指出优劣。从违：谓取舍。

〔58〕矢：射中，得到。

〔59〕元人可作：这里指元代戏曲家倘若能够复生。

〔60〕贳（shì）：赦免，宽恕。

〔61〕彰明较著：非常明显。

〔62〕《中原音韵》：北曲剧作家和演员正音的法典，北曲最早的韵书。元周德清编著。塍（chéng）区：界限，范围。塍，田间的土埂。

〔63〕率由：遵从，遵循。《诗经·大雅·假乐》："不愆不忘，率由旧章。"

〔64〕《啸余》、《九宫》二谱：前者为明代程明普所编的《啸余谱》，收入朱权的北曲谱《太和正音谱》和沈璟的南曲谱《南九宫十三调曲谱》等，刊于万历四十七年。后者当万历间沈璟所编的《南九宫 十三调曲谱》。此书是沈氏根据嘉靖时蒋孝所编的《南九宫谱》整理加工而成。

〔65〕粉本：传统画法中有将画稿先用粉描于画幅之上，再依粉痕落墨的方法。后泛称画稿为粉本。这里指可依照其进行填词创作的曲谱。昭然：明明白白。

〔66〕棋枰（píng）：围棋棋局、棋盘。

〔67〕叶（xié）：通"协"，协韵，押韵。

〔68〕"引商刻羽"二句：指戏曲作品音韵像音乐一样美妙铿锵，悦耳动人。古乐律音阶，商声最高，称"引"；羽声等较细，称"刻"。"引商刻羽"意思是曲调优美、讲求声律的演奏。语出宋玉《对楚王问》。戛（jiá）玉敲金，乐器中如钟、磬等是用玉石与金属制成的，故以金玉、金石声形容声音清脆或音节铿锵。戛，敲击。

〔69〕神而明之：指难以言喻的奥秘，高深玄妙的道理。语出《周易·系辞上》："神而明之，存乎其人。"

〔70〕化境：出神入化的艺术境界。

〔71〕拈韵抽毫：指开始进入创作过程。拈韵，选韵。抽毫，动笔。

〔72〕挥斥运斧：挥动斧子。《庄子·徐无鬼》有"运斤成风"寓言故事。斤，斧子。

〔73〕筑室道旁：古语所谓作舍道边，三年不成。在路边盖屋，自己无主见而与路人商议，过路者人人言殊，房子几年还盖不好。语出《诗经·小雅·小旻》："如彼筑室于道谋，是用不溃于成。"

〔74〕传奇：明以唱南曲为主的长篇戏曲为传奇，以别于北杂剧。是宋、元南戏的进一步发展。盛行于明嘉靖到清乾隆年间。包含昆腔、弋阳腔等剧种，都以演唱传奇剧本为主。

〔75〕卒（cù）急：匆匆忙忙。

〔76〕"袖手于前"二句：是说创作前先打好腹稿，胸有成竹，创作时方能一挥而就。

〔77〕锦心、绣口：形容构思巧妙，辞采华美。柳宗元《乞巧文》："骈四俪六，锦心绣口。"

〔78〕时髦：这里被人视为杰出的当今剧作家。惨淡经营：原指作画前先用浅色勾勒轮廓，构思位置。引申为苦心谋划。

〔79〕被管弦、副优孟：配上音乐，让演员据以演。指剧本被演出。管弦，乐队，这里指剧团乐队。优孟，春秋楚庄王时摹仿已故楚国贤相孙叔敖的优人，见《史记·滑稽列传》，后用为演员的代称。

〔80〕师旷：春秋时晋国著名音乐家。相传他辨音审乐的能力很强，能从乐音中辨别吉凶。作乐：作曲。

〔81〕龟年：即李龟年，唐玄宗时著名的宫廷音乐家。度词：依词谱曲、歌唱。制词：写曲文歌词。

【译文】

　　填词编剧这类事，是文人的雕虫小技。然而能降格以求去做这件事，还是觉得比驰马试剑、纵酒赌赛要好。孔子说过："不是有掷彩弈棋之类的游戏吗？玩一玩，也总比整天游手好闲，什么都不干强。"掷彩弈棋虽是游戏，还是胜过"饱食终日，无所用心"；填词编剧虽属小道，不又是比掷彩弈棋更胜一筹吗？我以为技艺无论大小，贵在能够精通；才能不管多少，利在善于运用。能够精通并且善于运用，那么即使寸长尺短，也自可以成就名声。否则即使自称才高八斗、学富五车，作文只会多列古人名姓，著书也只能被人用来盖盖酱缸，就算写得再多，又有什么用呢？填词编剧这类事，不仅擅长此道的文士足以凭此成名，就是前代帝王，也有因为本朝词曲擅长，而能使其国事不被泯灭的。请允许我一一道来。

高则诚、王实甫等人，是元代的名士，除了填词编剧之外，没有别的特殊表现。假使两人没有创作《琵琶记》、《西厢记》，那么时至今日，谁还知道他们姓什么？叫什么呢？如此说来，高则诚、王实甫得以留名后世，是因为《琵琶记》、《西厢记》的传扬。汤显祖，是明代的才子。他的诗文和书信，都值得一观。可是他脍炙人口的作品，不在书信诗文里，而是《还魂记》这个剧本；假使汤显祖没有写《还魂记》，那么当日的汤显祖也就是虽有却若无的人，更何况到了后代呢？如此说来，汤显祖的名声能够流传，全靠《还魂记》的传扬。这是文士因为戏剧创作而成名的例子。历朝历代文学之繁盛，其名声各自归因于相应文体，"汉史"、"唐诗"、"宋文"、"元曲"，这是世人的口头语。《汉书》、《史记》，千古不朽，成就很高；唐代诗人济济，宋代文家辈出，在文坛上三足鼎立，不愧为夏商周三代后的三朝文学盛世。元朝一统天下以后，不只是政治、法律、礼乐制度方面无可宗尚，就是在语言文字、图书翰墨等微末事业上，也少有可观的表现；假使不是崇尚戏曲，让《琵琶记》、《西厢记》以及《元人百种》等剧作得以流传后世，那么当日的元朝也就与五代、金、辽同样泯灭无闻了，哪里还能附汉、唐、宋三朝骥尾，而为后世文人学士津津乐道呢？这是帝王国事因为填词编剧而得以扬名的例子。由此看来，填词编剧并非末技小道，而是与史传、诗文同源而异脉的体类。

近来雅慕戏曲创作，刻意追随元朝曲家脚步，想以此成为与汤显祖齐名的人很多。可是终究可称作家的寥寥无几，绝唱佳制也闻所未闻。其原因是什么呢？只因戏曲创作之道，唯有前人的作品可以鉴读，并没有现成规则可以效法。就好比暗室无灯，开眼的也如同盲人一般。难怪人们找不到路径，也没有人指点迷津，半途而废者居多，而差之毫厘、谬以千里的人也有不少。我曾经奇怪，天地之间只要有一种文字，就会有一种文字的法脉准绳，载明在书上的，无异于老师耳提面命，唯独在填词编剧这件事上，非但粗略不详，甚至干脆弃置不论。揣摩其中的缘故，大概有以下三个方面：一是因为戏曲创作的道理很难体悟，不可言传，只能意会。创作构思，想入云霄之际，作者神魂飞越，如在梦中，不写到终篇，不能返魂收魄。谈论真事容易，而描述梦境就难了。此中三昧，不是不想传写，而是无法传写。如果是这样，那么戏曲创作相对其他文学创作确实不同，确实很难，确实无法说得明白。我认为像这种至深的创作原理，都是言说文学最上乘境界的，并不是说戏曲创作的学问方方面面尽皆如此。岂能因为至精至妙的道理难以言明，就连粗浅之处也丢开不谈了呢？二是因为填词编剧之理变幻无常，有时一般而言理当如此，但实际创作时却又或不当如此。比如拟写生、旦的戏文，贵在庄重文雅；而拟写净、丑的戏文，则务须带点儿诙谐，这是戏曲创作的常理。但倘若忽然写到风流放佚的生角和旦角，反倒觉得写成庄重文雅就不对了；而拟写迂腐不近人情的净角和丑角，反而要以诙谐为忌。诸如此类的，都难以胶柱鼓瑟，墨守成规。前人或许因为担心固定不变的陈规旧套，会误导那些拘泥古方、循规蹈矩的曲家，所以宁肯空缺存疑，也不画蛇添足。如果是这样，那么这种微妙变幻的道理，不仅仅戏曲创作是这样，八股、诗文的创作也都是这样的。哪里有拘泥于陈规死法写文章，而能被人们所欣赏，并流传于后世的呢？三是因为从古到今的名士，因为诗歌辞赋被世人看重的占了十分之九，而因戏曲创作传名后世的还不到十分之一，大约千百个人当中只能找到一位。大凡擅长此道的人，全都剖腹藏珠，务求保密，以为这样的诀窍方法没有人传授给我，我岂肯独独金针度人呢？假使家家写戏，户户编剧，那么不论《白雪》满车，《阳春》遍世，那些淘金选玉的论家也未必不让后来者居上，而觉得前人佳作是糟糠秕壳；而且假像顾曲周郎那样的内行渐渐多起来，挑出瑕疵，使得前人无可藏拙，这样就好比自己为后羿，而教出无数个逢蒙，让他们手执干戈围起来害自己。不如仍然仿效前人，缄口不提为好。我揣摩编剧的奥秘没有流传的缘故，虽然上述三者并存，但窃以为还是这最后一层意味居多。在我看来，文章，是天下的公器，不是我个人可以私自独占的；此中是与非，千古也自有定评，又岂能为某个个人所扭曲颠倒？不如将我所有的经验体悟，全都公诸世人，引天下后世的名士贤人都成为我的同道，胜过我的，我奉他为师，仍然不失为启发我的高足；与我差不多的，我把他当做朋友，也不愧为可以攻玉的它山之石。正是秉持这样的初衷，我于是自然而然地把自己生平全部所知所悟，和盘托出，并将前人已流传下来的书，也取长避短，分别出瑕瑜优劣，使人们知道遵从什么，避弃什么，而不被平常诵读的言论所误导。知我，罪我，怜我，杀我，一切听凭世人，我也不再顾忌什么后果了。只恐怕我所言说的，自以为正确却未必真的正确；人们所趋尚的，我认为不对却未必全错。只求出于公心有一字之是，就可谢免千秋的惩罚了。唉！元代的曲家高士如果复生，也一定会谅解我的。

编剧首重音律，而我却单单先论结构，是因为音律有书可以参考，其原理非常明显。自从周德清《中原音韵》这本书一面世，那么阴阳平仄就划界分明了，犹如舟行水中，车推岸上一样，只要稍懂遵循轨辙规则的人，即使故意想要违反也不能做到了。程明善的《啸余谱》和沈璟的《南九宫十三调曲谱》这两本曲谱一面世，那么可供师法的样本明明白白，编剧者可以照葫芦画瓢。前人称编戏为填词。"填"就是布局，就像棋盘上画着固定的格子，见一个格子，就布一枚棋子，只有黑白之分，从来不会有出格入格的弊端。别人在此用某韵，我也用此韵相协；别人不用韵，那我就纵横流荡放手去写。至于合理运用音韵规则原理，写出敲击金玉般的铿锵悦耳之声，虽说要明白其中神妙的奥秘，在于各人的体悟，不可言喻，但也可以由勉强而为渐渐臻于自然，大约就是由遵守成法而达到出神入化的艺术境界。至于结构方面的构思布局，则应该在确定曲牌宫调之前、选择韵部动笔写作之始就已经胸有成竹。如同造物主赋形于人，当其精血未凝，胞胎未成之时，就先预制设定好整体的形态，使初始的点滴骨血即已涵具五官百骸的体势。倘若事先没有考虑好整体布局，而是从头到脚，逐段滋生，那么人的一身，就会有无数断续之痕，而人的血气运行也会被这些断痕从中阻滞了。工匠设计建造宅院也是同样。房屋地基刚刚平整，整体间架还未树立，就要先筹划于何处建客厅，在何方开门窗，栋需用何木，梁须用何材，必须等到整体设计清楚可行，才可以挥斥运斧，开工建造。倘若先建好了一架屋子之后，再来筹划另一架，那么方便了前一架，但后一架却不一定能随顺适便，势必要作相应改动来修正将就，那么宅院还未建好就先毁了。这就好比在路旁建房的典故，几所房屋的建造费用合起来，还不够供一厅一堂之用。故传奇创作者，不宜匆促动笔，先袖手凝神胸有成竹，方能奋笔疾书一气呵成。有奇事，才会有奇文，没有题材命意不佳，但作品却能显现剧作家锦心绣口的。我曾读过一些时髦人士所撰写的剧作，可惜他们惨淡经营、用心良苦的创制，却不能由琴师和演员付诸舞台演出。这不是由于审音协律的困难，而是因为整体结构不够完美。

词采似属可缓一步探讨的内容，可我也放在音律之前来谈，是因为这是可以分别是否有才华与技艺的。文词稍胜者，便可号称为才子，而音律极精通者，终究不过是艺士。师旷只能审乐，却不能作乐；李龟年只能度词，却不能制词；假如让他们跟作乐制词的同堂，我知道他们一定是敬陪末座了。有的事极其细微，却不可不严格区划，这类事情就是。

戒　讽　刺

武人之刀，文士之笔，皆杀人之具也。刀能杀人，人尽知之；笔能杀人，人则未尽知也。然笔能杀人，犹有或知之者；至笔之杀人较刀之杀人，其快其凶更加百倍，则未有能知之而明言以戒世者。予请深言其故。何以知之？知之于刑人之际[1]。杀之与剐，同是一死，而轻重别焉者，以杀止一刀，为时不久，头落而事毕矣；剐必数十百刀，为时必经数刻，死而不死，痛而复痛，求为头落事毕而不可得者，只在久与暂之分耳。然则笔之杀人，其为痛也，岂止数刻而已哉！窃怪传奇一书[2]，昔人以代木铎[3]，因愚夫愚妇识字知书者少，劝使为善，诫使勿恶，其道无由[4]，故设此种文词，借优人说法与大众齐听[5]，谓善者如此收场，不善者如此结果，使人知所趋避，是药人寿世之方[6]，救苦弭灾之具也；后世刻薄之流，以此意倒行逆施，借此文报仇泄怨，心之所喜者，处以生旦之位，意之所怒者，变以净丑之形，且举千百年未闻之丑行，幻设而加于一人之身，使梨园习而传之[7]，几为定案，虽有孝子慈孙，不能改也。噫！岂千古文章止为杀人而设，一生诵读徒备行凶造孽之需乎？苍颉造字而鬼夜哭[8]，造物之心，未必非逆料至此也。凡作传奇者，先要涤去此种肺肠，务存忠厚之心，勿为残毒之事。以之报恩则可，以之报怨则不可；以之劝善惩恶则可，以之欺善作恶则不可。

人谓《琵琶》一书，为讥王四而设，因其不孝于亲，故加以入赘豪门，致亲饿死之事[9]。何以知之？因"琵琶"二字有四"王"字冒于其上，则其寓意可知也。噫！此非君子之言，齐东野人之语也[10]。凡作传世之文者，必先有可以传世之心，而后鬼神效灵，予以生花之笔，撰为倒峡之词[11]，使人人赞美，百世流芬。传非文字之传，一念之正气使传也。"五经"、"四书"、《左》、《国》、《史》、《汉》诸书[12]，与大地山河同其不朽，试问当年作者有一不肖之人、轻薄之子厕于其间乎[13]？但观《琵琶》得传至今，则高则诚之为人必有善行可予[14]，是以天寿其名，使不与身俱没，岂残忍刻薄之徒哉！即使当日与王四有隙[15]，故以不孝加之，然则彼与蔡邕未必有隙[16]，何以有隙之人止暗寓其姓，不明叱其名，而以未必有隙之人，反蒙李代桃僵之实乎[17]？此显而易见之事，从无一人辩之。创为是说者，其不学无术可知矣。

予向梓传奇[18]，尝埒誓词于首[19]，其略云：加生旦以美名，原非市恩于有托[20]；抹净丑以花面，亦属调笑于无心；凡以点缀词场，使不岑寂而已[21]。但虑七情之内，无境不生，六合之中[22]，何所不有，幻设一事，即有一事之偶同；乔命一名[23]，即有一名之巧合；焉知不以无基之楼阁，认为有样之葫芦？是用沥血鸣神，剖心告世[24]，倘有一毫所指，甘为三世之喑[25]，即漏显诛，难逃阴罚[26]。此种血忱[27]，业已沁入梨枣，印政寰中久矣[28]，而好事之家，犹有不尽相谅者，每观一剧，必问所指何人。噫！如其尽有所指，则誓词之设，已经二十余年，上帝有赫，实式临之[29]，胡不降之以罚？兹以身后之事，且置勿论，论其现在者：年将六十，即旦夕就木[30]，不为夭矣；向忧伯道之忧[31]，今且五其男，二其女，孕而未诞、诞而待孕者，尚不一其人，虽尽属景升豚犬[32]，然得此以慰桑榆[33]，不忧穷民之无告矣[34]；年虽迈而筋力未衰，涉水登山，少年场往往追予弗及[35]；貌虽癯而精血未耗，寻花觅柳，儿女事犹然自觉情长。所患在贫，贫也，非病也；所少在贵，贵岂人人可幸致乎？是造物之悯予，亦云至矣。非悯其才，非悯其德，悯其方寸之无他也[36]。生平所著之书，虽无裨于人心世道，若止论等身，几与曹交食粟之躯等其高下[37]。使其间稍伏机心，略藏匕首[38]，造物且诛之夺之不暇，肯容自作孽者老而不死，犹得佯狂自肆于笔墨之林哉[39]？

吾于发端之始，即以讽刺戒人，且若嚣嚣自鸣得意者⁽⁴⁰⁾，非敢故作夜郎⁽⁴¹⁾，窃恐词人不究立言初意，谬信"琵琶王四"之说，因谬成真。谁无恩怨？谁乏牢骚？悉以填词泄愤，是此一书者，非阐明词学之书，乃教人行险播恶之书也。上帝讨无礼，予其首诛乎？现身说法，盖为此耳。

【注释】

〔1〕刑人：处决人犯。

〔2〕传奇：指唐裴铏所作短篇小说集《传奇》。后也称唐、宋小说为传奇。明清时也常称戏曲剧本为传奇，参见《结构第一》注〔74〕。

〔3〕木铎（duó）：古代一种带木舌的铃，是宣告政令时用以召集民众的工具，后作为施行教化或政治教化工具的代称。《论语·八佾》："天将以夫子为木铎。"

〔4〕其道无由：找不到效果良好的教化方法与途径。由，从，经由。

〔5〕借优人说法：通过演员扮演人物故事来进行教化宣传。说法，原指佛教高僧宣讲佛家教义真谛。

〔6〕药人寿世：犹言教育世人，改良社会。

〔7〕梨园：唐玄宗李隆基擅长音乐，酷爱法曲，曾亲自于内廷梨园教授宫中伎人歌舞，被教者号为皇帝梨园弟子。后称戏班子、戏曲业为梨园，称戏曲演员为梨园子弟。

〔8〕苍颉（jié）造字而鬼夜哭：相传苍颉是黄帝的史官，文字的始创者。《淮南子·本经》："昔者苍颉作书而天雨粟，鬼夜哭。"

〔9〕"人谓《琵琶》一书"几句：清翟灏《通俗编》引《留青日札》："时有王四者，能词曲，高则诚与之友善，劝之仕。登第后，即弃其妻而赘于太师百花家，则诚悔之，因借此记以讽。名琵琶者，取其四王字，为王四云耳。元人呼牛为不花，故谓之牛太师。"

〔10〕"此非君子之言"二句：语出《孟子·万章上》。齐东野人之语，指荒唐无稽、道听途说的话。

〔11〕生花之笔：传说南朝梁江淹曾梦见有人以五色笔赠之，自此后文思日进。又《开元天宝遗事》说李白少时曾梦笔头生花，此后诗文越做越好。倒峡之词：倒峡，比喻文章气势磅礴，如江水倾峡而出。杜甫《醉歌行》："词源倒倾三峡水，笔陈横扫千人军。"

〔12〕"五经"、"四书"、《左》、《国》、《史》、《汉》诸书：古代的经史著作。《五经》，指《易》、《诗》、《书》、《礼记》、《春秋》。《四书》，南宋

朱熹将《论语》、《孟子》、《大学》、《中庸》合编而成。《左》，即《春秋左传》。《国》，《国语》的简称。相传《春秋左传》和《国语》均为鲁国左丘明所撰。《史》，汉司马迁所撰的《史记》。《汉》，东汉班固所著的《汉书》。

〔13〕厕于其间：置身于其间。

〔14〕可予：值得赞许。

〔15〕隙：矛盾，怨仇。

〔16〕蔡邕：东汉末年著名文学家，字伯喈。高明著《琵琶记》，以其为男主角，但情节与史实不符。

〔17〕李代桃僵：指冒名顶替或代人受过。古乐府《鸡鸣》："桃生露井上，李树生桃傍。虫来啮桃根，李树代桃僵。"

〔18〕向梓传奇：以往刻印剧本。梓，古代用木板雕刻图书叫梓。

〔19〕埒（liè）：原为划分界域之意，这里有系联申明的意思。

〔20〕市恩有托：给人好处，以换取对方的好感。有托，有所求的人。

〔21〕岑寂：冷场，寂静。

〔22〕六合：指天地四方，即天下。

〔23〕乔命一名：为剧中人物取个名字。乔，假托，假装。

〔24〕沥血鸣神，剖心告世：指将自己的心迹告白于世人和神灵。沥血，滴血以示竭诚。

〔25〕喑（yīn）：哑。

〔26〕即漏显诛，难逋（bū）阴罚：即使侥幸逃脱世间的惩罚，也难逃过鬼神的责罚。逋，逃避。

〔27〕血忱：犹血诚，赤诚。

〔28〕沁入梨枣，印政寰中：体现在刊刻出来的作品中，流传于人世间。梨枣，古代多用梨木、枣木刻印图书，称刻有图书的木板为梨枣。印政，印证。寰中，世间。

〔29〕"上帝有赫"二句：语本《诗经·大雅·皇矣》："皇矣上帝，临下有赫。"赫，威灵。式临，监视。

〔30〕旦夕就木：即刻就死去。

〔31〕伯道之忧：无子孙的忧虑。西晋末河东太守邓攸，字伯道。战乱中弃子保侄，竟无子嗣。后称无子为"伯道之忧"。

〔32〕景升豚犬：东汉末荆州牧刘表，字景升。死后其子刘琮投降曹操，为曹操所蔑视。《三国志·吴志·吴主传第二》注引《吴历》："公见舟船器仗军伍整肃，喟然叹曰：'生子当如孙仲谋，刘景升儿子，若豚犬耳！'"后以"豚犬"或"景升豚犬"作为称自己儿子的谦词。

〔33〕桑榆：古时住宅旁常植桑榆，向晚时阳光在桑榆之间，因以

"桑榆"作日暮和人生晚年的代称。

〔34〕穷民：孤苦伶仃、无依无靠的人。《孟子·梁惠王下》："老而无妻曰鳏，老而无夫曰寡，老而无子曰独，幼而无父曰孤。此四者，天下之穷民而无告者。"

〔35〕少年场：年轻人聚会的场所。这里用指年轻人。

〔36〕方寸无他：指心里没有坏念头。方寸，心。《三国志·蜀志·诸葛亮传》："庶辞先主而指其心曰：'本欲与将军共图王霸之业者，以此方寸之地也。今已失老母，方寸乱矣。'"

〔37〕"若止论等身"二句：是说仅就自己著作之多而言，堆起来几乎和九尺四寸长的曹交一样高。《孟子·告子下》载曹交自谓："今交九尺四寸以长，食粟而已。"

〔38〕机心、匕首：这里指别有用心，动机不良。

〔39〕老而不死：语出《论语·宪问》："老而不死是谓贼。"佯（yáng）狂：即佯狂，装疯。《史记·宋微子世家》："（箕子）乃被发佯狂而为奴。"

〔40〕嚣嚣：自鸣得意、自得其乐的样子。

〔41〕夜郎：汉时西南一小国，僻处蛮荒之地，不知天下之大，后称妄自尊大者为夜郎自大。

【译文】

武士之刀，文人之笔，都是杀人的工具。刀能杀人，人人都知道；笔能杀人，则未必尽人皆知。不过笔能杀人，还是有人或许知道；至于笔之杀人比起刀之杀人来，更加迅捷，更加凶狠，超过上百倍，就未必有人能够知道并且明明白白告诫世人。请容我深入细致地言明其中的缘故。我是凭什么知道的呢？是从处决犯人的情景中知道的。杀之与剐，虽然同是一死，却存在着轻重程度的差别。因为杀人只是一刀，持续时间不长，头落下来就完事了；剐却必须数十刀、数百刀，时间必须持续数刻，受刑人死而不死，痛而加痛，想求得头落事毕痛快死去也不可得，这二者只是在时间的久长与短暂之间存在差别。然则笔之杀人，其所造成的痛，岂止数刻钟而已呢？我心中奇怪，《传奇》一书，过去人们用来代替宣扬教化的铃铎，因为愚夫愚妇识字知书的少，要劝使他们为善，告诫他们不要为恶，找不到更好的路径，所以创设此类文词，借优人说法，说与大众齐听，告诉人们为善者如此结局，为恶者如此下场，让人们知道什么该做，什么不能做，是医治世人，使人长寿的药方，改良社会，救苦消灾的有效工具。然而后世刻薄之辈，却借用此意来倒行逆施，借剧作来报仇泄怨。心中所喜欢的，就给予他们生旦的角色定位；心里怨恨的人，就给予他们净丑的角色形貌，并且将千百年来闻所未闻的丑恶行径，都拟想幻设，加到一个人身上，让梨园戏班演习传播，几乎成为定案，就算此人有孝子慈孙，也不能更改。唉！难道千古文章，只为杀人而设吗？难道一辈子读书，只是为预备行凶造孽的需要吗？相传苍颉造字而天降粟雨，有鬼夜哭，造物之心，未必不是预料到后人竟然这样以文字害人。凡作传奇者，先要将此种害人的心思洗涤干净，务必存着忠厚之心，不可为残忍刻毒之事。用传奇文字报恩可以，以之报怨却不可；用它来劝善惩恶可以，用它来欺善作恶却不可。

有人说《琵琶记》一书，是为讥讽王四而作，因为他不孝顺双亲，所以编了入赘豪门，不赡养父母，致其饿死的情节加到他头上。人们凭什么知道的呢？因为"琵琶"二字，有四个"王"字冒于其上，那么其寓意就可想而知了。唉！这不是君子该说的话，而是齐东野人的无稽之谈啊。凡是创作传世之文的人，一定先有可以传世之心，然后才能感动得鬼神显灵，给他生花的妙笔，撰写出气势磅礴的词文，使人人赞美，流芳百世。之所以流传，并非只靠文字流传，而是靠一念正气使之流传啊。"五经"、"四书"、《左传》、《国语》、《史记》、《汉书》等书，与大地山河同其不朽，试问当年创作者中，有一个不肖之子、轻薄之徒混列其间吗？只要看看《琵琶记》得以流传到今天，那么高则诚的为人，必定有善行可表，所以上天让他的名声久久流传，使之不与肉身一起泯灭，他哪里会是残忍刻薄之徒呢！即使他在世时与王四有仇隙，故意将不孝的情节罪名加在他头上，然而他与蔡邕总不会有仇隙吧，何以有仇隙的人，只是暗寓他的姓氏，不明确指叱他的名字，却让没有仇隙的蔡邕，反而蒙受李代桃僵的实祸呢？这是显而易见的事情，可从来没有一个人加以明辩。发明这种说法的人，他的不学无术是可想而知的。

我从前刊刻传奇，曾将誓词标刻于卷首，大略说：给生旦加以美名，原非为有所求而卖好于人；给净丑抹上花脸，也属于无心的调笑；大凡都是为了点缀词场，使戏台上不寂冷单调而已。但是考虑到七情六欲之内，什么情境不能生发，上下四方之间，何奇不有。虚构一个情节，现实中就或有一件真事与它偶同；假拟一个姓名，也许真有一人名姓与之巧合。何以知道不会把这凭空虚构的亭台楼阁，认作是由真实范本依样画瓢的结果？因此我要歃血对神灵起誓，剖心向世人告白：我的剧作倘若一丝一毫有所指向，甘愿三世为哑巴，即使侥幸逃过世间的诛杀，也难躲过阴间的惩罚。此种血诚毒誓，业已印刻入书中，验证于世间很久了。可是好事之人，还是不能充分谅解，每观一剧，必定要问所指何人。唉！如果我的剧作都有所指，那么我刊刻誓词，至今已二十多年，上天赫赫威灵，时时照鉴人间，为什么不把惩罚降临到我头上呢？这里暂且将身后之事弃置不论，只说现在的事吧：我已年近六十，即使旦夕之间进了棺材，也算不上中道夭折；曾经也像邓伯道一样担心无有子嗣断了香火，现在已然有了五男两女，而且已经怀孕尚未生养，已经生养正待怀孕的，还不止一人，虽然都属于难成大器的孩子，然而有他们慰藉晚年，不必忧愁老来无依无靠，哀哀无告；我虽年迈而筋力未衰，涉水登山，年轻人也往往赶不上我；我面貌虽然清瘦，而精血还没有衰耗，寻花问柳，自己感觉依然能儿女情长。所担心的是贫穷，但贫穷却不是病；所欠缺的是富贵，而富贵难道是人人都可以侥幸得到的吗？如此说来，造物主怜悯我，也可以说是很周到了。不是怜悯我的才华，也不是怜悯我的品德，而是怜悯我没有别的坏心眼儿。我平生所著的书，虽然对于世道人心没有什么裨益，但若只论著作等身之厚度，那么堆起来几乎跟古代大个子曹交九尺四寸的食粟之躯一样高了。假如我心里边稍稍潜伏点机心，暗藏着杀器，造物主诛杀我，剥夺惩罚我还来不及，岂肯容我继续自作罪孽老而不死，让我还能装疯卖傻张扬自肆于笔墨之林吗？

我在本书的开头，就以讽刺自戒戒人，而且好像还以此喋喋不休自鸣得意，并非敢于故作夜郎自大的样子，暗里担心词人不深究作者立言最初之本意，盲目听信"琵琶王四"之说，因谬成真。谁没有恩怨？谁没有牢骚？如果都借着编剧填词来发泄怨愤，那么这样一本书，就不是阐明词学的书，而是教人行险播恶的书了。上帝要是讨伐无礼之人，那我不就成了第一个该诛杀的人了吗？我在这里现身说法，就是为了这个缘故。

立 主 脑[1]

古人作文一篇，定有一篇之主脑，主脑非他，即作者立言之本意也。传奇亦然。一本戏中有无数人名，究竟俱属陪宾，原其初心[2]，止对一人而设。即此一人之身，自始至终，离合悲欢，中具无限情由，无穷关目[3]，究竟俱属衍文[4]，原其初心，又止为一事而设。此一人一事，即作传奇之主脑也。然必此一人一事果然奇特，实在可传而后传之，则不愧传奇之目，而其人其事与作者姓名皆千古矣。如一部《琵琶》止为蔡伯喈一人，而蔡伯喈一人又止为"重婚牛府"一事[5]，其余枝节皆从此一事而生。二亲之遭凶，五娘之尽孝，拐儿之骗财匿书，张大公之疏财仗义皆由于此[6]，是"重婚牛府"四字，即作《琵琶记》之主脑也；一部《西厢》止为张君瑞一人，而张君瑞一人又止为"白马解围"一事[7]，其余枝节皆从此一事而生，夫人之许婚，张生之望配，红娘之勇于作合，莺莺之敢于失身，与郑恒之力争原配而不得，皆由于此[8]，是"白马解围"四字，即作《西厢记》之主脑也。余剧皆然，不能悉指。后人作传奇，但知为一人而作，不知为一事而作，尽此一人所行之事，逐节铺陈，有如散金碎玉，以作零出则可[9]，谓之全本，则为断线之珠，无梁之屋，作者茫然无绪，观者寂然无声，无怪乎有识梨园望之而却走也[10]。此语未经提破，故犯者孔多[11]，而今而后，吾知鲜矣。

【注释】

〔1〕主脑：通常是指作者创作的主要动机或立意，相当于主题。这里特指剧作者演绎一段人生离合悲欢故事的创作动机和主要人物、主要情节。

〔2〕原：推究。

〔3〕关目：此处泛指情节发生、发展的阶段及情节安排。

〔4〕衍文：本是校勘学术语，专指古籍抄刊中误增的文字，这里则指起铺垫和陪衬作用的文字。

〔5〕重婚牛府：《琵琶记》中写蔡伯喈得中以后，因皇命而与牛丞相之女结婚，从而造成了他的原配妻子赵五娘的悲剧。剧中第十二至十六出和第十八、十九出，都叙写这一情节。

〔6〕"二亲之遭凶"四句：都是《琵琶记》中的情节。

〔7〕白马解围：王实甫《西厢记》第二本第一、二折中的情节。

〔8〕"夫人之许婚"五句：《西厢记》中的情节。

〔9〕零出：折子戏。

〔10〕有识梨园：戏曲界中的有识之士。

〔11〕孔多：很多。

【译文】

古人写一篇文字，定然会有一篇的主脑。主脑不是别的什么，就是作者立言的本意。传奇也是这样。一本戏里，有无数人名，归总大多属于配角，推究剧作者的初心，也许只是为一人而设。即此一人之身，自始至终，悲欢离合，中间具有无限情由，无穷关目，推究起来也大多属于敷设衍生的文字，推原作者的初心，也许又只为一事而设。这一人一事，就是作者创作剧本的主脑。但这一人一事必须真的很奇特，确实值得流传而后才传写和搬演，这样才不愧传奇的名，而其人、其事与剧作者的姓名才能够千古流芳。比如一部《琵琶记》，只为蔡伯喈一人而写；而写蔡伯喈一人，又只是为了写"重婚牛府"这一件事，其余枝枝节节的情节都从这一件事上敷衍生发出来。如他父母双亲之遭难，赵五娘之尽孝，拐子之骗财藏信，张太公之仗义疏财等情节，都起因于这一件事。所以"重婚牛府"这四个字，就是高则诚创作《琵琶记》的主脑。一部《西厢记》，只为张君瑞一人而写；而写张君瑞一人，又只是为了写"白马解围"这一件事，其余枝枝节节的情节都从这一件事上敷衍生发出来。如老夫人之许婚，张生之期望与崔莺莺婚配，红娘之勇于为两人牵线搭桥，莺莺之敢于为爱献身，以及郑恒之力争原配而不得等情节，都起因于这一件事。所以"白马解围"这四个字，就是王实甫创作《西厢记》的主脑。其他剧本也都是这样，这里不能一一指述。后人作传奇，只知为一人而作，却不知道为一事而作，将此一人所做过的所有事情，一段接一段铺叙下来，有如散金碎玉，拿来作折子戏倒还可以，如果说是全本，则就像断线之珠，无梁之屋。剧作者茫然无绪，观剧者寂然无声，难怪有见识的行家票友，望而却步，掉头而去。这话从来没有被人提起说破，所以犯这毛病的人很多。从今以后，我知道会少许多吧。

脱　窠　臼 [1]

"人惟求旧，物惟求新 [2]。"新也者，天下事物之美称也。而文章一道，较之他物，尤加倍焉。戛戛乎陈言务去 [3]，求新之谓也。至于填词一道，较之诗赋古文，又加倍焉。非特前人所作，于今为旧，即出我一人之手，今之视昨，亦有间焉 [4]。昨已见而今未见也，知未见之为新，即知已见之为旧矣。古人呼剧本为"传奇"者，因其事甚奇特，未经人见而传之，是以得名，可见非奇不传。"新"即"奇"之别名也，若此等情节业已见之戏场，则千人共见，万人共见，绝无奇矣，焉用传之？是以填词之家，务解"传奇"二字，欲为此剧，先问古今院本中曾有此等情节与否 [5]，如其未有，则急急传之，否则枉费辛勤，徒作效颦之妇 [6]。东施之貌未必丑于西施，止为效颦于人，遂蒙千古之诮，使当日逆料至此，即劝之捧心，知不屑矣。吾谓填词之难，莫难于洗涤窠臼，而填词之陋，亦莫陋于盗袭窠臼。吾观近日之新剧，非新剧也，皆老僧碎破之衲衣[7]，医士合成之汤药。取众剧之所有，彼割一段，此割一段，合而成之，即是一种"传奇"。但有耳所未闻之姓名，从无目不经见之事实。语云"千金之裘，非一狐之腋"[8]，以此赞时人新剧[9]，可谓定评。但不知前人所作，又从何处集来？岂《西厢》以前，别有跳墙之张珙？《琵琶》以上，另有剪发之赵五娘乎[10]？若是，则何以原来不传，而传其抄本也？窠臼不脱，难语填词，凡我同心，急宜参酌。

【注释】

〔1〕窠（kē）臼：指前人用滥了的固定陈式和俗套。

〔2〕"人惟求旧"二句：是说选人还是旧的好，器物还是新的好。语本《尚书·盘庚上》："迟任有言曰：'人惟求旧，器非求旧，惟新。'"

〔3〕戛戛（jiá）乎陈言务去：语出韩愈《答李翊书》："惟陈言之务去，戛戛乎其难哉！"戛戛，困难貌。陈言，缺乏新意的、老一套的辞句。

〔4〕间：距离、差异。

〔5〕院本：金、元时称戏剧演出的脚本为院本，这里代指杂剧剧本。

〔6〕效颦之妇：此用东施效颦的寓言故事，出《庄子·天运》。颦，皱眉。

〔7〕衲衣：僧衣。旧时僧人用许多破碎的布片拼凑逢补制成僧衣，又叫百衲衣。这里指东拼西凑的剧本。衲，缝补。

〔8〕"千金之裘"二句：语本《慎子·知忠》："粹白之裘，盖非一狐之腋（一作"皮"）也。"腋，指狐腋毛。

〔9〕赞：这里是评论的意思。

〔10〕剪发之赵五娘：《琵琶记》第二十五出《祝发买葬》，写赵五娘剪发卖钱，埋葬公公。

【译文】

《尚书》里说："人惟求旧，物惟求新。"所谓新，是天下事物的美称。而文章一道，比起别的事物来，尤其应该加倍地求新。韩愈说：戛戛乎陈言务去。就是指的求新。至于填词编剧之道，比起诗赋古文，更要加倍求新。不仅前人所创的剧作，于当今已经不新鲜了，即使出于我一人之手，今天之视昨日，也不会没有差异。昨日已见之事而今天没有见到，就可以知道没有见到的是新的，已经看见的就是旧的了。古人之所以将剧本称为"传奇"，就是因为剧中所述之事甚是奇特，人们未经见过而搬演流传，所以得名。可见剧本创作，非奇不传。"新"，就是"奇"的别名，如果这一类情节业已在戏场上演过，那么已是千人共见，万人共见，绝无新奇的意味了，哪里还用得着再传？所以填词编剧之家，务必要理解"传奇"二字。想写某一个剧本，当先阅览查问古今院本中，是否曾经有过此类情节，如果前所未有，就速速写出来搬演流传，否则白费辛苦，徒然作了回效颦的东施。其实东施的容貌也未必比西施丑多少，只因为效颦于西施，才会蒙受千古的讥笑。假使她当时能预料到此等后果，就是有人鼓励她捧心，她也知道不屑于去做。依我说编剧的困难，没有比洗涤窠臼更难的，而编剧最大的鄙陋，也没有比盗袭窠臼更鄙陋的。我看近日一些编演的新戏，不是新戏，都是些像老和尚用碎旧破布七拼八凑缝补而成的百衲衣，又像医生用各种草药合成的汤药。袭取众多剧本中的情节，那里割一段，这里割一段，拼凑合成，就算成了一种"传奇"。只有耳所未闻的姓名，却从来没有目不经见的事实情节。俗语说："千金之裘，非一狐之腋。"用此语来评赞时下人们所编的新剧本，可以说是定评。但不知道前人所作的剧本，又是从什么地方拼凑来的？难道《西厢记》以前，另外有跳墙的张珙？《琵琶记》以上，另外还有剪发换钱的赵五娘吗？如果是这样的话，那么为什么原本没有流传，倒传下来它的抄本？窠臼不摆脱，就断难谈得上编创新剧。凡与我理念相同者，应该赶紧参考斟酌。

密　针　线

编戏有如缝衣，其初则以完全者剪碎，其后又以剪碎者凑成。剪碎易，凑成难，凑成之工全在针线紧密。一节偶疏，全篇之破绽出矣。每编一折，必须前顾数折，后顾数折，顾前者欲其照映，顾后者便于埋伏。照映埋伏，不止照映一人、埋伏一事，凡是此剧中有名之人、关涉之事，与前此后此所说之话，节节俱要想到，宁使想到而不用，勿使有用而忽之。

　　吾观今日之传奇，事事皆逊元人，独于埋伏照映处胜彼一筹。非今人之太工，以元人所长全不在此也。若以针线论，元曲之最疏者莫过于《琵琶》，无论大关节目背谬甚多，如：子中状元三载，而家人不知；身赘相府，享尽荣华，不能自遣一仆，而附家报于路人；赵五娘千里寻夫，只身无伴，未审果能全节与否，其谁证之？诸如此类，皆背理妨伦之甚者[1]。

　　再取小节论之，如：五娘之剪发乃作者自为之，当日必无其事，以有疏财仗义之张大公在，受人之托，必能终人之事，未有坐视不顾，而致其剪发者也。然不剪发，不足以见五娘之孝，以我作《琵琶》，《剪发》一折亦必不能少，但须回护张大公，使之自留地步。吾读《剪发》之曲，并无一字照管大公，且若有心讥刺者。据五娘云，"前日婆婆没了，亏大公周济。如今公公又死，无钱资送，不好再去求他，只得剪发"云云。若是，则剪发一事乃自愿为之，非时势迫之使然也，奈何曲中云："非奴苦要孝名传，只为上山擒虎易，开口告人难。"此二语虽属恒言[2]，人人可道，独不宜出五娘之口。彼自不肯告人，何以言其难也？观此二语，不似怼怨大公之词乎？然此犹属背后私言，或可免于照顾。迨其哭倒在地，大公见之，许送钱米相资，以备衣衾棺椁，则感之，颂之，当有不啻口出者矣[3]，奈何曲中又云："只恐奴身死也，兀自没人埋[4]，谁还你恩债？"试问公死而埋者何人？姑死而埋者何人？对埋殓公姑之人而自言暴露[5]，将置大公于何地乎？且大公之相资，尚义也，非图利也，"谁还恩债"一语，不几抹倒大公，将一片热肠付之冷水乎？此等词曲，幸而出自元人，若出我辈，则群口讪之，不识置身何地矣！予非敢于仇古，既为词曲立言，必使人知取法。若扭于世俗之见，谓事事当法元人，吾恐未得其瑜，先有其瑕。人或非之，即举元人借口。乌知圣人千虑，必有一失[6]；圣人之事犹有不可尽法者，况其他乎？《琵琶》之可法者原多，请举所长以盖短：如《中秋赏月》一折，同一月也，出于牛氏之口者，言言欢悦；出于伯喈之口者，字字凄凉。一座两情，两情一事，此其针线之最密者。瑕不掩瑜，何妨并举其略。然传奇一事也，其中义理分为三项：曲也，白也，穿插联络之关目也[7]。元人所长止居其一，曲是也，白与关目皆其所短。吾于元人，但守其词中绳墨而已矣[8]。

【注释】

〔1〕背理妨伦：不合情理，违背人伦大义。

〔2〕恒言：常言。

〔3〕不啻（chì）口出者：不仅仅用言语来表达。不啻，何止，不仅。

〔4〕兀自：尚且，还。

〔5〕暴露：这里指尸骸无人掩埋。

〔6〕"圣人千虑"二句:《晏子春秋·内篇杂下》:"婴闻之,圣人千虑,必有一失;愚人千虑,必有一得。"

〔7〕穿插联络之关目:指情节的设置与结构安排。

〔8〕词中绳墨:这里指戏剧创作中的规矩法度。绳墨,木匠用以划墨线、矫正曲直的工具。

【译文】

编戏犹如缝衣,起初要把整块布剪碎,随后又要把剪碎的缝纫起来。剪碎容易,缝纫合成起来却难。合成的功夫,全在于针线紧密。一个地方偶有疏忽,全篇的破绽就都显露出来了。每编一折戏,必须前顾数折,后顾数折,顾前数折,是为了照应前折,顾后数折,是为了埋下伏笔。照应埋伏,不单单只照应一人,埋伏一事,凡是剧中有名姓的人物、相关联的事情,以及前前后后所说的话语,斤斤节节都应该想得周到,宁肯想到了的没有用上,也不能让有用的被忽略了。

我看今天的传奇,事事都比不上元人,唯有在埋伏和照应方面,要比元人稍胜一筹。这不是因为今人太精通,而是因为元人所长全然不在此处。假如只以密针线而论,元曲中针线最疏的,大概莫过于《琵琶记》。无论大关细目,都有许多背谬之处。比如:儿子中状元三年了,而家人竟然不知道;入赘相府,尽享荣华,却不能派遣一个仆人,或托付过路的传递家信;赵五娘千里寻夫,单身无伴,也不考虑她是否能保全名节,又有谁能够作个证明?诸如此类,都是十分有悖于情理,于人伦也有所妨碍的。

再举小节处而论,比如:赵五娘的剪发,应该是作者自己想象编造的情节,当日必然不会有这样的事,因为有疏财仗义的张大公在,受人之托,一定会负责到底,不可能坐视不管,而听任赵五娘落到剪发卖钱去安葬公公的境地。然不剪头发,就不足以体现五娘的尽孝。要是我来写《琵琶记》,《剪发》这一折也是必不可少的,但又必须回护张大公,使他自留回旋余地。我读《剪发》一曲,发现并无一个字照顾到张大公,甚至好像还有心讽刺他似的。据赵五娘说,"前日婆婆没了,幸亏张大公周济。如今公公又死了,无钱发送安葬,不好再去求他,只得剪发去卖"云云。如果是这样,那么剪发这件事是她自愿做的，而不是当时情势逼使她如此，可是为什么曲词中唱道："非奴苦要孝名传，只为上山擒虎易，开口告人难。"这两句话虽属常言，人人可道，却惟独不应该出于赵五娘之口。她自己不肯向人求告，凭什么说求人难呢？看这两句话，不像是埋怨张大公的语意吗？不过这还算是背后私底下的话，或者可以不必想得太周到。可等到她哭倒在地，大公见了，答应送些钱粮相助她，以备衣衾棺椁，那么她应该是发自内心地感激，不止于口头的称颂。为何曲词中又说："只恐奴身死也，兀自没人埋，谁还你恩债？"试问公公死时，帮助出钱埋葬的是谁？婆婆死时，帮助出钱埋葬的又是谁？对帮助埋葬公婆的人却说自己将暴尸荒野，将置大公于何地呢？况且大公的慷慨相助，是崇尚道义，而不是为了图利，一句"谁还恩债"，岂不是几乎抹煞了古道热肠的大公，把他的一片好心都丢进冷水里去了吗？这等词曲，幸亏是出自元人，要是出自我等当代人，那还不被众口讥讪，不知道何处可以容身了！我不敢与古人过不去，但既然要为词曲立言，就一定要使人懂得怎样取法。如果为世俗的成见所左右，认为事事都得取法元人，我担心还没有学得元人的长处，就已先习得其短处。或有人不赞成，便拿元人来作借口。哪里知道圣人千虑，必有一失；圣人之事，尚且还有不可全盘取法的，何况其他人呢？《琵琶记》可以取法之处原是很多的，请容我来枚举其所长，以盖过其所短。比如《中秋赏月》一折，同是一个月亮，出于牛小姐之口的，句句欢快；出于蔡伯喈之口的，却字字凄凉。同坐一桌，却各怀不同心情，而两种心情，又表现同一件事情，这正是《琵琶记》针线最密的地方。瑕不掩瑜，何妨一并举其大略。然而传奇一事，其中义理又可分为三项：曲、白和穿插联络之关目。元人所长只居其一，那就是曲，而白与关目都为其所短。我们对于元人，只要遵守其作词曲的规矩就可以了。

减　头　绪

头绪繁多，传奇之大病也。"荆刘拜杀"之得传于后[1]，止为一线到底，并无旁见侧出之情。三尺童子观演此剧，皆能了了于心，便便于口[2]，以其始终无二事，贯串只一人也。后来作者不讲根源，单筹枝节，谓多一人可增一人之事。事多则关目亦多，令观场者如入山阴道中，人人应接不暇[3]。殊不知戏场脚色止此数人，便换千百个姓名，也只此数人装扮，止在上场之勤不勤，不在姓名之换不换。与其忽张忽李，令人莫识从来，何如只扮数人，使之频上频下，易其事不易其人。使观者各畅怀来，如逢故物之为愈乎[4]？作传奇者，能以"头绪忌繁"四字刻刻关心，则思路不分，文情专一，其为词也，如孤桐劲竹，直上无枝，虽难保其必传，然已有"荆刘拜杀"之势矣。

【注释】

〔1〕"荆刘拜杀"：元末明初流行的四部著名南戏剧本的合称，分别是：传为元柯丹邱所作的《荆钗记》，无名氏所作的《刘知远》（又名《白兔记》），传为元施惠（君美）所作的《拜月亭》（又名《幽闺记》），传为元、明间人徐畋所作的《杀狗记》。

〔2〕"了了于心"二句：心里明明白白，说来清清楚楚。

〔3〕"如入山阴道中"二句：原指风景优美，令人目不暇接。山阴，今浙江绍兴。语出《世说新语·言语》。这里指剧情头绪繁复，角色多，让人摸不着头脑。

〔4〕使观者各畅怀来：使观戏的人都看得满意，满足其前来观剧时的审美期待。《史记·司马相如传》："于是诸大夫茫然丧其所怀来，而失厥所以进。"故物：这里指故人、熟悉的人。

【译文】

头绪繁多，是传奇的大毛病。《荆钗记》、《白兔记》、《拜月亭》、《杀狗记》得以流传后世，只因为都能一线到底，并无旁见侧出的情节。三尺童子观演此剧，也都能了了于心，便便于口，因为这些戏始终无二事，贯串只一人，后来的作者不讲根源，单筹划枝节，以为多一人物，即可增一人之事。事多了那么关目也多，让看戏的如入山阴道中，人人应接不暇。殊不知戏场角色只此数人，便换千百个姓名，也只此数人装扮。只在于上场之勤与不勤，不在姓名之换与不换。与其忽而张三，忽而李四，令人不识其从何而来，还不如只扮演数人，让他们频繁地上上下下，变换情节而不变换人物。使得观众各各畅怀而来，如逢故友，不是更好吗？编写传奇的人，如能在"头绪忌繁"四字上时时刻刻留心着意，那么就能做到思路不分，文情专一，写出的曲词剧本，也就如同孤桐劲竹，劲直向上而无枝蔓，即使难保其必传，然而也已有《荆钗记》、《白兔记》、《拜月亭》、《杀狗记》的势头了。

戒 荒 唐

昔人云："画鬼魅易，画狗马难。"[1] 以鬼魅无形，画之不似，难于稽考；狗马为人所习见，一笔稍乖，是人得以指摘。可见事涉荒唐，即文人藏拙之具也，而近日传奇独工于为此。噫！活人见鬼，其兆不祥，矧有吉事之家[2]，动出魑魅魍魉为寿乎[3]？移风易俗，当自此始。

吾谓剧本非他，即三代以后之《韶》、《濩》也[4]。殷俗尚鬼，犹不闻以怪诞不经之事被诸声乐，奏于庙堂，矧辟谬崇真之盛世乎？王道本乎人情，凡作传奇，只当求于耳目之前，不当索诸闻见之外，无论词曲，古今文字皆然。凡说人情物理者，千古相传；凡涉荒唐怪异者，当日即朽。"五经"、"四书"、《左》、《国》、《史》、《汉》，以及唐宋诸大家，何一不说人情？何一不关物理？及今家传户颂，有怪其平易而废之者乎？《齐谐》[5]，志怪之书也，当日仅存其名，后世未见其实。此非平易可久、怪诞不传之明验欤？

人谓家常日用之事，已被前人做尽，穷微极隐，纤芥无遗，非好奇也，求为平而不可得也。予曰：不然。世间奇事无多，常事为多，物理易尽，人情难尽，有一日之君臣父子，即有一日之忠孝节义，性之所发，愈出愈奇，尽有前人未作之事，留之以待后人，后人猛发之心，较之胜于先辈者。即就妇人女子言之，女德莫过于贞，妇愆无甚于妒[6]，古来贞女守节之事，自剪发、断臂、刺面、毁身以至刎颈而止矣，近日矢贞之妇[7]，竟有刳肠剖腹[8]，自涂肝脑于贵人之庭以鸣不屈者；又有不持利器，谈笑而终其身，若老衲高僧之坐化者[9]。岂非五伦以内[10]，自有变化不穷之事乎？古来妒妇制夫之条，自罚跪、戒眠、捧灯、戴水以至扑臀而止矣；近日妒悍之流，竟有锁门绝食，迁怒于人，使族党避祸难前，坐视其死而莫之救者；又有鞭扑不加，囹圄不设[11]，宽仁大度，若有刑措之风[12]，而其夫摄于不怒之威，自遣其妾而归化者。岂非闺阃以内[13]，便有日异月新之事乎？此类繁多，不能枚举。此言前人未见之事，后人见之，可备填词制曲之用者也。即前人已见之事，尽有摹写未尽之情，描画不全之态，若能设身处地，伐隐攻微[14]，彼泉下之人自能效灵于我，授以生花之笔，假以蕴绣之肠[15]，制为杂剧，使人但赏极新极艳之词，而竟忘其为极腐极陈之事者。此为最上一乘，予有志焉，而未之逮也。

【注释】

〔1〕"画鬼魅易"二句：《韩非子·外储说·左上》：齐王问画者描画对象之难易，画者谓：犬马难，鬼魅最易。"夫犬马，人所知也，且暮罄于前，不可类之，故难；鬼魅无形者，不罄于前，故易之也。"

〔2〕矧（shěn）：何况，况且。吉事之家：有喜庆之事的人家。旧时富豪之家每逢有喜庆之事，往往延请戏班子演戏庆祝。

〔3〕魑魅魍魉：传说中的妖魔鬼怪。为寿：送上礼物，以表祝贺。

〔4〕《韶》、《濩（huò）》：据《汉书·礼乐志》及颜师古注，《韶》是大舜的乐舞，《濩》是商汤的乐舞。

〔5〕《齐谐》：志怪书，也是人名。此书早已不传。《庄子·逍遥游》："《齐谐》者，志怪者也。"后志怪之书，也或借为书名。

〔6〕愆（qiān）：过失。

〔7〕矢贞：发誓守贞节。

〔8〕刲（kuī）肠：割取肠子。

〔9〕老衲：老和尚。坐化：指僧人在坐禅中安然逝去。

〔10〕五伦：即五种人伦关系及其道德规范。《孟子·滕文公上》："父子有亲，君臣有义，夫妇有别，长幼有叙，朋友有信。"

〔11〕囹圄：监牢。

〔12〕刑措：因为无人犯法，所以刑罚可以不用。措，停止，搁置。

〔13〕闺阃（kǔn）以内：妇女内室，指夫妇之间。

〔14〕伐：发，揭示。

〔15〕蕴绣之肠：酝酿和创构奇思妙想的优秀作品的心怀。肠，指心肠。

【译文】

古人说："画鬼魅易，画狗马难。"因为鬼魅无形，画得不像，也难以稽核查考；狗马为人们所常见，一笔略有偏差，人人都可以指摘。可见情节近于荒唐，就是文家藏拙的手段，而近日传奇，独独善于在这方面下功夫。唉！活人见鬼，是不祥的兆头，何况，哪有办吉庆喜事的人家，动不动请魑魅魍魉来祝贺拜寿的？移风易俗，应该从这里开始。

依我说剧本不是别的，就是夏商周三代以后的《韶》乐与《濩》乐。殷代风俗崇尚鬼神，也没听说把怪诞不经的事付诸声乐，奏于庙堂，何况辟谬崇真的盛世呢？王道本乎人情，凡是创作传奇，只应当从耳目之前的常见事物中找材料，而不应当从见闻之外讨生活。不要说是戏曲，古往今来的文字都是这样。凡是记述人情事理的，就能千古流传；凡是涉及荒唐怪异的，当下就会速朽。"五经"、"四书"、《左传》《国语》《史记》《汉书》以及唐宋诸大家的作品，哪一部不说人伦情感？哪一部不关天道物理？所以到现在家传户颂，有怪其平易而废弃它的吗？《齐谐》，是记载怪异的书，当日仅存其名，后世也未见其实。这不是平易可以长存，怪诞不得流传的明证吗？

有人说家常日用之事，已被前人写尽，可以说是穷幽极微，纤毫无遗的了，不是喜好求怪逐奇，实在是想写平常的事而不可得。我说：不对。世间怪奇的事不多，平常的事为多，物理容易穷尽，而人情却难以穷尽，有一日之君臣父子，就有一日的忠孝节义。心性的表现，越出越奇，尽有前人没写过的情事，留待后人去写的；也尽有后人猛然生发的心思，比较起来胜过前辈的。只就妇人女子而言，女子之德莫过于守贞，妇人之过无甚于妒忌。从古以来女子守节之事，从剪发、断臂、刺面、毁伤身体，以至于抹脖子而止。近来誓守贞节的妇女，竟然有挖肠剖腹，自涂肝脑于贵人之庭，以表明决不屈服的；又有不持利器，在谈笑之中从容死去，就像是老衲高僧坐化而逝一样。这难道不是五伦之内，自有变化无穷的事吗？古来妒妇整治丈夫的方法，从罚跪、不准睡觉、捧油灯、顶水碗，以至于打屁股而止；近日妒女悍妇之流，竟然有锁门绝食，迁怒于别人，使得亲族乡党因为避祸而不敢上前，坐视其死而不能救的；又有既不施鞭扑之刑，也不设圈禁图圄，宽仁大度，似乎颇有废弃刑法之风，而她丈夫却慑于不怒之威，自遣其妾而随顺主妇的。这难道不是闺阃以内，就有日新月异之事吗？诸如此类，很多很多，不能一一枚举。这是说前人未曾见过的事，后人见了，就可以供编剧填词之用的。即使是前人已经见过的事，也尽有很多摹写未尽之情、描画不全之态，倘若能够设身处地，发掘传写其所蕴含的隐秘与微妙，那逝去的人们自能激发我们的灵气，授我以生花妙笔，借给我蕴含奇思异想与锦绣文字的心肠，创制出杂剧新作，使人只欣赏极新极艳之词，而竟然忘了它原是极陈极腐之事。这就是最上一乘的艺术水准，我有此志向，却还没达到。

审 虚 实

　　传奇所用之事，或古或今，有虚有实，随人拈取。古者，书籍所载，古人现成之事也；今者，耳目传闻，当时仅见之事也；实者，就事敷陈，不假造作，有根有据之谓也；虚者，空中楼阁，随意构成，无影无形之谓也。人谓古事多实，近事多虚。予曰：不然。传奇无实，大半皆寓言耳。欲劝人为孝，则举一孝子出名，但有一行可纪，则不必尽有其事，凡属孝亲所应有者，悉取而加之，亦犹纣之不善，不如是之甚也，一居下流，天下之恶皆归焉[1]。其余表忠表节，与种种劝人为善之剧，率同于此。若谓古事皆实，则《西厢》、《琵琶》推为曲中之祖，莺莺果嫁君瑞乎？蔡邕之饿莩其亲[2]，五娘之干蛊其夫[3]，见于何书？果有实据乎？孟子云："尽信书，不如无书[4]。"盖指《武成》而言也。经史且然，矧杂剧乎？

　　凡阅传奇而必考其事从何来、人居何地者，皆说梦之痴人[5]，可以不答者也。然作者秉笔，又不宜尽作是观。若纪目前之事，无所考究，则非特事迹可以幻生，并其人之姓名亦可以凭空捏造，是谓虚则虚到底也。若用往事为题，以一古人出名，则满场脚色皆用古人，捏一姓名不得；其人所行之事，又必本于载籍[6]，班班可考，创一事实不得。非用古人姓字为难，使与满场脚色同时共事之为难也；非查古人事实为难，使与本等情由贯串合一之为难也〔7〕。予既谓传奇无实，大半寓言，何以又云姓名事实必须有本？要知古人填古事易，今人填古事难。古人填古事，犹之今人填今事，非其不虑人考，无可考也；传至于今，则其人其事观者烂熟于胸中，欺之不得，罔之不能，所以必求可据，是谓实则实到底也。若用一二古人作主，因无陪客，幻设姓名以代之，则虚不似虚，实不成实，词家之丑态也，切忌犯之！

【注释】

〔1〕"亦犹纣之不善"几句：见《论语·子张》："子贡曰：'纣之不善，不如是之甚也。是以君子恶居下流，天下之恶皆归焉。'"纣，殷商末代君王。下流，下游，比喻众恶所归的地位。

〔2〕饿莩（piǎo）：饿死。

〔3〕干蛊（gān gǔ）其夫：指赵五娘替蔡伯喈侍奉公婆、养老送终。干蛊，担当应做之事。语出《易·蛊》"干父之蛊"。

〔4〕"尽信书"二句：见《孟子·尽心下》："尽信《书》，则不如无《书》。吾于《武成》，取二三策而已矣。"《书》，即《尚书》，《武成》是《尚书》中的一篇。

〔5〕说梦之痴人：将虚幻之境当作实际存在的傻子。语出宋代释惠洪《冷斋夜话》卷九。

〔6〕载籍：文字记载，书籍。

〔7〕本等情由：指历史事实，人物、故事原型。

【译文】

传奇所用事件情节，或古或今，有虚有实，随作家选择提炼。古代的，就是书籍所记载的古人现成之事；今天的，就是耳闻目见，当下仅见的事情；实，就是指根据实事铺陈叙写，不假造作虚构，一切有根有据；虚，就是指如空中楼阁，随意虚构合成，不对应实事的无影无形之事。有人说古事多实，近事多虚。我说：不然。传奇无实，大半皆是寓言。想劝人孝顺，就选择一个孝子来出名，但凡有一段相关的情事可表，那么就不必全都是真人实事，凡是属于孝亲之人所应有的言行，都拿来加到他头上，也就好比纣王之不善，未必像后人描述得那么坏，一旦居于下流之地，天下之恶就都归他了。其他表彰忠孝节义，和种种劝人为善的剧本也都与此相同。如果说古事都是真实的，那么《西厢记》、《琵琶记》被推尊为曲中之祖，可崔莺莺果真嫁了张君瑞吗？蔡伯喈使其双亲饿死，赵五娘替夫尽孝，为公婆养老送终的事，见于哪本书？果真有事实依据吗？孟子说："尽信书，不如无书。"这是针对《尚书·武成》而言的。经史典籍尚且如此，何况杂剧呢？

凡是阅读传奇，非得考究其事从何来，人居何地的，都是说梦的痴人，可以不搭理他。然而作者秉笔书写时，又不宜尽作如是观。如果记写耳目之前的事，没有什么需要考究，那么不仅事件可以幻想虚构，而且连人物的姓名也可以凭空捏造，这就叫虚则虚到底。如果要用往事作题材，用一位历史人物来出名，那么满场的角色都得用古人，一个姓名都不能捏造；此人所行之事，又必须本于书籍所载，班班可考，一件事都不得虚构。不是难在用古人姓名，而是难在使他与全场角色浑然一体同行互动；不是难在查考古人的事迹，而是难在使全剧情节与历史事实及其始末缘由融贯合一。我既然说传奇无实，大半皆是寓言，为什么又说人物的姓名事件必须有根有据呢？要知道古人填古事容易，今人填古事就难了。古人填写古事，就好比今人叙写今事，不是他不顾虑别人有考据癖，而是无所可考；而历史事实流传到今天，其人其事，观众已然烂熟于胸了，你糊弄不得他，欺瞒不了他，所以必须要求有根有据，这就叫实则实到底。假如用一二古人作主角，因为没有陪客，幻设些人物姓名来代替，那么就虚不像虚，实不成实，这是词家的丑态，切忌不要犯这样的毛病。

词　采　第　二

曲与诗余[1]，同是一种文字，古今刻本中，诗余能佳而曲不能尽佳者，诗余可选而曲不可选也。诗余最短，每篇不过数十字，作者虽多，入选者不多，弃短取长，是以但见其美；曲文最长，每折必须数曲，每部必须数十折，非八斗长才，不能始终如一。微疵偶见者有之，瑕瑜并陈者有之，尚有踊跃于前懈弛于后[2]，不得已而为狗尾貂续者亦有之[3]。演者观者既存此曲，只得取其所长，恕其所短，首尾并录。无一部而删去数折，止存数折，一出而抹去数曲，止存数曲之理。此戏曲不能尽佳，有为数折可取而挈带全篇，一曲可取而挈带全折，使瓦缶与金石齐鸣者[4]，职是故也[5]。予谓既工此道，当如画士之传真[6]，闺女之刺绣，一笔稍差，便虑神情不似；一针偶缺，即防花鸟变形。使全部传奇之曲，得似诗余选本如《花间》、《草堂》诸集[7]，首首有可珍之句，句句有可宝之字，则不愧填词之名，无论必传，即传之千万年，亦非徼幸而得者矣[8]。吾于古曲之中取其全本不懈、多瑜鲜瑕者，惟《西厢》能之。《琵琶》则如汉高用兵，胜败不一，其得一胜而王者，命也，非战之力也[9]。"荆刘拜杀"之传，则全赖音律；文章一道，置之不论可矣。

【注释】

〔1〕诗余：词。

〔2〕踊跃于前懈弛于后：指开头文气盛，精彩纷呈，临近末尾，则神疲气衰，松懈乏力的创作现象或作品。

〔3〕狗尾貂续：古代近侍官员帽上饰以貂尾，西晋末官爵太滥，一时貂尾不够用，而以狗尾代替，当时有谚语讽刺之："貂不足，狗尾续。"见《晋书·赵王伦传》。这里指传奇作品中后不如前，首尾不相称。

〔4〕瓦缶（fǒu）与金石齐鸣：瓦盆与钟磬一起奏鸣。比喻同一出戏曲作品中瑕瑜互见。瓦缶，古代陶土制的打击乐器。金石，用金属和玉石做的钟、磬等打击乐器。

〔5〕职是故也：就是由于这样的缘故。职，由于。

〔6〕传真：写真，真实地描摹人物的形象。

〔7〕《花间》、《草堂》：前者谓《花间集》，五代蜀赵崇祚编，共十卷，是最早的词选集，为明清文士所重。《草堂》，即《草堂诗余》，四卷，南宋何士信编。

〔8〕徼幸：侥幸。

〔9〕"汉高用兵"几句：刘邦与项羽逐鹿中原，屡败屡战，垓下一战，最终获胜。项羽自刎前，有"此天之亡我，非战之罪也"之叹。见《史记·项羽本纪》。

【译文】

戏曲和词，同是一种文字。古今刻本中，往往词能整首出彩而戏曲却不一定通篇俱佳，词作容易选到好的，而戏曲整篇都好的比较难选。词最短，每首才几十个字，作者作品虽然多，入选的却不多，弃短取长，所以只见到那美的词作；曲文最长，每折必有好几支曲子，每部戏必有几十折，不是文才八斗的高手，不可能写到始终如一地连贯，浑然天成地精彩。或者会偶尔出现些小毛病，或者会出现瑕瑜并存的情况，也还会有开篇精彩百倍，结尾草草收场，不得已而以狗尾续貂的现象。演员和观众既然共同选择存了这类剧本，只能取其所长，恕其所短，首尾一起整部保留下来。没有将一部剧本删去几折只存几折，或一出戏里抹去几支曲只存几只曲的道理。这就是戏曲不一定通篇俱佳的原因，有因为几折戏可取，而可以带起全剧，一支曲好，而可以带起全折，让瓦釜和金石齐鸣的，就是由于这个缘故。依我说既然工于谱写传奇，就应该像画家描画人物，闺中女子刺绣一样，如有一笔稍有偏差，便担心神情画得不像；如有一针偶有缺漏，就要谨防花鸟画得失真变形。使整部剧作的曲子，得以都像词作选本如《花间》《草堂》等集子一样，首首都有值得珍视的警拔之句，句句都有可圈可点的绝妙好辞，那才不愧于填词者的美名。不要说必定会传世，就是流传千万年，也并非是侥幸而得的事情。我想从古典戏曲中选取全本从头至尾都一样精彩、亮色多而瑕疵少的，只有《西厢记》能够如此。《琵琶记》就像汉高祖刘邦用兵，胜败不一，他赢得一次胜利就得了天下，这是因为天命，而不是因为仗打得好。《荆钗记》、《白兔记》、《拜月亭》、《杀狗记》的流传，则全赖音律出色；至于文章之道方面，则可以置之不论。

贵 显 浅

　　曲文之词采，与诗文之词采非但不同，且要判然相反。何也？诗文之词采贵典雅而贱粗俗，宜蕴藉而忌分明；词曲不然，话则本之街谈巷议，事则取其直说明言。凡读传奇而有令人费解，或初阅不见其佳，深思而后得其意之所在者，便非绝妙好词，不问而知为今曲，非元曲也。元人非不读书，而所制之曲绝无一毫书本气，以其有书而不用，非当用而无书也。后人之曲则满纸皆书矣。元人非不深心，而所填之词皆觉过于浅近，以其深而出之以浅，非借浅以文其不深也。后人之词则心口皆深矣。无论其他，即汤若士《还魂》一剧，世以配飨元人，宜也；问其精华所在，则以《惊梦》、《寻梦》二折对。余谓二折虽佳，犹是今曲，非元曲也。《惊梦》首句云："袅晴丝吹来闲庭院，摇漾春如线。"以游丝一缕，逗起情丝。发端一语，即费如许深心，可谓惨澹经营矣。然听歌《牡丹亭》者，百人之中有一二人解出此意否？若谓制曲初心并不在此，不过因所见以起兴[1]，则瞥见游丝，不妨直说，何须曲而又曲，由晴丝而说及春，由春与晴丝而悟其如线也？若云作此原有深心，则恐索解人不易得矣。索解人既不易得，又何必奏之歌筵，俾雅人俗子同闻而共见乎？其余"停半晌，整花钿[2]，没揣菱花[3]，偷人半面"及"良辰美景奈何天，赏心乐事谁家院[4]"，"遍青山，啼红了杜鹃"等语，字字俱费经营，字字皆欠明爽。此等妙语，止可作文字观，不得作传奇观⁽⁵⁾。至如末幅"似虫儿般蠢动，把风情扇"，与"恨不得肉儿般团成片也，逗的个日下胭脂雨上鲜"，《寻梦》曲云"明放着白日青天，猛教人抓不到梦魂前"，"是这答儿压黄金钏匾⁽⁶⁾"……此等曲则去元人不远矣。而予最赏心者，不专在《惊梦》、《寻梦》二折，谓其心花笔蕊，散见于前后各折之中。《诊祟》曲云："看你春归何处归，春睡何曾睡，气丝儿，怎度的长天日。""梦去知他实实谁，病来只送得个虚虚的你。做行云，先渴倒在巫阳会⁽⁷⁾。""又不是困人天气，中酒心期⁽⁸⁾，魆魆的常如醉⁽⁹⁾。""承尊觑⁽¹⁰⁾，何时何日来看这女颜回⁽¹¹⁾？"《忆女》曲云："地老天昏，没处把老娘安顿。""你怎撇得下，万里无儿白发亲。""赏春香还是你旧罗裙。"《玩真》曲云："如愁欲语，只少口气儿呵！""叫的你喷嚏似天花唾。动凌波⁽¹²⁾，盈盈欲下，不见影儿那⁽¹³⁾。"此等曲则纯乎元人，置之《百种》前后⁽¹⁴⁾，几不能辨。以其意深词浅，全无一毫书本气也。

　　若论填词家宜用之书，则无论经传子史以及诗赋古文，无一不当熟读，即道家佛氏九流百工之书⁽¹⁵⁾，下至孩童所习《千字文》、《百家姓》⁽¹⁶⁾，无一不在所用之中。至于形之笔端，落于纸上，则宜洗濯殆尽。亦偶有用着成语之处，点出旧事之时，妙在信手拈来，无心巧合，竟似古人寻我，并非我觅古人。此等造诣，非可言传，只宜多购元曲，寝食其中，自能为其所化。而元曲之最佳者，不单在《西厢》、《琵琶》二剧，而在《元人百种》之中。《百种》亦不能尽佳，十有一二可列高、王之上⁽¹⁷⁾，其不致家弦户诵，出与二剧争雄者，以其是杂剧而非全本⁽¹⁸⁾，多北曲而少南音⁽¹⁹⁾，又止可被诸管弦，不便奏之场上⁽²⁰⁾。今时所重，皆在彼而不在此⁽²¹⁾，即欲不为纨扇之捐⁽²²⁾，其可得乎？

【注释】

〔1〕起兴：古代作诗方法之一，指触景生情，因事寄兴。朱熹《诗经集传》解释为"先言他物以引起所咏之辞也"。

〔2〕花钿：首饰名，用金玉等制成花形。

〔3〕菱花：镜子。古代铜镜多为六角形或背面刻有菱花，故名菱花镜。

〔4〕良辰美景、赏心乐事：指美好的时光、景物，愉快的心情、事情。晋谢灵运《拟魏太子〈邺中集〉诗序》："天下良辰、美景、赏心、乐事，四者难并。"

〔5〕"止可作文字观"二句：是说上述曲文只能作为语言艺术、案头文字来仔细品味，而不宜用于戏剧演出。

〔6〕这答儿：这儿，这个地方。钏（chuàn）：手镯。匾：通"扁"。

〔7〕"做行云"二句：宋玉《高唐赋序》："先王（楚怀王）尝游高唐，怠而昼寝，梦见一妇人，曰：'妾巫山之女也，为高唐之客，闻君游高唐，愿荐枕席。'王因幸之。去而辞曰：'妾在巫山之阳，高丘之岨，旦为朝云，暮为行雨，朝朝暮暮，阳台之下。'"杜丽娘丫鬟春香在《诊祟》中唱的这几句借此典故以示杜与柳梦梅梦中的相会。

〔8〕中（zhòng）酒：醉酒。心期：情绪，心情。

〔9〕魆（xū）魆的：神思恍惚的样子。

〔10〕觑（qù）：瞧，看。

〔11〕女颜回：杜丽娘自称。丽娘病重不起，故以孔子短命的学生颜回自比。

〔12〕凌波：形容像行走于水波之上的轻盈步态。曹植《洛神赋》："体迅飞凫，飘忽若神，凌波微步，罗袜生尘。"

〔13〕那：同"挪"，移动。

〔14〕《百种》：见《结构第一》注〔27〕。

〔15〕九流百工：九流，《汉书·艺文志》列儒、道、阴阳、法家、名家、墨家、纵横家、杂家、农家为九流。百工，古代各种工匠的总称，这里指经传子史、诗赋古文以外的各类杂书。

〔16〕《千字文》、《百家姓》：与《三字经》一样，均为古代幼童的启蒙读本。《千字文》，南朝梁代周兴嗣奉命编撰。《百家姓》，不著编者姓名，是以姓氏编成的四言韵文。

〔17〕高、王：指《琵琶记》、《西厢记》的作者高则诚、王实甫。

〔18〕是杂剧而非全本：在这里，杂剧特指短剧，全本则指像《西厢》、《琵琶》一样的长篇剧本。王国维《宋元戏曲考》中言："至明中叶以后，则以戏曲之短者为杂剧。"

〔19〕北曲：古代北方戏曲、散曲所用各种曲调的总称。南音：即南曲，是不同于北曲的南方曲调的总称。

〔20〕"止可被诸管弦"二句：是指适宜在管弦乐的伴奏下歌唱，而不适宜在舞台上扮演。

〔21〕"今时所重"二句：谓今人所重的是全本、南曲（如昆曲）和适宜在舞台上演出的长剧。

〔22〕纨扇之捐：像秋天的扇子一样被弃置。出自汉班婕妤《怨歌行》："常恐秋节至，凉飙夺炎热，弃捐箧笥中，恩情中断绝。"纨扇，用细绢做成的扇子。

【译文】

曲文的词采，与诗文的词采，非但不同，而且还全然相反。为什么呢？诗文的词采，贵于典雅而鄙薄粗俗，宜含蓄蕴藉而忌直白分明；戏曲语言则不然，说话则本之于街谈巷议，叙事则取其直说明言。凡是读传奇而有令人费解之处，或刚开始阅览看不出好在哪里，需要深思以后才能理解其意思之所在的，便都算不得绝妙好词，不用问就可知是今曲，而不是元曲。元人并非不读书，可他们所创作的戏曲，却绝没有丝毫书卷气，因为他们腹有诗书却不用，并非要用时却没有。后人创作的戏曲，就满纸都是书了。元人创作戏曲并非不用深心，而所填的曲词，都让人觉得过于浅近，因为他们是深入而浅出，不是借浅来文饰自己的不深。后人的曲作，则内涵与语言都深了。不论其他的，就以汤显祖《还魂》这部剧本为例，世人认为其可以与元曲相比美，确实是合宜的；若问其精华在哪儿？则会举《惊梦》、《寻梦》两折戏来回应。我以为这两折戏虽然好，依然是今曲，而非元曲。《惊梦》首句唱道："袅晴丝吹来闲庭院，摇漾春如线。"以一缕游丝，逗引起情丝。开头一句唱，就费了如许深心，真可谓是惨淡经营了。可是观看听唱《牡丹亭》的，一百个人里头能有一两个人理解此中意味吗？如果说制曲的初心并不在这里，只不过因所见的物色景象而起兴，那么瞥见了游丝，就不妨直说，何须曲而又曲，由晴日游丝而说到春色，由春色与晴丝而悟出其如丝如线？如果说写这段曲词原本就有深心，那么恐怕就连寻求理解的人都不易得。既然连索解人都难得到，那又何必在歌筵上奏演，让雅士俗子一块儿赏听观看呢？其他像杜丽娘所唱："停半晌，整花钿，没揣菱花，偷人半面。"以及"良辰美景奈何天，赏心乐事谁家院"、"遍青山，啼红了杜鹃"等曲词，字字都苦心经营费工夫，可是又字字都不够明白晓畅。像这类妙语，只能作案头文字来欣赏，不能当作场上搬演的戏曲来观看。至于如结尾一段"似虫儿般蠢动，把风情扇"，与"恨不得肉儿般团成片也，逗的个日下胭脂雨上鲜"，《寻梦》一折曲词云"明放着白日青天，猛教人抓不到梦魂前"，"是这答儿压黄金钏匾"，像这一类曲词就离元人不远了。而我最赏爱于心的，并不专在《惊梦》、《寻梦》这两折戏里，可以说其奇思异想、妙笔生花，散见于前后各折之中。《诊祟》曲云："看你春归何处归，春睡何曾睡，气丝儿，怎度的长天日。""梦去知他实实谁，病来只送得个虚虚的你。做行云，先渴倒在巫阳会。""又不是困人天气、中酒心期，魃魃的常如醉。""承尊觑，何时何日来看这女颜回？"《忆女》曲词道："地老天昏，没处把老娘安顿。""你怎撇得下，万里无儿白发亲。""赏春香还是你旧罗裙。"《玩真》曲词云："如愁欲语，只少口气儿呵！""叫的你喷嚏似天花唾。动凌波，盈盈欲下，不见影儿那。"像这一类曲词，就纯粹是元人的风格，放在《元人百种曲》里面，几乎不能明辨区分。因为它意深词浅，全无一毫书卷气。

若要论剧作家宜用的书，那无论经书、传纪、诸子、史书以及诗赋古文，没有一种不应当熟读，即使是道家、佛家、诸子百家、百工技艺之类的书，下至孩童所诵习的《千字文》、《百家姓》，也没有一种不在所当取用的范围之内。至于创作时形之笔端，落于纸上，就应该把借用取资的痕迹洗濯得干干净净。也偶尔会有用着成语之处，点出旧事之时，妙在信手拈来，无心巧合，竟然好像是古人来寻我，而不是我去找古人。这样高的造诣，不可言传，只应该多买元曲，时时涵泳其间，自然能够潜移默化，臻于佳境。而元曲之最佳者，不单单局限在《西厢记》、《琵琶记》两种剧本，而是在《元人百种曲》之中。《元人百种曲》也不是全部都好，十有一二可以列于高则诚、王实甫之上。他们的创制之所以没能家家演奏，户户咏唱，跑出来与《西厢记》、《琵琶记》争雄，因为它们是短篇杂剧而非长篇传奇，多是北曲，而少南音，又只适合由丝竹伴奏歌唱，不便于在场上搬演。如今人们所看重的，都是南曲，是文字清雅的长篇传奇，而不是短篇杂剧的北曲，其即使不想像秋季的纨扇那样被捐弃不用，又怎么可能呢？

重 机 趣

"机趣"二字，填词家必不可少。机者传奇之精神，趣者传奇之风致，少此二物，则如泥人土马，有生形而无生气。因作者逐句凑成，遂使观场者逐段记忆，稍不留心，则看到第二曲，不记头一曲是何等情形，看到第二折，不知第三折要作何勾当。是心口徒劳，耳目俱涩，何必以此自苦，而复苦百千万亿之人哉？故填词之中，勿使有断续痕，勿使有道学气。所谓无断续痕者，非止一出接一出，一人顶一人，务使承上接下，血脉相连，即于情事截然绝不相关之处，亦有连环细笋伏于其中[1]，看到后来方知其妙，如藕于未切之时，先长暗丝以待，丝于络成之后，才知作茧之精，此言机之不可少也。所谓无道学气者，非但风流跌宕之曲、花前月下之情当以板腐为戒[2]，即谈忠孝节义，与说悲苦哀怨之情，亦当抑圣为狂，寓哭于笑，如王阳明之讲道学[3]，则得词中三昧矣[4]。阳明登坛讲学，反复辨说"良知"二字，一愚人讯之曰："请问'良知'这件东西，还是白的？还是黑的？"阳明曰："也不白，也不黑。只是一点带赤的，便是良知了。"照此法填词，则离合悲欢，嬉笑怒骂，无一语一字不带机趣而止矣。

予又谓填词种子，要在性中带来，性中无此，做杀不佳。人问性之有无，何处辨识？予曰：不难，观其说话行文，即知之矣。说话不迂腐，十句之中定有一二句超脱；行文不板实，一篇之内但有一二段空灵，此即可以填词之人也。不则另寻别计，不当以有用精神，费之无益之地。噫！"性中带来"一语，事事皆然，不独填词一节。凡作诗文书画、饮酒斗棋与百工技艺之事，无一不具夙根[5]，无一不本天授，强而后能者，毕竟是半路出家，止可冒斋饭吃，不能成佛作祖也。

【注释】

〔1〕笋：即榫头。器物或构件上利用凹凸方式连接的突出部分。这里指使上下文剧情血脉相连的贯串线索。

〔2〕板腐：古板迂腐。

〔3〕王阳明：王守仁，字伯安，明代哲学家。浙江余姚人。自号阳明子，世称阳明先生。他提出了"致良知"之说，提倡"知行合一"、"知行并进"。

〔4〕三昧（mèi）：佛教语。谓屏除杂念，专注一心。后用指某种事物的奥妙和诀窍。

〔5〕夙（sù）根：先天的禀赋、素质。

【译文】

　　"机趣"这两个字，是剧作家必不可少的。机，就是传奇的精神；趣，则是传奇的韵致。少了这两样，就好像泥人土马，有生形而无生气。因为作者逐句凑成，就使观众也是逐段记忆。稍不留心，就看到第二支曲子，而忘了头一支曲子是何等情形，看到第二折，不知道第三折要干什么。白白劳心力费口舌，眼睛耳朵都滞涩疲累，何必因此自讨苦吃，又何必让百千万亿的观众以此受罪呢？所以编剧之中，勿使有断续之痕，勿使有道学之气。所谓无断续之痕，不止于一出接一出，一人顶一人，务必使其承上启下，血脉相连，即使在情节事件截然不同毫无相关之处，也有环环相扣的线索，精密细致的榫头暗伏于其中，让人看到后来方知其妙。好比藕在还未切开之时，就先已长出了相连相续的暗丝，丝丝缕缕编织成功之后，才知道蚕儿作茧之精密，这是说"机"之必不可少。所谓无道学之气，非但写风流跌宕之曲、花前月下之情的剧作，当以呆板迂腐为戒，即使是表现忠孝节义之事，抒写悲苦哀怨之情的剧作，也应适当少一些神圣庄严，多一些狂放不羁，寓哭于笑，像王阳明之讲道学，那就算得戏曲三昧了。王阳明曾经登台讲学，反复明辨论说"良知"这两个字，一愚人问他说："请问'良知'这件东西，是白的，还是黑的？"阳明说："也不是白，也不是黑，只是一点儿带红的，便是良知了。"照此方法编剧，那么离合悲欢，嘻笑怒骂，没有一句话一个字不带机趣就到位了。

　　我还以为，填词种子，要从本性中带来，本性中无此，拼死也编不好。有人问本性中有还是没有，由何处辨认识别？我说：不难，只要看他说话行文，就知道了。说话不迂腐，十句当中定有一两句超脱；行文不板实，一篇之内但凡有一两段空灵，这就是可以填词编剧之人。否则还是另寻出路，不应当把有用的精神，浪费在无益之地。唉！"本性中带来"一语，事事尽皆如此，不单单编剧一节。凡创作诗文书画、饮酒棋赛与百工技艺之事，无一不具有先天的质素，无一不来自天赋异禀，那些后天勉力而能此事的，毕竟是半路出家，只能混口饭吃吃，而不可能成名成家。

戒 浮 泛

　　词贵显浅之说，前已道之详矣。然一味显浅而不知分别，则将日流粗俗，求为文人之笔而不可得矣。元曲多犯此病，乃矫艰深隐晦之弊而过焉者也。极粗极俗之语，未尝不入填词，但宜从脚色起见。如在花面口中[1]，则惟恐不粗不俗，一涉生旦之曲，便宜斟酌其词。无论生为衣冠仕宦，旦为小姐夫人，出言吐词当有隽雅春容之度[2]；即使生为仆从，旦作梅香[3]，亦须择言而发，不与净丑同声。以生旦有生旦之体，净丑有净丑之腔故也。元人不察，多混用之。观《幽闺记》之陀满兴福[4]，乃小生脚色，初屈后伸之人也[5]，其《避兵》曲云："遥观巡捕卒，都是棒和枪。"此花面口吻，非小生曲也。均是常谈俗语，有当用于此者，有当用于彼者。又有极粗极俗之语，止更一二字，或增减一二字，便成绝新绝雅之文者。神而明之，只在一熟。当存其说，以俟其人。

　　填词义理无穷，说何人肖何人，议某事切某事，文章头绪之最繁者，莫填词若矣。予谓总其大纲，则不出"情景"二字。景书所睹，情发欲言，情自中生，景由外得，二者难易之分，判如霄壤。以情乃一人之情，说张三要象张三，难通融于李四；景乃众人之景，写春夏尽是春夏，止分别于秋冬。

善填词者当为所难，勿趋其易。批点传奇者，每遇游山玩水、赏月观花等曲，见其止书所见不及中情者，有十分佳处只好算得五分，以风云月露之词工者尽多，不从此剧始也。善咏物者，妙在即景生情。如前所云《琵琶·赏月》四曲，同一月也，牛氏有牛氏之月，伯喈有伯喈之月。所言者月，所寓者心。牛氏所说之月，可移一句于伯喈？伯喈所说之月，可挪一字于牛氏乎？夫妻二人之语犹不可挪移混用，况他人乎？人谓此等妙曲工者有几？强人以所不能，是塞填词之路也。予曰不然。作文之事贵于专一，专则生巧，散乃入愚，专则易于奏工，散者难于责效。百工居肆，欲其专也[6]；众楚群咻，喻其散也[7]。舍情言景，不过图其省力，殊不知眼前景物繁多，当从何处说起？咏花既愁遗鸟，赋月又想兼风。若使逐件铺张，则虑事多曲少；欲以数言包括，又防事短情长。展转推敲，已费心思几许，何如只就本人生发，自有欲为之事，自有待说之情，念不旁分，妙理自出。如发科发甲之人[8]，窗下作文每日止能一篇二篇，场中遂至七篇[9]。窗下之一篇二篇未必尽好，而场中之七篇，反能尽发所长，而夺千人之帜者，以其念不旁分，舍本题之外并无别题可做，只得走此一条路也。吾欲填词家舍景言情，非责人以难，正欲其舍难就易耳。

【注释】

〔1〕花面：戏剧脚色行当中"净"的俗称，常扮演性格粗豪或相貌举

止有特别之处的男性人物。

〔2〕春容：从容悠扬。

〔3〕梅香：宋、元以后小说、戏曲中对婢女的通称。

〔4〕《幽闺记》：明代传奇剧本，为元杂剧《拜月记》的改编本，作者不详。陀满兴福：剧中男主人公。

〔5〕初屈后伸：陀满兴福之父被奸臣陷害而死，后陀满兴福中了武状元。

〔6〕"百工居肆"二句：语出《论语·子张》："百工居肆以成其事。"百工，古代各种工匠的统称。居肆，住在工场里。

〔7〕"众楚群咻"二句：《孟子·滕文公下》说，楚大夫请齐人教自己儿子学齐语，但"一齐人傅之，众楚人咻之，虽日挞而求其齐也，不可得矣"。咻，喧哗。

〔8〕发科发甲之人：指科举考试中榜的人。

〔9〕场：科举考试的考场。

【译文】

曲词贵于浅显的说法，前面已经讲得很详细了。然而一味浅显而不知道分别，就将日渐流于粗俗，想要写出文人的辞笔就不可得了。元曲有不少犯了这个毛病，实在是矫正艰深隐晦的弊端而过了头。极粗极俗的词语，写入剧本也未尝不可，但应该从角色本身来看是否需要。比如在静角花脸口中说出来的，就唯恐它不粗不俗。可一涉及生、旦的曲词，便应该字斟句酌。无论生角扮演的是贵族还是官员，旦角扮演的是小姐还是夫人，出言吐词应当有一种隽雅从容的气度；即使生角扮演的是仆从，旦角扮演的是丫鬟，也必须择言而发，不能与净角、丑角同样声气。这是由于生、旦有生、旦的角色定位，净、丑有净、丑的语言腔调的缘故。元人不察，大多混用之。观《幽闺记》，剧中的陀满兴福，是小生角色，属于起先都郁郁不得志，后来扬眉吐气的人物。他的《避兵》一曲云："遥观巡捕卒，都是棒和枪。"这是花脸的口吻，不应该是小生的曲词。同样是常言俗语，有的应当用在这里，有的应当用在那里。又有极粗极俗的语词，只修改一两个字，或者增减一两个字，便成了极新鲜极雅致的文字。达到出神入化的境界，只在得心应手的纯熟运用。应当备存此说，以待合适的人。

编剧的义理是无穷的，叙写什么人要像什么人，讲述某件事就应切合某件事，各类文章中头绪最繁的，没有像编创戏曲的了。我以为能总括戏曲创作无穷义理的纲目要领，不外乎"情景"二字。景，是书写目睹见闻的；情，是抒发心境心声的。情自作者主观内心生发，景由客观外在获得，二者难易程度之分，判若霄壤。因为情乃是一人独具之情，说张三要像张三，却很难混同通融于李四；景乃是大众共见之景，写春夏就全是春夏，只区别于秋冬。

善于编剧的，应当在难写的方面下功夫，而不要偏向容易的方面。批点传奇的，每每遇到游山玩水、赏月观花等曲词，看到作者只写见到的景，而不涉及人物心中之情的，即使有十分佳处，也只好算得五分，因为风云月露的曲词，写得好的曲家很多很多，不是从这出戏才开始有的。善于咏物的，妙在即景生情。如前边所说的《琵琶记·赏月》中的四支曲子，同一个月亮，牛小姐唱的是牛氏之月，蔡伯喈唱的是伯喈之月。所歌唱的是月亮，所寄寓的是心情。牛氏所唱叹的月亮曲词，可以移换一句于伯喈吗？伯喈所唱叹的月亮曲词，又能挪一字于牛氏吗？夫妻二人的话，尚不可挪移混用，何况他人呢？有人说，此等绝妙曲词，擅长者能有几人？以不能做到的事勉强人，是堵塞编剧的路。我说不然，作文章之事贵在心思专一，心思专一才能妙笔生花，心思分散就会入于愚蠢，专心就容易成功，分心就难以奏效。工匠住在工场里，是要让他们专心致志；孟子"众楚群咻"的故事，是喻指分心的状况。舍弃抒情而偏于状写景物，不过是贪图省力，殊不知眼前景物繁多，应当从何处说起呢？要是歌咏花儿就发愁遗漏了鸟儿，描绘月儿又想捎带风儿。假使一件件铺写，又顾虑事多而曲子少；想用几句话来包括概述，又要防备事短情长。来来回回反复推敲，已经费了几多心思，何如只从人物本身生发，自然会有欲为之事，自然会有待抒之情，心无旁骛，绝妙的思理就会闪现。就像科举高中的人，寒窗底下作科举文字，每天只能写一、两篇的，到考场上竟然能一口气写足七篇。窗下写的一篇、两篇未必都好，而场上的七篇，反倒能够尽情发挥其所长，而在千百考生之中独占鳌头，就因为他心无旁骛，除了考试本题之外并无别的题目可做，只得走这一条路。我要让编剧者放弃写景，而专注抒情，不是以难为之事苛责于人，正是想要让他舍难就易罢了。

忌 填 塞

填塞之病有三：多引古事，迭用人名，直书成句。其所以致病之由亦有三：借典核以明博雅[1]，假脂粉以见风姿，取现成以免思索。而总此三病与致病之由之故，则在一语。一语维何？曰从未经人道破。一经道破，则俗语云"说破不值半文钱"，再犯此病者鲜矣。古来填词之家，未尝不引古事，未尝不用人名，未尝不书现成之句，而所引所用与所书者，则有别焉：其事不取幽深，其人不搜隐僻，其句则采街谈巷议，即有时偶涉诗书，亦系耳根听熟之语，舌端调惯之文，虽出诗书，实与街谈巷议无别者。总而言之，传奇不比文章，文章做与读书人看，故不怪其深，戏文做与读书人与不读书人同看[2]，又与不读书之妇人小儿同看，故贵浅不贵深。使文章之设，亦为与读书人、不读书人及妇人小儿同看，则古来圣贤所作之经传，亦只浅而不深，如今世之为小说矣。人曰：文人之作传奇与著书无别，假此以见其才也，浅则才于何见？予曰：能于浅处见才，方是文章高手。施耐庵之《水浒》，王实甫之《西厢》，世人尽作戏文小说看，金圣叹特标其名曰"五才子书"、"六才子书"者[3]，其意何居？盖愤天下之小视其道，不知为古今来绝大文章，故作此等惊人语以标其目。噫！知言哉！

【注释】

〔1〕典核：确实而有根据。这里指曲文、对白准确地引经据典。

〔2〕戏文：宋、元时流行于浙东的戏曲，又称南戏、南曲戏文等。

〔3〕金圣叹：清初著名文学批评家，长洲（今江苏苏州吴中区）人。康熙时因哭庙案被杀。他于《离骚》、《庄子》、《史记》、"杜诗"外，以《水浒传》、《西厢记》为"五才子书"、"六才子书"。

【译文】

填塞的毛病有三种：过多征引古事，连续使用人名，直接照抄成句。之所以导致此类毛病的原因也有三条：借引经据典来显示博雅，借妆点脂粉来卖弄风姿，用现成语句以免思索之累。而总括这三种病和致病之根由和缘故，就在一句话。这一句话是什么？曰：从来未经人道破。一经道破，就像俗话所说"说破不值半文钱"，再犯这种病的人就很少了。古来编剧的作家，未尝不征引古事，未尝不使用人名，也未尝不书写现成语句，不过所征引、使用和书写的，却是有区别的：他们所征引的古事不取幽深难懂的，所使用的人名不搜罗隐僻难找的，所书写的现成语句则采自街谈巷议，即使有时偶尔涉及诗书经典，也是人们耳根听熟的话语，脍炙人口的文句，虽然是出于诗书，实际上与街谈巷议没有什么分别。总而言之，传奇不比文章，文章是做给读书人看的，所以不怪它深，戏文是做给读书人和不读书的人一起看的，又是给不读书的妇女、小孩一起看的，所以贵浅不贵深。假如当初创设文章，也是为读书人、不读书的人以及妇女、小孩一起看，那么古来圣贤所作的经传，也只会浅而不会深，就像今世写小说一样了。有人说：文人创作传奇，和著书没有差别，是借此来展现自己才华的，写得浅了那么才华从哪里体现呢？我说：能于浅处见才，方是文章高手。施耐庵的《水浒传》、王实甫的《西厢记》，世人都当作戏文小说看，金圣叹却特别标其名为"第五才子书"、"第六才子书"，他的用意在哪里呢？大概是愤慨天下人将这样的小说戏文视作小道，不知道这是古往今来绝妙的大文章，所以用这样惊人的言语来给它们作标目。唉！真是知言知音的人啊！

音 律 第 三

作文之最乐者莫如填词，其最苦者亦莫如填词。填词之乐，详后《宾白》之第二幅，上天入地，作佛成仙，无一不随意到，较之南面百城[1]，洵有过焉者矣[2]。至说其苦，亦有千态万状，拟之悲伤疾痛、桎梏幽囚诸逆境，殆有甚焉者。请详言之。他种文字，随人长短，听我张弛，总无限定之资格[3]。今置散体弗论，而论其分股、限字与调声叶律者：分股则帖括时文是已[4]，先破后承，始开终结，内分八股，股股相对，绳墨不为不严矣；然其股法、句法长短由人，未尝限之以数，虽严而不谓之严也。限字则四六排偶之文是已[5]，语有一定之字，字有一定之声，对必同心，意难合掌[6]，矩度不为不肃矣[7]；然止限以数，未定以位，止限以声，未拘以格，上四下六可，上六下四亦未尝不可，仄平平仄可，平仄仄平亦未尝不可，虽肃而实未尝肃也。调声叶律又兼分股限字之文，则诗中之近体是已[8]。起句五言，则句句五言，起句七言，则句句七言。起句用某韵，则以下俱用某韵；起句第二字用平声，则下句第二字定用仄声，第三第四又复颠倒用之，前人立法亦云苟且密矣。然起句五言，句句五言，起句七言，句句七言，便有成法可守，想入五言一路，则七言之句不来矣；起句用某韵，以下俱用某韵；起句第二字用平声，下句第二字定用仄声，则拈得平声之韵，上去入三声之韵皆可置之不问矣。守定平仄、仄平二语，再无变更，自一首以至千百首皆出一辙，保无朝更夕改之令阻人适从矣。是其苛犹未甚，密犹未至也。至于填词一道，则句之长短，字之多寡，声之平上去入，韵之清浊阴阳[9]，皆有一定不移之格，长者短一线不能，少者增一字不得，又复忽长忽短，时少时多，令人把握不定。当平者平，用一仄字不得；当阴者阴，换一阳字不能。调得平仄成文，又虑阴阳反复；分得阴阳清楚，又与声韵乖张。令人搅断肺肠，烦苦欲绝。此等苛法，尽勾磨人。作者处此，但能布置得宜，安顿极妥，便是千幸万幸之事，尚能计其词品之低昂[10]，文情之工拙乎？予襁褓识字，总角成篇[11]，于诗书六艺之文虽未精穷其义[12]，然皆浅涉一过。总诸体百家而论之，觉文字之难，未有过于填词者，予童而习之，于今老矣，尚未窥见一斑。只以管窥蛙见之识[13]，谬语同心；虚赤帜于词坛[14]，以待将来。作者能于此种艰难文字显出奇能，字字在声音律法之中，言言无资格拘挛之苦，如莲花生在火上[15]，仙叟弈于橘中[16]，始为盘根错节之才[17]，八面玲珑之笔，寿名千古，衾影何惭[18]！而千古上下之题品文艺者[19]，看到传奇一种，当易心换眼，别置典刑[20]。要知此种文字作之可怜，出之不易，其楮墨笔砚非同己物，有如假自他人，耳目心思效用不能，到处为人掣肘[21]，非若诗赋古文容其得意疾书，不受神牵鬼制者。七分佳处便可许作十分，若到十分，即可敌他种文字之二十分矣。予非左祖词家[22]，实欲主持公道，如其不信，但请作者同拈一题，先作文一篇或诗一首，再作填词一曲，试其孰难孰易，谁拙谁工，即知予言之不谬矣。然难易自知，工拙必须人辨。

词曲中音律之坏，坏于《南西厢》[23]，凡有作者，当以之为戒，不当取之为法。非止音律，文艺亦然，请详言之。填词除杂剧不论，止论全本，其文字之佳，音律之妙，未有过于《北西厢》者。自南本一出，遂变极佳者为极不佳，极妙者为极不妙。推其初意，亦有可原，不过因北本为词曲之豪，人人赞羡，但可被之管弦，不便奏诸场上；但宜于弋阳、四平等俗优[24]，不便强施于昆调，以系北曲而非南曲也。兹请先言其故。北曲一折止隶一人，虽有数人在场，其曲止出一口，从无互歌迭咏之事。弋阳、四平等腔字多音少，一泄而尽，又有一人启口，数人接腔者，名为一人，实出众口，故演《北西厢》甚易。昆调悠长，一字可抵数字，每唱一曲，又必一人始之，一人终之，无可助一臂者，以长江大河之全曲而专责一人，即有铜喉铁齿，其能胜此重任乎？此北本虽佳，吴音不能奏也[25]。作《南西厢》者，意在补此缺陷，遂割裂其词，增添其白，易北为南，撰成此剧，亦可谓善用古人，喜传佳事者矣。然自予论之，此人之于作者，可谓功之首而罪之魁矣。所谓功之首者，非得此人则俗优竞演，雅调无闻，作者苦心，虽传实没；所谓罪之魁者，千金狐腋，剪作鸿毛，一片精金，点成顽铁。若是者何？以其有用古之心而无其具也[26]。

今之观演此剧者，但知关目动人，词曲悦耳，亦曾细尝其味、深绎其词乎？使读书作古之人取《西厢》南本一阅[27]，句栉字比[28]，未有不废卷掩鼻而怪秽气熏人者也。若曰：词曲情文不浃[29]，以其就北本增删，割彼凑此，自难贴合，虽有才力无所施也。然则宾白之文皆由己作，并未依傍原本，何以有才不用，有力不施，而为俗口鄙恶之谈，以秽听者之耳乎？且曲文之中，尽有不就原本增删，或自填一折以补原本之缺略，自撰一曲以作诸曲之过文者[30]，此则束缚无人，操纵由我，何以有才不用，有力不施，亦作勉强支吾之句，以混观者之目乎？使王实甫复生，看演此剧，非狂叫怒骂，索改本而付之祝融[31]，即痛哭流涕，对原本而悲其不幸矣。嘻！续《西厢》者之才[32]，去作《西厢》者止争一间[33]，观者群加非议，谓《惊梦》以后诸曲，有如狗尾续貂。以彼之才，较之作《南西厢》者岂特奴婢之于郎主[34]，直帝王之视乞丐！乃今之观者，彼施责备，而此独包容，已不可解；且令家尸户祝[35]，居然配飨《琵琶》，非特实甫呼冤，且使则诚号屈矣！予生平最恶弋阳、四平等剧，见则趋而避之，但闻其搬演《西厢》，则乐观恐后。何也？以其腔调虽恶而曲文未改，仍是完全不破之《西厢》，非改头换面、折手跛足之《西厢》也。南本则聋瞽、喑哑、驼背、折腰诸恶状，无一不备于身矣。此但责其文词，未究音律。从来词曲之旨，首严宫调[36]，次及声音[37]，次及字格[38]。九宫十三调[39]，南曲之门户也，小出可以不拘，其成套大曲则分门别户，各有依归，非但彼此不可通融，次第亦难紊乱[40]。

　　此剧只因改北成南，遂变尽词场格局：或因前曲与前曲字句相同，后曲与后曲体段不合，遂向别宫别调随取一曲以联络之，此宫调之不能尽合也；或彼曲与此曲牌名巧凑，其中但有一二句字数不符，如其可增可减即增减就之，否则任其多寡，以解补凑不来之厄，此字格之不能尽符也；至于平仄阴阳与逐句所叶之韵，较此二者其难十倍，诛之将不胜诛[41]，此声音之不能尽叶也。词家所重在此三者，而三者之弊未尝缺一，能使天下相传，久而不废，岂非咄咄怪事乎？更可异者，近日词人因其熟于梨园之口，习于观者之目，谓此曲第一当行[42]，可以取法，用作曲谱；所填之词，凡有不合成律者，他人执而讯之，则曰："我用《南西厢》某折作对子[43]，如何得错！"噫！玷《西厢》名目者此人，坏词场矩度者此人，误天下后世之苍生者，亦此人也。此等情弊，予不急为拈出，则《南西厢》之流毒，当至何年何代而已乎[44]！

　　向在都门，魏贞庵相国取崔郑合葬墓志铭示予[45]，命予作《北西厢》翻本，以正从前之谬。予谢不敏，谓天下已传之书，无论是非可否，悉宜听之，不当奋其死力与较短长。较之而非，举世起而非我；即较之而是，举世亦起而非我。何也？贵远贱近，慕古薄今，天下之通情也，谁肯以千古不朽之名人，抑之使出时流下？彼文足以传世，业有明征；我力足以降人，尚无实据。以无据敌有征，其败可立见也。时龚芝麓先生亦在座[46]，与贞庵相国均以予言为然。向有一人欲改《北西厢》，又有一人欲续《水浒传》，同商于余。余曰："《西厢》非不可改，《水浒》非不可续，然无奈二书已传，万口交赞，其高踞词坛之坐位，业如泰山之稳，磐石之固，欲遽叱之使起而让席于余，此万不可得之数也。无论所改之《西厢》、所续之《水浒》未必可继后尘，即使高出前人数倍，吾知举世之人不约而同，皆以'续貂'、'蛇足'四字为新作之定评矣。"二人唯唯而去。此予由衷之言，向以诫人，而今不以之绳己，动数前人之过者，其意何居？曰：存其是也。放郑声者非仇郑声[47]，存雅乐也；辟异端者非仇异端[48]，存正道也；予之力斥《南西厢》，非仇《南西厢》，欲存《北西厢》之本来面目也。若谓前人尽不可议，前书尽不可毁，则杨朱、墨翟亦是前人[49]，郑声未必无底本，有之亦是前书，何以古圣贤放之，辟之，不遗余力哉？予又谓《北西厢》不可改，《南西厢》则不可不翻。何也？世人喜观此剧，非故嗜痂[50]，因此剧之外别无善本，欲睹崔张旧事，舍此无由；地乏朱砂，赤土为佳，《南西厢》之得以浪传，职是故也。使得一人焉，起而痛反其失，别出新裁，创为南本，师实甫之意而不必更袭其词，祖汉卿之心而不独仅续其后，若与《北西厢》角胜争雄，则可谓难之又难，若止与《南西厢》赌长较短，则犹恐屑而不屑。予虽乏才，请当斯任，救饥有暇[51]，当即拈毫。

《南西厢》翻本既不可无，予又因此及彼，而有志于《北琵琶》一剧。蔡中郎夫妇之传，既以《琵琶》得名，则"琵琶"二字乃一篇之主，而当年作者何以仅标其名，不见拈弄其实？使赵五娘描容之后，果然身背琵琶往别张大公，弹出北曲哀声一大套，使观者听者涕泗横流，岂非《琵琶记》中一大畅事？而当年见不及此者，岂元人各有所长，工南词者不善制北曲耶？使王实甫作《琵琶》，吾知与千载后之李笠翁必有同心矣。予虽乏才，亦不敢不当斯任。向填一折付优人，补则诚原本之不逮，兹已附入四卷之末，尚思扩为全本，以备词人采择，如其可用，谱为弦索新声〔52〕。若是则《南西厢》、《北琵琶》二书可以并行，虽不敢望追踪前哲，并辔时贤，但能保与自手所填诸曲合而较之，必有浅深疏密之分矣。然著此二书，必须杜门累月〔53〕，窃恐饥来驱人，势不由我。安得雨珠雨粟之天〔54〕，为数十口家人筹生计乎？伤哉，贫也！

【注释】

〔1〕南面百城：做管辖许多地方的行政长官。南面，古时以面朝南坐为尊长。

〔2〕洵：确实，的确。

〔3〕资格：偏义复词，取格式、规格之意。

〔4〕帖括时文：见《词曲部上》注〔46〕。

〔5〕四六排偶之文：指自南朝开始盛行的，全篇以对偶排比的四字句、六字句为主的骈体文。

〔6〕"对必同心"二句：都是骈体文在对偶上的要求，对偶的字句在类别上要大致相同，而在意义上则不能重复，否则叫合掌。

〔7〕矩度：规矩法度。

〔8〕诗中之近体：即格律诗。旧体诗中的律诗和绝句，在唐代最终定型，所以唐人称之为近体诗。

〔9〕韵之清浊阴阳：清浊，语音的清声与浊声。关于清浊和阴阳的概念说法不一。元周德清在《中原音韵》中说"其法以声之清浊。定字为阴阳。如高声从阳，低声从阴"。后人一般认为，发音时声带颤动的为浊音，不颤动者为清音，韵尾收以元音的为阴声韵，韵尾收以鼻音的为阳声韵。

〔10〕低昂：这里指高下。

〔11〕总角成篇：儿童时期就能写整篇的诗文作品。

〔12〕六艺：即六经，指《易》、《书》、《诗》、《礼》、《乐》、《春秋》六种儒家经典。

〔13〕管窥蛙见：形容见识浅窄，自谦之语。管窥，通过管子看事物，一孔之见。语出《后汉书·章帝纪》。蛙见，井底之蛙的见识。语出《庄子·秋水》。

〔14〕虚赤帜：《史记·淮阴侯列传》载韩信"拔赵帜，立汉赤帜"而战胜赵王的故事，后因以"得赤帜"、"夺帜"等指代竞争获胜或高居首位。虚，空，枉，自谦之词。

〔15〕莲花生在火上：佛经中有不少有关火上生莲花的故事。这里指在遵从苛刻繁多的格律规定的同时，写出自然优美的作品。犹言戴着镣铐舞蹈。

〔16〕仙叟弈于桔中：牛僧孺《玄怪录》卷三《巴邛人》载："有巴邛人，不知姓名，家有桔园。因霜后，诸桔尽收，余有两大桔，……剖开，每桔有二老叟，鬓眉皤然，肌体红润，皆相对象戏（下象棋），身长尺余，谈笑自若，剖开后亦不惊怖，但相与决赌。"这里用指在繁苛的格律束缚下依然能游刃有余地进行戏曲创作。

〔17〕盘根错节之才：指善于处理繁乱缠结、错综复杂难题的人。

〔18〕衾影何惭：问心无愧。《宋史·蔡元定传》："独行不愧影，独寝不愧衾。"

〔19〕题品：品题，品评高下。

〔20〕典刑：谓旧法，常规。这句话的意思是另立审美标准。

〔21〕掣肘（chè zhǒu）：牵制。这里指受到戏曲格律的束缚与牵制。

〔22〕左袒（tǎn）：偏袒一方。《史记·吕后本纪》载周勃号召军中拥护刘氏者袒露左臂，安刘氏而诛诸吕。

〔23〕《南西厢》：指南曲《西厢记》，与王实甫的北曲《西厢记》相对而言。明崔时佩据王《西厢》改编的传奇剧本（今已佚），李日华加以增改，取名《南调西厢记》。后昆曲演出大都用收于《六十种曲》中的李本《西厢》。

〔24〕弋阳、四平：明清时受大众喜爱的地方戏曲声腔。在清代，昆腔被视为雅部，弋阳、四平等腔则被目为花部，故唱弋阳腔、四平腔的演员被称为俗优。

〔25〕吴音：这里指昆腔。

〔26〕具：才能。

〔27〕作古：谓不依旧规，自创新制。

〔28〕句栉（zhì）字比：逐字逐句地梳理一遍。栉，梳头。比，考校。

〔29〕不浃（jiā）：不谐和。

〔30〕过文：连接上下曲的过渡性曲文。

〔31〕祝融：传说中的火神。

〔32〕续《西厢》者：《曲海总目提要》认为王实甫《西厢记》中《草桥》、《惊梦》等后四出是关汉卿续的。

〔33〕止争一间：差距很小，在伯仲之间。

〔34〕郎主：旧时奴仆对主人的称呼。

〔35〕家尸户祝：这里指《南西厢》受到普遍的喜爱和赞赏。尸，古代祭祀时代表已故者受祭的活人。祝，祭祀时司礼仪的人。

〔36〕宫调：我国古代以宫、商、角、徵、羽等为七声，其中以某一声为主即构成某一调式。以宫声为主的调式称宫，以其他各声为主的则称调，统称宫调。这里所说的宫调是指曲牌分类。每一宫调都有若干音律风格和调性大致相同的曲牌，元末以前，一折戏中通常只许用同一宫调中的曲牌，不可混用属于别的宫调的曲牌，而且同一宫调的曲牌之间前后都有一定的次序。

〔37〕声音：指文字的平仄、阴阳、清浊及押韵等。

〔38〕字格：指曲牌所规定的字数、句式。

〔39〕九宫：南北曲常用的曲牌，都属于仙吕宫、南吕宫、中吕宫、黄钟宫、正宫五宫和大石调、双调、商调、越调四调。十三调：南曲曲牌，分属上述五宫四调及道宫和羽调、般涉调、小石调。但戏曲中常用的仍是五宫四调。

〔40〕次第：前后次序。

〔41〕诛：指责，责备。

〔42〕当行：在行，内行。指符合戏曲艺术的规律和演出要求。

〔43〕用《南西厢》某折作对子：指仿照《南西厢》某一出戏的曲文的"宫调"、"声音"、"字格"来填词。

〔44〕而已：才能停止。

〔45〕魏贞庵：魏裔介，字石生，号贞庵，康熙时官至吏部尚书、保和殿大学士。崔郑合葬墓志铭：明代成化年间，有人声称发现了《西厢记》中人物崔莺莺和郑恒合葬的墓志铭，后人因而指责《西厢》作者所写剧情与事实不符，诬蔑了崔莺莺，并要求改写《西厢》。署名碧焦轩主人的《不了缘》便是这样的一部改写之作。

〔46〕龚芝麓：龚鼎孳，字孝升，号芝麓，清合肥人。以诗文著称。

〔47〕放郑声：禁绝郑声。见《论语·卫灵公》。郑声，春秋时郑国的

民间音乐，是当时流行的与"雅乐"不同的新声。后被用为俗乐或所谓淫艳之乐的代称。

〔48〕辟：排除，驳斥。异端：指与正统儒家思想相违背的思想学说。《论语·为政》："攻乎异端。"

〔49〕杨朱、墨翟：均为战国时代著名思想家，墨家学说更是当时的显学，成为儒家学派的劲敌。孟子曾极力攻击杨、墨。

〔50〕嗜痂：喜欢吃病人身上疮痂（的怪癖）。见《南史·刘穆之传》。

〔51〕救饥有暇：谋生之余，如有空闲。

〔52〕弦索：北曲的代称。新声：新曲。

〔53〕杜门累月：闭门不出好几个月。

〔54〕雨珠雨粟：像下雨一样降下珠宝和粮食来。

【译文】

作文之中让人最快乐的莫如编剧，其中让人最感痛苦的也莫如编剧。编剧之乐，详见后面《宾白》的第二篇，上天入地，作佛成仙，没有一样不顺心如意，意到笔到，比起面南为尊，统辖百城来，实在还要痛快。至于说到编剧之苦，也有千态万状，比之悲愁忧伤、疾病苦痛、镣铐加身、坐牢蹲监等种种逆境，恐怕也是有过之而无不及。请允许我详细地谈谈。其他的文体，随作者之意可长可短，听我的调度或张或弛，总没有限定的格式。现在把散文诸体放一边先不讨论，只讨论分股、限字和调声协律的问题：分股是八股文的写作格式。先破题后承题，起始开论最后大结，全文内分八股，股股相对，规则不算是不严格了；但它的股法、句法的长短由作者自己把握，未尝限定字数，虽然严格却也不能算太严格。限字则是四六骈体之文的规矩。语句有一定的字数，字有一定的声调，对仗必须词性一致，意涵却不能重合，规则不算是不严格了；但它只是限定字数，没有限定位次，只限定声调，没有拘定格式，可以上句四字下句六字，上六下四也未尝不可，可以仄平平仄，平仄仄平也未尝不可。虽然严格，而实际上也未见得太严格。调声协律，又兼有分股限字要求的文体，则是诗中的近体律诗。起句是五言句式，那么后面句句都是五言；起句是七言句式，那么后面句句都是七言。起句用某韵，则以下俱用某韵；起句第二字用平声，则下句第二字一定要用仄声，第三句第四句又颠倒过来用，前人所设立的格律规范也可说是严格而且细密了。然而起句五言，那么句句都是五言，起句七言，那么句句都是七言，这样就有成法可守。想入五言一路，那么七言句式就不会冒出来；起句用某韵，那么以下俱用某韵；起句第二字用平声，则下句第二字一定要用仄声，那么拈得平声之韵，上去入三声之韵字都可以置之不问了。守定平仄、仄平这两句话，再没有什么变化更改，自一首以至千百首皆如出一辙，确保没有朝更夕改的要求让人无所适从。如此则其规范虽严格却还不算太过分，其格律虽细密也还没有到极端。至于编剧之道，则对句式之长短，字数之多少，声之平上去入，韵之清浊阴阳，皆有一定不移之格式。长者短一线都不能，少者增一字不得，又加之忽长忽短，时少时多，令人把握不定。应当用平声之处就用平声，用一仄声不得；应当用阴韵的就用阴韵，换一阳韵不得。调得平仄成文，又要考虑阴阳反复；分清楚了阴阳，又要防着与声韵不和。凡此种种，让人搅断肺肠，烦苦欲绝。此等烦苛的规则法度，尽够折磨人的。作者处在这种情形中，但凡能布置得宜，安顿妥当，便算是千幸万幸之事，哪里还能去计较曲品之高下、剧情文采的工拙呢？我还在襁褓中时就开始识字，儿时就能创制成篇，于诗书六艺等经典文本，虽然没有精研穷尽其奥义，但都粗浅涉略一过。总括诸种文体百家创制而论，我觉得文字之难，没有能超过编剧的，我从童年时就开始学习尝试，到现在老了，尚未窥见一斑。只得将以管窥天、井底之蛙的见识，谬言于同道；虚树赤帜于戏曲论坛，以待将来有识者。作者能够在这种有艰难规则的文体的创作中展显奇才异能，使每个字都合乎曲律声韵的要求，每句话都似乎不受规范法则制约之苦，如同莲花绽放于焰火之上，仙翁对弈于橘子之中，才能算得上是于盘根错节中游刃有余的才子、得心应手八面玲珑之妙笔，所作传奇能享誉千古，若能如此即使千辛万苦也心甘情愿！而千古上下品题文艺的人士，看到传奇这一种样式时，都应当改一副心肠，换一种眼光，另外设定理想范型与标准。要知道这种文字作之可怜，出之不易，其纸墨笔砚简直似乎不是自己的东西，有如借自他人，耳目心思不能随意发挥，到处为人掣肘，不是像诗赋古文那样，可容作家随其心意构思奋笔疾书，不受神牵鬼制。所以，戏曲创制倘若能得七分佳处，便可许作十分，若是到了十分，就可以抵得上他种文字的二十分了。我这并不是偏袒剧作家，实在是想主持公道。如果有人不信，只要请作者选择同一题目，先作一篇文章或一首诗，再作一曲传奇，试试看孰难孰易，谁拙谁工，就知道我说得不错了。但难易自己知道，工拙却必须由他人来明辨。

戏曲中音律之坏，始于《南西厢》。凡是编剧者，都应当以之为戒，不应该将其当作取法的对象。不只是在音律方面，语言文字艺术表现也是一样。请允许我细细道来。编剧除杂剧不论，只论全本的话，其文字之佳，音律之妙，没有超过《北西厢》的。自从南本《西厢》面世，就把极佳的变成了极不佳，极妙的变成了极不妙。推究其初意，也属情有可原。不过是因为北本《西厢》为戏曲之豪，人人赞佩艳羡，但是只能用管弦伴唱，不便在舞台上搬演；只适宜于唱弋阳腔、四平腔的俗优，不便勉强用于昆腔，因为它是北曲而不是南曲。这里请容我先说说其中缘故。北曲的一折戏，只归一人演唱，虽然有几个人在场，其曲子却只出于一人之口，从无互歌迭咏之事。弋阳、四平等腔，字多音少，一泄而尽，又有一人开口，数人接腔的，名义上只一个人，实际上却出于众人之口，所以演《北西厢》很容易。昆曲歌调悠长，一个字可抵数个字，每唱一曲，又必须由一个人从头唱到尾，不可由别人帮腔助唱，以长江大河般长长的整曲，专让一人去演唱，即使有铜喉铁齿，其能胜此重任吗？这就是《北西厢》虽佳，却不能用吴音昆腔来表演的缘故。《南西厢》作者，意在弥补这个缺陷。于是割裂《北西厢》的唱词，增添剧作中的对白，改北本为南本，撰成此剧，也可谓善于沿用古人之作，喜好传扬佳事的人。但依我而论之，此人对于王实甫来说，既是首功之臣也是罪魁祸首。所谓首功之臣，是因为倘若没有他，那么《北西厢》就会被那些俗优竞相扮演，雅调无闻，作者的苦心，虽能流传而实际上却被埋没；所谓罪魁祸首，是因为他将千金狐腋，剪作鸿毛，将一片精金，点成顽铁。为什么会弄成这个样子呢？因为他虽有化用古人之心却无此才能。

现在观演这部戏的人，只知道注意关目情节是否动人，唱曲是否悦耳，是否也曾细细品味个中滋味，深深咀摸曲词的意义吗？假使让既善于读书，又能别开生面自创新制的高手把南本《西厢》拿来一读，逐字逐句地梳理考校一遍，未有不废卷掩鼻，怪其秽气熏人的。如果说：剧曲情文不谐和融洽，缘于它是由北本增删，割取那里凑合这里，自然难于周全妥帖，虽有才力，也无从施展。那么，宾白的文辞都是由作者自己写的，并没有依傍原本，何以有才不运用，有力不施为，而写这些俗口鄙恶的言谈，来污秽听众的耳朵呢？而且曲文之中，尽有不根据原本增删，或自填一则以补原本之缺略的，自撰一曲以作为诸曲的过渡，这些都无人束缚，全由作者自我操纵，何以有才不运用，有力不施为，而写这些勉强支吾的语句，来混蒙观众的眼睛呢？假如王实甫复生，看到上演的这部戏，即使不狂叫怒骂，追索修改本而付之一炬，也一定会痛哭流涕，对着原本而悲其不幸。嘻！续写《西厢》者之才，与创制《西厢》者只在伯仲之间，而观者群起横加非议，称《惊梦》以后诸曲，有如狗尾续貂。以续写《西厢》者之才，与作《南西厢》者相较，岂止奴婢之与郎主，简直是帝王之视乞丐！但当今的观众，对续《西厢》严加责备，而唯独对《南西厢》包容宽待，实已令人无法理解；甚且让家家户户顶礼膜拜，居然与《琵琶记》相提并论，这不仅会让王实甫为此喊冤，而且也会使高则诚为之叫屈！我平生最不喜欢弋阳、四平等剧种，见到就跑开躲避，但是只要听说哪里要以此搬演《西厢记》，就乐意前往观看，唯恐拉下错过。为什么呢？因为其腔调虽不好听，但其曲文却尚未改变，仍然是完整无损的《西厢》，而不是被改头换面、断手残肢的《西厢》。南本《西厢》就是聋聩、喑哑、驼背、折腰等等诸多缺陷，无一不备于其身的剧作。这还只是就其文词而言，尚没有深究音律方面。从来戏曲音律的要旨，首先当严明宫调，其次涉及声韵，再次涉及句式字数。九宫十三调，是南曲的门户，小出的戏可以不受约束，而成套大曲则必须分门别户，各有依归，不仅彼此不能相互通融，连先后顺序也不能紊乱。

这个剧本只因为改北本《西厢》为南本，于是尽变词场格局：或因前曲与前曲字句相同，后曲与后曲体段不合，于是就向别官别调中随取一曲来作前后的过渡联接，这是宫调不能完全相合；或因彼曲和此曲牌名巧凑，其中只有一二句字数不符，如其可增可减，就随之或增或减，使其能相符合，否则任其多寡，以解决补凑不来的毛病，这是字格不能完全相符；至于平仄阴阳和逐句所叶的韵，与上述二者相比还要困难十倍，倘若求全责备那么将求不胜求，这是声音不能完全相叶。剧作家所重视的就在此三者，而三者的弊病，《南西厢》未曾缺漏一个，能使天下相传，久而不废，岂不是咄咄怪事吗？更让人奇怪的，是近来曲家因为《南西厢》熟于梨园艺人之口，习于观众票友之目，便称此剧为第一当行，可以取法，用作曲谱；所作曲词，凡是有不合音律的，别人拿了去询问他，就会说："我是仿照《南西厢》某一折创作出来的，怎么会出错呢？"唉！玷污《西厢记》名目的，是这等人；坏了剧场规矩法度的，是这等人；误导天下后世苍生的，也是这等人啊。这种情况和弊端，如果我不赶紧指出来，那么《南西厢》的流毒，要到何年何代才能休止呢？

　　以前在都门，魏贞庵相国拿来崔郑的合葬墓志铭给我看，命我作《北西厢》的改编本，以纠正以前的谬误。我婉言谢绝了，以为天下久已流传的书，无论是是还是非，好还是不够好，都应听任其自然流传，不应当拼其死力去与之较力争锋比短长。如果相比之下还不如它，举世之人都会起而非难我；要是比较起来是改编得好，举世之人也会起而非难我。为什么呢？贵远贱近，慕古薄今，是天下人的常情。谁肯让千古不朽的名人，被贬抑而屈居于当代时流之下呢？他的剧作足以传世，是已有明证的；而我的才力能够胜人一筹，却尚无实据。以我的毫无凭据匹敌他已有之明证，其失败必然是立竿见影的。当时龚芝麓先生也在座，和魏贞庵相国都认为我说得有道理。曾经有一个人想改《北西厢》，又有一个人想续《水浒传》，都来与我商量。我说："《西厢记》不是不能改，《水浒传》也不是不能续，但无奈的是两书都已流传，万口交相称赞。其高踞于词坛的座位，已如泰山一样安稳，像磐石一样牢固，要想匆促地让其起开让座于我，这是万万不可能如愿的事。不要说所改的《西厢记》、所续的《水浒传》未必能步其后尘而得流传，即使高出前人数倍，我也知道举世之人都会不约而同，用'续貂'、'蛇足'四字来作为对新作的定评。"二人连连称是而去。这是我的由衷之言，一向以之告诫他人，而今却不用它来要求自己，动不动数落前人的过错，用意何在呢？我说是为了保存对的、好的。孔子之所以放郑声，并不是仇视郑声，而是为了保存雅乐；之所以排斥异端，也不是仇视异端，而是为了保存正道；我之所以极力指斥《南西厢》，也不是仇视《南西厢》，而是为了保存《北西厢》的本来面目。如果说前人全都不可议论，前人的书也全都不能批评，那么杨朱、墨翟也都是前人，郑声未必没有底本，有的话也是前人的书，何以往古圣贤要不遗余力地去扬弃它，批评它呢？我还认为《北西厢》不可改，《南西厢》则不可不改编。为什么呢？世人喜欢观看这部戏，不是故意有嗜痂的怪癖，因为除了此剧之外别无善本，想看崔张的老故事，除此之外没有其他途径；缺乏朱砂之地，红土也算是好东西，《南西厢》之得以浪传，就是因为这个缘故。假使有一人在这里，痛痛快快站出来纠正其失，别出新裁，创制新的南本《西厢》，师承王实甫的原意而不必沿袭其曲词，祖述关汉卿的心思却不单单补续其后文，像这样去与《北西厢》角胜争雄，那么可以说是难之又难，但如果只是与《南西厢》赌长较短，那么只怕瞧不上而不屑于为之。我虽然缺乏才思，也要请缨担当此任，糊口谋生之余，倘有余暇，我会立即动笔挥毫。

《南西厢》改编本既不可无，我又因此及彼，而有志于《北琵琶》一剧的改编。蔡中郎夫妇之传，既以《琵琶》得名，那么"琵琶"二字乃是一篇的主线，而当年作者何以仅标其名，却不见就此发挥的实际内容呢？假使赵五娘描容装扮之后，果然身背琵琶前往拜别张大公，并且弹唱一大套北曲哀怨之音，让观众听者涕泗横流，岂非《琵琶记》中一大畅快之事？而当年见不及此，难道是因为元代剧作家各有所长，工南词者不善制北曲吗？假使王实甫作《琵琶记》，我知道他和千载之后的我李笠翁一定会有同样的心思。我虽然缺乏才思，也不敢不担当此任。我以前曾写了一折交付演员，以补高则诚原本的不足，现已附在第四卷之后，还想扩展为全本，以备词人采纳选用，如果其可取能用，谱为弦索新声。如果这样，那么《南西厢》、《北琵琶》二书就可以并行，虽不敢奢望追踪前哲，或与时贤并驾齐驱，但能保证与自己亲手所写的几个剧本一起来比较，肯定会有浅深疏密的区别。但创作这两本书，必须在家里闭门不出几个月才能成功，我恐怕饥饿时时会来驱迫人，情势由不得我安心创作。怎样才得有下珠玉、下米粟的苍天，为我数十口家人筹划生计呢？贫穷真让人伤脑筋啊！

恪 守 词 韵

　　一出用一韵到底，半字不容出入，此为定格。旧曲韵杂，出入无常者，因其法制未备，原无成格可守，不足怪也。既有《中原音韵》一书，则犹畛域画定[1]，寸步不容越矣。常见文人制曲，一折之中定有一二出韵之字，非曰明知故犯，以偶得好句不在韵中，而又不肯割爱，故勉强入之，以快一时之目者也。杭有才人沈孚中者[2]，所制《绾春园》、《息宰河》二剧[3]，不施浮采，纯用白描，大是元人后劲[4]。予初阅时，不忍释卷，及考其声韵，则一无定轨，不惟偶犯数字，竟以寒山、桓欢二韵合为一处用之，又有以支思、齐微、鱼模三韵并用者，甚至以真文、庚青、侵寻三韵，不论开口闭口同作一韵用者[5]，长于用才而短于择术，致使佳调不传，殊可痛惜！夫作诗填词同一理也，未有沈休文诗韵以前[6]，大同小异之韵或可叶入诗中；既有此书，即三百篇之风人复作[7]，亦当俯就范围。李白诗仙，杜甫诗圣，其才岂出沈约下，未闻以才思纵横而跃出韵外，况其他乎？设有一诗于此，言言中的，字字惊人，而以一东二冬并叶，或三江七阳互施，吾知司选政者必加摈黜[8]，岂有以才高句美而破格收之者乎？词家绳墨，只在谱韵二书[9]，合谱合韵，方可言才，不则八斗难克升合[10]，五车不敌片纸，虽多虽富，亦奚以为？

【注释】

〔1〕畛（zhěn）域：范围，界限。

〔2〕沈孚中：沈嵊，字孚中，号孚中道人。清镇洋人，久居杭州。陆次云《沈孚中传》说他"作填词，夺元人席"。

〔3〕《绾春园》、《息宰河》二剧：前者写才子佳人的爱情故事，"尤为词场称绝"（陆次云《沈孚中传》）。后者已佚。

〔4〕后劲：后继的有力人物。

〔5〕开口闭口：在韵尾收鼻音的阳声韵中，凡韵尾收"m"的是闭口字，收"n"或"ng"的是开口字。但现在南北方言中除粤语中还有韵尾收于"m"的闭口韵外，大都已没有闭口韵了。

〔6〕沈休文诗韵：沈休文，沈约，字休文，吴兴武康人，南朝齐、梁间文坛领袖。著有《四声谱》（今佚），提出了"四声"、"八病"之说，为近体诗的定型和对汉语声韵规律的把握作出了贡献。

〔7〕三百篇之风人：《诗经》的作者。《诗经》共收三百零五篇诗作，后人举其成数，称之为"三百篇"。风人，诗人，《诗经》篇章分"风"、"雅"、"颂"三类，故后有"风诗"、"风人"之称。

〔8〕司选政者：本指科考中的主考官。这里指选诗者。摈黜（bìn chù）：摈弃，不选。

〔9〕谱韵二书：谱，指曲谱，如《太和正音谱》、《南词新谱》等。韵，指韵书，如《中原音韵》等。

〔10〕克：敌。升合：指才力较小者，与八斗才相对。

【译文】

一出戏用一韵到底，半个字都不容有出入，这是定格。旧戏用韵混杂，出入无常，是因为那时法度尚未完备，原本没有现成格式可以遵守，不值得奇怪。现在既然有了《中原音韵》一书，就好像划定了疆域，不容许越雷池寸步。常见文人编剧，一折之中定会有一二出韵之字，这并不能说是明知故犯，是因为偶得好句不在韵中，而又不肯割爱，所以勉强写进来，以快一时之目的。杭州有位叫沈孚中的才子，所作的《绾春园》和《息宰河》两个剧本，不施浮华的辞采，纯用白描，大有元人之遗风。我初读时，爱不释手，及至考察其声韵，却发现一无定轨，不仅仅偶犯数字，竟然把寒山、恒欢两韵合到一起来用，又有把支思、齐微和鱼模三韵并用的，甚至以真文、庚青、侵寻三韵，不论开口闭口，都同作一韵来用。长于驰骋才情，而短于选词择韵，致使好曲子不得流传，实在是令人痛惜啊！作诗和编剧是同一的原理。未有沈休文诗韵以前，大同小异的韵，有的还可以押入诗中；既有了此类书，即使《诗经》作者复生，也应当屈尊按照规范来写。李白是诗仙，杜甫是诗圣，他们的才能难道在沈约之下吗？没有听说他们因为才思纵横而跃出韵外，何况其他人呢？假使这里有一首诗，言言中的，字字惊人，却以一东二冬两韵并押，或三江七阳两韵互押，我知道主持选录诗作的人必定会加以摒弃，怎么会有因才高句美而破格收录此类诗呢？编剧的规矩法度，只在《谱》、《韵》两种书，合谱合韵，方能谈得上才学，否则，八斗之才也难胜升合之才，学富五车之作也敌不过片纸合谱合韵之文，虽然多，虽然富，又有什么用呢？

凛 遵 曲 谱

曲谱者[1]，填词之粉本，犹妇人刺绣之花样也，描一朵，刺一朵，画一叶，绣一叶，拙者不可稍减，巧者亦不能略增。然花样无定式，尽可日异月新，曲谱则愈旧愈佳，稍稍趋新，则以毫厘之差而成千里之谬[2]。情事新奇百出，文章变化无穷，总不出谱内刊成之定格。是束缚文人而使有才不得自展者，曲谱是也；私厚词人而使有才得以独展者，亦曲谱是也。使曲无定谱，亦可日异月新，则凡属淹通文艺者皆可填词[3]，何元人、我辈之足重哉？"依样画葫芦"一语[4]，竟似为填词而发。妙在依样之中，别出好歹，稍有一线之出入，则葫芦体样不圆，非近于方，则类乎匾矣[5]。葫芦岂易画者哉！明朝三百年，善画葫芦者止有汤临川一人[6]，而犹有病其声韵偶乖，字句多寡之不合者[7]。甚矣，画葫芦之难，而一定之成样不可擅改也！

曲谱无新，曲牌名有新。盖词人好奇嗜巧，而又不得展其伎俩，无可奈何，故以二曲三曲合为一曲[8]，熔铸成名，如［金索挂梧桐］、［倾杯赏芙蓉］、［倚马待风云］之类是也。此皆老于词学、文人善歌者能之，不则上调不接下调，徒受歌者揶揄。然音调虽协，亦须文理贯通，始可串离使合。如［金络索］、［梧桐树］是两曲，串为一曲而名曰［金索挂梧桐］，以金索挂树，是情理所有之事也；［倾杯序］、［玉芙蓉］是两曲，串为一曲而名曰［倾杯赏芙蓉］，倾杯酒而赏芙蓉，虽系捏成，犹口头语也；［驻马听］、［一江风］、［驻云飞］是三曲，串为一曲而名曰［倚马待风云］，倚马而待风云之会，此语即入诗文中，亦自成句。凡此皆系有伦有脊之言[9]，虽巧而不厌其巧。竟有只顾串合，不询文义之通塞、事理之有无，生扭数字作曲名者，殊失顾名思义之体，反不若前人不列名目，只以"犯"字加之。如本曲［江儿水］而串入二别曲，则曰［二犯江儿水］；本曲［集贤宾］而串入三别曲，则曰［三犯集贤宾］。又有以"摊破"二字概之者[10]，如本曲［簇御林］、本曲［锦地花］而串入别曲，则曰［摊破簇御林］、［摊破锦地花］之类，何等浑然，何等藏拙。更有以十数曲串为一曲而标以总名，如［六犯清音］、［七贤过关］、［九回肠］、［十二峰］之类，更觉浑雅。予谓串旧作新，终是填词末着。只求文字好，音律正，即牌名旧杀，终觉新奇可喜。如以极新极美之名，而填以庸腐乖张之曲，谁其好之？善恶在实，不在名也。

【注释】

〔1〕曲谱：是指标明南曲或北曲每个曲牌字数、句法、阴阳四声、何处叶韵等定格的曲谱，如《南九宫十三调曲谱》等。

〔2〕毫厘之差而成千里之谬：语出《礼记·经解》："《易》曰：'君子慎始。'差若毫厘，缪以千里。"

〔3〕淹通：精通。

〔4〕依样画葫芦：比喻单纯模仿，照搬原样。典出宋魏泰《东轩笔录》卷一："颇闻翰林草制，皆检前人旧本，改换词语，此乃俗所谓依样画葫芦耳。"

〔5〕匾：同"扁"。

〔6〕汤临川：即汤显祖，江西临川人，故称。

〔7〕"而犹有病其声韵偶乖"二句：像以沈璟为代表的吴江派就认为汤显祖《牡丹亭》其声韵偶有未合，修改过不合格律的地方。而汤显祖则重意趣，反对修改他的作品。从《凛遵曲谱》中的具体论述看，李渔是倾向于格律派的。

〔8〕以二曲三曲合为一曲：此即"集曲"，亦叫"犯调"，曲牌的一种体式。从同一宫调或属同一笛色的不同宫调中，取不同曲牌的某节，联为新曲。同宫调集曲称为犯本宫，异宫调集曲称为犯别宫。集曲另取新名，常从所用曲牌名中各取一二字，合成新曲名，也有于所集曲中主要曲牌名上加"犯"字，如所用曲牌较多，便以曲牌数为名。可与下文参看，其义自明。

〔9〕有伦有脊：有道理。语出《诗经·小雅·正月》："维号斯言，有伦有脊。"

〔10〕摊破：谓突破某一词调、曲调的谱式。这里仍指集曲的一种方式，即由本曲串入他曲。

【译文】

曲谱，是编戏的底本，就好比妇女刺绣的花样，描一朵，刺一朵，画一叶，绣一叶，拙者不可稍减，巧者也不能略增。然而花样没有定式，尽可日异月新，而曲谱却愈旧愈佳，稍稍趋新，就会以毫厘之差而成千里之谬。世间情事新奇百出，文章也变化无穷，但总归不出曲谱规定的格律。像这样束缚文人，而使其有才不得自展的，是曲谱；偏厚曲家，而使有才能得以独展的，也是曲谱。假使曲无定谱，也可以日异月新，那么凡属精通文章的都可以编戏，如此则元人和我辈还足以被看重吗？"依样画葫芦"一语，竟似为编戏而发。妙在依样之中，可区分出好坏，稍稍有一线之出入，葫芦体样便画不圆，不是近于方，就是类似扁。葫芦岂是那么容易画的啊！明朝三百年，善于画葫芦的只有汤显祖一人，尚且有人对他声韵偶有乖误，字句多寡不合规定而感到遗憾的。画葫芦真是太难了，而一定之成样是不可擅自更改的啊！

曲谱没有新的，曲牌名却可以花样翻新。大概传奇作家好奇嗜巧，却又不得施展自己的本领，无可奈何，所以把两、三个曲子合成一曲，熔铸成名，如［金索挂梧桐］、［倾杯赏芙蓉］、［倚马待风云］之类都是这样。这都是既精通编剧之学又精通乐理善于歌唱的文人才能做到，否则上调不接下调，只能白白受演员歌者揶揄嘲笑。然而音调虽协和，还须文理贯通，才能使不同的曲子串合到一起。如［金络索］、［梧桐树］本是两支曲子，串合为一曲，而取名叫［金索挂梧桐］，以金索而系挂于梧桐树上，这是合乎情理的事情；［倾杯序］、［玉芙蓉］本是两支曲子，串合为一曲，而取名叫［倾杯赏芙蓉］，倾杯酒而赏芙蓉，虽然是捏合而成的，但犹如口头语；［驻马听］、［一江风］、［驻云飞］本是三支曲子，串合为一曲，而取名叫［倚马待风云］，倚马而待风云之会，这句话即使写入诗文中，也自成好句子。以上种种都是合道理有根据之言，虽巧而不厌其巧。竟然还有只顾串合，不问文义上通顺与否、事理之有与无，生扭数字作曲牌名的，实在有失顾名思义之大体，反不如前人不列名目，只在本曲名上加以"犯"字。如本曲［江儿水］而串入两支别的曲子，就叫［二犯江儿水］；本曲［集贤宾］而串入三支别的曲子，就叫［三犯集贤宾］。又有以"摊破"二字来总括的，如本曲［簇御林］、本曲［锦地花］而串入别的曲子，就叫［摊破簇御林］、［摊破锦地花］之类，何等浑然，何等藏拙。更有以十几支曲子串为一曲，而标上一个总曲名的，如［六犯清音］、［七贤过关］、［九回肠］、［十二峰］之类，更觉其浑然雅致。我认为串合旧曲牌作新曲牌，终究是编剧艺术的细枝末节。只求文字好，音律正，即使牌名极其陈旧，终归感到新奇可喜。如果用了极新极美的曲牌名，却填上平庸、陈腐、不协调、不好听的曲词，谁会喜闻乐见啊？好坏在实，而不在名啊。

鱼 模 当 分[1]

词曲韵书，止靠《中原音韵》一种，此系北韵，非南韵也。十年之前，武林陈次升先生欲补此缺陷[2]，作《南词音韵》一书，工垂成而复辍，殊为可惜。予谓南韵深渺，卒难成书。填词之家即将《中原音韵》一书，就平、上、去三音之中，抽出入声字另为一声，私置案头，亦可暂备南词之用。然此犹可缓。更有急于此者，则鱼模一韵，断宜分别为二。鱼之与模，相去甚远，不知周德清当日何故比而同之，岂仿沈休文诗韵之例，以元、繁、孙三韵合为十三元之一韵[3]，必欲于纯中示杂，以存"大音希声"之一线耶[4]？无论一曲数音，听到歇脚处觉其散漫无归，即我辈置之案头自作文字读，亦觉字句聱牙，声韵逆耳。倘有词学专家，欲其文字与声音媲美者，当令鱼自鱼，而模自模，两不相混，斯为极妥。即不能全出皆分，或每曲各为一韵，如前曲用鱼，则用鱼韵到底，后曲用模，则用模韵到底，犹之一诗一韵，后不同前，亦简便可行之法也。自愚见推之，作诗用韵，亦当仿此。另钞元字一韵，区别为三，拈得十三元者，首句用元则用元韵到底，凡涉繁、孙二韵者勿用；拈得繁、孙者亦然。出韵则犯诗家之忌，未有以用韵太严而反来指谪者也。

【注释】

〔1〕鱼模：周德清所编《中原音韵》中的韵目。该书共分十九个韵部，其中鱼（以"ü"为音节尾音的一组字）和模（以"u"为音节尾音的一组字）合成一个韵部，叫鱼模。

〔2〕陈次升：陈定庵，名暹，字次生，居浙江仁和（今杭州），崇祯九年举人。广游山川，练达世务，与李渔有交往。据梁廷楠《曲话》载："顺治末，武林陈次升作《南曲词韵》，欲与周韵并行，缘事中辍。"又，李渔《一家言》卷三中有写给陈的一封信。

〔3〕以元、繁、孙三韵合为十三元之一韵：十三元是诗韵中的一个韵部，元、繁、孙三字均属这一韵部。李渔不以为然。

〔4〕大音希声：最大最美的声音是无声。语出《老子》第四十一章："大音希声，大象无形。"希声，无声。在老子看来，"有"是相对的，而"无"是永恒和无限的。所有的"有"合起来便是"无"。李渔用这句话意在说明元、繁、孙三韵的差异和区分有其相对性。

【译文】

词曲的韵书，只靠《中原音韵》一种。这是北方韵，而非南韵。十年之前，武林的陈次升先生想弥补这个缺陷，作《南词音韵》一书，在即将完稿时却因故停笔，实在太可惜了。我以为南韵深缈，终究难以成书。剧作家即将《中原音韵》这本书中的平、上、去三音之中，抽出入声字来另作一声，放在案头，也可以暂备创作南曲之用。但这还可以缓一步。比这个更为当务之急的，是鱼模一韵，断然应该分为两韵。鱼韵之与模韵，相去甚远，不知道周德清当日因为什么缘故要将两者合并为同一韵部。难道是仿沈休文诗韵的体例，把元、繁、孙三韵合为十三韵中的一韵，定要在纯粹之中显示庞杂，以存"大音希声"一脉吗？不论一支曲子有数种音调，听到歇脚的地方，总觉得它散漫无归，就是我辈自己放在案头，当作文字来读，也觉得字句聱牙，声韵逆耳。倘若有曲学行家，想使其文字和声韵相互谐合，声情并茂，就当令鱼自鱼而模自模，两不相混，这才极为妥善。即使不能全剧都分开，或者可以每支曲各自用一个韵，如前一支曲用鱼韵，就将鱼韵从头用到尾；后一支曲子模韵，就将模韵从头用到尾，犹如一首诗用同一个韵，后曲不同于前曲，也是简便可行的方法。由我的愚见推而广之，作诗用韵，也应仿照此法来办。另外抄举元字一韵，区分为三韵，拈得十三元者，首句用元韵，就将元韵从头用到尾，凡是涉于繁韵和孙韵的字都不能用；拈得繁韵、孙韵的话，也是这样。出韵，就犯了诗家之忌，没有人因为用韵过严反而招来指谪的。

廉　监　宜　避

侵寻、监咸、廉纤三韵[1]，同属闭口之音，而侵寻一韵，较之监咸、廉纤独觉稍异。每至收音处，侵寻闭口而其音犹带清亮，至监咸、廉纤二韵则微有不同。此二韵者，以作急板小曲则可[2]，若填悠扬大套之词，则宜避之。《西厢》"不念《法华经》，不理《梁皇忏》[3]"一折用之者，以出惠明口中，声口恰相合耳。此二韵宜避者，不止单为声音，以其一韵之中可用者不过数字，余皆险僻艰生，备而不用者也。若惠明曲中之"揋"字[4]、"搀"字、"燂"字[5]、"朁"字、"馅"字、"蘸"字、"豔"字[6]，惟惠明可用，亦惟才大如天之王实甫能用，以第二人作《西厢》，即不敢用此险韵矣。初学填词者不知，每于一折开手处误用此韵，致累全篇无好句；又有作不终篇，弃去此韵而另作者，失计妨时。故用韵不可不择。

【注释】

〔1〕侵寻、监咸、廉纤：分别为周德清《中原音韵》中的第十七至十九韵部。

〔2〕急板小曲：指有板无眼或一板一眼的小曲，昆曲中习称为"流水板"。

〔3〕"不念《法华经》"二句：《西厢记》第二本第二折中惠明和尚所唱的曲文。《法华经》，即《妙法莲华经》，大乘佛经。《梁王忏》，释氏礼祷经名。《释氏稽古史略》载：梁武帝夫人郗氏既亡，"通梦于帝，帝制慈悲道场忏法十卷，请僧令忏礼。……其后忏法行世，称曰《梁皇忏》"。

〔4〕揝（zuàn）：同"攥"。抓住，握住。据《中原音韵》，揝与暂音同。

〔5〕燂（qián）：烧烤。据《中原音韵》，燂与痰音同。按：燂，又读 xún。

〔6〕飑（diū）：抛掷。《西厢记》中第二本第二折："飑了僧伽帽。"按："飑"字在此不是用在韵脚上，且不属监咸韵，李渔此处所述当有误。

【译文】

侵寻、监咸、廉纤三韵，同属闭口之音，而侵寻一韵，较之监咸、廉纤独觉稍有不同。每到收音的地方，侵寻虽为闭口之韵，却还带着清亮的音色，至于监咸、廉纤二韵则略微有所差异。这两个韵，用作急板小曲还可以，如果填写悠扬大套的曲词，那么应该回避。《西厢记》"不念《法华经》，不理《梁皇忏》"这一折用了它，因为出于惠明口中，声气口吻恰好相合。这两个韵回避为好，不单单是为声音，还因为其一韵之中可用的不过几个字，其余都是险僻艰生，备而不用的字。比如惠明曲中的"揝"字、"挽"字、"燂"字、"腊"字、"馅"字、"蘸"字、"飑"字，惟有惠明可用，也惟有才大如天的王实甫能用，由第二人作《西厢记》，就不敢用这个险韵了。刚学编戏的人不知道，每每于一折戏开手处误用这一险韵，致使累及全篇没有佳句；又有写不到终篇，不得已舍弃此韵换韵重写的，失策误时。所以用韵不可不精心选择。

拗 句 难 好

音律之难，不难于铿锵顺口之文，而难于倔强聱牙之句。铿锵顺口者，如此字声韵不合，随取一字换之，纵横顺逆，皆可成文，何难一时数曲。至于倔强聱牙之句，即不拘音律，任意挥写，尚难见才，况有清浊阴阳，及明用韵、暗用韵[1]，又断断不宜用韵之成格，死死限在其中乎？词名之最易填者，如［皂罗袍］、［醉扶归］、［解三酲］、［步步娇］、［园林好］、［江儿水］等曲，韵脚虽多，字句虽有长短，然读者顺口，作者自能随笔，即有一二句宜作拗体[2]，亦如诗内之古风[3]，无才者处此，亦能勉力见才。至如［小桃红］、［下山虎］等曲，则有最难下笔之句矣。《幽闺记》、［小桃红］之中段云："轻轻将袖儿掀，露春纤[4]，盏儿拈，低娇面也。"每句只三字，末字叶韵，而每句之第二字，又断该用平，不可犯仄。此等处，似难而尚未尽难。其［下山虎］云："大人家体面，委实多般，有眼何曾见！懒能向前，弄盏传杯，恁般腼腆。这里新人忒杀虔[5]，待推怎地展？主婚人不见怜，配合夫妻，事事非偶然。好恶姻缘总在天。"只须"懒能向前"、"待推怎地展"、"事非偶然"之三句，便能搅断词肠[6]。"懒能向前"、"事非偶然"二句，每句四字，两平两仄，末字叶韵；"待推怎地展"一句五字，末字叶韵，五字之中，平居其一，仄居其四。此等拗句，如何措手？南曲中此类极多，其难有十倍于此者，若逐个牌名援引，则不胜其繁，而观者厌矣；不引一二处定其难易，人又未必尽晓，兹只随拈旧诗一句，颠倒声韵以喻之。如"云淡风轻近午天[7]"，此等句法自然容易见好，若变为"风轻云淡近午天"，则虽有好句，不夺目矣。况"风轻云淡近午天"七字之中，未必言言合律，或是阴阳相左，或是平仄尚乖，必须再易数字，始能合拍。或改为"风轻云淡午近天"，或又改为"风轻午近云淡天"，此等句法，揆之音律则或谐矣[8]，若以文理绳之，尚得名为词曲乎？海内观者，肯曰此句为音律所限，自难求工，姑为体贴人情之善念而恕之乎？曰：不能也。既曰不能，则作者将删去此句而不作乎？抑自创一格而畅我所欲言乎？曰：亦不能也。然则攻此道者亦甚难矣！

变难成易，其道何居？曰：有一方便法门[9]，词人或有行之者，未必尽有知之者。行之者偶然合拍，如路逢故人，出之不意，非我知其在路而往投之也。凡作倔强聱牙之句，不合自造新言，只当引用成语。成语在人口头，即稍更数字，略变声音，念来亦觉顺口；新造之句，一字聱牙，非止念不顺口，且令人不解其意，今亦随拈一二句试之。如"柴米油盐酱醋茶[10]"，口头语也，试变为"油盐柴米酱醋茶"，或再变为"酱醋油盐柴米茶"，未有不明其义，不辨其声者；"东边日出西边雨，道是无情却有情[11]"，口头语也，试将上句变为"日出东边西边雨"，下句变为"道是有情却无情"，亦未有不明其义，不辨其声者；若使新造之言而作此等拗句，则几与海外方言无别，必经重译而后知之矣[12]。即取前引《幽闺》之二句，定其工拙："懒能向前"、"事非偶然"二句，皆拗体也。"懒能向前"一句，系作者新构，此句便觉生涩，读不顺口；"事非偶然"一句，系家常俗话，此句便觉自然，读之溜亮[13]，岂非用成语易工，作新句难好之验乎？予作传奇数十种，所谓"三折肱为良医[14]"，此折肱语也。因觅知音，尽倾肝膈。孔子云："益者三友：友直，友谅，友多闻。"〔15〕多闻，吾不敢居，谨自呼为直谅。

【注释】

〔1〕明用韵，暗用韵：于句末韵脚处用韵的叫明用韵，在句末用韵的同时，还在句中似断未断处（通常是在演唱曲文的句中停顿或拖腔处）用韵，叫暗用韵。如《西厢记》第一本第三折"我忽听一声猛惊"中的"听"、"声"。

〔2〕拗体：诗、词、曲不依平仄常格的，叫拗体，其中不依常格的诗句，叫拗句格。

〔3〕古风：即古体诗，与近体诗相对而言，在篇辞、句式、对偶、平仄、押韵等方面较为自由。

〔4〕春纤：指女子柔细的手指。

〔5〕忒杀：即"忒煞"，太，过于。虔：恭敬。

〔6〕搅断词肠：费尽心思，伤透脑筋。

〔7〕云淡风轻近午天：宋代程颢七绝《春日偶成》中的首句。

〔8〕揆（kuí）：度，量。

〔9〕方便法门：佛家用语，指人们得道的门径，这里指捷径。

〔10〕柴米油盐酱醋茶：宋吴自牧《梦粱录》卷十六《鲞铺》："盖人家每日不可阙者，柴、米、油、盐、酱、醋、茶。"

〔11〕"东边日出西边雨"二句：唐刘禹锡《竹枝词》中句。

〔12〕重译：几度翻译。

〔13〕溜（liū）亮：流畅明白，同"浏亮"。

〔14〕三折肱（gōng）为良医：形容阅历丰富、有亲身体验，因而善于处理某类事务，犹言"久病成良医"。语出《左传·定公十三年》。肱，手臂从肘到肩的部分。

〔15〕"益者三友"几句：语出《论语·季氏》："孔子曰：'益者三友，损者三友。友直、友谅、友多闻，益矣。友便辟、友善柔、友便佞，损矣。'"直，正派。谅，诚实，有信用。多闻，见多识广，有学问。

【译文】

音律之难，不难于铿锵顺口之文，而难于倔强聱牙之句。铿锵顺口的文字，比如此字于声韵不合，可随取一字来替换它，纵横顺逆，皆可成文，一时而填数曲子，又有何难。至于倔强聱牙之句，即使不拘音律，任意挥写，尚且难于表现才思，何况有清浊、阴阳，以及明用韵、暗用韵，还有断断不宜用韵的固定格律，死死地限制在其中呢？曲牌之中最易填的，如［皂罗袍］、［醉扶归］、［解三酲］、［步步娇］、［园林好］、［江儿水］等曲，韵脚虽多，字句虽有长短，然读者读来顺口，作者自然可以随意书写。即使有一二句适宜作拗体，也就像诗歌中的古风，没有才思的人遇上这些曲子，也能努力展现其才。至于像［小桃红］、［下山虎］等曲子，那就有最难下笔的词句了。《幽闺记》中［小桃红］的中段云："轻轻将袖儿掀，露春纤，盏儿拈，低娇面也。"每句只有三字，末字押韵，而每句的第二字，又断该用平声韵，不可犯仄声字。像这样的地方似乎难为，但其实还不算最难。其［下山虎］云："大人家体面，委实多般。有眼何曾见！懒能向前，弄盏传杯，恁般腼腆。这里新人忒杀虐，待推怎地展？主婚人不见怜，配合夫妻，事事非偶然。好恶姻缘总在天。"只须"懒能向前"、"待推怎地展"、"事非偶然"三句，便能搅断词肠。"懒能向前"、"事非偶然"两句，每句四字，两平两仄，末字押韵；"待推怎地展"一句五字，末字押韵，五字之中，平声占其中之一，仄声占其中之四。这等拗句，怎么措手？南曲中这类例子极多，其难度有超过上述这些十倍的，如果要将这些曲牌名一一枚举，那就会不胜其繁，而让观者生厌了；但不援引一两处实例来评定其难易，人们又未必能完全弄明白，这里只随拈一句旧诗，颠倒声韵来比喻说明它。如"云淡风轻近午天"，这等句法自然容易见好，如果变为"风轻云淡近午天"，虽则还算是好句，就不能让人眼睛一亮了。况且"风轻云淡近午天"七字之中，未必字字合律，或是阴阳相左，或是平仄尚乖，必须再改换几个字，才能合拍。或改为"风轻云淡午近天"，或又改为"风轻午近云淡天"，这等句法，用音律衡量也许谐和了，但如用文理来衡量，还能称之为词曲吗？海内观者，肯说这句是因为受音律所限，自难求工，姑且为了体贴人情的善念而宽容谅解作者吗？回答是：不能啊。既然说不能，那么作者将会删掉这句而不写吗？抑或自创一格来畅我所欲言呢？回答是：也不能啊。既然这样，那么从事编戏这行的作者，也太难为了吧。

变难成易，门道在哪里？回答：有一方便法门，曲家或许有这样做的，但未必完全明白个中道理。这样做对了的人是偶然合拍，如同路上偶遇老友，是出于意外，并非我知道他在路上而前往相迎。凡作倔强拗牙之句，不合宜自造新言，只应当引用成语。成语在人口头，就是稍稍更动几个字，略微变一变声音，念起来也觉得顺口；新造之句，一字拗牙，不仅念起来不顺口，而且令人不解其意。现在也随手拈取一两句试试。如"柴米油盐酱醋茶"，是口头语，试变为"油盐柴米酱醋茶"，或再变为"酱醋油盐柴米茶"，没有不明其义、不辨其声的；"东边日出西边雨，道是无情却有情"，是口头语，试将上句变为"日出东边西边雨"，下句变为"道是有情却无情"，也没有不明其义、不辨其声的；若使新造之言却作此等拗句，那就几乎与海外方言没有差别了，必须经过几重翻译而后才能弄明白。就拿前面所引《幽闺记》中的两句，来判定其工拙："懒能向前"，"事非偶然"两句，都是拗体。"懒能向前"一句，是作者新造之句，这句便觉生涩，读不顺口；"事非偶然"一句，是家常俗话，此句便觉自然，读之浏亮，难道不是用成语易工，作新句难好的验证吗？我作传奇数十种，所谓"三折肱为良医"，这就是折肱之语。为了寻觅知音，把深藏肺腑的心得诀窍和盘托出。孔子说："有益的朋友三类：与正直之士交友，与诚信之士交友，与广闻博见之士交友。"我不敢以广闻博见自居，谨自称为正直、诚信之士。

合 韵 易 重 [1]

句末一字之当叶者，名为韵脚。一曲之中，有几韵脚，前后各别，不可犯重。此理谁不知之？谁其犯之？所不尽知而易犯者，惟有"合前"数句。兹请先言合前之故。同一牌名而为数曲者，止于首只列名，其后在南曲则曰"前腔"，在北曲则曰"幺篇"，犹诗题之有其二、其三、其四也。末后数语，有前后各别者，有前后相同，不复另作，名为合前者。此虽词人躲懒法，然付之优人，实有二便：初学之时，少读数句新词，省费几番记忆，一便也；登场之际，前曲各人分唱，合前之曲必通场合唱，既省精神，又不寂寞，二便也。然合前之韵脚最易犯重。何也？大凡作首曲，则知查韵，用过之字不肯复用，迨做到第二、三曲，则止图省力，但做前词，不顾后语，置合前数句于度外，谓前曲已有，不必费心，而乌知此数句之韵脚，在前曲则语语各别，凑入此曲，焉知不有偶合者乎？故作前腔之曲，而有合前之句者，必将末后数句之韵脚紧记在心，不可复用；作完之后，又必再查，始能不犯此病。此就韵脚而言也。韵脚犯重，犹是小病，更有大于此者，则在词意与人不相合。何也？合前之曲既使同唱，则此数句之词意必有同情。如生旦净丑四人在场，生旦之意如是，净丑之意亦如是，即可谓之同情，即可使之同唱；若生旦如是，净丑未尽如是，则两情不一，已无同唱之理；况有生旦如是，净丑必不如是，则岂有相反之曲而同唱者乎？此等关窍⁽²⁾，若不经人道破，则填词之家既顾阴阳平仄，又调角徵宫商，心绪万端，岂能复筹及此？予作是编，其于词学之精微，则万不得一，如此等粗浅之论，则可谓知无不言，言无不尽者矣。后来作者，当锡予一字⁽³⁾，命曰词奴，以其为千古词人尝效纪纲奔走之力也⁽⁴⁾。

【注释】

〔1〕合韵易重：本篇主旨是提示剧作家注意两个方面的问题：一是属

同一曲牌的一组曲文中前后曲的韵脚不应该有重复的现象；二是同一曲牌的组曲之情调意蕴应该有机统一。

〔2〕关窍：机窍。这里指较重要却容易被忽视的地方。

〔3〕锡：赐，赠。

〔4〕纪纲：仆人。

【译文】

句末一个字应当押韵的，名为韵脚。一曲之中，有几个韵脚，前后应该各有差别，不可犯重复之病。这个道理谁不知道呢？谁会违反呢？所不尽知道而容易犯错的，只有"合前"几句。这里请容我先来谈谈合前的缘故吧。用同一个曲牌填数支曲词的，只在第一曲篇首列出曲牌名，其后各曲，在南曲就称为"前腔"，在北曲就叫做"幺篇"，就像组诗题目中有其二、其三、其四一样。末后几句，有前后各不相同的，有前后相同的，不再另外作，就叫作"合前"的。这虽是词人躲懒之法，但交付艺人，实在有两种方便：初学的时候，可以少读数句新词，省费几番记忆功夫，这是一种方便；登台表演时，前曲由各人分唱，而合前之曲必通场合唱，既省精神，又不冷清，这是第二种方便。但是，合前之曲的韵脚最容易犯重复的毛病。为什么呢？大凡作头一支曲时，曲家都会知道查一下韵书，用过的字便不肯再用，等到作第二、第三支曲时，就只图省力，做过前词，便不顾后语，将合前曲的几句放一边去了，以为前曲已有，不必费心，却哪里知道这几句的韵脚，在前曲里就各不相同，而凑入这后曲，怎么知道不会有偶然的重复呢？所以作前腔之曲，如果有合前之句的，一定要将最后几句的韵脚紧记在心，不可重复使用；写完之后，还必须再检查一下，才能不犯此病。这是就韵脚而言。韵脚犯重，还是小毛病，还有比这更严重的大毛病，那就是词意和角色不相合。为什么呢？合前之曲既然是让众演员同唱，那么这几句的词意必有同情。比如生旦净丑四个角色同在场上。生旦之意如此，净丑之意也是如此，即可称之为同情，就可以让他们一同唱；如果生旦这样想，而净丑未必都这样想，那么各自情感不同，也就没有了同唱的道理；况且还有生旦这样想，而净丑必不这样想，那么岂有相反的曲子却让众人同唱的道理呢？这等关窍之所在，如果不经人道破，那么剧作家既要顾及阴阳平仄，又要调谐角徵宫商，心绪万端，哪里还能同时顾得上这个方面呢？我作此编，对于填词之学的精微，则可谓万不得一，像此等粗浅之论，则可谓知无不言，言无不尽了。后来作者，应当赐给我一个字号，叫做词奴，因为我为千古词人曾经效奴仆奔走之力。

慎 用 上 声

平上去入四声，惟上声一音最别[1]：用之词曲，较他音独低，用之宾白，又较他音独高[2]。填词者每用此声，最宜斟酌。此声利于幽静之词，不利于发扬之曲；即幽静之词，亦宜偶用，间用，切忌一句之中连用二、三、四字。盖曲到上声字，不求低而自低，不低则此字唱不出口。如十数字高而忽有一字之低，亦觉抑扬有致；若重复数字皆低，则不特无音，且无曲矣。至于发扬之曲，每到吃紧关头，即当用阴字[3]，而易以阳字尚不发调，况为上声之极细者乎？予尝谓物有雌雄，字亦有雌雄。平去入三声以及阴字，乃字与声之雄飞者也；上声及阳字，乃字与声之雌伏者也。此理不明，难于制曲。初学填词者，每犯抑扬倒置之病，其故何居？正为上声之字入曲低，而入白反高耳。词人之能度曲者[4]，世间颇少。其握管捻髭之际，大约口内吟哦，皆同说话，每逢此字，即作高声；且上声之字出口最亮，入耳极清，因其高而且清，清而且亮，自然得意疾书。孰知唱曲之道与此相反，念来高者，唱出反低，此文人妙曲利于案头，而不利于场上之通病也。非笠翁为千古痴人，不分一毫人我，不留一点渣滓者，孰肯尽出家私底蕴，以博慷慨好义之虚名乎？

【注释】

〔1〕最别：最为特殊。

〔2〕"用之词曲"二句：上声为先降后升之调，其用于词曲演唱时，较不易运气发声。多用上声，唱腔就显得不够悠扬、响亮；而用于念白、朗诵时，却容易获得抑扬有致、余音袅袅的效果。故李渔强调在曲文中慎用上声。

〔3〕阴字：与下文的"阳字"是指阴调字、阳调字。参见《音律第三》注〔9〕。

〔4〕度曲：有作曲和唱曲二义，这里指唱曲。

【译文】

　　平上去入四声之中，唯有上声一音最为特别：将其用在词曲中，唯独它比其他音低；将其用在宾白中，又唯独它比其他音高。剧作家每当用到此声调时，最应该仔细斟酌。这一声调有益于幽静的唱词，却不利于激越昂扬的曲调；即使是幽静的唱词，也适于偶尔地运用或间隔地使用，切忌一句唱词中接连用二、三、四个上声字。大约唱曲到上声字时，声调不求低也自然而然会变低，若是不低那么这个字便唱不出来口。如十几个字高音之中而忽然有一个字低音，也会让人觉得抑扬有致；但如果接连几个字都重复低音，那么不但没有了音调，而且也没有曲了。至于激越昂扬的曲词，每到吃紧关头，就应当用阴声字，而换成阳声字尚且不能发调，更何况用上声这样音极细的字呢？我曾经说，物有雌雄，字也有雌雄。平去入三声以及阴声字，乃是字和声中之雄飞者；上声和阳声字，乃是字和声中之雌伏者。这一原理不明，就难于填词作曲。初学填词的人，常常犯抑扬倒置的毛病，原因在哪里？正是因为上声字用到唱词中声调低，用在宾白中声调反而高。剧作家中精通按谱度曲的，世间很少。当他握笔捻须创作之时，大约口中吟哦，都和说话一样，每当碰到上声字，就作高声；而且上声之字出口最响亮，入耳也极清脆，正因为其音高而且清，清而且亮，所以自然得意疾书。哪里知道唱曲之道正与此相反，念起来高的，唱出来反而显得低，这正是导致文人妙曲利于摆在案头，却不利于在场上搬演的通病的缘由。要不是我李笠翁作为千古痴人，一丝一毫不分人我，心中没有一点私心杂念，谁肯将自己的独家秘诀、创作心得毫无保留和盘托出，以博得慷慨好义的虚名呢？

少 填 入 韵

入声韵脚，宜于北而不宜于南。以韵脚一字之音，较他字更须明亮，北曲止有三声，有平、上、去而无入，用入声字作韵脚，与用他声无异也；南曲四声俱备，遇入声之字，定宜唱作入声，稍类三音，即同北调矣，以北音唱南曲可乎？予每以入韵作南词，随口念来，皆似北调，是以知之。若填北曲，则莫妙于此，一用入声，即是天然北调。然入声韵脚最易见才，而又最难藏拙。工于入韵，即是词坛祭酒[1]。以入韵之字，雅驯自然者少，粗俗倔强者多，填词老手，用惯此等字样，始能点铁成金。浅乎此者，运用不来，熔铸不出，非失之太生，则失之太鄙。但以《西厢》、《琵琶》二剧较其短长：作《西厢》者，工于北调，用入韵是其所长，如《闹会》曲中"二月春雷响殿角"，"早成就了幽期密约"，"内性儿聪明，冠世才学。扭捏着身子百般做作"。"角"字、"约"字、"学"字、"作"字，何等雅驯！何等自然！《琵琶》工于南曲，用入韵是其所短，如《描容》曲中"两处堪悲，万愁怎摸？"愁是何物，而可摸乎？

入声韵脚宜北不宜南之论，盖为初学者设，久于此道而得三昧者，则左之右之，无不宜之矣。

【注释】

〔1〕词坛祭酒：犹言剧坛泰斗。古礼，重要宴会要由德高望重的长者举酒祭神。后用以泛称长者或尊者。

【译文】

　　入声韵脚，宜于北曲而不宜于南曲。因为韵脚这一个字的音调，应该比其他字音更加明亮，北曲中只有三种声调，有平、上、去三声而没有入声，用入声字作韵脚，与用其他三声没什么差异。南曲则四声俱备，遇到入声字时，必须要唱作入声，稍稍类同其他三声，就同于北调了，用北音来唱南曲行吗？我每每以入声韵作南词，随口念来，都似北调，所以知道这一点。若是填北曲，那么妙处莫过于此，一用入声，就是天然的北调。不过用入声韵脚，最容易显现才思，而又最难于藏拙。擅长用入声韵的，便是词坛泰斗。因为入声韵的字，雅训自然的少，粗俗倔强的多，填词的老手，用惯了这些字样，才能点铁成金。这方面功力浅一些的，运用不来，熔铸不出，不是失于太生硬，就是失于太粗鄙。仅以《西厢记》和《琵琶记》二剧来比较一下长短。《西厢记》作者，工于北调，用入声韵是他的长处。如《闹会》一曲中"二月春雷响殿角"，"早成就了幽期密约"，"内性儿聪明，冠世才学。扭捏着身子百般做作。""角"字，"约"字，"学"字，"作"字，何等雅训！何等自然！而《琵琶记》擅长南曲，用入声韵正是他所短之处，如《描容》一曲中"两处堪悲，万愁怎摸？"愁是何物，而可以摸吗？

　　入声韵脚宜于北曲而不宜于南曲这一说法，大约只是为初学者而设，长于此道而又悟得此中三昧者，则左也好，右也好，无不适宜了。

别 解 务 头⁽¹⁾

　　填词者必讲"务头"，然"务头"二字千古难明。《啸余谱》中载《务头》一卷⁽²⁾，前后胪列岂止万言⁽³⁾，究竟"务头"二字未经说明，不知何物，止于卷尾开列诸旧曲以为体样，言某曲中第几句是务头，其间阴阳不可混用，去上、上去等字不可混施。若迹此求之，则除却此句之外，其平仄阴阳皆可混用混施而不论矣。又云某句是务头，可施俊语于其上。若是则一曲之中止该用一俊语，其余字句皆可潦草涂鸦，而不必计其工拙矣。予谓立言之人，与当权秉轴者无异[4]，政令之出，关乎从违，断断可从，而后使民从之，稍背于此者，即在当违之列；凿凿能信，始可发令，措词又须言之极明，论之极畅，使人一目了然。今单提某句为务头，谓阴阳平仄断宜加严，俊语可施于上。此言未尝不是，其如举一废百，当从者寡，当违者众，是我欲加严，而天下之法律反从此而宽矣；况又嗫嚅其词[5]，吞多吐少，何所取义而称为务头，绝无一字之诠释。然则"葫芦提"三字[6]，何以服天下？吾恐狐疑者读之愈重其狐疑，明了者观之顿丧其明了，非立言之善策也。予谓"务头"二字既然不得其解，只当以不解解之。曲中有务头，犹棋中有眼[7]，有此则活，无此则死。进不可战，退不可守者，无眼之棋，死棋也；看不动情，唱不发调者，无务头之曲，死曲也。一曲有一曲之务头，一句有一句之务头。字不聱牙，音不泛调，一曲中得此一句，即使全曲皆灵，一句中得此一二字，即使全句皆健者，务头也。由此推之，则不特曲有务头，诗词歌赋以及举子业，无一不有务头矣。人亦照谱按格，发舒性灵[8]，求为一代之传书而已矣，岂得为谜语欺人者所惑，而阻塞词源，使不得顺流而下乎？

【注释】

〔1〕别解务头：对务头另作自己的解释。务头，古代戏曲界行话，意近喝彩，后指博得喝彩之处。古代戏曲理论家对务头说解不一，有的解释为曲文中须用俊语、警句之处，有的解释为须用音韵响亮字眼之处，或解释为唱腔抑扬宛转、一唱三叹之处。根据李渔在本节中所述，他把务头解释为戏眼使全曲皆灵的。犹诗眼、词眼、文眼。

〔2〕《啸余谱》中载《务头》一卷：《啸余谱》，明万历间程若水所编韵书。程《谱》实际上只是转载了周德清《中原音韵·正语作词起例》。

〔3〕胪（lú）列：罗列，陈列。

〔4〕秉轴：掌握关键、轴心。指当权者。

〔5〕嗫嚅（niè rú）：欲言又止、吞吞吐吐的样子。

〔6〕葫芦提：宋元时口语，含含糊糊、稀里糊涂之意。

〔7〕棋中有眼：围棋布局中需空两个眼目方能成活。

〔8〕发舒性灵：抒发感情，驰骋才情。

【译文】

填词编戏必须要讲"务头"，然而"务头"二字，千古难明。《啸余谱》中载有《务头》一卷，前后罗列的文字岂止万言，然而"务头"二字到底还是未曾加以说明，不知道究竟为何物，只于卷末开列各种旧曲词以作为体例样本，说某曲中第几句是务头，其间阴阳不可混用，去上、上去等字不可混施。若是顺着这个线索去寻求，那么除了这句之外，其余平仄、阴阳都可混用、混施而不必论究了。又说某句是务头，可在这上头加上警秀之语。如果是这样，那么一曲之中，只该用一处警秀之语，其余字句都可以潦草涂鸦，而不必考究其工拙了。我以为著书立说的人，与掌权秉政者没什么不同，政令之出，关系到民众是遵从还是违背，决然无疑可以遵从，而后才可以使民众去遵从，与这一原则稍稍相悖的，就可以列入应当违背之列；言之昭昭，确凿可信的，才可以发布政令，措词又必须说得极其明白，道理论得极其顺畅，使人一目了然。现在单单提到某句为务头，说阴阳、平仄，决然无疑应当从严，可以把警秀之语加在上面。这话未尝不对，奈何举一而废百，当遵从者少，当违犯者众，这倒是我本意想从严，可是天下的曲法戏律却反而从此更宽了；何况话又说得含含糊糊，吞吞吐吐，称为务头是取其什么含义，绝无一字加以诠释。如此则用"葫芦提"三字,何以让天下人信服呢?我担心原本糊里糊涂的人越读越加重他的糊涂,而原本明了的人观览后顿时丧失其明了,这不是著书立说的良策。我以为"务头"二字既然不得其解,只当以不解解之。曲中有务头,好比围棋中有棋眼,有此则活,无此则死。进不可战,退不可守的,是无眼之棋,就是一盘死棋;观看不能感动性情,演唱不能扬发声调的,是没有务头的曲子,就是一支死曲。一曲有一曲的务头,一句有一句的务头。字不聱牙,音不泛调,一首曲中得此一句,就会使全曲皆灵;一句中得此一二字,就会使全句皆健,这就是务头。由此推而广之,那就不只曲有务头,诗词歌赋以及举子的八股文,没有一种文体没有务头的了。人们也自照谱按格,发抒性灵,追求成为一代流传之书而已,岂能被以谜语欺骗糊弄人者所迷惑,而阻塞了戏曲创作的灵感之源,使之不能顺流而下呢?

卷二　词曲部下

宾　白　第　四

　　自来作传奇者，止重填词，视宾白为末着，常有白雪阳春其调，而巴人下里其言者[1]，予窃怪之。原其所以轻此之故，殆有说焉。元以填词擅长，名人所作，北曲多而南曲少。北曲之介白者[2]，每折不过数言，即抹去宾白而止阅填词，亦皆一气呵成，无有断续，似并此数言亦可略而不备者。由是观之，则初时止有填词，其介白之文，未必不系后来添设。在元人，则以当时所重不在于此，是以轻之。后来之人，又谓元人尚在不重，我辈工此何为？遂不觉日轻一日，而竟置此道于不讲也。予则不然。尝谓曲之有白，就文字论之，则犹经文之于传注[3]；就物理论之，则如栋梁之于榱桷[4]；就人身论之，则如肢体之于血脉。非但不可相无，且觉稍有不称，即因此贱彼，竟作无用观者。故知宾白一道，当与曲文等视，有最得意之曲文，即当有最得意之宾白，但使笔酣墨饱，其势自能相生。常有因得一句好白，而引起无限曲情，又有因填一首好词，而生出无穷话柄者[5]。是文与文自相触发[6]，我止乐观厥成[7]，无所容其思议。

此系作文恒情，不得幽渺其说，而作化境观也⁽⁸⁾。

【注释】

〔1〕"白雪阳春其调"二句：指将曲词当作高雅的部分，精心结撰；将对话和独白当作低俗的部分，草草写就。白雪阳春，巴人下里云云，语出宋玉《对楚王问》。

〔2〕介白：传统戏曲中的"道白"，也称科白。介或科，是剧本中指示演员表演动作与表情时的用语。白，说白。古代戏曲以唱为主，以白为宾，故称宾白。

〔3〕传注：对儒经的诠释、训诂。

〔4〕榱桷（cuī jué）：房屋上的椽子，架在屋梁上支撑屋面和瓦片的木条。桷，方形的椽子。

〔5〕话柄：犹言话题。

〔6〕文与文自相触发：是指曲文与宾白相互引发，相映成趣。

〔7〕乐观厥成：愉快地期待着它的成功。厥，其，它。

〔8〕"不得幽渺其说"二句：是说不应将"文与文自相触发"看得过于神秘，说成是非人力所能为的神妙境界。化境，原为佛家语，这里指文艺创作中出神入化的境界。

【译文】

从来作传奇者，只重填词，却把宾白视作末技。常有曲调唱词如阳春白雪，而对话独白却如下里巴人的。对此现象，我暗自深感奇怪。探究人们所以轻视宾白的缘故，大约是有其说法的。元人以填词擅长，名家所作的，北曲多而南曲少。北曲中的宾白，每折都不过几句话，即使抹去宾白，而只阅读填词，也都能够一气呵成，没有断续之痕，似乎连这几句宾白也可以删略而不必备的。由此看来，当初创作时可能只有填词，其宾白文字，未必不是后来添加上去的。在元人眼里，大约因为当时所重不在于此，所以轻视宾白。后来的人，又以为元人尚且不重视宾白，我辈为什么要精于此道呢？于是不知不觉中对此日轻一日，到最后竟然将宾白丢开毫不讲究了。我却不是这样。我曾说曲文之有宾白，就文字而论，那就好比经文之于传注；就物理而论，那就如同栋梁之于椽子；就人体而论，那就如同肢体之于血脉。宾白不仅不可或缺，而且觉得倘若与曲文稍稍有些不相称，就会使全剧因此而逊色，竟至将整部剧作视为无足观。由此而知宾白一道，应当与曲文等量齐观，有最得意的曲文，就应当有最得意的宾白，只要使笔墨酣畅饱满，曲文与宾白自然能相互生发，相得益彰。常常有因为得到一句好宾白，而引起无限曲情，又有因填得一首好曲词，而生出了无穷话题的。这是文与文自相触发，我只是乐观其成，无须苦思冥想。这是创作中的常情，不得故弄玄虚，而当作是出神入化的境界来看。

声 务 铿 锵

　　宾白之学，首务铿锵。一句聱牙，俾听者耳中生棘[1]；数言清亮，使观者倦处生神。世人但以"音韵"二字用之曲中，不知宾白之文，更宜调声协律。世人但知四六之句平间仄，仄间平，非可混施迭用，不知散体之文亦复如是。"平仄仄平平仄仄，仄平平仄仄平平"二语，乃千古作文之通诀，无一语一字可废声音者也。如上句末一字用平，则下句末一字定宜用仄，连用二平则声带暗哑，不能耸听[2]；下句末一字用仄，则接此一句之上句，其末一字定宜用平，连用二仄则音类咆哮，不能悦耳。此言通篇之大较[3]，非逐句逐字皆然也。能以作四六平仄之法，用于宾白之中，则字字铿锵，人人乐听，有"金声掷地"之评矣[4]。

　　声务铿锵之法，不出平仄、仄平二语是已。然有时连用数平，或连用数仄，明知声欠铿锵，而限于情事，欲改平为仄，改仄为平，而决无平声仄声之字可代者。此则千古词人未穷其秘，予以探骊觅珠之苦[5]，入万丈深潭者既久而后得之，以告同心。虽示无私，然未免可惜。字有四声，平、上、去、入是也，平居其一，仄居其三，是上、去、入三声皆丽于仄[6]。而不知上之为声，虽与去入无异，而实可介于平仄之间，以其别有一种声音，较之于平则略高，比之去、入则又略低。古人造字审音，使居平仄之介[7]，明明是一过文，由平至仄，从此始也。譬如四方声音，到处各别，吴有吴音，越有越语，相去不啻天渊，而一至接壤之处，则吴越之音相半，吴人听之觉其同，越人听之亦不觉其异。晋、楚、燕、秦以至黔、蜀，在在皆然[8]，此即声音之过文，犹上声介于平、去、入之间也。作宾白者，欲求声韵铿锵，而限于情事，求一可代之字而不得者，即当用此法以济其穷。如两句三句皆平，或两句三句皆仄，求一可代之字而不得，即用一上声之字介乎其间，以之代平可，以之代去入亦可。如两句三句皆平，间一上声之字，则其声是仄，不必言矣；即两句三句皆去声、入声，而间一上声之字，则其字明明是仄而却似平，令人听之不知其为连用数仄者。此理可解而不可解，此法可传而实不当传，一传之后，则遍地金声，求一瓦缶之鸣而不可得矣[9]。

【注释】

〔1〕俾（bǐ）：使。耳中生棘：指音韵声调不和谐，使听者感到难听、刺耳。

〔2〕"连用二平则声带喑哑"二句：两句皆以平声收尾，则句调缺乏抑扬，显得板滞单调。耸听，动听。下文"连用二仄"，事虽异，而病理则与"连用二平"相似。李渔所论，与刘勰《文心雕龙·声律》思旨相通："沉则响发而断，飞则声飏不还。"

〔3〕大较：大概，大略。

〔4〕金声掷地：扔到地上会发出金石般悦耳的声音，形容文章辞句音韵铿锵，优美动听。《世说新语·文学》："孙兴公（绰）作《天台赋》成，以示范荣期，云：'卿试掷地，要作金石声。'"

〔5〕探骊觅珠：入深险之地探得至宝。骊，骊龙。珠，价值千金的珠宝。《庄子·列御寇》："夫千金之珠，必在九重之渊而骊龙颔下。"

〔6〕丽：依附，归属。

〔7〕介：界。

〔8〕在在：处处。

〔9〕瓦缶之鸣：叩瓮敲盆发出的声音。这里喻指说白有声无韵的剧作。袁枚《随园诗话》卷七："有声无韵，是瓦缶也。"

【译文】

宾白的学问，首要是务求声韵铿锵。一句台词聱牙，就让听众耳中如生棘刺；数言清爽响亮，也会使观众倦处生神。世人只着眼于在曲词创作中落实"音韵"二字，却不知道宾白文字，更适宜调声协律。世人只知道四六骈体之文要平间仄，仄间平，互相对仗，不可混施迭用，却不知道散体文字，也一样有这样的要求。"平仄仄平平仄仄，仄平平仄仄平平"这两句，乃是千古以来作文章的通用口诀，没有一句话一个字可以忽视声韵的。比如上句末一字用了平声，那么下句末一字必定宜用仄声，两句连用平声收尾，那么演员演唱时缺乏抑扬之致，显得声调喑哑，不能动听；倘若下句末一字用了仄声，那么接这一句的上句，其末一字必定宜用平声，两句连用仄声收尾，那么演员歌唱时声音类乎咆哮，不能悦耳。这里说的是通篇大概的情况，并非逐句逐字都是如此。能够以作四六骈体之文的平仄方法原理，运用于戏曲宾白之中，则字字铿锵悦耳，人人喜闻乐听，便会有"金石掷地"的上佳的评价了。

要使声音铿锵悦耳的方法，跑不出平仄、仄平两句。不过有时连用数个平声字，或者连用数个仄声字，明明知道声韵不够铿锵，但是限于剧情，想要把平声改为仄声，把仄声改为平声，而又决无合适的平声或仄声字可作替代。这种情况，千古剧作家也从未穷究其中的奥秘，我以探骊觅珠之苦，沉潜于万丈深潭，经过长期探究之后，才得以揭示这一奥秘，将其告诉同道。虽然表现了自己的无私，然而未免觉得可惜。字有四声，就是平、上、去、入。平居其一，仄居其三，这样上、去、入三声都归属于仄声。但人们不知道，上声作为仄声，虽然与去声、入声没什么两样，但实际上却可以介乎平声、仄声之间，因为它别有一种声音，较之于平声则略高，比之去声、入声又略低。古人造字审音之时，让其居于平声、仄声之间，分明是一个过渡性声调，由平声到仄声，就从上声开始。譬如四方声音，到处都不一样，吴有吴音，越有越语，相差何止是天渊之别，可是一到两地接壤之处，吴越之音就会相互杂糅，各居其半，吴人听来觉得与自己的乡音差不多，越人听了也不觉得与自己的乡音有什么差异。晋、楚、燕、秦，以至黔、蜀，到处都是这样，这就是声音的过文，犹如上声介乎平声、去声、入声之间。作宾白的，要想求得声韵铿锵，却限于剧情，想找到一个可以代替的字而不得时，就应当用这个方法来救急。比如两句三句都是平声，或者两句三句都是仄声，想找到一个可以代替的字而不得时，就可以用一个上声字放在中间，以其代替平声可行，以其代替去声、入声也行。如果连着两句三句都是平声，选用一个上声字作间隔，那么其本身是仄声，就不必说了；即使连着两句三句都是去声、入声，而选用一个上声字作间隔，那么这个字虽然明明是仄声字，却似乎像是平声，让人听起来不觉得是连用了数个仄声字。这个道理可以理解而又不可以理解，这个方法应该传授而实在不应该传授。一传之后，那就遍地都会是金石之声，求一声瓦釜之鸣也不可得了。

语 求 肖 似

文字之最豪宕，最风雅，作之最健人脾胃者，莫过填词一种。若无此种，几于闷杀才人，困死豪杰。予生忧患之中，处落魄之境，自幼至长，自长至老，总无一刻舒眉，惟于制曲填词之顷，非但郁藉以舒，愠为之解，且尝僭作两间最乐之人[1]，觉富贵荣华，其受用不过如此，未有真境之为所欲为[2]，能出幻境纵横之上者[3]：我欲做官，则顷刻之间便臻荣贵；我欲致仕[4]，则转盼之际又入山林；我欲作人间才子，即为杜甫、李白之后身；我欲娶绝代佳人，即作王嫱[5]、西施之元配；我欲成仙作佛，则西天蓬岛即在砚池笔架之前[6]；我欲尽孝输忠[7]，则君治亲年，可跻尧、舜、彭篯之上[8]。非若他种文字，欲作寓言，必须远引曲譬，酝藉包含，十分牢骚，还须留住六七分，八斗才学，止可使出二三升，稍欠和平，略施纵送，即谓失风人之旨[9]，犯桃达之嫌[10]，求为家弦户诵者，难矣。填词一家，则惟恐其蓄而不言，言之不尽。是则是矣，须知畅所欲言亦非易事。言者，心之声也[11]，欲代此一人立言，先宜代此一人立心，若非梦往神游，何谓设身处地？无论立心端正者，我当设身处地，代生端正之想；即遇立心邪辟者，我亦当舍经从权[12]，暂为邪辟之思。务使心曲隐微，随口唾出，说一人，肖一人，勿使雷同，弗使浮泛，若《水浒传》之叙事，吴道子之写生[13]，斯称此道中之绝技。果能若此，即欲不传，其可得乎？

【注释】

〔1〕僭（jiàn）：超出本分。两间：天地之间。

〔2〕真境：现实世界。

〔3〕幻境：幻想的、艺术的世界。

〔4〕致仕：辞官。

〔5〕王嫱：王昭君。

〔6〕西天：佛教传说中佛所居之地，西方极乐世界。蓬岛：即蓬莱仙岛，道教传说中神仙所居之地。

〔7〕输忠：献忠心。

〔8〕"君治亲年"二句：是说君上的政治，可以比尧、舜时更清明；双亲的年寿，可以比彭祖更久长。彭篯（jiān），即彭祖，传说中活到八百

岁的老寿星。

〔9〕风人之旨：是指温柔敦厚的儒家诗教。风人，诗人。

〔10〕佻达（tiāo tà）：轻薄；轻浮。

〔11〕言者，心之声也：东汉扬雄《法言·问神》："故言，心声也。"

〔12〕经：普遍的原则，这里指人们共同遵守的道德规范、伦理原则。权：因时势而灵活变通，这里指创作时根据剧中反面人物的性格、情感逻辑合理想象。

〔13〕吴道子：名道玄，唐玄宗时著名画家，有"画圣"之称。

【译文】

　　文字之中最豪宕、最风雅；创作它最健人脾胃的，莫过于填词编戏这一种了。如若没有这一种，几乎会闷杀才子，困死豪杰。我生在忧患之中，处于落魄之境，从小到大，从成人到年老，总无一刻舒心展眉之时，惟有在制曲填词的顷刻。不但心里的郁结借此释放，胸中的不快为之消解，而且常常僭越本分作了天地之间最快乐的人，觉得荣华富贵，其受用也不过如此，没有真实环境中的为所欲为，能够超出艺术幻境中虚虚实实、纵横恣肆之上的。我想做官，则顷刻之间便处于富贵荣华的境地；我想退休，则眨眼之间又已隐入山林；我想做人间的才子，立刻能成为李白、杜甫的后身；我想娶绝代佳人，立马就做了王昭君、西施的原配夫君；我想成仙做佛，那么西天极乐世界、蓬莱神仙岛屿，就在我的砚池笔架之前；我要尽孝尽忠，那么君国大治可以赶上尧、舜时代，高堂长寿可以超过彭祖。戏剧不像别种文体，要作寓言，必须隐喻远引，蕴藉包含，有十分牢骚，还须留住六七分，有八斗才学，也只使出二三升，稍稍欠缺点儿平和，略微驰骋一下笔墨，就会被认为有失风雅诗人之宗旨，有犯了放荡轻薄毛病的嫌疑，要想求得家弦户诵的地位，就难了。而编剧填词一家，却唯恐其蓄而不言，言之不尽。道理就是这样的道理，但还须懂得，畅所欲言也并非容易的事。言为心声，想要代这一个人物立言，先应该代替这个人物立心，若非移情想象，梦游神往，那怎么能称得上设身处地？不要说秉性端正的人物，我要设身处地，代他生心术端正之想；就是遇上立心邪辟的人物，我也应当舍弃正经的思路行为，为适应剧情人物而取权宜之计，暂且为做邪辟之思。务必要使人物隐微的心曲，随口说出，说一个人物，就像一个人物，不让人物性格相互雷同没有个性，不使人物形象平板浮泛而不鲜明。像《水浒传》的叙事，吴道子的写生，这才称得上编剧之道中的绝技。如果真能达到这样的境界，就是想让它不传，能够做到吗？

词 别 繁 减

传奇中宾白之繁，实自予始。海内知我者与罪我者半。知我者曰：从来宾白作说话观，随口出之即是，笠翁宾白当文章做，字字俱费推敲；从来宾白只要纸上分明，不顾口中顺逆[1]，常有观刻本极其透彻，奏之场上便觉糊涂者，岂一人之耳目，有聪明聋聩之分乎？因作者只顾挥毫，并未设身处地，既以口代优人，复以耳当听者，心口相维[2]，询其好说不好说，中听不中听，此其所以判然之故也[3]。笠翁手则握笔，口却登场，全以身代梨园，复以神魂四绕，考其关目，试其声音，好则直书，否则搁笔，此其所以观听咸宜也。罪我者曰：填词既曰"填词"，即当以词为主；宾白既名"宾白"，明言白乃其宾，奈何反主作客，而犯树大于根之弊乎？笠翁曰：始作俑者[4]，实实为予，责之诚是也。但其敢于若是，与其不得不若是者，则均有说焉。请先白其不得不若是者。前人宾白之少，非有一定当少之成格。盖彼只以填词自任，留余地以待优人，谓引商刻羽我为政，饰听美观彼为政[5]，我以约略数言，示之以意，彼自能增益成文。如今世之演《琵琶》、《西厢》、"荆刘拜杀"等曲，曲则仍之，其间宾白、科诨等事[6]，有几处合于原本，以寥寥数言塞责者乎？且作新与演旧有别，《琵琶》、《西厢》、"荆刘拜杀"等曲，家弦户诵已久，童叟男妇，皆能备悉情由，即使一句宾白不道，止唱曲文，观者亦能默会，是其宾白繁减可不问也。至于新演一剧，其间情事，观者茫然；词曲一道，止能传声，不能传情，欲观者悉其颠末[7]，洞其幽微，单靠宾白一着。予非不图省力，亦留余地以待优人，但优人之中，智愚不等，能保其增益成文者悉如作者之意，毫无赘疣蛇足于其间乎？与其留余地以待增，不若留余地以待减，减之不当，犹存作者深心之半，犹病不服药之得中医也[8]。此予不得不若是之故也。至其敢于若是者，则谓千古文章总无定格，有创始之人，即有守成不变之人，有守成不变之人，即有大仍其意，小变其形，自成一家而不顾天下非笑之人。古来文字之正变为奇，奇翻为正者，不知凡几，吾不具论，止以多寡增益之数论之。《左传》、《国语》，纪事之书也，每一事不过数行，每一语不过数字，初时未病其少；殆班固之作《汉书》，司马迁之为《史记》，亦纪事之书也，遂益数行为数十百行，数字为数十百字，岂有病其过多，而废《史记》、《汉书》于不读者乎？此言少之可变为多也。诗之为道，当日但有古风，古风之体，多则数十百句，少亦十数句，初时亦未病其多；殆近体一出，则约数十百句为八句，绝句一出，又敛八句为四句，岂有病其渐少，而选诗之家止载古风，删近体绝句于不录者乎？此言多之可变为少也。总之，文字短长，视其人之笔性，笔性遒劲者，不能强之使长，笔性纵肆者，不能缩之使短。文患不能长，又患其可以不长而必欲使之长。如其能长而又使人不可删逸，则虽为宾白中之"古风"、《史》、《汉》，亦何患哉？予则乌能当此，但为糠秕之导⁽⁹⁾，以俟后来居上之人。

　　予之宾白虽有微长，然初作之时，竿头未进⁽¹⁰⁾，常有当俭不俭，因留余幅以俟剪裁，遂不觉流为散漫者，自今观之，皆吴下阿蒙手笔也⁽¹¹⁾。如其天假以年，得于所传十种之外⁽¹²⁾，别有新词，则能保为犬夜鸡晨⁽¹³⁾，鸣乎其所当鸣，默乎其所不得不默者矣⁽¹⁴⁾。

【注释】

〔1〕口中顺逆：指说白平仄和谐与否，演出时念来顺不顺口。

〔2〕心口相维：心口相互联属。指心中思量曲辞之神情，口中推敲曲辞之声韵，以求得声情并茂的艺术效果。

〔3〕判然：显然；分明貌。

〔4〕始作俑者：首开恶例的人，也指开先例者。语出《孟子·梁惠王上》："仲尼曰：'始作俑者，其无后乎！'为其象人而用之也。"俑，古代用于殉葬的木制或陶制的偶人。

〔5〕"引商刻羽我为政"二句：谓前人以为，演唱时曲文的音阶高低是剧作家的事，而宾白、科诨、动作等则要由演员自行设计、加工或临场发挥。

〔6〕科诨：插科打诨，指穿插在戏曲剧情演进中喜剧性的诙谐言语和滑稽动作。

〔7〕颠末：始末，本末。

〔8〕中医：中等医术的医生。语出《汉书·艺文志》："有病不治，常得中医。"意为有病不求医服药，等于找到了医术中等的医生，虽然比不上找到良医幸运但总比遇上庸医越治越糟糕强些。

〔9〕糠秕（bǐ）之导：作者自称糠秕，谦词。犹言"某虽不才，愿导乎先路"。《晋书·孙绰传》："尝与习凿齿共行，绰在前，顾谓凿齿曰：'沙之汰之，瓦石在后。'凿齿曰：'簸之扬之，糠秕在前。'"秕，瘪谷。

〔10〕竿头未进：这里指创作尚未达到很高的境界。语出释道原《景

德传灯录》卷十所载招贤禅师偈语："百尺竿头须进步，十方世界是全身。"

〔11〕吴下阿蒙：自谦之词。《三国志·吴书·吕蒙传》注引《江表传》载，吕蒙少时不学，后努力读书，能文能武，才识富博。鲁肃称赞他说："非复吴下阿蒙。"

〔12〕所传十种：是指李渔自著并已行世的《比目鱼》、《蜃中楼》、《怜香伴》、《慎鸾交》、《巧团圆》、《奈何天》、《风筝误》、《玉搔头》、《意中缘》、《凰求凤》十种剧本。

〔13〕犬夜鸡晨：守夜的狗和报晓的鸡。

〔14〕"鸣乎其所当鸣"二句：语出苏轼《与谢民师推官书》："常行于所当行，常止于所不可不止。"表达了李渔生命不息，创作不止的意愿。

【译文】

剧本中宾白繁多，实在是从我开始的。海内理解我的和怪罪我的各占了一半。理解我的说：从来宾白都是当作说话来看的，随口说出来就是了，李笠翁却把宾白当成文章来做，字字都费心推敲；从来宾白只要纸上写得分明，不管口中念出来是顺还是不顺，常常有看着刻本极其透彻，一上场搬演便觉得糊涂了，难道一人之耳目，还有聪明聋聩的分别吗？因为作者只顾挥毫叙写，并未设身处地，既以口替代演员，又以耳拟当听众，我心我口两相互动，寻思其好说不好说，中听不中听，这正是为什么会纸上分明，场上糊涂，观听效果判然而别的缘故。李笠翁写戏则正是手上握笔书写，嘴却登场演唱，以全副身心替代梨园，又复魂牵梦绕，全神贯注，考究其关目，拟试其声韵，好就奋笔直书，否则暂时停笔，这是笠翁传奇之所以观听咸宜的原因。怪罪我的说：填词既然称作"填词"，就应该以词曲为主；宾白既然名为"宾白"，明言白是曲的陪宾，怎么能反主作客，而犯树大过根的弊病呢？笠翁说：始作俑者，确实是我，你的指责确实有道理。但我敢于如此，与我不得不如此，都是有理由有说法的。请允许我先说明白我不得不如此的原因。前人剧本中宾白少，并不是有宾白一定得少的成法规矩。大约前人只以填词为己任，留有余地以待演员去自由发挥，认为按谱填词，斟酌剧情与声韵的事归我，唱念做打、对话独白，让戏文好听好看的事归优人，我以寥寥数语，向优人约略提示大概意思，优人自然会增益成文。像现如今上演《琵琶记》、《西厢记》、《荆钗记》、《白兔记》、《拜月亭》、《杀狗记》等戏，曲词仍然沿用原本，然而其中的对话独白、插科打诨等事，有几处合于原本，以寥寥数言塞责的呢？况且搬演新戏与上演旧剧有区别，《琵琶记》、《西厢记》、《荆钗记》、《白兔记》、《拜月亭》、《杀狗记》等剧，早已家弦户诵，男女老少，都完全能够熟悉剧情事由，即使不说一句宾白，只唱曲文，观众也能默默领会，如此则其宾白是繁是简可以不问。至于搬演一出新戏，其间剧情事由，观众茫然不知；词曲一道，只能传声，不能传情，要让观众了解剧情始末，洞察其中的幽微，就单单要靠宾白这一手段。我并非不贪图省心力，也想留有余地以待演员去发挥，但演员之中，聪慧愚笨，参差不齐，能够保证其增益成文的全都如剧作者的创作本意，毫无赘疣蛇足在里面吗？与其留有余地以待演员去增益成文，不如留有余地以待他们去删减，删减之不当，犹能保存作者艺术深心的一半，就像生了病不服药如同得到既不是良医又不算庸医的中等医师诊治。这正是我不得不如此的缘故。至于我敢这样的原因，则是以为千古文章，总没有固定的格式，有创始之人，就有守成不变之人；有守成不变之人，就有大处依守原则本旨，小处略变其形，自成一家，而不顾天下非笑之人。古来文字，正变为奇，奇又翻而为正的，不知有几多回了，我不一一具体论述，只从文字篇幅数量多寡增益的角度来讨论。《左传》、《国语》都是纪事的书，每一件事不过几行字，每一句话不过几个字，起初并没有人嫌其少；等到班固作《汉书》、司马迁写《史记》，也都是纪事之书，却增益数行文字为数十、数百行；数字增益到数十、数百字，难道有嫌其篇幅字数过多，废弃《史记》、《汉书》而不读的人吗？这是说少可以变为多。作为文学种类，诗当初只有古风，古风之体，多则数十句、上百句，少者也有十几句，起初时也没有人嫌其多；等到近体诗一出来，就把数十句、上百句精简为八句，绝句体一出来，又把八句收缩为四句，哪有人嫌其字数渐少，而选诗之家只收录古风，摈弃近体诗、绝句体而不收录的吗？这是说多也可变为少。总之，文字之短长，要看作者其人的笔性，笔性劲健的，不能勉强他，使他写就长篇大论，笔性纵放恣肆的，也不应勉强他缩长为短。文章怕不能写长，又怕它本可以不长却定要勉强拉长它。如果它能长，而又使人不能删削省逸，那么虽然为宾白中的"古风"、《史记》、《汉书》，又有什么好担心的呢？当然，我怎么当得起这样的评价，只是抛砖引玉，作为糠秕一样的先导，以待后来居上，后出转精之人。

我写的宾白虽然也有稍稍长一些的，然当初起手创作时，尚未臻于完美境界，常有应当简约却不简约，因留余幅以备日后删削剪裁，于是不知不觉就流于散漫。由今天的眼光来看，都是吴下阿蒙不成熟的手笔。如果天假以年，使我得以在所传十种曲之外，再另外创作新剧，我就能保证一定像良犬守夜、公鸡报晓一样，应该打鸣的时候打鸣，在不得不沉默的时候保持沉默。

字 分 南 北

北曲有北音之字，南曲有南音之字，如南音自呼为"我"，呼人为"你"，北音呼人为"您"，自呼为"俺"为"咱"之类是也。世人但知曲内宜分，乌知白随曲转，不应两截。此一折之曲为南，则此一折之白悉用南音之字；此一折之曲为北，则此一折之白悉用北音之字。时人传奇多有混用者，即能间施于净丑，不知加严于生旦；止能分用于男子，不知区别于妇人。以北字近于粗豪，易入刚劲之口，南音悉多娇媚，便施窈窕之人。殊不知声音驳杂，俗语呼为"两头蛮"[1]，说话且然，况登场演剧乎？此论为全套南曲、全套北曲者言之，南北相间，如〔新水令〕、〔步步娇〕之类[2]，则在所不拘。

【注释】

〔1〕两头蛮：指南腔北调之人。因其语音中夹杂南音与北音，因此既

不为南方人、也不为北方人所认同。

　　〔2〕"南北相间"二句：是指南北合套，即在一出戏中兼用南曲和北曲组成套曲。但这样的套曲中南、北曲之间必须音律和谐。像〔新水令〕、〔步步娇〕之类便是常见的南北合套。

【译文】

　　北曲有北音之字，南曲有南音之字，比如南音自呼为"我"，呼人为"你"，北音呼人为"您"，自呼为"俺"、为"咱"之类的就是。世人只知道曲词内应该区分南北，哪里知道宾白也应该随曲而转，不应该分为两截。这一折曲子为南音，那么这一折的宾白都要用南音之字；这一折曲子为北音，那么这一折的宾白也都要用北音之字。时人传奇都有曲词宾白之间南、北音混用的，即使能间或施于净角、丑角，不知道用于生角、旦角要更加严格；只能分用于男子，却不知于女子也应该区分明白。通常认为北字近于粗豪，更易适用于性格刚劲的角色之口吻；南音大都娇媚，更适用于窈窕佳人。殊不知方言语音十分驳杂，俗语叫做"两头蛮"，说话尚且是这样，何况登台演戏呢？这里所论是针对全套南曲、全套北曲的剧本而言，如果是南、北曲音相间合用，如〔新水令〕、〔步步娇〕之类，那就不受此拘限了。

文 贵 洁 净

　　白不厌多之说，前论极详，而此复言洁净。洁净者，简省之别名也。洁则忌多，减始能净，二说不无相悖乎？曰：不然。多而不觉其多者，多即是洁；少而尚病其多者，少亦近芜。予所谓多，谓不可删逸之多，非唱沙作米、强凫变鹤之多也[1]。作宾白者，意则期多，字惟求少，爱虽难割，嗜亦宜专。每作一段，即自删一段，万不可删者始存，稍有可削者即去。此言逐出初填之际，全稿未脱之先[2]，所谓慎之于始也。然我辈作文，常有人以为非，而自认作是者；又有初信为是，而后悔其非者。文章出自己手，无一非佳，诗赋论其初成，无语不妙，迨易日经时之后，取而观之，则妍媸好丑之间[3]，非特人能辨别，我亦自解雌黄矣[4]。此论虽说填词，实各种诗文之通病，古今才士之恒情也。凡作传奇，当于开笔之初，以至脱稿之后，隔日一删，逾月一改，始能淘沙得金，无瑕瑜互见之失矣。此说予能言之不能行之者，则人与我中分其咎。予终岁饥驱，杜门日少，每有所作，率多草草成篇，章名急就[5]，非不欲删，非不欲改，无可删、可改之时也。每成一剧，才落毫端，即为坊人攫去[6]，下半犹未脱稿，上半业已灾梨[7]；非止灾梨，彼伶工之捷足者，又复灾其肺肠，灾其唇舌，遂使一成不改，终为锢疾难医。予非不务洁净，天实使之，谓之何哉！

【注释】

〔1〕"唱沙作米"二句：都是指说白义少词多，过于冗繁。唱沙作米，《宋书·檀道济传》载：檀道济率军与北魏交战，军粮不济，士卒忧恐。乃以沙充米，称量而唱筹计数，以示存粮充足。强凫变鹤，强使腿短的野鸭变成腿长的野鹤。语出《庄子·骈拇》："长者不为有余，短者不为不足。是故凫胫虽短，续之则忧；鹤胫虽长，断之则悲。"

〔2〕"逐出初填之际"二句：指在开始写作、全稿尚未写就时，就要逐一反复推敲，将可以删削的文字删掉。逐出，应作"逐龆"。逐，依次；龆，原谓牛反刍，这里指反复咀嚼推敲。

〔3〕妍媸：美恶。

〔4〕雌黄：古人校书，常用一种叫雌黄的矿物质涂抹讹误和要修改的文字。后因称文字修改叫雌黄。又引申为评论、驳正文字。

〔5〕章名急就：汉代史游编撰的启蒙读物，叫《急就章》，又叫《急

就篇》。后借指匆促中完成的文章或工作。

〔6〕坊人：指书坊老板。

〔7〕灾梨：古时刻书常要用梨木，因此刻书便可说是梨木之灾，故称灾梨。从下文"灾其肺肠，灾其唇舌"之语看，"灾梨"语寓双关，有自谦之意。

【译文】

宾白不厌其多的说法，前面论述得极其详细了。而这里还要说说文贵洁净。所谓洁净，也就是简省的别名。洁就忌讳多，减省才能洁净，那么文贵洁净与白不厌多二说之间不是有些相互矛盾了吗？我说不然，多而不觉其多的，这样的多就是洁；少而仍然嫌其多的，这样的少还是近于芜杂。我这里所谓的多，是指不能删削省逸的多，而并非唱沙作米，勉强短腿鸭变成长腿鹤的那种多。作宾白的，意涵当期于多，而字句则惟求其少，文字上割爱虽难，嗜好也宜专一。每作一段，即自删一段，万万不可再删的才予以保留，稍觉可以删削的就要果断抹去。这里说的是酝酿构思、起手创作之际，全剧尚未完稿脱手之先，所谓慎之于开始阶段。然而我辈作文，常有人以为非，而自认作是的；又有起初信以为是，而后又悔其当初之非的。文章出于自己手笔，无一不是佳品；诗赋若论其初成之时，无一语不妙，等到他日过了一段时间之后，再拿来一看，那么其美丑佳恶之间，非但别人能辨别高下，就是我自己也能评说优劣了。此论虽说的是编剧填词，其实也是各种诗文的通病，古今才子的常情。凡作传奇，应当在开笔起稿之初，以至脱稿之后，隔一天就删一次，过一月就再改一遍，才能够淘沙得金，没有瑕瑜互见的问题。这个说法我之所以能言之却不能行之，这过错需要人们与我平分责任。我终年为饥饿所驱迫，以致杜门不出，专心填词的日子很少，每有所作，大多是草草成篇，可以称之为急就章，不是不想删，也不是不想改，只是没有可删、可改的时间。每每完成一个剧本，才刚刚写好，就被书商抢了去。下半部还没有脱稿，上半部已经祸害梨木，刊刻问世了；不只是刊刻出来，那些捷足先登的戏班演员，又复祸害其肺肠，祸害其唇舌，拿去搬演排练了，于是使作品一成也改不了，终为难医之顽症。我不是不务求洁净，实在是老天使我这样，我还有什么好说呢？

意 取 尖 新

　　"纤巧"二字，行文之大忌也，处处皆然，而独不戒于传奇一种。传奇之为道也，愈纤愈密，愈巧愈精。词人忌在老实，"老实"二字，即纤巧之仇家敌国也。然"纤巧"二字，为文人鄙贱已久，言之似不中听，易以"尖新"二字，则似变瑕成瑜。其实尖新即是纤巧，犹之暮四朝三[1]，未尝稍异。同一话也，以尖新出之，则令人眉扬目展，有如闻所未闻；以老实出之，则令人意懒心灰，有如听所不必听。白有尖新之文，文有尖新之句，句有尖新之字，则列之案头，不观则已，观则欲罢不能；奏之场上，不听则已，听则求归不得。尤物足以移人[2]，"尖新"二字，即文中之尤物也。

【注释】
　　〔1〕暮四朝三：语出《庄子·齐物论》："狙公（猕猴饲养者）赋芧（山栗）曰：'朝三而暮四。'众狙皆怒。曰：'然则朝四而暮三。'众狙皆悦。"后以喻变化多端或反复无常。这里指以"尖新"易"纤巧"，看似不同，实质上未尝稍异。
　　〔2〕尤物足以移人：绝色美女和珍奇的物品，足以改变或移易人的性情和爱好。语出《左传·昭公二十八年》："夫有尤物，足以移人。"尤，特别优异的。

【译文】
　　"纤巧"二字，是写作行文的大忌，各类文体都是如此，而唯独传奇一种不必受这个避忌的拘限。传奇的创作之道，是越纤越密，越巧越精。剧作家之忌就在老实，而"老实"二字，就是纤巧的仇家敌国。然而"纤巧"这两个字，已经被文人鄙视很久了，说这个好像不中听，所以用"尖新"两个字来替换，那就似乎将瑕疵变成了美玉。其实尖新就是纤巧，就好像狙公将"朝三而暮四"换成"朝四而暮三"，而众猕猴皆大喜一样，未尝有什么差异。同一句话意，以尖新之语来表达，就让人扬眉展目，喜闻乐见，有如闻所未闻。用老实之语说出来，就会让人意懒心灰，毫无兴趣，有如听到了所不必听的话。宾白有尖新之文，文有尖新之句，句有尖新之字，那么将这样的传奇放在案头，不看到也就罢了，一看到就欲罢不能；搬演到剧场之上，不听到也便罢了，一听到那就想走也走不了了。尤物足以移易人的情性，"尖新"二字，就是文字中的尤物啊。

少 用 方 言

填词中方言之多，莫过于《西厢》一种，其余今词古曲，在在有之。非止词曲，即《四书》之中，《孟子》一书亦有方言，天下不知而予独知之，予读《孟子》五十余年不知，而今知之，请先毕其说。

儿时读"自反而缩，虽褐宽博，吾不惴焉"[1]，观朱注云[2]："褐，贱者之服；宽博，宽大之衣。"心甚惑之。因生南方，南方衣褐者寡，间有服者，强半富贵之家[3]，名虽褐而实则绒也。因讯蒙师[4]，谓褐乃贵人之衣，胡云贱者之服？既云贱衣，则当从约[5]，短一尺，省一尺购办之资，少一寸，免一寸缝纫之力，胡不窄小其制而反宽大其形，是何以故？师默然不答。再询，则顾左右而言他[6]。具此狐疑，数十年未解。及近游秦塞[7]，见其土著之民人人衣褐，无论丝罗罕觏[8]，即见一二衣布者，亦类空谷足音[9]。因地寒不毛，止以牧养自活，织牛羊之毛以为衣，又皆粗而不密，其形似毯，诚哉其为贱者之服，非若南方贵人之衣也！又见其宽则倍身，长复扫地。即而讯之，则曰："此衣之外，不复有他，衫裳襦裤[10]，总以一物代之，日则披之当服，夜则拥以为衾，非宽不能周遭其身，非长不能尽复其足。《鲁论》'必有寝衣，长一身有半'[11]，即是类也。"予始幡然大悟曰[12]："太史公著书，必游名山大川[13]，其斯之谓欤！"盖古来圣贤多生西北，所见皆然，故方言随口而出。朱文公南人也[14]，彼乌知之？故但释字义，不求甚解，使千古疑团，至今未破，非予远游绝塞，亲觏其人，乌知斯言之不谬哉？由是观之，《四书》之文犹不可尽法，况《西厢》之为词曲乎？

凡作传奇，不宜频用方言，令人不解。近日填词家，见花面登场悉作姑苏口吻[15]，遂以此为成律，每作净丑之白，即用方言，不知此等声音，止能通于吴越，过此以往，则听者茫然。传奇天下之书，岂仅为吴越而设？至于他处方言，虽云入曲者少，亦视填词者所生之地。如汤若士生于江右[16]，即当规避江右之方言，粲花主人吴石渠生于阳羡[17]，即当规避阳羡之方言。盖生此一方，未免为一方所囿，有明是方言而我不知其为方言，及入他境，对人言之而人不解，始知其为方言者。诸如此类，易地皆然。欲作传奇，不可不存桑弧蓬矢之志[18]。

【注释】

〔1〕"自反而缩"三句：语出《孟子·公孙丑上》，当为："自反而不缩，虽褐宽博，吾不惴焉。"意思是：反躬自省，理不在我，即使对方是穷贱者，我也不去威吓他。缩，直。褐（hè），兽毛或粗麻制成的衣服，这里指穿着宽大粗劣衣服的卑贱者。惴（zhuì），恐惧，不安，这里是恐吓的意思。

〔2〕朱注：指南宋朱熹《四书集注》中的《孟子集注》。

〔3〕强半：多半，大半。

〔4〕蒙师：启蒙老师。

〔5〕约：节约，俭省。

〔6〕顾左右而言他：回避问题，别言他事应付了之。语出《孟子·梁惠王下》。

〔7〕近游秦塞：李渔曾率其家庭剧团在陕西、甘肃一带交游、演出。秦塞，指陕西函谷关。

〔8〕罕觏（gòu）：罕见。

〔9〕空谷足音：极为难得的言论。语出《庄子·徐无鬼》。

〔10〕襦（rú）：短袄，内衣。

〔11〕《鲁论》：汉代经师传授《论语》，除古文二十一篇外，今文有《齐论》、《鲁论》之分。现存《论语》即鲁《论语》。此处引文见《论语·乡党》。

〔12〕幡然：同翻然。

〔13〕"太史公著书"二句：司马迁遍游名山大川，凭吊历史遗迹和古战场，采访故老，收集传说，考察风俗，从而撰写了《史记》雄文。

〔14〕朱文公南人也：南宋朱熹，死后谥曰"文"，故后人称朱文公。他原籍徽州府婺源县（今属江西）人，后长居福建建阳，均属南方。

〔15〕姑苏口吻：苏州方言。姑苏，苏州市的别称，因其西南有姑苏山而得名。

〔16〕汤若士生于江右：汤显祖是江西临川人。江右，指江西。

〔17〕粲花主人吴石渠：吴炳，字石渠，号粲花主人，江苏宜兴人。明末时抗清被俘，自尽于衡阳湘山寺。所著传奇，名《粲花别墅五种》，为《西园记》、《绿牡丹》、《疗妒羹》、《情邮记》、《画中人》。阳羡：古县名。秦时始置，即今之宜兴。

〔18〕桑弧蓬矢之志：即四方之志。这里指让自己的戏曲作品流传于全国四方的志向。桑弧，桑木做的弓。蓬矢，蓬梗做的箭。据《礼记·内则》载，古时诸侯国君生子后举行的仪式中，要"以桑弧蓬矢六，射天地

四方"，象征新生儿长大后将志在四方，能抵御四方之难。

【译文】

　　填词里方言之多，莫过于《西厢记》这一剧作。其余今词古曲，往往也有方言。不只剧作中有，就是《四书》之中，《孟子》一书亦有方言，天下人都不知道而唯独我知道，我读《孟子》五十多年都不知道，直到今天方才知道。请允许我先把原委说完。

　　小时候读到"自反而缩，虽褐宽博，吾不惴焉"这一句，看朱熹注释说："褐，是贫贱者的衣服。宽博，是宽大的衣服。"心里甚感困惑。由于我生在南方，南方穿褐衣的很少，偶尔有穿的，多半为富贵人家，虽然名叫褐，而其实则是绒。因而去问启蒙老师，说褐应该是贵人穿的衣服吧，怎么说是贱者之服呢？既然说是贱者之衣，那么就应该务从节约，短一尺，就省一尺买布的钱，少一寸，就免一寸缝纫的力，为什么不裁制得窄小一点，反而要做得又宽又大呢？老师默然不答。再问，老师就顾左右而言他了。心怀这个谜团，数十年都没有解开。直到近期游历陕西函谷关一带，见到当地土著之民人人都穿褐衣，不要说丝罗很罕见，就是偶然见到一两个穿布衣的，也如同空谷足音一样少见。因为地气寒冷而为不毛之地，只能以放牧牛羊养活自己，将牛羊之毛织成衣服，又都粗而不密，其形状很像毛毯，确实是贫贱者的衣服，而不像南方贵人之衣啊！我还看见这种褐衣比身体要宽一倍，长到能扫到地面。就询问他们，他们回答说："除了这一件衣服之外，再没有别的了，罩衫衣裳，内衣短袄裤子，全都用这一件褐衣来代替，白天披着它当衣服，夜间裹着它当被褥，不宽就不能围裹全身，不长就不能盖住双脚。《论语·乡党》说'必有寝衣，长一身有半'，说的就是这类衣服。"我这才恍然大悟，说："司马迁写《史记》，必得游遍名山大川，就是说的这个道理吧！"大约古来圣贤，多生活在西北地区，所见都是这类衣服，所以方言就随口而出。朱文公是南方人，他哪里知道这些呢？所以只注释字义，不求甚解，使得千古疑团，至今尚未破解。要不是我远游绝塞，亲见当地人，又从哪里知道这话说得没错呢？由此看来，《四书》之文尚且不可以完全效仿，更何况作为戏曲的《西厢记》呢？

凡作传奇的，不应当频繁引用方言，让人不能理解。近来的剧作家，见花脸登场都让他说苏州话，竟将此作为成规旧律，每作净角、丑角宾白，就用方言，不知道这等方言语音，只能通于吴越，过了此地到别的地方，观众听来就茫然不解了。传奇乃是为天下人写的书，岂能只为吴越而设？至于其他地方的方言，虽说写入戏曲的较少，也要看剧作家出生的地方。比如汤显祖生于江西，就应当注意规避江西的方言，粲花主人吴石渠生于阳羡，就应当规避阳羡的方言。大约生于一个地方，未免会被这个地方所局限，有些话语字音明明是方言，而自己不一定知道这是方言，等到去了别的地方，对人说到这些话而对方听不明白，才知道自己说的是方言。诸如此类，换了地方也都一样。所以想作传奇，就不能不存自古男子的四方之志。

时 防 漏 孔

一部传奇之宾白，自始至终，奚啻千言万语[1]。多言多失，保无前是后非，有呼不应，自相矛盾之病乎？如《玉簪记》之陈妙常[2]，道姑也，非尼僧也，其白云："姑娘在禅堂打坐。"其曲云："从今孽债染缁衣。""禅堂"、"缁衣"皆尼僧字面，而用入道家，有是理乎？诸如此类者，不能枚举。总之，文字短少者易为检点，长大者难于照顾。吾于古今文字中，取其最长、最大，而寻不出纤毫渗漏者，惟《水浒传》一书。设以他人为此，几同笊篱贮水[3]，珠箔遮风[4]，出者多而进者少，岂止三十六个漏孔而已哉！

【注释】

〔1〕奚啻（chì）：何止。

〔2〕《玉簪记》：明代万历年间戏曲作家高濂的代表作。陈妙常，戏剧中的女主角。

〔3〕笊（zhào）篱：竹制过滤器具。

〔4〕珠箔：即珠帘。

【译文】

一部传奇的宾白，自始至终，何止千言万语。多言多失，谁能保证没有前边说对后边却说错，前有呼而后无应，自相矛盾的毛病呢？比如《玉簪记》中的陈妙常，是个道姑，而非尼姑，可是她有一句独白说："姑娘在禅堂打坐。"还有句曲词说："从今孽债染缁衣。"禅堂、缁衣都是和尚、尼姑的专用语，却被用在道教徒的身上，有这样的道理吗？诸如此类的，不胜枚举。总之，文字篇幅短小的宾白，容易检点避免毛病，长篇巨制的，也许就比较难于照顾。我在古今文学作品中，取其最长、最大，而又找不出丝毫漏洞的，大概只有《水浒传》这一本书。假使让别人写这本书，大概就如同用笊篱盛水，用珠帘挡风一样，只怕出的多而进的少，岂止三十六个漏孔而已呢！

科 诨 第 五

插科打诨，填词之末技也，然欲雅俗同欢，智愚共赏，则当全在此处留神。文字佳，情节佳，而科诨不佳，非特俗人怕看，即雅人韵士，亦有瞌睡之时。作传奇者，全要善驱睡魔。睡魔一至，则后乎此者虽有《钧天》之乐[1]，《霓裳羽衣》之舞[2]，皆付之不见不闻，如对泥人作揖，土佛谈经矣。予尝以此告优人，谓戏文好处，全在下半本，只消三两个瞌睡，便隔断一部神情，瞌睡醒时，上文下文已不接续，即使抖起精神再看，只好断章取义作零出观。若是则科诨非科诨，乃看戏之人参汤也。

养精益神，使人不倦，全在于此，可作小道观乎？

【注释】

〔1〕《钧天》之乐：天上的乐舞。《史记·赵世家》载赵简子自言游于钧天，百神为之演奏音乐。钧天，《吕氏春秋·有始》："中央曰钧天。"

〔2〕《霓裳羽衣》之舞：唐玄宗极为喜爱的著名歌舞。是开元中西凉节度使杨敬述进献的。宋王灼《碧鸡漫志》卷三认为是：西凉创作，明皇润色，又为易美名。

【译文】

插科打诨，是填词的末技。然而要想雅俗同欢，智愚共赏，那就应当在这上头留神。文字佳，情节佳，而科诨不佳，那么非但俗人怕看，就是雅人韵士，也有瞌睡的时候。传奇作者，全都要善于驱走睡魔。睡魔一到，那么在这后边的就算是《钧天》这样的仙乐，《霓裳羽衣》这样的妙舞，也都听不到，看不见，就如同对泥人作揖，同土佛谈经了。我曾经把这些告诉演员们，说戏文的好处，全在下半本，观众只消打三两个瞌睡，就会割断一部戏的神情，等瞌睡醒来了，上下文已经接不上头，即使抖擞精神再看，也只好断章取义当作零出的折子戏来看。如此则科诨不是科诨，乃是看戏之人的参汤。让观众养精益神，使人不倦，功夫和效果全在这上头，能将它当小道看吗？

戒 淫 亵

戏文中花面插科，动及淫邪之事，有房中道不出口之话，公然道之戏场者。无论雅人塞耳，正士低头，惟恐恶声之污听，且防男女同观，共闻亵语(1)，未必不开窥窃之门(2)，郑声宜放，正为此也。不知科诨之设，止为发笑，人间戏语尽多，何必专谈欲事？即谈欲事，亦有"善戏谑兮，不为虐兮"之法(3)，何必以口代笔，画

出一幅春意图，始为善谈欲事者哉？人问善谈欲事当用
何法，请言一二以概之。予曰：如说口头俗语，人尽知
之者，则说半句，留半句，或说一句，留一句，令人自
思。则欲事不挂齿颊，而与说出相同，此一法也。如讲
最亵之话虑人触耳者，则借他事喻之，言虽在此，意实
在彼，人尽了然，则欲事未入耳中，实与听见无异，此
又一法也。得此二法，则无处不可类推矣。

【注释】

〔1〕亵（xiè）语：下流话。

〔2〕窥窃：指偷情。

〔3〕"善戏谑兮"二句：语出《诗经·卫风·淇奥》。戏谑（xuè），开
玩笑。虐，过分。

【译文】

　　戏文中的花面小丑插科打诨，动不动就涉及淫秽之事，有房
中说不出口的话，公然就在戏台上说出来。不说令雅人塞耳，正
士低头，唯恐被这种脏恶之声污染了视听，而且要防止男女一同
观看，一起听闻这种淫亵之语，未必不开男女苟且偷情之门，郑
声宜放，正是为了这个缘故。不知戏曲之设置科诨，只是为了逗
观众发笑，人间戏语尽多，何必专谈欲事？即使谈欲事，亦有
"善戏谑兮，不为虐兮"之方法，何必非要以口代笔，画出一幅春
意图，才能算作善谈欲事呢？有人问善谈欲事应当用何种方法，
请让我试说一二来概括它。我认为：如果说口头俗语，人们都知
道的，那么只说半句，留半句，或者说一句，留一句，让人自己
去想。那就欲事不挂于齿颊，却与说出来相同，这是一种办法。
如果要说最淫亵的话，顾虑观者觉得刺耳，那就借其他事情来隐
喻，言说的是这里的事，指意实际上却在那件事，人人都了然于
心，如此则欲事未入耳中，实际上与听见无异，这是又一种办法。
得此二法，则无处不可类推了。

忌　俗　恶

　　科诨之妙，在于近俗，而所忌者又在于太俗。不俗则类腐儒之谈，太俗即非文人之笔。吾于近剧中，取其俗而不俗者，《还魂》而外，则有《粲花五种》[1]，皆文人最妙之笔也。《粲花五种》之长，不仅在此，才锋笔藻可继《还魂》，其稍逊一筹者，则在气与力之间耳。《还魂》气长，《粲花》稍促；《还魂》力足，《粲花》略亏。虽然，汤若士之《四梦》[2]，求其气长力足者，惟《还魂》一种，其余三剧则与《粲花》比肩[3]。使粲花主人及今犹在，奋其全力，另制一种新词，则词坛赤帜，岂仅为若士一人所攫哉？所恨予生也晚，不及与二老同时。他日追及泉台[4]，定有一番倾倒，必不作妒而欲杀之状，向阎罗天子掉舌，排挤后来人也。

【注释】

　　〔1〕《粲花五种》：参见《少用方言》注〔17〕。
　　〔2〕汤若士之《四梦》：即汤显祖的《牡丹亭》、《邯郸记》、《南柯记》、《紫钗记》四剧。因剧情都与梦有关，而合称"临川四梦"，也称"玉茗堂四梦"。
　　〔3〕比肩：相匹敌。
　　〔4〕泉台：犹言阴间、九泉之下。

【译文】

　　插科打诨的妙处，就在于接近世俗情味。但所忌讳的，又在于太俗。不俗就像学究腐儒的言谈，太俗就不像文人韵士的笔调。我从近来问世的剧作中，寻取科诨俗而又不太俗的。《牡丹亭》之外，则有《粲花五种》，都是文人最妙的文笔。《粲花五种》的长处，不仅在科诨方面，其才锋笔藻可以作为《牡丹亭》的后继者，其稍逊一筹的，则是在气与力之间。《牡丹亭》气长，《粲花》就显得稍稍局促了一点；《牡丹亭》笔力健足，《粲花》就略微亏弱了一些。虽然如此，汤显祖的"临川四梦"，求其气长力足的，也惟有《牡丹亭》一种，其余三剧则与《粲花》差不多不相上下。假使粲花主人能够活到今天，奋其全力，另外创作一部新戏，那么剧坛上的大旗，难道只会由汤显祖一人来扛吗？所遗憾的是我生也晚，没能赶得上与二老同时。他日追到泉台与他们相聚，定然会畅叙一番倾倒仰慕之情，一定不会妒火中烧而呈欲杀之状，不会向阎王天子摇唇鼓舌，以排挤后来人的。

重 关 系

科诨二字，不止为花面而设[1]，通场脚色皆不可少。生旦有生旦之科诨，外末有外末之科诨[2]，净丑之科诨则其分内事也。然为净丑之科诨易，为生旦外末之科诨难。雅中带俗，又于俗中见雅；活处寓板，即于板处证活。此等虽难，犹是词客优为之事。所难者，要有关系[3]。关系维何？曰：于嬉笑诙谐之处，包含绝大文章；使忠孝节义之心，得此愈显。如老莱子之舞斑衣[4]，简雍之说淫具[5]，东方朔之笑彭祖面长[6]，此皆古人中之善于插科打诨者也。作传奇者，苟能取法于此，则科诨非科诨，乃引人入道之方便法门耳。

【注释】

〔1〕花面：也叫花脸，传统戏曲脚色行当，净的俗称。参阅《结构第一》注〔40〕净。

　　〔2〕外：传统戏曲脚色行当。元代戏曲中有外末、外旦、外净等，大致是指末、旦、净等行当的次要角色。明代以后逐渐成为专演老人的行当。末：传统戏曲脚色行当。元杂剧中正末是与正旦并重的主要角色。明、清戏曲中，末主要扮演中年男子。

　　〔3〕要有关系：这里是指在插科打诨中要寓教于乐，有关乎人伦教化的谏诤和教育作用。

　　〔4〕老莱子之舞斑衣：老莱子，春秋末年楚国隐士，相传他为逗高龄父母开心，自己年届七十，还着五色彩衣，效婴儿状戏舞。

　　〔5〕简雍之说淫具：事见《三国志·蜀志·简雍传》。可参见下文"贵自然"条所述。

　　〔6〕东方朔之笑彭祖面长：参见下文"贵自然"条所述。东方朔，汉武帝时著名的文学家、幽默大师。《史记》、《汉书》有传。

【译文】

　　科诨二字，并不只是为小丑花面而设，全场所有角色都不能少。生旦有生旦的插科，外末有外末的打诨，净丑的插科打诨则是他们的分内之事。但是，写净丑的科诨相对容易，写生旦外末的科诨则更为困难。雅中要带俗，又要于俗中见雅；鲜活之处要隐含呆板，就在呆板中还要见证鲜活。这等科诨虽然难写，还是剧作家们擅长能做好的事。真正所难的，是要有关系。关系是什么呢？我说就是在笑谈诙谐之处，包含了绝大文章；使忠孝节义之心，得此科诨而更加彰显。比方老莱子七十岁着彩衣起舞娱亲，三国时简雍对刘备说淫具以讽谏，汉武帝时东方朔笑话彭祖脸儿长，这些都是古人之中善于插科打诨的人。传奇作家，如果能取法于此，那么科诨就不单单是科诨，乃是引人入道的方便法门。

贵　自　然

　　科诨虽不可少，然非有意为之。如必欲于某折之中，插入某科诨一段，或预设某科诨一段，插入某折之中，则是觅妓追欢，寻人卖笑，其为笑也不真，其为乐也亦甚苦矣。妙在水到渠成，天机自露，"我本无心说笑话，谁知笑话逼人来"，斯为科诨之妙境耳。如前所云简雍说淫具，东方朔笑彭祖。即取二事论之：蜀先主时[1]，天旱禁酒，有吏向一人家索出酿酒之具，论者欲置之法。雍与先主游，见男女各行道上，雍谓先主曰："彼欲行淫，请缚之。"先主曰："何以知其行淫？"雍曰："各有其具，与欲酿未酿者同，是以知之。"先主大笑，而释蓄酿具者。汉武帝时，有善相者[2]，谓人中长一寸[3]，寿当百岁。东方朔大笑，有司奏以不敬。帝责之，朔曰："臣非笑陛下，乃笑彭祖耳。人中一寸则百岁，彭祖岁八百，其人中不几八寸乎？人中八寸，则面几长一丈矣，是以笑之。"此二事，可谓绝妙之诙谐，戏场有此，岂非绝妙之科诨？然当时必亲见男女同行，因而说及淫具，必亲听人中一寸寿当百岁之说，始及彭祖面长，是以可笑，是以能悟人主。如其未见未闻，突然引此为喻，则怒之不暇，笑从何来？笑既不得，悟从何有？此即贵自然、不贵勉强之明证也。吾看演《南西厢》，见法聪口中所说科诨[4]，迂奇诞妄，不知何处生来，真令人欲逃欲呕，而观者听者绝无厌倦之色，岂文章一道，俗则争取，雅则共弃乎？

【注释】

〔1〕蜀先主：即刘备。

〔2〕相者：以谈相论命为职业的人。

〔3〕人中：指人鼻子下嘴唇上正中的凹痕。

〔4〕法聪：《西厢记》中普救寺的小和尚。

【译文】

插科打诨虽然必不可少，但不应该有意为之。如果一定要在某折戏中，插入某段科诨，或预设某段科诨，插入某折之中，这就好像是找妓追欢，寻人卖笑，那样的笑必定不真，那样的乐也一定很苦涩。科诨之妙在于水到渠成，是天机自然地发露，"我本无心说笑话，谁知笑话逼人来"，这才是科诨的妙境啊。比如前面所说简雍对刘备说淫具以讽谏，东方朔笑彭祖脸儿长。就拿这两件事说说吧：蜀汉先主刘备时代，天旱禁酒，有官员从一户人家搜出酿酒的工具，办案者想要依禁酒令法加以治罪。简雍与先主出游，看见有男女各自在路上行走，简雍对先主说："他们想要行淫，请您下令把他们绑了。"先主说："你何以知道他们要行淫？"简雍说："他们各有其淫具，这和那家有酿酒之具，欲酿未酿的情况一样，所以知道。"先主大笑，就释放了那家藏有酿酒之具的人。汉武帝时，有个善于相面的，说人的人中每长一寸，寿命能长一百岁。东方朔哈哈大笑，负责朝廷礼仪的官员向武帝奏劾他不敬。武帝也责问他。东方朔说："我不是笑陛下，乃是笑彭祖。人中长一寸就能活一百岁，那么彭祖活了八百岁，他的人中不是得有八寸之长吗？人中都能有八寸长，那么他的脸怎么也得有一丈长吧，所以笑了。"这两件事，可以说是绝妙的诙谐，戏场上有这样幽默的段子，岂不是绝妙的科诨？然而当时简雍一定是亲见男女同行，因而自然说到淫具，东方朔一定亲耳听到人中一寸能活百岁之说，才自然说到彭祖脸儿长，所以可笑，所以才能感悟人主。如果他们不是亲见亲闻，突然无缘无故地引此作比喻，那么恐怕招惹上主的雷霆之怒都来不及，哪儿还能笑得出来？笑既不得，悟又能从何而来呢？这就是科诨贵于自然，不贵勉强的明证。我观看上演《南西厢》，见法聪口中所说的科诨，妄诞离奇，不知道是从哪里生发出来的，真是令人作呕，只想逃席离场，可是看戏的听戏的居然丝毫没有厌倦之色。难道文章一道，俗的则争相观取，雅的反而人所共弃吗？

格 局 第 六

传奇格局，有一定而不可移者，有可仍可改[1]，听人自为政者。开场用末，冲场用生[2]；开场数语，包括通篇，冲场一出，蕴酿全部，此一定不可移者。开手宜静不宜喧，终场忌冷不忌热，生旦合为夫妇，外与老旦非充父母即作翁姑，此常格也。然遇情事变更，势难仍旧，不得不通融兑换而用之，诸如此类，皆其可仍可改，听人为政者也。近日传奇，一味趋新，无论可变者变，即断断当仍者，亦加改窜以示新奇。予谓文字之新奇，在中藏不在外貌[3]，在精液不在渣滓。犹之诗赋古文以及时艺[4]，其中人才辈出，一人胜似一人，一作奇于一作，然止别其词华，未闻异其资格[5]。有以古风之局而为近律者乎[6]？有以时艺之体而作古文者乎？绳墨不改，斧斤自若[7]，而工师之奇巧出焉。行文之道，亦若是焉。

【注释】

〔1〕仍：继承，遵循。

〔2〕冲场：指南戏、昆曲的第二折。

〔3〕中藏：指剧本的内容。

〔4〕古文：这里指散体文言文。时艺：指科举应试的八股文。

〔5〕资格：这里指作品的体制格局。

〔6〕近律：指近体格律诗。

〔7〕"绳墨不改"二句：遵循戏剧创作的规矩法度，而又出神入化，挥洒自如，犹言"随心所欲不逾矩"。绳墨，木匠用以画直线的工具，引申为法度规矩。斧斤，斧头。

【译文】

传奇的格局，有一定而不可移易的，有可以参考沿用，也可以变化改易的，由作者自己酌情而定。比如开场用末角，第二折冲场始用生角；开场白几句话，包举概括全篇，冲场一出来，生发酝酿全剧情节主旨，这些格局是一定不可移易的。开手时宜静而不宜闹，终场时忌冷而不忌热，生旦一般都合为夫妇，外末与老旦一般不是扮作父母就是饰演公婆，这些都是通常的格局。然而遇到情事变更，势必难以沿用旧格局时，那就不得不通融变化，斟酌取用，诸如此类，都是可以参考沿用也可以变化改易，由作者自己决定的。近日传奇，一味趋新，无论可变的变了，就是断断应当沿用而不能改的，也被横加改窜以示新奇。我认为文字的新奇，应体现于传奇的内蕴，而不是外在形式；在于精华，而不在渣滓。就好像诗赋古文以及时艺八股之文，其中人才辈出，一人胜似一人，一作奇过一作，然而也只是区别于他们的词采，没听说改易文体的格局体制。有用古风的格局体制来写近体律诗的吗？有用八股文的体式格局来作古文的吗？绳墨规矩不必改变，而挥斤运斧得心应手，工师出神入化的奇巧就是由此表现出来的。行文之道，也是如此。

家　门

开场数语，谓之"家门"[1]。虽云为字不多，然非结构已完，胸有成竹者，不能措手；即使规模已定，犹虑做到其间，势有阻挠，不得顺流而下，未免小有更张，是以此折最难下笔。如机锋锐利[2]，一往而前，所谓信手拈来，头头是道，则从此折做起，不，则姑缺首篇，以俟终场补入。犹塑佛者不即开光[3]，画龙者点睛有待[4]，非故迟之，欲俟全像告成，其身向左则目宜左视，其身向右则目宜右观，俯仰低徊，皆从身转，非可预为计也。此是词家讨便宜法，开手即以告人，使后来作者未经捉笔，先省一番无益之劳，知笠翁为此道功臣，凡其所言，皆真切可行之事，非大言欺世者比也。

未说家门，先有一上场小曲，如〔西江月〕、〔蝶恋花〕之类，总无成格，听人拈取。此曲向来不切本题，止是劝人对酒忘忧、逢场作戏诸套语。予谓词曲中开场一折，即古文之冒头，时文之破题⁽⁵⁾，务使开门见山，不当借帽覆顶。即将本传中立言大意，包括成文，与后所说家门一词相为表里。前是暗说，后是明说，暗说似破题，明说似承题⁽⁶⁾，如此立格，始为有根有据之文。场中阅卷，看至第二、三行而始觉其好者，即是可取可弃之文；开卷之初，能将试官眼睛一把拿住，不放转移，始为必售之技。吾愿才人举笔，尽作是观，不止填词而已也。

元词开场，止有冒头数语，谓之"正名"⁽⁷⁾，又曰"楔子"⁽⁸⁾，多则四句，少则二句，似为简捷。然不登场则已，既用副末上场，脚才点地，遂尔抽身，亦觉张皇失次⁽⁹⁾。增出家门一段，甚为有理。然家门之前，另有一词，今之梨园皆略去前词，只就家门说起，止图省力，埋没作者一段深心。大凡说话作文，同是一理，入手之初，不宜太远，亦正不宜太近。文章所忌者开口骂题；便说几句闲文才归正传，亦未尝不可，胡遽惜字如金⁽¹⁰⁾，而作此卤莽灭裂之状也⁽¹¹⁾？作者万勿因其不读而作省文。至于末后四句⁽¹²⁾，非止全该⁽¹³⁾，又宜别俗。元人楔子，太近老实，不足法也。

【注释】

〔1〕家门：南戏、传奇作品开头先由副末上场，用一二首曲词向观众概括地介绍剧情和作者创作意图，谓之家门。

〔2〕机锋锐利：这里形容创作时文思顺畅、词锋锐利的状态。机，古代弓弩上用以射箭的发动机关。锋，箭锋。

〔3〕开光：神佛像塑成后，要选择吉日举行仪式，点画眼睛，致礼供奉，称"开光"，也叫"开眼"。

〔4〕画龙者点睛有待：画龙点睛故事，见张彦远《历代名画记》卷七。梁武帝命张僧繇给金陵安乐寺画四条白龙，张氏画后未给白龙点上眼睛，说点了睛，龙就要飞去。有人不信，固请点之，张给其中两条龙点了眼睛，二龙即乘云腾空而去。

〔5〕破题：八股文第一段，用两句话概括文章的主题，叫破题。

〔6〕承题：八股文第二段，继破题之后，进一层阐述文章的主旨。

〔7〕正名：元杂剧中通常于末尾用两句或四句话概括剧情与主题，称为"题目"或"正名"。李渔在这里将剧本开头数语称为"正名"。

〔8〕楔（xiē）子：元杂剧开头第一、二支曲子叫楔子，常用以介绍、说明剧情或主旨，起序幕的作用。也有的剧本开头没有楔子，而是在折与折之间，用楔子承上启下，衔接剧情。

〔9〕张皇失次：慌慌张张，没有章法。

〔10〕胡遽（jù）：怎么就。

〔11〕卤莽灭裂：语出《庄子·则阳》，形容办事莽撞粗鲁，草率疏略。

〔12〕末后四句：指南戏、昆曲第一出"家门"曲后，类似下场诗的四句概括剧情的念白。

〔13〕全该：把剧情全部概括在内。

【译文】

开场几句话，称为"家门"。虽说字数不多，然而若非整体结构已酝酿完成，胸有成竹的作家，就不能落笔下手；即使规模已定，还要考虑写到中间，势必会有枝节横生，从中阻挠，不能顺流而下，不免有所改变，所以这一折最难下笔。如果思路顺畅，笔锋锐利，一往而前，所谓信手拈来，头头是道，那么就不妨从这折开场"家门"写起，不然的话，就不妨暂且空缺首篇，以待全剧写完再补入。犹如塑佛像，并不即刻开光，画龙的，点睛要待以时日，并非故意迟缓，而是要等全像告成，其身体倾向左侧，那么其眼睛应该朝左边看，其身体倾向右侧，那么眼睛应该朝右看，俯仰低徊，都是随身而转，不可能预先就完全计划好的。这是剧作家讨便宜的方法，开手就把这个道理告诉人们，使得后来的作者还未曾捉笔，就先省了一番无益之劳，知道我李笠翁是此道功臣，凡是我所说的，都是真切可行的事，不是说空话大话来欺骗世人的人可比的。

在未说"家门"之前，先有一段上场小曲，如《西江月》、《蝶恋花》之类，总无固定格式，随人各自拈取。这类曲子向来不必切合本题，一般只是劝人对着酒忘记忧愁，逢场作戏之类的套话。我认为戏曲中开场一折，就好比古文的冒头，八股文的破题，务必使其切中本题，开门见山，而不应当借别人帽儿盖自己头上。就是要将本传奇中的立言大意，包举概括以成文，和后面所说家门一词互为表里。前边是暗说，后边是明说，暗说好比破题，明说又好似承题，如此立格，才是有根有据之文。科举考试中阅卷，看到第二、第三行才觉出它好的，就是也可取，也可弃的文章；开卷之初，就能把试官眼睛一把拿住，不放它转移的，才是必定奏效高中，能将自家才学售于帝王家的技巧。我愿才子举笔创作，都要作如是观，不只是填词而已。

元杂剧一开场，只有冒头几句话，称为"正名"，又叫"楔子"，多则四句，少则两句，好似颇为简捷，然而不登场倒罢了，既然用了副末上场，脚才点地，随即便抽身下场，也觉得慌张失了次序。增加了家门一段，很有道理。然而家门之前，另外还有一首词，现在梨园演戏时都略去了前面这首词，只从家门说起，只图省力，埋没了作者的一段深心。大凡说话写文章，同是一样道理，开手之初，不宜离本题太远，但也不宜离本题太近。文章所忌的，是开口骂题；即便先说几句闲文，再归正传，亦未尝不可，怎么就这样惜字如金，而作出这等鲁莽草率的样子呢？作者们万万不要因为人们不读书而省略这一曲文。至于最后的四句诗，不只要概括全剧，还要有别于流俗。元人的楔子，太近于老实，不足取法。

冲　　场

开场第二折，谓之"冲场"。冲场者，人未上而我先上也，必用一悠长引子[1]。引子唱完，继以诗词及四六排语[2]，谓之"定场白"，言其未说之先，人不知所演何剧，耳目摇摇[3]，得此数语方知下落，始未定而今方定也。此折之一引一词，较之前折家门一曲，犹难措手。务以寥寥数言，道尽本人一腔心事，又且蕴酿全部精神，犹家门之括尽无遗也。同属包括之词，而分难易于其间者，以家门可以明说，而冲场引子及定场诗词全用暗射，无一字可以明言故也。非特一本戏文之节目全于此处埋根，而作此一本戏文之好歹，亦即于此时定价。何也？开手笔机飞舞，墨势淋漓，有自由自得之妙，则把握在手，破竹之势已成，不忧此后不成完璧。如此时此际文情艰涩，勉强支吾，则朝气昏昏，到晚终无晴色，不如不作之为愈也。然则开手锐利者宁有几人？不几阻抑后辈，而塞填词之路乎？曰：不然。有养机使动之法在[4]：如入手艰涩，姑置勿填，以避烦苦之势；自寻乐境，养动生机，俟襟怀略展之后，仍复拈毫，有兴即填，否则又置，如是者数四，未有不忽撞天机者[5]。若因好句不来，遂以俚词塞责，则走入荒芜一路，求辟草昧而致文明[6]，不可得矣。

【注释】

〔1〕引子：南曲中有些曲牌，规定在人物出场始唱时使用，都为散板，称为"引"或"引子"。重要角色每次上场时，通常先唱引子。

〔2〕四六排语：即骈体文句。

〔3〕耳目摇摇：指心神不定，尚未专注地进入欣赏阶段。摇摇，彷徨不定貌。

〔4〕养机使动：犹言涵养文气，为创作灵感的到来创造条件。机，同下文所云"天机"，略同于今之所谓灵感和灵感状态。

〔5〕"如入手艰涩"数语：刘勰《文心雕龙·养气篇》："吐纳文艺，务在节宣，清和其心，调畅其气，烦而即舍，勿使壅滞。意得则舒怀以命笔，理伏则投笔以卷怀……"这涵养文气之说为后人论文艺创作所本。

〔6〕辟草昧而致文明：原意谓从原始蒙昧的社会状态中开辟道路，走向文明社会。这里指戏剧创作由粗糙到精美。草昧，语出《周易·屯卦》："天造草昧。"指与文明相对的初创、未开化的社会状态。

【译文】

开场第二折，又叫做冲场。冲场，是人未上场而我先上去，必要先唱一曲悠长的引子。引子唱完，继之以诗词及四六骈句，叫做"定场白"，是说在其尚未说演之先，观者不知道所演何剧，耳目摇摇未定之际，听得这几句定场白，才知道这个戏落到何处，开始未定而到此方才定下来。此折的一支引子、一首词，比起前折家门那一支曲子来，要更难下手编写。务须用寥寥数言，道尽这个人物的一腔心事，而且还得蕴酿出剧作的全副精神，犹如家门那样，要将全剧内容概括无遗。之所以同属概括全剧之词，但其间却存在着难易之分，是因为家门可以明说，而冲场中的引子与定场诗词全都要用暗示和影射，没有一个字可以明说的缘故。非但这一本戏文的情节关目全要在此处埋根，而且这一本戏文写得是好是歹，也就在此时定格。为什么呢？开手时笔机飞舞，墨势淋漓，有自由自得之妙，那么自然把握在手，成局在胸，破竹之势已成，也就不担心此后不成完璧。如果到了此时此际，尚且文情艰涩，勉强支吾，一早就气色昏昏，向晚也终究难有好天光，那还不如不作更好一些。然而一开手就思如泉涌笔锋锐利的，又能有几人呢？这不几乎是要阻抑后辈才子，而堵塞其填词编剧之路吗？我说：不然。有涵养灵机，使其自然生发的办法在：如果刚开手觉得笔头艰涩，就姑且放开先不写，以避免陷入烦苦的心理定势；自己找寻乐境，涵养生发灵机，等到襟怀略觉舒展以后，再拿起笔来，如果有兴致灵感就写，否则就再放开不写，像这样反复多次以后，没有不忽然间触撞着创作的灵感天机的。如果因好句想不出来，于是就用俚语俗词去塞责应付，那就等于走进荒芜一路，再想求得辟除草昧而臻于文明的境界，创作出精彩的传奇，就不可得了。

出　脚　色

　　本传中有名脚色，不宜出之太迟。如生为一家，旦为一家，生之父母随生而出，旦之父母随旦而出，以其为一部之主，余皆客也。虽不定在一出二出，然不得出四五折之后。太迟则先有他脚色上场，观者反认为主，及见后来人，势必反认为客矣。即净丑脚色之关乎全部者，亦不宜出之太迟。善观场者，止于前数出所见，记其人之姓名；十出以后，皆是枝外生枝，节中长节，如遇行路之人，非止不问姓字，并形体面目皆可不必认矣。

【译文】
　　一部戏里边有名的角色，不应该出场太迟。比如生有一家人，旦有一家人。生角的父母随生出场了，旦角的父母也要随旦出场，因为生旦都是一部戏的主角，其他的角色就都是陪客。主人公虽然不一定非得在第一折、第二折出场，但也不得在第四折、第五折之后才出场，太晚了那么其先已有其他角色出场，观众反而误认为那是主角，等看到后来上场的主角，势必反认为那是配角。即使是关乎全剧的净角、丑角，也不应该出场太迟。善于看戏的，只就前几折所见到的角色，记住他们的姓名；十出以后，就都是枝外生枝，节中长节，就像遇见陌路之人，非但不用问姓甚名谁，连其形体面目，也都不必再辨认清楚了。

小　收　煞

　　上半部之末出，暂摄情形⁽¹⁾，略收锣鼓，名为"小收煞"。宜紧忌宽，宜热忌冷，宜作郑五歇后[2]，令人揣摩下文，不知此事如何结果。如做把戏者，暗藏一物于盆盎衣袖之中，做定而令人射覆[3]。此正做定之际，众人射覆之时也。戏法无真假，戏文无工拙，只是使人想不到，猜不着，便是好戏法，好戏文。猜破而后出之，则观者索然，作者赧然[4]，不如藏拙之为妙矣。

【注释】

〔1〕摄：收，结。

〔2〕郑五歇后：唐昭宗时诗人郑綮，作诗喜欢用诙谐的歇后语，当时人称之为"郑五歇后体"。这里是指剧作上半部末尾应该留有悬念。

〔3〕射覆：古代的一种游戏。将物件隐藏在器物下面让人猜度。射，猜度。覆，覆盖。

〔4〕赧（nǎn）然：羞惭脸红的样子。

【译文】

上半部的最后一折戏，是暂时收摄剧情，略微歇歇锣鼓，名为"小收煞"。"小收煞"宜紧忌宽，宜热忌冷，应该像唐代宰相郑綮那样作歇后之语，让人揣摩下文，不知道这事件如何结果。又像要把戏变魔术的，暗藏一样东西在盆盎和衣袖之中，做定了然后让人猜度。所谓"小收煞"，就正如魔术师做定藏好东西之际，让观众猜度之时。戏法不论虚实真假，戏文也不论工拙高低，只要让人想不到，猜不着，就是好戏法、好戏文。如果观众猜破了再演出来，那么观众就会索然无味了，作者也会羞惭脸红，那还不如藏拙不写为妙。

大　收　煞

全本收场，名为"大收煞"。此折之难，在无包括之痕，而有团圆之趣。如一部之内，要紧脚色共有五人，其先东西南北各自分开，到此必须会合。此理谁不知之？但其会合之故，须要自然而然，水到渠成，非由车戽[1]。最忌无因而至，突如其来，与勉强生情，拉成一处，令观者识其有心如此，与恕其无可奈何者，皆非此道中绝技，因有包括之痕也。

骨肉团聚，不过欢笑一场，以此收锣罢鼓，有何趣味？水穷山尽之处，偏宜突起波澜，或先惊而后喜，或始疑而终信，或喜极，信极而反致惊疑，务使一折之中，七情俱备，始为到底不懈之笔，愈远愈大之才，所谓有团圆之趣者也。

予训儿辈，尝云"场中作文，有倒骗主司入彀之法[2]：开卷之初，当以奇句夺目，使之一见而惊，不敢弃去，此一法也；终篇之际，当以媚语摄魂，使之执卷留连，若难遽别，此一法也。"收场一出，即勾魂摄魄之具，使人看过数日，而犹觉声音在耳，情形在目者，全亏此出撒娇，作"临去秋波那一转"也[3]。

【注释】

〔1〕车戽（hù）：用水车汲水。戽，引水。

〔2〕主司：指科举考试中的主考官。入彀（gòu）：进入圈套，被控制。彀，张满弓弩。王定保《唐摭言》载："唐太宗贞观中私幸端门，见新进士缀行而出，喜曰：'天下英雄入吾彀中矣。'"倒骗主司入彀云云，本此而反用之。

〔3〕临去秋波那一转：这里指剧作结尾处余波荡漾，耐人寻味，有"勾魂摄魄"的艺术效果。语见王实甫《西厢记》第一本第一折曲文。

【译文】

整部戏的收场，叫"大收煞"。最后一折的难处，在于要不露痕迹地概括全剧的内容，又要显出团圆的趣味。例如一部戏里共有五个重要角色，起初五个人东西南北，各自分开，到最后一折就必须会合。这道理谁不知道？但是他们会合的原因要自然而然，水到渠成，不能人为地把水抽到一块儿。最忌讳的是让人物无缘无故聚到这儿，突如其来，勉强编出理由，生拉硬扯，让观众识破作者故意要这样，或者是让观众原谅作者的无可奈何，这些都不是处理"大收煞"的妙法，因为露出了概括的痕迹。

骨肉团聚，不过是欢笑一场，用这个作为收锣罢鼓的全场结束，有什么趣味可言？在山穷水尽的时候，恰恰应该突起波澜，或者先惊后喜，或者开始猜疑最终相信，或者欢喜到极点、相信到极点反而导致惊疑，务必要让这一折之中，囊括各种感情的变化，这才叫到底不懈的文气之笔、越远越大之才，才叫有真正的团圆之趣。

我教导儿子的时候曾经说过："考场上作文，有反过来倒骗考官进自己设置的圈套的办法：一开始动笔，先用奇句夺人眼目，让他一见便惊奇，不敢随便放弃，这是一种办法。结尾的时候，要用婉媚的词句勾摄他的魂灵，让他捧着卷子舍不得放下，这是另一种办法。"戏曲收场的一出，就是勾魂摄魄的工具，让人看过几天之后，还觉得音乐在耳朵里回旋，情节在眼前浮现，其实全亏这一出撒娇，全亏这一出作"临去秋波那一转"。

填 词 余 论

读金圣叹所评《西厢记》，能令千古才人心死。夫人作文传世，欲天下后代知之也，且欲天下后代称许而赞叹之也。殆其文成矣，其书传矣，天下后代既群然知之，复群然称许而赞叹之矣，作者之苦心，不几大慰乎哉？予曰：未甚慰也。誉人而不得其实，其去毁也几

希⁽¹⁾。但云千古传奇当推《西厢》第一，而不明言其所
以为第一之故，是西施之美，不特有目者赞之，盲人亦
能赞之矣。自有《西厢》以迄于今，四百余载，推《西
厢》为填词第一者，不知几千、万人，而能历指其所以
为第一之故者，独出一金圣叹。是作《西厢》者之心，
四百余年未死，而今死矣。不特作《西厢》者心死，凡
千古上下操觚立言者之心⁽²⁾，无不死矣。人患不为王实
甫耳，焉知数百年后，不复有金圣叹其人哉！

　　圣叹之评《西厢》，可谓晰毛辨发，穷幽极微，无复
有遗议于其间矣。然以予论之，圣叹所评，乃文人把玩
之《西厢》，非优人搬弄之《西厢》也。文字之三昧，圣
叹已得之；优人搬弄之三昧，圣叹犹有待焉。如其至今
不死，自撰新词几部，由浅入深，自生而熟，则又当自
火其书而别出一番诠解。甚矣，此道之难言也！

　　圣叹之评《西厢》，其长在密，其短在拘，拘即密之
已甚者也。无一句一字不逆溯其源而求命意之所在，是则
密矣，然亦知作者于此有出于有心，有不必尽出于有心
者乎？心之所至，笔亦至焉，是人之所能为也，若夫笔
之所至，心亦至焉，则人不能尽主之矣。且有心不欲然，
而笔使之然，若有鬼物主持其间者，此等文字，尚可谓
之有意乎哉？文章一道，实实通神，非欺人语。千古奇
文，非人为之，神为之，鬼为之也，人则鬼神所附者耳。

【注释】
　　〔1〕去毁也几希：与非毁也相差不了多少。

〔2〕操觚（gū）立言者：指从事创作或著书立说的人。陆机《文赋》："或操觚以率尔。"李善注："觚，木之方者，古人用之以书，犹今之简也。"

【译文】

　　读金圣叹所评点的《西厢记》，真能让千古才子心死。大约人之作文以求传世，是想让天下后世知道他，而且是想让天下后世称许他，赞叹他。等到他的文章写成了，他的书流传了，天下后世的人们全都知道他，又群起而称许他，赞叹他，作者呕心沥血从事创作的苦心，不就得到大大的安慰了吗？我说：并未得到多大的安慰。赞美人而不符合其实际，这和诽毁他也差不了多少。只说千古传奇当推《西厢记》为第一，而不明言它之所以为第一的缘故，这就好比西施之美，不仅有眼看到的赞美她，盲人看不见的也能赞美她了。自《西厢记》问世直到现在，四百多年，推崇《西厢记》为戏曲中第一的，不知道有几千、几万人，可是能够一一指出它之所以为第一的缘故的，独有一个金圣叹。如此则《西厢记》作者之心，四百多年来一直没死，而今才可以死心了。不单单《西厢记》作者可以心死了，凡千古上下操笔立言的人，无不死心了。作者们担心的是自己不能像王实甫那样，哪里知道几百年以后，会不会不再有金圣叹那样的评论家呢！

　　金圣叹之评点《西厢记》，可谓照鉴细微，穷极幽深，其间再也没有留下可供后人批评议论的余地了。然而以我而论之，金圣叹所评点的，乃是文人把玩的《西厢记》，不是梨园艺人场上搬演的《西厢记》。文字之三昧，金圣叹已经悟得，已经道出；而梨园艺人场上搬演之三昧，金圣叹还犹有所待。如果他至今不死，自己创作几部新戏，由浅入深，自生而熟，那他可能会自己烧掉他评点《西厢记》的书，而另外作出一番诠解。太不容易了，此中道理实在难言！

　　金圣叹之评点《西厢记》，其长处在密，其短处在拘，拘也就是细密得太过分。没有一句一字不追溯根源，而穷究其命意之所在，这样当然是密了，但是也应该知道作者在剧作中有出于有心的时候，也有不一定全都出于有心的时候吧？心之所到之地，笔也到那儿了，这是作者所能做到的，如果笔之所到之地，心也到那儿了，那就不是作者能够完全左右的了。而且还有心里不想这样写，而笔性文势却使作者不得不这样写，好像有神、有鬼在中间掌控一样，这等文字，还能说是有意为之的吗？文章一道，的确能够通神，不是欺人之谈。千古奇文，不是人写的，而是神写的，鬼写的啊，人不过是被鬼神附身了而已。

演 习 部

选脚色、正音韵等事，载在《歌舞》项下。男优女乐[1]，事理相同，欲习声乐者，两类互观，始无缺略。

【注释】

〔1〕男优女乐：泛指男女乐工、艺人。

【译文】

选脚色、正音韵等事项，记载于《歌舞》一款下面。男优女乐，事理相同，想学习声乐的，将此二类相互参看，才不会有缺失。

选 剧 第 一

填词之设，专为登场[1]；登场之道，盖亦难言之矣。词曲佳而搬演不得其人，歌童好而教率不得其法[2]，皆是暴殄天物[3]，此等罪过，与裂缯毁璧等也[4]。方今贵戚通侯，恶谈杂技，单重声音[5]，可谓雅人深致，崇尚得宜者矣。所可惜者：演剧之人美，而所演之剧难称尽美；崇雅之念真，而所崇之雅未必果真。尤可怪者：最有识见之客，亦作矮人观场[6]，人言此本最佳，而辄随声附和，见单即点[7]，不问情理之有无，以致牛鬼蛇神塞满氍毹之上[8]；极长词赋之人，偏与文章为难，明知此剧最好，但恐偶违时好，呼名即避，不顾才士之屈伸，遂使锦篇绣帙[9]，沉埋瓴瓮之间[10]。汤若士之《牡丹亭》、《邯郸梦》得以盛传于世，吴石渠之《绿牡丹》、《画中人》得以偶登于场者，皆才人侥幸之事，非文至必传之常理也[11]。若据时优本念[12]，则愿秦皇复出，尽火文人已刻之书，止存优伶所撰诸抄本，以备家弦户诵而后已。伤哉，文字声音之厄，遂至此乎！吾谓《春秋》之法，责备贤者[13]，当今瓦缶雷鸣，金石绝响[14]，非歌者投胎之误，优师指路之迷，皆顾曲周郎之过也[15]。使要津之上，得一二主持风雅之人，凡见此等无情之剧，或弃而不点，或演不终篇而斥之使罢，上有憎者，下必有甚焉者矣[16]。观者求精，则演者不敢浪习，黄绢色丝之曲，外孙齑臼之词[17]，不求而自至矣。吾论演习之工而首重选剧者，诚恐剧本不佳，则主人之心血，歌者之精神，皆施于无用之地。使观者口虽赞叹，心实咨嗟[18]，何如择术务精，使人心口皆羡之为得也。

【注释】

〔1〕登场：搬上舞台进行演出。

〔2〕教率（jiāo shuài）：教授引导。

〔3〕暴殄（tiǎn）天物：不爱惜东西。语出《尚书·武成》。

〔4〕裂缯（zēng）毁璧：毁坏美好的事物。缯，丝织品的统称。璧，圆形、中心有孔的玉。

〔5〕杂技：百戏杂耍。声音：这里指戏曲。

〔6〕矮人观场：指自己没有见识而人云亦云。语出朱熹《朱子语类》卷一百一十六："如矮子看戏相似，见人道好，他也道好。"

〔7〕单：供点戏用的节目单。

〔8〕氍毹（qú shū）：毛织地毯。旧时有条件的戏班子，都要在戏台上铺地毯，故以指戏剧舞台。

〔9〕锦篇绣帙（zhì）：形容优秀作品。帙，书的函套，后亦用指卷册。

〔10〕沉埋：埋没。瓿（bù，旧读作pǒu）：古代用青铜或陶制成的盛物器具，类似于瓮而有圈足。这里用扬雄《太玄》、《法言》恐后人用覆酱瓿的典故（见《汉书·扬雄传》），意指将使"锦篇绣帙"变为无用的废纸。

〔11〕"汤若士之《牡丹亭》"数语：意思是说，汤、吴的剧作得以流传与上演，实属作者的幸运，并不是剧作优秀就都能流传下来，吴石渠，参见《少用方言》注〔17〕。

〔12〕若据时优本念：如果依照时下演员自己的愿望。

〔13〕"《春秋》之法"二句：《春秋》是儒家五经之一，相传是孔子据鲁《春秋》整理而成，笔法上寓褒贬于一字之间，对贤者要求更高。

〔14〕"瓦缶（fǒu）雷鸣"二句：谓优秀作品无人问津，而拙劣之作却充斥舞台。语本《文选·屈原〈卜居〉》："黄钟毁弃，瓦釜雷鸣。"瓦缶，即瓦釜，古代盛饮料的陶制器具，也用作打击乐器。

〔15〕顾曲周郎：《三国志·吴志·周瑜传》载，周瑜精通音乐，曲有阙误，瑜必知之，知之必顾（回头看）。故而古人云："曲有误，周郎顾。"这里是指点戏、观戏而无审美眼光的贵戚通侯。

〔16〕"上有憎者"二句：化用《孟子·滕文公上》："上有好者，下必有甚焉者矣。"

〔17〕"黄绢色丝之曲"二句：指优秀剧作。相传东汉蔡邕在曹娥碑背后题了"黄绢幼妇，外孙齑臼"八个字。《世说新语·捷悟》载：杨修解释说："黄绢，色丝也，于字为'绝'；幼妇，少女也，于字为'妙'；外孙，女子也，于字为'好'；齑臼，受辛也，于字为'辞'（辞）。所谓'绝妙好辞'也。"齑（jī），切碎的腌菜或酱菜。

〔18〕咨嗟：叹息。

【译文】

填词编剧这门艺术，是专为登台搬演而设；而演艺之道，实在是很难讲得清楚的。上佳的词曲却找不到好戏班、好演员来搬演，或者歌童资质极好而调教导演却不得其法，都是暴殄天物，这等罪过，与撕裂绸缎毁坏玉璧行为是一样的。如今的达官贵人，都不喜欢谈论杂耍百技，只重视戏曲艺术，可谓高雅之人意趣深远，崇尚得宜了。所可惜的是：演戏的人漂亮，而所演的剧作却难称完美；崇尚高雅的心念是真切的，但是其所推崇的却未必是真正的高雅。尤其可怪的是：最有见识的观众，也像矮子看戏一样，有人说这本戏最好，也就随声附和，看见戏单就点，不问是否合情合理，以致牛鬼蛇神充斥于戏台之上；极擅长词赋的人，却偏偏要与词曲为难，明知道这出戏最好，只是因为担心偶尔有违时下所好，一提到剧名就赶快躲开，也不管才子是否被低估受委屈，于是使得锦绣般的佳篇绝作，被埋没抛弃，只用来盖盖瓶瓶罐罐。汤显祖的《牡丹亭》《邯郸梦》得以盛传于世，吴石渠的《绿牡丹》《画中人》得以偶尔搬演于戏场，都是才子侥幸的事情，并非剧本极佳就必定流传的常理。要是按当今优人的本心，那就巴不得秦始皇复生，把文人已刊刻的戏曲书籍全都烧光，只留下优伶自己所抄撰的剧本，以备家弦户诵就好了。伤心啊，文字戏曲的厄运，竟然到这般地步了吗？我以为《春秋》之法，对贤者求全责备，当今庸音杂曲流行于世，而金石之声却不见奏响，这不是歌者投错了胎，或是优师指错了路，全都是因顾曲周郎品评误导之过。假使在有影响力的位置上，能得一两个主持风雅的人，凡是见到这等无情的剧作，或者放弃而不点演，或者没等到演完就责令其停下来，上面有憎恶这类剧作的，下层人就一定会更讨厌它。观者审美精益求精，那么演者也就不敢胡乱习演了，绝妙好辞，上佳剧作，就不求而自至了。我讨论演习之工而首重选择剧本，实在是担心剧本选得不好，那么主人的心血，歌者的精神，都浪费在了无用之地。与其使观者口中虽然赞叹，内心却在嘀咕叹惋，何如在选剧上务求精当，让人心口如一地艳羡称颂更为得宜呢？

别 古 今[1]

选剧授歌童，当自古本始，古本既熟，然后间以新词，切勿先今而后古。何也？优师教曲，每加工于旧而草草于新[2]，以旧本人人皆习，稍有谬误，即形出短长；新本偶尔一见，即有破绽，观者、听者未必尽晓，其拙尽有可藏。且古本相传至今，历过几许名师，传有衣钵[3]，未当而必归于当，已精而益求其精，犹时文中"大学之道"、"学而时习之"诸篇[4]，名作如林，非敢草草动笔者也。新剧则如巧搭新题，偶有微长，则动主司之目矣。故开手学戏，必宗古本。而古本又必从《琵琶》、《荆钗》、《幽闺》、《寻亲》等曲唱起[5]，盖腔板之正，未有正于此者，此曲善唱，则以后所唱之曲，腔板皆不谬矣。旧曲既熟，必须间以新词。切勿听拘士腐儒之言[6]，谓新剧不如旧剧，一概弃而不习。盖演古戏如唱清曲，只可悦知音数人之耳，不能娱满座宾朋之目。听古乐而思卧，听新乐而忘倦[7]。古乐不必《箫韶》[8]，《琵琶》、《幽闺》等曲，即今之古乐也。但选旧剧易，选新剧难。教歌习舞之家，主人必多冗事，且恐未必知音，势必委诸门客，询之优师。门客岂尽周郎，大半以优师之耳目为耳目。而优师之中，淹通文墨者少，每见才人所作，辄思避之，以凿枘不相入也[9]。故延优师者，必择文理稍通之人，使阅新词，方能定其美恶。又必藉文人墨客参酌其间，两议金同[10]，方可授之使习。此为主人多冗，不谙音乐者而言。若系风雅主盟，词坛领袖，则独断有余，何必知而故询。噫！欲使梨园风气丕变维新[11]，必得一二缙绅长者主持公道[12]，俾词之佳者必传，剧之陋者必黜，则千古才人心死，现在名流，有不以沉香刻木而祀之者乎[13]？

【注释】

〔1〕古今：即下文所言的古本和新词，分别指传统剧目和新戏。

〔2〕"优师教曲"二句：是说戏曲老师教徒弟学戏时，在旧戏上更花功夫精益求精，而对新戏则不很经心。

〔3〕"历过几许名师"二句：是说传统剧目经过代代名师的艺术加工，有历史的积淀和传承。衣钵，袈裟法衣和化缘时用以盛食物的器具，为禅宗师徒授受道法的信物。

〔4〕"大学之道"、"学而时习之"：分别为《四书》中《大学》和《论语》首篇第一句，因而也是明清八股文做得最多的题目。

〔5〕《寻亲》：即《寻亲记》，又名《教子记》，写周瑞隆弃官寻访父亲，后一家团圆的故事。

〔6〕拘士腐儒：指古板保守的人士。

〔7〕"听古乐而思卧"二句：语本《乐记》："魏文侯问于子夏曰：'吾端冕而听古乐，则唯恐卧；听郑、卫之音，则不知倦。'"

〔8〕《箫韶》：即《韶》乐，传说中虞舜时的音乐。《尚书·益稷》："《箫韶》九成，凤凰来仪。"

〔9〕凿枘（záo ruì）不相入：以圆凿方枘比喻互相抵触，互不相容。凿，榫眼；枘，榫头。《楚辞·九辩》："圆凿而方枘兮，吾固知其鉏铻而难入。"

〔10〕佥：都，俱。

〔11〕丕变维新：革新变法，开创新局面。

〔12〕缙绅：插笏于绅带间，指旧时官宦的装束，后以代指官宦。

〔13〕沉香刻木而祀之：指将具有较高鉴赏水平、于戏曲有功者敬若神明地供奉起来，加以祭祀。

【译文】

选择剧作教授歌童，应当从传统古本开始，古本练熟以后，再间或教新戏，切勿先教新戏而后教古本。为什么呢？优师教曲之时，往往对传统剧目加意精工，而对新剧则草草应付。因为旧剧人人熟习，稍有点儿差错，就显出长短；新戏偶尔才得一见，即使有破绽，观者听众也未必全都知晓，其短拙之处也尽有可以掩藏的余地。而且古本相传至今，经历过几多名师，雕琢打磨，衣钵相传，有未尽妥当的地方必定会归于妥当，已经很精美了还要精益求精，犹如八股文中的"大学之道"、"学而时习之"诸篇一样，名作如林，后人也就不敢草率轻易地动笔了。新剧则如巧搭新题，偶尔有一点儿长处，就会引得主考官青眼有加。所以开手学戏，一定要以古本为宗。而古本又必须从《琵琶记》、《荆钗记》、《幽闺记》、《寻亲记》等剧曲唱起，因为腔板之正，没有能超过这几部戏的，这些曲子唱好了，那么以后所唱的另外曲子，腔板都错不了。旧曲唱熟以后，必须间唱新曲。切勿听那些拘泥之士、迂腐之儒所言，说什么新剧不如旧剧，一概舍弃不学。大约演古戏如唱清曲，只能愉悦知音数人而已，不能娱乐满座宾客朋友之目。听古乐而想打瞌睡，听新乐而不知疲倦。古乐不是非要虞舜时的《箫韶》,《琵琶记》、《幽闺记》等曲，就是如今的古乐。但选旧剧易，选新剧难。一般教歌习舞的人家，主人一定事务冗繁，而且恐怕未必精通音乐，势必要委托门客，向优师请教。门客中哪里都是审音知曲的周郎，自然大半以优师之耳目为耳目。而优师之中，精通文墨的少，每每见到才子所作，就想避开，因为圆凿方枘，互不相合。所以延请优师教戏班子的，一定要选择文理稍通之人，让他审看新曲，才能判定美还是不美。又必须请文人墨客参与进来讨论斟酌，优师、文人两方面意见相同，才可以向优童教习新戏。这是对主人事务冗繁，又不熟谙音乐的人家而言的。若本人系风雅主盟，曲坛领袖，那么他自己独断都绰绰有余，何必明知故问，咨询他人呢？唉！要想使梨园风气创新求变，必须得有一两个缙绅长者主持公道，使得戏曲中佳者必得流传，剧本中劣者必遭废弃，那么千古才子才会心安，而现在的名流，有不以沉香刻木而虔诚祭祀他们吗？

剂　冷　热

　　今人之所尚，时优之所习，皆在"热闹"二字；冷静之词，文雅之曲，皆其深恶而痛绝者也。然戏文太冷，词曲太雅，原足令人生倦，此作者自取厌弃，非人有心置之也。然尽有外貌似冷而中藏极热[1]，文章极雅而情事近俗者，何难稍加润色，播入管弦？乃不问短长，一概以冷落弃之，则难服才人之心矣，予谓传奇无冷热，只怕不合人情。如其离合悲欢，皆为人情所必至，能使人

哭，能使人笑，能使人怒发冲冠，能使人惊魂欲绝，即使
鼓板不动，场上寂然，而观者叫绝之声，反能震天动地。
是以人口代鼓乐，赞叹为战争，较之满场杀伐，钲鼓雷
鸣[2]，而人心不动，反欲掩耳避喧者为何如？岂非冷中之
热，胜于热中之冷；俗中之雅，逊于雅中之俗乎哉？

【注释】

〔1〕中藏：内蕴。
〔2〕钲（zhēng）：古代行军时用的金属制打击乐器。

【译文】

　　当今人们所崇尚的，当今演员所习演的戏文，都在"热闹"二
字；冷静之词，文雅之曲，都是他们深恶而痛绝的。然而戏文太
冷，词曲太雅的剧本，原本就足以令人心生厌倦，这样被厌弃是作
者自找的，不是别人有心这样对待他。不过也尽有外表似乎很冷而
内蕴却是极热的，文章极雅而情节却近俗的，把它稍加润色，配付
丝竹管弦扮演有什么难的呢？要是竟然不问短长，一概以冷落的态
度弃之不用，那就很难让才子心服了。我认为传奇无所谓冷热，只
怕不合人情。要是剧中的离合悲欢，都是人情所必然会遇到，能使
人哭，能使人笑，能使人怒发冲冠，能使人惊魂欲绝，即使剧中鼓
板不动，场上寂然无声，而观众叫绝喝彩之声，反能震天动地。这
样的剧作，以观众之口替代锣鼓之乐，用赞叹之音替代杀伐之声，
比起满场厮杀征伐，战鼓雷鸣，而观众之心却无动于衷，反而想掩
耳以避喧嚣的剧作来，会是怎么样呢？岂不是冷中之热，胜过热中
之冷；俗中之雅，逊色于雅中之俗吗？

变　调　第　二

　　变调者，变古调为新调也。此事甚难，非其人不行，

存此说以俟作者。才人所撰诗赋古文，与佳人所制锦绣花样，无不随时更变。变则新，不变则腐；变则活，不变则板。至于传奇一道，尤是新人耳目之事，与玩花赏月同一致也。使今日看此花，明日复看此花，昨夜对此月，今夜复对此月，则不特我厌其旧，而花与月亦自愧其不新矣，故桃陈则李代，月满即哉生⁽¹⁾。花月无知，亦能自变其调，矧词曲出生人之口，独不能稍变其音，而百岁登场，乃为三万六千日雷同合掌之事乎？吾每观旧剧，一则以喜，一则以惧，喜则喜其音节不乖，耳中免生芒刺，惧则惧其情事太熟，眼角如悬赘疣⁽²⁾。学书学画者，贵在仿佛大都⁽³⁾，而细微曲折之间，正不妨增减出入，若止为依样葫芦，则是以纸印纸，虽云一线不差，少天然生动之趣矣。因创二法，以告世之执郢斤者⁽⁴⁾。

【注释】

〔1〕月满即哉生：指月亮有圆有缺，周而复始，处在不断的盈亏变化之中。语出《尚书·康诰》："惟三月哉生魄。"哉生，即"哉生魄"。哉，开始。魄，旧说认为月轮无光的部分。

〔2〕赘疣：皮肤增生出现的结节或瘤子，比喻多余之物。

〔3〕大都：大略。韩愈《画记》："乃命工人存其大都焉。"

〔4〕执郢（yǐng）斤者：这里指擅长撰写或整理改编戏曲作品者。语出《庄子·徐无鬼》：郢人将刷墙的白土薄薄地抹在鼻尖上，一位叫石的工匠挥斧成风，把粉土削得干干净净，却未伤着鼻子。郢，春秋战国时楚国的都城，在今湖北江陵。

【译文】

变调，就是变古调为新调。这件事很难做，非合适的人不行，我姑且先存此说以等待这样的作者。才子所撰写的诗赋古文，与佳人所制的锦绣花样，无不随时世推移而更新变化。有变化才有新气象，不变就陈腐了；有变化才活泛，不变就死板了。至于传奇一道，尤其是要让人耳目一新的事，与观花赏月是一样的。假使今天看了此花，明天还再看此花，昨夜对看此月，今夜还对此月，那么不仅我会厌烦其旧，而且花与月也会自愧其不新了，所以桃花谢了就会有李花替代，月儿圆了就会开始出现月缺。花月无知，也能自己改变其形态，何况词曲出于活人之口，难道独独不能稍稍变化其音调，而百年登场演戏，竟然要三万六千日都做一成不变、雷同合掌的事吗？我每次观看旧戏，一则以喜，一则以惧，喜则喜其音节不至于出大毛病，耳朵里免生芒刺，惧则惧其情事太熟套，眼角上如悬赘瘤。学书学画的人，贵在描画仿佛其大概气象，而那些细微曲折之处，正不妨有些增减和出入，如果只是依样画葫芦，那么就只是以纸印纸的影印描红，虽说是一丝不差，却少了些天然生动的趣味。我因此创设了两种变调方法，以告世上挥斥运斧的编剧高手。

缩 长 为 短

观场之事，宜晦不宜明。其说有二：优孟衣冠[1]，原非实事，妙在隐隐跃跃之间，若于日间搬弄，则太觉分明，演者难施幻巧，十分音容，止作得五分观听，以耳目声音散而不聚故也。且人无论富贵贫贱，日间尽有当行之事，阅之未免妨工；抵暮登场，则主客心安，无妨时失事之虑，古人秉烛夜游[2]，正为此也。然戏之好者必长，又不宜草草完事，势必阐扬志趣，摹拟神情，非达旦不能告阕[3]。然求其可以达旦之人，十中不得一二，非迫于来朝之有事，即限于此际之欲眠，往往半部即行，使佳话截然而止。予尝谓好戏若逢贵客，必受腰斩之刑。虽属谑言，然实事也。与其长而不终，无宁短而有尾，故作传奇付优人，必先示以可长可短之法：取其情节可省之数折，另作暗号记之，遇清闲无事之人则增入全演，否则拔而去之。此法是人皆知，在梨园亦乐于为此。但不知减省之中又有增益之法，使所省数折虽去若存，而无断文截角之患者，则在秉笔之人略加之意而已。法于所删之下折，另增数语，点出中间一段情节，如云昨日某人来说某话，我如何答应之类是也；或于所删之前一折，预为吸起[4]，如云我明日当差某人去干某事之类是也。如此，则数语可当一折，观者虽未及看，实与看过无异，此一法也。予又谓多冗之客，并此最约者亦难终场，是删与不删等耳。尝见贵介命题，止索杂单[5]，不用全本，皆为可行即行，不受戏文牵制计也。予谓全本太长，零出太短，酌乎二者之间，当仿《元人百种》之意，而稍稍扩充之，另编十折一本，或十二折一本之新剧，以备应付忙人之用。或即将古书旧戏，用长房妙手[6]，缩而成之。但能沙汰得宜[7]，一可当百，则寸金丈铁，贵贱攸分，识者重其简贵，未必不弃长取短，另开一种风气，亦未可知也。此等传奇，可以一席两本，如佳客并坐，势不低昂，皆当在命题之列者，则一后一先，皆可为政[8]，是一举两得之法也。有暇即当属草[9]，请以下里巴人，为白雪阳春之倡。

【注释】

〔1〕优孟衣冠：指登台演戏，扮演他人。优孟，乐人。《史记·滑稽列传》记载，优孟穿戴孙叔敖的衣冠，摹仿他的音容笑貌，使楚庄王感念已故贤相，妥善安排了贫困中的故相之子。后因称逼真的摹仿为优孟衣冠。

〔2〕秉烛夜游：《古诗十九首·生年不满百》："昼短苦夜长，何不秉烛游？"秉，持。

〔3〕告阕：告终，结束。

〔4〕预为吸起：预先提起，有所交代。

〔5〕贵介命题：贵人点戏。杂单：指开列折子戏的戏单。

〔6〕长房妙手：缩长为短的高手。长房，即费长房，《神仙传》中传说他有缩地之术。

〔7〕沙汰：删节，淘汰。

〔8〕皆可为政：都可以点戏。

〔9〕属草：打草稿，这里指撰写剧本。

【译文】

看戏的事情，适宜在晚上而不适宜在白天，要说理由有两个：优孟衣冠，扮演的原本不是真人真事，妙在隐隐约约之间。若是在白天搬演，那么就会觉得太分明，演员难于施幻弄巧，有十分音容，只能施展表演出五分让人们观听欣赏，这是因为外在的声音色彩纷纷扰扰，观众的耳目心思在白天都易散而不易聚的缘故。而且人们不论富贵还是贫贱，日间尽有许多要办的事情，看戏未免会耽误工作；等到晚上登场开演，那么主人、客人都心里安定，不会有妨时误事的顾虑，古人秉烛夜游，就是因为这个缘故。然而好戏必定很长，又不宜草草收场，势必要演绎发挥其情志意趣，模拟表演其神情意态，不通宵达旦不能谢幕结束。但要寻求可以通宵达旦一心观剧之人，十个里面找不到一两个，不是迫于明早还有事要办，就是限于此刻困倦欲眠，往往才看了半部就走了，使得好戏中的佳话截然而止。我曾经说好戏如果逢到贵客，必然会受腰斩之刑。虽属戏谑之言，但也是实事。与其戏长而演不到终场，那还不如短一点而得以演到尾声，所以创作出传奇交付优人时，一定要先把可长可短的法子明示他：选取剧中情节可以删省的几折戏，另作暗号加以标记，如果遇到清闲无事的观众，就加进去演全本，否则就把那几折抽掉不演。这个法子人人都知道，梨园戏班也乐意这样办。但是却不知道在减省当中还有增益之法，可以使得所减省的几折，虽然删去了却好像依然存在，而全无断文截角的毛病，这只在执笔之人在减省删略时稍加留意罢了。这办法就是在所删部分的下一折，另外增加几句话，点出中间所删去的那段情节，比如说，昨天什么人来说了什么话，我如何答复回应之类；或者在所删部分的前一折，预先提起，比如说，我明天应当派某人去干某件事之类。像这样，几句话就可以代替一折戏，观众虽然没有看到，其实与看过没什么两样，这是一种办法。我还以为事务特别冗繁的看客，就连这删略到最简约的戏本也难看到终场，如此则删与不删是一回事。曾经看到一位贵人点选剧目，只索要折子戏单子，不用全本，就是为了考虑到要走就可以走，不会受全本戏文的牵制。我认为全本太长，零出太短，可以斟酌于两者之间，应当效仿《元人百种》之意，而稍加扩充，另编十折一本，或十二折一本的新戏，以备应付忙人之用。或者就将古书旧戏，用费长房缩地的巧妙手法，缩写而成。只要能够删削得宜，以一可以当百，那么就像一寸金之于一丈铁，贵贱分明，有识之士看重其简约而珍贵，未必不弃长取短，从此另开一种新的风气，也未可知啊。像这等传奇，一次筵席可以准备两本，如果佳客并列而坐，势位也不相上下，都应当在命题点戏之列的，那么两个本子，分别一后一先，都可以同时选点，这是一举两得的办法。如有闲暇我就要动笔去写，请让我这下里巴人，来倡导白雪阳春。

变 旧 成 新

　　演新剧如看时文，妙在闻所未闻，见所未见；演旧剧如看古董，妙在身生后世，眼对前朝。然而古董之可爱者，以其体质愈陈愈古，色相愈变愈奇。如铜器玉器之在当年，不过一刮磨光莹之物耳，迨其历年既久，刮磨者浑全无迹，光莹者斑驳成文，是以人人相宝，非宝其本质如常，宝其能新而善变也。使其不异当年，犹然是一刮磨光莹之物，则与今时旋造者无别[1]，何事什伯其价而购之哉[2]？旧剧之可珍，亦若是也。

今之梨园，购得一新本，则因其新而愈新之，饰怪装奇，不遗余力；演到旧剧，则千人一辙，万人一辙，不求稍异，观者如听蒙童背书[3]，但赏其熟，求一换耳换目之字而不得，则是古董便为古董，却未尝易色生斑，依然是一刮磨光莹之物，我何不取旋造者观之，犹觉耳目一新，何必定为村学究，听蒙童背书之为乐哉？

然则生斑易色，其理甚难，当用何法以处此？曰：有道焉。仍其体质，变其丰姿，如同一美人，而稍更衣饰，便足令人改观，不俟变形易貌，而始知别一神情也。体质维何？曲文与大段关目是已。丰姿维何？科诨与细微说白是已。曲文与大段关目不可改者，古人既费一片心血，自合常留天地之间，我与何仇，而必欲使之埋没？且时人是古非今，改之徒来讪笑，仍其大体，既慰作者之心，且杜时人之口。科诨与细微说白不可不变者，凡人作事，贵于见景生情，世道迁移，人心非旧，当日有当日之情态，今日有今日之情态，传奇妙在入情，即使作者至今未死，亦当与世迁移，自啭其舌，必不为胶柱鼓瑟之谈[4]，以拂听者之耳。况古人脱稿之初，便觉其新，一经传播，演过数番，即觉听熟之言难于复听，即在当年，亦未必不自厌其繁，而思陈言之务去也。我能易以新词，透入世情三昧，虽观旧剧，如阅新篇，岂非作者功臣？使得为鸡皮三少之女[5]，前鱼不泣之男[6]，地下有灵，方颂德歌功之不暇，而忍以矫制责之哉[7]？但须点铁成金[8]，勿令画虎类狗[9]。又须择其可增者增，当改者改，万勿故作知音，强为解事，令观者当场喷饭〔10〕，而群罪作俑之人〔11〕，则湖上笠翁不任咎也。此言润泽枯藁〔12〕，变易陈腐之事。

予尝痛改《南西厢》，如《游殿》、《问斋》、《逾墙》、《惊梦》等科诨，及《玉簪·偷词》、《幽闺·旅婚》诸宾白，付伶工搬演，以试旧新，业经词人谬赏，不以点窜为非矣〔13〕。尚有拾遗补缺之法〔14〕，未语同人，兹请并终其说。

旧本传奇，每多缺略不全之事，刺谬难解之情〔15〕。非前人故为破绽，留话柄以贻后人，若唐诗所谓"欲得周郎顾，时时误拂弦"〔16〕，乃一时照管不到，致生漏孔〔17〕，所谓"至人千虑，必有一失"〔18〕。此等空隙，全靠后人泥补，不得听其缺陷，而使千古无全文也。女娲氏炼石补天〔19〕，天尚可补，况其他乎？但恐不得五色石耳。

姑举二事以概之：赵五娘于归两月即别蔡邕，是一桃夭新妇〔20〕。算至公姑已死，别墓寻夫之日，不及数年，是犹然一冶容诲淫之少妇也〔21〕。身背琵琶，独行千里，即能自保无他，能免当时物议乎〔22〕？张大公重诺轻财，资其困乏，仁人也，义士也。试问衣食名节，二者孰重？衣食不继则周之，名节所关则听之，义士仁人，曾若是乎？此等缺陷，就词人论之，几与天倾西北，地陷东南无异矣，可少补天塞地之人乎？若欲于本传之外，劈空添出一人送赵五娘入京，与之随身作伴，妥则妥矣，犹觉伤筋动骨，太涉更张〔23〕；不想本传内现有一人，尽可用之而不用，竟似张大公止图卸肩，不顾赵五娘之去后者。其人为谁？着送钱米助丧之小二是也。《剪发》白云：“你先回去，我少顷就着小二送来。”则是大公非无仆从之人，何以吝而不使？予为略增数语，补此缺略，附刻于后，以政同心⁽²⁴⁾。此一事也。

《明珠记》之《煎茶》⁽²⁵⁾，所用为传消递息之人者，塞鸿是也。塞鸿一男子，何以得事嫔妃？使宫禁之内可用男子煎茶，又得密谈私语，则此事可为，何事不可为乎？此等破绽，妇人小儿皆能指出，而作者绝不经心，观者亦听其疏漏；然明眼人遇之，未尝不哑然一笑，而作无是公看者也⁽²⁶⁾。若欲于本家之外，凿空构一妇人⁽²⁷⁾，与无双小姐从不谋面，而送进驿内煎茶，使之先通姓名，后说情事，便则便矣，犹觉生枝长节，难免赘语；不知眼前现有一妇，理合使之而不使，非特王仙客至愚，亦觉彼妇太忍。彼妇为谁？无双自幼跟随之婢，仙客现在作妾之人，名为采苹是也。无论仙客觅人将意⁽²⁸⁾，计当出此，即就采苹论之，岂有主人一别数年⁽²⁹⁾，无由把臂，今在咫尺，不图一见，普天之下有若是之忍人乎？予亦为正此迷谬，止换宾白，不易填词，与《琵琶》改本并刊于后，以政同心。又一事也。

其余改本尚多，以篇帙浩繁，不能尽附。总之，凡予所改者，皆出万不得已，眼看不过，耳听不过，故为铲削不平，以归至当，非勉强出头，与前人为难者比也。凡属高明，自能谅其心曲⁽³⁰⁾。

插科打诨之语，若欲变旧为新，其难易较此奚止百倍。无论剧剧可增，出出可改，即欲隔日一新，逾月一换，亦诚易事。可惜当世贵人，家蓄名优数辈，不得一诙谐弄笔之人，为种词林萱草[31]，使之刻刻忘忧。若天假笠翁以年，授以黄金一斗，使得自买歌童，自编词曲，口授而身导之，则戏场关目，日日更新，毡上诙谐[32]，时时变相。此种技艺，非特自能夸之，天下人亦共信之。然谋生不给，遑问其他[33]？只好作贫女缝衣，为他人助娇，看他人出阁而已矣[34]。

【注释】

〔1〕旋造：刚刚制造。

〔2〕什伯其价：十倍百倍地抬高其价格。

〔3〕蒙童：接受启蒙教育的幼童。

〔4〕胶柱鼓瑟：将琴瑟上调弦的柱用胶粘住，就不能调整音阶，无法奏乐。比喻固执保守，不知变通。语出《史记·廉颇蔺相如列传》。

〔5〕鸡皮三少之女：宋代姚宽《西溪丛语》卷下引宇文士及《妆台记》序云："春秋之初，有晋、楚之谚曰：'夏姬得道，鸡皮三少。'"是说枯皱的像鸡皮似的肌肤多次恢复成少女模样，即返老还童。这里是指使旧作呈现新面貌。

〔6〕前鱼不泣之男：语出《战国策·魏策》：魏王宠臣龙阳君钓到了鱼，很高兴，后来鱼钓得越来越多，而且越来越大，就想丢掉前面钓到的鱼。由此联想到自己将来也会因魏王有新宠而被抛弃，故而泣下。这里指旧作不会因新作日增而被冷落。

〔7〕矫制：即假传圣旨。这里指擅自改动前人之作。矫，伪托。制，朝廷公文体，诏敕。

〔8〕点铁成金：神话故事中的一种仙术，这里指将旧作点化得更精彩。宋代释道元《景德传灯录》卷十八："还丹一粒，点铁成金。"

〔9〕画虎类狗：画虎不成，反类狗犬。语出《后汉书·马援传》。

〔10〕喷饭：形容事情可笑之至。孙光宪《北梦琐言》："不觉失笑，喷饭满案。"

〔11〕作俑之人：这里指原创的作者。

〔12〕枯藁：即枯槁。

〔13〕点窜：删削修改。

〔14〕拾遗补缺：拾取他人遗漏，弥补他人不足。

〔15〕剌谬：荒谬。

〔16〕"欲得周郎顾"二句：李端《听筝》中诗句。意思是，为了引起内行听曲者的注意，在弹奏时故意露出破绽。

〔17〕漏孔：漏洞，破绽。

〔18〕"至人千虑"二句：语出《晏子春秋》："圣人千虑，必有一失。"

〔19〕女娲氏炼石补天：相传共工氏为祝融所败，怒触不周山，天柱折，地维缺，女娲炼五色石补天。见《淮南子·览冥训》。

〔20〕"赵五娘于归"二句：于归，出嫁。于，往。归，到夫家去。桃夭新娘，以盛开的桃花比喻新娘子。语出《诗经·周南·桃夭》："桃之夭夭，灼灼其华。之子于归，宜其室家。"

〔21〕冶容诲淫：语出《易·系辞》。指女子把自己打扮得美丽动人，容易引起别人非礼之念。这里意为赵五娘年轻美貌，独行千里，安全可虑。

〔22〕物议：公众的议论，非议。

〔23〕太涉更张：改动太大。

〔24〕以政同心：请同行指教。政，同"正"。

〔25〕《明珠记》之《煎茶》：《明珠记》是明代戏曲家陆采根据唐代薛调所撰传奇小说《无双传》改编而成的传奇剧本，写刘无双与王仙客的爱情故事。《煎茶》是剧中第二十五出。

〔26〕无是公：汉司马相如《子虚赋》中人名，或作亡是公，意为虚构的人物。

〔27〕凿空：凭空。

〔28〕将意：致意。

〔29〕主人：指刘无双。采苹本是无双的侍婢。

〔30〕心曲：内心深处。这里指良苦用心。语出《诗经·国风·小戎》。

〔31〕词林萱草：萱草，即金针菜，又叫忘忧草。戏曲中的插科打诨可以使人乐而忘忧，故称之为词林萱草。

〔32〕毡上：戏曲舞台上。

〔33〕遑问其他：指无暇干谋生以外的事。遑，何暇。

〔34〕"只好作贫女缝衣"三句：化用唐代秦韬玉《贫女》诗"苦恨年年压金线，为他人作嫁衣裳"诗意。出阁，出嫁。

【译文】

演新戏就如同看八股时文，妙在闻所未闻，见所未见；演旧戏就如同看古董，妙在身生后世，而眼对前朝。然而古董的可爱，是因为它的形制质地愈陈愈古，色调品相就愈变愈奇。比如铜器玉器在当年时，不过就是一件刮磨光莹的物事，等到它经历年深月久的光阴，曾经刮磨之处早已浑然无迹，曾经光可鉴人的表面也已然斑驳成纹，因此人人竞相当作宝贝，并非是因为宝爱它质地本相一如往昔平常，而是宝爱它随悠久的时光而能新善变。假使它与当年一模一样，依然是一件刮磨光莹的物事，那么就与今时刚刚制作出来的东西没有什么两样，那人们凭什么会花十倍百倍的价钱购买它们呢？旧戏之所以可珍可贵，也是如此道理。

如今的梨园，若买到一个新剧本，就会因为它新就要使它更加新异，为了将它修饰装点得怪怪奇奇，可以说是不遗余力；而搬演旧戏时，却又是千人一辙，万人一腔，不冀求有一点儿差异，观众就如听蒙童背书，只赏赞他背得滚瓜烂熟，想寻求一个新人耳目的字眼也不可得，如此则古董就还是原先的古董，却未曾有色泽移易斑驳成纹的变化，依然是一件刮磨光莹的物事，我干吗不取一件刚刚制作成的物件来观赏，还会觉得耳目一新，何必定要作一个村学究，把听蒙童背书当乐事呢？

然而让古董生斑成纹色泽变化，其中原理很难掌握，应该用什么办法来处理它呢？我说有门道在这里。不改变其体质，而变化其丰姿，如同一位美人，稍稍变换衣服妆饰，就足以令人对其形象改观，不必待她改形易貌，就能感知她焕发的别样神情。对于一个剧本来说，决定其体质的要素是什么？就是曲文与大段关目情节。影响其风姿的要素又是什么？就是科诨和细腻微妙的说白。曲文和大段关目之所以不可改易，是因为古人在这上头既已费了一片心血，自然应当让其常留于天地之间，我们与古人有什么仇，而非要让他被埋没吗？况且当今的人们都以古为是，以今为非，改易古人剧作徒然招来嘲讽讥笑，倒不如保持古本的整个体制风貌，既可安慰原创者的一番苦心，又能堵住时人的悠悠之口。科诨和细腻微妙的说白之所以不可不改，是因为大凡人们做事，贵在见景生情，时移世改，世道人心，不再是旧时模样，当时有当时的情态，今天有今天的景况。传奇就妙在合于世态人情，即使当年的原创者活到现在，也自然会顺应时世的变迁而变化其语言，改动其剧作，必定不会作胶柱鼓瑟之谈，而违拗观众的耳目。何况古人的剧作刚刚脱稿时，便觉得它新，但一经传播，搬演过多次以后，就会觉得听熟了的话语难以一而再地反复观听，即使在当年，作者也未必不会自厌其繁，而想着删削那些陈词滥调。假如我能改易新词，使之深透地反映世道变化与人情三昧，那么虽是观看旧剧，却如同赏阅新篇。岂不是作者的有功之臣吗？假使我能让旧剧成为如鸡皮三少的女子一样长日常新，能使原创者不会有作品随时推移而被冷落遗弃的遗憾，那么作者如泉下有灵，恐怕他对我歌功颂德还来不及，怎么会忍心责备我擅自修改了他的原作呢？但是，修改必须点铁成金，不能画虎不成反类其犬。又必须选择可以增加的增，应该改动的改，万万不能故作知音，强作解人，让观众看了可笑之处当场喷饭，而群起怪罪始作俑者，那我湖上笠翁可是不负此责任的啊。这里所谈的是润泽枯槁，变异陈腐之事。

我曾经痛改《南西厢》，如《游殿》、《问斋》、《逾墙》、《惊梦》等科诨，以及《玉簪·偷词》、《幽闺·旅婚》中的各段宾白，交付演员们扮演，以试窥旧与新的效应，业已得到词人的谬赏，不以我的增删修改为非。还有一种拾遗补缺的方法，还没有告诉同道，这里请容我一并说完。

旧本的传奇，每每有许多缺略不全之事，荒谬难解之情。这并非前人故意要漏个破绽，留下把柄给后人说，如唐诗所谓的"欲得周郎顾，时时误拂弦"，乃是一时照管不到，以致出现了纰漏，所谓"至人千虑，必有一失"。这等漏洞，全靠后人弥补，不能听任这样的缺陷继续存在，而使千古以下没有完美的曲文。女娲氏炼五色石以补天，天尚且能补，何况其他呢？唯恐得不到五色石罢了。

姑且举两个例子来概括说明：《琵琶记》中，赵五娘出嫁才两个月，就与丈夫蔡邕分别，还是一位桃夭新妇。算到她公婆去世，别墓寻夫之日，也不过几年，犹然还是一个美丽动人，容易让人想入非非的少妇。身背琵琶，独行千里，即使能自保不出什么意外，能避免当时周围人们的非议吗？张大公重然诺轻钱财，慷慨解囊，资助困乏的她，真是仁人义士啊。但试问衣食吃穿与名节，二者相比孰轻孰重？赵五娘衣食不继，张太公就周济她，可是名节所关的大事，他却听任不管，义士仁人，竟然会如此行事吗？这等缺陷，就词人而论，几乎与天倾西北，地陷东南没有两样，难道可以少了能够补天塞地的人吗？如果想在《琵琶记》本传人物之外，凭空再添出一个人物送赵五娘入京，与她随身作伴，妥当倒是妥当了，但还是觉着有些伤筋动骨，改动太大。不想想原剧本传当中现成有一位人物，完全可以用到却没有用他，结果竟好像张大公只图卸除自己的责任，不顾赵五娘出去之后会怎么样。这个人是谁呢？就是张大公派去给赵五娘送钱送米帮助料理后事的小二。《剪发》一折里的对白说："你先回去，我少顷就着小二送来。"那么显然张大公并非没有仆从之人，为什么吝啬而不派他呢？我特此而为《琵琶记》原本略增数语，弥补这项疏漏，附刻在后面，以请同道指正。这是一件事情。

又《明珠记》中《煎茶》一折，所用来传递消息的人，是塞鸿。塞鸿是一男子，怎么可能服侍嫔妃呢？假使宫禁之内可以用男子煎茶，又得以密谈私语，这样的事都能做，那么什么事不可为呢？这等破绽，连妇女小孩都能够指出来，作者却毫不经心，观者也听任这样的疏漏；然而明眼人遇上，未尝不哑然一笑，而只作子虚乌有看待。若想在本家之外，凭空设置一位妇人，与无双小姐从不谋面，而送进驿站内煎茶，让她先通姓名，后说情事，方便似乎是方便了，但还是觉得有些节外生枝，要交代弥缝就难免多一些累赘的话；却不知眼前现成有一位妇人，理应用到她却居然没有用她，不仅王仙客够愚鲁，也觉得那妇人心太忍。那妇人是谁？无双自幼跟随之婢女，仙客现在作妾之人，名叫采苹的就是。先不论仙客可以找人讨论，商量对策，即使就采苹而论，岂有主人一别数年，无法把臂晤谈，现在近在咫尺，却竟然不想见上一面，普天之下竟有像这样忍心的人吗？我也为了纠正和弥补这个迷谬疏漏，只修改宾白，不改换曲词，与《琵琶记》改本一并刊刻附在后面，以请同道指正。这是又一件事情。

其余改本还有不少，因为篇幅浩繁，不能全都附上。总之，凡是我所修改的，都是出于万不得已，眼睛看不过去，耳朵听不下去，所以为之铲削不平不顺之处，以使其归于完美妥当，并非勉强出头，与前人有意为难。凡属高明之士，自然能够体谅我的苦心。

插科打诨的话，如果想变旧为新，其难易程度与此相比何止便宜百倍。不要说剧剧可增，出出可改，即使想隔日一新，逾月一换，也实在是很容易的事。可惜当代的贵人，家中供养着许多名优，却不能得一位诙谐有趣又善于弄笔的人，为他栽种词林的忘忧萱草，让他能时时刻刻排忧解愁。倘若老天爷让我李笠翁多活几年，交给我黄金一斗，使得我可以自买歌童，自编词曲，为她们口传身教，亲自导演，那么戏场关目，将会日日更新，戏毡上的笑料儿，也会时时变花样。这种技艺，不止我自个儿夸口，就是天下人也都会信以为然。然而，我现在忙于谋生，连日常生活供给都还不能保证，哪儿还顾得上其他？只好像穷人家女子为他人缝制嫁衣，为他人助娇添媚，看他人出阁嫁人罢了。

《琵琶记·寻夫》改本

〔胡捣练〕（旦上）辞别去，到荒丘，只愁出路煞生受。画取真容聊借手，逢人将此勉哀求。

鬼神之道，虽则难明；感应之理，未尝不信。奴家昨日，在山上筑坟，偶然力乏，假寐片时。忽然梦见当山土地，带领着无数阴兵，前来助力。又亲口嘱付，着奴家改换衣装，往京寻取夫婿。及至醒来，那坟台果然筑就。可见真有神明，不是空空一梦。只得依了梦中之言，改换做道姑打扮。又编下一套凄凉北调，到途路之间，逢人弹唱，抄化些资粮糊口，也是一条生计。只是一件：我自做媳妇以来，终日与公姑厮守，如今虽死，还有个坟茔可拜；一旦撇他而去，真个是举目凄然。喜得奴家略晓丹青，只得借纸笔传神，权当个丁兰刻木，背在肩上行走，只当还与二亲相傍一般。遇着小祥忌日，也好展开祭奠，不枉做媳妇的一点孝心。有理！有理！颜料纸张，俱已备下，只是凭空摹拟，恐怕不肖神情，且待我想象起来。

〔三仙桥〕一从他每死后，要相逢不能勾。除非梦里暂时略聚首。如今该下笔了。（欲画又止介）苦要描，描不就。暗想象，教我未描先泪流。（画介）描不出他苦心头，描不出他饥症候。（又想介）描不出他望孩儿的睁睁两眸。（又画介）只画得他发飕飕，和那衣衫敝垢。画完了，待我细看一看。（看介）呀！象倒极象，只是画得太苦了些，全没些欢容笑口。呀！公婆，公婆，非是媳妇故意如此。休休，若画做好容颜，须不是赵五娘的姑舅。

待我悬挂起来，烧些纸钱，奠些酒饭，然后带出门去便了。（挂介）嗳！我那公公婆婆呵！媳妇只为往京寻取丈夫，撇你不下，故此图画仪容，以便随身供养。你须是有灵有感，时刻在暗里扶持。待媳妇早见你的孩儿，痛哭一场，说完了心事，然后赶到阴司，与你二人做伴便了。阿呀，我那公婆呵！（哭介）

［前腔］非是奴寻夫远游，只怕我公婆绝后。奴见夫便回，此行安敢久。路途中奴怎走？望公婆相保佑！拜完了，如今收拾起身。论起理来，该先别坟茔，然后去别张大公才是；只为要托他照管坟茔，须是先别了他，然后同至坟前，把公婆的骸骨，交付与他便了。（锁门行介）只怕奴去后，冷清清有谁来祭扫？纵使遇春秋，一陌纸钱怎有？休休，你生是受冻馁的公婆，死做个绝祭祀的姑舅！

来此已是，大公在家么？（丑上）收拾草鞋行远路，安排包裹送娇娘。呀，五娘子来了。老员外有请！（末上）衰柳寒蝉不可闻，金风败叶正纷纷；长安古道休回首，西出阳关无故人。呀！五娘子，我正要过来送你，你却来了。（旦）因有远行，特来拜别。大公请端坐，受奴家几拜。（末）来到就是了，不劳拜罢。（旦拜，末同拜介）（旦）高厚恩难报，临岐泪满巾。（末）从今无别事，拭目待归人。（末起，旦不起介）（末）五娘子请起。呀！五娘子，你为何跪在地下不肯起来？（旦）奴家有两件大事奉求，要大公亲口许下，方敢起来。（末）孝妇所求，一定是纲常伦理之事，老夫一力担当，快些请起！（旦起介）（末）叫小二看椅子过来，与五娘子坐了讲话。（旦）告坐了。（末）五娘子，你方才说的，是那两件事？（旦）第一件，是怕奴家去后，公婆的坟茔没人照管，求大公不时看顾，每逢令节，代烧一陌纸钱。（末）这是我分内之事，自然照管，何须你嘱付。第二件呢？（旦）第二件，因奴家是个少年女子，远出寻夫，没人作伴，路上怕有嫌疑，求公公大发婆心，把小二借与奴家作伴，到京之日，即便遣人送还。这一件事，关系奴家的名节，断求慨允。（末）五娘子，这件事情，比照管坟茔还大，莫说待你拜求，方才肯许，不是个仗义之人；就是听你讲到此处，方才思念起来把小二送你，也就不成个张广才了。我昨日思想，不但你只身行走，路上嫌疑；就是到了京中，与你丈夫相见，他问你在途路之中如何宿歇，你把甚么言语答应他？万一男子汉的心肠多疑少信，将你理葬公婆的大事且不提起，反把"形迹"二字与你讲论起来，如何了得！这也还是小事。他三载不归，未必不在京中别有所娶。我想那房家小，看见前妻走到，还要无中生有，别寻说话，离间你的夫妻，何况是远远寻夫，没人做伴？若把几句恶言加你，岂不是有口难分？还有一说：你丈夫临行之日，把家中事情拜托于我，我若容你独自寻夫，有碍他终身名节，日后把甚么颜面见他？就是死到九泉，也难与你公婆相会。这个主意，我先定下多时了，已曾分付小二，着他伴你同行，不劳分付，放心前去便了。（旦起拜介）这等多谢公公！奴家告别了。（末）且慢些，再请坐下。我且问你：你既要寻夫，那路上的盘费，已曾备下了么？（旦）并不曾有。（末）既然没有，如何去得？（旦指背上琵琶介）这就是奴家的盘费。不瞒公公说，已曾编下一套凄凉北调，谱入丝弦，一路弹唱而行，讨些钱米度日。（丑）这等说来，竟是叫化了。这样生意，我做不惯。不要总承，快寻别个去罢！（末）我自有主意，不消多嘴！五娘子，你前日剪发葬亲，往街坊货卖，倒不曾问得你卖了几贯钱财，可勾用么？（旦）并无人买，全亏大公周济。（末）却又来！头发可以作髢，尚且卖不出钱财，何况是空空弹唱？万一没人与钱，你还是去的好？转来的好？流落在他乡，不来不去的好？那些长途资斧，我也曾与你备下，不劳费心。也罢，你既费精神，编成一套词曲，不可不使老朽闻之。你就唱来，待我与你发个利市。（旦）这等待奴家献丑。若有不到之处，求大公改政一二。（末）你且唱来。（旦理弦弹唱，末不住掩泪，丑不住哭介）

[北越调斗鹌鹑] 静理冰弦，凝神息喘，待诉衷肠，将眉略展。怕的是听者愁听，闻声去远。虽不比杞梁妻，善哭天，也去那哭倒长城的孟姜不远。

[紫花儿序] 俺不是好云游闲离闺阃，也不是背人伦强抱琵琶，都则为远寻夫苦历山川。说甚么金莲窄小，道路迤遭，鞋穿，便做到骨葬沟渠首向天，保得过面无惭腼。好追随地下姑嫜，得全名，死也无冤。

[天净沙] 当初始配良缘，备饔飧尚有余钱。只为儿夫去远，遇荒罹变，为妻庸祸及椿萱。

[金蕉叶] 他望赈济心穿眼穿，俺遭抢夺粮悬命悬。若不是遇高邻分粮助馈，怎能勾慰亲心将灰复燃？

[小桃红] 可怜他游丝一缕命空牵，要续愁无线。俺也曾自餍糟糠备亲膳，要救余年，又谁料攀辕卧辙翻成劝？因来灶边，窥奴私咽，一声儿哭倒便归泉。

[调笑令] 可怜，葬无钱！亏的是一位恩人，竟做了两次天。他助丧非强由情愿。实指望吉回凶转，因灾致祥无他变，又谁知后运同前！

[秃厮儿] 俺虽是厚面皮无羞不腼，怎忍得累高邻鬻产输田？只得把香云剪下自卖钱，到街坊哭声喧，谁怜？

［圣药王］俺待要图卸肩，赴九泉，怎忍得亲骸朽露饱飞鸢？欲待把命苟延，较后先，算来无幸可徼天，哭倒在街前。

［麻郎儿］感义士施恩不倦，二天外又复加天。则为这好仗义的高邻忒煞贤，越显得受恩的浅深无辨。

［么篇］徒跣，把罗裙自撚，裹黄泥去筑坟圈。感山灵神通昼显，又指去路，劝人赴远。

［络丝娘］因此上顾不的鞋弓袜浅，讲不起抛头露面。手拨琵琶，原非自遣，要诉出衷肠一片。

［东原乐］暂把丧衣覆，乔将道服穿。为缺资财，致使得身容变。休怪俺孝妇啼痕学杜鹃，只为多愁怨，渍染得缤麻如茜。

［拙鲁速］可怜俺日不停，夜不眠，饥不餐，冷不燃。当日呵，辨不出桃花人面，分不开藕瓣金莲；到如今藕丝花片，落在谁边？自对菱花，错认椿萱，止为忧煎。才信道"家宽出少年"。

［尾］千愁万绪提难遍，只好绾绦中一线。听不出眼泪的休解囊，但有酸鼻的仁人请将钞袋儿展。

（末）做也做得好，弹也弹得好，唱也唱得好，可称三绝。（出银介）这一封银子，就当润喉润笔之资，你请收下。（旦谢介）（末）小二过来。他方才弹唱的时节，我便为他声音凄楚，情节可怜，故此掉泪。你知道些甚么，也号号咷咷哭个不了？（丑）不知甚么原故，听到其间，就不知不觉哭将起来，连我也不明白。（末）这等我且问你：方才送他的银子，万一途中不勾，依旧要叫化起来，你还是情愿不情愿？（丑）情愿！情愿！（末）为甚么以前不情愿，如今忽然情愿起来？（丑想介）正是，为甚么原故忽然改变起来？连我也不明白。（末）

好，这叫做"孝心所感，铁人流泪；高僧说法，顽石点头"。五娘子，你一片孝心，就从今日效验起了，此去定然遂意。我且问你：你公婆的坟茔，曾去拜别了么？（旦）还不曾去。要屈大公同行，好对着公婆当面拜托。（末）一发见得到！就请同行。叫小二与五娘子背了琵琶。（丑）自然。莫说琵琶，就是要带马桶，我也情愿挑着走了。（末）五娘子，我还有几句药石之言，要分付你，和你一面行走，一面讲罢。（旦）既有法言，便求赐教！（行介）

[斗黑蟆]（末）伊夫婿多应是，贵官显爵。伊家去，须当审个好恶。只怕你这般乔打扮，他怎知觉？一贵一贫，怕他将错就错。（合）孤坟寂寞，路途滋味恶。两处堪悲，万愁怎摸！

（末）已到坟前了。蔡大哥！蔡大嫂！你这个孝顺媳妇，待你二人，可谓"生事以礼，死葬以礼，祭之以礼"，无一事不全的了！如今远出寻夫，特来拜别，将坟墓交托于我。从今以后，我就当你媳妇，逢时化纸，遇节烧钱，你不消虑得。只是保佑他一路平安，早与丈夫相会。他一生行孝的事情，只有你夫妻两口，与我张广才三人知道。你夫妻死了，止剩得我一个在此，万一不能勾见他，这孝妇一片苦心，谁人替他表白？趁我张广才未死，速速保佑他回来。待我见他一面，把你媳妇的好处，细细对他讲一遍，我张广才这个老头儿，就死也瞑目了。唉，我那老友呵！（旦）我那公婆呵！（同放声大哭，丑亦哭介）（末）五娘子！

[忆多娇]我承委托，当领诺。这孤坟我自看守，决不爽约。但愿你途中身安乐！（合）举目萧索，满眼盈盈泪落。

（旦）公婆！你媳妇如今去了。大公，奴家去了！（末）五娘子，你途间保重，早去早回！小二，你好生伏侍五娘子，不要叫他费心。（丑）晓得！

（旦）为寻夫婿别孤坟，（末）只怕儿夫不认真。

（合）流泪眼观流泪眼，断肠人送断肠人。

（旦掩泪同丑先下）（末目送，作哽咽不能出声介）嗳，我、我、我明日死了，那有这等一个孝顺媳妇！可怜！可怜！（掩泪下）

《明珠记·煎茶》改本

第　一　折

〔卜算子〕（生冠带上）未遇费长房，已缩相思地。咫尺有佳音，可惜人难寄！

下官王仙客，叨授富平县尹。又为长乐驿缺了驿官，上司命我带管三月。近日朝廷差几员内官，带领三十名宫女，去备皇陵打扫之用，今日申牌时分，已到驿中。我想宫女三十名，焉知无双小姐不在其内？要托人探个消息，百计不能。喜得里面要取入伏侍，我把塞鸿扮做煎茶童子，送进去承直，万一遇见小姐，也好传个信儿。塞鸿那里？（丑上）蓝桥今夜好风光，天上群仙降下方。只恐云英难见面，裴航空自捣玄霜。塞鸿伺候。（生）今日送你进去煎茶，专为打探无双小姐的消息，你须要用心体访。（丑）小人理会得。（生）随着我来。（行介）你若见了小姐呵！

〔玉交枝〕道我因他憔悴。虽则是断机缘，心儿未灰，痴情还想成婚配。便今世不共鸳帏，私心愿将来世期，倒不如将生换死求连理。（合）料伊行冰心未移，料伊行柔肠更痴。

说话之间，已到馆驿前了。（丑）管门的公公在么？（净上）走马近来辞帝阙，奉差前去扫皇陵。甚么人？到此何干？（生）带管驿事富平县尹送煎茶人役伺候。（净）着他进来。（丑进见介）（净看怒介）这是个男子，你为甚么送他进来呢？

（生）是个幼年童子。（净）看他这个模样，也不是个幼年童子了。好个不通道理的县官！就是上司官员，带着家眷从此经过，也没有取男子服事之理，何况是皇宫内院的嫔妃，肯容男子见面？叫孩子们快打出去，着他换妇人进来。这样不通道理，还叫他做官！（骂下）（生）这怎么处？

［前腔］精神徒费。不收留翻加峻威，道是男儿怎入裙钗队。叹宾鸿有翼难飞！（丑）老爷，你偌大一位县官，怕差遣妇人不动？拨几个民间妇女进去就是了，愁他怎的！（生）塞鸿，你那里知道。民间妇人尽有，只是我做官的人，怎好把心事托他。幽情怎教民妇知，说来徒使旁人议。（合前）且自回衙，少时再作道理。正是：不如意事常八九，可与人言无二三。

第 二 折

［破阵子］（小旦上）故主恩情难背，思之夜夜魂飞。

奴家采苹，自从抛离故主，寄养侯门，王将军待若亲生；王解元纳为侧室，唱随之礼不缺，伉俪之情颇谐，只是思忆旧恩，放心不下。闻得朝廷拨出宫女三十名，去备皇陵打扫，如今现在驿中。万一小姐也在数内，我和他咫尺之间，不能见面，令人何以为情。仔细想来，好凄惨人也！（泪介）

［黄莺儿］从小便相依。弃中途，履祸危，经年没个音书寄。到如今呵，又不是他东我西，山遥路迷。宫门一入深无底，止不过隔层帏。身儿不近，怎免泪珠垂！

（生上）枉作千般计，空回九转肠；姻缘生割断，最狠是穹苍。（见介）（小旦）相公回来了。你着塞鸿去探消息，端的何如？为甚么面带愁容，不言不语？（生）不要说起！那守门的太监，不收男子，只要妇人。妇人尽有，都是民间之女，怎好托他代传心事，岂不闷杀我也！

[前腔] 无计可施为，眼巴巴看落晖。只今宵一过，便无机会。娘子，我便为此烦恼。你为何也带愁容？看你无端皱眉，无因泪垂，莫不是愁他夺取中宫位？那里知道这婚姻事呵！绝端倪。便图来世，那好事也难期。

（小旦）奴家不为别事，只因小姐在咫尺之间，不能见面，故主之情，难于割舍，所以在此伤心。（生）原来如此，这也是人之常情。（小旦）相公，你要传消递息，既苦无人；我要见面谈心，又愁无计。我如今有个两全之法，和你商量。（生）甚么两全之法？快些讲来。（小旦）他要取妇人承值，何不把奴家送去？只说民间之妇。若还见了小姐，妇人与妇人讲话，没有甚么嫌疑，岂不比塞鸿更强十倍？（生）如此甚妙！只是把个官人娘子扮作民间之妇，未免屈了你些。（小旦）我原以侍妾起家，何屈之有。（生）这等分付门上，唤一乘小轿进来，傍晚出去，黎明进来便了。

羡卿多智更多情，一计能收两泪零。

（小旦）鸡犬尚能怀故主，为人岂可负生成。

第 三 折

[长相思] （旦上）念奴娇，归国遥，为忆王孙心转焦，楚江秋色饶。月儿高，烛影摇，为忆秦娥梦转迢。苦呵！汉宫春信消。

街鼓冬冬动戍楼，倚床无寐数更筹；可怜今夜中庭月，一样清光两地愁。奴家自到驿内，看看天色晚来。（内打二鼓介）呀，谯楼上面已打二鼓了。独眠孤馆，展转凄其，待与姊妹们闲话消遣，怎奈他们心上无事，一个个都去睡了。教奴家独守残灯，怎生睡得去！

［二郎神］良宵杳，为愁多睡来还觉。手揽寒衾风料峭。也罢，待我剔起银灯，到阶除下闲步一回，以消长夜。徘徊灯侧，下阶闲步无聊。只见惨淡中庭新月小，画屏间余香犹袅。漏声高，正三更，驿庭人静寥寥。

那帘儿外面，就是煎茶之所，不免去就着茶炉，饮一杯苦茗则个。正是：有水难浇心火热，无风可解泪冰寒。（暂下）（小旦持扇上）已入重围里，还愁见面遥；故人相对处，打点泪痕抛。奴家自进驿来，办眼偷瞧，不见我家小姐。（内作长叹介）（小旦）呀，如今夜深人静，为何有沉吟叹息之声？不免揭起帘儿，觑他一眼。

［前腔］偷瞧，把朱帘轻揭，金铃声小。呀！那阶除之下，缓步行来的，好似我家小姐。欲待唤他，又恐不是。我且只当不知，坐在这里煎茶，看他出来有何话说。（旦上）看，一缕茶烟香缭绕。呀！那个煎茶女子，好生面善。青衣执爨，分明旧识风标。悄语低声问分晓。那煎茶女子，快取茶来！（小旦）娘娘请坐，待我取来。（送茶，各看，背惊介）（旦）呀！分明是采苹的模样，他为何来在这里？（小旦）竟是我家小姐！待他唤我，我才好认他。（旦）那女子走近前来！你莫非就是采苹么？（小旦）小姐在上，妾身就是。（跪介）（旦抱哭介）（合）天哪！何幸得萍水相遭！（旦）你为何来在这里？（小旦）说起话长。今夜之来，是采苹一点孝心，费尽机谋，特地来寻故主。请问小姐，老夫人好么？（旦）还喜得康健。采苹，你晓得王官人的消息么？郎年少，自分离，孤身何处飘飖？

（小旦）他自分散之后，贼平到京。正要来图婚配，不想我家遭此横祸，他就落魄天涯。近得金吾将军题请得官，现做富平县尹，权知此驿。

〔啭林莺〕他宦中薄禄权倚靠，知他未遂云霄。（旦）这等说来，他也就在此处了。既然如此，你的近况何如？随着谁人？作何勾当？（小旦）采苹自别夫人小姐，蒙金吾将军收为义女，就嫁与王官人，目今现在一处。（旦）哦，你和他现在一处么？（小旦）是。（旦作醋容介）这等讲来，我倒不如你了！鹣鹣已占枝头早，孤鸾拘锁，何日得归巢？（小旦）小姐不要多心。奴家虽嫁王郎，议定权为侧室，虚却正夫人的坐位，还待着小姐哩！（旦）这等才是。我且问你，檀郎安否？怕相思瘦损潘安貌。（小旦）他虽受折磨，却还志气不衰，容颜如旧。志气好，千般折挫，风月未全消。

　　他一片苦情，恐怕小姐不知，现付明珠一颗，是小姐赠与他的，他时时藏在身旁，不敢遗失。（付珠介）

〔前腔〕（旦）双珠依旧成对好，我两人还是蓬飘。采苹，我今夜要约他一会，你可唤得进来么？（小旦）这个使不得。老公公在外监守，又有军士巡更，那里唤得进来！（旦）莫非是你……（小旦）是我怎么样？哦，采苹知道了，莫非疑我吃醋么？若有此心，天不覆，地不载！小姐，利害所关，他委实进来不得。（旦泪介）嗳！眼前欲见无由到，驿庭咫尺，翻做楚天遥。（小旦）楚天犹小，着不得一腔烦恼。小姐有何心事，只消对采苹说知，待采苹转对他说，也与见面一般。（旦）枉心焦，我芳情自解，怎说与伊曹！

　　待我修书一封，与你带去便了。（小旦）说得有理，快写起来，一霎时天就明了。（旦写介）

〔啄木公子〕舒残茧，展兔毫，蚊脚蝇头随意扫。只怕我有万恨千愁，假饶会面难消。我有满腔愁怨，写向鸾笺怎得了？总有丹青别样巧，毕竟衷肠事怎描？只落得泪痕交。

［前腔］书才写，灯再挑，锦袋重封花押巧。书写完了，采苹，你与我传示他好自支持，休为我长皱眉梢。（小旦）小姐，你与他的姻缘毕竟如何？可有出宫相会的日子？（旦）为说汉宫人未老，怨粉愁香憔悴倒；寂寞园陵岁月遥，云雨隔蓝桥。

明珠封在书中，叫他依旧收好。（小旦）天色已明，采苹出去了。小姐，你千万保重！若有便信，替我致意老夫人。（各哭介）（小旦）小姐保重，采苹去了。（掩泪下）（旦）呀，采苹你竟去了！（顿足哭介）

［哭相思尾］从此两下分离音信杳，无由再见亲人了。

（哭倒介）（末上）自不整衣毛，何须夜夜号。咱家一路辛苦，正要睡觉，不知那个宫人啾啾唧唧，一夜哭到天明，不免到里面去看来。呀！为何哭倒在地下？（看介）原来是刘宫人。刘宫人起来！（摸介）呀，不好了！浑身冰冷，只有心口还热。列位宫人快来！（四宫女上）并无奇祸至，何事疾声呼？呀！这是刘家姐姐，为何倒在地下？（末）列位宫人看好，待我去取姜汤上来。（下）（二宫女）刘家姐姐快些苏醒！（末取姜汤上）姜汤在此，快灌下去。（灌醒介）（宫女）刘家姐姐，你为甚么事情哭得这般狼狈？

［黄莺儿］（旦）只为连日受劬劳，怯风霜，心胆摇，昨宵不睡挨到晓。（末）为甚么不睡呢？（旦）思家路遥，思亲寿高，因此蓦然愁绝昏沉倒。谢多娇，相将救取，免死向荒郊。

（末）好不小心！万一有些差池，都是咱家的干系哩！

［前腔］（众）人世水中泡。受皇恩，福怎消，何须苦

忆家乡好。慈帏暂抛，相逢不遥，宽心莫把闲愁恼。（内）面汤热了，请列位官人梳妆上轿。（合）曙光高，马嘶人起，梳洗上星轺。

（宫女）姊妹人人笑语阗，娘行何事独忧煎？

（旦）只因命带凄惶煞，心上无愁也泪涟。

授 曲 第 三

声音之道，幽渺难知[1]。予作一生柳七[2]，交无数周郎，虽未能如曲子相公身都通显[3]，然论其生平制作，塞满人间，亦类此君之不可收拾。然究竟于声音之道未尝尽解，所能解者，不过词学之章句，音理之皮毛，比之观场矮人，略高寸许，人赞美而我先之，我憎丑而人和之，举世不察，遂群然许为知音。噫！音岂易知者哉？人问：既不知音，何以制曲？予曰：酿酒之家，不必尽知酒味，然秫多水少则醇酽[4]，曲好蘖精则香洌[5]，此理则易谙也；此理既谙，则杜康不难为矣[6]。造弓造矢之人，未必尽娴决拾[7]，然曲而劲者利于矢，直而锐者宜于鹄[8]，此道则易明也；既明此道，即世为弓人矢人可矣。虽然，山民善跋，水民善涉，术疏则巧者亦拙，业久则粗者亦精；填过数十种新词，悉付优人，听其歌演，近朱者赤，近墨者黑[9]，况为朱墨所从出者乎？粗者自然拂耳，精者自能娱神，是其中菽麦亦稍辨矣[10]。语云："耕当问奴，织当访婢。"[11] 予虽不敏，亦曲中之老奴，歌中之黠婢也。请述所知，以备裁择。

【注释】

〔1〕幽渺：精深玄妙。

〔2〕柳七：即北宋著名词人柳永，初名三变，字景庄。后改名永，字耆卿，排行第七，故称柳七。崇安（今福建崇安）人。宋仁宗景祐元年进士，官至屯田员外郎，故又称柳屯田。柳永一生风流倜傥，放浪于都市，故李渔以柳永自比。

〔3〕曲子相公：五代词人和凝，字成绩，历仕五代梁、唐、晋、汉、周诸朝，少时喜欢写词，居高位后悔其少作，专门请人收集、焚毁其旧作，但焚不胜焚，不可收拾。契丹人讥称其为"曲子相公"。身都通显，富贵荣华，集于一身。都，集中。

〔4〕秫（shú）：高粱。醇酽：淳厚浓烈。

〔5〕曲、蘖（niè）：酒母，酿酒用的发酵剂。

〔6〕杜康：传说中酿酒技术的发明者。

〔7〕决拾：射箭工具。这里引申为射箭。决，即扳指，射箭时套在大拇指上，用以钩弓弦的骨制套子。拾，射箭时套在手臂上的皮制护袖。

〔8〕鹄（gǔ）：箭靶的中心。

〔9〕"近朱者赤"二句：晋傅玄《太子少傅箴》："习以性成，故近墨者黑。"

〔10〕其中菽（shū）麦亦稍辨矣：其中粗浅明显的道理也稍稍了解一些。菽，豆子。

〔11〕"耕当问奴"二句：语出《宋书·沈庆之传》。

【译文】

　　声乐词曲之道，精深玄妙而难以知晓。我作了一生填词的柳七郎，也结交过无数精通戏文的顾曲周郎，虽然没能像曲子相公和凝那样名声显赫，集荣华富贵于一身，然而若论我平生创作著述，也可以说是塞满人间，也像此君一样不可收拾。不过，我对于声乐词曲之道，究竟未尝全然理解，所能理解的，不过是词学章句，音理的皮毛而已，比起观场看热闹的矮人，稍稍高出许许，人家喝彩赞美的，而我就先了一步；我厌憎嫌丑的，别人也群起附和，举世之人都不甚明察，于是人们就一致推许我为行家知音。唉！音岂是那么容易知的吗？有人问道：既然并不知音，又凭什么填词制曲呢？我说：酿酒人家，不一定都要尽知酒味，但是高粱多一分，水少加一点，酒味就自然醇厚浓郁，用上好精粹的酒曲酿制，酒就会香冽而有回味，这个道理就很容易把握了；把握了这个道理，那么酿酒杜康就不那么难做了。造弓制箭的人，也不见得都必须是娴熟张弓搭箭的神射手，然而弓做得弯弧度好又有劲力，箭就容易射得好，箭做得劲直又锐利，就容易射中目标，这个道理却是显而易见的；既然明白了这个道理，那么就是世世代代作造弓制箭的人也无不可了。虽然山民都善于攀爬山路，水民也都善于涉水过河，但还是有巧拙精粗的差异，假如技术粗疏，巧的也会显得笨拙；从业久了的话，那么原先粗通的也会变得很精通；我填过数十种新曲，都交给艺人们去排演，听他们歌唱，看他们演出，就是原先全无基础，也会因近朱者赤，近墨者黑而有所了解，更何况是从产生朱者、墨者的环境之中出道的呢？粗劣之音我听来自然逆耳，精美之乐也自然令我心旷神怡，这其中基本的原理我也能稍稍辨识掌握。俗语说："耕当问奴，织当访婢。"我虽然不聪慧，也算是戏曲艺术中的一位老奴，填词作曲的一个巧婢了。请允许我详述所知，以备观者裁评参考。

解 明 曲 意

唱曲宜有曲情，曲情者，曲中之情节也[1]。解明情节，知其意之所在，则唱出口时，俨然此种神情，问者是问，答者是答，悲者黯然魂消而不致反有喜色，欢者怡然自得而不见稍有瘁容[2]，且其声音齿颊之间，各种俱有分别，此所谓曲情是也。吾观今世学曲者，始则诵读，继则歌咏，歌咏既成而事毕矣，至于"讲解"二字，非特废而不行，亦且从无此例。有终日唱此曲，终年唱此曲，甚至一生唱此曲，而不知此曲所言何事，所指何人，口唱而心不唱，口中有曲而面上身上无曲，此所谓无情之曲，与蒙童背书，同一勉强而非自然者也。虽腔板极正，喉舌齿牙极清，终是第二、第三等词曲，非登峰造极之技也[3]。欲唱好曲者，必先求明师讲明曲义。师或不解，不妨转询文人，得其义而后唱。唱时以精神贯串其中，务求酷肖。若是则同一唱也，同一曲也，其转腔换字之间，别有一种声口，举目回头之际，另是一副神情，较之时优，自然迥别。变死音为活曲，化歌者为文人，只在"能解"二字：解之时义大矣哉[4]！

【注释】

〔1〕情节：这里指曲中的神情意蕴。

〔2〕瘁容：忧苦憔悴的容颜。

〔3〕登峰造极：比喻造诣达到极高的境界。语出《世说新语·文学》。

〔4〕解之时义大矣哉：是说明曲意的意义很大。此句套用《易·象辞》："随之时，义大矣哉。"

【译文】

　　唱曲应该有曲情。曲情，就是戏曲中的神情意趣。明白了悟曲中的神情，知晓其意趣之所在，那么唱出口时，俨然就是这样的神情，发问时自有发问的模样，回答时会有回答的神态，悲伤时低徊婉转，黯然销魂，而不致反而面露喜色，欢悦时自是怡然自得，而不会显现出一丝哀瘁忧苦的容颜，而且其声音齿颊之间，各种情形都有神情意态上的分别，这就是所谓的曲情。我看当今那些学戏曲的人，开始是诵读，继而就练习演唱，演唱练成了戏也就算学会了。至于对曲中神情意趣的解悟探讨，不仅被忽视废弃而不进行，而且好像还从来无此先例。有人从早到晚唱这支曲子，一年到头唱这支曲子，甚至一生都在唱这同一支曲子，却从来不知道这曲子所说的是什么事，所指的是什么人，嘴里唱着而心却不在唱，口中有曲，而面上身上却没有曲，这种无心之曲，无相应表情、身段、动作之曲，就是所谓的无情之曲，与学童背书，是同样勉强而非出于自然而然的艺术。虽然唱腔、板式极其准确，喉舌齿牙发音吐字极其清楚，但终究只能算是第二、第三等词曲，不是登峰造极的技艺。如果想唱好曲子，一定要先求明师解明曲义。老师如果也不明白，不妨转而去请教文人，明白了它的意趣以后再唱。演唱的时候，要把情感精神贯串其中，务必力求达到神情酷肖的境界。如果这样，那么虽则同是一唱，同是一曲，在其转腔换调字音抑扬之间，也会别有一种语气声韵，举手投足抬头回眸之时，也另是一种神情风致，和同时俗优相比，自会迥然不同。变死音为活曲，化歌者为诗人，关键只在能解明曲意：解悟曲中神情意趣的意义实在是太大了！

调 熟 字 音

　　调平仄，别阴阳，学歌之首务也。然世上歌童解此二事者，百不得一。不过口传心授，依样葫芦，求其师不甚谬，则习而不察[1]，亦可以混过一生。独有必不可少之一事，较阴阳平仄为稍难，又不得因其难而忽视者，则为"出口"、"收音"二诀窍。世间有一字即有一字之头，所谓出口者是也。有一字即有一字之尾，所谓收音者是也。尾后又有余音，收煞此字，方能了局[2]。譬如吹箫、姓萧诸"箫"字，本音为箫，其出口之字头与收音之字尾，并不是"箫"。若出口作"箫"，收音作"箫"，其中间一段正音并不是"箫"，而反为别一字之音矣。且出口作"箫"，其音一泄而尽，曲之缓者，如何接得下板？故必有一字为之头，以备出口之用，有一字为之尾，以备收音之用，又有一字为余音，以备煞板之用。字头为何？"西"字是也。字尾为何？"夭"字是也。尾后余音为何？"乌"字是也。字字皆然，不能枚纪。《弦索辨讹》等书载此颇详[3]，阅之自得。要知此等字头、字尾及余音，乃天造地设，自然而然，非后人扭捏而成者也，但观切字之法[4]，即知之矣。《篇海》、《字汇》等书[5]，逐字载有注脚，以两字切成一字。其两字者，上一字即为字头，出口者也；下一字即为字尾，收音者也；但不及余音之一字耳。无此上下二字，切不出中间一字，其为天造地设可知。此理不明，如何唱曲？出口一错，即差谬到底，唱此字而讹为彼字，可使知音者听乎？故教曲必先审音。即使不能尽解，亦须讲明此义，使知字有头、尾以及余音，则不敢轻易开口，每字必询，久之自能惯熟。"曲有误，周郎顾。"苟明此道，即遇最刻之周郎[6]，亦不能拂情而左顾矣[7]。

字头、字尾及余音，皆为慢曲而设，一字一板或一字数板者[8]，皆不可无。其快板曲，止有正音，不及头尾。

缓音长曲之字，若无头尾，非止不合韵，唱者亦大费精神，但看青衿赞礼之法[9]，即知之矣。"拜"、"兴"二字皆属长音。"拜"字出口以至收音，必俟其人揖毕而跪，跪毕而拜，为时甚久。若止唱一"拜"字到底，则其音一泄而尽，不当歇而不得不歇，失傧相之体矣[10]。得其窍者，以"不"、"爱"二字代之。"不"乃"拜"之头，"爱"乃"拜"之尾，中间恰好是一"拜"字。以一字而延数晷[11]，则气力不足；分为三字，即有余矣。"兴"字亦然，以"希"、"因"二字代之。赞礼且然，况于唱曲？婉譬曲喻，以至于此，总出一片苦心。审乐诸公，定须怜我！

字头、字尾及余音，皆须隐而不现，使听者闻之，但有其音，并无其字，始称善用头尾者；一有字迹，则沾泥带水，有不如无矣。

【注释】

〔1〕习而不察：《孟子·尽心上》："行之而不著焉，习矣而不察焉。"

〔2〕"世间有一字即有一字之头"几句：汉语每个字的音，叫音节。每个音节由一个或若干个音素构成。如箫这个字的音节由"xiao"四个音素构成。按照李渔下文的解释，声母"x"，是他所说一字之头的"出口"，韵母"iao"是一字之尾的"收音"，尾音"o"便是他所说收煞、收字的尾后之余音。

〔3〕《弦索辨讹》：明末沈宠绥所著关于正音及口型唱法的书。沈宠绥，字君徵，江苏吴江人。沈氏另有《度曲须知》，为李渔此节论述所本。

〔4〕切字之法：约在魏晋时代产生的传统注音方法——反切法，即用两个字的音，注一个字的音。两个注音字中，前者取其声母，后者取其韵母和声调。例如：稿，戈好切。前字取其声"g"，后字取其韵和声调"ǎo"，切成"gǎo"这个音。

〔5〕《篇海》：即《四声篇海》，金代韩孝彦编著的韵书。《字汇》，明代梅膺祚所撰的字书。

〔6〕刻：苛刻，严格。

〔7〕拂情而左顾：违背乐理来找差错。

〔8〕板：我国民族戏曲和器乐演奏中控制节奏、打拍子的乐器，戏曲中的节拍。

〔9〕青衿（jīn）赞礼之法：这里指司仪主持仪式唱导时的行腔声调。青衿，古时学子穿的青领子衣服。因以称读书人。赞礼，原指举行典礼时唱礼的人，这里用指司仪人的唱礼。

〔10〕傧相：古代替主人迎候、接待宾客的人叫傧，负责赞礼司仪的人叫相。

〔11〕晷（guǐ）：日晷，古代计时的一种仪器，这里指时光。

【译文】

学戏唱曲的人首先要学的，是调和平仄，区分阴阳。但是世上的歌童能够解决这两大要务的，一百个人中挑不出一两个，一般不过是口传心授，依样画葫芦，只求其师傅没什么大差错，徒弟跟着学而不知其所以然，也可以混过一生。独有必不可少的一件事，比起调和平仄，区分阴阳要稍难一些，又不能因为它难就忽视不管的，那就是"出口"、"收音"两个诀窍。世间有一个字，就有一个字的字头，就是所谓的出口。有一个字，也就有一个字的尾音，就是所谓的收音。尾音后面又有余音，收煞了这个字，方能了局。比如吹箫，姓箫的诸"箫"字音，本音为箫，但它出口的字头和收音的字尾，却并不是"箫"。如果出口作"箫"，收音也作"箫"，其中间的一段正音并不是"箫"，反而是另外一个字的音了。而且如果出口作"箫"，这个音就一泄就尽了，曲子中节奏缓慢一点或有拖腔的，怎么能接得下板呢？所以必须要有一字作为它的头，以备出口发声之用，要有一字作为它的尾，以备收音之用，又有一字作为余音，以备煞板之用。那么"箫"的字头是什么？就是"西"字。字尾是什么？就是"夭"字。尾后余音又是什么？就是"乌"字。字字都是这样，不能一一枚举。《弦索辨讹》等书对此记载得颇为详细，去看一看自然会有所得。要知道这等字头、字尾与余音，乃是天造地设，自然而然，不是后人生硬扭捏而成的，只要参看一下切字之法，就知道了。《篇海》、《字汇》等书，逐字载有注脚，以两个字切成一个字。这里的两个字，上一个字就是字头，也就是出口发声的字；下一个字就是字尾，也就是收音的字；只是没有提及余音这一个字罢了。没有那上下两个字，就切不出中间这一个字，其为天造地设，就可想而知了。这个道理不明白，怎么唱曲啊？出口一错，就会错谬到底，应该唱这个字却错成了那个字，还能让知音懂戏的行家听吗？所以教曲必须先审音。即使不能全部弄懂，也须要讲明这个意理，让歌童知道字有头音、尾音，以及余音，那样他就不敢轻易开口，每个字都会寻思请教，时间长了自然就能熟练掌握。"曲有误，周郎顾。"假如明了这个道理，即使遇上了最苛刻的周郎，也不会违逆情理有意挑刺左顾了。

字头、字尾，以及余音，都是为慢曲而设的，一字一板或者一字数板的，都不能没有。若是快板曲子中的字，只有正音，不用管字头字尾。

缓音长曲中的字，如果没有字头字尾，不仅不太合韵，唱它的人也大费精神，只要看看典礼上司仪主持仪式时的行腔声调的方

法，就知道了。像"拜"、"兴"这两个字，都属于长音。"拜"字
的出口以至收音，必须等参加典礼的人们作揖后下跪，下跪后叩
拜，持续时间很长。如果只唱一个"拜"字到底，那么其声音一泄
而尽，不应当休止却不得不停歇下来，那就失了傧相之体了。得
到其中窍门的司仪，以"不"、"爱"二字代一"拜"字。"不"乃
是"拜"字的字头，"爱"乃是"拜"字的字尾，中间恰好就是一
个"拜"字。以一个字而必须迟延好一段时长，那么很容易接不上
声气；分为三个字三段，就有余地了。"兴"这个字也是这样，以
"希"、"因"这两个字来代替它。司仪赞礼主持尚且是这样，何况
是演戏唱曲呢？我用了许多委婉深曲的譬喻，将个中道理诀窍说到
这个份上，总是出于我的这一片良苦用心。审音度乐的诸公，定须
怜惜于我啊！

　　字头、字尾，以及余音，唱的时候都须要隐然不露，让听众听
曲时，只隐约觉得有这个音，却并没有现出那个字，这才可以称得
上是善于用字头、字尾；一有头尾之字的痕迹，那就拖泥带水，有
还不如无了。

字 忌 模 糊

　　学唱之人，勿论巧拙，只看有口无口[1]；听曲之人，
慢讲精粗，先问有字无字[2]。字从口出，有字即有口。
如出口不分明，有字若无字，是说话有口，唱曲无口，
与哑人何异哉？哑人亦能唱曲，听其呼号之声即可见矣。
常有唱完一曲，听者止闻其声，辨不出一字者，令人闷
杀。此非唱曲之料，选材者任其咎，非本优之罪也[3]。
舌本生成[4]，似难强造，然于开口学曲之初，先能净其
齿颊，使出口之际字字分明，然后使工腔板，此回天大
力[5]，无异点铁成金，然百中遇一，不能多也。

【注释】

〔1〕有口无口：过去戏班子的行话。指演员吐字是否清晰、圆润和有力。字正腔圆者为有口，反之则为无口。

〔2〕有字无字：在舞台演出中，演员"有口"，在听者即为"有字"，"无口"即"无字"。

〔3〕本优：指演员本人，即无口、无字者。

〔4〕舌本：舌根，指人的发音器官和先天条件。

〔5〕回天大力：李渔认为，戏曲演出中演员的唱曲念白之有口（字）无口（字），要受"舌本生成"的先天性因素制约，但后天的训练，也能改善和弥补先天的不足，这便是所谓"回天大力"。

【译文】

学唱戏曲的人，先不论是巧还是拙，只看他是有口还是无口；听曲的人，且慢讲是精是粗，先问演员唱得有字还是无字。字从口出，有字也就是有口。如果唱来口齿不清楚，有字也如同无字，那就是说话有口，唱曲却没有口，与哑巴有什么不同呢？哑巴也能唱曲，听他的呼号之声就可以明白了。常常有演员唱完了一支曲，听众只闻其声，却辨不出一个字来，真正让人闷煞。那样的演员不是唱曲的材料，这应该是由选材者来负责的，而并非演员本人的过错。口舌是先天生成的，似乎难以强造，然而在开口学唱之初，如果能够先净其齿颊，使其吐字出口之时，口齿清清楚楚，字字准确分明，然后再让其花工夫掌握腔板节奏，这是回天大力，无异于点铁成金，但一百人里可能也就遇上一两个，不可能更多。

曲 严 分 合

同场之曲[1]，定宜同场，独唱之曲，还须独唱，词意分明，不可犯也。常有数人登场，每人一只之曲，而众口同声以出之者，在授曲之人，原有浅深二意：浅者虑其冷静，故以发越见长[2]；深者示不参差，欲以翕如见好[3]。尝见《琵琶·赏月》一折，自"长空万里"以至"几处寒衣织未成"，俱作合唱之曲，谛听其声，如出一口，无高低断续之痕者，虽曰良工心苦，然作者深心[4]，于兹埋没。此折之妙，全在共对月光，各谈心事，曲既分唱，身段即可分做，是清淡之内原有波澜；若混作同场，则无所见其情，亦无可施其态矣。惟"峭寒生"二曲可以同唱，首四曲定该分唱，况有［合前］数句振起神情，原不虑其太冷。他剧类此者甚多，举一可以概百。戏场之曲，虽属一人而可以同唱者，惟行路出师等剧；不问词理异同，皆可使众声合一。场面似闹，曲声亦宜闹，静之则相反矣。

【注释】

〔1〕同场之曲：指台上众角色合唱的曲子。

〔2〕发越：热烈，高亢。

〔3〕翕（xī）如：和谐貌。语出《论语・八佾》。

〔4〕作者深心：指高明在《琵琶记・赏月》中写牛氏与蔡伯喈共赏明月，而心境不同的巧妙构思。

【译文】

　　诸多角色同场合唱的曲子，一定要适宜于合唱，独唱的曲子，也须要适宜独唱，名目词意清楚分明，不能混淆违犯。常常有数人上场，每人一支的曲子，却众口同声合唱出来的，在授曲的人来，原有浅深两个意思：浅是担心气氛冷静，所以想以高亢热烈见长；深是显示场上并不凌乱参差，所以想以和声抑扬见好。曾经看到《琵琶记・赏月》一折，自"长空万里"以至"几处寒衣织未成"，都作为合唱之曲；凝神谛听那歌声，如出一人之口，全无高低断续的痕迹，虽说良工是用了苦心，但作者的良苦用心，也因而被埋没于此了。这折戏的妙处，全在共对月光，各谈心事，曲子既然是分开唱的，那么身段舞姿就自然可以分开来做，如此则看似清淡之中，却原本就包含着波澜。如果混为同场合唱，那就无从表现其各自情感，也无可施展其身段神态了。这里只有"峭寒生"这两支曲子可以同声合唱，前面开头四支曲子定该分唱，况且有［合前］几句振发起神情气氛，原本不必顾虑太冷清。其他的戏类似这样的情形也很多，举此一例即可概百。剧场上的曲子，虽属一人独唱，但却可以同唱的，只适合于行路出师等剧情；不问词意情理是异是同，都可以让众声合一同唱。场面似乎比较热闹，曲声也应当热闹一些，如果唱得冷静，那就相反了。

锣 鼓 忌 杂

戏场锣鼓，筋节所关[1]，当敲不敲，不当敲而敲，与宜重而轻，宜轻反重者，均足令戏文减价。此中亦具至理，非老于优孟者不知。最忌在要紧关头，忽然打断。如说白未了之际，曲调初起之时，横敲乱打，盖却声音，使听白者少听数句，以致前后情事不连，审音者未闻起调，不知以后所唱何曲。打断曲文，罪犹可恕，抹杀宾白，情理难容。予观场每见此等，故为揭出。又有一出戏文将了，止余数句宾白未完，而此未完之数句，又系关键所在，乃戏房锣鼓早已催促收场，使说与不说同者，殊可痛恨。故疾徐轻重之间，不可不急讲也。场上之人将要说白，见锣鼓未歇，宜少停以待之，不则过难专委[2]，曲白锣鼓，均分其咎矣。

【注释】

〔1〕戏场锣鼓，筋节所关：是说戏曲艺术中锣鼓的运用得当与否，关系到剧情节奏轻重缓急与观众注意力的调控事宜，关系到高潮的渲染和剧情重点的强调。

〔2〕过难专委：难于将过错责任单方面归罪于鼓师或演员。

【译文】

　　剧场上的锣鼓，是戏文筋节所关，该敲时不敲，不该敲的时候却乱敲和宜重敲时轻敲，宜轻敲的时候反而重敲，都足以令戏文减价。这当中也有很深的道理，如不是演艺中的行家老手就不会了解。锣鼓最忌讳的是在要紧关头忽然打断。比如说白未了之际，曲调初起之时，却横敲乱打，盖过了声音，使观众少听了几句说白，以致前后情节都串联不起来，听曲审音的观众没听到起调，就不知道后面唱的是什么曲。打断曲文，罪犹可恕，抹杀宾白，却情理难容。我看戏常常见到这种情况，所以特地在此揭示出来。又有在一出戏文将要结束的时候，只余下几句宾白还未说完，而这没说完的几句，又是全剧关键所在，可戏房锣鼓却早已响起，像是在催促收场了，致使那几句要紧的宾白说与不说都一样，特别令人痛恨。所以锣鼓的快慢轻重，不可不急着讲究。场上的演员在将要说白时，如果见锣鼓正酣，应该稍停片刻，等锣鼓声歇了再说宾白。否则的话，这个过错就难以全怪一方了，唱曲、念白和鼓师，都应该各担其责。

吹 合 宜 低

　　丝、竹、肉三音[1]，向皆孤行独立，未有合用之者，合之自近年始。三籁齐鸣[2]，天人合一，亦金声玉振之遗意也[3]，未尝不佳；但须以肉为主，而丝竹副之，使不出自然者亦渐近自然[4]，始有主行客随之妙。迩来戏房吹合之声[5]，皆高于场上之曲，反以丝竹为主，而曲声和之，是座客非为听歌而来，乃听鼓乐而至矣。从来名优教曲，总使声与乐齐，箫笛高一字，曲亦高一字，箫笛低一字，曲亦低一字。然相同之中，即有高低轻重之别，以其教曲之初，即以箫笛代口，引之使唱，原系声随箫笛，非以箫笛随声，习久成性，一到场上，不知不觉而以曲随箫笛矣。正之当用何法？曰：家常理曲[6]，不用吹合，止于场上用之，则有吹合亦唱，无吹合亦唱，不靠吹合为主。譬之小儿学行，终日倚墙靠壁，舍此不能举步，一旦去其墙壁，偏使独行，行过一次两次，则虽见墙壁而不靠矣。以予见论之，和箫和笛之时，当比曲低一字，曲声高于吹合，则丝竹之声亦变为肉，寻其附和之痕而不得矣。正音之法，有过此者乎？然此法不宜概行，当视唱曲之人之本领。如一班之中，有一二喉音最亮者，以此法行之，其余中人以下之材，俱照常格。倘不分高下，一例举行，则良法不终，而怪予立言之误矣。

吹合之声，场上可少，教曲学唱之时，必不可少，以其能代师口，而司熔铸变化之权也[7]。何则？不用箫笛，止凭口授，则师唱一遍，徒亦唱一遍，师住口而徒亦住口，聪慧者数遍即熟，资质稍钝者，非数十百遍不能，以师徒之间无一转相授受之人也。自有此物，只须师教数遍，齿牙稍利，即用箫笛引之。随箫随笛之际，若曰无师，则轻重疾徐之间，原有法脉准绳，引人归于胜地；若曰有师，则师口并无一字，已将此曲交付其徒。先则人随箫笛，后则箫笛随人，是金蝉脱壳之法也。"庾公之斯学射于尹公之他，尹公之他学射于我[8]。"箫笛二物，即曲中之尹公他也。但庾公之斯与子濯孺子昔未见面，而今同在一堂耳。若是则吹合之力讵可少哉？予恐此书一出，好事者过听予言，谬视箫笛为可弃，故复补论及此。

【注释】
　　〔1〕丝、竹、肉三音：丝，指琵琶、二胡等弦乐器和弦乐；竹，指笛、笙等管乐器及管乐；肉，指声乐。
　　〔2〕三籁：语出《庄子·齐物论》，原指天籁、地籁、人籁，这里是指弦乐、管乐和声乐。籁，由孔穴中发出的声音。
　　〔3〕金声玉振：指集众乐之大成。语出《孟子·万章下》："集大成也者，金声而玉振之也。"
　　〔4〕渐近自然：《晋书》卷九十八载：桓温问孟嘉："听妓，丝不如竹，竹不如肉？"答曰："渐近自然。"
　　〔5〕迩来：近来。吹合：丝竹伴奏。
　　〔6〕理曲：练习唱曲。
　　〔7〕司熔铸变化之权：起到规范引领学徒唱曲时声调抑扬高下的作用。
　　〔8〕"庾公之斯"二句：引自《孟子·离娄下》。我，子濯孺子自谓。庾公之斯是卫国射箭高手，其箭术是从尹公之他那里学的，而后者又是向郑国神射手子濯孺子学的。这里是以三人转相授受的关系来比喻曲师、箫笛和学唱者之间的关系。

【译文】
　　弦乐、管乐和声乐三种乐音，向来都是孤行独立，没有合起来用的，合用三者，是从近年开始的，三籁齐鸣，天人合一，也是古人金声玉振，集其大成的遗意，未尝不佳；但必须要以歌喉声乐为主，而以弦乐、管乐伴奏为辅，使得人为的音乐之声，也渐近自然，才有主行客随之妙。近来戏房的丝竹管弦伴奏之声，都高于场上演员歌唱之曲，反而是以丝竹管弦乐为主，而唱曲之声倒成了附和的陪宾了，如此则观众好像不是为观戏听曲而来，乃是为听鼓乐而至了。从来有名的优师教唱曲，总是让声音和器乐保持齐一，箫和笛高一字，曲也高一字，箫和笛低一字，曲也低一字。然而相同之中，就有高低轻重的分别，因为在其教曲之初，就以箫笛代口，引导歌童学唱，原本就是以歌唱随着箫笛，而不是以箫笛随着歌唱，学的时间长久以后就习惯成自然了，一到场上，不知不觉就以唱曲之声随和箫笛之乐了。纠正这个毛病应该用什么方法呢？依我说：家常习练唱曲时，不要用伴奏，只是在上场正式演出时才用，那么是有伴奏也唱，没有伴奏也唱，不以伴奏为主了。这就好比小孩儿学走路，整天依着墙靠着壁，离开墙壁就迈不了步，一旦带离墙壁，偏要让他自个独行，走过一次两次，那么即使见了墙壁他也不去扶靠了。以我的见解而论，用箫与笛给唱曲伴奏的时候，应当比唱曲低一个字，让唱曲之声高于伴奏之音，如此则丝竹之声也就与演员歌唱之声融而为一，要寻找其伴奏附和之痕，也找不到了。正音的办法，有胜过这个的吗？然而这个办法也不宜一概而行，应该视唱曲之人的声乐条件具体而定。如一班之中，有一两个喉音最亮的演员，就可以用这个办法来唱，其余中等以下才质的，都还要按照常格去教。倘若不分高低，一概照此来办，那么好办法不得好效果，最终施行不下去，反而要怪我立言有误了。

　　丝竹伴奏之声，场上可少，而教曲学唱之时，必不可少，因为它能够代替优师之口，掌握规范引领学唱者唱腔歌调抑扬变化之权。为什么呢？假使不用箫笛辅助，而只凭口授，那么老师唱一遍，徒弟也唱一遍，老师闭口不唱，徒弟也闭口不唱，聪慧的人听几遍就熟了，资质稍微愚钝些的，非教上数十百遍不可，因为师徒之间没有一个转相授受的人。自从有了箫笛辅助，老师只须教上几遍，口齿稍稍顺一些了，就可以用箫笛引领他。当他随着箫音，随着笛声歌唱的时候，如果说没有老师，那么丝竹伴奏高低抑扬轻重快慢之间，却原有一定的方法脉络规矩标准，引领他进入胜境；如果说有老师，老师口中没有唱一个字，就已经将这首曲子教给了徒弟。开始是人随箫笛，后来则是箫笛随人，这是金蝉脱壳的办法。"庚公之斯学射于尹公之他，尹公之他学射于我。"箫笛这两样乐器，就是戏曲中的尹公之他啊。只是庚公之斯与子濯孺子昔时未曾见面，而今却同在一堂罢了。如果是这样，那么伴奏的作用岂能够少得了啊？我担心这本书一旦问世，好事者过分听信我的话，错误地将箫笛视为可弃之物，所以又补充论及了这层意思。

教 白 第 四

教习歌舞之家，演习声容之辈[1]，咸谓唱曲难，说白易。宾白熟念即是，曲文念熟而后唱，唱必数十遍而始熟，是唱曲与说白之工，难易判如霄壤。时论皆然，予独怪其非是。唱曲难而易，说白易而难，知其难者始易，视为易者必难。盖词曲中之高低抑扬，缓急顿挫，皆有一定不移之格，谱载分明，师传严切[2]，习之既惯，自然不出范围。至宾白中之高低抑扬，缓急顿挫，则无腔板可按、谱籍可查，止靠曲师口授；而曲师入门之初，亦系暗中摸索，彼既无传于人，何从转授于我？讹以传讹，此说白之理，日晦一日而人不知。人既不知，无怪乎念熟即以为是，而且以为易也。吾观梨园之中，善唱曲者十中必有二三，工说白者百中仅可一二。此一二人之工说白，若非本人自通文理，则其所传之师，乃一读书明理之人也。故曲师不可不择。教者通文识字，则学者之受益，东君之省力[3]，非止一端。苟得其人，必破优伶之格以待之，不则鹤困鸡群，与侪众无异[4]，孰肯抑而就之乎？然于此中索全人，颇不易得。不如仍苦立言者[5]，再费几升心血，创为成格以示人。自制曲选词以至登场演习，无一不作功臣，庶于为人为彻之义，无少缺陷。虽然，成格即设，亦止可为通文达理者道，不识字者闻之，未有不喷饭胡卢[6]，而怪迂人之多事者也。

【注释】

〔1〕"教习歌舞之家"二句：指教戏和学戏的人。声，指唱曲。容，指表演动作。

〔2〕严切：严格。

〔3〕东君：东家，主人。因古代主位在东，客位在西，故称主人为东君。

〔4〕侪（chái）众：普通人。

〔5〕立言者：著书立说者。

〔6〕胡卢：喉间的笑声。

【译文】

教习歌舞的人家，演习声容的人们，都说唱曲难，说白易。宾白熟念就可以了，曲文则要念熟而后再唱，而且唱数十遍才能熟，因此唱曲和说白的完美功夫，其难易程度犹如天壤之别。时下人们所论都认可这种观点，惟独我以为这种看法不对。唱曲似难而实易，说白似易而实难，知道其难的才会容易些，视为容易的就一定很难。这大约是因为戏曲中音韵曲调的高低抑扬，缓急顿挫，都有难以移易的一定之格，曲谱记载分明，老师传授严切，练习久了养成习惯，自然不出范围。至于宾白中的高低抑扬，缓急顿挫，就没有腔板可以依照，也无曲谱书籍可以查询，只能靠曲师口头传授；而曲师入门之初，也是暗中摸索，他既然没有从别人那里得到传授，又何以转授给我呢？这样以讹传讹，这说白中的道理，也就一天比一天晦暗不明而为人们所不知。人们既然不知道说白之理，无怪乎认为说白念熟了就好了，而且以为那很容易。我看梨园之中，善于唱曲的，十个人里必定有两三个，而工于说白的人，一百个人里只能找出一两个。这一两个工于说白的人，如果不是他本人自通文理，那么就是给他传授的老师，乃是一个读过书明白此中道理的人。所以曲师不可不好好选择。教授的老师通文识字，那么学戏弟子的受益，戏班东家的省力，就不止于某一方面。如果找到这样的人选，那一定要以超越寻常优师的礼节待遇破格相待，否则就像鹤困鸡群，与常人无异，谁肯委屈自己而屈就你这里呢？然而，要在这一行中寻找到那种全才，很不容易。不如让像我这样的著书立说者多辛苦一点，再多费几升心血，创设成格明白公示于人。从制曲选词，一直到登台表演，没有一个环节不作金针度人的功臣，从好人做到底的意义上说，应该没有什么缺陷遗憾的了。即使如此，创设了成格，也只能对通文达理的人说道，不识字的人听了，没有不喷饭嘲笑，责怪言说者迂腐多事的。

高 低 抑 扬

　　宾白虽系常谈，其中悉具至理，请以寻常讲话喻之。明理人讲话，一句可当十句，不明理人讲话，十句抵不过一句，以其不中肯綮也[1]。宾白虽系编就之言，说之不得法，其不中肯綮等也。犹之倩人传语[2]，教之使说，亦与念白相同，善传者以之成事，不善传者以之偾事[3]，即此理也。此理甚难亦甚易，得其孔窍则易[4]，不得孔窍则难。此等孔窍，天下人不知，予独知之。天下人即能知之，不能言之，而予复能言之，请揭出以示歌者。白有高低抑扬，何者当高而扬？何者当低而抑？曰：若唱曲然。曲文之中有正字有衬字[5]，每遇正字必声高而气长，若遇衬字，则声低气短而疾忙带过，此分别主客之法也。说白之中亦有正字，亦有衬字，其理同，则其法亦同。一段有一段之主客，一句有一句之主客，主高而扬，客低而抑，此至当不易之理，即最简极便之法也。凡人说话，其理亦然。譬如呼人取茶取酒，其声云："取茶来！""取酒来！"此二句既为茶酒而发，则"茶"、"酒"二字为正字，其声必高而长，"取"字"来"字为衬字，其音必低而短。再取旧曲中宾白一段论之，《琵琶·分别》白云："云情雨意，虽可抛两月之夫妻；雪鬟霜鬓[6]，竟不念八旬之父母！功名之念一起，甘旨之心顿忘⁽⁷⁾。是何道理？"首四句之中，前二句是客，宜略轻而稍快，后二句是主，宜略重而稍迟。"功名"、"甘旨"二句亦然。此句中之主客也。"虽可抛"、"竟不念"六个字，较之"两月夫妻"、"八旬父母"虽非衬字，却与衬字相同，其为轻快，又当稍别。至于"夫妻"、"父母"之上二"之"字，又为衬中之衬，其为轻快，更宜倍之。是白皆然，此字中之主客也。常见不解事梨园，每于四六句中之"之"字，与上下正文同其轻重疾徐，是谓菽麦不辨，尚可谓之能说白乎？此等皆言宾白，盖场上所说之话也。至于上场诗，定场白，以及长篇大幅叙事之文，定宜高低相错，缓急得宜，切勿作一片高声，或一派细语，俗言"水平调"是也。上场诗四句之中，三句皆高而缓，一句宜低而快；低而快者，大率宜在第三句⁽⁸⁾，至第四句之高而缓，较首二句更宜倍之。如《浣纱记》定场诗云⁽⁹⁾："少小豪雄侠气闻，飘零仗剑学从军⁽¹⁰⁾。何年事了拂衣去？归卧荆南梦泽云⁽¹¹⁾。""少小"二句宜高而缓，不待言矣。"何年"一句必须轻轻带过，若与前二句相同，则煞尾一句不求低而自低矣；末句一低，则懈而无势，况其下接着通名道姓之语。如"下官姓范名蠡，字少伯"，"下官"二字例应稍低，若末句低而接者又低，则神气索然不振矣，故第三句之稍低而快，势有不得不然者。此理此法，谁能穷究至此？然不如此，则是寻常应付之戏，非孤标特出之戏也⁽¹²⁾。高低抑扬之法，尽乎此矣。

优师既明此理，则授徒之际，又有一简便可行之法，索性取而予之：但于点脚本时，将宜高宜长之字用朱笔圈之，凡类衬字者不圈。至于衬中之衬，与当急急赶下、断断不宜沾滞者⁽¹³⁾，亦用朱笔抹以细纹如流水状，使一一皆能识认。则于念剧之初，便有高低抑扬，不俟登场摹拟。如此教曲，有不妙绝天下，而使百千万亿之人赞美者，吾不信也。

【注释】

〔1〕肯綮（qìng）：原指牛身上筋骨经络结合、错综的地方，引申为指事物的关键处。《庄子·养生主》："技经肯綮之未尝。"

〔2〕倩（qìng）人传语：请人捎个话。

〔3〕偾（fèn）事：坏事。偾，败坏。

〔4〕孔窍：门道，窍门。

〔5〕衬字：在曲调格律规定的字数外增加的字，字数并无严格限制，或一字或十余字均可，一般在歌唱时不占"重拍子"。

〔6〕雪鬓霜鬟：鬓发像霜雪一样的白。

〔7〕甘旨之心：指孝养父母之心。甘旨，原指美味的食品，后特指赡养双亲的食物。

〔8〕大率（shuài）：大都。

〔9〕《浣纱记》：明代戏曲作家梁辰鱼所作四十五出传奇，原名《吴越春秋》。写越王勾践卧薪尝胆，终于复兴越国，以及西施、范蠡的传奇故事。

〔10〕飘零：飘泊流落，行止无定。

〔11〕荆：古代楚国的别称。梦泽：古湖泊名，位于古楚地，今湖北省境内。

〔12〕孤标特出：形容境界格调极高，出类拔萃。

〔13〕沾滞：停留，停顿。

【译文】

宾白虽属常谈，其中却都包含了至情至理，请允许我以寻常的话语来比喻说明它。明理之人讲话，一句可当十句；不明事理的人说话，十句抵不过一句，因为他说的不中肯綮。宾白虽是编好的话语，要是说得不得法，与说得不中肯綮一样。就好像请人传个话，教他说什么和怎样说，也和念白相同，善传话的人因此而能成事，不善传话的却因此而坏了事，就是这个道理。这道理很难也很容易，得到窍门就容易，没找到窍门就难。这等窍门，天下人都不知道，只有我知道。即使天下有人知道，也不能说出来，而我还能说出来，请让我把它揭示出来，给梨园歌者参考。宾白有高低抑扬，何处应当高而扬？何处应当低而抑？我说：如同唱曲那样。曲文之中，有正字，有衬字，每当遇到正字，必须唱得声高而气长，如果遇到衬字，那么就要声低气短而疾忙带过，这是分别主客的办法。说白当中，也有正字，也有衬字，其道理相同，那么其方法也一样。一段宾白有一段的主客，一句台词有一句的主客，主句主词要说得高而扬，客句客词要念得低而抑，这是至为妥当不能移易的道理，也是最简单极方便的办法。平常人们说话，其道理也是这样。比如唤人取茶取酒，其声云："取茶来！""取酒来！"这两句既然是为茶酒而发的，那么"茶"、"酒"两个字是正字，其发音必然高而长。"取"字、"来"字是衬字，其声音必低而短。再拿旧曲中一段宾白来论。《琵琶记·分别》一折的宾白说："云情雨意，虽可抛两月之夫妻；雪鬓霜鬟，竟不念八旬之父母！功名之念一起，甘旨之心顿忘。是何道理？"开头四句之中，前两句是客，应该念得略轻而稍快，后两句是主，应该念得略重而稍慢。"功名"、"甘旨"两句也是这样。这是句中的主客。"虽可抛"、"竟不念"六个字，相对"两月夫妻"、"八旬父母"虽然不是衬字，却与衬字相同，同样要念得轻而快，但又应该稍稍有所分别。至于"夫妻"、"父母"之上的两个"之"字，又是衬字中的衬字，念得轻而快的程度，应该更加上一倍。凡是宾白，莫不如此，这是词中的主客。常常看到不精通念白的演员，每当念到四六句中的"之"字时，其轻重快慢与上下正文一样，这可以说是分辨不清豆子和麦子，还可以称得上能说白吗？诸如此类都是谈宾白，也就是场上所说的话。至于上场诗、定场白以及长篇大段的叙事文字，一定要高低相错，缓急得宜，切勿作一片高声，或一派细语，像俗语所说的"水平调"。上场诗四句之中，三句都要高而缓，一句应该低而快；低而快的，一般适宜在第三句，到第四句的高而缓，应该比前两句更加倍。比如《浣纱记》定场诗云："少小豪雄侠气闻，飘零仗剑学从军。何年事了拂衣去？归卧荆南梦泽云。""少小"两句应该念得高而缓，自不待言。"何年"一句必须轻轻带过，如果与前两句相同，那么煞尾一句，不求低也自然低了；末句一低，那就松懈而没有气势了，何况下面还接着通名报姓的话。如："下官姓范名蠡，字少伯。""下官"二字按例应该念得稍低一些，如果末句低而接着的又低，那么人物的神气就索然不振了。所以第三句念得稍稍低而快，是势所必然，不得不然。这道理这方法，谁能穷究到这样的境地？然而不这样的话，就么就只是寻常应付的戏，而不是孤标特出的戏了。高低抑扬之法，全都在这里了。

优师既然明白这个道理，那么教授徒弟时，还有一个简单可行的办法，索性拿出来送给他：只要在圈点脚本时，将应该念得高一些长一些的那些字用红笔圈上，凡是类属衬字的都不圈。至于衬字中的衬字，和应当急急赶下带过，断断不宜停延黏滞的字，也用红笔抹上细纹如流水之状，使徒弟们都能一一识认。那么在学台词之初，就有了高低抑扬，不用等到上场后再来摹拟，这样教戏，还有不妙绝天下，而让百千万亿人赞美的，我不相信。

缓 急 顿 挫

缓急顿挫之法，较之高低抑扬，其理愈精，非数言可了[1]。然了之必须数言，辩者愈繁，则听者愈惑，终身不能解矣。优师点脚本授歌童，不过一句一点，求其点不刺谬，一句还一句，不致断者联而联者断，亦云幸矣，尚能询及其他？即以脚本授文人，倩其画文断句，亦不过每句一点，无他法也。而不知场上说白，尽有当断处不断，反至不当断处而忽断；当联处不联，忽至不当联处而反联者。此之谓缓急顿挫。此中微渺，但可意会，不可言传；但能口授，不能以笔舌喻者。不能言而强之使言，只有一法：大约两句三句而止言一事者，当一气赶下，中间断句处勿太迟缓；或一句止言一事而下句又言别事，或同一事而另分一意者，则当稍断，不可竟连下句。是亦简便可行之法也。此言其粗，非论其精；此言其略，未及其详。精详之理，则终不可言也。

当断当联之处，亦照前法，分别于脚本之中，当断处用朱笔一画，使至此稍顿，余俱连读，则无缓急相左之患矣[2]。

妇人之态，不可明言，宾白中之缓急顿挫，亦不可明言，是二事一致。轻盈袅娜，妇人身上之态也；缓急顿挫，优人口中之态也。予欲使优人之口，变为美人之身，故为讲究至此。欲为戏场尤物者，请从事予言，不则仍其故步[3]。

【注释】

〔1〕了：清楚，明白。

〔2〕相左：相互违异，不一致。

〔3〕仍其故步：照原来的步态走。语出《庄子·秋水》"邯郸学步"寓言故事。

【译文】

缓急顿挫之法，比起高低抑扬来，其道理更加精微，不是几句话就能说明白的。但要说明白又必须用几句话，辩说者说得越多，则听的人越糊涂，那就一辈子也不能理解了。优师圈点脚本教授徒弟，不过一句点一下，求他点得不出差错，一句还一句，不至于该断的地方反而联，该联的地方反而断，也可谓幸事了，还能问及其他吗？即使把脚本交与文人，请他画文断句，也不过每句一点，也没有别的办法。却不知道戏场上的说白，尽有应当断的地方不断，反而到不该断的地方忽然停顿；应当联的地方不联，忽然到了不应当联的地方反而联的。这就是所谓的缓急顿挫。此中的微渺玄妙，只可意会，不可言传；只能念诵台词示范口授，却不能用笔墨言辞说清楚。如果不能说却强逼着说，那只有一个办法：大约两句三句只说一件事的，就应当一气说下去，中间断句的地方不要太迟缓；或一句话只说一件事，而下一句又说别的事，或同一件事而另外分出一层意思的，那就应当稍稍断一下，不可一直连到下句。这也是简便可行的办法。此处是言其粗，不是论其精；是言其略，而未及论其详。详尽微妙的道理，那是终究不可以言传的。

　　当断或当联之处，也可照前面说的法子，分别于脚本之中，当断处用红笔一画，使演员念到此处稍微停顿一下，其余的都连读下去，那就没有缓急相左的毛病了。

　　女子之态，不可明言，宾白中的缓急顿挫，也不可明言，这两件事是相通一致的。轻盈袅娜，是女子身上之态；缓急顿挫，是优人口中之态。我的著述是想让优人之口，变而如美人之身，所以特为讲究到如此地步。想做戏场尤物的，就请照我说的去做，不然就还延续自己原先的走法吧。

脱 套 第 五

　　戏场恶套，情事多端，不能枚纪[1]。以极鄙极俗之关目，一人作之，千万人效之，以致一定不移，守为成格，殊可怪也。西子捧心，尚不可效，况效东施之颦乎[2]？且戏场关目，全在出奇变相，令人不能悬拟[3]，若人人如是，事事皆然，则彼未演出而我先知之，忧者不觉其可忧，苦者不觉其为苦，即能令人发笑，亦笑其雷同他剧，不出范围，非有新奇莫测之可喜也。扫除恶习，拔去眼钉，亦高人造福之一事耳。

【注释】

〔1〕枚纪：一一记录。

〔2〕效东施之颦：是指向拙劣的摹仿者摹仿。东施效颦寓言，出《庄子·天运》。颦，皱眉。

〔3〕悬拟：虚拟，预测。

【译文】

戏场上的恶套，情形事态多种多样，不能一一记述。以极鄙、极俗的关目情节，一个人做出来，千万人仿效，以致一定不移，固守而为现成不变的套路格式，这实在太奇怪了。西子捧心皱眉，尚且不可仿效，何况是效仿东施呢？而且戏场上的情节关目，全在能出奇变相，让人们不能拟想猜测。如果戏场上人人如此，事事这般，那么他还没演出来而我已预先知道，可忧者已然不觉得其可担忧，悲苦者也不觉其悲苦，即使能令人发笑，那也是笑其情节与别的剧目雷同，跳不出前人已有的套路，并非是有什么新奇莫测的可喜之处。扫除恶习俗套，拔去眼中之钉，这也是高人为世人造福的一件事罢。

衣 冠 恶 习

记予幼时观场，凡遇秀才赴考及谒见当涂贵人[1]，所衣之服，皆青素圆领，未有着蓝衫者，三十年来始见此服。近则蓝衫与青衫并用，即以之别君子小人。凡以正生、小生及外、末脚色而为君子者，照旧衣青圆领，惟以净、丑脚色而为小人者，则着蓝衫。此例始于何人？殊不可解。夫青衿，朝廷之名器也[2]。以贤愚而论，则为圣人之徒者始得衣之；以贵贱而论，则备缙绅之选者始得衣之[3]。名宦大贤尽于此出，何所见而为小人之服，必使净、丑衣之？此戏场恶习所当首革者也。或仍照旧例，止用青衫而不设蓝衫；若照新例，则君子小人互用，万勿独归花面，而令士子蒙羞也[4]。

近来歌舞之衣，可谓穷奢极侈。富贵娱情之物，不得不然，似难责以俭朴。但有不可解者：妇人之服贵在轻柔，而近日舞衣，其坚硬有如盔甲。云肩大而且厚[5]，面夹两层之外，又以销金锦缎围之。其下体前后二幅，名曰"遮羞"者，必以硬布裱骨而为之，此战场所用之物，名为"纸甲"者是也，歌台舞榭之上，胡为乎来哉？易以轻软之衣，使得随身环绕，似不容已。至于衣上所绣之物，止宜两种，勿及其他。上体凤鸟，下体云霞，此为定制。盖"霓裳羽衣"四字，业有成宪[6]，非若点缀他衣，可以浑施色相者也[7]。予非能创新，但能复古。

方巾与有带飘巾，同为儒者之服。飘巾儒雅风流，方巾老成持重，以之分别老少，可称得宜。近日梨园，每遇穷愁患难之士，即戴方巾，不知何所取义？至纱帽中之有飘带者，制原不佳，戴于粗豪公子之首，果觉相称。至于软翅纱帽，极美观瞻，曩时《张生逾墙》等剧往往用之[8]，近皆除去，亦不得其解。

【注释】

〔1〕谒（yè）见当涂贵人：拜见当权的大人物。当涂，当道，当权。

〔2〕朝廷之名器：指朝廷用以别尊卑贵贱的名号与车服仪制。

〔3〕备缙绅之选者始得衣之：缙绅，官宦的服装，引申为官宦的代称。参见《别古今》注〔12〕。士子为官宦的后备阶层，惟士子秀才才可穿青衿。

〔4〕"或仍照旧例"四句：旧例，指秀才不穿蓝衫。君子小人互用，指角色中无论君子还是小人，皆可互用青衫或蓝衫，而不应将蓝衫当作净、丑等花面角色的专用着装。

〔5〕云肩：旧时妇女披在肩上的装饰物。

〔6〕"盖'霓裳羽衣'"二句：即上文所说："上体凤鸟（羽衣），下体云霞（霓裳），此为定制（成宪）。"

〔7〕浑施色相：杂用其他图案。

〔8〕曩（nǎng）时：过去。《张生逾墙》：指《西厢记》中第三本第三折中的情节。有的传奇改本通称为《跳墙·着棋》。

【译文】

记得我小时候看戏，凡是遇到秀才赶考及拜谒当权贵人，他们所穿的衣服，都是青素圆领，没有穿蓝衫的，三十年来才见到这种服装。近年来则蓝衫与青衫并用，就着装来区分戏中君子和小人。凡是以正生、小生及外、末等角色而扮演君子的，照旧穿青素圆领，只有以净、丑脚色而扮演小人的，则穿蓝衫。这一惯例始于何人？实在不可理解。这青衿蓝衫，乃是朝廷标志身份的名器。以贤愚而论，则唯有可称为圣人之徒的人才能穿上它；以贵贱而论，则唯有可备官吏缙绅之选的人才能穿上它。那些名宦大贤都是穿青衿蓝衫出身，因为怎样的见解而把蓝衫当成小人的服装，一定要让净、丑等脚色穿上？这是戏场恶习中应当首先革除的。或是仍然依照旧例，只用青衫而不设蓝衫；如果按照新例，那么君子小人可以互用，万万不要让蓝衫独归花面，而令士人学子蒙羞。

近来歌舞之衣，可以说是极其奢侈。戏曲是富贵人家娱悦情性的东西，当然不得不如此，似乎难以用俭朴去要求。但有令人不可理解的是：妇人的服饰贵在轻柔，而近日的舞衣却坚硬得如同盔甲，云肩大而且厚，除表里有面夹两层之外，又用销金锦缎围裹着。下身前后两幅，有名叫"遮羞"的衣饰，一定要用硬布裱糊在骨架上做成，这是战场上所用的东西，就是名叫"纸甲"的，歌台舞榭之上，拿这个用来干什么啊？换上轻盈柔软的衣饰，使得舞衣能够随身环绕，周身服帖，尽显身段。至于衣服上所绣的图纹，只适宜两种意象，不要有其他事物。上身是风鸟，下身是云霞，这是固定的样式。大约"霓裳羽衣"这四字名目，就是现成的规制定宪，不像点缀其他的衣饰那样，可以混用各种颜色式样。在这方面，我不能标新立异，只能复古。

方巾和有带的飘巾，都是儒者之服。飘巾显得儒雅风流，方巾则显得老成持重，用它们来分别老年和少年形象，可以说很是适宜。近日梨园之中，每每演到穷愁患难之士，就戴方巾上场，不知用意根据何在？说到那种有飘带的纱帽巾，做得本来就不是很好，戴在粗豪公子头上，果然觉得很是相称。至于那种软翘纱帽，看上去极其美观，以前《张生逾墙》等剧目往往用它，近来却都被除去了，也解释不了是什么缘故。

声 音 恶 习

花面口中，声音宜杂。如作各处乡语，及一切可憎可厌之声，无非为发笑计耳，然亦必须有故而然。如所演之剧，人系吴人，则作吴音，人系越人，则作越音，此从人起见者也。如演剧之地在吴则作吴音，在越则作越音，此从地起见者也。可怪近日之梨园，无论在南在北，在西在东，亦无论剧中之人生于何地，长于何方，凡系花面脚色，即作吴音，岂吴人尽属花面乎？此与净丑着蓝衫，同一覆盆之事也[1]。使范文正、韩襄毅诸公有灵[2]，闻此声观此剧，未有不抱恨九原[3]，而思痛革其弊者也。今三吴缙绅之居要路者，欲易此俗，不过启吻之劳[4]；从未有计及此者，度量优容，真不可及。且梨园尽属吴人，凡事皆能自顾，独此一着，不惟不自争气，偏欲故形其丑，岂非天下古今一绝大怪事乎？且三吴之音，止能通于三吴，出境言之，人多不解，求其发笑，而反使听者茫然，亦失计甚矣。吾请为词场易之：花面声音，亦如生旦外末，悉作官音^⁵，止以话头惹笑，不必故作方言。即作方言，亦随地转，如在杭州，即学杭人之话，在徽州，即学徽人之话，使妇人小儿皆能识辨。识者多，则笑者众矣。

【注释】

〔1〕覆盆：覆盖着的盆子里，照不到阳光。比喻黑暗、冤屈。

〔2〕范文正：范仲淹，字希文。北宋著名文学家、政治家。苏州吴县（今属江苏）人。卒谥文正。韩襄毅：即韩雍，明代大臣，苏州长洲人，卒谥襄毅。

〔3〕九原：同九泉，指墓地。

〔4〕启吻：发语。

〔5〕官音：即官话。但李渔所指的不是当时通行的北方官话，而是戏曲念白中通常采用的"中州韵"的官音。

【译文】

花脸口中的声音，宜于庞杂一些。如学说各处方言土语，及一切可憎可厌的声音，无非是出于引人发笑的考虑罢了，然而这也必须是有缘故才行。如所演的戏，人物是吴人，就作吴音，人物是越人，就作越音，这是由人物脚色来考虑的。如演戏的地方是在吴地，就作吴音，如在越地，就作越音，这是从地域因素来考虑的。可奇怪的是近日的梨园，不论在南在北，在西在东，也不论戏里边的人物生于何地，长于何方，凡是花脸脚色，就作吴音，难道吴人都属花脸吗？这和净脚、丑脚着蓝衫一样，同样都是冤枉人的事情。假如宋代吴人范仲淹、明代吴人韩雍诸公地下有灵，听闻此音，观看此戏，没有不抱恨于九泉之下，而想要痛革其弊的。现在三吴士大夫中身居要路者，想要改变这种恶俗，不过是动动嘴发句话之劳；却从来没人考虑这样做，这样宽宏大度，真是不可企及。况且梨园中尽是吴人，凡事都可以自顾，唯独这一着，不但自己不争气，偏偏还要故意表演其丑态，这难道不是天下古今一件绝大的怪事吗？而且三吴的方音，只能在三吴之地通行，出了吴境说吴音，观众们大多不能理解，想要让他们发笑，却反而使观听者茫然不解，这也太失策了。请让我为戏场改变这种恶俗：花脸声音，也像生旦外末脚色一样，都说官话，只用话头逗笑，不必故意说方言。就是说方言，也应该随地域而变化，如在杭州，就学杭州人的话，在徽州，就学徽州人的话，使妇人小孩都能识辨。识辨的人多，那么笑的人也就多了。

语 言 恶 习

　　白中有"呀"字，惊骇之声也。如意中并无此事，而猝然遇之[1]，一向未见其人，而偶尔逢之，则用此字开口，以示异也。近日梨园不明此义，凡见一人，凡遇一事，不论意中意外，久逢乍逢，即用此字开口，甚有差人请客而客至，亦以"呀"字为接见之声者，此等迷谬[2]，尚可言乎？故为揭出，使知斟酌用之。

　　戏场惯用者，又有"且住"二字。此二字有两种用法：一则相反之事，用作过文，如正说此事，忽然想及彼事，彼事与此事势难并行，才想及而未曾出口，先以此二字截断前言，"且住"者，住此说以听彼说也。一则心上犹豫，假此以待沉吟，如此说自以为善，恐未尽善，务期必妥，当于是处寻非，故以此代心口相商，"且住"

者，稍迟以待，不可竟行之意也。而今之梨园，不问是
非好歹，开口说话，即用此二字作助语词，常有一段宾
白之中，连说数十个"且住"者，此皆不详字义之故。
一经点破，犯此病者鲜矣。

　　上场引子下场诗[3]，此一出戏文之首尾。尾后不可
增尾，犹头上不可加头也。可怪近时新例，下场诗念毕，
仍不落台，定增几句淡话，以极紧凑之文，翻成极宽缓
之局。此义何居？令人不解。曲有尾声及下场诗者，以
曲音散漫，不得几句紧腔，如何截得板住？白文冗杂，
不得几句约语[4]，如何结得话成？若使结过之后，又复
说起，何如不收竟下之为愈乎？且首尾一理，诗后既可
添话，则何不于引子之先，亦加几句说白，说完而后唱
乎？此积习之最无理最可厌者，急宜改革。然又不可尽
革。如两人三人在场，二人先下，一人说话未了，必宜
稍停以尽其说，此谓"吊场"，原系古格。然须万不得
已，少此数句，必添以后一出戏文，或少此数句，即埋
没从前说话之意者，方可如此。是龙足，非蛇足也[5]。
然只可偶一为之，若出出皆然，则是是貂皆可续矣，何
世间狗尾之多乎[6]？

【注释】
　　[1] 猝（cù）然：突然。
　　[2] 迷谬：迷惑错谬。
　　[3] 下场诗：杂剧、传奇中，一折戏结束前、角色下场时通常要念诵
四句诗，概括前段剧情，引起悬念，也表示演出暂告一段落。类似于长篇
章回体小说中"正是……且听下回分解"。

〔4〕约语：总结性、概括性的话。

〔5〕是龙足，非蛇足也：古人认为，神龙见首不见尾，偶露一鳞一爪，即使人宛然如见全龙。这里是指下场前的说白不应该画蛇添足，而应该使人窥一斑而知全豹。

〔6〕"是貂皆可续矣"两句：是说太多太滥，即有许多败笔。狗尾续貂，比喻以坏接续好，多指文学作品。语出《晋书·赵王伦传》。

【译文】

说白里面有个"呀"字，是表示惊骇的声音。比如意料之中并无此事，而猝然间遇上了，一向没见到的这个人，而偶然中碰到了，就用这个字作开口，以表示讶异。近日梨园中人却不明白此意，凡见到一人，凡遇上一事，无论是意料之中还是意料之外，是久逢还是乍逢，就都用这个字开口，甚至有差人去请客人而客人到了，也用"呀"字来作为见面时招呼之声，这等迷谬，还有什么可以说的吗？我所以把它揭示出来，使人们知道根据不同情况斟酌使用。

戏场上惯用的，又有"且住"二字。这两个字有两种用法：一种就是相反的两件事之间，用来作为转接过渡。比如正说着这件事，忽然想到那件事，两件事彼此势必难以并起来说，才想到而未曾说出口，先用这两个字截断前面的话，所谓"且住"，就是打住这件事的叙述，来先听那件事。另一种用法，是心里犹豫，借此以待沉吟思考，如这样说自以为不错，却又恐怕未必尽善，期望一定要说得妥妥帖帖，应当在看似对的地方挑出错来，所以用且住二字代替心与口相商。所谓"且住"，就是稍稍迟缓一下，等待一会儿，不可以就这样去办的意思。而现如今的梨园，不问是非好歹，开口说话，就用这两个字作助语词，常常有一段宾白之中，连说几十个"且住"的，这都是不了解二字意涵的缘故。一经点破，再犯此毛病的人就会少了。

上场引子和下场诗，这是一出戏文的头和尾。尾巴后面不能再增尾巴，就像头上不能再加头一样。可怪的是近时有新例，下场诗念毕，仍不下台，定要增加几句淡语闲话，把极紧凑的戏文，变成极宽松极缓慢的气局。这样做是什么用意？令人不解。曲文之所以有尾声及下场诗，是因为曲音散漫，不用几句紧凑的唱腔，怎么能截住鼓板？台词冗杂，不用几句简约概括的话，怎么能收束话头？假使下场结语说过之后，又重新说起来，那还不如不收尾，一直说下去更好些？况且首尾是一样的道理，下场诗后面既然可以添话，那么何不在上场引子之前，也加几句说白，说完以后再唱呢？这种积习是最无理，最可厌的，应当尽快改进革除。当然，也有不可全都革除的。比如，两三个人在场上，两位先下去了，一人话还没说完，定应稍停一下以便让他把话说完，这就是所谓"吊场"，原是往古流传下来的程式。然而，这必须是万不得已的情况，比如少了这几句话，就一定要在这后面增一出戏文，或是少了这几句，就会埋没这以前所说的话的意思，方才可以如此。这是龙足，而不是蛇足。但这一招只可偶一为之，如果每出戏都这样，那么就成了凡是貂都可以续上狗尾巴了，怎么世间狗尾巴会这么多？

科 诨 恶 习

插科打诨处，陋习更多，革之将不胜革，且见过即忘，不能悉记，略举数则而已。如两人相殴，一胜一败，有人来劝，必使被殴者走脱，而误打劝解之人，《连环·掷戟》之董卓是也[1]。主人偷香窃玉，馆童吃醋拈酸，谓寻新不如守旧，说毕必以臀相向，如《玉簪》之进安[2]、《西厢》之琴童是也[3]。戏中串戏，殊觉可厌，而优人惯增此种，其腔必效弋阳，《幽闺·旷野奇逢》之酒保是也[4]。

【注释】
〔1〕《连环·掷戟》:《连环记》，是明代王济所作的传奇剧本。《掷戟》一场，写董卓撞见吕、貂幽会于凤仪亭，以戟怒掷吕布，李儒来劝，董卓

在盛怒中误打了李儒。

〔2〕《玉簪》：明代高濂所作的传奇剧本，写道姑陈妙常与书生潘必正的爱情故事。进安：潘必正的书童。第十九出《词媾私情》写潘、陈定情后，书童吃醋，耍了他们一回。

〔3〕《西厢》之琴童：指张生的书童，但剧本中无李渔所说的情节，或是当时演出时添加的。

〔4〕《幽闺·旷野奇逢》之酒保：《幽闺记》，是明代人据南戏《拜月亭》所作的改编本。《旷野奇逢》这出戏中，写蒋世隆和王玉兰在逃难时与亲人失散，两人结伴同行。其中并无酒保出场。

【译文】

插科打诨的地方，陋习更多，要革除它也将革不胜革，而且见过就忘，不能一一记下来，这里略举几则罢了。如两人相互斗殴，一胜一败，有人来劝，必是让被殴打的人逃掉，却误打了劝解的人，像《连环·掷戟》中的董卓就是这样。主人偷香窃玉，书童吃醋拈酸，说寻新的不如守旧的，说完一定以臀相向，如《玉簪》中的书童进安、《西厢》里的琴童就是这样。再如戏中串戏，特别让人觉得可厌，而优人惯于增加这种段子，其唱腔必定仿效弋阳，像《幽闺·旷野奇逢》中的酒保就是这样。

卷三 声容部

选 姿 第 一

"食色性也。"[1]"不知子都之姣者，无目者也。"[2]古之大贤择言而发，其所以不拂人情，而数为是论者，以惟所原有，不能强之使无耳。人有美妻美妾而我好之，是谓拂人之性；好之不惟损德，且以杀身。我有美妻美妾而我好之，是还吾性中所有，圣人复起，亦得我心之同然，非失德也。孔子云："素富贵，行乎富贵。"[3]人处得为之地，不买一二姬妾自娱，是素富贵而行乎贫贱矣。王道本乎人情，焉用此矫清矫俭者为哉[4]？但有狮吼在堂[5]，则应借此藏拙，不则好之实所以恶之，怜之适足以杀之，不得以红颜薄命借口，而为代天行罚之忍人也[6]。予一介寒生，终身落魄，非止国色难亲，天香未遇，即强颜陋质之妇，能见几人，而敢谬次音容，侈谈歌舞，贻笑于眠花藉柳之人哉！然而缘虽不偶[7]，兴则颇佳，事虽未经，理实易谙，想当然之妙境，较身醉温柔乡者倍觉有情[8]。如其不信，但以往事验之：楚襄王，人主也，六宫窈窕，充塞内庭，握雨携云，何事不有？而千古以下，不闻传其实事，止有阳台一梦，脍炙人口[9]。阳台今落何处？神女家在何方？朝为行云，暮为行雨，毕竟是何情状？岂有踪迹可考，实事可缕陈乎[10]？皆幻境也。幻境之妙，十倍于真，故千古传之。能以十倍于真之事，谱而为法，未有不入闲情三昧者[11]。凡读是书之人，欲考所学之从来，则请以楚国阳台之事对。

【注释】

〔1〕食色性也：语出《孟子·告子上》。谓饮食男女，食欲和性欲，为人的天性。

〔2〕"不知子都之姣者"二句：语出《孟子·告子上》。子都，古代美男子的通称。《诗经·郑风·山有扶苏》："不见子都，乃见狂且。"

〔3〕"素富贵"二句：语出《礼记·中庸》。

〔4〕矫清矫俭：假托清高节俭。

〔5〕狮吼在堂：指家里有凶悍的老婆。宋洪迈《容斋三笔》卷三载，陈慥喜畜声妓，"其妻柳氏绝凶妒，故东坡有诗云：'龙邱居士（陈慥）亦可怜，谈空说有夜不眠。忽闻河东狮子吼，拄杖落手心茫然。'"狮吼，原为佛教语，比喻佛祖讲经，声震世界。后亦以喻悍妻怒骂之声。

〔6〕"好之实所以恶之"数句：古代一夫多妻制，时有小妾被正妻虐待至死者，故李渔有此语。

〔7〕偶：遇到。

〔8〕温柔乡：喻美色迷人之境。语出旧题汉伶玄《飞燕外传》。

〔9〕"阳台一梦"二句：《文选》载宋玉《高唐赋》记楚襄王游云梦旧馆，望高唐宫观，言先王（怀王）梦与巫山神女相会。神女辞别时说："妾在巫山之阳，高丘之岨。旦为朝云，暮为行雨。朝朝暮暮，阳台之下。"

〔10〕缕陈：详细叙述。

〔11〕闲情：晋陶渊明作《闲情赋》，抒写了对心目中理想的、美好女性的思慕之情，后因以闲情指称男女情爱。

【译文】

"饮食男女，是人的天性。""不知子都之美的人，是有眼无珠。"古代的伟大圣贤都是择言而发的，他们之所以不拂逆人之常情，而几次三番申说此论，是因为这实属人天性中所原有，不能勉强人使它无。别人有美妻美妾而我喜好她们，这叫拂逆人性；这样的喜好不止败德，而且会因此而招杀身之祸。我有美妻美妾而我喜好她们，这是还我天性中原本所有，即使圣人复生，也会与我心有同感，认为这并非失德。孔子说过："本来富贵的人，就依富贵的做派生活。"人处于富贵可为之地，不买一两个姬妾自娱，这是本来富贵却行贫贱之事。王道本于人情，哪里用得着这种乔装清贫假作节俭的做品呢？但假如家有凶悍的妒妇在堂，那就应该借这种方法来藏拙，否则的话喜爱她实在等于厌恶她，怜惜她恰恰足以害了她，如此的话，是不能用红颜薄命作为借口来推卸责任，而成了代天行罚的忍心之人。我只是一介寒微书生，终身落魄，不要说无缘亲近国色天香的美人，即使是姿色平平的女子，又能见到几个，而居然敢谬然品第音色姿容，侈谈戏曲歌舞，贻笑于眠花宿柳的人呢！然而美人缘我虽然不太碰到，却有很好的兴致，事情虽然未经亲历，但其中道理实在容易明白，想当然的妙境，比起那些身醉于温柔乡中的人们来，更加倍地觉得有情有味。如果有谁不信，那只要用过往的事来验证一下：楚襄王，是一位君王，六宫窈窕女子，充塞整个内廷，握雨携云，什么事没有过？但千百年以来，没听说有实际事迹流传下来，只有阳台一梦，脍炙人口。而阳台现在何处？神女家在何方？朝为行云，暮为行雨，究竟是怎样的情状？哪里还有踪迹可以查考，哪里还有实事可以一一道来呢？一切都是幻境啊。幻境的美妙，十倍于真情实事，所以千古流传。能够把比真事美妙十倍的幻境谱写出来，供后人遵循取法，那一定是深得闲情三昧的人。凡是读这本书的人，想考问这些学识从何而来，那就让我用楚王阳台之梦来回答他。

肌　肤

　　妇人妩媚多端，毕竟以色为主。《诗》不云乎"素以为绚兮[1]"？素者，白也。女人本质，惟白最难。常有眉目口齿般般入画[2]，而缺陷独在肌肤者。岂造物生人之巧，反不同于染匠，未施漂练之力，而遽加文采之工乎[3]？曰：非然。白难而色易也。曷言乎难？是物之生，皆视根本，根本何色，枝叶亦作何色。人之根本维何？精也，血也。精色带白，血则红而紫矣。多受父精而成胎者，其人之生也必白；父精母血交聚成胎，或血多而精少者，其人之生也必在黑白之间。若其血色浅红，结而为胎，虽在黑白之间，及其生也，豢以美食[4]，处以曲房[5]，犹可日趋于淡，以脚地未尽缁也[6]。有幼时不白，长而始白者，此类是也。至其血色深紫，结而成胎，则其根本已缁，全无脚地可漂，及其生也，即服以水晶云母[7]，居以玉殿琼楼，亦难望其变深为浅，但能守旧不迁，不致愈老愈黑，亦云幸矣。有富贵之家，生而不白，至长至老亦若是者，此类是也。知此，则知选材之法，当如染匠之受衣：有以白衣使漂者受之，易为力也；有白衣稍垢而使漂者亦受之，虽难为力，其力犹可施也；若以既染深色之衣，使之剥去他色，漂而为白，则虽什伯其工价[8]，必辞之不受。以人力虽巧，难拗天工，不能强既有者而使之无也。

　　妇人之白者易相，黑者亦易相，惟在黑白之间者，相之不易。有三法焉：面黑于身者易白，身黑于面者难白；肌肤之黑而嫩者易白，黑而粗者难白；皮肉之黑而宽者易白，黑而紧且实者难白[9]。面黑于身者，以面在外而身在内，在外则有风吹日晒，其渐白也为难；身在衣中，较面稍白，则其由深而浅，业有明征，使面亦同身，蔽之有物，其验亦若是矣，故易白。身黑于面者反此，故不易白。肌肤之细而嫩者，如绫罗纱绢，其体光滑，故受色易，退色亦易，稍受风吹，略经日照，则深者浅而浓者淡矣[10]；粗则如布如毯，其受色之难，十倍于绫罗纱绢，至欲退之，其工又不止十倍，肌肤之理亦若是也，故知嫩者易白，而粗者难白。皮肉之黑而宽者，犹绸缎之未经熨，靴与履之未经楦者[11]，因其皱而未直，故浅者似深，淡者似浓，一经熨楦之后，则纹理陡变，非复曩时色相矣。肌肤之宽者，以其血肉未足，犹待长养，亦犹待楦之靴履，未经烫熨之绫罗纱绢，此际若此，则其血肉充满之后必不若此，故知宽者易白，紧而实者难白。相肌之法，备乎此矣。若是则白者、嫩者、宽者为人争取，其黑而粗、紧而实者遂成弃物乎？曰：不然。薄命尽出红颜，厚福偏归陋质，此等非他，皆素封伉俪之材[12]，诰命夫人之料也[13]。

【注释】

〔1〕素以为绚（xuàn）兮：洁白的底子上施以文采。语出《诗经·卫风·硕人》。今本《毛诗》只有前"巧笑倩兮，美目盼兮"两句，《鲁诗》于此两句后有"素以为绚兮"一句。

〔2〕般般：样样。

〔3〕"岂造物生人之巧"数句：染匠染色之前，先要将衣料漂白洗净，再进行染色，故云。

〔4〕豢（huàn）：养。

〔5〕曲房：内室，密室。

〔6〕脚地：本质，基础。缁：黑色。

〔7〕水晶云母：皆为矿石，古代术士用以和制仙丹，医家以之入药。

〔8〕什佰：十倍百倍。

〔9〕宽者：指肌肤宽柔，尚未完全发育定型者。坚且实者：结实，与宽柔相反。

〔10〕"稍受风吹"三句：是指少受些风吹日晒，肤色就会得到改善。

〔11〕楦（xuàn）：用木制模型放入鞋、靴内使其挺括成型。

〔12〕素封伉俪：富翁与正妻。素封，指无官爵封地而拥有巨大财富的人。伉俪，夫妻。

〔13〕诰命夫人：受朝廷封赠的妇人。明清时代官员五品以上，其正妻均受诰命。

【译文】

女子千娇百媚，毕竟以色为主。《诗经》不是说"素以为绚兮"吗？所谓素，就是白。女子的资质本色，唯有白最难得。常常有眉目口齿样样可以入画，而缺陷独在肌肤的人。难道以造物主生人之巧，反而不同于染匠，尚未施以漂练之力将丝帛漂白涤净，就急急乎加以文采之工吗？我说，不是这样的。是因为染色容易，而天然本色的白却难得。为什么说难呢？因为凡物之生，全看根本，根本是什么色，枝叶也作什么色。那么人的根本是什么呢？是精，是血。精色带白，而血则是红而紫的。多受父精而成胎的，这个孩子生下来一定白；父精母血交聚成胎，或者血多而精少的，这个孩子生下来一定在黑白之间。如果其血色浅红，结而成胎，虽然在黑白之间，等她生下来以后，用美食喂养之，让她住在阴凉的内屋里，那么其肤色还可以日渐趋淡，因为她质地还没有全黑。有人幼年时肌肤不白，长大了开始白起来，这一类就是。至于其血色深紫，结而成胎，那么其根本上已经是缁黑色的了，全无可以漂白的质地，等到她出生长大，就是让她吃水晶云母，住玉殿琼楼，也难以指望她变深为浅，但凡能保持旧有的色调不变得更糟，不至于越老越黑，也可说是幸运了。有富贵人家的孩子，生来就不白，一直到长大到老去也还是那样，这一类就是。了解了这个道理，那么便知道选材的方法，应当像染衣匠接受顾客送来漂染的衣料时那样：有拿白色衣服来漂染的便收下，因为这衣服容易着力起效；有白色衣服稍稍有些污垢送来漂染的，也可以接收，虽然难以着力起效，但还是可以着上力有效果的；但假如把已经染成深色的衣服拿来，让染衣匠除掉别的颜色，将其漂成白色，那么即使增加十倍百倍的工钱，也一定辞却不受。因为人力虽巧，却难以违拗天工，不能强使已有的变成没有。

　　女子中肤色白的容易相，肤色黑的也容易相，惟有肤色在黑白之间的，相起来不容易。这里有三种法子：脸面肤色比身上肤色黑的容易变白，身上肤色比脸面肤色黑的则不容易变白；肤色黑而嫩的容易变白，黑而粗的则不容易变白；皮肉颜色黑而宽的容易变白，色黑而又紧又实的不容易变白。面上肤色比身上肤色黑的，因为脸面露在外面而身子裹在衣服里面，露在外面就有风吹日晒，望其渐渐变白也不容易；裹在衣服里面，比面上肤色稍微白一些，那么其由深变浅，则已有了明证，假如让脸面与身体一样，用衣巾遮起来，那么其效果也会如此，所以容易变白。身上肤色比面上肤色黑的，情况恰恰相反，所以不容易变白。肌理肤色细而嫩的，像绫罗纱绢，其体肤光滑，所以受色容易，退色也容易，少受些风吹，少经些日照，便深的变浅，浓的变淡了；肌理颜色粗的，像布和毯，其受色的难度，十倍于绫罗纱绢，至于想让其退色，所费的工夫又不止十倍，肌肤的道理也是如此，由此可知肌肤嫩的容易变白，而粗的不容易变白。皮肉又黑又宽的，就像绸缎没有烫熨，靴鞋没有楦过的，因为它们皱而不直，所以浅的好像要深一些，淡的好像要浓一些，一经熨楦以后，那么其纹理随即发生突变，不再是从前的色相了。那肌肤宽松的，因为其血肉不够充足，还有待生长滋养，就像待楦的靴与鞋，和还没有经过烫熨的绫罗纱绢，目前状况如此，然则待其血肉充满之后就必定不再如此，所以可知宽的容易变白，又紧又实的就不容易变白。相肌的方法，都在这里了。如此说来，那么白的、嫩的、宽的都被人争着选取，那又黑又粗、又紧又实的就成了被弃之物了吗？我说：那也不然。薄命女子都出于红颜，厚福偏多归于陋质丑妇，这类人不是别的寻常人，都是当富豪财主正妻之材，诰命夫人之料。

眉　　眼

　　面为一身之主，目又为一面之主，相人必先相面，人尽知之，相面必先相目，人亦尽知，而未必尽穷其秘。吾谓相人之法必先相心，心得而后观其形体。形体维何？眉发口齿，耳鼻手足之类是也。心在腹中，何由得见？曰：有目在，无忧也。察心之邪正，莫妙于观眸子，子舆氏笔之于书，业开风鉴之祖[1]。予无事赘陈其说，但言情性之刚柔，心思之愚慧。四者非他，即异日司花执爨之分途[2]，而狮吼堂与温柔乡接壤之地也[3]。目细而长者，秉性必柔；目粗而大者，居心必悍；目善动而黑白分明者，必多聪慧；目常定而白多黑少，或白少黑多者，必近愚蒙。然初相之时，善转者亦未能遽转，不定者亦有时而定。何以试之？曰：有法在，无忧也。其法维何？一曰以静待动，一曰以卑瞩高。目随身转，未有动荡其身，而能胶柱其目者[4]；使之乍往乍来，多行数武[5]，而我回环其目以视之，则秋波不转而自转，此一法也。妇人避羞，目必下视，我若居高临卑[6]，彼下而又下，永无见目之时矣。必当处之高位，或立台坡之上，或居楼阁之前，而我故降其躯以瞩之，则彼下无可下，势必环转其睛以避我。虽云善动者动，不善动者亦动，而勉强自然之中，即有贵贱妍媸之别，此又一法也。至于耳之大小，鼻之高卑，眉发之淡浓，唇齿之红白，无目者犹能按之以手，岂有识者不能鉴之以形？无俟哓哓，徒滋繁渎[7]。

　　眉之秀与不秀，亦复关系情性，当与眼目同视。然眉眼二物，其势往往相因。眼细者眉必长，眉粗者眼必巨，此大较也，然亦有不尽相合者。如长短粗细之间，未能一一尽善，则当取长恕短，要当视其可施人力与否。张京兆工于画眉[8]，则其夫人之双黛，必非浓淡得宜，无可润泽者。短者可长，则妙在用增；粗者可细，则妙在用减。但有必不可少之一字，而人多忽视之者，其名曰"曲"。必有天然之曲，而后人力可施其巧。"眉若远山"、"眉如新月"，皆言曲之至也。即不能酷肖远山，尽如新月，亦须稍带月形，略存山意，或弯其上而不弯其下，或细其外而不细其中，皆可自施人力。最忌平空一抹，有如太白经天[9]；又忌两笔斜冲，俨然倒书"八"字。变远山为近瀑，反新月为长虹，虽有善画之张郎，亦将畏难而却走。非选姿者居心太刻[10]，以其为温柔乡择人，非为娘子军择将也[11]。

【注释】

〔1〕"子舆氏"二句：子舆氏，即孟子，名轲字子舆。风鉴：以风貌品评鉴识人物，后称相面之术为风鉴。《孟子·离娄下》强调观人当重眸子，故李渔有此言。

〔2〕司花执爨（cuàn）：指雅俗之分。执爨，执炊，掌管厨房灶下之杂务。

〔3〕狮吼堂与温柔乡：见《选姿·第一》注〔5〕、注〔8〕。

〔4〕胶柱其目：眼睛不动。胶柱，将琴柱用胶粘住。

〔5〕武：步。

〔6〕卑：下。

〔7〕"无俟哓哓（xiāo）"二句：用不着喋喋不休，使人耳根不得清静。

〔8〕张京兆：西汉张敞，字子高，曾任京兆尹，常为妻子画眉，传为佳话。

〔9〕太白经天：太白，星名，即金星。又称启明、长庚。经天，横越天空。传说太白星主杀伐，这里比喻将眉毛横直一抹，弄得颇有凶相。

〔10〕刻：苛刻。

〔11〕娘子军：唐高祖起事时，其第三女平阳公主，嫁柴绍，起兵响应，与绍各置幕府，军中称娘子军。

【译文】

面孔是一身之主，眼睛又是面孔之主，相人必先相面，这是大家都知道的，相面必先相眼睛，这大家也都知道，但未必全然了解其中的奥秘。我以为相人的方法必先相其心，了然其心以后再观其形体。形体是指什么呢？眉毛、头发、口型、牙齿、耳朵、鼻子、双手、双脚之类就是。心在腹中，哪里看得见？我说：有眼睛在，就不愁看不见。观察心是邪是正，没有比看她的眸子更妙的了，孟子在他的书里写了这一层，已经开了风鉴的先河。我不想费事赘述他的说法，只讲一下情性的刚与柔，心思的愚与慧吧。这四项非同别的，就是关系到她在日后是去赏养花卉还是进厨房执炊的区分根据，也是她会成为狮吼堂女主还是温柔乡主人的分野之地。眼睛细细长长的，秉性一定柔顺；眼睛粗而大的，居心一定强悍；眼睛灵动而黑白分明的，一定多聪慧；眼睛常呆滞而白多黑少，或白少黑多的，一定近于愚蒙。然而初相之时，即使善于顾盼流转的也未必能即时流转，眼神灵动的有时也会发呆。那么用什么来试看呢？我说：自有办法在，不必担心。是怎样的办法？一叫以静待动，一叫以卑瞩高。眼睛随着身体转动，没有身体动荡转动着，而眼睛目光却一动不动的；让她一会儿过去一会儿过来，多走几步，而我以她的眼睛为中心回环注视其眼神，那么她如秋波一般的眼光就算不转也自然会流转，这是一个法子。女子含羞避开对方眼神时，一定会低首向下看，我如果居高临下，那么她在我下位又低头向下看，那就永远没有看到她眼神的时候了。一定要让她处在较高的位置，或者站在台坡上面，或者立在楼阁之前，而我故意降低自己的身躯去观察她，那样她下无可下，势必环转她的眼睛来躲避我。虽说明眸善转的转了，目光呆滞的也动了，而勉强或自然之中，就有贵贱美丑的分别，这又是一个法子。至于耳朵之大与小，鼻子之高与低，眉毛头发之浓与淡，嘴唇牙齿之红与白等等，都是一目了然的，即使是盲人，也还能用手去摸索感知，难道明眼人还不能由其形体加以鉴别吗？就不用我喋喋不休，徒增烦扰了。

眉毛的秀气与否，同样也关系到情性，应当和眼睛一样受到同等重视。然而眉毛眼睛这二者，其态势往往相辅相成，眼睛细的人眉毛一定长，眉毛粗的人眼睛一定大，这是大概的情形，但也有不尽相合的。如果长短粗细之间，不能一一都恰到好处，那就应当取长恕短，主要应当看她是否可以用人力来弥补。张敞善于画眉，那么他夫人的双黛，一定不是浓淡得宜，无可润泽修饰的。眉毛短的可以画长，那么其妙处在于怎样适度增长；眉毛粗的可以描细，那么其妙处在于怎样适度减细。但其中有必不可少的一个字，而人们都忽视了它，其名就叫做"曲"。一定要有弯弯的眉毛那天然的曲，而后人力才能够施以巧慧。"眉若远山"、"眉如新月"，都是说眉毛弯弯的极致的美。即使不能酷似远山，尽如新月，也须稍带月牙之形，略存远山之意，或者弯其上而不弯其下，或者细其外而不细其中，都可以施以人力来修饰改善。最忌讳的是眉毛平空一抹，犹如太白星横过天空；又忌讳两道眉毛斜冲下来，俨然像倒写的"八"字。本该是悠悠的远山，却变成近处直下的瀑布，好好一轮弯弯的新月，却成了横贯天空的长虹，即使有善于画眉的张郎，也将畏其难画而逃避。不是遴选姿色的人居心太严苛，而是因为他在为温柔乡挑佳人，不是为娘子军选将军。

手　　足

相女子者，有简便诀云："上看头，下看脚。"似二语可概通身矣。予怪其最要一着，全未提起。两手十指，为一生巧拙之关，百岁荣枯所系，相女者首重在此，何以略而去之？且无论手嫩者必聪，指尖者多慧，臂丰而腕厚者，必享珠围翠绕之荣，即以现在所需而论之，手以挥弦，使其指节累累，几类弯弓之决拾[1]；手以品箫，如其臂形攘攘，几同伐竹之斧斤；抱枕携衾，观之兴索；捧卮进酒，受者眉攒，亦大失开门见山之初着矣。故相手一节，为观人要着，寻花问柳者不可不知，然此道亦难言之矣。选人选足，每多窄窄金莲[2]；观手观人，绝少纤纤玉指。是最易者足，而最难者手，十百之中，不能一二觏也[3]。须知立法不可不严，至于行法，则不容不恕。但于或嫩或柔，或尖或细之中，取其一得，即可宽恕其他矣。

　　至于选足一事，如但求窄小，则可一目了然。倘欲由粗以及精，尽美而思善，使脚小而不受脚小之累，兼收脚小之用，则又比手更难，皆不可求而可遇者也。其累维何？因脚小而难行，动必扶墙靠壁，此累之在己者也。因脚小而致秽，令人掩鼻攒眉，此累之在人者也。其用维何？瘦欲无形，越看越生怜惜，此用之在日者也。柔若无骨，愈亲愈耐抚摩，此用之在夜者也。昔有人谓予曰："宜兴周相国，以千金购一丽人，名为'抱小姐'，因其脚小之至，寸步难移，每行必须人抱，是以得名。"予曰："果若是，则一泥塑美人而已矣，数钱可买，奚事千金？"造物生人以足，欲其行也。昔形容女子娉婷者[4]，非曰"步步生金莲"，即曰"行行如玉立"，皆谓其脚小而能行，又复行而入画，是以可珍可宝，如其小而不行，则与刖足者何异[5]？此小脚之累之不可有也。予遍游四方，见足之最小而无累，与最小而得用者，莫过于秦之兰州，晋之大同。兰州女子之足，大者三寸，小者犹不及焉，又能步履如飞，男子有时追之不及，然去其凌波小袜而抚摩之[6]，犹觉刚柔相半；即有柔若无骨者，然偶见则易，频遇为难。至大同名妓，则强半皆若是也。

与之同榻者，抚及金莲，令人不忍释手，觉倚翠偎红之乐，未有过于此者。向在都门，以此语人，人多不信。一日席间拥二妓，一晋一燕，皆无丽色，而足则甚小。予请不信者即而验之，果觉晋胜于燕，大有刚柔之别。座客无不翻然，而罚不信者以金谷酒数。此言小脚之用之不可无也。噫！"岂其娶妻，必齐之姜？"[7]就地取材，但不失立言之大意而已矣。

验足之法无他，只在多行几步，观其难行易动，察其勉强自然，则思过半矣。直则易动，曲即难行；正则自然，歪即勉强。直而正者，非止美观便走，亦少秽气。大约秽气之生，皆强勉造作之所致也。

【注释】

〔1〕决拾：古代射箭用具。

〔2〕金莲：指小脚。

〔3〕觏（gòu）：遇到。

〔4〕娉（pīng）婷：姿态美好。

〔5〕刖（yuè）足：断足。刖，古代砍足的酷刑。

〔6〕凌波小袜：曹植《洛神赋》："凌波微步，罗袜生尘。"

〔7〕"岂其娶妻"二句：语出《诗经·陈风·衡门》。齐之姜，卫庄公夫人庄姜，齐庄公的女儿。《诗经·卫风·硕人》极写其美丽。

【译文】

相女子的人，有一个简便的口诀说："上看头，下看脚。"好像这两句话就能概括全身了。我奇怪的是其中最紧要的一着，何以竟只字不提。两手十指，关系着一个人一生是慧巧还是笨拙，也关系着她的百年是荣华富贵还是贫贱枯槁，相女子的人首先看重的就在于此，何以偏偏忽略不提呢。且不论手嫩者必定聪明，指尖者多半巧慧，臂丰而腕厚者，必能享受珠围翠绕的荣华生活。就以当下日常所需而论，手是用来抚琴挥弦的，假使她的手指粗大，关节凸出，犹如那弯弓搭箭的扳指；手也是用来弄笛品箫的，如果她的臂形粗壮，臃臃攘攘，就像那砍竹子的斧头；这样的手来抱枕携衾，看过去兴致索然；给人捧杯进酒，接受者皱紧眉头，一眼看去就欠缺体面和美感，这也大失主家开门见山的初衷了。所以相手这一节，是相人的紧要一招，寻花问柳者不可不知，只是此中道理也难以说清楚。选人选足，三寸金莲比比皆是；看手看人，纤纤玉指绝少遇见。如此则最容易的是选足，最难得的是选手，十人百人当中，不能见到一两个。必须知道立法不可不严，至于执行法则，就不能不宽容一些。只须在或嫩或柔，或尖或细之中，有一方面出色，便可宽恕其他方面的不足了。

至于选足这一件事，如果只求其窄小，那么就可以一目了然。倘若想要由粗而及精，尽美又尽善，使得脚小而不受脚小之累，还兼收脚小的用处，那就比选手更难，那都是可遇而不可求的事情。脚小之累是指什么？因为脚小而难以行路，要走动必须扶墙靠壁，这是拖累自己的方面。又因为裹脚而容易招致污秽气味，令人掩着鼻子皱着眉头，这是累及他人的方面。那么脚小之用又是指什么？小脚瘦得近乎无形，越看越生怜惜，这是白天的用处。柔若无骨，愈亲愈耐抚摩，这是夜间的用处。曾经有人告诉我："宜兴周相国，用千金买来一位丽人，名叫'抱小姐'，因为她脚小到了极点，寸步难移，每当行走必须让人抱，所以得名。"我说："果真如此，那就只是一个泥塑美人罢了。几个钱就能买来，何必花费千金？"造物主让人生脚，是要让人行走的。过去形容女子婷婷嫋嫋，绰约多姿，不是说"步步生金莲"，就是讲"行行如玉立"，都是说她们脚小而能行，而且行走姿势可以入画，所以可珍可宝，如果她脚小不能行路，那么与那些受过断足之刑的人有什么两样？这种小脚之累是不可以有的。我遍游四方，看到脚最小而没有拖累，和脚最小而仍然可用来行走的，没有比得上秦之兰州、晋之大同的。兰州女子的脚，大的三寸，小的还不到三寸，却又能步履如飞，男子有时还追不上她，然而脱去凌波小袜去抚摩它，还觉得刚柔相半；即使有柔若无骨的，但也是偶然一见容易，频频遇上就难了。至于大同名妓，就大半都是这样的。与其同榻的，抚及金莲，令人不忍释手，觉倚翠偎红之乐，未有过于此者。从前在都门，以此说给别人听，人们大多不信。一日，酒席间拥二妓，一晋一燕，都不太美，但脚却很小。我请不信者当场验视，果然觉得晋妓胜过燕妓，大有刚柔之别。座上客人无不起哄，要像石崇金谷罚酒那样罚不信者。这是说小脚的用不可或缺。噫！"岂其娶妻，必齐之姜？"难道娶妻一定要娶庄姜夫人那样的美女？就地取材，只要不失立言之大意就可以啦。

验足的方法没有别的，只在让其多走几步，看她行走是困难还是容易，是自然还是勉强，也就把握得差不多了。脚直则易动，脚曲就难行；脚正则自然，脚歪就勉强。又直又正的，不仅美观便于行走，而且秽气也少。大约秽气的产生，都是勉强造作所导致的结果。

态　　度[1]

古云："尤物足以移人[2]。"尤物维何？媚态是已。世人不知，以为美色，乌知颜色虽美，是一物也，乌足移人？加之以态，则物而尤矣。如云美色即是尤物，即可移人，则今时绢做之美女，画上之娇娥，其颜色较之生人岂止十倍，何以不见移人，而使之害相思成郁病耶？是知"媚态"二字，必不可少。媚态之在人身，犹火之有焰，灯之有光，珠贝金银之有宝色，是无形之物，非有形之物也。惟其是物而非物，无形似有形，是以名为尤物。尤物者，怪物也，不可解说之事也。凡女子，一见即令人思之而不能自已，遂至舍命以图，与生为难者，皆怪物也，皆不可解说之事也。吾于"态"之一字，服天地生人之巧，鬼神体物之工。使以我作天地鬼神，形体吾能赋之，知识我能予之，至于是物而非物，无形似有形之态度，我实不能变之化之，使其自无而有，复自有而无也。态之为物，不特能使美者愈美，艳者愈艳，且能使老者少而媸者妍，无情之事变为有情，使人暗受笼络而不觉者。女子一有媚态，三四分姿色，便可抵过六七分。试以六七分姿色而无媚态之妇人，与三四分姿色而有媚态之妇人同立一处，则人止爱三四分而不爱六七分，是态度之于颜色，犹不止一倍当两倍也。试以二三分姿色而无媚态之妇人，与全无姿色而止有媚态之妇人同立一处，或与人各交数言，则人止为媚态所惑，而不为美色所惑，是态度之于颜色，犹不止于以少敌多，且能以无而敌有也。今之女子，每有状貌姿容一无可取，而能令人思之不倦，甚至舍命相从者，“态”之一字之为祟也。是知选貌选姿，总不如选态一着之为要。态自天生，非可强造。强造之态，不能饰美，止能愈增其陋。同一颦也，出于西施则可爱，出于东施则可憎者，天生、强造之别也。相面、相肌、相眉、相眼之法，皆可言传，独相态一事，则予心能知之，口实不能言之。口之所能言者物也，非尤物也。噫！能使人知，而能使人欲言不得，其为物也何如！其为事也何如！岂非天地之间一大怪物，而从古及今，一件解说不来之事乎？

　　诘予者曰：既为态度立言，又不指人以法，终觉首鼠[3]，盍亦舍精言粗，略示相女者以意乎？予曰：不得已而为言，止有直书所见，聊为榜样而已。向在维扬[4]，代一贵人相妾。靓妆而至者不一其人，始皆俯首而立，及命之抬头，一人不作羞容而竟抬；一人娇羞腼腆，强之数四而后抬；一人初不即抬，及强而后可，先以眼光一瞬[5]，似于看人，而实非看人，瞬毕复定而后抬，俟人看毕，复以眼光一瞬而后俯，此即"态"也。记曩时春游遇雨，避一亭中，见无数女子，妍媸不一，皆踉跄而至。中一缟衣贫妇[6]，年三十许，人皆趋入亭中，彼独徘徊檐下，以中无隙地故也[7]；人皆抖擞衣衫，虑其太湿，彼独听其自然，以檐下雨侵，抖之无益，徒现丑态故也。及雨将止而告行，彼独迟疑稍后，去不数武而雨复作，乃趋入亭。彼则先立亭中，以逆料必转[8]，先踞胜地故也。然臆虽偶中[9]，绝无骄人之色。见后入者反立檐下，衣衫之湿，数倍于前，而此妇代为振衣，姿态百出，竟若天集众丑，以形一人之媚者。自观者视之，其初之不动，似以郑重而养态；其后之故动，似以徜徉而生态[10]。然彼岂能必天复雨，先储其才以俟用乎？其养也出之无心。其生也亦非有意，皆天机之自起自伏耳。当其养态之时，先有一种娇羞无那之致现于身外，令人生爱生怜，不俟娉婷大露而后觉也。斯二者，皆妇人媚态之一斑，举之以见大较。噫！以年三十许之贫妇，止为姿态稍异，遂使二八佳人，与曳珠顶翠者皆出其下[11]，然则态之为用岂浅鲜哉！

人问：圣贤神化之事，皆可造诣而成[12]，岂妇人媚态独不可学而至乎？予曰：学则可学，教则不能。人又问：既不能教，胡云可学？予曰：使无态之人与有态者同居，朝夕薰陶，或能为其所化；如蓬生麻中，不扶自直〔13〕，鹰变成鸠，形为气感〔14〕，是则可矣。若欲耳提而面命之〔15〕，则一部廿一史，当从何处说起？还怕愈说愈增其木强〔16〕，奈何！

【注释】

〔1〕态度：神态、风韵。

〔2〕"尤物足以移人"：语出《左传·昭公二十八年》："夫有尤物，足以移人。"

〔3〕首鼠：模棱两可，不着边际。

〔4〕维扬：今江苏扬州市。

〔5〕瞬：注视。

〔6〕缟衣：素白的衣裙。缟，细白的生绢。

〔7〕隙地：空地方。

〔8〕逆料必转：预料人们一定会再折转回来。

〔9〕臆：臆测，推测。

〔10〕徜徉（cháng yáng）：徘徊，自由自在地往来。这里指举止动态，与前文指静态端庄的"郑重"对举。

〔11〕曳珠顶翠：挂着、戴着各种珍贵的首饰。

〔12〕造诣：这里指修养，修炼。

〔13〕"蓬生麻中"二句：语出《荀子·劝学》。

〔14〕"鹰变为鸠"二句：古人以为，鹰为春和之气所感而化为鸠鸟。《礼记·月令》："仲春之月，鹰化为鸠。"

〔15〕耳提而面命之：不仅当面告诫而且凑近耳朵，殷切叮嘱教诲。《诗经·大雅·抑》："匪面命之，言提其耳。"

〔16〕木强：质朴而倔强，这里有不开窍的意思。

【译文】

古人说："尤物足以移人。"这尤物指的是什么？就是媚态。世人不明白，以为尤物就是指美色。哪里知道颜色虽美，还只是一物，哪里足以移人性情？假使美色之上再加媚态韵致，那才算由物而升华为尤物了。如果说美色就是尤物，就可以移人性情，那么今时用绢做的美女，画上的娇娥，她们的颜色比起活人来岂止胜过十倍，何以不见其移人情性，让人们害相思而抑郁成病呀？由此可知这"媚态"二字，是必不可少的。媚态之在人身，犹如火之有光焰，灯之有光明，珠贝金银之有宝色，此乃无形之物，而非有形之物。正因为其是物而又不是物，无形而又似乎有形，所以才名为尤物。尤物，就是怪物，是不可解说的事物。凡女子之中，有叫人一见就日夜相思不已，无法自控，以至于舍命相求，寻死觅活的，那都是怪物，都是不可解说的事物。我于"态"这个字上，真是服膺天地生人的巧思，鬼神体物的工妙。假使叫我做天地鬼神，形体我能赋予，感官知觉我能给予，但至于是物而又不是物，无形而又似乎有形的媚态韵致，我实在不能变它，化它，让它能从无而到有，又从有而到无。媚态韵致之为物，不仅能使美的更美，艳的更艳，而且能使老年人变年轻，丑陋的变美丽，无情的事情变得有情有致，使人暗暗地受其影响却不知不觉。女子一有媚态，三四分姿色，便可抵过六七分。试让六七分姿色而无媚态的妇人，与三四分姿色而有媚态的妇人站在一道，那么人们便只会爱三四分的而不爱六七分的，由此可见，媚态韵致之于颜色，其效应还不止一倍当两倍呢。试让二三分姿色而无媚态的妇人，与全无姿色而只有媚态的妇人站在一道，或与人各交谈几句，那么人们只会被媚态所迷惑，而不会被那二三分美色所迷惑，由此可见，媚态韵致之于颜色，其效应还不止于以少胜多，而且能够以无胜有。现在的女子，常常有状貌姿容一无可取，却能让人相思不倦，甚至舍命相从的，那就是"态"这一个字作的怪。由此可知，选貌选姿，总不如选态这一招来得重要。态出于天生，不是可以勉强造作的。勉强造作的态，不能增饰其美，只能愈加彰显其丑陋。一样是皱眉头，之所以出于西施便可爱，出于东施就显得可憎，就是由于天然生成与勉强造作的差别。相面、相肌、相眉、相眼的方法，都可以言传，独有这相态一事，我心里知道，口中却实在无法言说。口头能够说清楚的是物，而非尤物。噫！能够让人心里明白，却又让人想说而说不清楚，其为物是怎样的物！其为事又是怎样的事啊！岂不是天地之间的一大怪物，而从古到今，一件解说不清楚的事吗？

有人问我：既然为媚态韵致立言，却又不把如何识鉴媚态韵致的方法明示于人，终是让人觉得模棱两可得不着调，你何妨舍精言粗，为相女者揭示大略的意思呢？我说：一定不得不说的话，只有将我所见所思如实写下来，聊做示例榜样了。从前在扬州，代一位贵人相妾。靓装而来的有好几位，开始都低头站着，等到叫她们抬起头来，一位毫无羞色而径直抬起了头；一位娇羞腼腆，勉强她多次而后才抬头；一位起初不立即抬头，要等强令她才抬头，先是以眼光一扫，似乎在看人，实际上却又不是在看人，扫瞄过以后又收定眼神，而后才把头抬起，等到让人看过，又以眼光一扫而后俯首而立，这就是"态"了。记得从前有一次春游遇雨，在一个亭子里避雨，见到无数女子，美丑不一，都跟跟跄跄奔来。当中有一位穿着素白衣裙的贫家少妇，三十来岁，当人们都争先恐后跑向亭子里的时候，她却独自徘徊在檐下，因为亭子里已经没有空地方了；人们都在抖擞衣衫，怕衣服太湿，唯独她听其自然，这是因为檐下斜雨还在打进来，再抖也没有用，徒然彰显丑态的缘故。待到雨看来停了好上路走的时候，又唯独她迟疑着稍稍落在后面，人们离开亭子没几步，而雨又下起来了，于是赶快跑回亭子。她却已先立亭中，因为预料人们一定会转回来，便先占了好位置。然而她依旧淡然从容，虽然偶然预料到了，却绝没有一点骄人之色。看到后面进来的人反而站在檐下，衣衫之湿，比刚才重了几倍，这位妇人帮助她们整理衣裙，姿态百出，竟然像是天老爷特意集众丑于此，来反衬她一人的媚态似的。从观者的角度来看，她刚开始迟疑不动，好像是以端庄郑重的举止姿势来养态；而她后来有意的动作，又像是在以徜徉多姿来生态。然而她难道能断定天必会再下大雨，事先储存其才技以备用吗？她养态本是出于无心，她生态也并非有意，那都是天机的自起自伏吧。当她养态的时候，先有一种娇羞无那的风致显现于身外，叫人生爱生怜，用不着等到她娉婷之姿大显以后才有感觉。这两个例子，都是妇人媚态之一斑，标示出来以说明大概情形。噫！三十来岁的贫家女子，只因姿态稍异于常人，就把二八妙龄佳人和满身珠翠的贵妇人都比下去了，如此则"态"的作用难道还小吗？

有人问：圣贤出神入化的事情，都可以修养而成，难道唯独妇人的媚态不能通过学习而得到吗？我说：学是可以学的，教却是教不会的。人又问：既然说不能教，怎么又说可以学？我说：让无态的人和有态的人同住一起，朝夕薰陶，或许能够被有态的人同化；像蓬生麻中，不用扶它自然会长得笔直，鹰变成鸠，其形自然被春和之气所感，如此就可以了。如果想要耳提面命具体教习，那么就像一部二十一史，应当从哪里说起？还怕越说越增加其呆滞生硬，有什么办法呢？

修 容 第 二

妇人惟仙姿国色，无俟修容；稍去天工者，即不能免于人力矣。然予所谓"修饰"二字，无论妍媸美恶，均不可少。俗云："三分人材，七分妆饰。"此为中人以下者言之也。然则有七分人材者，可少三分妆饰乎？即有十分人材者，岂一分妆饰皆可不用乎？曰：不能也。若是，则修容之道不可不急讲矣[1]。今世之讲修容者，非止穷工极巧，几能变鬼为神，我即欲勉竭心神，创为新说，其如人心至巧，我法难工，非但小巫见大巫，且如小巫之徒，往教大巫之师，其不遭喷饭而唾面者鲜矣[2]。然一时风气所趋，往往失之过当。非始初立法之不佳，一人求胜于一人，一日务新于一日，趋而过之，致失其真之弊也。"楚王好细腰，宫中皆饿死；楚王好高髻，宫中皆一尺；楚王好大袖，宫中皆全帛[3]。"细腰非不可爱，高髻大袖非不美观，然至饿死，则人而鬼矣。髻至一尺，袖至全帛，非但不美观，直与魑魅魍魉无别矣[4]。此非好细腰、好高髻、大袖者之过，乃自为饿死，自为一尺，自为全帛者之过也。亦非自为饿死，自为一尺，自为全帛者之过，无一人痛惩其失，著为章程[5]，谓止当如此，不可太过，不可不及，使有遵守者之过也。吾观今日之修容，大类楚宫之末俗，著为章程，非草野得为之事。但不经人提破，使知不可爱而可憎，听其日趋日甚，则在生而为魑魅魍魉者，已去死人不远；矧腰成一缕[6]，有饿而必死之势哉！予为修容立说，实具此段婆心，凡为西子者，自当曲体人情，万毋遽发娇嗔，罪其唐突[7]。

【注释】

〔1〕讲：探讨，讲究。

〔2〕唾面：将口水吐到脸上。

〔3〕"楚王好细腰"六句：参见《后汉书·马援传》。髻（jì），在头顶或脑后将头发盘成各种形状的发髻。

〔4〕魑魅魍魉（chī mèi wǎng liǎng）：传说中山林水泽中能害人的鬼怪。这里为丑八怪的意思。

〔5〕章程：规定，准则。

〔6〕矧（shěn）：况且。

〔7〕唐突：冒犯。

【译文】

女子惟有仙姿国色，才无须有待于修饰容颜，天工稍稍欠缺一点的，就免不了靠人力修饰打扮去弥补了。不过我所说的"修饰"二字，无论妍媸美丑，都必不可少。俗语说："三分人材，七分妆饰。"这是对中等以下的人讲的。那么有七分人材的，就可以少掉那三分妆饰吗？即便有十分人材的，难道一分妆饰都可以不用了吗？我说：不能。如果是这样。那么修容之道就不可不优先讲究了。现在讲究修容的，不仅穷工极巧，而且几乎能将鬼变作神，我就是想勉强殚精竭虑，创为新说，怎奈何人心至巧，我法难工，不但像小巫之见大巫，而且像小巫的徒弟，去教大巫的师傅，这样做的人，能幸免于被人喷饭嘲笑口水唾面遭遇的，是很少的。然而一时风气所趋尚的，往往失之过当。并不是起初创设的法子不好，而是因为每个人都想要胜过别人，每一天都务求新过前一天，趋新求异过了头，致使有失去真美的弊病。"楚王好细腰，宫中皆饿死；楚王好高髻，宫中皆一尺；楚王好大袖，宫中皆全帛。"细腰并非不可爱，高髻大袖并非不美观，然而竟然为了瘦身细腰至于节食而饿死，那就活人都变成鬼了。髻高至一尺，袖宽至全帛，非但不美观，简直与魑魅魍魉没有区别了。这不是好细腰、好高髻、好大袖者的过错，乃是自为饿死，自为一尺，自为全帛者的过错。也不是自为饿死，自为一尺，自为全帛者的过错，而是错在没有一个人出面痛惩这样的过错，写明颁布章程，告诫人们只当如此，不可太过，不可不及，使得人们有可以遵守照办的规则。我看今天人们的修饰容颜，很像楚宫的末俗。要写明颁布章程，不是草野平民所能做的事，但不经人说破，使人们知道修容过分伤其真美不可爱而且可憎，听任这样的趋尚日甚一日，那么这些活着却装扮得像魑魅魍魉的人，已离死人不远了；何况将腰瘦成一缕，有节食挨饿而必死的趋势啊！我为修容著书立说，实在是怀有这样一段婆心，凡是想要成为西子这样的美女的，自然应当深切体谅这番苦心，万勿遽发娇嗔，怪罪我唐突佳人。

盥　栉

盥面之法，无他奇巧，止是濯垢务尽。面上亦无他垢。所谓垢者，油而已矣。油有二种，有自生之油，有沾上之油。自生之油，从毛孔沁出[1]，肥人多而瘦人少，似汗非汗者是也。沾上之油，从下而上者少，从上而下者多，以发与膏沐势不相离[2]，发面交接之地势难保其不侵，况以手按发，按毕之后，自上而下亦难保其不相挨擦，挨擦所至之处，即生油发亮之处也。生油发亮，于面似无大损，殊不知一日之美恶系焉，面之不白不匀即从此始。从来上粉着色之地最怕有油，有即不能上色。倘于浴面初毕，未经搽粉之时，但有指大一痕为油手所污，迨加粉搽面之后，则满面皆白而此处独黑，又且黑而有光，此受病之在先者也。既经搽粉之后，而为油手所污，其黑而光也亦然，以粉上加油，但见油而不见粉也，此受病之在后者也。此二者之为患，虽似大而实小，以受病之处止在一隅，不及满面，闺人尽有知之者。尚有全体受伤之患，从古佳人暗受其害而不知者，予请攻而出之[3]。从来拭面之巾帕，多不止于拭面，擦臂抹胸，随其所至；有腻即有油，则巾帕之不洁也久矣。即有好洁之人，止以拭面，不及其他，然能保其上不及发，将至额角而遂止乎？一沾膏沐，即非无油少腻之物矣。以此拭面，非拭面也，犹打磨细物之人，故以油布擦光，使其不沾他物也。他物不沾，粉独沾乎？凡有面不受妆，越匀越黑；同一粉也，一人搽之而白，一人搽之而不白者，职是故也[4]。以拭面之巾有异同，非搽面之粉有善恶也。故善匀面者，必须先洁其巾。拭面之巾，止供拭面之用，又须用过即浣，勿使稍带油痕，此务本穷源之法也。

　　善栉不如善篦[5]，篦者栉之兄也。发内无尘，始得丝丝现相，不则一片如毡，求其界限而不得，是帽也，非髻也，是退光黑漆之器，非乌云蟠绕之头也。故善蓄姬妾者，当以百钱买梳，千钱购篦。篦精则发精，稍俭其值，则发损头痛，篦不数下而止矣。篦之极净，使便用梳。而梳之为物，则越旧越精。"人惟求旧，物惟求新。"[6]古语虽然，非为论梳而设。求其旧而不得，则富者用牙，贫者用角。新木之梳，即搜根剔齿者，非油浸十日，不可用也。

古人呼髻为"蟠龙"。蟠龙者，髻之本体，非由妆饰而成。随手绾成[7]，皆作蟠龙之势，可见古人之妆，全用自然，毫无造作。然龙乃善变之物，发无一定之形，使其相传至今，物而不化[8]，则龙非蟠龙，乃死龙矣；发非佳人之发，乃死人之发矣。无怪今人善变，变之诚是也。但其变之之形，只顾趋新，不求合理；只求变相，不顾失真。凡以彼物肖此物，必取其当然者肖之，必取其应有者肖之，又必取其形色相类者肖之，未有凭空捏造，任意为之而不顾者。古人呼发为"乌云"，呼髻为"蟠龙"者，以二物生于天上，宜乎在顶。发之缭绕似云，发之蟠曲似龙，而云之色有乌云，龙之色有乌龙。是色也，相也，情也，理也，事事相合，是以得名，非凭捏造，任意为之而不顾者也。窃怪今之所谓"牡丹头"、"荷花头"、"钵盂头"，种种新式，非不穷新极异，令人改观，然于当然应有、形色相类之义，则一无取焉。人之一身，手可生花，江淹之彩笔是也[9]；舌可生花，如来之广长是也[10]；头则未见其生花，生之自今日始。此言不当然而然也。发上虽有簪花之义，未有以头为花，而身为蒂者；钵盂乃盛饭之器，未有倒贮活人之首，而作覆盆之象者。此皆事所未闻，闻之自今日始。此言不应有而有也。群花之色，万紫千红，独不见其有黑。设立一妇人于此，有人呼之为"黑牡丹"、"黑莲花"、"黑钵盂"者，此妇必艴然而怒[11]，怒而继之以骂矣。以不喜呼名之怪物，居然自肖其形，岂非绝不可解之事乎？
吾谓美人所梳之髻，不妨日异月新，但须筹为理之所有。
理之所有者，其象多端，然总莫妙于云龙二物。仍用其
名而变更其实，则古制新裁并行而不悖矣。勿谓止此二
物，变来有限，须知普天下之物，取其千态万状，越变
而越不穷者，无有过此二物者矣。龙虽善变，犹不过飞
龙、游龙、伏龙、潜龙、戏珠龙、出海龙之数种[12]；至
于云之为物，顷刻数迁其位，须臾屡易其形，"千变万
化"四字，犹为有定之称，其实云之变相，"千万"二
字，犹不足以限量之也。若得聪明女子，日日仰观天象，
既肖云而为髻，复肖髻而为云，即一日一更其式，犹不
能尽其巧幻，毕其离奇，矧未必朝朝变相乎？若谓天高
云远，视不分明，难于取法，则令画工绘出巧云数朵，
以纸剪式，衬于发下，俟栉沐既成，而后去之，此简便
易行之法也。云上尽可着色，或簪以时花，或饰以珠翠，
幻作云端五彩，视之光怪陆离。但须位置得宜，使与云
体相合，若其中应有此物者，勿露时花珠翠之本形，则
尽善矣。肖龙之法：如欲作飞龙、游龙，则先以己发梳
一光头于下[13]，后以假髾制作龙形[14]，盘旋缭绕复于其
上。务使离发少许，勿使相粘相贴，始不失飞龙、游龙
之义，相粘相贴则是潜龙、伏龙矣。悬空之法，不过用
铁线一二条，衬于不见之处，其龙爪之向下者，以发作
线，缝于光发之上[15]，则不动矣。戏珠龙法，以髾作小
龙二条，缀于两旁，尾向后而首向前，前缀大珠一颗，
近于龙嘴，名为"二龙戏珠"。出海龙亦照前式，但以假

髻作波浪纹，缀于龙身空隙之处，皆易为之。是数法者，皆以云龙二物分体为之，是云自云而龙自龙也。予又谓云龙二物势不宜分，"云从龙，风从虎[16]，《周易》业有成言，是当合而用之。同用一髻，同作一假，何不幻作云龙二物，使龙勿露全身，云亦勿作全朵，忽而见龙，忽而见云，令人无可测识，是美人之头，尽有盘旋飞舞之势，朝为行云，暮为行雨，不几两擅其绝，而为阳台神女之现身哉[17]？噫！笠翁于此搜尽枯肠，为此髻者，不可不加尸祝[18]。天年以后[19]，倘得为神，则将往来绣阁之中，验其所制，果有裨于花容月貌否也。

【注释】

〔1〕沁（qìn）出：渗出。

〔2〕膏沐：妇女润泽头发的油脂。《诗经·卫风·伯兮》："自伯之东，首如飞蓬。岂无膏沐，谁适为容。"

〔3〕攻而出之：指出来。攻，揭示。

〔4〕职是故也：就是因为这个缘故。职，副词，相当于"惟"、"只"。

〔5〕栉（zhì）：梳子。篦（bì）：比普通梳子更细密的梳头用具。

〔6〕"人惟求旧"二句：语本《尚书·盘庚上》："人惟求旧，器惟求旧，惟新。"

〔7〕绾（wǎn）：盘结，系。

〔8〕物而不化：这里指成为固定模式，而没有变化。

〔9〕江淹之彩笔：钟嵘《诗品·卷中·齐光禄江淹》载：江淹曾"梦一美丈夫，自称郭璞，谓淹曰：'我有笔在卿处多年矣，可以见还。'淹探怀中，得五色笔以授之。尔后为诗，不复成语，故世传江郎才尽"。

〔10〕"舌可生花"二句：佛教谓佛有三十二相，第二十七相为广长舌相，言舌叶广长。《法华经》六《如来神力品》："现大神力，出广长舌，上到梵世。"后以广长之舌比喻能言善辩。

〔11〕艴（fú）然：勃然。艴，盛怒貌。

〔12〕"龙虽善变"二语：飞龙等种种龙的名目，原指古代画家画龙的几种典型的样式，这里指发型。其中飞龙、潜龙，语出《易·乾》；游龙，

见宋玉《神女赋》；伏龙，即卧龙，《三国志·蜀志·诸葛亮传》注引《襄阳记》载诸葛亮人称卧龙、伏龙。

〔13〕光头：梳理头发。这里指将自己头发梳理过后作为整饰发型的基础。

〔14〕髲（bì）：假发。

〔15〕光发：自己原有的头发。参见注〔13〕。

〔16〕"云从龙"二句：语出《易·乾》。指龙起生云，虎啸成风，同类事物相互感应。

〔17〕"朝为行云"几句：参见《选姿第一》注〔9〕。

〔18〕尸祝：尸，古代祭祀时代死者受祭的人；祝，祭祀时司礼仪的人。这里用指祝祷起誓。

〔19〕天年以后：死后。天年，指人的自然寿命。

【译文】

　　洗脸的方法，没有什么别的奇巧，只是务必把污垢全洗干净。脸上其实也没有别的污垢，所谓污垢，便是油腻而已。油腻有两种，有的是自生的油腻，有的是沾上的油腻。自生的油腻，从毛孔中沁渗出来，胖的人多瘦的人少，就是似汗又不是汗的东西。沾上的油腻，从下而上的少，从上而下的多，因为头发离不开润发油膏，那么头发和脸相接的地方，势必很难保证不受油膏的侵染，何况用手按发，按过以后，自上而下也难保它们不相挨擦，挨擦所到之处，便是生油发亮之处。生油发亮，对于面部似乎没有什么大的损害，殊不知它关系着女子一天的美丑，脸的不白不匀就从这上头开始。从来上粉着色的地方最怕有油，有油就不能上色。倘若在脸刚刚洗好，还没有搽上粉的时候，只要被油手所污染留下手指头大的一痕，等到加粉搽脸之后，便满脸都白而惟有此处独黑，而且又黑又有光，这是搽粉之前就出了毛病的。已经搽粉以后，而被油手所染污，也是这样又黑又光的，因为粉上加油，只见油而不见粉了，这是搽粉之后出的毛病。这两种毛病的坏处，虽然似乎严重但其实并不严重，因为被染污的只是在一小片地方，而没有影响到整个脸部，闺中女子知道的很多。但还有一种让整个面部都受损伤的隐患，从古到今佳人们暗受其害却不知情，现在请让我把它揭示出来。从来擦脸拭面的毛巾手帕，大多不止于擦拭脸面，也用来擦臂抹胸，擦到哪里就是哪里；有腻就会有油，那么毛巾手帕早就已经不洁净了。即使有爱干净的人，只用它来擦脸，不擦别的地方，然而能够保准它擦上面时不接触到头发，快到额头鬓角时便停止吗？一沾上油膏，便不是无油少腻的东西了。用它来擦脸，那不是擦脸，而是像打磨精致细腻物品的人，故意用油布擦光，使它不沾别的东西。别的东西沾不上，唯独能沾上粉吗？凡是有面不受妆的，就会越匀越黑；同样的一种粉，一个人搽了就白，而另一个人搽了却不能白的，便是因为这个原故。因为擦脸的毛巾手帕有异有同，而不是搽脸的粉有好有坏。所以善于匀面的人，一定会先把毛巾洗晒洁净。擦脸的毛巾，只供擦脸使用，还必须用过就洗干净，不让它带一点儿油痕，这是务本穷源的方法。

善用梳子不如善用篦子，篦子是梳子的兄长。头发里面没有灰尘，才能显出丝丝缕缕的发相之美，否则黏成一片，好像毛毡，发髻之内的丝缕纹路都分不清看不明，那已成了毡帽，而不是发髻；那是退色无光的黑漆的器皿，而不是乌云蟠绕的头顶了。所以善于蓄养姬妾的人家，应当用百钱买梳子，千钱购篦子。篦子精细那么发髻自然精美，倘若买篦子时稍微贪图一点俭省，那么便会使得佳人发损头痛，篦不了几下就完事了。篦得干干净净的，便可用梳子梳。而梳子这种东西，则是越旧越精的。"人惟求旧，物惟求新。"《尚书》中的老古话虽然这么说，却并不是为论梳子而发的。倘若找不到旧的梳子，那么富贵人家用象牙制的，贫寒人家用牛角制的；新的木制梳子，就是搜根剔齿的，不经过油浸十日，是不能用的。

古人叫发髻为"蟠龙"。所谓蟠龙，是形容发髻本来自然的形态，不是由妆饰而成的。女子的长发，随手盘起，都自然呈现蟠龙的姿势，可见古人的妆扮，全用自然，毫无造作。然而龙乃是善变灵动之物，发型也没有一成不变的式样，假使古代发髻的样式相传至今，成为固定的模式，毫无变化，那么龙就不是蟠龙，而成了死龙；发也不是佳人的秀发，而成了死人头发。无怪今人发髻也善于新变，新变实在是对头的。只是今人变化发髻之形，只顾趋新求变，不管是否合于物理；只求变换发型，不顾是否会伤失本真。凡是用别的物像来模仿此物，必须取其原本如此的样子来效仿它，必须取其应有的样子来效仿它，又必须取其形状色调相类似的样子来效仿它，没有凭空捏造，任意定型而不顾其本来性状的。古人称呼头发为"乌云"，称呼发髻为"蟠龙"，是因为这两样事物生在天上，适宜用来喻指头顶之物。发丝缭绕好似云朵，发辫蟠曲好似蟠龙，而云的颜色有乌云，龙的颜色有乌龙。那么这是色啊，相啊，情啊，理啊，事事都相应合，所以得名，不是凭空捏造，任意定名而不顾其本来性状的。我私下里奇怪今天所谓的"牡丹头"、"荷花头"、"钵盂头"，种种新花样，不是不穷新极异，令人改观。然而就须取其原本如此的样子，应有的样子，和形状色调相类似的样子而言，则又一无可取了。人的一身，手可以生花，像江淹的彩笔就是这样；舌可以生花，像如来佛的广长舌相便是；头上则过去没有见过生花的，头上居然生出花来，从今日才开始。这是说不当这样却这样了。头发上虽然合适簪花，但没有以头为花的，以头为花，那就是以身为蒂了；钵盂乃是盛饭的器皿，没有倒扣过来贮存活人之头，而作覆盆之象的。这些都是闻所未闻的事情，见到听到，自今日始。这是说不应该有而有了。群花的颜色，万紫千红，唯独不见其有黑色的。假使让一位女子站在这里，有人叫她"黑牡丹"、"黑莲花"、"黑钵盂"，那么这个女子必定会勃然大怒，愤怒之余，继之以破口大骂。人们都不喜欢称呼命名的怪物，居然自己主动模仿它的状貌，这难道不是完全不可理解的事吗？我说美人所梳的发髻，不妨日异月新，但必须考虑合乎事物本来所具有的情理。合乎情理的物象有多种多样，但总没有比云与龙这两种事物更妙的了。沿用其名而变更其实，那么古代的体式与新潮的花样就并行而不悖了。不要以为只有这云与龙两种事物，发型变来也有限，须知普天之下的事物，若要选取其千态万状，越变而越能变化无穷的，没有超过这云与龙二物了。龙虽然善于灵动变化，还不过飞龙、游龙、伏龙、潜龙、戏珠龙、出海龙这几种；至于云这个事物，顷刻之间，它的位置已经数次迁移，须臾之际，它的形状也已经屡次改变，"千变万化"这四个字，还可以算作有定量的称谓，其实云儿无限变幻之相，用"千万"两个字，还不足以衡量形容其情形。如果有聪明女子，日日仰观天象，既效仿云的万千气象而为发髻，又依照发髻的各种样式而为云鬟，就是一天变一样发式，还不能穷极其巧幻，尽显其离奇，何况未必会天天都变一个发式呢？如果说天高云远，看不分明，难于取法，那么可以让画工绘出巧云数朵，剪个纸样，衬在头发下，等到洗濯梳妆完成，而后把它拿掉，这是简单易行的办法。云鬟上面尽可以着色，或簪戴几朵时新鲜花，或妆饰几件珠玉翡翠，幻化为五彩云霞，看上去光怪陆离。只是要注意，簪戴妆点时花首饰的位置必须合宜适当，使得它们与云鬟融为一体，好像是其中本来应有此物，不要整个地露出鲜花珠翠的本形，那就十分完美了。至于仿效飞龙的方法：如果想做飞龙、游龙状的发髻，那么就先将自己的头发梳理出一个像云一样的光平底子在下面，然后用假发制作成龙形，盘旋缭绕地覆于其上。务必让它看起来稍稍悬空底发一些，不要让它们相粘相贴，这样才不失飞龙、游龙之本义，如果相粘相贴，那倒成了潜龙、伏龙了。悬空的方法，不过是用铁丝一二条，衬在看不见的地方，向下的龙爪，就用头发作线，缝在光平的底发上，那就固定不动了。做戏珠龙的方法，是用假发做二条小龙，缀在头发的两旁，尾向后而头向前，前面缀一颗大珠，靠近龙嘴，这就叫"二龙戏珠"。出海龙也照上面这个方法做，只是用假发作波浪纹，缀在龙身的空隙之处，这都是容易制作的。以上几种做法，都是将云和龙这两样分开来制作的，这样就是云自云而龙自龙。我又以为云和龙这两样势不宜分，"云从龙，风从虎"，这是《周易》早已说过的名言，实在应当合起来一体造型。同样用一个假发，同样作一个假物，何不由此一物幻化出云龙二物，使得龙不露出全身，云也不作整朵，忽而见龙，忽而见云，让人不可猜测辨认，这样的美人之头，尽有盘旋飞舞之势，朝为行云，暮为行雨，岂不几乎臻于云与龙二者的绝致，再现巫山神女显身阳台的妙境了吗？噫！我李笠翁在这里搜尽枯肠，设计了这样的发式，用此发髻的佳人，不可不为他祭拜，为他祈福。我享尽天年以后，倘若能为神仙，那么将会往来绣阁之中，检验佳人们根据我的设计制作的发髻，看看是否果真有益于花容月貌。

薰　　陶[1]

名花美女，气味相同，有国色者必有天香。天香结自胞胎，非由薰染，佳人身上实实有此一种，非饰美之词也。此种香气，亦有姿貌不甚姣艳，而能偶擅其奇者。总之一有此种，即是夭折摧残之兆，红颜薄命未有捷于此者。有国色而有天香，与无国色而有天香，皆是千中遇一，其余则薰染之力不可少也。其力维何？富贵之家，则需花露。花露者，摘取花瓣入瓿[2]，酝酿而成者也。蔷薇最上，群花次之。然用不须多，每于盥浴之后，挹取数匙入掌[3]，拭体拍面而匀之。此香此味，妙在似花非花，是露非露，有其芬芳，而无其气息，是以为佳，不似他种香气，或速或沉[4]，是兰是桂，一嗅即知者也。其次则用香皂浴身，香茶沁口，皆是闺中应有之事。皂之为物，亦有一种神奇，人身偶染秽物，或偶沾秽气，用此一擦，则去尽无遗。由此推之，即以百和奇香拌入此中[5]，未有不与垢秽并除，混入水中而不见者矣，乃独去秽而存香，似有攻邪不攻正之别。皂之佳者，一浴之后，香气经日不散，岂非天造地设，以供修容饰体之用者乎？香皂以江南六合县出者为第一[6]，但价值稍昂，又恐远不能致，多则浴体，少则止以浴面，亦权宜丰俭之策也。至于香茶沁口，费亦不多，世人但知其贵，不知每日所需，不过指大一片，重止毫厘，裂成数块，每于饭后及临睡时以少许润舌，则满吻皆香，多则味苦，而反成药气矣。

凡此所言，皆人所共知，予特申明其说，以见美人之香不可使之或无耳。别有一种，为值更廉，世人食而但甘其味，嗅而不辨其香者，请揭出言之：果中荔子，虽出人间，实与交梨、火枣无别[7]，其色国色，其香天香，乃果中尤物也。予游闽粤，幸得饱啖而归[8]，庶不虚生此口，但恨造物有私，不令四方皆出。陈不如鲜，夫人而知之矣。殊不知荔之陈者，香气未尝尽没，乃与橄榄同功，其好处却在回味时耳。佳人就寝，止啖一枚，则口脂之香，可以竟夕，多则甜而腻矣。须择道地者用之，枫亭是其选也[9]。人问：沁口之香，为美人设乎？为伴美人者设乎？予曰：伴者居多。若论美人，则五官四体皆为人设，奚止口内之香。

【注释】

〔1〕薰陶：薰，以香气薰染；陶，范土制器。这里指前者，为偏义复词。

〔2〕甑（zèng）：古代蒸食炊器。底部有许多透蒸汽的小孔，置于鬲或鍑上蒸煮，如同现代之蒸笼。

〔3〕挹（yì）：舀取。

〔4〕或速或沉：指速香、沉香，均为香木名。明李时珍《本草纲目·木一·沉香》："香之等凡三，曰沉，曰栈，曰黄熟（即速香）也。"

〔5〕百和奇香：多种香料配制而成的香料，亦以指花香。

〔6〕六（lù）合县：县名。今属江苏南京市，因境内有六合山得名。

〔7〕交梨、火枣：道教中称神仙所食的两种果品。

〔8〕啖（dàn）：吃。

〔9〕枫亭：在今福建莆田，盛产荔枝、龙眼。

【译文】

名花和美女，气味相同，有国色的，必有天香。天香从娘胎里就凝结而成了，并不是由后天薰染而来，佳人身上确确实实有这样一种天香，不是凭空饰美之词。这种香气，也有姿色容貌不是很娇艳的女子，却偶尔能禀赋这样奇异的特质。总之一有这样的奇香异质，就是夭折摧残的征兆，红颜薄命没有比这更快捷的了。有国色而又有天香，与无国色而有天香，都是千中遇一，那么对于不具有天香的绝大多数女子而言，薰染之力就必不可少了。薰染之力是什么？富贵人家，则需要用花露。所谓花露，是摘取鲜花花瓣放入甑器之中，经过蒸制、酝酿而成的。蔷薇花露是最上等的，其次是群花。不过用起来无须太多，每次在盥濯洗浴过后，舀取几小匙放手掌里，均匀地拍揉涂抹在身上脸上。此香此味，妙在似花而又非花，是露而又非露，有它的芬芳，却没有它的气息，所以称为上等，不像别种香气，或速香或沉香，是兰花是桂花，一闻就知道了。其次就用香皂沐浴，用香茶沁口，都是闺阁中女子应做的事情。香皂这种东西，也有一种神奇的作用，人身上偶然染上脏东西，或者偶然沾染秽臭气味，用它擦一擦，那就消除干净了。由此推想，就用多种花露奇香拌在里面，没有不和污物秽气一并消除，混到水中而不见遗迹，不留余味的，而它竟然能够单单去除污秽而存留花香，好似有攻邪不攻正的特质。上佳的香皂，洗浴以后，香气整日不散，难道不是天造地设，专门用来供修容饰体之用的吗？香皂数江南六合县出产的为第一，但价钱稍稍贵了一些，又恐怕路远不容易买到，有富余的，可以用于全身洗浴，如果少，就只用来洗洗脸，这也是因应丰俭多寡的权宜之策。至于用香茶来沁口，其花费也不多，人们只知道它贵，却不知道每日所需，不过手指甲大小的一片，分量只在毫厘之间，分成几小块，每次饭后和临睡前用少许润润舌，那就满口清香了，也不用多，多了味苦，反而成药气味了。

　　这里所说的种种，都是人所共知的，我之所以特地申说详明，是为了让人看明白美人之香是不可或缺的。另外还有一种，价值更低廉，人们常常吃着却只知道它味道甘甜，闻到却辨不出它的香气，请容我揭示出来说给大家听罢：水果中的荔枝，虽然出现在人间，实在与交梨、火枣这种道教所传的神仙果品没有两样，它的色是国色，它的香是天香，真乃是果品中的尤物。我游历福建广东等地，有幸得以饱啖而归，也算是没有虚生这张嘴巴，但恨造物主有私心，不叫南北四方各地都盛产此果。荔枝陈不如鲜，这人人都知道。殊不知那陈的荔枝，它的香气并没有完全失去，与橄榄有着同样的功效，它的好处就是在回味的时候。佳人就寝时，只要含食一颗，那么满口清香，口舌齿颊之间彻夜常在，多食就甜而发腻了。须要选用道地的，像枫亭产的就是正宗首选。有人或者要问：沁口之香，是专为美人设的吗？还是专为陪伴美人的人设的？我说：为陪伴者而设的层面居多。若论到美人，那么她的五官四体都是为人而设，何止这口中之香。

点　　染

"却嫌脂粉污颜色，淡扫蛾眉朝至尊。"^{〔1〕}此唐人妙句也。今世讳言脂粉，动称污人之物，有满面是粉而云粉不上面，遍唇皆脂而曰脂不沾唇者，皆信唐诗太过，而欲以虢国夫人自居者也^{〔2〕}。噫！脂粉焉能污人，人自污耳。

人谓脂粉二物，原为中材而设，美色可以不需。予曰不然。惟美色可施脂粉，其余似可不设。何也？二物颇带世情，大有趋炎附热之态，美者用之愈增其美，陋者加之更益其陋。使以绝代佳人而微施粉泽，略染腥红，有不增娇益媚者乎？使以媸颜陋妇而丹铅其面，粉藻其姿，有不惊人骇众者乎？询其所以然之故，则以白者可使再白，黑者难使遽白；黑上加之以白，是欲故显其黑，而以白物相形之也。试以一墨一粉，先分二处，后合一处而观之，其分处之时，黑自黑而白自白，虽云各别其性，未甚相仇也；迨其合处，遂觉黑不自安而白欲求去。相形相碍，难以一朝居者，以天下之物，相类者可使同居，即不相类而相似者，亦可使之同居，至于非但不相类、不相似，而且相反之物，则断断勿使同居，同居必为难矣。此言粉之不可混施也。脂则不然，面白者可用，面黑者亦可用。但脂粉二物，其势相依，面上有粉而唇上涂脂，则其色灿然可爱，倘面无粉泽而止丹其唇，非但红色不显，且能使面上之黑色变而为紫，以紫之为色，非系天生，乃红黑二色合而成之者也。黑一见红，若逢故物，不求合而自合，精光相射，不觉紫气东来，使乘老子青牛，竟有五色灿然之瑞矣[3]。若是则脂粉二物，竟与若辈无缘，终身可不用矣。

　　何以世间女子人人不舍，刻刻相需，而人亦未尝以脂粉多施，摈而不纳者？曰：不然。予所论者，乃面色最黑之人，所谓不相类、不相似，而且相反者也。若介在黑白之间，则相类而相似矣，既相类而相似，有何不可同居？但须施之有法，使浓淡得宜，则二物争效其灵矣。从来傅粉之面，止耐远观，难于近视，以其不能匀也。画士着色，用胶始匀，无胶则研杀不合[4]。人面非同纸绢，万无用胶之理，此其所以不匀也。有法焉：请以一次分为二次，自淡而浓，由薄而厚，则可保无是患矣。请以他事喻之：砖匠以石灰粉壁，必先上粗灰一次，后上细灰一次；先上不到之处，后上者补之；后上偶遗之处，又有先上者衬之，是以厚薄相均，泯然无迹。使以二次所上之灰，并为一次，则非但拙匠难匀，巧者亦不能遍及矣。粉壁且然，况粉面乎？今以一次所傅之粉，分为二次傅之，先傅一次，俟其稍干，然后再傅第二次，则浓者淡而淡者浓，虽出无心，自能巧合，远观近视，无不宜矣。此法不但能匀，且能变换肌肤，使黑者渐白。何也？染匠之于布帛，无不由浅而深，其在深浅之间者，则非浅非深，另有一色，即如文字之有过文也[5]。如欲染紫，必先使白变红，再使红变为紫，红即白紫之过文，未有由白竟紫者也；如欲染青，必使白变为蓝，再使蓝变为青，蓝即白青之过文，未有由白竟青者也。如妇人面容稍黑，欲使竟变为白，其势实难。今以薄粉先匀一次，是其面上之色已在黑白之间，非若曩时之纯黑矣；再上一次，是使淡白变为深白，非使纯黑变为全白也，难易之势，不大相径庭哉？由此推之，则二次可广为三，深黑可同于浅，人间世上，无不可用粉匀面之妇人矣。此理不待验而始明，凡读是编者，批阅至此，即知湖上笠翁原非蠢物，不止为风雅功臣，亦可谓红裙知己。

初论面容黑白，未免立说过严。非过严也，使知受病实深，而后知德医人果有起死回生之力也[6]。舍此更有二说，皆浅乎此者，然亦不可不知：匀面必须匀项[7]，否则前白后黑，有如戏场之鬼脸。匀面必记掠眉[8]，否则霜花覆眼，几类春生之社婆[9]。至于点唇之法，又与匀面相反，一点即成，始类樱桃之体；若陆续增添，二三其手，即有长短宽窄之痕，是为成串樱桃，非一粒也。

【注释】

〔1〕"却嫌脂粉污颜色"二句：唐代张祜绝句《集灵台二首》其二中的诗句。是写唐代虢国夫人的。

〔2〕虢（guó）国夫人：杨贵妃三姐。《旧唐书·杨贵妃传》载：杨贵妃得宠于唐玄宗，杨氏一门皆受封爵。其三姐被封为虢国夫人，岁给钱千贯，为脂粉之资，常自炫美丽，不施脂粉，以见玄宗。

〔3〕"紫气东来"几句：传说老子出函谷关时，关令尹喜见有祥瑞紫气从东而来，知道将有圣人过关。果然看见老子骑着青牛前来，便请他写

下了《道德经》。李渔此处用以讥讽面太黑而涂脂抹粉不当者。

〔4〕"用胶始匀"二句：胶是用动物的角、皮或树脂制成的一种黏合物。

〔5〕文字之有过文也：指文章有过渡句或承上启下的段落。

〔6〕德：感激。

〔7〕项：脖子。

〔8〕掠：修饰，描画。

〔9〕"霜花覆眼"二句：是说，如不修饰眉眼，则敷粉之后，须眉皆白，就不好看了。春生之社婆，旧时以为，人出生而须眉皆白者，乃是于社日受胎，男曰社公，女称社婆。社，土地神。社日，古时祭土地神的日子，通常在立春、立秋后第五个戊日。

【译文】

"却嫌脂粉污颜色，淡扫蛾眉朝至尊。"这是唐人的妙句。当今人们忌讳言说脂粉，动不动就声称这是污人之物，有的人满脸抹粉却说自己粉不上面，遍唇涂脂却说脂不沾唇，都是相信唐诗过了头，而想以当年的虢国夫人自居了。噫！脂粉怎么会污染人，人自我污染罢了。

有人说脂粉这两样东西，原本是给姿色中等的女子而设的，禀赋美色的女子可以不需要这个。我说不然。只有禀赋美色的女子才可施用脂粉，其他的人似乎可以不用。为什么？因为这两样东西颇带些世故情味，大有趋炎附热之态，美者用了它们更加增添她的美丽，丑者用了它们更加彰显她的丑陋。假如以绝代佳人的姿容而略施些粉黛，微染些胭脂，哪有不增娇添媚的啊？假如以丑陋女子的资质而浓妆艳抹，涂脂抹粉，哪有不惊人骇众的啊？若要问怎么会这样，那么是因为它们可以叫白的更白，而黑的却难以叫它一下子变白；肤色黝黑的女子敷以白粉，这简直是要故意彰显她的黑，而用白色之物把黑衬托显露出来。试把一墨一粉，先分两处，然后合到一处来看，当它们分于两处的时候，黑自黑而白自白，虽说黑白色调各不相同，但也不怎么相互对立排斥；等到它们合到一处，便似乎觉得黑的不自在不妥帖，而白的也想自求离开。黑白相互对照，色调互不协合，很是碍眼，难以和谐相处于一朝，因为天下之物，相类的可以让它们同处，即便不同类但相似的，也可以让它们同处，至于那些不但不同类、不相似，而且相反的东西，那就断断不可以让它们同处，如果同处的话就一定麻烦了。这是说粉不可混搭乱用。脂却不是那样，脸白的可以用，脸黑的也可以用。只是脂和粉这两样东西，其色调态势上是相辅相依的，脸上抹粉而唇上涂脂，那么粉白润红，两相映发，容颜面色，粲然可爱，倘若脸上不抹粉泽而只在嘴唇上涂胭脂，那么非但显不出胭脂红的美，而且能使得脸上的黑色变成了紫色，因为紫作为色彩，并不是天生的，乃是红与黑两种色调和合而成的。黑色一见红色，就好像遇到了老朋友，不求合而自然合到一起，两种色调精光相射，不知不觉就呈现出紫气东来之象，假使骑上老子的青牛，或许竟然会出现五色灿然的祥光瑞兆了。若果真如此，那么这脂粉二物，竟然就与这类姿色欠缺的女子无缘，终身都不必用了。

那为什么世间女子人人都舍不得弃而不用，时时刻刻需要这脂粉二物，而人们也未尝因为多涂脂抹粉的缘故，便嫌弃而不接受她们呢？我说：不然。我所讲论的，乃是面色最黑的人，就是前面所说的不相类、不相似，而且相反的这一类。如果是介在黑白之间，那么便是相类而相似了，既然相类而相似，那么脂粉二物同处合用又有何不可呢？但必须涂抹得法，使得淡妆浓抹恰到好处，那么脂粉二物就争相添彩，各显神通了。从来敷粉的脸，只耐远观，不便近看，因为粉不容易抹匀。画家上色，须用胶才能调匀，如果不用胶，那便怎么研磨都调不匀。人面不同于纸绢，万万没有用胶的道理，这就是不容易抹匀的原因。当然，要抹匀也有办法：请把抹一次分为抹两次，自淡而浓，由薄而厚，那就可以保证没有抹不匀的毛病了。请让我用别的事来比喻吧：泥水匠用石灰粉刷墙壁，一定会先刷上一道粗灰，然后先刷上一道细灰；前一次刷不到的地方，后一次会补上；后一次偶然遗漏的地方，又有前一次衬垫上，所以厚薄相均，泯然无迹。假如将两次所上的灰，合并为一次，那么不但手艺差的泥水匠难以涂匀，就是能工巧匠也不能将整面墙壁抹遍涂匀。粉刷墙壁尚且如此，何况化妆粉面呢？现在用一次所敷的粉，分为两次来敷，先敷一次，等到它稍稍晾干，然后再敷第二次，那么就可以使先浓者淡一些，而先淡者浓一些，虽然不必刻意用心，也自然能够巧妙匀合，远看近观，无不相宜了。用这个方法不但能匀，而且能变换改善肌理肤色，使黑者渐渐变白。怎么会这样呢？染匠给布帛染色，无不由浅而深，而在深与浅之间，则非浅非深，另有一种颜色，就像文章中有过文一样。比如要染紫色，一定要先让白色变成红色，再让红色变成紫色，这红色就是白色与紫色之间的过渡色，没有由白直接染成紫的；如果要染青色，一定要先让白色变成蓝色，再让蓝色变成青色，这蓝色就是白色与青色之间的过渡色，没有由白直接染成青的。假如女子面容稍黑，要想使其直接变白，势必很难办到。现在用薄粉先匀一次，此时她的面色已经在黑白之间，而不像先前的纯黑了；再上一次粉，这就使淡白变为深白，不是让纯黑变为全白，两相对照，这难易之势，不是大相径庭了吗？由此推论，那么两次可以增扩为三次，深黑色可等同于浅黑色，那么人间世上，便没有不可用粉化妆匀面的女子了。这个原理不待验证便可明白，凡是读这本书的，看到这里，就知道我湖上笠翁原本不是蠢物，不仅是风雅功臣，也可以说是红裙知己。

　　起初论到面容黑白，未免立说过严。其实也不是过严，是要让人知道自己受病实在很深，而后才会感恩医生果然有起死回生之力。除此之外还有两层说法，都比这一层浅显一些，但也不可以不知：匀面还必须匀脖颈，否则前白后黑，就像戏场上的鬼脸。匀面必须记得画眉毛，否则霜花覆眼，须眉解白，倒像是春生的社婆了。至于点唇的方法，又和匀面相反，一点就成，才像是樱桃小口的体式；如果陆陆续续增一层添一道，一会儿这样一会儿那样，那就会有长短宽窄的痕迹，这就变得像成串的樱桃，而不是一粒了。

治 服 第 三

　　古云："三世长者知被服，五世长者知饮食。"俗云："三代为宦，着衣吃饭。"古语今词，不谋而合，可见衣食二事之难也。饮食载于他卷，兹不具论，请言被服一事。寒贱之家，自羞褴褛，动以无钱置服为词，谓一朝发迹，男可翩翩裘马，妇则楚楚衣裳[1]。孰知衣衫之附于人身，亦犹人身之附于其地。人与地习，久始相安，以极奢极美之服，而骤加俭朴之躯，则衣衫亦类生人，常有不服水土之患。宽者似窄，短者疑长，手欲出而袖使之藏，项宜伸而领为之曲，物不随人指使，遂如桎梏其身[2]。"沐猴而冠"为人指笑者[3]，非沐猴不可着冠，以其着之不惯，头与冠不相称也。此犹粗浅之论，未及精微。"衣以章身"，请晰其解。章者著也，非文采彰明之谓也；身非形体之身，乃智愚贤不肖之实备于躬，犹"富润屋，德润身[4]"之身也。同一衣也，富者服之章其富，贫者服之益章其贫；贵者服之章其贵，贱者服之益章其贱。有德有行之贤者，与无品无才之不肖者，其为章身也亦然。设有一大富长者于此，衣百结之衣，履踵决之履[5]，一种丰腴气象[6]，自能跃出衣履之外，不问而知为长者。是敝服垢衣亦能章人之富，况罗绮而文绣者乎？丐夫菜佣窃得美服而被焉，往往因之得祸，以服能章贫，不必定为短褐[7]，有时亦在长裾耳。"富润屋，德润身"之解，亦复如是。富人所处之屋，不必尽为画栋雕梁，即居茅舍数椽，而过其门入其室者，常见荜门圭窦之间[8]，自有一种旺气，所谓"润"也。公卿将相之后，子孙式微[9]，所居门第未尝稍改，而经其地者觉有冷气侵入，此家门枯槁之过，润之无其人也。从来读《大学》者未得其解[10]，释以雕镂粉藻之义[11]，果如其言，则富人舍其旧居，另觅新居而加以雕镂粉藻；则有德之人亦将弃其旧身，另易新身，而后谓之心广体胖乎？甚矣！读书之难，而章句训诂之学非易事也。予尝以此论见之说部，今复叙入《闲情》。噫！此等诠解，岂好闲情、作小说者所能道哉？偶寄云尔。

【注释】

〔1〕翩翩：形容举止、风度优美。裘马："乘肥马，衣轻裘"的略语。语出《论语·雍也》。楚楚衣裳：鲜明的样子。语出《诗经·曹风·蜉蝣》："蜉蝣之羽，衣裳楚楚。"

〔2〕桎梏其身：浑身上下受到束缚。桎梏，脚镣手铐。

〔3〕沐猴而冠：猕猴戴了帽子，模仿人的样子。沐猴，即猕猴。语出《史记·项羽本纪》。

〔4〕富润屋，德润身：语出《礼记·大学》。意思是：富有可以使居室华丽生辉，道德可以使身心得到润泽。

〔5〕百结之衣：打了许多补丁的衣服。履踵决之履：穿着后跟裂开的鞋子。《庄子·让王》："捉衿而肘见，纳屦而踵决。"

〔6〕丰腴：丰满滋润。

〔7〕短褐（hè）：古代老百姓穿的粗布衣。

〔8〕荜门圭窦：亦作"筚门闺窦"，指穷苦人的住处。语出《左传·襄公十年》："筚门闺窦之人。"杜预注："筚门，柴门；闺窦，小户，穿壁为户，上锐下方，状如圭也。"

〔9〕式微：衰微，衰落。式为语助词，无义。

〔10〕《大学》：《礼记》篇名，与《论语》、《孟子》、《中庸》合称四书。

〔11〕雕镂：雕饰刻画。粉藻：涂饰，粉饰。

【译文】

古人说："三世长者知被服，五世长者知饮食。"俗话说："三代为宦，着衣吃饭。"古语今词，不谋而合，可见衣食这两件事情的难办了。探讨饮食的部分列载于别的篇卷，这里先不论，请让我说说穿戴衣衫这件事情。寒贱之家，自以衣衫褴褛为羞，动辄以没有钱购置衣服为说词。好像以为一旦发迹，男子便可以肥马轻裘，风度翩翩；女子也可以着锦绣美服，明丽动人。哪里知道衣衫穿在一个人身上，也就像人之身依附于一方土地一样。一个人生活于一方水土，要很久以后才得相安，要是将极奢华极精美的衣服，骤然加到一个惯于俭朴的人身上，那么衣衫也和人相似，常常有不服水土的毛病。宽宽的却似乎窄了点儿，短短的又疑心太长了些，手想伸出去袖子却好像要让它藏起来，脖子应该自然伸直而衣领却使它扭曲，衣物不随人指使，就好像全身披枷带锁。"沐猴而冠"所以为人所指笑，不是沐猴不能戴帽子，而是因为它带不惯，头和冠帽两不相称。这还是粗浅之论，没有深入到精微之处。"衣以章身"这句话，请允许我解说明白。这里所说的"章"，就是显著的意思，不是所谓的文采彰明；"身"，不是指形体肉身之身，乃是指智慧愚鲁圣贤不肖的人格内涵备集其身的身，就像"富润屋，德润身"这句话中所说的身。同样的一件衣服，富人穿上它可以彰显他的富有，而穷人穿了更加彰显他的贫穷；贵人穿上可以彰显他的尊贵，而贱者穿了愈加彰显他的低贱。对于有德有行的贤者，与无品无才的不肖者而言，"衣以章身"的道理也同样如此。假设有一个大富大贵的长者在这里，穿着一件补丁摞补丁的破衣裳，着一双前露脚趾后跟开裂的鞋子，却有一种丰腴气象，自然能跃出衣衫鞋履之外，不用问便知道他是一位长者。由此可知，敝服垢衣也能彰显一个人的富有，何况身穿绣着文饰的绫罗绸缎呢？乞丐菜贩窃得美服披在身上，往往因此而得祸，因为衣服能彰显贫穷，不一定只有粗布短衣，有时长袍大褂也能显出一副寒酸相。对"富润屋，德润身"的理解，也正是如此。富人所居处的房屋，不必尽是画栋雕梁，即使是栖居于几间茅草房，而经过他的家门，或者登堂入室的时候，常常会见到柴门小屋之间，自然充盈着一种旺气，这就是所谓的"润"了。公卿将相的后代，子孙家业衰败，他们所居住的宅第并没有多大的改变，但经过那地方的人会觉得有寒气袭来，这是因为这个家族家门枯槁，无人可以去润其门户房舍了。从来读《大学》的人没有得到"富润屋，德润身"的正解，将"润"解释为雕镂粉藻的意思。如果真的像所说的那样，那么富人就将舍弃其旧住屋，另找新居并给它雕镂粉藻；而有德之人也将抛弃旧身体，另换新身躯，然后就可以说是心宽体胖么？很难啊！读书之难，而章句训诂之学也并不是容易的事情。我曾经把这些想法言论书写在小说里，现在又把它叙写进《闲情偶寄》。唉！此等诠解，哪里是只喜好闲情、写写小说的人所能说得清道得明的？只不过在此偶然有所寄托罢了。

首　饰

　　珠翠宝玉，妇人饰发之具也，然增娇益媚者以此，损娇掩媚者亦以此。所谓增娇益媚者，或是面容欠白，或是发色带黄，有此等奇珍异宝覆于其上，则光芒四射，能令肌发改观，与玉蕴于山而山灵，珠藏于泽而泽媚同一理也[1]。若使肌白发黑之佳人满头翡翠，环鬓金珠，但见金而不见人，犹之花藏叶底，月在云中，是尽可出头露面之人，而故作藏头盖面之事。巨眼者见之[2]，犹能略迹求真[3]，谓其美丽当不止此，使去粉饰而全露天真，还不知如何妩媚；使遇皮相之流[4]，止谈妆饰之离奇，不及姿容之窈窕，是以人饰珠翠宝玉，非以珠翠宝玉饰人也。故女子一生，戴珠顶翠之事止可一月，万勿多时。所谓一月者，自作新妇于归之日始，至满月卸妆之日止。只此一月，亦是无可奈何。父母置办一场，翁姑婚娶一次[5]，非此艳妆盛饰，不足以慰其心。过此以往，则当去桎梏而谢羁囚，终身不修苦行矣。一簪一珥[6]，便可相伴一生。此二物者，则不可不求精善。富贵之家，无妨多设金玉犀贝之属，各存其制，屡变其形，或数日一更，或一日一更，皆未尝不可。贫贱之家，力不能办金玉者，宁用骨角，勿用铜锡；骨角耐观，制之佳者，与犀贝无异，铜锡非止不雅，且能损发。簪珥之外，所当饰鬓者，莫妙于时花数朵[7]，较之珠翠宝玉，非止雅俗判然，且亦生死迥别。《清平调》之首句云："名花倾国两相欢[8]。"欢者喜也，相欢者，彼既喜我，我亦喜彼之谓也。国色乃人中之花，名花乃花中之人，二物可称同调，正当晨夕与共者也。汉武云："若得阿娇，贮之金屋[9]。"吾谓金屋可以不设，药栏花榭则断断应有，不可或无。富贵之家，如得丽人，则当遍访名花，植于闺内[10]，使之旦夕相亲，珠围翠绕之荣不足道也。晨起簪花，听其自择，喜红则红，爱紫则紫，随心插戴，自然合宜，所谓两相欢也。寒素之家[11]，如得美妇，屋旁稍有隙地，亦当种树栽花，以备点缀云鬟之用。他事可俭，此事独不可俭。妇人青春有几？男子遇色为难。尽有公侯将相、富室大家，或苦缘分之悭[12]，或病中宫之妒[13]，欲亲美色而毕世不能。我何人斯？而擅有此乐，不得一二事娱悦其心，不得一二物妆点其貌，是为暴殄天物[14]，犹倾精米洁饭于粪壤之中也。即使赤贫之家，卓锥无地[15]，欲艺时花而不能者[16]，亦当乞诸名园，购之担上。即使日费几文钱，不过少饮一杯酒，既悦妇人之心，复娱男子之目，便宜不亦多乎？更有俭于此者，近日吴门所制象生花[17]，穷精极巧，与树头摘下者无异，纯用通草，每朵不过数文，可备月余之用。绒绢所制者，价常倍之，反不若此物之精雅，又能肖真。而时人所好，偏在彼而不在此，岂物不论美恶，止论贵贱乎？噫！相土用人者，亦复如此，奚止于物？

吴门所制之花，花象生而叶不象生，户户皆然，殊不可解。若去其假叶而以真者缀之，则因叶真而花益真矣。亦是一法。

时花之色，白为上，黄次之，淡红次之，最忌大红，尤忌木红。玫瑰，花之最香者也，而色太艳，止宜压在髻下，暗受其香，勿使花形全露，全露则类村妆，以村妇非红不爱也。

花中之茉莉，舍插鬓之外，一无所用。可见天之生此，原为助妆而设，妆可少乎？珠兰亦然。珠兰之妙，十倍茉莉，但不能处处皆有，是一恨事。

予前论髻，欲人革去"牡丹头"、"荷花头"、"钵盂头"等怪形，而以假发作云龙等式。客有过之者，谓"吾侪立法[18]，当使天下去赝存真，奈何教人为伪？"余曰："生今之世，行古之道，立言则善，谁其从之？不若因势利导，使之渐近自然。"妇人之首，不能无饰，自昔为然矣，与其饰以珠翠宝玉，不若饰之以髮。髮虽云假，原是妇人头上之物，以此为饰，可谓还其固有，又无穷奢极靡之滥费，与崇尚时花，鄙黜珠玉[19]，同一理也。予岂不能为高世之论哉？虑其无裨人情耳。

簪之为色，宜浅不宜深，欲形其发之黑也。玉为上，犀之近黄者、蜜蜡之近白者次之[20]，金银又次之，玛瑙琥珀皆所不敢[21]。簪头取象于物，如龙头、凤头、如意头、兰花头之类是也。但宜结实自然，不宜玲珑雕斫[22]；宜与发相依附，不得昂首而作跳跃之形。盖簪头所以压发，服贴为佳，悬空则谬矣。

饰耳之环，愈小愈佳，或珠一粒，或金银一点，此家常佩戴之物，俗名丁香，肖其形也。若配盛妆艳服，不得不略大其形，但勿过丁香之一倍二倍。既当约小其形，复宜精雅其制，切忌为古时络索之样⁽²³⁾，时非元夕⁽²⁴⁾，何须耳上悬灯？若再饰以珠翠，则为福建之珠灯⁽²⁵⁾，丹阳之料丝灯矣⁽²⁶⁾！其为灯也犹可厌，况为耳上之环乎？

【注释】

〔1〕"玉蕴于山而山灵"二句：语出陆机《文赋》："石韫玉而山辉，水怀珠而川媚。"

〔2〕巨眼者：极有眼力、具有高鉴赏能力的人。

〔3〕略迹求真：忽略表面的、外在的装饰，把握本真的、内在的品貌。

〔4〕皮相之流：只看外表装饰，没有鉴识水平的一班人。

〔5〕翁姑：公公婆婆。

〔6〕簪（zān）：古人用来插定发髻或连冠于发的长针，后专指妇女插髻的首饰。珥（ěr）：珠玉做的耳饰。

〔7〕时花：应时开放的鲜花。

〔8〕名花倾国两相欢：李白《清平调词三首》其三的首句，诗中"名花"指牡丹，"倾国"指杨贵妃。倾国，形容女子极为美丽。《汉书·外戚传》载李延年歌咏佳人有"一顾倾人城，再顾倾人国"之句。

〔9〕"汉武云"句：《汉武故事》载汉武帝刘彻幼时，其姑母长公主为其择妇，指左右百余人，皆不满意，最后指其女问曰："阿娇好不？"对曰："好！若得阿娇作妇，当作金屋贮之也。"

〔10〕阃（kǔn）内：家里，妇女所居之地。阃，门槛，也指内室。

〔11〕寒素之家：清贫的人家。

〔12〕缘分之悭：缺乏缘分，没有艳福。

〔13〕中宫：皇后的住处，常用为皇后的代称，这里指正妻。

〔14〕暴殄（tiǎn）天物：残害灭绝自然之物，这里指埋没了天生丽质。

〔15〕卓锥无地：犹言下无立锥之地。卓锥，立锥。

〔16〕艺：种植花草。

〔17〕吴门：古吴县城（今苏州市）的别称。象生花：人工制作的仿真花朵。象生，仿天然产物制作的工艺品，因其形状栩栩如生，可以乱真，故称象生。

〔18〕吾侪（chái）：我辈。

〔19〕鄙黜：贬斥。

〔20〕蜜蜡：矿物名。与琥珀同类而色淡，一名"金珀"。

〔21〕玛瑙：矿物名，颜色光美的二氧化硅胶溶液体，可制器皿及装饰品。琥珀：地质时代中植物树脂的化石。色蜡黄至红褐，条痕色白，一般透明。

〔22〕雕斫（zhuó）：雕琢。

〔23〕络索：以珠玉穿结而成的颈饰品。即璎珞。

〔24〕元夕：元宵。农历正月十五，旧称上元，上元这夜称元夕。

〔25〕珠灯：珠饰的灯笼。

〔26〕丹阳：今江苏丹阳。料丝灯：以玛瑙、紫石英等做原料，抽丝制成的灯。

【译文】

　　珠翠宝玉，是女子装饰头发的用品。不过，使女子增娇添媚的是这些首饰，使她们损娇掩媚的也是这些首饰。所谓的增娇添媚，是指或者面容还不够白皙，或者头发偏带点黄色，有这等奇珍异宝覆带在上面，那么就光芒四射，能够让肌肤发色大为改观，这与美玉蕴于山而山灵，宝珠藏于泽而泽媚，是同一个道理。要是让肌肤白皙头发黑亮的佳人满头翡翠，环鬓金珠，那么晃眼的尽是珠光宝气，哪里还能显现出她的明艳娇媚，光彩照人，就像花藏叶底，月在云中，这便是本来尽可以出头露面的人，却故意做藏头盖面的事。有大见识的人见了，还能略过表面形迹求其本真的美，说她的美丽应当不止于此，假如去除粉饰而完全显露她天然本色的美，还不知道会是怎样的妩媚；假使遇到没有眼光只识皮相的一类人，只知道谈论妆饰的离奇，全然无涉于姿容的窈窕，这便本末倒置，是以人去装饰珠翠宝玉，而不是以珠翠宝玉装饰人了。所以女子一生之中，戴珠顶翠的装饰之事，只可有个把月，万万不可持续多时。所谓个把月，就是自作新娘子出嫁之日开始，到新婚满月卸妆之日止。仅此一月，也是因为无可奈何。父母置办一场，公婆婚娶一次，不这样艳妆盛饰，不足以慰藉长辈们的心。过此以往，就应当卸除桎梏，谢却拘碍，终身不修此苦行了。一簪一珥，便可相伴一生。这两样物件，就不可不讲求精美。富贵人家，不妨多置备些金玉犀贝之类的簪珥，各式各样都备一点，常常变换着佩戴装饰，或几日一换，或一日一换，都未尝不可。贫贱人家，财力有限不能置办金玉之类的簪珥的，宁可用骨角的，而不要用铜锡；骨角做的簪珥耐看，制作工艺上佳的，和犀贝做的没有两样，而铜锡做的不但不雅观，而且还会损伤头发。簪珥之外，适合用来装饰鬓鬟的，没有比鲜花几朵更妙的了，花儿与不鲜活的珠翠宝玉相比，不仅雅俗判然不同，而且花儿是鲜活的，与不鲜活的珠宝首饰迥然有别。李白《清平调》词的首句说："名花倾国两相欢。"所谓欢就是欢喜，所谓相欢，就是指她既喜欢我，我也喜欢她。国色乃是人中之花，名花乃是花中之人，绝色的名花，倾国的美人，二者可称同调，正应当朝夕与共。汉武帝说："若得阿娇，贮之金屋。"我以为金屋可以不设，药栏花榭却断断乎应该配设，而不可或缺。富贵人家，如果得到美丽佳人，那就应当遍访名花，种在内院，让名花与佳人朝夕相伴相亲，相对这样的场景意境，那珠围翠绕的荣华就不足道了。晨起插戴什么样的鲜花，任她自己择选，喜欢红色那就红花，爱好紫色那就紫花，随心顺意插戴点缀，自然合宜，这就是所谓的"两相欢"。清贫的人家，如果娶得美貌媳妇，屋旁稍有空地，也应当种树栽花，以备点缀云鬟之用。别的事情上可以节约一些，唯独这件事不可以俭省。女子青春能有几何？男子得遇美色也殊为不易。尽有公侯将相、富室大家，或者苦于没有缘分，或者担心夫人忌妒，想要亲近美色却终其一身都不能如愿。我是何等样人，竟然能够独享此乐，如果不想到一两件事物去娱悦她的心情，不拿出一两件首饰来妆点她的美貌，这就叫暴殄天物，就像是把精米洁饭倾倒进粪壤之中。即使是赤贫之家，没有立锥之地，想种时花而不可能有这个条件，那也应该去向名园求取，或者从花担上购买。就算是每天要费几文买花钱，也不过是少饮一杯酒而已，既愉悦了佳人的心，又清亮了男子的眼，这不是大得便宜的事吗？还有比这更省俭的，近来苏州所制作的仿生花卉，穷精极巧，与树枝头上刚刚摘下来的没有什么两样，纯用通草制成，每朵不过几文钱，可以备用一个多月。还有用绒绢做的，价格要贵上一倍，而且反而没有通草做的那种，又精雅又逼真。而时下人们所好尚的，偏偏在绒绢做的花而不在通草做的花，岂不是东西不论美丑，只论贵贱了么？噫！相士用人的，也往往如此，岂止是对物。

　　苏州所制的仿生花卉，花儿像是鲜活的但叶却不像是活的，家家户户都是如此，实在不可以理解。如能去掉假叶而用真的叶子点缀上去，那么因为叶子鲜活而花儿就更加像是真的了。这也是一个法子。

　　时花的颜色，白色为上，黄色次之，淡红的又次之，最忌的是大红，尤其忌讳的是木红。玫瑰花，是花儿中最香的，但颜色太艳丽了，只适宜压在髻下，暗受其香，不要让花形全都显露出来，全露了就类似村妇的妆扮，因为村妇非大红不爱。

　　花儿中的茉莉，除了插带鬓发之外，一无所用。可见天生茉莉，原本就是为助妆而设，女子妆扮时怎可少了它呢？珠兰也是这样。珠兰之妙，胜过茉莉花十倍，只是不能处处都有，实在是一件遗憾的事情。

　　我前面讲论发髻，要世人革除"牡丹头"、"荷花头"、"钵盂头"等奇形怪状的发式，而用假发作云、龙等样式。有来客对我说："我辈创立法度，应当使天下去假存真，何以教人作伪呢？"我回答说："生活在如今世上，实行古人之道，理论上说说当然很好，可谁会真的听从去做呢？不如因势利导，使他们渐近自然。"女子头上，不能没有妆饰，自古就是这样，与其用珠翠宝玉来装点，还不如戴上假发来装饰。假发虽然不是真的，但原本就是妇女头上之物，用此作妆饰，可以说是还它本来有所的，又没有穷奢极靡的浪费，这和崇尚时花，鄙黜珠玉，是同一个道理。我哪里不能故作高论？只是顾虑唱高调对于人情没有补益罢了。

　　簪的颜色，宜浅不宜深，是为了映衬头发的乌黑亮泽。玉制的为上等，其次是犀簪之中接近黄色的、蜜蜡簪之中近于白色的，金簪、银簪又次之，玛瑙簪琥珀簪都不足取。簪头要模仿动植物的形象，如龙头、凤头、如意头、兰花头之类。但宜于结实自然，不宜玲珑雕斫；宜与头发相依相附，不得昂头仰首而作跳跃之形。因为簪头是用来压发的，所以以服贴为佳，要是悬空就糟了。

　　妆饰耳朵的耳环，形制越小越佳，或珠玉一粒，或金银一点，这是家常佩戴之物，俗名丁香，因为它很像丁香花的形象。如果要配盛妆艳服，就不得不挑选形制略大一些的耳环，但不要大过丁香花的一倍两倍。既应该在形状上尽量小巧一些，在花样制作上也以精雅为宜，切忌做成古代络索那种样子。时间上又不是元宵佳节，何须在耳朵上张灯结彩？如果再妆点上珠翠，那就像福建的珠灯，丹阳的料丝灯了。其作为彩灯原已令人可厌，何况是挂在耳上的环呢？

衣　　衫

妇人之衣，不贵精而贵洁，不贵丽而贵雅，不贵与家相称，而贵与貌相宜。绮罗文绣之服，被垢蒙尘，反不若布服之鲜美，所谓贵洁不贵精也。红紫深艳之色，违时失尚，反不若浅淡之合宜，所谓贵雅不贵丽也。贵人之妇，宜披文采[1]，寒俭之家，当衣缟素[2]，所谓与人相称也。然人有生成之面，面有相配之衣，衣有相配之色，皆一定而不可移者。今试取鲜衣一袭[3]，令少妇数人先后服之，定有一二中看，一二不中看者，以其面色与衣色有相称、不相称之别，非衣有公私向背于其间也。使贵人之妇之面色不宜文采，而宜缟素，必欲去缟素而就文采，不几与面为仇乎？故曰不贵与家相称，而贵与貌相宜。大约面色之最白最嫩，与体态之最轻盈者，斯无往而不宜：色之浅者显其淡，色之深者愈显其淡；衣之精者形其娇，衣之粗者愈形其娇。此等即非国色，亦去夷光、王嫱不远矣[4]，然当世有几人哉？稍近中材者，即当相体裁衣[5]，不得混施色相矣。相体裁衣之法，变化多端，不应胶柱而论，然不得已而强言其略，则在务从其近而已。面颜近白者，衣色可深可浅；其近黑者，则不宜浅而独宜深，浅则愈彰其黑矣。肌肤近腻者[6]，衣服可精可粗；其近糙者[7]，则不宜精而独宜粗，精则愈形其糙矣。然而贫贱之家，求为精与深而不能，富贵之家欲为粗与浅而不可，则奈何？曰：不难。布苎有精粗深浅之别[8]，绮罗文采亦有精粗深浅之别，非谓布苎必粗而罗绮必精，锦绣必深而缟素必浅也。绸与缎之体质不光、花纹突起者，即是精中之粗、深中之浅；布与苎之纱线紧密、漂染精工者，即是粗中之精、浅中之深。凡予所言，皆贵贱咸宜之事，既不详绣户而略衡门[9]，亦不私贫家而遗富室。盖美女未尝择地而生，佳人不能选夫而嫁，务使读是编者人人有裨，则怜香惜玉之念，有同雨露之均施矣。

　　迩来衣服之好尚[10]，有大胜古昔，可为一定不移之法者；又有大背情理，可为人心世道之忧者，请并言之。其大胜古昔，可为一定不移之法者，大家富室，衣色皆尚青是已。青非青也，元也。因避讳，故易之[11]。记予儿时所见，女子之少者，尚银红桃红，稍长者尚月白，未几而银红桃红皆变大红，月白变蓝，再变则大红变紫，蓝变石青。迨鼎革以后[12]，则石青与紫皆罕见，无论少长男妇，皆衣青矣。可谓“齐变至鲁，鲁变至道[13]”，变之至善而无可复加者矣。其递变至此也，并非有意而然，不过人情好胜，一家浓似一家，一日深于一日，不知不觉，遂趋到尽头处耳。然青之为色，其妙多端，不能悉数。但就妇人所宜者而论，面白者衣之其面愈白，面黑者衣之，其面亦不觉其黑，此其宜于貌者也；年少者衣之，其年愈少，年老者衣之，其年亦不觉甚老，此其宜于岁者也；贫贱者衣之，是为贫贱之本等，富贵者衣之，又觉脱去繁华之习，但存雅素之风，亦未尝失其富贵之本来，此其宜于分者也。他色之衣，极不耐污，略沾茶酒之色，稍侵油腻之痕，非染不能复着，染之即成旧衣。此色不然，惟其极浓也，凡淡乎此者，皆受其侵而不觉；惟其极深也，凡浅乎此者，皆纳其污而不辞，此又其宜于体而适于用者也。贫家止此一衣，无他美服相衬，亦未尝尽现底里，以覆其外者色原不艳，即使中衣敝垢[14]，未甚相形也；如用他色于外，则一缕欠精，即彰其丑矣。富贵之家，凡有锦衣绣裳，皆可服之于内，风飘袂起，五色灿然，使一衣胜似一衣，非止不掩中藏，且莫能穷其底蕴《诗》云：'衣锦尚絅[15]'，恶其文之著也。"此独不然，止因外色最深，使里衣之文越著，有复古之美名，无泥古之实害。二八佳人，如欲华美其制，则青上洒线，青上堆花，较之他色更显。反复求之，衣色之妙，未有过于此者。后来即有所变，亦皆举一废百，不能事事咸宜，此予所谓大胜古昔，可为一定不移之法者也。至于大背情理，可为人心世道之忧者，则零拼碎补之服，俗名呼为"水田衣"者是已[16]。衣之有缝，古人非好为之，不得已也。人有肥瘠长短之不同，不能象体而织，是必制为全帛，剪碎而后成之。即此一条两条之缝，亦是人身赘瘤，万万不能去之，故强存其迹。赞神仙之美者，必曰天衣无缝。明言人间世上，多此一物故也。而今且以一条两条广为数十百条，非止不似天衣，且不使类人间世上，然则愈趋愈下，将肖何物而后已乎？推原其始，亦非有意为之，盖由缝衣之奸匠，明为裁剪，暗作穿窬[17]，逐段窃取而藏之，无由出脱，创为此制，以售其奸。不料人情厌常喜怪，不惟不攻其弊，且群然则而效之。毁成片者为零星小块，全帛何罪，使受寸磔之刑[18]？缝碎裂者为百衲僧衣，女子何辜，忽现出家之相？风俗好尚之迁移，常有关于气数[19]，此制不昉今[20]，而昉于崇祯末年。予见而诧之，尝谓人曰："衣衫无故易形，殆有若或使之者，六合以内，得无有土崩瓦解之事乎[21]？"未几而闯氛四起[22]，割裂中原，人谓予言不幸偶中。方今圣人御世，万国来归，车书一统之朝[23]，此等制度，自应潜革[24]。倘遇同心，谓刍荛之言不甚訾谬[25]，交相劝谕，勿效前辙，则予为是言也，亦犹鸡鸣犬吠之声，不为无补于盛治耳。

云肩以护衣领[26]，不使沾油，制之最善者也。但须与衣同色，近观则有，远视若无，斯为得体。即使难于一色，亦须不甚相悬，若衣色极深，而云肩极浅，或衣色极浅，而云肩极深，则是身首判然，虽曰相连，实同异处，此最不相宜之事也。予又谓云肩之色，不惟与衣相同，更须里外合一，如外色是青，则夹里之色亦当用青，外色是蓝，则夹里之色亦当用蓝。何也？此物在肩，不能时时服贴，稍遇风飘，则夹里向外，有如飓吹残叶，风卷败荷，美人之身不能不现历乱萧条之象矣[27]。若使里外一色，则任其整齐颠倒，总无是患。然家常则已，出外见人，必须暗定以线，勿使与服相离，盖动而色纯，总不如不动之为愈也。

妇人之妆，随家丰俭，独有价廉功倍之二物，必不可无。一曰半臂，俗呼"背褡"者是也[28]；一曰束腰之带，俗呼"鸾绦"者是也[29]。妇人之体，宜窄不宜宽，一着背褡则宽者窄，而窄者愈显其窄矣。妇人之腰，宜细不宜粗，一束以带则粗者细，而细者倍觉其细矣。背褡宜着于外，人皆知之；鸾绦宜束于内，人多未谙。带藏衣内，则虽有若无，似腰肢本细，非有物缩之使细也。

　　裙制之精粗，惟视折纹之多寡。折多则行走自如，无缠身碍足之患，折少则往来局促，有拘挛桎梏之形[30]；折多则湘纹易动，无风亦似飘飖，折少则胶柱难移，有态亦同木强[31]。故衣服之料，他或可省，裙幅必不可省。古云："裙拖八幅湘江水[32]。"幅既有八，则折纹之不少可知。予谓八幅之裙，宜于家常；人前美观，尚须十幅。盖裙幅之增，所费无几，况增其幅必减其丝。惟细縠轻绡可以八幅十幅[33]，厚重则为滞物，与幅减而折少者同矣。即使稍增其值，亦与他费不同。妇人之异于男子，全在下体。男子生而愿为之有室，其所以为室者，只在几希之间耳[34]。掩藏秘器，爱护家珍，全在罗裙几幅，可不丰其料而美其制，以贻采葑采菲者诮乎[35]？近日吴门所尚"百裥裙[36]"，可谓尽美。予谓此裙宜配盛服，又不宜于家常，惜物力也。较旧制稍增，较新制略减，人前十幅，家居八幅，则得丰俭之宜矣。吴门新式，又有所谓"月华裙"者，一裥之中，五色俱备，犹皎月之现光华也，予独怪而不取。人工物料，十倍常裙，暴珍天物，不待言矣，而又不甚美观。盖下体之服，宜淡不宜浓，宜纯不宜杂。予尝读旧诗，见"飘飖血色裙拖地"、"红裙妒杀石榴花"等句〔37〕，颇笑前人之笨。若果如是，则亦艳妆村妇而已矣，乌足动雅人韵士之心哉？惟近制弹墨裙，颇饶别致，然犹未获我心，嗣当别出新裁，以正同调。思而未制，不敢轻以误人也。

【注释】

〔1〕文采：这里指色彩艳丽的华贵衣服，即上文所谓绮罗文绣之服。

〔2〕"寒俭之家"二句：是说清贫节俭人家的女子，应当穿得朴素一些。

〔3〕鲜衣：新衣。袭：套。

〔4〕夷光：即西施。王嫱：王昭君。

〔5〕相体：量体，审视身材、肤色。

〔6〕腻：细腻。

〔7〕糙：粗糙。

〔8〕布苎：用棉、麻等织成的布料。

〔9〕衡门：横木的门，指简陋的房屋、清贫的人家，与绣户相对。

〔10〕迩来：近来。

〔11〕"青非青也，元也"几句：意思是，这里说的青不是青色，而是元色，即玄色。因避清康熙皇帝玄烨的名讳，故易玄为元。

〔12〕鼎革：革故鼎新，指改朝换代或重大的改革，这里指明朝覆亡，清兵入关，建立清王朝。《易·杂卦》："革，去故也；鼎，取新也。"

〔13〕"齐变至鲁"二句：《论语·雍也》："子曰：齐一变，至于鲁，鲁一变，至于道。"言齐鲁有太公、周公之余化，由齐之王霸之道而变为鲁国之王道，由鲁国一变，便进而合于至道。这里是指服饰时尚的变迁。

〔14〕中衣敝垢：内衣破旧不洁。

〔15〕"《诗》云"句：语出《礼记·中庸》。衣锦尚䌹（jiǒng），语出《诗经·卫风·硕人》："衣锦褧衣。"穿着华贵艳丽的锦衣，外面罩麻布衣。䌹，同"褧"，用麻布制成的单罩衣。

〔16〕水田衣：本指袈裟，因多用方形布块补缀而成，形似水田，故名，也叫百衲衣。这里即取其百衲之义。

〔17〕穿窬（yú）：翻墙破壁，指偷盗。穿，穿墙；窬，翻墙。

〔18〕磔（zhé）：古代一种分尸的酷刑，车裂。

〔19〕气数：气运、命运。这里指盛衰。

〔20〕昉（fáng）：曙光初现。引申为开始。

〔21〕土崩瓦解：形容分崩离析，不可收拾。

〔22〕未几：没多久。闯氛四起：指以闯王李自成为代表的农民起义在各地爆发。

〔23〕车书一统：指制度划一，国家归于一统。《礼记·中庸》："今天下车同轨，书同文。"

〔24〕潜革：在无形中革除。

〔25〕刍荛（chú ráo）：割草砍柴的人。《诗经·大雅·板》："先民有言，询于刍荛。"后亦用以指草野之人。訾（cī）谬：有毛病，荒谬。

〔26〕云肩：即披肩。

〔27〕历乱：凌乱。

〔28〕半臂：短袖或无袖上衣。旧时也叫"背褡"。

〔29〕鸾绦：指女子所用的以丝制成的束腰的带子。鸾，凤凰之类的神鸟。

〔30〕拘挛：手足被束缚，不能伸展自如。

〔31〕胶柱难移：指呆板滞重。木强：质朴而倔强。这里指缺乏轻盈飘动之感。

〔32〕裙拖八幅湘江水：句出唐李群玉《同郑相并歌姬小饮戏赠》。"八幅"，原诗"八"作"六"。

〔33〕縠（hú）：绉纱一类的丝织品。绡（xiāo）：生丝织成的薄绸、薄纱。

〔34〕几（jī）希：很少，很细微。

〔35〕贻（yí）：赠送，留下。采葑采菲：《诗经·邶风·谷风》："采葑采菲，无以下体。"葑菲，是蔓菁和葍一类的菜。下体，指根茎。诗句意为采摘者不应该因其根茎不良而连叶也给抛弃了。这里指裙子难看。诮（qiào）：责问，讥嘲。

〔36〕百裥（jiǎn）裙：百褶裙。裥，衣服、裙子上的折叠。

〔37〕飘飖血色裙拖地：不详。红裙妒杀石榴花：唐万楚《五日观妓》诗句。

【译文】

妇女的衣服，不贵精而贵洁，不贵丽而贵雅，不贵与家相称，而贵与貌相宜。绫罗绸缎刺卉绣花的服饰，要是蒙上尘垢，反而不如布衣素服的鲜美，这就是所谓的贵洁不贵精。红紫深艳的颜色，如果不合时尚，反而不如浅淡的合宜，这就是所谓的贵雅不贵丽。荣华富贵人家的妇女，适宜穿锦绣华丽的服饰，而清贫俭朴人家的妇女，适宜穿朴素淡雅的服饰，这就是所谓的与人相称。然而，人有天生而成的面容，一样面容自有一样款式相配的衣衫，一样衣衫也自有一样相配的颜色，这都是一定而不可随便移易的。现在试取一套新衣，让几位少妇先后试穿一下看看，同一件衣服，一定有一两位穿着中看，一两位不中看的，因为她们的面容与衣色有相称、不相称的分别，并不是衣服对她们中间有公平或不公平与亲疏厚薄的不同。假如贵人之妇的面色不适宜穿锦绣华丽的服饰，而适宜穿朴素淡雅的，却一定要去其朴素淡雅而着锦绣华服，这不是近乎与自己的面容为仇吗？所以说不贵与家相称，而贵与貌相宜。大约面色最白最嫩的女子，和体态最轻盈的女子，才无论穿哪种款式、哪种颜色的衣服都无往而不宜：颜色浅的服饰会映显出她的淡雅，而颜色深的更能彰显出她的淡雅；衣料精致的衬托出她的娇美，衣料粗陋的更能衬托出她的娇美。这等女子，就算不是国色，也离夷光、王嫱相去不远了，然而，当代能够有几位这样的绝色女子呢？稍微接近中等材质的人，就应当相体裁衣，不能混施色相了。相体裁衣的方法，变化多端，要相应变通，不应该胶柱鼓瑟，一概而论，然而，不得已而勉强说其大略，那也就在务从其近而已。面容脸色近白的，衣服色调可深可浅；如其近乎黝黑，那就不宜浅而只宜深，浅的话就愈加显出她的黝黑了。皮肤近乎细嫩的，衣服质地可精可粗；如其近乎粗糙，那就不宜精而只宜粗，精的话就愈加衬出她的粗糙了。然而贫贱之家，想要求得精和深却办不到，富贵之家想要做到粗和浅也不可能，那怎么办呢？我说也不难。棉麻布料有精粗深浅的区别，绮罗文采也有精粗深浅的区分，并不是说棉麻布料就一定粗，而罗绮文采就一定精，也不是说锦绣华服就一定深，布衣素服就一定浅。绸缎料子中质地不光滑，花纹突起的，就是精中之粗，深中之浅；棉麻料子中纱线紧致细密，漂染精工的，就是粗中之精，浅中之深。凡是我所讲的，均是于贵于贱全都适宜的事情，既不会针对锦绣之家说得详尽一些，而对清贫人家简略一些，也不会偏心贫寒人家而遗漏了富豪人家。因为美女诞生，未曾选择贫富之地，而佳人出嫁，也不能自己选择夫婿，务求让读我这本书的，人人都有所助益，那么我这怜香惜玉的念想，也如同雨露一样，是普施众人的。

近来衣服的时尚，有大胜古代，可作一定不移的法则的；又有大背情理，可以为人心世道之忧的，请容我一并讲来。那大胜古代，可作一定不移的法则的，是指大户人家富豪一族，衣服颜色都崇尚青色。这青色不是青色，而是玄色，因为避皇帝讳，所以换个说法。记得我儿时所见，女孩子们，喜欢银红桃红，年龄稍稍大一些的，喜欢月白，没有多久就从喜欢银红桃红变成喜欢大红，喜欢月白色变为喜欢蓝色，再变就从喜欢大红变为喜欢大紫，喜欢蓝色变为喜欢石青色。等到改朝换代以后，石青色和紫色就都很罕见了，无论少长男女，都穿青色衣服。可以说是"齐变至鲁，鲁变至道"，越变越好，变到至善至美，无以复加了。其逐渐演变成今天这样，并不是有意为之而如此的，不过是人情好胜，一家浓似一家，一日深过一日，不知不觉之间，就演进到今天这个尽头之处了。然而这青玄色作为色调，其妙处多多，不能一一讲来。只就妇女所适宜的方面而论，面容白皙的穿了玄色衣服，她的面容显得更白，面容黝黑的穿了，她的面容也不觉得黑，这是它适宜面容相貌的方面；年少的人穿了，她的年纪看起来愈加年轻，年老的人穿了，她的年纪看上去也不觉得很老，这是它适宜岁数年齿的方面；贫贱的人穿了，这原是她贫贱之人的本色，富贵的人穿了，又觉得她脱去了繁华的习气，只存素雅之风，也未曾失去她富贵之人的本来身份，这是它适宜身份地位的方面。别种色调的衣服，极不耐污，略微沾染茶酒之色，稍稍侵惹油腻之痕，就很难洗掉，不重新染过就不能再穿，而染过以后就变成旧衣服了。青玄色就不是这样，由于它色调极浓，凡是淡于它的，即使受到侵惹也不会有明显感觉；也由于它色泽极深，凡是浅于它的，即使都受纳污染也不必辞拒，这又是它既宜于体又适于用的方面。清贫人家只此一件衣服，没有其他美服相衬，也未尝尽现清贫的底里，因为罩在外面的衣衫颜色原不鲜艳，即使内衣破旧一点不干净一些，因为没有强烈对比，也就不至于太显山露水；如用别种颜色的衣服穿在外面，那么内衣哪怕露出一丝一缕有欠精美的，就会彰显其丑。富贵的人家，凡是有锦衣绣裳，都可以

穿在里面，风卷衫袖，衣袂飘飘，内衣华服，五色粲然，使得一
衣胜似一衣，不但不会遮掩内里藏着的华美，而且让人不能穷其
底蕴。《礼记·中庸》说："《诗》云'衣锦尚绚'，恶其文之著也。"
这里偏不是如此，只因为外色最深，反使得内衣的文采越加彰
显，既有复古的美名，却又没有泥古的实害。二八佳人，如果想
要自己的衣饰华丽精美，可以玄青色上洒线，玄青色上绣花，比
在别的色调上更加鲜明。反复推求探索，这衣色之妙，没有比得
过玄青色的。后来即使有所变化，也都是举一废百，不能事事都
合适，这就是我所说的大胜古代，可作一定不移的法则了。至于
说大背情理，可以为人心世道之忧的，便是指那种零拼碎补的服
装，俗名称之为"水田衣"的。衣服上有线缝，不是古人喜欢这
样子做，而是不得已。人有肥瘦高矮的不同，不可能按照每个人
的身材体形来纺织成衣，这样就必得纺制全匹布帛，再裁划剪碎，
然后缝制成衣衫，就是这一条两条的衣缝，也如同人身上的赘瘤，
万万去不掉它，所以勉强保存其痕迹。称赞神仙之美，必会说天
衣无缝，分明是说，衣服上的线缝乃人间世上多此一物之故。而
现在甚且由一条两条增扩为数十百条，非但不似天衣，而且还不
让其似人间世上所当有的衣服，如此这般越演进越趋于糟糕，那
么到底要变得像什么东西才罢休呢？推原"水田衣"的起始，也
不是有意为之，大约是由于某些奸刁的裁缝衣匠，明为裁剪，暗
中偷布，逐段分片窃取和收藏布料，没有别的途径用掉脱手，就
设想创构了这样的衣服制式，以售其奸。不料想世态人情厌弃常
法喜好怪异，不仅不揭露批评其弊病，而且还群起奉为法则效而
仿之。将好端端的成片料子毁裂成零星小块，全整的布帛有什么
罪过，要使它受此磔裂碎尸的惨酷之刑？碎裂之后，又重新缝起
为百衲僧衣，女子又有什么过错，忽然要她们以出家人的面目出
现？风俗好尚的推移变换，常常关乎朝代气数，这种所谓"水田
衣"的衣制，不起始于今天，而是从崇祯末年开始出现的。当时
我看到就很诧异，曾经对人说："衣衫无缘无故变换形制，大概冥
冥中有什么促成了这样的现象吧，天地四方之间，莫非会有土崩
瓦解的大变故发生吗？"没多久而李自成造反烽火四起，中原大
地陷于割据战乱，人说我的话偶然不幸言中。现如今是圣人治世，

万国来归，车同轨书同文的大一统朝代，此等衣衫形制，自然应该暗暗革除。倘若遇上同心之人，认为我这草野之人说的不是太荒谬，互相鼓励共同劝喻世人，裁制衣衫时不要再承袭以前那种东施效颦的丑陋做法，那么我说的这些话，也就像鸡鸣狗吠之声一样，对盛世治时不为无补了。

云肩用来保护衣领，不让它沾上油污，这是衣服中最好的创制了。但必须和衣服同一种色调，近观就有，远看却好像没有，这才得体。即便难以做到色调同一，也必须色差不是太悬殊，倘若衣服颜色极深，而云肩颜色极浅，或者衣服颜色极浅，而云肩颜色极深，那么这就使身子与头部判然呈现为两截，虽说是相连着的，实际上却形同身首异处，这是最不合适的事情。我又以为云肩的颜色，不仅要和衣服相同，更必须里外合一，如果外面的色调是青，那么夹里的色调也应当用青，外面的色调是蓝，那么夹里的色调也应当用蓝。为什么呢？因为云肩披在肩上，不可能时时服贴，或许稍稍遇到风飘，那夹里就翻向外边了，好像飓风吹扫残叶，狂风席卷败荷一样，美人之身就不能不显现出凌乱萧条之象了。如果让其里外同一色调，那么任凭它是内外齐整还是凌乱颠倒，总是不必担心会这样。然而，平常在家这样做就可以了，要是出门见人，那还必须暗暗用线固定，不让它与衣服脱开，因为，虽然夹里外翻内外色调还是纯一不杂的，但总不如不凌乱颠倒为好。

妇女的衣妆，可以随家庭收入丰俭的情况而定，独有价格低廉功益却加倍的两样东西，是必不可少的。其一叫做半臂，俗称"背褡"的就是；另外一样是束腰的带子，俗称"鸾绦"的就是。妇女的身材，宜窄不宜宽，一穿上背褡，那么身材宽的可以变窄，窄的愈加显得窄了。妇女的腰身，宜细不宜粗．一束上腰带，腰身粗的可以变细，细的觉得加倍的细。背褡适宜穿在外面，这个人人都知道；鸾绦应该束在里面，这个大多数人都不知道了。衣带藏在衣衫里面，那就虽有若无，好像腰肢本来这样细，而并不是有东西使其收紧才这样细的。

裙子制作得精粗好坏，只要看折纹的多少就可以了。折纹多那就行走自如，不会有缠身碍足的问题，折纹少便往来局促，好像受到束缚带着镣铐似的；折纹多那绣着湘波水纹的裙裾就容易轻盈地飘动，即使无风也似飘飘摇摇婀娜多姿，折纹少便显得呆板滞重无缥缈灵动之趣，即便有优美之态也形同僵直而不能舒展。所以衣服的料子，其他方面或许可以节省，裙幅却一定不可省。古人有诗句说："裙拖八幅湘江水。"裙幅既然有八幅之多，那么可知这折纹一定不会少。我以为八幅之裙，适宜在家里平常穿穿；要想在人前显得美观大方，那还需要十幅才行。其实裙幅增加，多花不了几个钱，何况增加了裙幅那么就一定会减少用丝。只有细而软薄而轻的绉纱绡绸可以做八幅十幅，如果是粗重沉厚的料子做八幅十幅便成了板滞之物，那效果就与减少裙幅和折纹相同了。即使稍稍增加了一点花费，也和别的花费不同。因为妇女之异于男子，全在下体。男子生于世上，而愿为之有家有室，其所以为家为室的，也只在这细微之地罢了。掩藏秘器，爱护家珍，全在这罗裙几幅，岂可不在裙料上优中选优，款式上精益求精，而让人讥笑裙子难看吗？近来苏州流行的"百裥裙"，可说是美到极致了。我以为此裙适宜与盛服配套，不太适合家常穿，因为珍惜物力的缘故。要是比旧衣制稍稍增加一些，比现在流行的新衣制略略减少一点，人前穿着用十幅，平常居家用八幅，那就丰俭得宜了。苏州新的衣裙款式中，还有一种所谓"月华裙"的，一裥之中，五色俱全，犹如皎白的月华闪现光辉，我独感怪异而不足取。不仅这种裙的做工物料，比平常裙子贵了十倍，暴珍天物，自不待言，而且看起来又并不很美观。因为下身的衣服，宜淡不宜浓，宜纯不宜杂。我曾经读旧诗，见到"飘飏血色裙拖地"、"红裙妒杀石榴花"等句，颇笑前人之笨。倘若果真如此，那么也不过是艳妆村妇罢了，怎么足以打动雅人韵士的心呢？惟有近来新制的弹墨裙，颇多别致之处，然而还是未能尽合我意，以后我会别出新裁，用新款式向同好请教。正在构思设想，还没有动手裁制，不敢轻易拿出来误人。

鞋　袜

男子所着之履，俗名为鞋，女子亦名为鞋。男子饰足之衣，俗名为袜，女子独易其名曰"褙"，其实褙即袜也。古云"凌波小袜"，其名最雅，不识后人何故易之？袜色尚白，尚浅红；鞋色尚深红，今复尚青，可谓制之尽美者矣。鞋用高底，使小者愈小，瘦者越瘦，可谓制之尽美又尽善者矣。然足之大者，往往以此藏拙，埋没作者一段初心，是止供丑妇效颦，非为佳人助力。近有矫其弊者，窄小金莲，皆用平底，使与伪造者有别。殊不知此制一设，则人人向高底乞灵，高底之为物也，遂成百世不祧之祀[1]，有之则大者亦小，无之则小者亦大[2]。尝有三寸无底之足，与四五寸有底之鞋同立一处，反觉四五寸之小，而三寸之大者。以有底则指尖向下，而秃者疑尖，无底则玉笋朝天，而尖者似秃故也。吾谓高底不宜尽去，只在减损其料而已。足之大者，利于厚而不利于薄，薄则本体现矣；利于大而不利于小，小则痛而不能行矣。我以极薄极小者形之，则似鹤立鸡群，不求异而自异。世岂有高底如钱，不扭捏而能行之大脚乎？

古人取义命名，纤毫不爽，如前所云以"蟠龙"名髻，"乌云"为发之类是也。独于妇人之足，取义命名，皆与实事相反。何也？足者，形之最小者也；莲者，花之最大者也；而名妇人之足者，必曰"金莲"，名最小之足者，则曰"三寸金莲"。使妇人之足，果如莲瓣之为形，则其阔而大也，尚可言乎？极小极窄之莲瓣，岂止三寸而已乎？此"金莲"之义之不可解也。从来名妇人之鞋者，必曰"凤头"。世人顾名思义，遂以金银制凤，缀于鞋尖以实之。试思凤之为物，止能小于大鹏；方之众鸟，不几洋洋乎大观也哉[3]？以之名鞋，虽曰赞美之词，实类讥讽之迹。如曰"凤头"二字但肖其形，凤之头锐而身大，是以得名；然则众鸟之头，尽有锐于凤者，何故不以命名，而独有取于凤？而凤较他鸟，其首独昂，妇人趾尖，妙在低而能伏，使如凤凰之昂首，其形尚可观乎？此"凤头"之义之不可解者也。若是则古人之命名取义，果何所见而云然？岂终不可解乎？曰：有说焉。妇人裹足之制，非由前古，盖后来添设之事也。其命名之初，妇人之足亦犹男子之足，使其果如莲瓣之稍尖，凤头之稍锐，亦可谓古之小脚。无其制而能约小其形，较之今人，殆有过焉者矣。吾谓"凤头"、"金莲"等字相传已久，其名未可遽易，然止可呼其名，万勿肖其实；如肖其实，则极不美观，而为前人所误矣。不宁惟是，凤为羽虫之长，与龙比肩，乃帝王饰衣饰器之物也，以之饰足，无乃大亵名器乎？尝见妇人绣袜，每作龙凤之形，皆昧理僭分之大者[4]，不可不为拈破。近日女子鞋头，不缀凤而缀珠，可称善变。珠出水底，宜在凌波袜下。且似粟之珠，价不甚昂，缀一粒于鞋尖，满足俱呈宝色。使登歌舞之氍毹[5]，则为走盘之珠；使作阳台之云雨，则为掌上之珠。然作始者见不及此，亦犹衣色之变青，不知其然而然，所谓暗合道妙者也。予友余子澹心[6]，向著《鞋袜辨》一篇，考缠足之从来，核妇履之原制，精而且确，足与此说相发明，附载于后。

【注释】

〔1〕不祧（tiāo）之祀：犹言不祧之祖，不迁入祧庙，永远奉祀的祖先，一般指创业之祖。古代帝王家庙中的神主，辈数远的要依次移到祧庙中去合祭，只有始祖、开国皇帝的神主永不迁移，叫"不祧"。后用以喻指创立某种事业而永久受到尊崇的人，或不可废除的事物。

〔2〕有之、无之：指有高底、无高底。

〔3〕洋洋乎大观：形容事物繁多、规模盛大。《道德经》："夫道，覆载万物者也，洋洋乎大哉！"

〔4〕僭（jiàn）分：超出本分，用了不该用的名义、礼仪或器物。这里指龙凤之形为帝王、妃后的象征，一般人不得冒用。

〔5〕氍毹（qù shū）：毛织的地毯。旧时舞台上常铺地毯，故以"氍毹"指代舞台。

〔6〕余子澹心：余怀，字澹心，一字无怀，清莆田（今福建莆田）人。生于明末，侨居江宁（今南京），著有《味外轩文稿》、《研山堂集》、《板桥杂记》等。

【译文】

男子所着之履，俗名为鞋，女子所穿的也叫做鞋。男子饰足之衣，俗名叫袜，女子的却换了名称，叫做"褛"，其实所谓褛也就是袜。古人说"凌波小袜"，这个名称最雅，不知后人因为什么缘故改换了名称？袜子的颜色尚白，尚浅红；鞋的颜色尚深红，现在又尚青，可以说是最美的款式了。鞋用高底，使足小的显得更小，瘦的显得更瘦，可以说是款式之中既尽美又尽善的。不过脚大的，往往用高底鞋来藏拙，埋没了创制者的一段本意，这样就成只供丑妇效颦，不给佳人助力了。近来有人要矫正这个弊端的，要金莲小脚的女子，都穿平底鞋，使得她们与脚大造伪的有所区别。殊不知此制一设，便人人都向高底鞋求助乞灵，高底鞋这色样的东西，竟成了永远不可移易的先例规制，着了高底鞋那么大脚也显得窄小了，没有它那么小脚也显大了。曾经有三寸小脚着无底鞋的女子，和四五寸脚着有底鞋的女子同站一处，反而觉得四五寸的小，而三寸的大。这是因为有底那么其脚尖向下，即使不怎么尖也疑似尖了，无底那就小脚朝天，即使尖的也似乎不尖了。我以为高底不宜一概取消，只要减损其尺寸用料就可以了。脚大的，鞋的高底宜于厚而不宜于薄，薄了大脚就现出本形了；鞋子也是宜于大而不宜于小，太小就脚痛得不能行路了。我以底极薄，尺寸极小的鞋子来衬小脚，那就显得像是鹤立鸡群，不求异而自然异于常人了。世上岂有穿上底薄如钱的小鞋，不扭捏摇摆还迈得开步的大脚吗？

古人取其义来给事物命名，丝毫不差，像前面所说过的用"蟠龙"名髻，以"乌云"名发之类的就是如此。唯独关于妇人的脚，取义命名，都和实际事况相反。为什么这样说呢？妇人的脚，是肢体部位中最小的；莲，是花中最大的；而命名妇人的脚，必称"金莲"，命名最小的脚，就叫"三寸金莲"。假使妇人的脚，果真像莲瓣那样的形状，那么其又阔又大，还可以说吗？就是极小极窄的莲瓣，又岂止三寸而已呢？这便是"金莲"这一命名的取义让人不可理解之处。从来称呼妇人的鞋，必叫做"凤头"。世人顾名思义，于是便用金银制成凤凰形象，点缀在鞋尖上，以求名实相副。试想凤作为传说中的一种鸟，只比大鹏鸟小一些，和众飞鸟相比，不几乎成了洋洋大观的大鸟了吗？用它来做鞋的名字，虽说是赞美之词，实在又像是有点讥讽的味道。如果说"凤头"二字只是取其形状的相似，凤鸟的头尖而身大，所以用来取名；如此则众鸟之中，尽有比凤头更尖的，为什么缘故不用那些鸟来命名，而单单要用凤来取名呢？而且比起别的鸟来，凤鸟的头独独总是高昂着的，妇人的脚尖，妙在低而能伏，假使像凤凰那样高昂着头，其形状还可以看吗？这便是"凤头"这一命名的取义让人不可理解之处。要是这样，那么古人究竟是据于何种见解而这样命名取义？难道终究不可得解吗？我说：还是有说法的。妇女裹足的规制，并非沿袭往古而来，乃是后来增设的事。当初它命名的时候，妇人的脚也就像男子的脚一样，假使其果真有像莲瓣那样稍稍小巧一些、凤头那样略略尖锐一点的，也可称为古代的小脚了。没有裹足的规制，而能约束脚形使得它小一些，那与现代人比起来，大概要强得多了。我以为"凤头"、"金莲"等名目相传已经够久远了，不可以一下子改掉。但只可以称呼其名目，而万万不可模仿其实形，如果模仿其实形，那么会极不美观，而为前人所误了。不仅如此，凤凰是飞禽羽族的领袖，与龙并肩同辈，乃是帝王装饰衣服装饰器物的东西，用它来装饰脚，不是太亵渎名器了吗？曾经看到妇人绣袜子，常常绣作龙凤的形状，这都是严重昧于情理僭越名分的大事，不可不为她们点破。近来女子鞋头上，不缀凤凰而缀上了珠子，可以说是善于变化。珍珠出于水底，很适宜点缀在凌波袜下，而且像粟子那么大小的珍珠，价钱也不是很贵，在鞋尖上点缀一颗，整只脚都能呈现出珠光宝气。假使登上歌舞台地毯翩翩起舞，那就成了流转玉盘之珠；假使为阳台之云雨，那就成了掌上之珠。然而创始者是看不到这一点的，也就像衣服色调逐渐变成青玄色，不知其所以然却自然而然一样，这就是所谓的暗合妙道啊。我的朋友余怀先生，曾经写过一篇《鞋袜辩》的文章，考证缠足的由来历史，探讨女子鞋袜的原先的样子，议论精当而且准确，足以与我这里说的互相发明，故此附在后面。

妇人鞋袜辨

余 怀

古妇人之足，与男子无异。《周礼》有屦人，掌王及后之服屦，为赤舄、黑舄、赤缯、黄缯、青勾素履、葛屦，辨外内命夫命妇之功屦、命屦、散屦。可见男女之履同一形制，非如后世女子之弓弯细纤，以小为贵也。考之缠足，起于南唐李后主。后主有宫嫔窅娘，纤丽善舞，乃命作金莲，高六尺，饰以珍宝，绹带缨络，中作品色瑞莲，令窅娘以帛缠足，屈上作新月状，着素袜，行舞莲中，回旋有凌云之态。由是人多效之，此缠足所自始也。唐以前未开此风，故词客诗人，歌咏美人好女，容态之殊丽，颜色之天姣，以至面妆首饰、衣褶裙裾之华靡，鬓发、眉目、唇齿、腰肢、手腕之阿娜秀洁，无不津津乎其言之，而无一语及足之纤小者。即如古乐府之《双行缠》云："新罗绣白胫，足跌如春妍。"曹子建云："践远游之文履"，李太白诗云："一双金齿屐，两足白如霜。"韩致光诗云："六尺肤圆光致致"，杜牧之诗云："钿尺裁量减四分"，汉《杂事秘辛》云："足长八寸，胫跗丰妍。"夫六寸八寸，素白丰妍，可见唐以前妇人之足，无屈上作新月状者也。即东昏潘妃，作金莲花帖地，令妃行其上，曰"此步步生金莲花"，非谓足为金莲也。崔豹《古今注》："东晋有凤头重台之履。"不专言妇人也。宋元丰以前，缠足者尚少，自元至今将四百年，矫揉造作亦泰甚矣。古妇人皆着袜。杨太真死之日，马嵬媪得锦袎袜一只，过客一玩百钱。李太白诗云："溪上足如霜，不着鸦头袜。"袜一名"膝裤"。宋高宗闻秦桧死，喜曰："今后免膝裤中插匕首矣。"则袜也，膝裤也，乃男女之通称，原无分别。但古有底，今无底耳。古有底之袜，不必着鞋，皆可行地；今无底之袜，非着鞋，则寸步不能行矣。张平子云："罗袜凌蹑足容与"；曹子建云："凌波微步，罗袜生尘。"李后主词云："刬袜下香阶，手提金缕鞋。"古今鞋袜之制，其不同如此。至于高底之制，前古未闻，于今独绝。吴下妇人，有以异香为底，围以精绫者；有凿花玲珑，囊以香麝，行步霏霏，印香在地者。此则服妖，宋元以来诗人所未及，故表而出之，以告世之赋"香奁"、咏"玉台"者。

　　袜色与鞋色相反，袜宜极浅，鞋宜极深，欲其相形而始露也。今之女子，袜皆尚白，鞋用深红深青，可谓尽制。然家家若是，亦忌雷同。予欲更翻置色，深其袜而浅其鞋，则脚之小者更露。盖鞋之为色，不当与地色相同。地色者，泥土砖石之色是也。泥土砖石其为色也多深，浅者立于其上，则界限分明，不为地色所掩。如地青而鞋亦青，地绿而鞋亦绿，则无所见其短长矣。脚之大者则应反此，宜视地色以为色，则藏拙之法，不独使高底居功矣。鄙见若此，请以质之金屋主人，转询阿娇，定其是否。

（缠足之制，作者津津乐道一之为甚，岂可再乎？故仅附原文，不予注译。）

习 技 第 四

"女子无才便是德。"言虽近理，却非无故而云然。因聪明女子失节者多，不若无才之为贵。盖前人愤激之词，与男子因官得祸，遂以读书作宦为畏途，遗言戒子孙，使之勿读书勿作宦者等也。此皆见噎废食之说[1]，究竟书可竟弃，仕可尽废乎？吾谓"才德"二字，原不相妨，有才之女，未必人人败行[2]；贪淫之妇，何尝历历知书？但须为之夫者，既有怜才之心，兼有驭才之术耳。至于姬妾婢媵[3]，又与正室不同。娶妻如买田庄，非五谷不殖，非桑麻不树，稍涉游观之物[4]，即拔而去之，以其为衣食所出，地力有限，不能旁及其他也。买姬妾如治园圃，结子之花亦种，不结子之花亦种；成阴之树亦栽，不成阴之树亦栽，以其原为娱情而设，所重在耳目，则口腹有时而轻，不能顾名兼顾实也。使姬妾满堂，皆是蠢然一物，我欲言而彼默，我思静而彼喧，所答非所问，所应非所求，是何异于入狐狸之穴，舍宣淫而外，一无事事者乎？故习技之道，不可不与修容治服并讲也。技艺以翰墨为上[5]，丝竹次之[6]，歌舞又次之，女工则其分内事[7]，不必道也。然尽有专攻男技，不屑女红，鄙织纴为贱役，视针线如仇雠，甚至三寸弓鞋不屑自制，亦倩老妪贫女为捉刀人者[8]，亦何借巧藏拙，而失造物生人之初意哉[9]！予谓妇人职业，毕竟以缝纫为主，缝纫既熟，徐及其他。予谈习技而不及女工者，以描鸾刺凤之事，闺阁中人人皆晓，无俟予为越俎之谈[10]。其不及女工，而仍郑重其事，不敢竟遗者，虑开后世逐末之门[11]，置纺绩蚕缲于不讲也[12]。虽说闲情，无伤大道，是为立言之初意尔。

【注释】

〔1〕见噎废食：看到有人噎住了喉咙，就不再吃东西。比喻因一点小问题，就把必要的事情废止了。语出《吕氏春秋》卷七《荡兵》。

〔2〕败行：败德，即下文所谓贪淫之类。

〔3〕媵（yìng）：古时指陪嫁之女。

〔4〕游观之物：供游览观赏的东西。

〔5〕翰墨：文辞笔墨。

〔6〕丝竹：管弦乐。

〔7〕女工：即"女红"，也作"女功"，指妇女纺织缝纫等工作。

〔8〕倩：请。捉刀人：《世说新语·容止》："魏武（曹操）将见匈奴使，自以形陋不足雄远国，使崔季珪代，帝自捉刀立床头。既毕，令间谍问曰：'魏王何如？'匈奴使答曰：'魏王雅望非常，然床头捉刀人，此乃英雄也。'"后称代人作文做事为捉刀。这里指代作绣鞋。

〔9〕造物生人之初意：这句话反映了李渔的偏见，他认为，天生女

子，就是要她们制鞋做衣、缝缝补补的。

〔10〕越俎（zǔ）：越俎代庖。尸祝不做本职工作，却去代厨师掌勺。

〔11〕逐末：舍本逐末。语出《汉书·食货志》。

〔12〕纺绩：纺线搓绳。蚕缲（sāo）：养蚕缲丝，均为女红之事。

【译文】

"女子无才便是德。"这话虽然似乎近于情理，却不是无缘无故而如此说的。因为聪明女子失节的多，不如无才的女子可贵。这大概是前人一时愤激之言，和男子因为作官惹祸，于是就把读书当官视作危险的事业，还留下遗嘱告诫子孙后代，让他们不要读书不要当官一样。这都是因噎废食之说，难道书竟然可以抛弃，仕途可以全然废止的吗？我以为"才德"二字，相互原不妨碍。有才的女子，未必人人都败行败德；贪淫的妇人，又何尝个个识字知书？只是作丈夫的人，既须要有爱怜才女之心，又兼有驾驭才女之术。至于姬妾及陪嫁丫鬟等，又与正室妻子不同。娶妻就好像买田庄，非五谷不种，非桑麻不栽，稍微涉及游玩观赏之物，就要拔掉除去它，因为衣服粮食全靠田地生长出来，而地力有限，不能再种植其他杂物。而买姬妾，犹如营造花园，结果子结种子的花要种，不结果与籽的花也要种；能成荫的树要栽，不能成荫的树也要栽。因为花园原本就是为了赏心悦目而设的，所看重的就在娱悦耳目视听，那么口腹方面的要求有时就显得次要一些了，不能既要顾名又要兼顾其实。假使姬妾满堂，都是些蠢物笨蛋，我想说些什么她们却毫无回应，我想清静片刻她们却吵闹喧哗，问她什么，答非所问，有所回应，也是牛唇不对马嘴，这样和到了狐狸窝里，除了淫乱而外，别的一概无所事事有什么不同呢？所以，女子习技之道，不可不与化妆修饰、裁剪缝纫一起讲究探讨。女子所学技艺以诗词书画为上等，丝竹吹奏次之，唱歌跳舞又次之，女工针线则本来就是她们的分内之事，就不必说了。然而也尽有些女人专攻男人技艺，不屑于做女红，鄙视纺织缝纫，看作下贱杂役的活儿，把针线视作仇敌，甚至连三寸弓鞋都不屑于自己制作，而要让老太太或贫家女代劳，这是何等讨巧藏拙，而有违造物主创造男人女子时的初衷啊！我认为妇女的职业，毕竟是以缝纫为主的，缝纫熟练之后，再慢慢学习其他的技艺。

我之所以谈论女子习技而没有涉及女工，是因为描鸾绣凤之类的事，闺阁之中人人都知晓，用不着等我来费越俎代庖的口舌。虽然所论不及女工，但仍然郑重其事，不敢将其遗漏，是担心会开后世舍本逐末之门，将纺线织布、养蚕缫丝之类的女工丢开不论。虽然所说的是闲情，但也要无伤于大道，这是我著书立说的初心本意啊。

文　艺

学技必先学文。非曰先难后易，正欲先易而后难也。天下万事万物，尽有开门之锁钥。锁钥维何？"文理"二字是也。寻常锁钥，一钥止开一锁，一锁止管一门；而"文理"二字之为锁钥，其所管者不止千门万户。盖合天上地下，万国九州，其大至于无外，其小止于无内[1]，一切当行当学之事，无不握其枢纽，而司其出入者也[2]。此论之发，不独为妇人女子，通天下之士农工贾，三教九流，百工技艺，皆当作如是观。以许大世界，摄入"文理"二字之中，可谓约矣[3]，不知二字之中又分宾主。凡学文者，非为学文，但欲明此理也。此理既明，则文字又属敲门之砖，可以废而不用矣。天下技艺无穷，其源头止出一理。明理之人学技，与不明理之人学技，其难易判若天渊。然不读书不识字，何由明理？故学技必先学文。然女子所学之文，无事求全责备，识得一字，有一字之用，多多益善，少亦未尝不善；事事能精，一事自可愈精。予尝谓土木匠工，但有能识字记帐者，其所造之房屋器皿，定与拙匠不同，且有事半工倍之益。人初不信，后择数人验之，果如予言。粗技若此，精者可知。甚矣，字之不可不识，理之不可不明也！

妇人读书习字，所难只在入门。入门之后，其聪明必过于男子，以男子念纷，而妇人心一故也。导之入门，贵在情窦未开之际，开则志念稍分，不似从前之专一。然买姬置妾，多在三五、二八之年，娶而不御，使作蒙童求我者，宁有几人？如必俟情窦未开，是终身无可授之人矣。惟在循循善诱，勿阻其机[4]，"扑作教刑"一语[5]，非为女徒而设也。先令识字，字识而后教之以书。识字不贵多，每日仅可数字，取其笔画最少，眼前易见者训之，由易而难，由少而多，日积月累，则一年半载以后，不令读书而自解寻章觅句矣。乘其爱看之时，急觅传奇之有情节、小说之无破绽者，听其翻阅，则书非书也，不怒不威而引人登堂入室之明师也[6]。其故维何？以传奇、小说所载之言，尽是常谈俗语，妇人阅之，若逢故物[7]。譬如一句之中，共有十字，此女已识者七，未识者三，顺口念去，自然不差。是因已识之七字，可悟未识之三字，则此三字也者，非我教之，传奇、小说教之也。由此而机锋相触，自能曲喻旁通。再得男子善为开导，使之由浅而深，则共枕论文[8]，较之登坛讲艺，其为时雨之化[9]，难易奚止十倍哉[10]？十人之中，拔其一二最聪慧者，日与谈诗，使之渐通声律，但有说话铿锵，无重复聱牙之字者，即作诗能文之料也。苏夫人说："春夜月胜于秋夜月，秋夜月令人惨凄，春夜月令人和悦。"此非作诗，随口所说之话也。东坡因其出口合律，许以能诗，传为佳话[11]。此即说话铿锵，无重复聱牙，可以作诗之明验也。其余女子，未必人人若是，但能书义稍通，则在学诸般技艺，皆是锁钥到手，不忧阻隔之人矣。

妇人读书习字，无论学成之后受益无穷，即其初学之时，先有裨于观者：只须案摊书本，手捏柔毫，坐于绿窗翠箔之下[12]，便是一幅画图。班姬续史之容[13]，谢庭咏雪之态[14]，不过如是，何必睹其题咏，较其工拙，而后有闺秀同房之乐哉？噫！此等画图，人间不少，无奈身处其地，皆作寻常事物观，殊可惜耳。

欲令女子学诗，必先使之多读，多读而能口不离诗，以之作话，则其诗意诗情，自能随机触露，而为天籁自鸣矣。至其聪明之所发，思路之由开，则全在所读之诗之工拙，选诗与读者，务在善迎其机。然则选者维何？曰：在"平易尖颖"四字。平易者，使之易明且易学；尖颖者，妇人之聪明，大约在纤巧一路，读尖颖之诗如逢故我，则喜而愿学，所谓迎其机也。所选之诗，莫妙于晚唐及宋人，初中盛三唐，皆所不取；至汉魏晋之诗，皆秘勿与见，见即阻塞机锋，终身不敢学矣。此予边见[15]，高明者阅之，势必哑然一笑。然予才浅识隘，仅足为女子之师，至高峻词坛[16]，则生平未到，无怪乎立论之卑也。

女子之善歌者，若通文义，皆可教作诗余。盖长短句法，日日见于词曲之中，入者既多，出者自易[17]，较作诗之功为尤捷也。曲体最长，每一套必须数曲，非力赡者不能[18]；诗余短而易竟，如《长相思》、《浣溪纱》、

《如梦令》、《蝶恋花》之类，每首不过一二十字，作之可逗灵机[19]。但观诗余选本，多闺秀女郎之作，为其词理易明，口吻易肖故也。然诗余既熟，即可由短而长，扩为词曲，其势亦易。果能如是，听其自制自歌，则是名士佳人合而为一，千古来韵事韵人，未有出于此者。吾恐上界神仙，自鄙其乐，咸欲谪向人寰而就之矣。此论前人未道，实实创自笠翁，有由此而得妙境者，切勿忘其所本。

以闺秀自命者，书画琴棋四艺，均不可少。然学之须分缓急，必不可已者先之，其余资性能兼，不妨次第并举，不则一技擅长，才女之名著矣。琴列丝竹，别有分门；书则前说已备。善教由人，善习由己，其工拙浅深，不可强也。画乃闺中末技，学不学听之。至手谈一节[20]，则断不容已[21]，教之使学，其利于人己者，非止一端。妇人无事，必生他想，得此遣日，则妄念不生，一也；女子群居，争端易酿，以手代舌，是喧者寂之，二也；男女对坐，静必思淫，鼓瑟鼓琴之暇，焚香啜茗之余，不设一番功课，则静极思动，其两不相下之势，不在几案之前，即居床第之上矣。一涉手谈，则诸想皆落度外，缓兵降火之法，莫善于此。但与妇人对垒，无事角胜争雄，宁饶数子而输彼一筹，则有喜无嗔，笑容可掬；若有心使败，非止当下难堪，且阻后来奕兴矣。

纤指拈棋，踌躇不下，静观此态，尽勾消魂。必欲胜之，恐天地间无此忍人也。

双陆投壶诸技[22]，皆在可缓。骨牌赌胜[23]，亦可消闲，且易知易学，似不可已。

【注释】

〔1〕"其大至于无外"二句：是说文理之大，可以充塞于天地，其细小到不能再分。汉扬雄《解嘲》："大者含元气，细者入无伦。"

〔2〕"无不握其枢纽"二句：是指文理关系到和把握着一切当行当学之事的关键、原理和入门的途径。

〔3〕约：简要，精约。

〔4〕机：灵性。

〔5〕扑作教刑：语出《尚书·舜典》："鞭扑加于人身可云：扑作教刑。"扑，戒尺、教鞭之类扑责的刑杖，用作责罚生徒的工具。

〔6〕登堂入室：用以比喻造诣学问、艺术水平较高，但有高低深浅程度的差异。入室指最高境界，登堂则稍逊一筹。《论语·先进》："由也升堂也，未入于室也。"

〔7〕若逢故物：好像碰到老朋友，见到熟悉的东西。

〔8〕论文：探讨谈论文学。

〔9〕时雨：及时雨。

〔10〕奚止：何止。

〔11〕"苏夫人说"数语：苏夫人，谓苏东坡夫人。苏轼，字子瞻，号东坡居士，宋代文学家。苏轼夫妇事，见宋胡仔《苕溪渔隐丛话前集》卷四十一《东坡》四引《侯鲭录》。聱（áo）牙：不通顺，不和谐。

〔12〕翠箔（bó）：绿窗帘。箔，苇子或秫秸织成的帘子。

〔13〕班姬：即班昭，字惠班。东汉史学家。班固著《汉书》，八表及《天文志》未成而卒，汉和帝命班固之妹班昭就东观藏书阁续成之。

〔14〕谢庭咏雪之态：《世说新语·言语》："谢太傅（安）寒雪日内集，与儿女讲论文义，俄而雪骤，公欣然曰：'白雪纷纷何所似？'兄子胡儿（谢朗）曰：'撒盐空中差可拟。'兄女（谢道韫）曰：'未若柳絮因风起。'公大笑乐。"

〔15〕边见：片面的看法。

〔16〕高峻词坛：指超凡的词坛上的地位。

〔17〕"入者既多"两句：指词曲作品接受得多了，也就自然易于发而为词章，进行创作。

〔18〕力赡者：指具有深厚艺术功力的人。

〔19〕可逗灵机：指小令较易引发和表现新颖小巧的诗思。

〔20〕手谈：下围棋。《世说新语·巧艺》载："王中郎（坦之）以围棋是坐隐，支公（支道林）以围棋为手谈。"

〔21〕断不容已：一定不让其罢手不学。

〔22〕双陆：古代博戏，其法今已失传。投壶：古代流行于士大夫宴会上的一种游戏。方法是以盛酒的壶口为目标，用矢投入，多者为胜，负者罚酒。

〔23〕骨牌：牌类娱乐用具。每副三十二张，用骨、象牙或竹木制成。上面刻着以不同方式排列的从两个到十二个点子。旧时多用于赌博。

【译文】

学习技艺必先学文，这不是说先难后易，正是想先易而后难。天下万事万物，都有开门的锁钥。那么学习技艺的锁钥是什么呢？就是"文理"两个字。平常的锁钥，一把钥匙只开一把锁，一把锁只管一扇门；而"文理"二字作为锁钥，其所管的却不止千门万户。应该包括天上地下，万国九州，其大至于无外，其小至于无内，一切应当去做应该去学的事情，无不掌握着关键要领，管理着出入的机关。我这番言论，不单单为妇人女子而发，普天下的士农工商，三教九流，工匠艺人，都当作如是观。把如许大的世界，都摄纳进"文理"二字之中，可以说是太简约了，却不知道这两个字当中又分宾主。凡是学文的，并不是为了学文，只是要明白这个道理。明白了这个道理，那么文字又属于敲门之砖了，门敲开了砖就可以废而不用。天下的技艺无穷无尽，其源头都只出于一个理。明理的人学习技艺，与不明理的人学习技艺，其难易的程度判然有天渊之别。然而不读书不识字，靠什么明白这个理呢？所以学习技艺必须先学文。不过女子所学的文，没有必要求全责备，识得一个字，就有一个字的用处，多多益善，即使识得不多也未尝不好，总是好过不识字的；样样事情都能精通，专注一事自然更能精益求精。我曾经说过土木工匠，只要有能够识字记帐的，他所建造的房屋器皿，必定与那些笨拙的工匠所建造的不同，而且有事半功倍的效果。人们起初还不相信，后来挑选了几个人验证，果然同我说的一样。粗粗的技艺如此，精深的技艺就可想而知了。字之不可不识，理之不可不明，这真是太要紧了！

　　妇人读书习字，所难的只在刚开始入门的阶段。入门之后，她们的聪明一定过于男子，这是因为男子意念纷杂，而妇人心志专一的缘故。引导她们入门，最好是在其情窦未开的时候，情窦一开那么情志意念就会稍稍分散，不像从前那样的专一了。然而买姬置妾，大都在女子十五六岁时，娶来以后却不御使，使其作蒙童求我教她读书识字的，能有几个人呢？如果一定要趁情窦未开的时候教，那就一辈子没有可教可授的人了。关键只在于循循善诱，不要阻滞她的天机灵性。《尚书》中有"仆作教刑"一语，用戒尺来责罚生徒，这不是针对女学生设的。先让她们识字，识字以后再教她们书写。识字不贵在多，每日只可学几个字，先选取那些笔画最少的，眼前容易见到的教她们，从易到难，由少到多，日积月累，那么一年半载以后，就是不要求读书她们也会自己知道寻章觅句了。乘她们爱看书的时候，赶快找些有情节的传奇、没破绽的小说，由她们去翻阅浏览，那么书就不仅仅是书了，而是一个不发脾气，不露威严，却能够引人登堂入室的明师了。这是什么缘故呢？因为传奇小说所记载的情节言语，都是日常琐事俗语，妇人阅读它，就好像碰到了老熟人旧东西。譬如一句话当中，一共有十个字，这女子已认识七个，不认识三个，顺口念下去，自然而然不会有差错。这是因了已经认识的这七个字，可以悟出不认识的那三个字，那么那三个字，就不是我教会的，而是传奇小说教会她的。由此而机锋灵气互相触动映发，自然能够举一反三，触类旁通。再加上男子善于开导她，使之由浅入深，那么同床共枕，谈诗论文，比起登上讲坛教授灌输，其作为及时雨化育庄稼的神奇效果，难易程度何止相差十倍？十人之中，挑选一两个最聪慧的，天天和她谈论诗词，使她渐渐通于声律。只要有说话清亮，不啰唆重复佶屈聱牙的，就是作诗能文的材料。苏东坡的夫人说："春夜月胜于秋夜月，秋夜月令人惨凄，春夜月令人和悦。"这不是作诗，只是随口所说的话语，苏东坡因为其出口合律，就赞许她能作诗，而传为佳话。这就是女子说话清亮，不啰唆重复佶屈聱牙，就可以作诗的明证。其余的女子，未必人人都像这样，只要能稍微通晓一点书义，那么在学习诸般技艺时，都会像是拿到了万能钥匙，不愁遇上拦阻而进不了门的人了。

　　妇人读书习字，不要说学成以后受益无穷，就是在她初学之时，就先让观看的人一饱眼福了：只要她在案前摊开书本，手里捏着柔毫，坐在绿窗翠帘之下，就已然是一幅美丽的图画。汉朝班昭纂修续《汉书》时的形象，晋朝才女谢道韫作咏雪诗时的姿态，都不过如此，何必非得看到她题咏的诗句，考较其是工还是拙，然后才觉得享受到了和闺秀同处之乐呢？唉，这样的图画，人间本来是不少的，无奈的是，身临其境的人们，都把它当作平常事看待，实在是太可惜了！

　　想要让女子学诗，一定要先让她多读，多读而且能口不离诗，并且用来作平常对话，那么其诗意诗情，自能随机触发显现，而成为自然鸣响的天籁。至于触发她灵感的契机，开启她诗思的途径，就全在她平时所读诗歌的工拙了。选诗给她读的人，务必要善于应合她的灵机。那么选什么样的诗呢？我说：就在"平易尖颖"这四个字。平易，是让她容易明白容易学习；尖颖，是因为妇人的聪明，大约在纤巧这一路，读尖颖的诗，就好像让她遇见了原本的我，那么就喜欢而愿意学，这就是所谓应合她的灵机。所选的诗，莫妙于晚唐和宋人的诗，初唐、盛唐、中唐的诗，都不合适选；至于汉魏晋等朝代的诗，都秘藏起来不要让她们看到，看了就会阻塞她们的灵机，终身不敢学诗了。这是我片面的看法，高明的人士看了，势必会哑然一笑。然而我才气浅陋，见识不足，只配充当女子的老师，至于高大的词坛，则生平未到，无怪乎立论的卑微了。

　　女子之中善于歌唱的，如果通文义，都可以教她们作词。因为长短句的句法，日日见于歌曲之中，濡染吸收得既然多了，抒发出来自然容易些，比作诗的功效要更加快捷。曲子的体制最长，每一套都必须有几支曲子，不是才力深厚雄富的就不能胜任；词章体制比较短，容易完成，如《长相思》、《浣溪纱》、《如梦令》、《蝶恋花》之类，每首不过一二十个字，写写这样的词能够引发诗意灵气。只要看一看词的选本，有不少闺秀女郎的作品，这是因为词体原理容易明白，口吻语调也容易模仿的缘故吧。词作熟了，就可以由短到长，扩展而为作曲子，这样的势头也容易形成。要是真能这样，听任她们自己填词制曲，自己歌唱，那么这就是名士佳人合而为一，千古以来的韵事韵人，没有超过这样的了。我恐怕天上的神仙，也要瞧不上自己的乐境，都想被贬谪到人间来趋近这样的韵事韵人了。这种论点前人未经道过，实实是我李笠翁的首创，有由此而得到如许妙境的人，切勿忘其所本！

以闺秀自命的女子，琴棋书画这四种技艺，一样都不可以缺。但学它们也必须分个缓急先后，必不可少的先学，其余的如果资质性情能够兼而有之，不妨循序渐进全都学会了，不然的话，能够擅长一种技艺，也会以才女的名声著称。琴属于丝竹之列，另分门类加以探讨；书法则前面已经备加叙说。善教听由他人，善学全凭自己，学习的工拙深浅，是不能勉强的。绘画是闺房中最次要的技艺，学还是不学，还可以听由她自便。至于围棋这一节，就断断不容她半途而废。教她学会下围棋，此事有益于彼此的，不止一个方面。妇人无事可做，必会滋生别的想法，得以通过下围棋来消遣时日，那么妄念就不会产生，这是其一；女人群居一处，容易酝酿争端，用手谈棋艺替代口舌之争，这是化喧闹为宁静，这是其二。男女对面坐着，闲静下来就会思想淫欲，在鼓瑟弹琴之暇，焚香品茶之余，如果不安排一番功课，那么静极思动，男女之间两不相下的情势，倘若不在几案之间，那就会在床第之上。一旦开始手谈，那么各种念头想法就都被置之度外，缓兵之计，降火之法，没有比这法子更好的了。但是，与妇人对垒下棋，不要只专注于争强斗胜，宁肯饶她几子，输她一筹，那么她就会开心欢喜，笑容可掬，而不至于蹙眉嗔怒；要是存心打败她，不仅当下很难堪，而且还妨碍她以后的棋兴了。

纤纤手指拈着棋子，犹犹豫豫，踌躇不下，静静观赏此种神态，足够让人勾魄消魂的了。非得想要让她输棋，恐怕天地间没有这样忍心的人。

双陆、投壶等技艺，都在可缓之列。骨牌用来赌博决胜，也可以用来消遣，而且容易懂，容易学，不过似乎容易成瘾，停不下来。

丝　竹

丝竹之音，推琴为首。古乐相传至今，其已变而未尽变者，独此一种，余皆末世之音也。妇人学此，可以变化性情，欲置温柔乡，不可无此陶熔之具[1]。然此种声音，学之最难，听之亦最不易。凡令姬妾学此者，当先自问其能弹与否。主人知音，始可令琴瑟在御，不则弹者铿然，听者茫然，强束官骸以俟其阕[2]，是非悦耳之音，乃苦人之具也，习之何为？凡人买姬置妾，总为自娱。己所悦者，导之使习；己所不悦，戒令勿为，是真能自娱者也。尝见富贵之人，听惯弋阳、四平等腔，极嫌昆调之冷[3]，然因世人雅重昆调，强令歌童习之，每听一曲，攒眉许久[4]，坐客亦代为苦难，此皆不善自娱者也。

予谓人之性情，各有所嗜，亦各有所厌，即使嗜之不当，厌之不宜，亦不妨自攻其谬。自攻其谬，则不谬矣。予生平有三癖，皆世人共好而我独不好者：一为果中之橄榄，一为馔中之海参，一为衣中之茧绸。此三物者，人以食我，我亦食之；人以衣我，我亦衣之；然未尝自沽而食，自购而衣，因不知其精美之所在也。谚云："村人吃橄榄[5]，不知回味。"予真海内之村人也。因论习琴，而谬谈至此，诚为饶舌。

人问：主人善琴，始可令姬妾学琴，然则教歌舞者，亦必主人善歌善舞而后教乎？须眉丈夫之工此者[6]，有几人乎？曰：不然。歌舞难精而易晓，闻其声音之婉转，睹见体态之轻盈，不必知音始能领略，坐中席上，主客皆然，所谓雅俗共赏者是也。琴音易响而难明，非身习者不知，惟善弹者能听，伯牙不遇子期[7]，相如不得文君[8]，尽日挥弦，总成虚鼓。吾观今世之为琴，善弹者多，能听者少；延名师教美妾者尽多，果能以此行乐，不愧文君、相如之名者绝少。务实不务名，此予立言之意也。若使主人善操，则当舍诸技而专务丝桐[9]。"妻子好合，如鼓瑟琴。"[10]"窈窕淑女，琴瑟友之。"[11]琴瑟非他，胶漆男女，而使之合一；联络情意，而使之不分者也。花前月下，美景良辰，值水阁之生凉，遇绣窗之无事，或夫唱而妻和，或女操而男听，或两声齐发，韵不参差，无论身当其境者俨若神仙，即画成一幅合操图，亦足令观者消魂，而知音男妇之生妒也。

丝音自蕉桐而外，女子宜学者，又有琵琶、弦索、提琴之三种[12]。琵琶极妙，惜今时不尚，善弹者少，然弦索之音实足以代之。弦索之形，较琵琶为瘦小，与女郎之纤体最宜。近日教习家，其于声音之道，能不大谬于宫商者，首推弦索，时曲次之，戏曲又次之。予向有场内无文，场上无曲之说，非过论也。止为初学之时，便以取舍得失为心，虑其调高和寡，止求为下里巴人，不愿作阳春白雪，故造到五七分即止耳。提琴较之弦索，形愈小而声愈清，度清曲者必不可少。提琴之音，即绝少美人之音也，春容柔媚[13]，婉转断续，无一不肖。即使清曲不度，止令善歌二人，一吹洞箫[14]，一拽提琴，暗谱悠飏之曲，使隔花间柳者听之，俨然一绝代佳人，不觉动怜香惜玉之思也。

丝音之最易学者，莫过于提琴，事半功倍，悦耳娱神。吾不能不德创始之人[15]，令若辈尸而祝之也。

竹音之宜于闺阁者，惟洞箫一种。笛可暂而不可常。至笙、管二物，则与诸乐并陈，不得已而偶然一弄，非绣窗所应有也。盖妇人奏技，与男子不同，男子所重在声，妇人所重在容：吹笙搦管之时，声则可听，而容不耐看，以其气塞而腮胀也，花容月貌为之改观，是以不应使习。妇人吹箫，非止容颜不改，且能愈增娇媚。何也？按风作调⁽¹⁶⁾，玉笋为之愈尖；簇口为声，朱唇因而越小。画美人者，常作吹箫图，以其易于见好也。或箫或笛，如使二女并吹，其为声也倍清，其为态也更显，焚香啜茗而领略之，皆能使身不在人间世也。

吹箫品笛之人，臂上不可无钏。钏又勿使太宽，宽则藏于袖中，不得见矣。

【注释】

〔1〕陶熔：陶冶。

〔2〕强束官骸以俟其阕：勉强约束自己的感官肢体来听完一首乐曲。阕，乐曲终了。

〔3〕弋阳、四平等腔：弋腔，元末明初起源于江西弋阳一带的戏曲声腔和剧种。嘉靖年间传入徽州（安徽歙县）一带，演变成四平腔。其共同特点是声调较为高亢，速度较快，风格较为活泼。与昆腔曲调之舒徐婉转有所不同。参见卷一《音律第三》注〔24〕。

〔4〕攒眉：皱着眉头。

〔5〕村人：粗人，野人。

〔6〕须眉丈夫之工此者：男子汉大丈夫精于此道者。

〔7〕伯牙不遇子期："知音"的典故，见《列子·汤问》："伯牙善鼓琴，钟子期善听。伯牙鼓琴，志在高山，钟子期曰：'善哉，峨峨兮若泰山！'志在流水，钟子期曰：'善哉，洋洋兮若江河！'伯牙所念，钟子期必得之。"

〔8〕相如不得文君：《史记·司马相如列传》载：卓王孙有女文君新寡，喜好音乐。司马相如到卓王孙家赴宴，以琴心挑之，文君夜奔相如，

同归成都。

〔9〕丝桐：指琴。古代多用桐木制琴，练丝为弦，故称。

〔10〕"妻子好合，如鼓瑟琴"：语出《诗经·小雅·常棣》。以琴瑟奏乐时相和谐比喻夫妻情感的和谐。

〔11〕"窈窕淑女，琴瑟友之"：语出《诗经·周南·关雎》。弹奏琴瑟抒发思慕之情。

〔12〕弦索：金元以后用为各种弦乐器如琵琶、三弦等的泛称。这里特指形似琵琶，而其体较琵琶为小的一种弦乐器。提琴：胡琴的一种。其体较弦索更小。

〔13〕春容：从容。形容提琴乐声悠扬清亮。

〔14〕洞箫：管乐器。本是古代的一种排箫。后世则称单管直吹者为洞箫，简称箫。相传出于西羌，汉唐称羌笛。后由四孔增至六孔，发音清幽。

〔15〕德：感激。

〔16〕按风作调：按着吹孔吹出各种声调。

【译文】

　　丝弦和竹管之音，当推琴音为首位。古乐相传至今，其已经变化而还没有完全改变的，独有琴音这一种，其余的都是末世之音了。妇人学琴，可以改变化育性情。要想营造温柔之乡，不能没有这种陶冶情性的工具。然而这一种音乐，学起来最难，听起来也最不容易。凡是让姬妾学琴的，应当先自问自己能弹与否。主人知音，才能让琴瑟之乐常掌握在左右。不然的话，即使弹琴者奏响美妙动听的琴音，而听者茫茫然无动于衷，勉强做作着筋骨等着乐曲休止，那琴声就不是悦耳之音，反倒成了让人受罪的工具了，那还学它干什么？凡是买姬置妾的人，总是为了娱乐自己。自己所喜欢的，就引导她们学习；自己所不喜欢的，就告诫她们不要学，这才是真正能够娱乐自己的人。我曾经见过一个富贵之人，听惯了弋阳、四平之类热闹的声腔，很讨厌昆曲的清冷，然而因为世人向来都看重昆曲，他也勉强让歌童学唱昆曲，每听一支曲，他就皱上半天眉，连坐中客人也替他难受。这都是不善于娱乐自我的人。

　　我以为人的性情，各有其所嗜好的，也各有其所讨厌的。即使嗜好的东西不太妥当，讨厌的东西不很合适，也不妨将错就错，坚持自己的偏好。坚持自己的偏好，将错就错倒可能不错了。我生平有三种怪癖，都是世人都爱好而唯独我不喜欢的：一是干果中的橄榄，一是菜肴中的海参，一是衣服中的茧绸。这三种东西，别人拿来给我吃，我也会吃；别人拿来给我穿，我也会穿；可是我从来没有自己去买来吃，自己去买来穿，因为我不知道它们精美在什么地方。谚语说："村人吃橄榄，不知回味。"我真是海内地道的村里人啊。因为谈论学琴，而胡侃到这里，实在是饶舌了。

有人问：主人善于弹琴，才可以让姬妾学琴，既然这样，那么教歌学舞的，也必须是主人能歌善舞然后才可以教她们吗？那么男子汉大丈夫能歌善舞的，能有几个人啊？我说：不然。歌舞不容易精通却容易看懂，听到那歌喉乐音的婉转，看到那舞姿体态的轻盈，不必懂得音乐会得舞蹈，才能领略观赏，坐中席上，主人宾客，都是这样，这就是所谓的雅俗共赏。琴音容易奏响琴理却难以明了，不是熟习此道的人是不会知晓的，惟有善于弹琴的人才能听琴知音。俞伯牙如果不遇见钟子期，司马相如要是碰不到卓文君，他们就是整天手挥琴弦，也等于白弹。我看当今世上琴友之中，善于弹琴的多，而真正能够听琴的少；请来名师教美妾弹琴的人很多，而果真能够由此享受审美乐趣，无愧于卓文君和司马相如那样弹琴赏琴之美名的人就太少太少了。注重实际，不务虚名，这是我立言的本意。如要让主人善于弹琴，那么就应该放弃别的技艺，而专心致志地提高琴艺。"妻子好合，如鼓瑟琴。""窈窕淑女，琴瑟友之。"琴瑟不是别的什么，而是和合男人和女人，让他们如胶似漆，使之合而为一；沟通联络他们的情意，而使他们永不分离的艺术。花前月下，美景良辰，正值水阁之上，夏凉初生，恰遇绣窗闺中，闲而无事，或丈夫歌唱而妻子相和，或女子弹琴而男子谛听，或歌声琴声齐发，声乐器乐音韵和谐，犹如珠联璧合，不用说身临其境之人，俨然似神仙眷侣，就是照此情景画成一幅夫妻合奏图，也足以让观者消魂，让知音男女油然而生嫉妒之心了。

丝弦乐除了琴以外，女子适宜学的，又有琵琶、弦索、提琴这三种。琵琶极妙，可惜现在不太时尚，善弹的人少，然而弦索的乐音，实在足以代替它。弦索的形状，比琵琶瘦小一些，与女郎纤柔窈窕的体态最为相宜。近来教乐器的专家，其在音乐之道上，能够不在音律上出大错的，首推教弦索的，其次是教流行曲调的，教戏曲的又次之。我一向有戏场里无文，戏台上无曲的说法，并非是过激言论。只因为人们初学之时，便会在取舍得失上留心，顾虑曲高和寡没有人听，只求弹下里巴人之曲，不愿奏阳春白雪之音，所以发挥到五六七分就停止了。提琴比之弦索，形状愈加小一些而声音愈加清亮。是演唱清曲的必不可少的。提琴的音色，就如绝美少女的乐音，从容柔媚，悠扬婉转，似断而续，惟妙惟肖。即使不唱清曲，只让两个善于歌唱的女孩子，一位吹洞箫，一位拉提琴，幽幽地奏吹那婉转悠扬的曲调，让人隔着花丛间着柳荫赏听此乐，俨然是一对绝代佳人，不知不觉会令人产生怜香惜玉的心情。

弦乐中最容易学的，莫过于提琴，事半功倍，悦耳娱神，我不能不感激提琴的创始人，让你我焚香祈祷，祝福他吧。

管乐中适宜闺阁女子的，惟有洞箫一种。笛子可以短时间吹吹，但是不可以常吹。至于笙、管两种乐器，则是与各种乐器列在一起合奏的，不得已的时候可以偶尔吹奏一下，却不是绣窗闺阁女子所应该有的。因为妇人的演奏，与男子不同，男子演奏，所看重的在乐音，妇人演奏，所看重的在形象；吹笙握管之时，声音倒还可听，但是面容却不太耐看，因为吹奏时要憋着气鼓起腮，花容月貌都为之变形了，所以不应该让她们学。妇人吹箫，非但容颜不会改变，而且还能愈发增添其娇媚。为什么呢？因为吹箫的时候，是按孔定调，玉笋似的纤指显得更尖；嘬着口儿发声，朱唇因而显得更小巧。画美人的，常常画吹箫图，正是因为这样容易画出美感。或是箫，或是笛，如果让两个女子一起合奏，那乐音会倍加清幽，那姿态也会显得更有韵致，主人在旁边焚香品茶而领略欣赏，都能使人感觉仿佛已不在人间世上而身处神仙境界。

吹箫品笛的女子，手臂上不能不戴手镯。镯子又不要让它太宽，太宽就容易滑藏袖中，那就不得见了。

歌　　舞

《演习部》中已载者，一语不赘。彼系泛论优伶，此则单言女乐。然教习声乐者，不论男女，二册皆当细阅。

昔人教女子以歌舞，非教歌舞，习声容也[1]。欲其声音婉转，则必使之学歌；学歌既成，则随口发声，皆有燕语莺啼之致[2]，不必歌而歌在其中矣。欲其体态轻盈，则必使之学舞；学舞既熟，则回身举步，悉带柳翻花笑之容[3]，不必舞而舞在其中矣。古人立法，常有事在此而意在彼者，如良弓之子先学为箕，良冶之子先学为裘[4]。妇人之学歌舞，即弓冶之学箕裘也。后人不知，尽以"声容"二字属之歌舞，是歌外不复有声，而征容必须试舞，凡为女子者，即有飞燕之轻盈[5]，夷光之妩媚[6]，舍作乐无所见长。然则一日之中，其为清歌妙舞者有几时哉？若使"声容"二字，单为歌舞而设，则其教习声容，犹在可疏可密之间。若知歌舞二事，原为声容而设，则其讲究歌舞，有不可苟且塞责者矣[7]。但观歌舞不精，则其贴近主人之身，而为殢雨尤云之事者，其无娇音媚态可知也。

"丝不如竹，竹不如肉[8]。"此声乐中三昧语，谓其渐近自然也。予又谓男音之为肉，造到极精处，止可与丝竹比肩，犹是肉中之丝，肉中之竹也。何以知之？但观人赞男音之美者，非曰"其细如丝"，则曰"其清如竹"，是可概见。至若妇人之音，则纯乎其为肉矣。语云："词出佳人口。"予曰：不必佳人，凡女子之善歌者，无论妍媸美恶，其声音皆迥别男人，貌不扬而声扬者有之，未有面目可观而声音不足听者也。但须教之有方，导之有术，因材而施，无拂其天然之性而已矣。"歌舞"二字，不止谓登场演剧，然登场演剧一事，为今世所极尚，请先言其同好者。

一曰取材。取材维何？优人所谓"配脚色"是已。喉音清越而气长者，正生、小生之料也；喉音娇婉而气足者，正旦、贴旦之料也，稍次则充老旦；喉音清亮而稍带质朴者，外末之料也；喉音悲壮而略近嚄杀者[9]，大净之料也。至于丑与副净，则不论喉音，只取性情之活泼，口齿之便捷而已。然此等脚色，似易实难。男优之不易得者二旦，女优之不易得者净丑。不善配脚色者，每以下选充之，殊不知妇人体态不难于庄重妖娆[10]，而难于魁奇洒脱[11]，苟得其人，即使面貌娉婷[12]，喉音清婉，可居生旦之位者，亦当屈抑而为之[13]。盖女优之净丑，不比男优，仅有花面之名，而无抹粉涂胭之实，虽涉诙谐谑浪[14]，犹之名士风流。若使梅香之面貌胜于小姐[15]，奴仆之词曲过于官人，则观者听者倍加怜惜，必不以其所处之位卑，而遂卑其才与貌也。

二曰正音。正音维何？察其所生之地，禁为乡土之言，使归《中原音韵》之正者是已。乡音一转而即合昆调者，惟姑苏一郡。一郡之中，又止取长、吴二邑[16]，余皆稍逊，以其与他郡接壤，即带他郡之音故也。即如梁溪境内之民[17]，去吴门不过数十里，使之学歌，有终身不能改变之字，如呼酒钟为"酒宗"之类是也[18]。近地且然，况愈远而愈别者乎？然不知远者易改，近者难改；词语判然、声音迥别者易改，词语声音大同小异者难改。譬如楚人往粤，越人来吴，两地声音判如霄壤，或此呼而彼不应，或彼说而此不言，势必大费精神，改唇易舌，求为同声相应而后已。止因自任为难，故转觉其易也。至入附近之地，彼所言者，我亦能言，不过出口收音之稍别，改与不改，无甚关系，往往因仍苟且[19]，以度一生。止因自视为易，故转觉其难也。正音之道，无论异同远近，总当视易为难。选女乐者，必自吴门是已。然尤物之生，未尝择地，燕姬赵女，越妇秦娥，见于载籍者，不一而足。"惟楚有材，惟晋用之[20]。"此言晋人善用，非曰惟楚能生材也。予游遍域中，觉四方声音，凡在二八上下之年者，无不可改，惟八闽、江右二省[21]，新安、武林二郡[22]，较他处为稍难耳。正音有法，当择其一韵之中，字字皆别，而所别之韵，又字字相同者，取其吃紧一二字，出全副精神以正之。正得一二字转，则破竹之势已成，凡属此一韵中相同之字，皆不正而自转矣。请言一二以概之：九州以内，择其乡音最劲、舌本最强者而言，则莫过于秦晋二地[23]。不知秦晋之音，皆有一定不移之成格，秦音无东钟，晋音无真文；秦音呼东钟为真文，晋音呼真文为东钟[24]。此予身入其地，习处其人，细细体认而得之者。秦人呼中庸之中为"肫"，通达之通为"吞"，东南西北之东为"敦"，青红紫绿之红为"魂"，凡属东钟一韵者，字字皆然，无一合于本韵，无一不涉真文。岂非秦音无东钟，秦音呼东钟为真文之实据乎？我能取此韵中一二字，朝训夕诂[25]，导之改易，一字能变，则字字皆变矣。晋音较秦音稍杂，不能处处相同，然凡属真文一韵之字，其音皆仿佛东钟，如呼子孙之孙为"松"，昆腔之昆为"空"之类是也。即有不尽然者，亦在依稀仿佛之间。正之亦如前法，则用力少而成功多。是使无东钟而有东钟，无真文而有真文，两韵之音，各归其本位矣。秦晋且然，况其他乎？大约北音多平而少入，多阴而少阳。吴音之便于学歌者，止以阴阳平仄不甚谬耳。然学歌之家，尽有度曲一生，不知阴阳平仄为何物者，是与蠹鱼日在书中⁽²⁶⁾，未尝识字等也。予谓教人学歌，当从此始。平仄阴阳既谙，使之学曲，可省大半工夫。正音改字之论，不止为学歌而设，凡有生于一方，而不屑为一方之士者，皆当用此法以掉其舌⁽²⁷⁾。至于身在青云⁽²⁸⁾，有率吏临民之责者，更宜洗涤方音，讲求韵学，务使开口出言，人人可晓。常有官说而吏不知，民辩冤而官不解，以致误施鞭扑，倒用劝惩者。声音之能误人，岂浅鲜哉！

正音改字，切忌务多。聪明者，每日不过十余字，资质钝者渐减。每正一字，必令于寻常说话之中尽皆变易，不定在读曲念白时。若止在曲中正字，他处听其自然，则但于眼下依从，非久复成故物。盖借词曲以变声音，非假声音以善词曲也。

三曰习态。态自天生，非关学力，前论声容，已备悉其事矣。而此复言习态，抑何自相矛盾乎？曰：不然。彼说闺中，此言场上。闺中之态，全出自然；场上之态，不得不由勉强，却又类乎自然，此演习之功之不可少也。生有生态，旦有旦态，外末有外末之态，净丑有净丑之态，此理人人皆晓，又与男优相同，可置弗论，但论女优之态而已。男优妆旦，势必加以扭捏，不扭捏不足以肖妇人；女优妆旦，妙在自然，切忌造作，一经造作，又类男优矣。人谓妇人扮妇人，焉有造作之理，此语属赘。不知妇人登场，定有一种矜持之态；自视为矜持，人视则为造作矣。须令于演剧之际，只作家内想，勿作场上观[29]，始能免于矜持造作之病。此言旦脚之态也。然女态之难，不难于旦而难于生；不难于生，而难于外末净丑。又不难于外末净丑之坐卧欢娱，而难于外末净丑之行走哭泣。总因脚小而不能跨大步，面娇而不肯妆瘁容故也。然妆龙象龙，妆虎象虎，妆此一物，而使人笑其不似，是求荣得辱，反不若设身处地，酷肖神情，使人赞美之为愈矣。至于美妇扮生，较女妆更为绰约。潘安、卫玠[30]，不能复见其生时，借此辈权为小像，无论场上生姿，曲中耀目，即于花前月下，偶作此形，与之坐谈对弈，啜茗焚香，虽歌舞之余文，实温柔乡之异趣也。

【注释】

〔1〕声容：这里指声音、体态。

〔2〕燕语莺啼：形容歌声美妙动听，婉转悠扬。

〔3〕柳翻花笑：形容舞者舞姿轻盈袅娜，如风摆杨柳；表情热烈妩媚，如鲜花盛开。

〔4〕"良弓之子"四句：语出《礼记·学记》："良冶之子，必学为裘；良弓之子，必学为箕。"是说善于冶炼铜铁金银的人家，其子弟一定先学做皮袍，因为冶炼金属修补器物与补缀兽皮有相通之处；善于造弓的人家，其子弟一定先学习用柳条编簸箕、箩筐。因为弯弓而固定之与编柳条筐亦有相通之理。

〔5〕飞燕：赵飞燕，汉成帝皇后，身轻善舞，故有"飞燕"之称。

〔6〕夷光：即西施。

〔7〕苟且：马马虎虎，敷衍了事。

〔8〕"丝不如竹"二句：语出《晋书·孟嘉传》。意为弦乐不如管乐，

管乐不如清唱。

〔9〕噍（jiāo）杀：声音急促、苍凉。《礼记·乐记》："其哀心感者，其声噍以杀。"

〔10〕妖娆：娇媚动人。

〔11〕魁奇：魁梧奇伟。

〔12〕娉婷（pīng tíng）：身姿美好貌。

〔13〕屈抑：委屈，屈就。

〔14〕谑（xuè）浪：谈笑风生，无所顾忌。《诗经·邶风·终风》："谑浪笑敖。"

〔15〕梅香：旧时多以"梅香"为丫鬟的名字，因以作为婢女的代称。

〔16〕长、吴二邑：指当时苏州府的吴县、长州两地，即现在的苏州、吴县。

〔17〕梁溪：河水名，在无锡县境内，故旧时代指无锡。

〔18〕呼酒钟为"酒宗"：是指不分翘舌与不翘舌。钟（zhōng），翘舌；宗，不翘舌。

〔19〕因仍：因袭，沿用。

〔20〕"惟楚有材"二句：语出《左传·襄公二十六年》："虽楚有材，晋实用之。"成语"楚材晋用"即本于此。

〔21〕八闽：指福建。福建古为闽地，宋代分成八个州、府、军，元代分八路，故称。江右：指江西省。古人叙地理以东为左，以西为右，故称江西为江右。

〔22〕新安：晋代曾设新安郡，唐废，后习指今安徽休宁、祁门、绩溪和浙江淳安、建德一带。武林：山名，即今杭州灵隐、天竺诸山。因以武林为杭州的别称。

〔23〕秦晋二地：陕西、山西一带。

〔24〕"秦音呼东钟为真文"二句：元周德清著《中原音韵》，根据元代北曲用韵，分十九部，为后代戏曲家所遵用。其中"东钟"为第一韵部，"真文"为第七韵部。李渔发现，在陕西方言中，属东钟这一韵部的音被读成真文韵部的音，而在山西方言中，读音与陕西正好相反。下文中李渔所举中、通、东、红均属东钟韵部，被陕西人分别读成肫（zhūn）、吞、敦、魂，为真文韵部；而孙、昆为真文韵，被山西人读为松、空，为东钟韵。

〔25〕朝训夕诂：早晚教习讲解。

〔26〕蠹（dù）鱼：即蟫，亦称"衣鱼"，蛀蚀书籍衣服等物的小虫。

〔27〕掉其舌：矫正其读音。

〔28〕身在青云：这里指身居高位，担任地方行政长官。

〔29〕"只作家内想"二句：是说演出时应该想象为平时家居生活，不要念念不忘是在演戏。

〔30〕潘安：潘岳，字安仁，晋代文学家。安仁姿容甚美，时有潘郎之称，每出行，妇女观者如堵，掷果盈车。后常借以称为妇女所爱慕的美男子。卫玠：字叔宝，好谈玄理，美姿容。后避乱移家建业（今南京），人闻其名，争相观之，不久遂卒。时人有"看杀卫玠"之说。

【译文】

　　《演习部》中已经记载了的，一句都不再赘述。那边是泛论优伶，这里是单谈女乐。然而教习声乐的，不论男女，这两册都应当细看。

　　过去人们教女子歌舞，并非只为了教歌舞，而是让她们学习声音和体态。如果要想让她们的声音婉转动听，那么就必须让她们学习歌唱；歌唱学成了以后，那就随口发声，都有莺莺啼鸣，燕燕低语的韵味，不必歌唱而歌声就已经在她们说话声音当中了。如果要想让她们体态轻盈，那么就必须让她们学习舞蹈；舞蹈学熟了以后，那就回首投足，都带着柳叶翻飞，花儿欢笑的模样，不必跳舞而舞姿就已经在她们一举一动之中了。古人订立什么法则，常常有事在此而意在彼，比如，善制箭弓的名家，会让他儿子先学制作簸箕，善于冶炼的名家，会让他的儿子先学制作裘衣。让妇人学习歌舞的用意，就如同想当弓匠、冶匠要先学制作簸箕、裘衣一样。后人不知道这个道理，把女子"声容"二字，都隶属于歌舞，这样就等于除了歌声以外不再有声音，而征选体态仪容就只须检试其舞蹈，凡为女子，即使有飞燕那样轻盈的体态，夷光那样妩媚的容颜，除了唱歌跳舞之外，好像就再没有什么能显现她们的特长与美丽了。然而，一天当中佳人清歌妙舞的时光能有多少呢？如果让"声容"二字，单单为歌舞而设，那么那些教习声容的人，教学要求还在可以宽松可以严格之间，不一定上心。但如果知道歌舞这两样技艺，原本是为了声容而设，那么那些教习歌舞的人，就会讲究琢磨歌舞之道，知道不可以马马虎虎，敷衍了事了。只要看某位女子歌舞不精，那么就可知她随主人起居亲热之时，也一定缺乏娇音媚态。

"丝不如竹，竹不如肉。"这是深得声乐中三昧真谛的名言，是说音乐渐近自然。我又以为：男子歌唱的声乐，达到最精深的造诣，也只可与丝竹等管弦器乐相比美的地步，依然只是歌喉之中发出的丝乐，歌喉之中发出的管乐。这是由哪里知道的呢？只须看人们称赞男声之美时，不是说"其细如丝"，就是说"其清如竹"，就可以知道个大概了。至于女子的歌声，则就是清脆纯美的声乐了。常语说："词出佳人口。"我说：并不一定得是美貌佳人，凡是女子之中善于歌唱的，不论妍媸美丑，她们的声音都与男子迥然有别，也有其貌不扬却歌声清越的，却没有模样出众而声音难听的。只是须得教习有方，引导得法，因材而施教，不要违拗她们的天然情性就可以了。"歌舞"二字，并不只是指登台演戏，不过登台唱戏这一件事，是当今世人所极力推崇的，所以请允许我先谈谈大家都共同爱好的。

一是取材。取材是指什么呢？就是演员们所谓的"配脚色"。喉音清越而气长的，是演正生和小生的材料；喉音柔婉而气足的，是扮正旦和贴旦的材料，稍次一点的可以充当老旦；喉音清亮而稍带质朴的，是外末的材料；喉音悲壮而苍凉的，是大净的材料。至于丑角和副净，那就不必论喉音，只要选取性情活泼，伶牙俐齿的就可以了。但这些脚色的遴选与搭配，看上去好像容易，其实却很难。男演员中不容易选得正旦与贴旦，女演员中也不容易选出净角和丑角。不善于配角色的人，常常用水平差的人来充数凑合，殊不知妇人体态不难于表现端正庄重或者妖娇妩媚，而是难在表现出魁梧奇伟，豁达洒脱。如果挑到这样的女子，即使她容貌姣好，身材窈窕，歌喉嗓音，清柔婉转，可以担当扮演生或旦的角色，也应当委屈她们去饰演净角和丑角。因为女演员扮演的净角和丑角，不像男演员那样，她们仅有花脸之名，却没有涂脂抹粉之实，虽然涉及调笑诙谐，犹体现出名士风流。倘若让演丫鬟的面貌胜过了演小姐的，演奴仆的唱曲念白超过了演官人的，那么观众听众对她们会倍加怜惜，一定不会因为所扮演的脚色身份低微，而瞧不起她们的才和貌。

　　二是正音。正音是指什么呢？就是搞清楚演员的出生之地，禁止她讲当地的方言，让她依归《中原音韵》的正声来发音。各种方言乡音之中稍稍转一下就合乎昆曲的，惟有苏州这一个郡。一郡之中，又只取长洲和吴县这两个县，其他地方都要稍微逊色一些，这是因为它们都与其他郡接壤，也就带着其他相邻之郡口音的缘故。比如梁溪县境内的民众，离吴县不过几十里，让他们去学歌，有终身都不能改变的吐字发音，比如呼"酒钟"为"酒宗"之类就是。相隔很近的地方尚且如此，何况愈远的地方差别就愈大呢？然而，人们并不知道隔得远的人口音容易改变，隔得近的地方口音反而难改；词语判然相异，语音迥然有别的容易改变，词语口音大同小异的反而难改。比如楚地的人往粤地去，越地的人到吴地来，两地的方言口音犹如天壤之别判然可分，有时我叫他他却不应，有时他对我说话我却不知道是什么意思而无法回答，这样势必大费精神，所以必须改变口音，以求同声相应交流顺畅才行。只因为自己体会到了语音之难，所以反而觉得改口音容易。至于进入附近的地方，他们所说的，我也能说，只不过发声收音稍微有点差别，改与不改，都没有什么关系，往往就因循沿袭，随便凑合，度过一生。只因为自己看得容易，所以反而觉得改口音很难。正音之道，无论是异还是同，是远还是近，总是应当把容易的看成困难。从口音上考虑，挑选女乐，一定是出自苏州的好。然而尤物的出生，却未曾选择地方，燕姬赵女，越妇秦娥，载于典籍史册的各地美女，不计其数。"惟楚有材，惟晋用之。"这句话是说晋人善于用人才，而不是说只有楚国能够产生人才。我游遍全国各个地方，觉得四方的口音，凡是十五六岁上下的女子，没有改不过来的，惟有福建、江西两省，和徽州、杭州两郡的，改起来比其他地方的要稍微难一些。正音有好的方法，应当选择那些同一韵之中，字字读音都不一样，而所要区别的那个韵，又字字都是相同的，从中选取最紧要的一两个字，拿出全副精神来纠正它们。能够纠正这一两个字转为正声，那么就形成了破竹之势，凡是属于这一韵部的其他相同的字，都不用特意去纠正就可以自然转过来了。请允许我言说一二例来概括说明：九州以内，要选择乡音最重、舌根最硬的方言来说，那么莫过于陕西山西两地。却不知道陕西山西这两个地方的发音，都有一定不移的既成风格。陕西方言中没有东钟韵，山西方言中没有真文韵；陕西方言呼东钟韵为真文韵，而山西方言却呼真文韵为东钟韵。这是我亲身去了陕西山西两地，和当地人交往相处，细细体认琢磨而得来的。陕西人呼中庸的中为"肫"，通达的通为"吞"，东西南北的东为"敦"，青红紫绿的红为"魂"，凡是属于东钟这一个韵部的字，字字都是这样，没有一个字合乎本韵，没有一个字不念成真文韵。这难道不是陕西方言中没有东钟韵，陕西方言把东钟韵呼为真文韵的事实依据吗？我可以从此韵中挑出一两个字，早晚教习讲解，引导她们改变读音，一个字能够转变过来，那么字字都能转变为正确的读音了。山西方言比陕西方言稍微复杂一些，就不能处处都相同，但是凡是属于真文一韵的字，它的发音都好像是东钟韵的，比如把子孙的孙字音发成了"松"，昆腔的昆字音发成了"空"之类的都是如此。即使有并不全然如此发音的例子，那也在依稀仿佛之间。要纠正其读音也同前面的方法一样去做，那就会事半而功倍了。这样就使得没有东钟韵的陕西方言有了东钟韵，而没有真文韵的山西方言则有了真文韵，两个韵部诸字的发音，就各自回归本位正音了。陕西和山西的方言尚且如此，何况其他地方的方言呢？大约北方的发音多平声而少入声，多阴声而少阳声。苏州话之所以便于学习唱曲，只是因为其阴阳平仄发音上没有什么出入罢了。然而学唱曲的人家，尽有唱了一辈子曲，还不知道阴阳平仄为何物的，这与蠹虫天天待在书卷里，却未曾识得一个字是一样的情况。我以为教人学唱歌，应当从正音开始。熟悉了平仄阴阳以后，再让她们学唱曲，可以省一大半功夫。我这正音改字的理论，并不仅仅是为学歌唱曲而创设的，凡是出生于某一个地方，却不屑于只做一方之士，而要做天下四方之士的有志者，都应当用这个方法矫正其发音。至于那些已经身在高层，负有督率官吏治理百姓之重任的大员们，那就更应该清理改去方言土语的口音，讲求语音声韵之学，务必使自己开口说话，人人都能明白意思。常常有上官说话而下属却不知所云，老百姓辩诉冤情而官吏却不理解，以致造成错用刑罚，颠倒赏罚的情况。乡音土语之能误人，哪里只是无足轻重的小事啊？

　　正音改字，切忌贪多。聪明的人，每天不要超过十多字，资质愚钝的人就要相应减少，每纠正一个字，就一定要让她在平常说话当中也全都改过来，而不只是在读曲唱曲和念白时才改变。如果只是在曲子中改正字音，其他地方还是听其自然，那么就会只在当下暂时依从改过来，不久以后就又犯了老毛病。因为正音是借词曲来改变发音，而不是借改变发音来学好唱曲。

三是习态。一个人的仪态，原自天生，和后天的学习努力无关，这个问题，前面讨论声容的部分，已阐述说明得很详备了。而这里又再来谈习态问题，岂不是叠床架屋而自相矛盾呢？我说：不然。声容部分言说的是闺房中的仪态，这里谈论的则是戏台上的仪态。闺房中的仪态，全都出于自然；而戏台上的仪态，不得不由入戏扮演，做作勉强而来，却又须演得近乎自然，这是演艺中不可或缺的功夫。生角有生角的仪态，旦角有旦角的仪态，外末有外末的仪态，净丑有净丑的仪态，这个道理是人人都知晓的，又与男演员相同，这里可以搁开不论，只谈论女演员的仪态。男演员妆扮旦角，势必要作出扭扭捏捏的姿态，不扭捏就不足以酷似妇人了；女演员扮演旦角，妙在自然本色，切忌矫揉造作，一旦刻意造作，就像蹩脚的男演员一样了。有人说妇人扮演妇人，怎么会有造作之理，此语纯属废话。他们不知道妇人登场演戏，定会有一种矜持之态；自己看来是矜持，别人来看就是造作了。所以，须让她们在演戏的时候，要只想着自己这是平常在家里，而不要看作是在台上演戏，才能自自然然，免于犯矫揉造作的毛病。这是说演旦角的仪态。但是女子演出仪态的难处，不难于扮演旦角，而难于扮演生角；不难于扮演生角，而难于扮演外末净丑等角色；又不难于扮演外末净丑等角色的坐卧欢娱，而难于扮演外末净丑的行走哭泣。总是因为女子脚小不能迈跨大步，容貌娇美而不肯妆扮成憔悴衰老的模样。但是，装龙就得像龙，扮虎就得像虎，如果扮演此一物象，却让人笑话扮得不像，这是求荣反而得辱，倒不如设身处地，琢磨着怎样才能演得神情毕现，惟妙惟肖，让观者赞美来得更好。至于美女扮演生角，比身着女妆更显得风姿绰约。潘安、卫玠这样的美男子，现在不可能再见到他们活着的模样，可以借美女们权且再现他们的形象，不要说能使戏场上多姿多彩，戏曲中光华照人，就是让她们在花前月下偶尔妆扮成这个模样，和她们对坐着，聊聊天，下下棋，焚一炷清香，品一壶好茶，虽是歌舞之外的余绪，却实在是温柔乡中的别样情趣啊。

卷四 居室部

房 舍 第 一

　　人之不能无屋，犹体之不能无衣。衣贵夏凉冬燠[1]，房舍亦然。"堂高数仞，榱题数尺[2]"，壮则壮矣，然宜于夏而不宜于冬。登贵人之堂，令人不寒而栗，虽势使之然，亦寥廓有以致之[3]；我有重裘[4]，而彼难挟纩故也[5]。及肩之墙[6]，容膝之屋[7]，俭则俭矣，然适于主而不适于宾。造寒士之庐，使人无忧而叹，虽气感之耳，亦境地有以迫之；此耐萧疏，而彼憎岑寂故也[8]。吾愿显者之居，勿太高广。夫房舍与人，欲其相称。画山水有诀云："丈山尺树，寸马豆人[9]。"使一丈之山，缀以二尺三尺之树；一寸之马，跨以似米似粟之人，称乎？不称乎？使显者之躯，能如汤文之九尺十尺[10]，则高数仞为宜，不则堂愈高而人愈觉其矮，地愈宽而体愈形其瘠，何如略小其堂，而宽大其身之为得乎？处士之庐[11]，难免卑隘。然卑者不能耸之使高，隘者不能扩之使广，而污秽者、充塞者则能去之使净，净则卑者高而隘者广矣。吾贫贱一生，播迁流离，不一其处，虽债而食、赁而居，总未尝稍污其座。性嗜花竹，而购之无资，则必令妻孥忍饥数日，或耐寒一冬，省口体之奉，以娱耳目，人则笑之，而我怡然自得也。性又不喜雷同，好为矫异，常谓人之葺居治宅[12]，与读书作文同一致也。譬如治举业者[13]，高则自出手眼，创为新异之篇；其极卑者，亦将读熟之文移头换尾，损益字句而后出之，从未有抄写全篇，而自名善用者也。乃至兴造一事，则必肖人之堂以为堂[14]，窥人之户以立户，稍有不合，不以为得，而反以为耻。常见通侯贵戚[15]，掷盈千累万之资以治园圃，必先谕大匠曰：亭则法某人之制，榭则遵谁氏之规，勿使稍异。而操运斤之权者，至大厦告成，必骄语居功，谓其立户开窗，安廊置阁，事事皆仿名园，纤毫不谬。噫！陋矣。以构造园亭之胜事，上之不能自出手眼，如标新创异之文人；下之至不能换尾移头，学套腐为新之庸笔[16]，尚嚣嚣以鸣得意[17]，何其自处之卑哉？

予尝谓人曰：生平有两绝技，自不能用，而人亦不能用之，殊可惜也。人问绝技维何？予曰：一则辨审音乐，一则置造园亭。性嗜填词，每多撰著，海内共见之矣。设处得为之地[18]，自选优伶，使歌自撰之词曲，口授而躬试之[19]，无论新裁之曲，可使迥异时腔，即旧日传奇，一概删其腐习而益以新格[20]，为往时作者别开生面，此一技也。一则创造园亭，因地制宜，不拘成见，一榱一桷[21]，必令出自己裁，使经其地入其室者，如读湖上笠翁之书，虽乏高才，颇饶别致，岂非圣明之世，文物之邦，一点缀太平之具哉？噫！吾老矣，不足用也，请以崖略付之简篇[22]，供嗜痂者采择[23]。收其一得，如对笠翁，则斯编实为神交之助尔。

　　土木之事，最忌奢靡。匪特庶民之家，当崇俭朴，即王公大人，亦当以此为尚。盖居室之制贵精不贵丽，贵新奇大雅，不贵纤巧烂漫。凡人止好富丽者，非好富丽，因其不能创异标新[24]，舍富丽无所见长，只得以此塞责。譬如人有新衣二件，试令两人服之，一则雅素而新奇，一则辉煌而平易，观者之目，注在平易乎？在新奇乎？锦秀绮罗，谁不知贵，亦谁不见之？缟衣素裳，其制略新，则为众目所射，以其未尝睹也。凡予所言，皆属价廉工省之事，即有所费，亦不及雕镂粉藻之百一。且古语云："耕当问奴，织当访婢[25]。"予贫士也，仅识寒酸之事。欲示富贵，而以绮丽胜人，则有从前之旧制在。

　　新制人所未见，即缕缕言之[26]，亦难尽晓，势必绘图作样。然有图所能绘，有不能绘者。不能绘者十之九，能绘者不过十之一。因其有而会其无，是在解人善悟耳。

【注释】

〔1〕燠（yù）：暖。

〔2〕"堂高数仞"二句：语出《孟子·尽心下》："堂高数仞，榱题数尺，我得志，弗为也。"榱（cuī）题，屋檐的椽子头。通称出檐。

〔3〕寥廓：空阔。

〔4〕重裘：裘之厚者。

〔5〕挟纩（kuàng）：穿着丝棉袄。

〔6〕及肩之墙：指矮墙。语出《论语·子张》："赐之墙也及肩，窥见室家之好。"子贡将孔夫子比作数仞高墙，认为其崇高的美德、深厚的学

问让人不可测识，而自己如矮墙，让人一览无遗。

〔7〕容膝之屋：指小屋。

〔8〕"此耐萧疏"二句：萧疏、岑寂，都是冷清、寂寞的意思。此，指主人，同上文的"我"。彼，与上文的"彼"一样，是指宾客。

〔9〕"画山水有诀"数句：传为唐王维所著《画学秘诀》有"凡画山水，意在笔先。丈山尺树，寸马豆人"之语。

〔10〕汤文之九尺十尺：传说商汤和周文王身材都很奇伟高大。

〔11〕处士：隐士。

〔12〕葺（qì）：原指用茅草覆盖房屋，亦谓修缮房屋。

〔13〕治举业：学习写八股文，准备应举。

〔14〕肖（xiào）：相似，模仿。

〔15〕通侯：古爵位名，原称彻侯，避汉武帝刘彻名讳，改称通侯，又叫列侯。

〔16〕套腐为新：套用用滥了的体制手法，加以改头换面，以新的风貌出现。

〔17〕嚣嚣：自鸣得意的样子。

〔18〕设处得为之地：假使自己处于可以有所作为的地位。

〔19〕躬：亲自。

〔20〕腐习：陈腐、习见的套路。

〔21〕一榱（cuī）一桷（jué）：这里指园亭设计和建筑中的每一个细微之处。榱，椽子的总称。桷，方形的椽子。

〔22〕崖略：大略，概略。崖，边际。简篇：指著作。

〔23〕嗜痂者：这里指爱好者。

〔24〕创异标新：《世说新语·文学》载，支道林阐释《庄子·逍遥游》，所论与郭象、向秀不同，"卓然标新理于二家之表，立异义于众贤之外"。

〔25〕"耕当问奴"二句：语出《宋书·沈庆之传》："治国譬如治家，耕当问奴，织当访婢。"

〔26〕缕缕：一条一条，一件一件。

【译文】

人之不能没有房屋，就像身体之不能没有衣服。衣服贵在夏天凉爽，冬日暖和，房屋也是如此。"高堂数仞，榱题数尺"，壮观固然是壮观了，但是只适宜于夏天住，而不适宜于冬天。登上富贵人家的厅堂，往往令人不寒而栗，虽说是由于主人家的权势使人有这样的感觉，但也是由于房子的高大空旷而造成的；主人身上穿的是厚皮袄，而客人或许都没穿丝棉袄，故而难免会感到寒冷。齐肩的矮墙，只能容膝的小屋，俭朴固然是俭朴了，但是它只适合主人居住，却不适合用来招待宾客。造访寒士的庐舍，让人即便是不为之忧虑也往往为之叹息，这虽然是由于气氛的影响，也是因为逼仄的环境使人有窘迫感；这是因为人各有其情性，主人能够耐得萧疏孤清，而客人却不喜欢寂静凄冷。我希望显贵人家的房屋，不要建造得过于高大宽敞。房屋和它的主人，要彼此相称。画山水有一句口诀："丈山尺树，寸马豆人。"假使一丈多高的山，点缀上二三尺高的树木；一寸大小的马上，骑着似米似粟那么大的人，这相称呢？还是不相称呢？如果显贵者的身材能像商汤、周文王的九尺、十尺那样高大，那么堂高数仞是相宜的，否则房子越是高大，人就越是显得矮小，地面越是宽阔，人的身材就越是显得纤瘦，哪里比得上房屋造得略小一些，让身材显得高大一些好呢？隐者寒士的庐舍，难免低矮狭小一些。诚然，低矮的房子不能抬起来使它变得高大，狭小的房子也没法扩出去使它变得宽广，但污秽的东西、堆满的杂物却可以清扫出去，使屋子干干净净，房子里窗明几净，那么低矮的也会显得高大，而狭小的也会显得宽敞。我一生贫寒卑贱，到处奔波漂泊，居无定所，但虽然是靠举债吃饭、租房栖居，总是从来没有让居所染上一点点污秽。我生性酷爱花草竹木，在没有钱购买的时候，就定会让妻子儿女忍耐着饿几天肚子，或者捱上一冬的寒冷，省下供奉口腹身体的衣食资费，来购买花草竹木以娱悦耳目。别人会因此笑我，而我却怡然自得。生性又不喜欢行事与别人雷同，爱好别出心裁，常说人们建造房屋，与读书作文是一样的道理。比如习作八股文准备科举考试的人，高明的就自出手眼，创作出富有新意风格独特的篇章；就是极低劣的，也会把读熟的文章移头换尾，增减一些字句而后拿出来，从来没有抄写全篇，而自我标榜为善用前人旧作的。但是在设计建造这件事上，有人却一定要效仿别人的厅堂来设厅造堂，照着人家的门窗来开窗立户，稍稍有所不符，不以此欣然自得，反而以为可耻。常见列侯贵戚，扔下成千上万的资金来兴建园圃，一定先吩咐负责的大匠说：亭子就效仿某人的制式，台榭要遵守谁家的格局，不能稍有差异。而负责设计建造的大匠，到大厦宣告落成之时，也总是骄傲地夸耀自己的功劳，说自己设计怎样设门，如何开窗，哪里安排走廊，何处设置阁楼，以及规模式样等等，事事都模仿名园，而且丝毫不差。唉，真是浅陋啊！以设计营造亭园这样美好而有诗意的胜事，上之不能像标新立异的文人那样自出手眼，有全新的创意；下之竟然愚蠢到不能移头换尾，学学套用别人的陈腐文章为新作的平庸文笔，还有脸到处宣扬夸耀，自鸣得意，为什么要把自己搞得那么低贱而不自重呢？

我曾经对人说：我生平有两大绝技，自己不能充分运用，而别人也不能来用我，实在可惜了。有人问我是什么样的绝技？我说：一个就是辨审音乐，一个就是营构园亭。我生性爱好戏曲创作，常常创作，写了不少剧本，海内之人有目共睹。假使我处在可以有所作为的地位上，有条件自选演员，让她们歌演我自己创作的词曲，我亲口传授，亲自参演，那么，不要说我新创的戏曲作品，可以保证使其迥然不同与时下流行的曲词唱腔，即便是扮演旧日传奇，我也会一概删除陈腐旧习的内容套路而充实点化为新的格局，为往时的作者传奇别开生面，这是一技。另一技就是创构营造园亭，因地制宜，不被以往现成造园理念所拘限，一梁一柱，一砖一瓦，从整体到细节，处处自出手眼，别出心裁，使得过往的客人，来访的宾朋，见了我造的园子，就像读了我湖上笠翁的书一样，虽说欠缺很高的才气，但是却也不乏别致的情趣。这难道不是身处圣明之朝，文物之邦，对太平盛世的一种点缀吗？唉！我老了，有才能也用不上了，请容我把我的见解心得大略地写进书中，以供偏好者斟酌采纳。如果有人读来偶有所得，或别有会心，如同与我李笠翁对坐晤谈一样，那这部书也就真的是我与读者彼此神交，成为知音的触媒了。

土木工程，最忌讳奢侈铺张。不仅普通百姓人家应当崇尚节俭朴素，即使王公大人，也应当这样提倡。因为居室的体制格局贵精致而不贵华丽，贵新奇大雅而不贵纤巧烂漫。凡是只喜好富丽堂皇的人，其实不是真喜好富丽堂皇，而仅仅是因为他没有标新立异的创意和能力，除了富丽堂皇之外，实在别无所见，也一无所长，只得以此敷衍塞责。譬如有人有两件新衣服，请两个人来穿上试试，一件衣服衣色素雅而款式新奇，一件衣服衣色辉煌而款式平常，旁观者的目光，是注意那件款式平常的呢？还是注意这件款式新奇的？锦绣绮罗，谁不知道它贵重？又有谁没有见过？缟衣素裳，它的款式稍微新异一些，就会为众人所瞩目，因为它从来没有看到过。凡是我所说的，都是属于价钱低廉又节省工时的事，即使有所破费，也不及那些雕梁画栋，涂抹粉饰的富丽工程的百分之一。况且古语有云："耕当问奴，织当访婢。"我本是贫寒之士，只懂得寒酸之事。想要显示富贵，而以绮丽奢华胜人，那么有从前的旧样制在。

新的样式是人们所没有见过的，即使我条分缕析细细讲来，也难以全都讲清楚，势必要绘制一些图样。但是有的可以画图来说明，有的却不能画。不能画的有十分之九，可以画的只有十分之一。依凭能画的十分之一的有，而去意会那画不出来的十分之九的无，这全在善解之人去好好领悟了。

向　背

屋以面南为正向。然不可必得，则面北者宜虚其后[1]，以受南薰[2]；面东者虚右，面西者虚左，亦犹是也。如东西北皆无余地，则开窗借天以补之。牖之大者，可抵小门二扇；穴之高者[3]，可敌低窗二扇，不可不知也。

【注释】

〔1〕虚：设孔洞，指开窗。
〔2〕南薰：指南风。
〔3〕穴之高者：指房顶上所开的天窗。

【译文】

房屋以面朝南为正向。但不一定都能够正向朝南，如果不得已，那么朝北的房子要开个后窗，以便受纳南风，使空气得以流动；朝东的房子在右面开窗，朝西的房子则在左面开窗，也是同样的道理。如果东、西、北三面都没有余地，那就向上开天窗借天光来补救。大的窗户，可以抵得上两扇小门；一扇位置高的窗户，可以抵得上两扇位置低的窗户。这一点不可以不知。

途　径

径莫便于捷，而又莫妙于迂。凡有故作迂途，以取别致者，必另开耳门一扇[1]，以便家人之奔走，急则开之，缓则闭之，斯雅俗俱利，而理致兼收矣。

【注释】

〔1〕耳门：边门。

【译文】

宅院中的路径，最方便的莫过于取直的捷径，而最美妙的又莫过于迂回曲折的小道。凡是为了取其别致，而特意铺一条弯弯小路的，就一定要另外开一扇耳门，以便于家人奔走，有急用时就可以打开，没什么急事时就不妨关闭。这样对雅与俗两方面都有利，而实用功能与审美情致两方面也都兼顾到了。

高　下

房舍忌似平原，须有高下之势，不独园圃为然，居宅亦应如是。前卑后高，理之常也；然地不如是，而强欲如是，亦病其拘。总有因地制宜之法：高者造屋，卑者建楼，一法也；卑处叠石为山，高处浚水为池，二法也；又有因其高而愈高之，竖阁磊峰于峻坡之上[1]，因其卑而愈卑之，穿塘凿井于下湿之区。总无一定之法，神而明之，存乎其人[2]，此非可以遥授方略者矣。

【注释】

〔1〕磊峰：垒石的山峰。

〔2〕"神而明之"二句：要揭示和把握此中的奥妙，就在于人的领会与理解。语出《周易·系辞上》："推而行之，存乎通；神而明之，存乎其人。"

【译文】

房屋忌讳像平原一样，而须有高下起伏之势，不单单园圃是这样，平常住宅也应当如此。前低后高，这是常理；可要是地势不是如此，而勉强要做到这样，也就犯了刻板拘谨的毛病。总有因地制宜的法子：在高处造平房，在低处盖高楼，这是一个方法；在低处叠石为山，在高处挖池蓄水，这是第二种方法；还有一种方法，是借着它地势之高而使它更高，在高坡之上竖起阁楼垒起假山，或是顺应其地势之低而使它更低，在低洼潮湿的区域穿塘凿井。总之没有一定不变的方法，因应自然之势，而有出神入化的杰作，全靠营造者独具慧眼，心领神会，出神入化，这不是可以遥授方略的啊！

出 檐 深 浅

居宅无论精粗，总以能避风雨为贵。常有画栋雕梁，琼楼玉栏，而止可娱晴，不堪坐雨者，非失之太敞，则病于过峻[1]。故柱不宜长，长为招雨之媒；窗不宜多，多为匿风之薮[2]；务使虚实相半，长短得宜。又有贫士之家，房舍宽而余地少，欲作深檐以障风雨，则苦于暗；欲置长牖以受光明，则虑在阴。剂其两难，则有添置活檐一法。何为活檐？法于瓦檐之下，另设板棚一扇，置转轴于两头，可撑可下，晴则反撑，使正面向下，以当檐外顶格[3]；雨则正撑，使正面向上，以承檐溜[4]。是我能用天，而天不能窘我矣。

【注释】

〔1〕峻：高。

〔2〕匿：隐聚。薮（sǒu）：汇集之处。

〔3〕顶格：见下条《置顶格》。

〔4〕檐溜：屋檐下承接雨水的横槽子，亦称檐沟。这里用指顺檐沟流下来的雨水。

【译文】

住宅无论是精美还是粗陋，总以能避风雨为贵。常有人营造起画栋雕梁，琼楼玉栏，却只能天晴时娱乐活动，下雨天就难以安坐了，不是失之过于敞开，没有挡风遮雨之处，就是有太高峻的毛病，斜风容易挟带横雨飘进来。所以房屋柱子不宜太长，长了就提供了招雨的空隙；窗户也不宜太多，多了就成了藏风的渊薮。务必使得房子建得虚实相半，长短适宜。又有些贫士之家，房屋宽而外面空地少，想作深檐来挡风雨，却苦于影响采光使屋子太暗；想设置长窗来受纳光明，又担心阴雨天风雨进来。要解决这个左右两难的问题，我有一个添置活动屋檐的方案。什么是活动屋檐呢？办法就是在瓦檐之下，另外设置一扇板棚，在板棚两头按上转轴，可以撑上去，也可以放下来。天晴时就反撑，使正面向下，可以起屋檐外顶格的作用；下雨时就正撑，使正面向上，用来承接檐溜雨水。这样我就能巧借天然条件，而老天却不会让我为难。

置　顶　格

精室不见椽瓦，或以板覆，或用纸糊，以掩屋上之丑态，名为"顶格"，天下皆然。予独怪其法制未善。何也？常因屋高檐矮，意欲取平，遂抑高者就下，顶格一概齐檐，使高敞有用之区，委之不见不闻，以为鼠窟，良可慨也。亦有不忍弃此，竟以顶板贴椽，仍作屋形，高其中而卑其前后者，又不美观，而病其呆笨。予为新制，以顶格为斗笠之形，可方可圆，四面皆下，而独高其中。且无多费，仍是平格之板料，但令工匠画定尺寸，旋而去之。如作圆形，则中间旋下一段是弃物矣，即用弃物作顶，升之于上，止增周围一段竖板，长仅尺许，少者一层，多则二层，随人所好，方者亦然。造成之后，若糊以纸，又可于竖板之上裱贴字画，圆者类手卷[1]，方者类册叶[2]，简而文，新而妥，以质高明[3]，必当取其有裨[4]。方者可用竖板作门，时开时闭，则当壁橱四张，纳无限器物于中，而不之觉也。

【注释】

〔1〕手卷：可以卷舒而不能悬挂的书画长卷。
〔2〕册叶：分页装潢成册的书画。
〔3〕以质高明：求教于有识之士。质，询问，请人评判。
〔4〕裨（bì）：补益。

【译文】

　　精致的屋室，看不到椽子和瓦片，或者用木板来覆盖，或者用纸来裱糊，以遮掩屋顶上难看的景观。名为"顶格"，各地所有的精致屋室都是这样做的。惟有我怪这样的法子和形式不够完善。为什么呢？常常因为屋脊高而房檐矮，想要通过设置顶格来截平取直，于是就只好让高的来迁就低的，让顶格一概与房檐齐平，这样就使得上面高敞有用的空间，实际上被弃置浪费，不闻不问了，成了老鼠窝，真是太可惜了。也有不忍心废弃上面的有用空间，竟然让顶板紧贴屋椽，仍然做成屋顶的形状，中间高而前后低，这样既不美观，又有让人觉得呆笨的毛病。我为此设计了新的样式，把顶格做成斗笠的形状，可方可圆，四面都低，唯独中间高敞。而且无需太多花费，仍然是本来做水平顶格的板料，只要让工匠画定尺寸，把多余的部分旋而去之。如果做成圆形的，那么中间旋下的这一段就成了废弃物了，就拿这废弃部分来做顶格的尖顶，将尖顶升到高处，周围只需要增加一段竖板，大约只需一尺来长，少者一层，多则两层，随人喜欢，如果想做成方形，也是同样做法。顶格做成之后，如果用纸糊上，又可以在竖板之上裱贴字画，圆的像是手卷，方的类似书叶，既简单而文雅，又新异而妥帖，以此向高明之士请教，定会得到肯定，认为有可取之处。又，方形的顶格还可以用竖板作门，时开时闭，那就可以当做四张壁橱来使用，储放许多器物在里面，却不会被感觉到。

甃　　地⁽¹⁾

古人茅茨土阶⁽²⁾，虽崇俭朴，亦以法制未尽备也。惟幕天者可以席地⁽³⁾，梁栋既设，即有阶除，与戴冠者不可跣足⁽⁴⁾，同一理也。且土不覆砖，尝苦其湿，又易生尘。有用板作地者，又病其步履有声，喧而不寂。以三和土甃地⁽⁵⁾，筑之极坚，使完好如石，最为丰俭得宜。而又有不便于人者，若和灰和土不用盐卤⁽⁶⁾，则燥而易裂；用之发潮，又不利于天阴。且砖可挪移，而甃成之土不可挪移，日后改迁，遂成弃物，是又不宜用也。不若仍用砖铺，止在磨与不磨之间，别其丰俭，有力者磨之使光，无力者听其自糙。予谓极糙之砖，犹愈于极光之土。但能自运机杼⁽⁷⁾，使小者间大，方者合圆，别成文理，或作冰裂⁽⁸⁾，或肖龟纹，收牛溲马渤入药笼⁽⁹⁾，用之得宜，其价值反在参苓之上。此种调度，言之易而行之甚难，仅存其说而已。

【注释】

〔1〕甃（zhòu）地：以砖石等铺填地面。甃，本义为砖瓦等铺垒的井壁。

〔2〕茅茨：茅草屋顶，也指茅屋。

〔3〕惟幕天者可以席地：语出刘伶《酒德颂》："行无辙迹，居无室庐，幕天席地，纵意所如。"幕天席地，以天为幕，以地为席。

〔4〕跣（xiǎn）足：赤脚。

〔5〕三和土：即三合土，用石灰、黏土和沙加水混合而成，干燥后质地坚硬，可用来打地基或修路。

〔6〕盐卤：熬盐时剩下的黑色液体，可以使豆浆凝固成豆腐。也叫卤水。

〔7〕自运机杼（zhù）：别出心裁，自行设计、布局。机杼，织布机。机以转轴，杼以持纬线。后用以比喻艺术创作中构思和布局。

〔8〕冰裂：冰裂纹。中国古代陶瓷经特殊烧制技术处理后产生的花纹图案。

〔9〕牛溲马渤：即车前草和马屁勃，是两种普通的中草药。常以比喻虽不值钱但有用的东西。韩愈《进学解》："牛溲马勃，败鼓之皮，俱收并蓄，待用无遗者，医师之良也。"

【译文】

古人用茅草盖屋顶，用泥土筑台阶，虽然是崇尚俭朴，也是因为当时建造方法与形制未尽完备合理。惟有以天为幕者，方可以地为席，既然竖起栋梁，造就房屋，就应当修整台阶，这就与戴冠帽的人不能光着脚走路，是同样的道理。再说，泥地上如果不铺上砖，总会为潮湿所苦恼，又容易起灰尘。有用木板铺地的，又嫌地板走起路来声音太大，喧闹而不寂静。用三和土铺地，夯筑得极其坚实，使其像整块完好的大石板，这样做最是丰俭适宜。但这也有让人不便的地方，如果和灰和土时不用盐卤，那就干燥而容易开裂；如果用盐卤又容易受湿发潮，阴雨天尤其不利。而且地砖是可以挪移搬走的，而夯筑而成的三和土却是无法挪走的，日后搬迁他处，就成了废弃之物，这就又不宜采用了。不如还是用铺地砖的法子，只在磨与不磨之间，分出豪华还是节俭的不同，有财力的就把地砖磨得光光的，没有财力的就任随其自然粗糙。我认为极粗糙的砖，还比磨得光光的更好。只要能自己动动脑筋，别出心裁，使得小与大相间，方和圆相配，呈现别致的纹理图案，或者做冰裂纹，或者像龟背纹，就好比搜罗牛溲马勃之类的廉价药材入药，用得对路的话，其疗效价值反而会在人参茯苓等名贵药材之上。这样的搭配调度，说起来容易，做起来却很难，所以这里聊备其说罢了。

洒　扫

　　精美之房，宜勤洒扫。然洒扫中亦具大段学问，非僮仆所能知也。欲去浮尘，先用水洒，此古人传示之法，今世行之者，十中不得一二。盖因童子性懒，虑有汲水之烦，止扫不洒，是以两事并为一事，惜其力也，久之习为固然，非特童子忘之，并主人亦不知扫地之先，更有一事矣。彼但知两者并一是省事法，殊不知因其懒也，遂以一事化为数十事。服役者既以为苦，而指使者亦觉其繁，然总不知此数十事者，皆从一事苟简而生之者也。精舍之内，自明窗净几而外，尚有图书翰墨、骨董器玩之种种[1]，无一不忌浮尘。不洒而扫，是以红尘掺物，物物皆受其蒙，并栋梁之上、榱桷之间亦生障翳[2]，势必逐件擦磨，始现本来面目，手不停挥者，半日才能竣事，不亦劳乎？若能先洒后扫，则扫过之后，只须麈尾一拂[3]，一日清晨之事毕矣，何指使服役之纷纷哉？此洒水之不容已也。然勤扫不如勤洒，人则知之；多洒不如轻扫，人则未知之也。饶其善洒，不能处处皆遍，究竟干地居多，服役者不知，以其既经洒湿，则任意挥扫无妨。扬尘舞蹈之际，障翳之生也更多，故运帚切记勿重，匪特勿重，每于歇手之际，必使帚尾着地，勿令悬空，如扫一帚起一帚，则与挥扇无异，是扬灰使起，非抑尘使伏也。此是一法。又有闭门扫地之诀，不可不知。如人先扫房舍，后及阶除，则将房舍之门紧闭，俟扫完阶除后，略停片刻，然后开门，始无灰尘入户之患。臧获不知[4]，以为房舍扫完，其事毕矣，此后渐及门外，与内绝不相蒙，岂知有顾此失彼之患哉！顺风扬灰，一帚可当十帚，较之未扫更甚。此皆世人所忽，故拈出告之，然未免饶舌。

洒扫二事，势必相因，缺一不可，然亦有时以孤行为妙，是又不可不知。先洒后扫，言其常也，若旦旦如是，则土胶于水[5]，积而不去，日厚一日，砖、板受其虚名，而有土阶之实矣。故洒过数日，必留一日勿洒，止令童子轻轻用帚，不致扬尘，是数日所积者一朝去之，则水土交相为用，而不交相为害矣。

【注释】

〔1〕骨董：古董。

〔2〕障翳：遮蔽，指灰尘或蒙上灰尘。

〔3〕麈（zhǔ）尾：古代以驼、鹿之尾做拂尘，因称拂尘为麈尾，或简称作麈。麈，鹿属动物。头类鹿，蹄类牛，尾类驴，颈背类骆驼，故俗称四不像。

〔4〕臧获：奴婢的贱称。

〔5〕胶：粘着。

【译文】

精美的屋子，应当勤于洒扫。然而洒扫当中也具有大段的学问，不是僮仆所能了解的。要想扫去浮土，必须先用水洒一下，这是古人传示下来的方法，而现今世上按照这个方法去做的，十个人中也难得一两个。因为僮子生性懒惰，觉得打水麻烦，所以只扫地不洒水，就把两件事情并成了一件事，舍不得花力气，久而久之结果就习以为常了，不仅僮仆忘记洒水这件事，就是主人也不知扫地之前，还有洒水这个事。他们只知道两件事合并成一件是省事的法子，殊不知因为他们的懒惰，于是由这一件事反而衍化滋生出数十件事。服役的僮子既以洒扫为辛苦，而指派者也觉得麻烦，可是都想不到这数十件事，都是从洒水这一件事被马虎省略而滋生出来的。精致的屋子里面，除了明窗净几之外，还有图书翰墨、古董器玩等种种收藏和摆设，没有一件不忌讳浮尘。不洒水就扫地，自然尘土飞扬，这等于是用红尘去掺染这些物件，种种物件都蒙尘纳垢，连栋梁之上、屋椽之间也会积尘起灰，想要弄干净，势必要一件件擦拭磨洗，才能现出其本来面目，双手不停地擦洗，也得干好半天才能完事，不是也很辛劳吗？如果能先洒水后扫地，那么扫过之后，只须用麈尾掸拂一下，这一天清晨洒扫之事就干完了，哪里需要主管的劳心指使这个指使那个，众人辛苦费力，纷纷扰扰大半天呢？这就是洒水一事不允许省去的缘故。然而，勤扫地不如勤洒水的道理，人们虽然也还知道；而多多洒水不如轻轻扫地的道理，人们却没有能知道的。不管怎样善于洒水，也不可能每一个角落全都洒遍，毕竟还是没有洒到的干燥地方居多，负责扫地的不知道，以为既然已经洒湿了，那就可以任意挥扫都不妨事了。结果任意挥扫扬尘舞蹈之际，起灰积尘就更多了，所以挥动扫帚时切记不能太重；不仅不能太重，而且每次歇手之时，一定要让扫帚的尾部着地，不要让它悬空。如果扫一下就扬起一下帚把，那就无异于挥动扇子，这是让灰尘飞扬起来，而不是把尘土压下去。以上是洒扫的一种方法。还有闭门扫地的秘诀，不可不知。如果人们先扫房屋，然后再扫台阶，那么可以把房门关紧以后扫，等到扫完台阶后，略停片刻，然后开门，那才没有灰尘飞进屋内的麻烦。奴婢们不知道，以为房舍扫完了，里面的事情完成了，然后就渐次扫到门外，与室内绝不相干，哪里知道会有顾此失彼的隐患呢？顺风扬灰，扫一帚扬起的灰尘可以相当于扫十帚除去的灰尘，甚至比不扫更脏。这些都是世人所容易忽略的事情，所以提出来告诉大家，然而也许未免有点多嘴多舌了。

　　洒水扫地这两件事情，势必相互联系，是缺一不可的，然而也有单做其中一件事反而更妙的时候，这又不可不知。先洒水后扫地，是说的平常的方法，如果天天早晨如此，那么尘土和水黏结到一起，积累起来而不及时清除，就会一天比一天厚，直至覆盖地面，使地砖或地板空留虚名，而实际上成了灰地土阶了。所以洒过几天以后，一定要留一天不要洒水，让僮子只用扫帚轻轻地清扫，不致扬起尘埃，这样前几天所粘积的灰尘就都一朝除去了，如此则洒水与扫灰交替运用，就会产生良好的效果，而水和土也就不会交相为害了。

藏 垢 纳 污

　　欲营精洁之房，先设藏垢纳污之地。何也？爱精喜洁之士，一物不整齐，即如目中生刺，势必去之而后已。然一人之身，百工之所为备[1]，能保物物皆精乎？且如文人之手，刻不停批；绣女之躬，时难罢刺。唾绒满地[2]，金屋为之不光；残稿盈庭，精舍因而欠好。是极韵之物，尚能使人不韵，况其他乎？故必于精舍左右，另设小屋一间，有如复道[3]，俗名"套房"是也。凡有败笺弃纸，垢砚秃毫之类，卒急不能料理者，姑置其间，以俟暇时检点。妇人之闺阁亦然，残脂剩粉无日无之，净之将不胜其净也。此房无论大小，但期必备。如贫家不能办此，则以箱笼代之，案旁榻后皆可置。先有容拙之地，而后能施其巧，此藏垢之不容已也。至于纳污之区，更不可少。凡人有饮即有溺，有食即有便。如厕之时尚少，可于溷厕之外[4]，不必另筹去路。至于溺之为数，一日不知凡几，若不择地而遗，则净土皆成粪壤，如或避洁就污，则往来仆仆，是率天下而路也[5]。此为寻常好洁者言之。若夫文人运腕，每至得意疾书之际，机锋一转，则断不可续。然而寝食可废，便溺不可废也。"官急不如私急"，俗不云乎？常有得句将书，而阻于溺，及溺后觅之，杳不可得者，予往往验之，故营此最急。当于书室之旁，穴墙为孔[6]，嵌以小竹，使遗在内而流于外，秽气罔闻[7]，有若未尝溺者，无论阴晴寒暑，可以不出户庭。此予自为计者，而亦举以示人，其无隐讳可知也。

【注释】

〔1〕"一人之身"二句：语出《孟子·滕文公上》。是指一个人的生活所需，要靠各行各业的人们的劳动和服务来供给、保障和维持。

〔2〕唾绒：旧时妇女刺绣，停针换线时，常将咬断的绣线头，随口吐出，俗称唾绒。

〔3〕复道：夹道。这里指下文所谓的"套房"，类似于现在的储藏室。

〔4〕溷（hùn）：厕所。

〔5〕是率天下而路：语出《孟子·滕文公上》。

〔6〕穴墙：指在墙上开凿洞穴。

〔7〕罔闻：闻不到。

【译文】

想要营构精致雅洁的房屋，先要设计预备好藏垢纳污的地方。为什么呢？喜欢精致雅洁的人士，有一件东西不整齐，就好比眼中长了刺，势必要除去它才罢休。然而要满足一人之身的生存所需，须要靠各行各业许多人的多种劳动成果，谁又能保证这世上每一件必需品都同样的精致雅洁呢？就如文人握着笔，一刻不停地书写；绣女弯着腰，刺绣活片时都难于停下来。满地皆是线头碎绒，漂亮的闺房为此而失了点光彩；到处都有废纸残稿，精致的书房也因而少了一些雅洁。这些极有韵致的事物，尚且能够使人有失韵味，更何况其他不那么有韵致却也必不可少的事物呢？所以一定要在精美的房间左右，另设一间小屋，有点像复道一样，就是俗名"套房"的。凡是有败笺弃纸，垢砚秃毫之类要丢掉的东西，仓促之间不能料理的，就暂时放在那里面，以等待空闲时再收拾清理。女子的闺房也是这样，残脂剩粉没有一天没有，想要清理干净也将理不胜理。所以这个房间无论是大是小，都应当备一个。如果贫寒之家不能办到，那么可以用箱笼代替，桌案旁边床榻后面都可以安放。先有一个容纳废物的藏拙之地，而后可以从容施展巧妙的处理办法，这暂藏废弃物的地方绝不可以省掉的。至于容纳便溺污物的地方，就更不可或缺了。只要是人，要喝水就会撒尿，要吃饭就会拉屎。上厕所大便的次数还比较少，可以去厕所解决，不必另外找去处。至于撒尿的次数，一天内不知有多少次，如果不选择专门的地方而随地小便，那么净土都变成了粪壤，如或避开干净的地方去找污秽的地方才撒尿，那么找来找去，风尘仆仆，那是要率天下人整天都在路上疲于奔命啊。这是为平常爱干净的人说的。若是说到文人运腕挥毫，每到灵感到来，思如泉涌，奋笔疾书之时，灵机笔锋一旦停顿转折，那么创作进程就断不可续了。然而，睡觉吃饭可以暂废，而撒尿却不可废。"官急不如私急"，俗语不是这样说的吗？常常有得到好词妙句正准备下笔时，因为尿急而不得不停下来，可是等到撒完尿后再来找这句话，却已杳如黄鹤，忘得无影无踪。我常常有这样的体验，所以营造方便撒尿的地方最要紧最上心。应该在书房旁边，挖一个小墙洞，里面插一根小竹管，使得在墙内撒尿而流到外面去，闻不到秽臭之气，跟好像没有撒尿一样，无论阴晴寒暑，都可以不出房间。这是我为自己设计的一个好办法，而今也介绍给世人，可知我已经将好点子向读者和盘托出，自己毫无保留了。

窗 栏 第 二

吾观今世之人，能变古法为今制者，其惟窗栏二事乎？窗栏之制，日新月异，皆从成法中变出。"腐草为萤[1]"，实具至理。如此则造物生人，不枉付心胸一片。但造房建宅，与置立窗轩同是一理，明于此而暗于彼，何其有聪明而不善扩乎？予往往自制窗栏之格，口授工匠使为之，以为极新极异矣，而偶至一处，见其已设者，先得我心之同然，因自笑为辽东白豕[2]。独房舍之制不然，求为同心甚少。门窗二物，新制既多，予不复赘，恐又蹈白豕辙也。惟约略言之，以补时人之偶缺。

【注释】

〔1〕腐草为萤：《吕氏春秋·季夏纪》："季夏之月……鹰乃学习。腐草化为蚈。"

〔2〕辽东白豕：比喻少见多怪，自命不凡。《后汉书·朱浮》："往时辽东有豕，生子白头，异而献之。行至河东，见群豕皆白，怀惭而还。"

【译文】

我看当今世上的人们能够将古法变为今制的，大概只有窗户和栏杆这两样东西了吧？窗户和栏杆的式样，日新月异，都是从前人现成的法式中演变出来的。古人说"腐草为萤"，实在包含着至理。如果是这样，那么造物主生人，才不枉费了一片心机。只是造房建宅，与开窗造栏的道理是一样的，但人们却在开窗造栏这件事上明白，而在造房建宅那件事上却糊涂，为什么人们在窗栏上有推陈出新的聪明才智，却不善于将其扩展应用到其他更多的方面呢？我常常自己设计窗栏的格局样式，口授给工匠让他们制作出来，自以为极新式很特别了，而偶到一地，看到那里业已设置的窗栏式样，跟我的设计创意不谋而合，因而自笑自己成了辽东白豕。唯独在房屋的形制式样上不是如此，想要找到跟我的设计式样相同的很少。门窗这两样东西，新的样式已经很多了，这里我就不再多啰唆，唯恐又重蹈"白豕"覆辙。只是约略地说一下，以弥补今时人们偶然的缺失。

制 体 宜 坚

窗棂以明透为先[1]，栏杆以玲珑为主，然此皆属第二义；其首重者，止在一字之坚，坚而后论工拙。尝有穷工极巧以求尽善，乃不逾时而失头堕趾，反类画虎未成者[2]，计其新而不计其旧也。总其大纲，则有二语：宜简不宜繁，宜自然不宜雕斫[3]。凡事物之理，简斯可继，繁则难久；顺其性者必坚，戕其体者易坏。木之为器，凡合笋使就者[4]，皆顺其性以为之者也；雕刻使成者，皆戕其体而为之者也；一涉雕镂，则腐朽可立待矣。故窗棂栏杆之制，务使头头有笋[5]，眼眼着撒[6]。然头眼过密，笋撒太多，又与雕镂无异，仍是戕其体也，故又宜简不宜繁。根数愈少愈佳，少则可坚；眼数愈密愈贵，密则纸不易碎。然既少矣，又安能密？曰：此在制度之善，非可以笔舌争也。窗栏之体，不出纵横、欹斜、屈曲三项[7]，请以萧斋制就者[8]，各图一则以例之。

【注释】

〔1〕棂（líng）：栏杆或窗户上雕花的格子。

〔2〕画虎未成：画虎类犬，语出《后汉书·马援传》所载马援《诫兄子严、敦书》。

〔3〕雕斫（zhuó）：雕琢。

〔4〕笋：榫头。

〔5〕头：器物的头部或顶端，这里指窗棂栏杆与窗框的结合处。

〔6〕撒：用以塞紧器物的竹片或木片，也指榫头。

〔7〕欹（qī）斜：倾斜。屈曲：曲折。

〔8〕萧斋：书斋的别称。

【译文】

　　窗棂以明亮通透为先，栏杆则以玲珑优美为主，不过这些都属于第二义；这第一要紧的，只在一个"坚"字，只有在窗栏坚固的前提下，而后才可以论工拙。曾经有人把窗栏制作得极其精工巧妙，务求尽善尽美，但是没过多久，窗栏就失了头掉了腿儿残破得不成样子了，反而弄巧成拙，搞得像画虎不成一样，这是设计制作窗栏的人只顾新时漂亮，没考虑到旧了会怎样。总的原则，有两句话：宜简约不宜繁琐，宜自然不宜雕琢。大凡事物的道理，简约方可延续，繁琐则难以持久；顺应事物天性的必定坚固，戕害事物本体的就容易朽坏。木制的器具，凡是合榫浑然而成的，都是顺应事物的天性而制作的；雕刻而成的东西，都是戕害事物的本体而制作的；物品一经雕刻，那么腐败朽烂也就立等可待了。因此窗棂栏杆的制作，务必使得头头有榫，眼眼合撒。但是倘若头眼过密，榫撒太多，又跟雕琢刻镂没有什么差别了，仍然是戕害事物的本体，所以制作窗棂栏杆又宜简约不宜繁琐。根数越少越好，少则能够坚固；眼数越密越可贵，密则窗纸不容易碎。但是根数既然少了，眼数又怎么能密呢？我说：这就全在形制设计的好坏了，不是可以用笔墨口舌来争论解决的。窗栏的形制体式，不出纵横格、欹斜格、屈曲格这三种。请让我以自己书房设计制作的窗栏式样，分别各画一图以为示例。

图一：纵横格

是格也，根数不多，而眼亦未尝不密，是所谓头头有笋，眼眼着撒者。雅莫雅于此，坚亦莫坚于此矣。是从陈腐中变出，由此推之，则旧式可化为新者，不知凡几。但取其简者、坚者、自然者变之，事事以雕镂为戒，则人工渐去，而天巧自呈矣。

图一　纵横格

【译文】

这种窗格，根数不多，但眼数却也未尝不密，这就是所谓的"头头有笋，眼眼着撒"。要雅致，没有比这种式样更雅致的了，要坚固，也没有比这种式样更坚固的了。这式样是从陈旧用滥了的样式中变化出来的，由此推想，那么旧样式可以花样翻新的，不知道有多少。只要本着简约、坚固、自然的理念去变旧为新，事事以雕镂为戒，那么人为痕迹就会渐渐消除，而自然天成的风格就会形成。

图二：欹斜格系栏

此格甚佳，为人意想所不到，因其平而有笋者，可以着实，尖而无笋者，没处生根故也。然赖有躲闪法，能令外似悬空，内偏着实，止须善藏其拙耳。当于尖木之后，另设坚固薄板一条，托于其后，上下投笋，而以尖木钉于其上，前看则无，后观则有。其能幻有为无者，全在油漆时善于着色，如栏杆之本体用朱，则所托之板

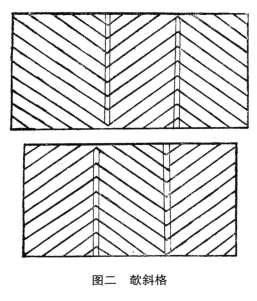

图二　欹斜格

另用他色。他色亦不得泛用；当以屋内墙壁之色为色。如墙系白粉，此板亦作粉色；壁系青砖，此板亦肖砖色。自外观之，止见朱色之纹，而与墙壁相同者，混然一色无所辨矣。至栏杆之内向者，又必另为一色，勿与外同，或青或蓝，无所不可，而薄板向内之色，则当与之相合。自内观之，又别成一种，文理较外尤可观也。

【译文】

这种窗格式样很好，是人们所意想不到的。因为窗格木条中平而有笋的，可以着到实处，尖而无笋的，却没处生根。然而亏得有躲闪的办法，能让它从外面看仿佛是悬空着，而内里却偏偏着到实处，只是须要善于藏其拙罢了。应当在尖木条之后，另外设一条坚固的薄板，托在后面，上下投笋，而把尖木条钉在这薄板上面，这样从前面看去却不见薄板，只有后面才看得见。它之所以能幻有为无，原因全在于油漆时善于选用色彩，如果栏杆的本体用朱红色，那么所托的木板就改用其他颜色。这个其他颜色也不是可以随便乱用是，而应当以屋内墙壁的颜色为准。如果墙壁是白粉，那么这个托板也作白粉色；如果墙壁是青砖，这板也应当像青砖色。这样，从外面看去，只见朱红色的条纹，而托板则与墙壁混然一色，也就无法分辨而泯然无迹了。至于栏杆向内的一面，又必须另外选用一种颜色，不要与外面的颜色相同，或青或蓝，无所不可，而薄板向内的颜色，那就应当与其相配合。这样，从里面看去，又别是一种格调，色彩纹理比外面的更加好看。

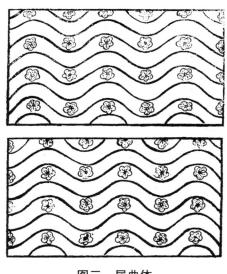

图三　屈曲体

图三：屈曲体系栏

此格最坚，而又省费，名"桃花浪"，又名"浪里梅"。曲木另造，花另造，俟曲木入柱投笋后，始以花塞空处，上下着钉，借此联络，虽有大力者挠之，不能动矣。花之内外，宜作两种，一作桃，一作梅，所云桃花浪、浪里梅是也。浪色亦忌雷同，或蓝或绿，否则同是一色，而以深浅别之，使人一转足之间，景色判然。是以一物幻为二物，又未尝于本等材料之外，另费一钱。凡予所为，强半皆若是也。

【译文】

　　这种窗格最为坚固，而且又省钱。名为"桃花浪"，又叫"浪里梅"。弯曲的木条另做，花也要另做。等弯曲的木条入柱接笋以后，再把花塞到曲木的空隙处，上下用钉子钉上，借此与曲木和窗体相联结，即使力气大的人去抓挠摇晃，也不会松动。花儿的内面和外面，应该做成两样，一做桃花，一做梅花，所谓桃花浪、浪里梅就是指这个。浪的色彩也忌雷同，或作蓝色，或作绿色，不然的话，若用了同一种颜色，也要用深浅来显示区别，让人一转过来，就可以发现景色判然不同。这样，是一种物象变幻出了两种物象，又未曾在本当要用的材料之外，另外多费一文钱。凡是我所做的，大半都是这样的。

取 景 在 借

开窗莫妙于借景，而借景之法，予能得其三昧。向犹私之[1]，乃今嗜痂者众，将来必多依样葫芦，不若公之海内，使物物尽效其灵，人人均有其乐。但期于得意酣歌之顷，高叫笠翁数声，使梦魂得以相傍，是人乐而我亦与焉，为愿足矣。

向居西子湖滨，欲购湖舫一只[2]，事事犹人[3]，不求稍异，止以窗格异之。人询其法，予曰：四面皆实，犹虚其中，而为"便面"之形[4]。实者用板，蒙以灰布，勿露一隙之光；虚者用木作匡[5]，上下皆曲而直其两旁，所谓便面是也。纯露空明，勿使有纤毫障翳。是船之左右，止有二便面，便面之外，无他物矣。坐于其中，则两岸之湖光山色，寺观浮屠[6]，云烟竹树，以及往来之樵人牧竖，醉翁游女，连人带马，尽入便面之中，作我天然图画。且又时时变幻，不为一定之形。非特舟行之际，摇一橹变一象，撑一篙换一景，即系缆时，风摇水动，亦刻刻异形。是一日之内，现出百千万幅佳山佳水，总以便面收之。而便面之制，又绝无多费，不过曲木两条，直木两条而已。世有掷尽金钱，求为新异者，其能新异若此乎？此窗不但娱己，兼可娱人；不特以舟外无穷之景色摄入舟中，兼可以舟中所有之人物，并一切几席杯盘射出窗外，以备来往游人之玩赏。何也？以内视外，固是一幅便面山水；而从外视内，亦是一幅扇头人物。譬如拉妓邀僧，呼朋聚友，与之弹棋观画，分韵拈毫，或饮或歌，任眠任起，自外观之，无一不同绘事。同一物也，同一事也，此窗未设以前，仅作事物观；一有此窗，则不烦指点，人人俱作画图观矣。夫扇面非异物也，肖扇面为窗，又非难事也。世人取象乎物，而为门为窗者⁽⁷⁾，不知凡几，独留此眼前共见之物，弃而弗取，以待笠翁，讵非咄咄怪事乎⁽⁸⁾？所恨有心无力，不能办此一舟，竟成欠事。兹且移居白门，为西子湖之薄幸人矣⁽⁹⁾。此愿茫茫，其何能遂？不得已而小用其机，置此窗于楼头，以窥钟山气色，然非创始之心，仅存其制而已。

予又尝作观山虚牖，名"尺幅窗"⁽¹⁰⁾，又名"无心画"，姑妄言之。浮白轩中⁽¹¹⁾，后有小山一座，高不逾丈，宽止及寻，而其中则有丹崖碧水，茂林修竹，鸣禽响瀑，茅屋板桥，凡山居所有之物，无一不备。盖因善塑者肖予一像⁽¹²⁾，神气宛然，又因予号笠翁，顾名思义，而为把钓之形；予思既执纶竿⁽¹³⁾，必当坐之矶上⁽¹⁴⁾，有石不可无水，有水不可无山，有山有水，不可无笠翁息钓归休之地，遂营此窟以居之。是此山原为像设，初无意于为窗也。后见其物小而蕴大，有"须弥芥子"之义⁽¹⁵⁾，尽日坐观，不忍阖牖⁽¹⁶⁾。乃瞿然曰⁽¹⁷⁾：是山也，而可以作画；是画也，而可以为窗；不过损予一日杖头钱⁽¹⁸⁾，为装潢之具耳。遂命童子裁纸数幅，以为画之头尾，及左右镶边。头尾贴于窗之上下，镶边贴于两旁，俨然堂画一幅，而但虚其中。非虚其中，欲以屋后之山代之也。坐而观之，则窗非窗也，画也；山非屋后之山，即画上之山也。不觉狂笑失声，妻孥群至，又复笑予所笑，而"无心画"、"尺幅窗"之制，从此始矣。

予又尝取枯木数茎，置作天然之牖，名曰"梅窗"。生平制作之佳，当以此为第一。己酉之夏⁽¹⁹⁾，骤涨滔天，久而不涸，斋头淹死榴、橙各一株，伐而为薪，因其坚也，刀斧难入，卧于阶除者累日。予见其枝柯盘曲，有似古梅，而老干又具盘错之势⁽²⁰⁾，似可取而为器者，因筹所以用之。是时栖云谷中幽而不明，正思辟牖⁽²¹⁾，乃幡然曰：道在是矣！遂语工师，取老干之近直者，顺其本来，不加斧凿，为窗之上下两旁，是窗之外廓具矣。再取枝柯之一面盘曲、一面稍平者，分作梅树两株，一从上生而倒垂，一从下生而仰接，其稍平之一面则略施斧斤，去其皮节而向外，以便糊纸；其盘曲之一面，则匪特尽全其天，不稍戕斫，并疏枝细梗而留之。既成之后，剪彩作花，分红梅、绿萼二种，缀于疏枝细梗之上，俨然活梅之初着花者。同人见之，无不叫绝。予之心思，讫于此矣。后有所作，当亦不过是矣。

便面不得于舟，而用于房舍，是屈事矣。然有移天换日之法在⁽²²⁾，亦可变昨为今，化板成活⁽²³⁾，俾耳目之前，刻刻似有生机飞舞，是亦未尝不妙，止废我一番筹度耳。予性最癖，不喜盆内之花，笼中之鸟，缸内之鱼，及案上有座之石，以其局促不舒，令人作囚鸾絷凤之想[24]。故盆花自幽兰、水仙而外，未尝寓目；鸟中之画眉，性酷嗜之，然必另出己意而为笼，不同旧制，务使不见拘囚之迹而后已。自设便面以后，则生平所弃之物，尽在所取。从来作便面者，凡山水人物，竹石花鸟，以及昆虫，无一不在所绘之内，故设此窗于屋内，必先于墙外置板，以备成物之用。一切盆花笼鸟，蟠松怪石，皆可更换置之。如盆兰吐花，移之窗外，即是一幅便面幽兰；盎菊舒英[25]，内之牖中，即是一幅扇头佳菊。或数日一更，或一日一更；即一日数更，亦未尝不可。但须遮蔽下段，勿露盆盎之形。而遮蔽之物，则莫妙于零星碎石。是此窗家家可用，人人可办，讵非耳目之前第一乐事？得意酣歌之顷，而忘作始之李笠翁乎[26]？

【注释】

〔1〕向犹私之：以前还保密不肯公之于众。

〔2〕舫：小船，画舫。

〔3〕犹人：由人。

〔4〕便面：古代用以遮面的扇状物。后称团扇、折扇为"便面"。

〔5〕匡：同"框"。

〔6〕浮屠：佛塔。

〔7〕"取象乎物"二句：是指在门窗上雕刻或绘成山水花鸟等景物的图案。

〔8〕讵非：岂非。咄咄怪事：令人惊讶，不可思议的事情，语出《世说新语·黜免》。

〔9〕白门：南京。原指南朝宋都建康城西门。西方属金，金气白，故称白门，后遂称金陵为白门。李渔大约在四十九岁前后自杭州移居金陵。

薄幸：犹言薄情，负心。

　　〔10〕尺幅窗：取尺幅千里之意，谓窗户虽小，却是一幅气势辽远的山水画。

　　〔11〕浮白轩：李渔在南京所建的"芥子居"中观景小室所取的轩名。浮白，古代罚酒，满饮一杯叫浮以大白，后亦称满饮或畅饮为浮白。

　　〔12〕善塑者肖予一像：指雕塑高手为其塑了一尊像。

　　〔13〕纶竿：钓竿。纶，较粗的丝线，可作钓鱼丝。

　　〔14〕矶（jī）：水边突出的岩石。

　　〔15〕须弥芥子：佛教谓纳至高大之须弥山于至微小的芥子内，比喻佛法无边，不可思议。这里是指芥子园虽小，而山水之景，无往不佳，自成一完美的艺术世界。芥子园之名，由此而得。

　　〔16〕阖牖：关窗。

　　〔17〕瞿（jù）然：惊视貌。这里有恍然大悟的意思。

　　〔18〕杖头钱：买酒的钱。《晋书·阮修传》："常步行，以百钱挂杖头，至酒店，便独酣畅。"后人因称买酒钱为杖头钱。

　　〔19〕己酉：清康熙八年，1669 年。

　　〔20〕盘错：盘屈交错。

　　〔21〕辟牖：开辟窗户。

　　〔22〕移天换日：语出《晋书·齐王冏传》。

　　〔23〕变昨为今：变陈腐为新奇。化板成活：化板滞为鲜活。

　　〔24〕絷（zhí）：拘囚。

　　〔25〕盎菊：盆菊。舒英：开花。

　　〔26〕作始：创始。

【译文】

　　开窗最妙的莫过于借景，而借景的方法，我能够悟得其中三昧。从前我一直秘不示人，可是现在嗜好的人很多，将来必定会有许多依样画葫芦的人，所以还不如公诸海内，使每件事物每个创意都能发挥其神奇效果，让每一个人都能从中得到乐趣。我只希望人们欣然得意陶醉酣歌之时，高声喊我笠翁几次，使得我的梦魂得以相傍，这样别人快乐我也分享参与，我的心愿也就满足了。

　　过去住在西子湖畔的时候，曾经想买一只画舫，船上事事都可以和别人的一样，不求有一点点不同，只在窗子式样上显出与众不同的特点。有人询问制作办法，我说：窗子四面都是实的，只有中间留有虚空，把它做成扇面的形状。实的部分用木板，并且蒙上灰布，不要让它透出一丝光亮；虚的部分用木条做框，上下两根木条都做成弯曲的，而两边则做成直的，所谓扇面窗，就是这样的。扇面状的窗孔要纯露一片空明，不使有丝毫的遮蔽。这船的左右只有两个扇面窗，扇面窗之外，别无他物。坐在船舱里，两岸的湖光山色，寺观佛塔，云烟竹树，以及往来的樵夫牧童，醉翁游女，连人带马，尽入扇面窗之中，成为我眼中的天然图画。而且又时时变幻，不会只是一成不变的定格图景。不仅船行之际，摇一橹变一幅图像，撑一篙换一番景象，就是系缆停船之时，风摇水动，也时时刻刻变换着风光。如此，一日之内，可以映现出百千万幅佳山佳水，都由扇面窗加以收摄。而扇面窗的制作，又绝对不需要很多花费，不过曲木两条，直木两条而已。世上有些人浪掷金钱，几乎倾其所有，去求新求异，他们能够得到这样新颖别致的享受吗？此窗不但能娱乐自己，而且同时还可以娱乐别人；不仅能将船窗之外无穷的景色映摄进船舱里，同时也可以将船中所有的人与物，并一切几席杯盘投射出窗外，以备岸上来来往往的游人玩赏。为什么呢？由内向外看去，固然是一幅扇面山水；而从外往里看，也是一幅扇头人物。譬如拉妓邀僧，呼朋聚友，与他们一起弹琴下棋，观画挥毫，吟诗填词，或酣饮，或欢歌，任眠卧，任端坐，从外面岸上观赏船中，无一不像是现画出来的一样。同一样物，同一样事，这扇面窗未设以前，仅仅只是当作现成事物来看；一有此窗，那么不烦特为指点，人人都自然当做美的画面来看。扇面并不是什么特异的东西，仿扇面画而为扇面窗，又不是什么难事。世人模仿取象于特定事物，来做门做窗，不知有多少先例，唯独留此眼前共见之物，弃而不取，以等待我李笠翁来发明创设，岂不是咄咄怪事吗？所遗憾的是我有心无力，不能置办这样一只湖船，结果成了未了之事。而且我现在已经移居到南京，成为西子湖的薄幸之人了。想要实现这个未了心愿的前景更加渺茫了，怎样才能遂我心愿呢？迫不得已而小用了点心思，制作扇面窗安在楼头，以观赏钟山的气象山色。然而这已不是我原来初创时的本心，仅仅只是保留了扇面的形制而已。

　　我又曾经创制一种观赏山景的虚窗，名为"尺幅窗"，又名"无心画"，在此姑妄言之。我的浮白轩中，后面做了一座小山，高不过一丈，宽只有八尺光景，可其中却有丹崖碧水，茂林修竹，鸣禽响瀑，茅屋板桥，凡是山居所应该有的事物，没有一样不齐备。因为有位雕塑高手为我塑了一座雕像，神情毕现，惟妙惟肖，又因为我自号笠翁，所以顾名思义，而塑成垂钓的模样；我寻思，既然手执钓竿，那就应当坐在矶石上，而有石就不可无水，有水便不可无山，有山有水，就不可没有笠翁息钓归休的地方，于是就设计营造了这样一座浓缩了山水景物的小山来安放我的塑像。因此，这样一座山子原是为塑像而设的，起初无意于做这扇窗。后来看到假山体量虽小而蕴含却很大，颇有佛学所说的"须弥芥子"之义，我曾经整日坐那儿观赏，不忍心关窗。忽然如有所悟，惊喜地说：这样一座山子，而可以当作一幅山水画；这样一幅画，而可以收摄为窗景；不过花费我一天的酒钱，就可以用作装潢之具了。于是就让童子裁了几幅纸，用来做画的头尾，以及左右的镶边。头和尾贴在窗格的上下两端，镶边贴在左右两旁，俨然像是堂画一幅，但只有中间是虚空的。当然不是要让中间虚空，而是想用来收摄屋后的山景作为画面的内容。坐在那儿观赏，则窗子不是窗子，而是一幅画；山也不是屋后之山，就是画中之山。不觉狂笑失声，妻子儿女一起跑过来，又笑我得意狂笑的样子，而"无心画"、"尺幅窗"的形制，便从此产生了。

　　我还曾经取来几根枯木，制成天然的窗格，名叫"梅窗"。我生平创制的佳作中，应该以此为第一。己酉年的夏天，骤降暴雨，水势滔天，积水久久不干，淹死了书斋前面的一株石榴树和一株橙子树，想砍下来当柴烧，因为枝干太坚硬，柴刀斧头都难劈开，卧放在台阶旁边好几天。我见其枝条盘曲，好像古梅老枝，而老树枝干又具有曲折交错之势，似乎可以拿来制作成什么器物，因而就琢磨怎么样用它们。当时栖云谷中幽而不明，我正打算开一个窗户，于是恍然而有所悟，说：办法就在这里！于是吩咐工匠，取较直的老树干，顺着它本来的形态，不做砍削加工，用作窗框上下两端和左右两旁，这样窗户的外在轮廓就大致形成了。再取一面盘曲、一面稍平的枝条，分别做成两株梅树，一株从上往下伸展倒垂下来，另一株从下向上伸展仰接上去，其稍平的一面则略微砍削修整一下，去掉树皮树节后将这一面朝外，以便糊纸；其盘曲的一面，则不仅完全保持其天然的形态，没有丝毫的砍削加工，而且连同疏枝细梗也一并保留。窗框做成之后，就剪彩做花，分为红梅、绿萼两种，点缀在疏枝细梗之上，俨然是活生生的梅树刚刚开花。朋友们见了，无不叫绝。我的灵感巧思，就此也算完成了。后来再有什么创意制作，应当说都超不过这个了。

扇面窗的设想不能用在画舫上面，而只能用在房舍之中，当然是不得已而求其次。然而有移天换柱之法在，也可以变陈腐为新奇，化板滞为鲜活，使耳目之前，仿佛时时刻刻生意盎然，这也未尝不妙，只是多废我一番筹划心思罢了。我生性极为怪癖，不喜欢盆内之花，笼中之鸟，缸中之鱼，以及桌案上带座的假山石，因为它们局促而不能自然舒展，令人产生一种鸾鸟凤凰遭到囚禁和拘限的联想。所以盆花当中除了幽兰、水仙之外，我从不观赏；鸟儿中的画眉，我虽然生性特别喜欢，然而也必须要按自己的理念另外设计鸟笼，它不同于一般的旧式鸟笼，务必使其没有画眉鸟被拘囚的痕迹才罢休。自从创设扇面窗以后，那生平所不得已而割爱的事物，就全都被我用起来了。从来画扇面的，大凡山水人物，竹石花鸟，以及昆虫，没有一样不在所描绘的范围里面，所以在屋内设置这样的扇面窗，一定要先在墙外安放一块木板，以备放置现成物件之用。一切盆花笼鸟，蟠松怪石，都可以交替着摆放。如盆兰开花，移到窗外，就是一幅扇面幽兰；盆菊吐蕊，摆在窗前，就是一幅扇头佳菊。或者几天一更，或者一天一换；就是一天更换几次，也未尝不可。只是须要遮蔽盆景的底部，不要露出花盆的形状。而遮蔽之物，则莫妙于零星碎石。如此这般，这扇面窗家家可以运用，人人可以办到，这难道不是耳目之前第一开心惬意的事情吗？得意酣歌之时，难道可以忘了创始设计它的李笠翁吗？

图四：湖舫式

此湖舫式也。不独西湖，凡居名胜之地，皆可用

图四　湖舫式（一）

图四　湖舫式（二）

之。但便面止可观山临水，不能障雨蔽风，是又宜筹退步，以补前说之不逮。退步云何？外设推板，可开可阖，此易为之事也。但纯用推板，则幽而不明；纯用明窗，又与扇面之制不合，须以板内嵌窗之法处之。其法维何？曰：即仿"梅窗"之制，以制窗棂。亦备其式于右。

【译文】

这是湖舫式。不独西湖，凡是名胜之地，都可以用到它。只是扇面窗止可观赏山水，不能遮风蔽雨，这就又应该筹划退一步的办法，来弥补前面所说管顾不到的地方。退一步的弥补办法是什么呢？就是在外面设置一道推板，可开可关，这是容易办到的事情。只是如果光用推板，就会幽暗不明；而纯用明窗，那又和扇面的形制不合，必须要用板内嵌窗的方法来处理。这种方法是什么呢？依我说：就是模仿"梅窗"的形制，来制作窗棂。这里也将其式样画出附在下面。

图五：便面窗外推板装花式

四围用板者，既取其坚，又省制棂装花人工之半也。中作花树者，不失扇头图画之本色也。用直棂间于其中者，无此则花树无所倚靠，即勉强为之，亦浮脆而难久也。棂不取直而作欹斜之势，又使上宽下窄者，欲肖扇面之折纹；且小者可以独扇，大则必分双扇，其中间合缝处，糊纱糊纸，无直木以界之，则纱与纸无所依附故也。若是则棂与花树纵横相杂，不几泾渭难分，而求工反拙乎？曰：不然。有两法盖藏，勿虑也。花树粗细不一，其势莫妙于参差，棂则极匀而又贵乎极细，须以极

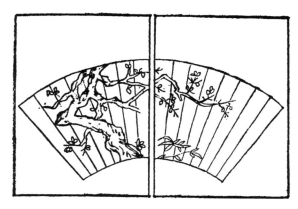

图五　便面窗外推板装花式

坚之木为之，一法也。油漆并着色之时，棂用白粉，与
糊窗之纱纸同色，而花树则绘五彩，俨然活树生花，又
一法也。若是泾渭自分，而便面与花，判然有别矣。梅
花止备一种，此外或花或鸟，但取简便者为之，勿拘一
格。惟山水人物，必不可用。板与花棂俱另制，制就花
棂，而后以板镶之。即花与棂，亦难合造，须使花自花
而棂自棂，先分后合；其连接处，各损少许以就之，或
以钉钉，或以胶粘，务期可久。

【译文】
　　四周围用木板，是为了取其坚固，同时又省去了制作窗棂装饰
花样的一半功夫。中间装饰成花树的式样，就可以不失扇头图画的本
色。中间用直棂间隔固定着，如果没有这直棂，那么花树就无处倚
靠，否则即使勉强安上，也会因为浮脆松动而难以持久。棂条不取直
而作欹斜之势，又让它上宽而下窄，是要效仿扇面的折纹；而且小推
板可以制成单幅扇，大的推板就必须分成双扇，中间的合缝处，可以

糊纱糊纸，如果没有直楞木条界立其中，那么纱和纸就无所依附。要是这样，那么窗楞木条与花树相互纵横错杂，不就会难分泾渭，而求工反拙了呢？我说：不然。有两种办法可以遮掩藏拙，无须担心。花树最好粗细不一，其构图势态莫妙于参差变化，楞条则应该极其匀称，而且又以精致细实为贵，必须用极坚固的木料来制作，这是一个办法。油漆和着色的时候，楞条用白粉，与糊窗的纱纸同一颜色，而花树则绘上五彩，俨然是活树生花，这是另一个办法。像这样泾渭自然就分明了，而扇面与花树也就判然有别了。梅花只须准备一种，此外或者是花或者是鸟，只须选取那些简便的来制作就好，不必拘于一格。惟有山水人物，一定不可用。另外，推板和花楞都须分别制作，制好花楞以后，再用板镶上。就是花和楞，也难合造，必须使花自花而楞自楞，先分头制作。然后再合到一起；花和楞相连接的地方，各自去掉一点，以便相互对接熨帖，或者用钉子钉，或者用胶粘，务求牢固长久。

图六：便面窗花卉式　便面窗虫鸟式

诸式止备其概，余可类推。然此皆为窗外无景，求天然者不得，故以人力补之；若远近风景尽有可观，则焉用此碌碌为哉？昔人云："会心处正不在远[1]。"若能实具一段闲情，一双慧眼，则过目之物，尽在画图，入耳之声，无非诗料。譬如我坐窗内，人行窗外，无论见少年女子是一幅美人图，即见老妪、白叟扶杖而来，亦是名人画图中必不可无之物；见婴儿群戏是一幅百子图，即见牛羊并牧，鸡犬交哗，亦是词客文情内未尝偶缺之资。"牛溲马渤，尽入药笼[2]。"予所制便面窗，即雅人韵士之药笼也。

此窗若另制纱窗一扇，绘以灯色花鸟，至夜篝灯于内[3]，自外视之，又是一盏扇面灯。即日间自内视之，

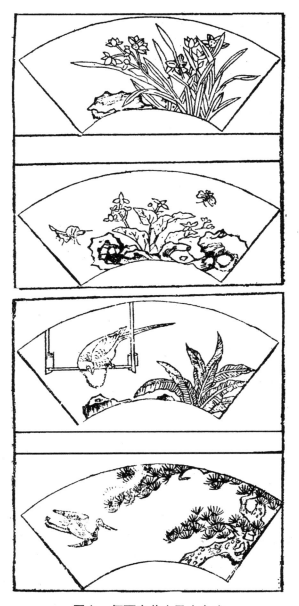

图六　便面窗花卉及虫鸟式

光彩相照，亦与观灯无异也。

【注释】

〔1〕会心处正不在远：语出《世说新语·言语》："简文入华林园，顾谓左右曰：'会心处不必在远，翳然林水，便自有濠、濮间想也。'"

〔2〕"牛溲马渤"二句：见《甃地》注〔8〕。

〔3〕篝灯于内：将灯笼罩于内。篝，竹笼。

【译文】

各种式样只备其大概，其余都可以以此类推。然而这都是因为窗外无景，求天然景致而不能得，所以用人力来弥补；如果远近风景尽有可观可赏的，那又何必多此一举，因此劳神费力，忙碌这事呢？古人说："会心处正不在远。"如果能够实实在在地拥有一份闲情，一双慧眼，那么过眼之物，都成画景，入耳之声，无非诗料。譬如我坐窗内，人行于窗外，不用说见到的少年女子是一幅美人图，就是见到老太太、白头老翁拄杖而来，也是名人绘画作品中必不可无的形象；见到婴儿群戏是一幅百子图，即使见到听到牛羊并牧，鸡犬之声，交相喧哗，那也是词人墨客诗意文情之中从来不可偶缺的意象意境。"牛溲马渤，尽入药笼。"我所创制的扇面窗，就是雅人韵士的这样一种"药笼"。

此窗如果另外制作一扇纱窗，绘上灯色花鸟，到了夜里，在里面点一盏灯笼，从外面看去，又是一盏扇面灯。就是白天从内往外看，光彩相照，也和观灯没有什么两样。

图七：山水图窗

凡置此窗之屋，进步宜深，使坐客观山之地去窗稍远，则窗之外廓为画，画之内廓为山，山与画连，无分彼此，见者不问而知为天然之画矣。浅促之屋，坐在窗边，势必依窗为栏，身之大半出于窗外，但见山而不见画，则作者深心，有时埋没，非尽善之制也。

图七　山水图窗

【译文】

　　凡是安置这种窗户的房屋，要有足够大的进深，让坐客观山的地方离窗户稍远一些，那么窗户的外廓就仿佛是画，画的内廓则宛然如山，山与画连，无分彼此，见的人不问而知是一幅天然的图画了。要是进深太浅太局促的房屋，坐在窗边，势必依窗为栏，身体的大部分都会探出窗外，只见山却不见画，那么作者的深心巧思，有时就会被忽略了，也就不能说是最好的设计。

图八：尺幅窗图式

　　尺幅窗图式，最难摹写。写来非似真画，即似真山，

非画上之山与山中之画也。前式虽工，虑观者终难了悟，
兹再绘一纸，以作副墨。且此窗虽多开少闭，然亦间有
闭时，闭时用他槅他棂⁽¹⁾，则与画意不合，丑态出矣。
必须照式大小，作木槅一扇，以名画一幅裱之，嵌入窗
中。又是一幅真画，并非"无心画"与"尺幅窗"矣。
但观此式，自能了然。

　　裱槅如裱回屏，托以麻布及厚纸，薄则明而有光，
不成画矣。

图八　尺幅窗图式

【注释】

〔1〕槅（gé）：隔板。

【译文】

尺幅窗的图式，最难摹绘。摹绘出来不是像真画，就是像真山，而不是画上之山与山中之画了。前面的图式虽然工巧，但考虑到也许观看的人终究难以了悟，这里再画一幅，以作为副本。而且此窗虽然多开少闭，然而也间或有关闭之时，关闭时如用其他式样的窗槅、窗棂，那就会与画意不合，就显出丑态了。所以，必须按照窗式的大小，做一扇木槅，裱上一幅名画，嵌进窗里。则又是一幅真画，并不是"无心画"和"尺幅窗"了。只要看了这个图式，自然就明白了。

裱窗槅和裱回屏的方法一样，用麻布及厚纸托在下面，如果太薄，就会明亮透光，那就不成图画了。

图九：梅窗

制此之法，总论已备之矣，其略而不详者，止有取老干作外廓一事。外廓者，窗之四面，即上下两旁是也。若以整木为之，则向内者古朴可爱，而向外一面，屈曲不平，以之着墙，势难贴伏。必取整木一段，分中锯开，以有锯路者着墙，天然未斫者向内，则天巧人工，俱有所用之矣。

图九　梅窗

【译文】

制作梅窗的方法，总论部分基本上已经说得挺完备的了，如果说还有比较简略而不够详细的地方，那止有取老树干做外廓这一件事。所谓外廓，是指窗子的四面，也就是上下和两边。如果用整段老树干来做外廓，那么向内的一面古朴可爱，而向外的一面，往往曲屈不平，用它固着在墙上时，势必很难伏贴。一定要取一段整木，从中间锯开，用有锯路的那一面贴墙，另一面天然未经砍削雕琢的则向内，这样天巧人工，就都能各尽其用了。

墙 壁 第 三

"峻宇雕墙[1]"，"家徒壁立[2]"，昔人贫富，皆于墙壁间辨之。故富人润屋[3]，贫士结庐，皆自墙壁始。墙壁者，内外攸分，而人我相半者也。俗云："一家筑墙，两家好看。"居室器物之有公道者，惟墙壁一种，其余一切，皆为我之学也。然国之宜固者城池，城池固而国始固；家之宜坚者墙壁，墙壁坚而家始坚。其实为人即是为己，人能以治墙壁之一念治其身心，则无往而不利矣。人笑予止务闲情，不喜谈禅讲学，故偶为是说以解嘲，未审有当于理学名贤及善知识否也[4]。

【注释】

〔1〕峻宇雕墙：高大的房屋，经过雕饰的墙壁。《尚书·五子之歌》："甘酒嗜音，峻宇雕墙。"

〔2〕家徒壁立：家中惟有四堵墙壁，形容穷得一无所有。《汉书·司马相如传》上谓文君随相如私奔归成都，"家徒四壁立"。

〔3〕富人润屋：《礼记·大学》："富润屋，德润身。"润屋，使居室华丽生辉。

〔4〕善知识：佛教语。指了悟一切知识、高明出众的人。

【译文】

"峻宇高墙"，"家徒四壁"，古人的贫富状况，都可以从其住宅的墙壁之间分辨出来。所以富人润屋，贫士结庐，都从墙壁开始。墙壁有着特殊的性质和意味，内外由此分别，而人我各得其半。俗话说："一家筑墙，两家好看。"居室器物当中涉及邻里之道公谊关系的，惟有墙壁这一种，其余的一切，都可以只考虑自己家方便。然而一个国家应当巩固的，是城池，城池坚如磐石，国家才能稳固；一户人家应当筑坚实的，是墙壁，墙壁坚实了，一个家也才能安稳。其实，为人也就是为己，如果人们能够用修筑墙壁的这一理念来加强修身养性，那就无往而不利了。人们笑我只务谈论闲情逸趣，不喜欢谈禅讲学，所以偶尔发点类似这样的议论来自我解嘲，不知道我这些说法对于理学名贤和善知识的佛教徒们是否适当。

界　墙

界墙者，人我公私之畛域[1]，家之外廓是也。莫妙于乱石垒成，不限大小方圆之定格，垒之者人工，而石则造物生成之本质也[2]。其次则为石子。石子亦系生成，而次于乱石者，以其有圆无方，似执一见，虽属天工，而近于人力故耳。然论二物之坚固，亦复有差；若云美观入画，则彼此兼擅其长矣。此惟傍山邻水之处得以有之，陆地平原，知其美而不能致也。予见一老僧建寺，就石工斧凿之余，收取零星碎石几及千担，垒成一壁，高广皆过十仞，嶙峋崒绝[3]，光怪陆离[4]，大有峭壁悬崖之致。此僧诚韵人也[5]。迄今三十余年，此壁犹时时入梦，其系人思念可知[6]。砖砌之墙，乃八方公器[7]，其理其法，是人皆知，可以置而弗道。至于泥墙土壁，贫富皆宜，极有萧疏雅淡之致。惟怪其跟脚过肥，收顶太窄，有似尖山，又且或进或出，不能如砖墙一截而齐[8]，此皆主人监督之不善也。若以砌砖墙挂线之法，先定高低出入之痕，以他物建标于外[9]，然后以筑板因之，则有旃墙粉堵之风[10]，而无败壁颓垣之象矣[11]。

【注释】

〔1〕畛（zhěn）域：范围，界限。

〔2〕本质：这里指原始状态的材质。

〔3〕嶙峋（lín xún）崭绝：峻峭高耸貌。

〔4〕光怪陆离：形容五光十色，奇形怪状。

〔5〕韵人：有审美情趣，格调高雅的人。

〔6〕系人：引人。系，牵系。

〔7〕八方公器：指为人们所惯见或公用之器物。

〔8〕不能如砖墙一截而齐：土墙是用筑板框定后，倒入泥土夯实，一层层筑起来的，层与层之间容易凹凸不平，不能像砖墙那样垂直与齐整。

〔9〕建标：设置标志。

〔10〕旃墙：红墙。粉堵：白墙。

〔11〕颓垣（yuán）：破败的墙壁。垣，矮墙。

【译文】

　　所谓界墙，乃是划分人与我、公与私区域范围的界限，是家宅的外廓。没有比乱石垒成的界墙更妙的了，因为乱石没有大小方圆的固定规格的限制，虽然是由人工垒成的界墙，但石头却还保留着造物主创造生成它时原初的材质。其次则是用石子垒墙。石子也是天然生成，而次于乱石的原因，是由于它只有圆石，而没有方的，就好像按同一标准拣选出来的，虽属出于天工，却近于人力所为。而就二者的坚固程度而言，又还有一定的差异；若说美观入画，那么彼此各有所长。这两种东西惟有傍山邻水的地方才可以找到，在陆地平原之上，明知道它们美，也没有办法得到。我见一个老和尚建庙，收集石匠们斧凿加工后剩余的碎石料，零零星星，大约有上千担，垒成一座石壁，高和宽都超过了十仞，嶙峋高耸，光怪陆离，大有悬崖峭壁的韵致。这位老僧诚然是有雅韵深致的人啊。迄今三十多年，这座石壁仍然时时入我梦中，可以想见那是多么引人怀想。砖砌的界墙，乃是四面八方天下人家通用的公器，其理其法，人人皆知，可以丢开不论。至于泥墙土壁，贫富人家都适宜采用，很有一种萧疏雅淡的韵味。只是怪墙的根脚常常过于宽大，收顶又太窄狭，有点像似尖山，而且又有时凹进有时凸出，不能像砖墙那样笔直齐整，这都是因为主人监督不到位。如果采用砌砖墙时的挂线取直的方法，先定出高低出入的尺度痕迹，用其他物品在相应位置做好标记，然后用筑板依此固定，那么这样垒成的泥墙，就一定会有一种红墙白壁的风致，而不会有败壁颓垣之象了。

女　　墙[1]

《古今注》云[2]："女墙者，城上小墙。一名睥睨[3]，言于城上窥人也。"予以私意释之，此名甚美，似不必定指城垣，凡户以内之及肩小墙[4]，皆可以此名之。盖女者，妇人未嫁之称，不过言其纤小，若定指城上小墙，则登城御敌，岂妇人女子之事哉？至于墙上嵌花或露孔，使内外得以相视，如近时园圃所筑者，益可名为女墙，盖仿睥睨之制而成者也。其法穷奇极巧，如《园冶》所载诸式[5]，殆无遗义矣。但须择其至稳极固者为之，不则一砖偶动，则全壁皆倾，往来负荷者，保无一时误触之患乎？坏墙不足惜，伤人实可虑也。予谓自顶及脚皆砌花纹，不惟极险，亦且大费人工。其所以洞彻内外者[6]，不过使代琉璃屏[7]，欲人窥见室家之好耳[8]。止于人眼所瞩之处空二三尺，使作奇巧花纹，其高乎此及卑乎此者，仍照常实砌，则为费不多，而又永无误触致崩之患。此丰俭得宜，有利无害之法也。

【注释】

〔1〕女墙：城墙上面呈凹凸形的小墙。

〔2〕《古今注》：西晋崔豹著，共三卷，分舆服、都邑、音乐、鸟兽等八门，是一部解说和考订各类名物制度的书籍。

〔3〕睥睨（bì nì）：《释名·释宫室》："城上垣，曰睥睨。……亦曰女墙。"

〔4〕及肩小墙：矮墙。语出《论语·子张》。

〔5〕《园冶》：明末著名造园家计成撰著，共三卷，对造园艺术和技巧进行了多方面的论述，并有各式插图二百三十五幅，是一部颇具影响和艺术价值的园艺专著。

〔6〕洞彻：谓视线贯通。

〔7〕琉璃屏：这里指用琉璃制成的透明的窗户。琉璃，一种矿石质的有色半透明体材料。

〔8〕室家：居室，家庭。

【译文】

《古今注》说："女墙，是城上小墙，一名睥睨，是说可于城上窥人。"我用自己个人的理解来解释它，觉得这个名字很美，似乎不必定指城垣上的小墙，凡是家宅之内的及肩小墙，都可以用"女墙"这个名字来称呼。因为女字，是妇人未嫁之前的称呼，不过说她们身体纤小，如果认定是指城上小墙，那么登上城墙抵御敌人，难道是妇人女子的事情吗？至于墙上有的嵌花，有的露孔，使得墙里墙外能够相互看到，如近来园圃所修筑的那种，就更可以叫做女墙了。因为它们就是模仿"睥睨"的形制而修成的。其制作方法穷奇极巧，丰富多样，如《园冶》中所论述记载的各种样式，几乎没有遗漏了。只是必须选择那些最为稳固极其牢靠的式样。否则只要有一块砖偶然松动了，那么很可能会导致整个墙壁因此倒塌，往来挑担的人，谁能保证决无一时不慎误撞墙壁的隐患呢？毁坏了墙壁，倒还不是最可惜的，但要是伤到行人，那实在令人担忧。我认为，如果将墙壁从头到脚都砌成花纹，不仅极其危险，而且太费人工。墙壁上之所以或嵌花或露孔使内外通透，不过是用它来代替琉璃屏，让别人能够窥见自己宅院美丽家庭美好罢了。那只要在人眼看得到的高度，留出二三尺的空间，砌出奇巧花纹，高于或者低于嵌花露孔部分的墙壁，仍然照常实砌，那样就可以做到花费不多，而又永无因为误撞而致墙壁崩塌的隐患。这真是丰俭得宜，有利无害的方法啊。

厅　　壁

　　厅壁不宜太素，亦忌太华。名人尺幅[1]，自不可少，但须浓淡得宜，错综有致。予谓裱轴不如实贴[2]；轴虑风起动摇，损伤名迹，实贴则无是患，且觉大小咸宜也。实贴又不如实画，"何年顾虎头[3]，满壁画沧州"自是高人韵事。予斋头偶仿此制，而又变幻其形，良朋至止，无不耳目一新，低回留之不能去者[4]。因予性嗜禽鸟，而又最恶樊笼，二事难全，终年搜索枯肠，一悟遂成良法。乃于厅旁四壁，倩四名手，尽写着色花树，而绕以云烟，即以所爱禽鸟，蓄于虬枝老干之上[5]。画止空迹，鸟有实形，如何可蓄？曰：不难，蓄之须自鹦鹉始。从来蓄鹦鹉者必用铜架，即以铜架去其三面，止存立脚之一条，并饮水啄粟之二管。先于所画松枝之上，穴一小小壁孔，后以架鹦鹉者插入其中，务使极固，庶往来跳跃，不致动摇。松为着色之松，鸟亦有色之鸟，互相映发，有如一笔写成。良朋至止，仰观壁画，忽见枝头鸟动，叶底翎张[6]，无不色变神飞，诧为仙笔。乃惊疑未定，又复载飞载鸣[7]，似欲翱翔而下矣。谛观熟视，方知个里情形，有不抵掌叫绝，而称巧夺天工者乎？若四壁尽蓄鹦鹉，又忌雷同，势必间以他鸟。鸟之善鸣者，推画眉第一，然鹦鹉之笼可去，画眉之笼不可去也，将奈之何？予又有一法：取树枝之拳曲似龙者[8]，截取一段，密者听其自如，疏者网以铁线，不使太疏，亦不使太密，总以不致飞脱为主。蓄画眉于中，插之亦如前法。此声方歇，彼喙复开[9]；翠羽初收，丹睛复转。因禽鸟之善鸣善啄，觉花树之亦动亦摇；流水不鸣而似鸣，高山是寂而非寂。坐客别去者，皆作殷浩书空[10]，谓咄咄怪事，无有过此者矣。

【注释】

〔1〕尺幅：书画作品。

〔2〕裱轴：书画裱褙制成卷轴。

〔3〕"何年顾虎头"二句：为杜甫《题玄武禅师屋壁》诗句。顾虎头，顾恺之，东晋著名画家。字长康，号虎头。工诗赋、书法，尤精绘画。人称其"才绝、画绝、痴绝"。

〔4〕低回：徘徊，流连。

〔5〕虬枝老干：盘曲如虬龙的苍劲枝干。

〔6〕翎（líng）张：羽毛张开。

〔7〕载飞载鸣：语出《诗经·小雅·小宛》。载，语助词，无义。

〔8〕拳曲：弯曲。

〔9〕喙（huì）：鸟嘴。

〔10〕殷浩书空：见《窗栏第二·取景在借》注〔8〕。

【译文】

　　客厅墙壁不宜装饰得太素雅，也忌讳过于奢华。名人字画自然是不可缺少的，但必须浓淡得宜，错综有致。我以为裱轴不如实贴在墙壁上；裱轴挂在壁上，就怕起风摇动，会损伤名人手迹，实贴在墙就不会有这个隐患，而且觉得可大可小，无所不宜。实贴在墙上，又不如直接画在墙上。"何年顾虎头，满壁画沧州。"这自然是高人韵事。我也曾经偶然在书斋墙头上仿照此举，绘上图画，而又变幻其形象，良朋好友到此驻足，无不觉得耳目一新，鉴赏赞叹，徘徊留连，舍不得离去。我天性酷爱禽鸟，而又最讨厌禁锢鸟儿的樊笼，二者实难两全，终年搜索枯肠，终于一朝悟得，于是就有了一个好办法。就是在厅旁四壁，请四位绘画高手，全部画上着色的花树，而以袅袅云烟缭绕花树，就将自己喜欢的那些禽鸟，蓄养在虬枝老干之上。画只是虚空之迹，鸟却有真实之形，那么鸟儿可以怎样喂养呢？我说：不难。蓄养鸟儿，须从鹦鹉开始。从来喂养鹦鹉都要用铜架，就把铜架的三面去掉，只留下有立脚的那一条和饮水啄粟的器皿。先在所画的松枝之上，挖一个小小的壁孔，然后把架鹦鹉的铜条插到孔中，务必要使它极其牢固，这样鹦鹉往来跳跃时，铜架不致摇动。如此则松是着色之松，鸟亦为有色之鸟，互相映发，有如一笔画成。良朋好友到此驻足，仰观壁画，忽见枝头鸟儿飞动，叶底彩翎飞张，观者无不色变神飞，惊诧不已，以为是仙人神笔。正当惊疑未定之际，鸟儿又上下翻飞婉转啼鸣，好似要从墙上画中翱翔飞舞而下。仔细审视观察，方知个中奥妙。有不抵掌叫绝，而称叹巧夺天工的吗？如果四壁全都蓄养鹦鹉，又忌单调雷同，势必兼养一些其他的鸟儿。善于啼鸣的鸟儿中，当推画眉为第一，但鹦鹉的笼子可以去掉，画眉的笼子却不能去掉，那怎么办呢？我又有一个办法：就是选取一些蜷曲似龙的树枝，截取一段，枝条较密的部分可以听其自然，过于稀疏的部分可以用细铁丝编成网，既不能使得中间太疏，也没必要使之太密，总之以不致画眉鸟飞走逃脱为主。依照如前所说的方法，把它插到画壁之中，把画眉蓄养到里面。这样，那边鹦鹉的鸣声刚歇，这边画眉鸟的歌声又起；这边画眉美丽的翠羽才刚收敛合拢，那边鹦鹉灵动的丹睛又在左顾右盼。由于禽鸟的鸣叫翻飞，一饮一啄，感觉花树也似乎为之抖擞精神，摇曳生姿；画中流水无声而胜于有声，高山宁静而又生意盎然。观赏的坐客揖别而归时，无不惊叹不已，都学殷浩书空，以为咄咄怪事，没有比这更新奇的了。

书　房　壁

　　书房之壁，最宜潇洒。欲其潇洒，切忌油漆。油漆二物，俗物也，前人不得已而用之，非好为是沾沾者。门户窗棂之必须油漆，蔽风雨也；厅柱榱楹之必须油漆[1]，防点污也。若夫书室之内，人迹罕至，阴雨弗浸，无此二患而亦蹈此辙，则无刻不在桐腥漆气之中，何不并漆其身而为厉乎[2]？石灰垩壁[3]，磨使极光，上着也；其次则用纸糊。纸糊可使屋柱窗楹共为一色，即壁用灰垩，柱上亦须纸糊，纸色与灰，相去不远耳。壁间书画自不可少，然粘贴太繁，不留余地，亦是文人俗态。天下万物，以少为贵。步幛非不佳[4]，所贵在偶尔一见，若王恺之四十里，石崇之五十里[5]，则是一日中哄市，锦绣罗列之肆廛而已矣[6]。看到繁缛处[7]，有不生厌倦者哉？昔僧元览往荆州陟屺寺，张璪画古松于斋壁，符载赞之，卫象诗之，亦一时三绝，览悉加垩焉。人间其故，览曰："无事疥吾壁也[8]。"诚高僧之言，然未免太甚。若近时斋壁，长笺短幅尽贴无遗，似冲繁道上之旅肆[9]，往来过客无不留题，所少者只有一笔。一笔维何？"某年月日某人同某在此一乐"是也。此真疥壁，吾请以元览之药药之。

糊壁用纸，到处皆然，不过满房一色，白而已矣。予怪其物而不化，窃欲新之；新之不已，又以薄蹄变为陶冶，幽斋化为窑器[10]，虽居室内，如在壶中[11]，又一新人观听之事也。先以酱色纸一层糊壁作底，后用豆绿云母笺[12]，随手裂作零星小块，或方或扁，或短或长，或三角或四五角，但勿使圆，随手贴于酱色纸上，每缝一条，必露出酱色纸一线，务令大小错杂，斜正参差，则贴成之后，满房皆冰裂碎纹，有如哥窑美器[13]。其块之大者，亦可题诗作画，置于零星小块之间，有如铭钟勒卣，盘上作铭[14]，无一不成韵事。问予所费几何，不过于寻常纸价之外，多一二剪合之工而已。同一费钱，而有庸腐新奇之别，止在稍用其心。"心之官则思[15]。"如其不思，则焉用此心为哉？

糊纸之壁，切忌用板。板干则裂，板裂而纸碎矣。用木条纵横作楄[16]，如围屏之骨子然。前人制物备用，皆经屡试而后得之，屏不用板而用木楄，即是故也。即如糊刷用棕，不用他物，其法亦经屡试，舍此而另换一物，则纸与糊两不相能，非厚薄之不均，即刚柔之太过，是天生此物以备此用，非人不能取而予之。人知巧莫巧于古人，孰知古人于此亦大费辛勤，皆学而知之，非生而知之者也[17]。

壁间留隙地，可以代橱。此仿伏生藏书于壁之义[18]，大有古风，但所用有不合于古者。此地可置他物，独不可藏书，以砖土性湿，容易发潮，潮则生蠹[19]，且防朽烂故也。然则古人藏书于壁，殆虚语乎？曰：不然。

东南西北，地气不同，此法止宜于西北，不宜于东南。西北地高而风烈，有穴地数丈而始得泉者，湿从水出，水既不得，湿从何来？即使有极潮之地，而加以极烈之风，未有不返湿为燥者。故壁间藏书，惟燕赵秦晋则可，此外皆应避之。即藏他物，亦宜时开时阖，使受风吹；久闭不开，亦有霉湿生虫之患〔20〕。莫妙于空洞其中，止设托板，不立门扇，仿佛书架之形，有其用而不侵吾地，且有磐石之固，莫能摇动。此妙制善算，居家必不可无者。予又有壁内藏灯之法，可以养目，可以省膏，可以一物而备两室之用，取以公世，亦贫士利人之一端也。我辈长夜读书，灯光射目，最耗元神。有用瓦灯贮火，留一隙之光，仅照书本，余皆闭藏于内而不用者。予怪以有用之光置无用之地，犹之暴殄天物，因效匡衡凿壁之义〔21〕，于墙上穴一小孔，置灯彼屋而光射此房，彼行彼事，我读我书，是一灯也，而备全家之用，又使目力不竭于焚膏〔22〕，较之瓦灯，其利奚止十倍？以赠贫士，可当分财。使予得拥厚资，其不吝亦如是也。

【注释】
〔1〕榱（cuī）：屋椽。楹（yíng）：厅堂前部的柱子。
〔2〕漆其身而为厉（lài）：语出《史记·范雎蔡泽列传》："漆身为厉，被发为狂。"厉，通"癞"。
〔3〕垩（è）：粉刷。
〔4〕步幛：用以遮蔽风尘或视线的一种屏幕。
〔5〕"若王恺之四十里"二句：据《晋书·石崇传》载："（崇）与贵戚王恺、羊琇之徒，以奢靡相尚。……恺作紫丝布步障四十里，崇作锦步障

五十里以敌之。"

〔6〕肆廛（chán）：闹市区。

〔7〕繁缛：繁富艳丽。

〔8〕"昔僧元览往荆州陟岵寺"数句：明杨慎《升庵诗话》卷七载："玄览斋壁有张璪画松，符载赞之，卫象诗之，览悉加垩焉。曰：'无事疧吾壁也。'"元览，即玄览，中唐时荆州陟岵寺僧，曾有诗云："大海从鱼跃，长空任鸟飞。"张璪，中唐画家，字文通，吴郡（今苏州）人。擅画山水树石，尤工画松。相传能双手同时作画，人称"双管齐下"。符载，字厚之，蜀人，初隐庐山，后辟西川掌书记，加授监察御史。卫象，大历间江南诗人，官侍御。疧，点污。

〔9〕冲繁道上之旅肆：熙熙攘攘的交通要道旁的旅店。

〔10〕"薄蹄变为陶冶"二句：是说将自己的屋子、书斋变成了实现居室美化新设想的天地。薄蹄，指整个房间从斗拱到墙脚。薄，通"欂"。欂栌，柱首承大梁的方形短木，即斗拱。蹄，兽足，这里指墙脚。陶冶，烧制陶器与冶炼金属，也指陶、冶的工匠或场所。窑器，陶器。

〔11〕如在壶中：《后汉书·费长房传》载费长房见市中有卖药老翁，市罢后跳入壶中，知为异人。第二天随翁入壶中，见玉堂严丽，旨酒甘肴，琳琅满目，共饮毕而出，因向其学道。

〔12〕云母笺：一种色似云母的纸笺。

〔13〕哥窑：南宋章生一、生二兄弟在龙泉窟（在处州龙泉县南华琉山下）制瓷，各主一窑。哥生一所制瓷器号哥窑，弟所制者号弟窑。又合称章龙泉窑，简称章窑，享有盛誉。

〔14〕"铭钟勒卣（yǒu）"二句：指在金石器皿上刻字。卣，盛酒的器具，口小腹大，类似酒壶，盛行于商周时代，被用以礼器。

〔15〕心之官则思：脑子的功能便是思考。语出《孟子·告子上》。

〔16〕槅（gé）：房屋或器物的隔板。

〔17〕"学而知之"二句：《论语·季氏》："生而知之者，上也；学而知之者，次也。"

〔18〕此仿伏生藏书于壁之义：伏生藏书于壁，事见《史记·儒林列传》。

〔19〕蠹（dù）：蛀虫。

〔20〕霾（mái）：这里是阴雨潮湿之意。

〔21〕匡衡凿壁：晋葛洪《西京杂记》卷二："匡衡，勤学而无烛，邻舍有烛而不逮，衡乃穿壁引其光，以书映光而读之。"

〔22〕膏：灯油。

【译文】

书房墙壁，最应该清爽自然。要让它显得自然清爽，切忌使用油漆。油和漆这两样东西，就是俗物。前人也是不得已而用之，并不是喜好这黏糊糊的俗物。门户窗棂必须刷油漆，是为了蔽风雨；厅堂柱子、椽子也必须刷油漆，是为了防止被点污。若是书房之内，人迹罕至，阴雨弗浸，没有上述两方面的隐患却也蹈此辙，刷上油漆，那么书房之内就无时无刻不在桐腥漆气中，那何不全身遍刷油漆为狂为厉呢？用石灰刷墙，然后磨得极光极清爽，这是上着；其次则是用纸来糊。纸糊可使屋柱、窗楹呈现同样的颜色，就是假如墙壁用石灰涂刷，那么柱上也须用白纸来糊，纸色和石灰色，相去不远。书房内墙壁上，书画自然是必不可少的，然而粘贴太多太繁，满墙满壁，不留余地，也是文人的一种俗态。天下万物，以稀少为贵。像锦绣步障，不是不好，所贵在偶尔一见，要是像王恺那样摆上四十里，像石崇那样摆上五十里，那就成了日中最喧闹的集市、堆满绫罗绸缎的市场而已。看到那样喧嚣繁缛之处，能有不生厌倦的吗？唐代有位高僧名叫玄览，前往荆州陟岵寺做住持，张璪在斋壁上画了古松，符载为此写了一篇赞，卫象又题诗一首，也可称一时三绝，可是玄览都用石灰刷没了。有人问他是什么缘故，他说：“没事找事，让我的斋壁长疥癣。”诚然是高僧之言，但也未免太过了点。像现在有些斋壁，长笺短幅尽贴无遗，简直像交通要冲繁华道路上的客店，往来过客无不留墨题诗，所缺少的就只有一笔。这一笔是什么呢？就是：“某年月日某人同某人在此一乐。”这才真是让墙壁长牛皮癣啊，我请各位用玄览的药给治一治。

用纸糊墙壁，到处都是如此，不过整个房间都是一种颜色，唯白而已。我嫌它单调没有变化，想变变新花样；变来变去，新而又新，竟然把我整个的书房变成陶冶情性之地，将幽斋化为了一个大窑器，虽端居一室之内，如入费长房之仙壶，是又一件新人耳目的事情。先在墙壁上糊一层酱色纸作底，再把豆绿云母笺随手裂成零星小块，或方或扁，或短或长，或三角形或四角形、五角形，只是不要裂作圆形，随手贴在酱色底纸上，每贴上去一条，必须露出一线酱色纸的底色，务必要让它呈现大小错杂，斜正参差之状，这样贴成之后，满房间都仿佛是冰裂碎纹，犹如宋代哥窑出的精美瓷器。其中大块的，也可以题诗作画，置于零星小块之间，犹如是在钟鼎金石酒具器皿上书写铭文，镌刻文字，无一不成风雅韵事。如问我花费几何，不过在寻常纸价之外，多花一二剪裁拼合的功夫罢了。同样的造价，而有庸腐新奇之别，只在稍稍用点心而已。"心之官则思。"如果不思索用心，那么还要这颗心坐什么呢？

糊纸的墙壁，切忌用木板。木板干燥后就容易裂开，木板开裂，板上所糊的纸也就碎了。最好是用木条纵横交错做成木格，就像围屏的骨架那样。前人制作物件以备使用，都是屡经尝试而后得到正确的方法，围屏不用木板而用木格当骨架，就是出于这个缘故。即如糊纸的刷子用棕丝，而不用其他材料，也是屡经尝试得出的方法，如果舍弃棕丝，而用其他材料，那么纸张与糨糊就两不相和，不是厚薄不匀，就是软硬太过，这是天生这一样东西以备派这一个用场，而且如果不是有心的合适的人，老天是不会拿这样东西这个方法赐予人的。人们知道巧莫巧于古人，谁知古人在这方面也是大费辛勤而得来的，都是后天学而知之，而不是生而知之的啊。

墙壁间挖出一点空间，可以代替壁橱。这是模仿秦时伏生藏书于壁的创意，这一方法大有古风，但用法却有不合于古代的地方。那就是这里可以放其他东西，却唯独不可以藏书。这是因为砖土性湿，容易发潮，潮了就会生蛀虫，而且还要防止书卷由于潮湿而朽烂的缘故。然而古人藏书于壁，难道是不实之语吗？我说不然。东南西北，地气不同，藏书于壁的方法只适宜于西北，而不适合于东南。西北地势高，风也猛烈，有的地方打井要一直挖到好几丈深才能见得泉水。湿从水出，既然水不易得，那么湿又从何而来呢？即使有很潮的地方，然而因为加之以极猛烈的风，没有不返潮湿为干燥的。所以壁间藏书，惟有燕赵秦晋这些地区可行，其他地方都应当避免这样做。即使是收藏其他物件，也宜于时开时关，来使壁橱通风。长久闷闭不开，也会有潮湿生虫的隐患。最好的办法是在墙上开个空洞，止设托板，不立门扇，仿佛书架的样子，这样既实用又不占空间，而且坚固有如磐石，不能摇动。这种巧妙的形制完美的设计，是居家必不可少的。我还有壁内藏灯的方法，可以养目，可以节省灯油，可以用一盏灯而供两个房间同时照明之用，现在拿来公诸于世，也是我这贫寒之士为人谋利益的一种方法吧。我辈长夜读书，灯光射目，最耗损元神。有人用瓦灯贮火，留一隙灯光，只照着书本，其余的灯光都闲藏在瓦灯之内而没有用到。我怪瓦灯把有用之灯光置于无用之地，犹如暴殄天物，就效法汉代匡衡凿壁借光读书的创意，在墙上挖一个小孔，把灯放在那个房间而灯光映射到这个房间，他办他的事，我读我的书，这是一盏灯，却能供全家之用，又保护了视力，使其不被灯光所损害，与瓦灯相比，它的好处岂止十倍？我把这个创意送给贫寒之士，可以当得分财散给众人。假使将来我拥有雄厚的财力，也会像这样豪爽大方，而不吝啬吧。

联 匾 第 四

　　堂联斋匾，非有成规。不过前人赠人以言，多则书于卷轴，少则挥诸扇头；若止一二字，三四字，以及偶语一联，因其太少也，便面难书，方策不满[1]，不得已而大书于木。彼受之者，因其坚巨难藏，不便内之笥中[2]，欲举以示人，又不便出诸怀袖，亦不得已而悬之中堂，使人共见。此当日作始者偶然为之，非有成格定制，画一而不可移也。讵料一人为之[3]，千人万人效之，自昔徂今[4]，莫知稍变。夫礼乐制自圣人，后世莫敢窜易[5]，而殷因夏礼，周因殷礼，尚有损益于其间[6]，矧器玩竹木之微乎？予亦不必大肆更张，但效前人之损益可耳。锢习繁多[7]，不能尽革，姑取斋头已设者，略陈数则，以例其余。非欲举世则而效之[8]，但望同调者各出新裁，其聪明什伯于我[9]。投砖引玉，正不知导出几许神奇耳。

　　有诘予者曰："观子联匾之制，佳则佳矣，其如挂一漏万何？由子所为者而类推之，则"博古图"中[10]，如樽罍[11]、琴瑟、几杖、盘盂之属，无一不可肖象而为之，胡仅以寥寥数则为也？"予曰：不然。凡予所为者，不徒取异标新，要皆有所取义。凡人操觚握管[12]，必先择地而后书之，如古人种蕉代纸[13]，刻竹留题，册上挥毫，卷头染翰，剪桐作诏[14]，选石题诗，是之数者，皆书家固有之物，不过取而予之，非有蛇足于其间也。若不计可否而混用之，则将来牛鬼蛇神无一不备，予其作俑之人乎！图中所载诸名笔，系绘图者勉强肖之，非出其人之手。缩巨为细，自失原神，观者但会其意可也。

【注释】

〔1〕方策：方幅纸笺。

〔2〕内：同"纳"。笥（sì）：用苇、竹制的盛衣物或饭食的方形盛器。

〔3〕讵（jù）：岂。

〔4〕徂（cú）：往，到。

〔5〕窜易：更改。

〔6〕"殷因夏礼"三句：语出《论语·为政》篇："子曰：'殷因于夏礼，所损益，可知也；周因于殷礼，所损益，可知也。其或继周者，虽百世，可知也。'"因，沿袭，继承。

〔7〕锢（gù）习：久已养成，难以改变的陋习。

〔8〕则：效法。

〔9〕什伯：十倍，百倍。

〔10〕"博古图"：古代有关古器玩图录的"博古图"有多种，如宋徽宗曾下令编撰《宣和博古图》三十卷，《玉海》五六著录"博古图"二十卷等。

〔11〕樽罍（zūn léi）：古代盛酒器。体形较大，类似坛，小口有盖，有环耳。

〔12〕操觚（gū）握管：指写字画画，进行创作。觚，古代用来书写的木简。

〔13〕种蕉代纸：宋陶穀《清异录·草》："怀素居零陵庵，东郊植芭蕉，亘带几数万，取叶代纸，号其所曰：'绿天。'"

〔14〕剪桐作诏:《史记·晋世家》:"(周)成王与叔虞戏,削桐叶为珪以与叔虞,曰:'以此封若。'……史佚曰:'天子无戏言。言则史书之,礼成之,乐歌之。'于是遂封叔虞于唐。"

【译文】

　　厅堂书斋中的联匾,没有既成规范。不过是前人给别人赠言,字数多的就在卷轴上书写,少的就在扇头上挥笔;如果只是一二字,三四字,以及偶语一联,因为字数太少,扇面上不好书写,纸页上也写不满,不得已才用大字书写在木匾上。那接受赠言的人,因木匾又坚硬又长大,不好收藏,不方便放在书箱里,想拿出去给众人观赏,又不方便藏在衣袖襟怀中再拿出来,所以才不得已挂在中堂之上,让大家一起看。这是当时创始之人偶然为之,并没有什么已成的格式或固定的规制,也并非整齐划一不可移易。可是哪里料到,一人这样做了,千人万人仿而效之,从古到今,不知道稍稍变化一下。礼乐是由圣人创制的,后世没有人敢于更改,但是殷朝因袭夏朝的礼制,周朝继承殷朝的礼制,其间也还是有所损益变化的,朝廷礼制尚且如此,又何况器玩竹木这些微末小事呢?当然我也并非定要大肆改弦更张,只是仿效前人有所损益变化就可以了。经久难移的旧习太繁太多,不能全部革除,姑且取书斋案头已经陈设的联匾,略述数则,其余的可以以此类推。并不是想要让举世之人群起效仿,只希望与我同调者也能各出新裁,他们比我聪明十倍百倍。我这里抛砖引玉,正不知会导引出几多神奇的创举啊。

　　有人问我说:"观看你制作的联匾,美固然美,可是拿挂一漏万怎么办呢?由你所创制的来类推,那么"博古图"中,如酒具、琴瑟、几杖、盘盂等类物品,无一不可以仿照其物象来制成联匾,为什么仅仅论列了寥寥数则呢?"我说:不然。凡是我所创制的联匾,并不只取其标新立异,重要的是都各有所取义。凡是人们提笔挥毫,必然先要择定书写之地而后才泼墨下笔,如古人种蕉代纸,刻竹留题,册上挥毫,卷头染翰,剪桐作诏,选石题诗,凡此种种,都是书画家原先惯常固有的书写之物,不过取来就用罢了,其间并没有画蛇添足。倘若不考虑是否合适可行而混施乱用,那么将来也许会出现牛鬼蛇神一起现身,乱七八糟的混乱局面,我不就成

始作俑者了吗！另外，图中所载诸名
家的手笔，是绘图者勉强模仿的，并
非出于其本人亲笔。缩巨为细，自然
会失去原作的神韵，观者只要能领会
其意思就可以了。

图一〇：蕉叶联

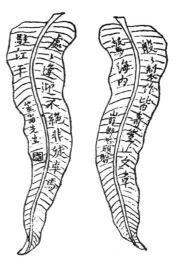

图一〇　蕉叶联

蕉叶题诗，韵事也；状蕉
叶为联，其事更韵。但可置于
平坦贴服之处，壁间门上皆可
用之，以之悬柱则不宜，阔大
难掩故也。其法先画蕉叶一张
于纸上，授木工以板为之，一
样二扇，一正一反，即不雷同；后付漆工，令其满灰
密布，以防碎裂；漆成后，始书联句，并画筋纹。蕉色
宜绿，筋色宜黑；字则宜填石黄[1]，始觉陆离可爱[2]，
他色皆不称也。用石黄乳金更妙，全用金字则太俗矣。
此匾悬之粉壁，其色更显，可称"雪里芭蕉[3]"。

【注释】

〔1〕石黄：深黄。

〔2〕陆离：参差。这里指色调对比强烈鲜明。

〔3〕雪里芭蕉：沈括《梦溪笔谈·书画》："予家所藏摩诘（王维）画
《袁安卧雪图》，有雪中芭蕉。"

【译文】

在芭蕉叶上题诗，是很风雅的事情；仿蕉叶形状制作成联匾，
这个事就更有韵致了。但它只可挂置在平坦贴服的地方，壁间门上

都可以安放，把它悬在柱子上就不太合适了，因为是仿照蕉叶制作而成，其形状婉曲，将其悬挂在或方或圆的阔大的直柱上，联与柱之间较难有妥帖和谐的效果。制作的方法是先画一张蕉叶在纸上，给木工照图裁制木板，一式两扇，一正一反，就不会雷同；然后交给漆工，让他上漆之前先刮满底灰，以防容易碎裂；油漆以后，方始书写联句，并画上芭蕉筋纹。蕉叶宜用绿色，筋纹宜用黑色；字则宜用石黄色，这样颜色才会对比度鲜明，参差错综，十分可爱，其他颜色都不搭调。字用石黄乳金更妙，如果全用金字就太俗气了。这蕉叶匾如果悬挂在白粉墙壁上，其颜色会更加明快醒目，可以称为"雪里芭蕉。"

图一一：此君联[1]

"宁可食无肉，不可居无竹[2]。"竹可须臾离乎？竹之可为器也，自楼阁几榻之大，以至筲奁杯箸之微[3]，无一

图一一　此君联

不经采取，独至为联为匾诸韵事弃而弗录，岂此君之幸乎？用之请自予始。截竹一筒，剖而为二，外去其青，内铲其节，磨之极光，务使如镜，然后书以联句，令名手镌之，掺以石青或石绿[4]，即墨字亦可。以云乎雅，则未有雅于此者；以云乎俭，亦未有俭于此者。不宁惟是[5]，从来柱上加联，非板不可，柱圆板方，柱窄板阔，彼此牴牾[6]，势难贴服，何如以圆合圆，纤毫不谬，有天机凑泊之妙乎？此联不

用铜钩挂柱，用则多此一物，是为赘瘤。止用铜钉上下二枚，穿眼实钉，勿使动移。其穿眼处，反择有字处穿之，钉钉后仍用掺字之色补于钉上，混然一色，不见钉形尤妙。钉蕉叶联亦然。

【注释】

〔1〕此君：《世说新语·任诞》："王子猷（徽之）尝暂寄人空宅住，便令种竹。或问：'暂住，何烦尔？'王啸咏良久，直指竹曰：'何可一日无此君？'"后人因以"此君"为竹的代称。

〔2〕"宁可食无肉"二句：苏轼《于潜僧绿筠轩》有"可使食无肉，不可居无竹。无肉令人瘦，无竹令人俗"之句。

〔3〕筥奁（sì lián）：是指用竹制成的盛物之器。

〔4〕石青或石绿：深青色或深绿色的颜料。

〔5〕不宁惟是：不止如此。《左传·昭公元年》："不宁唯是，又使围蒙其先君。"

〔6〕牴牾（dǐ wǔ）：抵触，矛盾。

【译文】

"宁可食无肉，不可居无竹。"竹子是可以须臾没有的吗？竹子可以制作人们生活不可或缺的器物，大到楼阁几案床榻，小到箱笼杯盘箸筷，没有一样不是用竹子来制作的，惟独到了题匾诗联这类风雅韵事人们却将此君弃而不用，这难道是竹子的幸运吗？用竹制联制匾，就请从我开始吧。截一段竹子，将其剖为两半，刮去外表的青皮，铲去中间的竹节，打磨得极其光亮，务必使其像镜子一样。然后书写上联句，让名家镌刻，掺上石青色或石绿色，就是墨字也可以。要说雅致，那么没有比这更雅致的了；若说俭朴，也没有比这更俭朴的了。不仅如此，从来在柱上加安联匾，非用木板不可，柱圆板方。柱窄板宽，彼此抵捂不合，势必难以贴服，哪里比得上以圆合圆，纤毫不谬，有天机凑泊之妙呢？此联不用铜钩悬挂在柱子上，如用铜钩挂联，那么多此一物，反而成了赘瘤。止须用上下两枚铜钉，从竹制联匾上穿眼实钉，不让它挪移活动。穿眼的地方，反而要选择有字之处，钉上钉以后再用与字相同的颜色补漆在钉子上，使钉与字混然一色，这样看不见钉形，效果更妙。钉焦尾联也是这样。

图一二：碑文额

三字额，平书者多[1]，间有直书者，匀作两行；匾用方式，亦偶见之。然皆白地黑字，或青绿字。兹效石刻为之，嵌于粉壁之上，谓之匾额可，谓之碑文亦可。名虽石，不果用石，用石费多而色不显，不若以木为之。其色亦不仿墨刻之色，墨刻色暗，而远视不甚分明。地用黑漆，字填白粉，若是则值既廉，又使观者耀目。此额惟墙上开门者宜用之，又须风雨不到之处。客之至者，未启双扉，先立漆书壁经之下[2]，不待搴帷入室，已知为文士之庐矣。

图一二　碑文额

【注释】

〔1〕平书：横书。

〔2〕壁经：刻在石上的经书。

【译文】

　　三字匾额，横写的居多，间或也有竖写的，匀作两行；牌匾采用方形，也偶然见到。但都是白地黑字，或白地青绿字。这是仿效石刻做的，镶嵌在粉壁上，称之为匾额可以，称之为碑文也可以。名字虽然叫做碑石，可是却不一定真用石头，用石头不仅花费多，而且颜色也不醒目，不如用木板制作。它的颜色也不要仿效墨刻的颜色，因为墨刻的颜色太暗，远看不太分明。匾额的底色用黑漆，字填白粉，像这样，那么花费既少，观者看起来又耀眼。这种牌匾惟有墙上开门的合适，又须放在风雨不到之处。匾额放置于大门上端，来访的客人，在两扇大门没有打开之前，先立在漆书壁经一般的匾额之下，不待进门掀帘，登堂入室，就已然知道这是文人雅士之家。

　　图一三：手卷额

　　额身用板，地用白粉，字用石青石绿，或用炭灰代墨，无一不可。与寻常匾式无异，止增圆木二条，缀于额之两旁，若轴心然。左画锦纹，以象装潢之色；右则不宜太工，但象托画之纸色而已。天然图卷，绝无穿凿

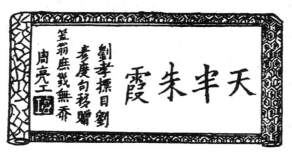

图一三　手卷额

之痕，制度之善，庸有过于此者乎[1]？眼前景，手头物，千古无人计及，殊可怪也。

【注释】

〔1〕庸有：岂有。

【译文】

手卷额的匾身用木板制作，底子用白粉，字用石青色或石绿色，或用炭灰代墨，无一不可。式样和寻常联匾没有差别，只是增加两条圆木，缀于匾额左右两旁，好像手卷轴心一样。左边的圆木画成锦纹，来模仿卷轴装饰的颜色式样；右边的圆木则不宜画得太精工，只要像托画的纸色就可以了。就像天然的图卷，绝对没有一丝穿凿的痕迹，设计制造之妙，哪里还有超过它的吗？这样的眼前景，手头物，千古以来竟然没有人考虑到，实在太奇怪了。

图一四：册页匾

用方板四块，尺寸相同，其后以木绾之[1]。断而使续，势取乎曲，然勿太曲。边画锦纹，亦象装潢之色。止用笔画，勿用刀镌，镌者粗略，反不似笔墨精工。且

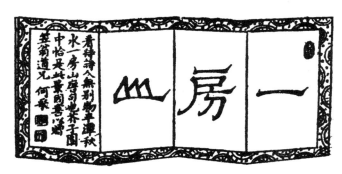

图一四　册页匾

和油入漆，着色为难，不若画色之可深可浅，随取随得也。字则必用剞劂⁽²⁾。各有所宜，混施不可。

【注释】

〔1〕绾（wǎn）：将一物固定在另一物上。
〔2〕剞劂（jí jué）：刻刀，又泛指书籍雕板。这里指用刀镌刻。

【译文】

　　用四块方板，尺寸相同的，从后面用木条固着连接在一起。使其似断而实连，取其弯曲之势，但弯曲又不是太大。边缘画上锦纹，也是模仿卷册装饰的颜色式样。止用笔墨描画，不要用刀镌刻，刀刻的效果粗略，反而不像笔墨画成的精工。而且和油入漆，着色也很困难，不如画色可深可浅，可以随取随得。但是匾额中的文字却必须用刻刀镌刻。各有所宜，不能混施乱用。

　　图一五：虚白匾

　　"虚室生白⁽¹⁾"，古语也。且无事不妙于虚，实则板矣。用薄板之坚者，贴字于上，镂而空之⁽²⁾，若制糖食果馅之木印。务使二面相通，纤毫无障。其无字处，坚以灰布，漆以退光⁽³⁾。俟既成后，贴洁白绵纸

图一五　虚白匾

一层于字后。木则黑而无泽，字则白而有光，既取玲珑，又类墨刻，有匾之名，去其迹矣。但此匾不宜混用，择房舍之内暗外明者置之。若屋后有光，则先穴通其屋，以之向外，不则置于入门之处，使正面向内。从来屋高门矮，必增横板一块于门之上。以此代板，谁曰不佳？

【注释】

〔1〕虚室生白：如同日光照着空屋子一样。形容洁净空明、朗澈透明的境界。语出《庄子·人间世》。

〔2〕镂（lòu）而空之：镂空，雕刻出穿透物体的花纹或文字。

〔3〕漆以退光：指用退光漆漆之。退光漆，一种生漆。初漆时较暗，后逐渐光亮，故名。

【译文】

"虚室生白"，这是一句古语。世上万事万物，都是因为内在有虚空才空灵美妙，如果内外整个儿都实实的，那就死板了。选用坚固的薄板，先贴字在上边，然后依此一一将字镂空，就像制糖食果馅的木印一样。务必使两面相通，没有一丝一毫的障碍。在无字之处，先刮上油灰，再刷退光漆。等油漆收干完成以后，在字后贴一层洁白的绵纸。这样，木则黑而无泽，字则白而有光，既取其玲珑之致，又有类似墨刻的效果，有匾额的名义，却又抹去匾额的痕迹。但此匾不宜混用，最好选择房舍内暗而外明的地方安放。假如屋后有光而明亮，可以凿通墙壁，将匾额向外放置，否则置于入门之处，使匾额正面向内。从来的房舍都是屋高门矮。必须在门的上方增设一块横板。以虚白匾代替这块横板，谁又能说不好呢？

图一六：石光匾

即"虚白"一种，同实而异名。用于磊石成山之地，

图一六　石光匾

择山石偶断处，以此续之。亦用薄板一块，镂字既成，用漆涂染，与山同色，勿使稍异。其字旁凡有隙地，即以小石补之，粘以生漆，勿使见板。至板之四围，亦用石补，与山石合成一片，无使有襞襀之痕[1]，竟似石上留题，为后人凿穿以存其迹者。字后若无障碍，则使通天，不则亦贴绵纸，取光明而塞障碍。

【注释】
　〔1〕襞襀（bì jī）：衣服上的褶子。

【译文】
　　石光匾就是"虚白"的一种，实质一样，而名称不同。用于磊石成山之地，选择山石偶尔断开之处，用石光匾连接起来。也是用一块薄板，把字镂空后，用漆涂染，与山石同一颜色，不使它有一点差异。在字的旁边凡是有空隙的地方，都用小石子填补，用生漆粘住，不要让人看得见木板。在木板的四围，也用石块填补，与山石合成一片，不要让它有类似衣褶纹的修饰痕迹，竟然好像是前人石上留题，被后人凿穿以保存其迹的样子。字后面如果没有障碍，那就任其空着，以通天光，否则也可以贴上绵纸，不仅可以使刻镂的文字显出光明，而且还可以遮蔽背面的障碍。

图一七：秋叶匾

御沟题红[1]，千古佳事；取以制匾，亦觉有情。但制红叶与制绿蕉有异：蕉叶可大，红叶宜小；匾取其横，联妙在直。是亦不可不知也。

图一七　秋叶匾

【注释】

〔1〕御沟题红：唐人小说记红叶题诗故事颇多，事同而人物则异。孟棨《本事诗》载：唐玄宗时，顾况于苑中流水上得一大片梧桐叶，上面题诗云："一入深宫里，年年不见春。聊题一片叶，寄与有情人。"顾况即于叶上题诗以和之。

【译文】

红叶题诗，这是千古佳话；以此取法创制秋叶匾额，也觉得特别有情味。只是制作秋叶匾与制作绿蕉联有差别：蕉叶可以大一些，而红叶应当小一点；秋叶匾应取横式，而蕉叶联则以直竖为妙。这也是不可不知的。

山 石 第 五

　　幽斋磊石[1]，原非得已。不能致身岩下，与木石居，故以一卷代山，一勺代水[2]，所谓无聊之极思也[3]。然能变城市为山林，招飞来峰使居平地[4]，自是神仙妙术，假手于人以示奇者也，不得以小技目之。且磊石成山，另是一种学问，别是一番智巧。尽有丘壑填胸[5]，烟云绕笔之韵士，命之画水题山，顷刻千岩万壑，及倩磊斋头片石，其技立穷，似向盲人问道者。故从来叠山名手，俱非能诗善绘之人；见其随举一石，颠倒置之，无不苍古成文，纡回入画，此正造物之巧于示奇也。譬之扶乩召仙[6]，所题之诗与所判之字，随手便成法帖[7]，落笔尽是佳词，询之召仙术士，尚有不明其义者。若出自工书善咏之手，焉知不自人心捏造？妙在不善咏者使咏，不工书者命书，然后知运动机关，全由神力。其叠山磊石，不用文人韵士，而偏令此辈擅长者，其理亦若是也。然造物鬼神之技，亦有工拙雅俗之分，以主人之去取为去取。主人雅而取工，则工且雅者至矣；主人俗而容拙，则拙而俗者来矣。有费累万金钱，而使山不成山，石不成石者，亦是造物鬼神作祟，为之摹神写像，以肖其为人也。一花一石，位置得宜，主人神情已见乎此矣，奚俟察言观貌，而后识别其人哉？

【注释】
　　〔1〕磊：同"垒"。

〔2〕"一卷代山"二句：一卷，一块。这里指石头。卷，通"拳"，《礼记·中庸》："今夫山，一卷石之多……今夫水，一勺之多。"

〔3〕无聊：无奈。极思：玄远之思。

〔4〕飞来峰：山峰名，在今浙江杭州灵隐寺前。相传东晋咸和中有天竺僧慧理登此山，叹曰"此是中天竺国灵鹫山之小岭，不知何年飞来？"因住锡，在此建造灵隐寺，号其峰曰："飞来"，又名灵鹫峰。

〔5〕丘壑：这里用以喻深远的意境。

〔6〕扶乩（jī）：又叫扶鸾，一种巫术，用两人扶丁字架，下置沙盘，术士装作鬼神附体，画沙作字，以卜吉凶祸福。

〔7〕法帖：名家的书法拓本或印本。

【译文】

于幽雅的斋居垒石为山，原本是不得已的事。因为不能身临于山岩之下，与山石树木同处，所以才以一卷石代替万仞山岳，以一勺水一脉泉代替万里江河，正所谓穷而无聊产生的遐思极想。但是，能够把城市变为山林，招飞来峰让它居于平地，自然是神仙妙术，假手于人来显示神奇，不得将其视作雕虫小技。而且垒石成山，另是一种学问，别是一番智巧。尽有胸中丘壑纵横，才华横溢，下笔云烟缭绕，气象万千的韵士，倘若让他题画山水，顷刻之间就能描绘出千岩万壑，等到请他在房前用石头磊座假山，那他就即刻技穷力竭，不知所措，好似问道于盲的人。所以从来磊叠假山的名家，都不是能诗善画的人；看他随手拿起一块石头，颠而倒之，无不苍然古朴，磊落成文，回旋曲折，如入画境。这正是造物主通过他的巧手显示造化的神奇。就像术士扶乩召仙占卜时所题的诗和所判的字，随手写来便成法帖，挥毫落笔都是好词，问询召仙术士，连他自己也还有不明其义的。如果是出自一位精通书法善咏诗词之人之手，哪里知道这些字句不是他自己存心捏造的？妙就妙在让不擅长吟诗的人去吟诗，让不精通书法的人去书写，然后才会让人们相信，此中轨迹机巧奥妙隐秘，不是人为而全由神力。其叠山垒石，之所以不用文人韵士，而偏偏让这些不善吟诗不会书画的人来擅长此道，也是出于这个道理吧。然而，造物主的鬼斧神工，也可以有工拙雅俗之分，而且是以主人的取舍为取舍的。如果主人风雅而取其精工，那么自然会成就风雅而且精工的作品；如果主人粗俗而亲近拙劣，那么也就会招来俗气而粗制滥造的东西。有的人花费成千上万的金钱，却搞成山不像山、石不像石的境地，这也是造物鬼神作祟，是以这样不堪的山石为他摹神画像，以展示他的为人的。一花一石，位置经营得宜，主人的神情和境界就已经显现在这一花一石之中了，哪还用得着对他察颜观色，而后才能鉴识他的为人呢？

大　山

　　山之小者易工，大者难好。予遨游一生，遍览名园，从未见有盈亩累丈之山，能无补缀穿凿之痕，遥望与真山无异者。犹之文章一道，结构全体难，敷陈零段易。唐宋八大家之文[1]，全以气魄胜人，不必句栉字篦[2]，一望而知为名作。以其先有成局，而后修饰词华，故粗览细观，同一致也。若夫间架未立，才自笔生，由前幅而生中幅，由中幅而生后幅，是谓以文作文，亦是水到渠成之妙境。然但可近视，不耐远观，远观则襞襀缝纫之痕出矣[3]。书画之理亦然。名流墨迹，悬在中堂，隔寻丈而观之，不知何者为山，何者为水，何处是亭台树木，即字之笔画杳不能辨，而只览全幅规模，便足令人称许。何也？气魄胜人，而全体章法之不谬也。至于累石成山之法，大半皆无成局，犹之以文作文，逐段滋生者耳。名手亦然，矧庸匠乎？然则欲累巨石者，将如何而可？必俟唐宋诸大家复出，以八斗才人[4]，变为五丁力士[5]，而后可使运斤乎？抑分一座大山为数十座小山，穷年俯视，以藏其拙乎？曰：不难。用以土代石之法，既减人工，又省物力，且有天然委曲之妙。混假山于真山之中，使人不能辨者，其法莫妙于此。累高广之山，全用碎石，则如百衲僧衣⁽⁶⁾，求一无缝处而不得，此其所以不耐观也。以土间之，则可泯然无迹，且便于种树。树根盘固，与石比坚，且树大叶繁，混然一色，不辨其为谁石谁土。立于真山左右，有能辨为积累而成者乎？此法不论石多石少，亦不必定求土石相半，土多则是土山带石，石多则是石山带土。土石二物原不相离，石山离土，则草木不生，是童山矣⁽⁷⁾。

【注释】

〔1〕唐宋八大家：唐宋两代八位散文大家的合称。即唐代的韩愈、柳宗元，宋代的欧阳修、苏洵、苏轼、苏辙、曾巩、王安石。

〔2〕句栉字篦：形容一句句、一字字地体会、摸索。栉、篦，均为梳子。

〔3〕襞襀：见《联匾第四》注〔32〕。

〔4〕八斗才人：形容才华横溢。

〔5〕五丁力士：《水经注》载，秦惠王欲伐蜀而不识道路，命人造五头石牛，置金牛尾之下，扬言石牛能下金蛋。蜀王负力信以为真，派五名大力士将石牛拉回国，为秦开了通蜀之路。一说为秦惠王嫁女给蜀国，蜀王派五丁迎娶。

〔6〕百衲僧衣：极言僧衣补缀之多。

〔7〕童山：山无草木曰童。

【译文】

小山容易造得精致，大山造得好就比较难。我遨游一生，遍览名园，从来没有见过占地超过一亩高达数丈的假山，能够毫无修修补补，拼凑穿凿的痕迹，远远望去跟真山一样的。这就像写文章的道理一样，结构全篇困难，敷陈小段容易。唐宋八大家的文章，全以气魄胜人，不必字斟句酌细细梳理，一望而知这就是名作。因为它先有成局，而后再修饰词采，所以粗览细观，感受到的是一样的思致气象。如果整体间架结构还没有确立，才思字句随笔而生，由开头写到中篇，从中篇写到末尾，这就叫做以文作文，也是水到渠成的妙境。然而这样的文章只可近看细部，不耐远观大体，远观大体那么逐段捏合拼凑的痕迹就显露出来了。书画的道理也是这样。名人的字画墨宝，挂在中堂，隔着几丈远观赏，不知何者为山，何者为水，何处是亭台树木，甚至就连字的笔画也杳然不能分辨，但只要观览全幅，把握整体，便足以令人赞叹称许。这是为什么呢？因为其以气魄胜人，而整体章法也没有差错。至于垒石成山的方法，多半都没有定格的成局，就像以文作文一样，是一段一段滋生拼凑起来的。就连名手都是这么做的，何况平庸的工匠呢？然而，若要垒大山巨石的话，那怎么做才可以呢？难道一定要等到唐宋八大家复生，让才高八斗的诗人，变成五丁力士，而后让他们动斧造山吗？还是将一座大山分成几十座小山，经年累月地俯视近观，左右端详，才得以藏拙吗？我说：不难。用以土代石的方法，既减少了人工，又节省了物力，而且具有天然宛转起伏之妙。要想把假山混入真山之中，叫人不能分辨真假，那没有什么法子比这更妙的了。垒造高大的假山，如果全用碎石，那就像百衲僧衣，缝补拼凑，找不到一处没有缝补痕迹的地方，这就是其很不耐看的原因。用土掺和在山石之间，就会浑然一体，没有丝毫拼凑弥缝的痕迹，而且还便于种树。树根盘根错节，其坚硬可比石头，而且树大叶茂，浑然一色，叫人分辨不出哪是土，哪是石头。将其置于真山左右，有谁能辨认出它是积土垒石而成的假山呢？采用此种方法，不论石多石少，也不一定非得强求土石相半，土多那么就是土山带石，石多那么就石山带土。土与石二物原本就是不可分割的。石山离开了土，那么就草木不生，那就成光溜溜的不毛之山了。

小　　山

　　小山亦不可无土，但以石作主，而土附之。土之不可胜石者，以石可壁立，而土则易崩，必仗石为藩篱故也。外石内土，此从来不易之法。

言山石之美者，俱在"透"、"漏"、"瘦"三字。此通于彼，彼通于此，若有道路可行，所谓透也；石上有眼，四面玲珑，所谓漏也；壁立当空^[1]，孤峙无倚^[2]，所谓瘦也。然"透"、"瘦"二字在在宜然，"漏"则不应太甚。若处处有眼，则似窑内烧成之瓦器，有尺寸限在其中，一隙不容偶闭者矣。塞极而通，偶然一见，始与石性相符。

瘦小之山，全要顶宽麓窄^[3]，根脚一大，虽有美状不足观矣。

石眼忌圆，即有生成之圆者，亦粘碎石于旁，使有棱角，以避混全之体。

石纹石色，取其相同。如粗纹与粗纹，当并一处，细纹与细纹，宜在一方，紫碧青红，各以类聚是也。然分别太甚，至其相悬，接壤处反觉异同，不若随取随得，变化从心之为便。至于石性，则不可不依；拂其性而用之，非止不耐观，且难持久。石性维何？斜正纵横之理路是也。

【注释】

〔1〕壁立：像墙壁一样耸立着。

〔2〕孤峙：孤立高峻。

〔3〕麓（lù）：山脚。

【译文】

小山也不可以没有土，只是要以石为主，以土为辅。土之所以不能胜过石头，是因为石头坚实，可以像墙壁一样耸立，而泥土松散，容易崩坏，必须依仗石头来作为支撑骨架。外石内土，这是垒小山从来不可移易的方法。

若言山石之美，全在"透"、"漏"、"瘦"三个字。此通于彼，彼通于此，好像中间有道路可行，这就是所谓的"透"；石上有眼，四面玲珑，这就是所谓的"漏"；壁立当空，孤峙无倚，这就是所谓的"瘦"。然而"透"、"瘦"二字，小山处处都应当这样，"漏"就不应该太过分。如果处处有眼，那就像窑内烧成的瓦器，其中有尺寸限制在那里，一点小空隙都不容偶尔闭塞。要是石头塞极而通，偶然才得一见，方才与石头的本性相符。

瘦小的山石，都要顶宽而根窄，根脚一大，即使有很美的形状，也就不足观了。

石眼忌圆，即使有天然生成的圆形石眼，也要在旁边粘上一些碎石，使它显得有棱有角，以避免石眼呈现为整体的浑圆。

石纹石色，最好选取相同的放在一起。比如粗纹与粗纹，应当并于一处，细纹与细纹，适宜归在一方，紫碧青红，也各按石色分类聚集在一起。当然，如果区别得太过分，导致大小粗细之间差别太悬殊，或者色差太大，就会使相互衔接的地方因为反差太大而有不和谐之感，不如随取随得，既顺应自然，也变化随心，又方便又美观。选用石头垒山时，对于石头的天然属性，则不可不依从；如果违拂了山石之本性，不但不耐观，而且也难以持久。那么山石的天然本性是什么呢？就是其斜正纵横的石理和纹路。

石　　壁

假山之好，人有同心；独不知为峭壁，是可谓叶公之好龙矣[1]。山之为地，非宽不可；壁则挺然直上，有如劲竹孤桐，斋头但有隙地，皆可为之。且山形曲折，取势为难，手笔稍庸，便贻大方之诮[2]；壁则无他奇巧，其势有若累墙，但稍稍纡回出入之，其体嶙峋[3]，仰观如削，便与穷崖绝壑无异。且山之与壁，其势相因，又可并行而不悖者，凡累石之家，正面为山，背面皆可作壁。匪特前斜后直，物理皆然，如椅榻舟车之类；即山之本性亦复如是，逶迤其前者[4]，未有不崭绝其后，故峭壁之设，诚不可已。但壁后忌作平原，令人一览而尽。须有一物焉蔽之，使坐客仰观不能穷其颠末[5]，斯有万丈悬岩之势，而绝壁之名为不虚矣。蔽之者维何？曰：非亭即屋。或面壁而居，或负墙而立，但使目与檐齐，不见石丈人之脱巾露顶[6]，则尽致矣。

　　石壁不定在山后，或左或右，无一不可，但取其地势相宜。或原有亭屋，而以此壁代照墙[7]，亦甚便也。

【注释】

　　〔1〕是可谓叶公之好龙矣：叶公好龙故事，出自汉刘向《新序·杂事》。这里是说人们虽好假山，但忽视峭壁的营造，未能真正理解其中三昧。

　　〔2〕贻大方之诮（qiào）：即贻笑大方，让内行人见笑。诮，嘲笑。《庄子·秋水》："吾长见笑于大方之家。"

　　〔3〕嶙峋（lín xún）：山石突兀、峭拔的样子。

　　〔4〕逶迤（wēi yí）：连绵起伏的样子。

　　〔5〕颠末：本末。

　　〔6〕石丈人：指假山，山名。宋代米芾好石，知无为军，入州廨，见立石甚奇，大喜曰："此足以当吾拜。"便具衣冠拜之，呼为"石丈"。世称"米颠拜石"。

　　〔7〕照墙：也叫照壁或照壁墙，大门外正对着大门起屏蔽作用的墙壁。

【译文】

　　喜爱假山，人同此心；可是却唯独不知道叠作峭壁，这可以说就是叶公好龙。叠石造山，所需的地面空间，不宽阔是不行的；

而石壁却挺然直上，有如劲竹孤桐，房前但凡有块空地，就可以叠石造山了。而且假山造型曲折，很难取势，手笔稍微平庸一些，就会贻笑大方；而叠造石壁，却无其他奇特的技巧，其势犹如垒墙一样，只须稍稍纡回出入，山体嶙峋，仰而观之，如斧劈刀削一般，就与穷崖绝壑没什么差别了。况且山与石壁，其势相因相依，又可以并行而不悖，凡叠石造山之家，正面为山，背面都可以造壁。不仅前斜后直，是事物普遍的规律，如椅榻舟车之类都是这样；就是山的本性也是如此，在山前呈逶迤起伏之势，而背面没有不是崭绝险峻的后壁的，所以峭壁的设置，诚然不可或缺。但峭壁后面，切忌不要留大片的平地，这样会让人一览无遗。壁后须有一物在那里起遮蔽的作用，使坐客仰而观之，却无法看尽壁顶，这样就会有一种万丈悬岩的气势，而绝壁的名称也就不至于虚设了。遮蔽它的是什么呢？我说：不是亭子，就是小屋。或者面壁而居，或者靠墙而立，只要使目光与亭檐或屋檐相齐，由于亭屋檐子的遮蔽，看不见石丈人脱巾露顶呈显全貌，那就达到最佳状态了。

　　石壁不是非得造在山后不可的，或左面或右侧，无一不可，只须取其地势相宜就可以。如果原本就有亭屋，而以此石壁代替照壁墙，一举两得，也很方便。

石　洞

　　假山无论大小，其中皆可作洞。洞亦不必求宽，宽则借以坐人。如其太小，不能容膝，则以他屋联之，屋中亦置小石数块，与此洞若断若连，是使屋与洞混而为一，虽居屋中，与坐洞中无异矣。洞中宜空少许，贮水其中而故作漏隙，使涓滴之声从上而下，旦夕皆然。置身其中者，有不六月寒生，而谓真居幽谷者，吾不信也。

【译文】

假山无论大小，其中都可以造石洞。洞也不必求太宽，若宽，则能借以坐人就可以了。如果石洞太小，不能容膝，则可以与其他小屋联起来，在屋里也放置几块小石头，使得屋与洞看起来有一种似断若连之感，这样就使屋与石混而为一了，虽居屋中，和坐在洞中的感觉没有两样。石洞中最好留出少许空地方，在那里面贮上水，并且特意作细微的漏隙，让水滴落下来，使涓滴之声从上而下，日夜音声不绝。夏日里置身石洞之中，如果还有人没有六月生寒之感，还有人不认为自己真的隐居于幽谷，我不相信。

零 星 小 石

贫士之家，有好石之心而无其力者，不必定作假山。一卷特立[1]，安置有情，时时坐卧其旁，即可慰泉石膏肓之癖[2]。若谓如拳之石亦须钱买，则此物亦能效用于人，岂徒为观瞻而设？使其平而可坐，则与椅榻同功；使其斜而可倚，则与栏杆并力；使其肩背稍平，可置香炉茗具，则又可代几案。花前月下，有此待人，又不妨于露处，则省他物运动之劳，使得久而不坏，名虽石也，而实则器矣。且捣衣之砧，同一石也，需之不惜其费；石虽无用，独不可作捣衣之砧乎？王子猷劝人种竹，予复劝人立石；有此君不可无此丈[3]。同一不急之务，而好为是谆谆者，以人之一生，他病可有，俗不可有；得此二物，便可当医，与施药饵济人，同一婆心之自发也[4]。

【注释】

〔1〕一卷特立：见《山石第五》注〔2〕。

〔2〕泉石膏肓（huāng）之癖：指喜爱泉石山水，视若生命的癖好。

膏肓，古代中医学上将心尖脂肪叫膏，心脏和膈膜之间叫肓。语出《左传·成公十年》。

〔3〕"王子猷劝人种竹"几句：见《联匾第四》注〔18〕。此君：见《山石第五·石壁》注〔6〕。

〔4〕婆心：仁慈心肠。

【译文】

贫士之家，如果有喜爱山石之心而又无力叠造，那就不一定非要造一座假山。一卷奇石如山岳般耸峙于几上，于案头，只要安置得精心巧妙，时时坐卧其旁，就足以让有酷爱山林泉石之癖却又不能时时身临其境的人得到无上的慰藉。如果说如拳小石也得用钱去买，那么零星小石也能对人有妙用，哪里只是为了观赏才设的？假使它平而可坐，那么与椅榻有同样的功用；假使它斜而可倚，那么与栏杆有同样的效力；假使它顶肩部位稍平，可放置香炉茶具，那么又可以代替几案。花前月下，有这些零星小石帮助待客，又不妨于露天置放，那就省了搬动挪移椅榻几案之劳，长久使用而又能金刚不坏，名虽是石头，而实际上却是有用的器物。而且捣衣之砧，也同样是一块石头，需要时也会不惜购买的费用；零星小石虽然没有什么大用，难道连用作捣衣之砧也不能够吗？王子猷曾经劝人种竹，我又劝人立石；因为有此君也不能缺了石丈人。立石与种竹一样，属于并不紧急的事情，而我却喜欢如此叮咛唠叨，是因为人的一生，其他的毛病可以有，粗俗的毛病却不可以有；得了竹与石二物，便可以当作医治俗病的良药，这与施药饵救济病人，同样出于一颗婆心，一种慈悲情怀。

器 玩 部

制 度 第 一

人无贵贱，家无贫富，饮食器皿皆所必需。"一人之身，百工之所为备。"子舆氏尝言之矣[1]。至于玩好之物，惟富贵者需之，贫贱之家，其制可以不问。然而粗用之物，制度果精，入于王侯之家，亦可同乎玩好；宝玉之器，磨硙不善[2]，传于子孙之手，货之不值一钱。知精粗一理，即知富贵贫贱同一致也。予生也贱，又罹奇穷，珍物宝玩虽云未尝入手，然经寓目者颇多。每登荣胐之堂[3]，见其辉煌错落者星布棋列，此心未尝不动，亦未尝随见随动，因其材美而取材以制用者未尽善也。至入寒俭之家，睹彼以柴为扉，以瓮作牖，大有黄虞三代之风[4]，而又怪其纯用自然，不加区画。如瓮可为牖也，取瓮之碎裂者联之，使大小相错，则同一瓮也，而有哥窑冰裂之纹矣[5]；柴可为扉也，取柴之入画者为之，使疏密中窾[6]，则同一扉也，而有农户儒门之别矣。人谓变俗为雅，犹之点铁成金[7]，惟具山林经济者能此[8]，乌可责之一切？予曰：垒雪成狮，伐竹为马，三尺童子皆优为之，岂童子亦抱经济乎？有耳目即有聪明，有心思即有智巧，但苦自画为愚，未尝竭思穷虑以试之耳。

【注释】

〔1〕"一人之身"两句：语见《孟子·滕文公上》，意思是，各种工匠的制品对一个人来说都是必不可少的。子舆氏：孟子，名轲，字子舆。

〔2〕磨砻（lóng）：研磨，摩擦。

〔3〕荣胏（hū）之堂：显贵之家。胏，祭祀所用的大块鱼肉。

〔4〕黄虞三代：上古时代。黄，轩辕黄帝。虞，虞舜。三代，夏商周三代。

〔5〕哥窑：见《墙壁第三·书房壁》注〔13〕。

〔6〕中窾（kuǎn）：恰到好处。窾，空处，中空。

〔7〕点铁成金：神仙故事中说仙人能将铁点化为黄金。这里指化平凡之物为神奇之景。

〔8〕具山林经济者：具有园林艺术设计能力与欣赏水平的人。

【译文】

　　人无论贵贱，家不分贫富，饮食器皿都是生活必需品。孟子曾经这样说过："一人之身，百工之所为备。"至于玩好之物，惟有富贵人家需要它，贫贱之家，这些器玩形制可以不问。然而粗用的物品，做工形制如果精美，到了王侯之家，也可等同于玩好器玩；宝玉所制的器物，如果打磨不善，形制不精，传到子孙手里，卖出去也不值一钱。知道精与粗是变化和相对的这个道理，就知道富贵贫贱与此是一样的。我生来卑贱，又遭受奇穷，珍宝玩物虽说未尝入手把玩，但看过的却不少。每每到富贵人家，登华屋大堂，见到那些辉煌错落的器玩星罗棋布，未尝不动心，但也未尝随见随购，因为其质地材料虽然精美，而取材制作却并没有做到尽善尽美。至于进寒俭之家，看到他家以柴为门，用瓮作窗，大有远古轩辕黄帝、虞舜、夏商周三代之遗风，而又怪他纯用自然，不加筹画加工。比如瓮可以做窗，取碎裂的瓮片粘接连缀起来，使其大小相错，裂纹参差，那么同样是一个瓮，而有哥窑冰裂之纹了；柴可以做门，取造型优美可以入画的枝干来做，使它疏密有致，那么同样是一扇门，而有农户与儒门的差别。人说变俗为雅，就如同点铁成金，惟有具有园林设计建造才能的专门人士才能做好，哪能要求人人都能这样做呢？我说：垒雪成狮，伐竹为马，三尺童子都做得很好，难道童子也有审美构思设计的专才吗？有耳目就会耳聪目明，有心脑会思考思便有智慧和技巧，只怕自认愚笨，而未曾殚精竭虑地去设想、去尝试、去实现自己的创意罢了。

几　案

予初观《燕几图》[1]，服其人之聪明什伯于我，因自置无力，遍求置此者，讯其果能适用与否，卒之未得其人。夫我竭此大段心思，不可不谓经营惨淡，而人莫之则效者[2]，其故何居？以其太涉繁琐，而且无此极大之屋，尽列其间，以观全势故也。凡人制物，务使人人可备，家家可用，始为布帛菽粟之才[3]，否则售冕旒而沽玉食[4]，难乎其为购者矣。故予所言，务舍高远而求卑近。

几案之设，予以庀材无资[5]，尚未经营及此。但思欲置几案，其中有三小物必不可少：

一曰抽替[6]，此世所原有者也，然多忽略其事，而有设有不设。不知此一物也，有之斯逸，无此则劳，且可借为容懒藏拙之地。文人所需如简牍刀锥、丹铅胶糊之属[7]，无一可少，虽曰司之有人[8]，藏之别有其处，究竟不能随取随得，役之如左右手也[9]。予性卞急[10]，往往呼童不至，即自任其劳。书室之地，无论远近迂捷，总以举足为烦。若抽替一设，则凡卒急所需之物，尽内其中[11]，非特取之如寄，且若有神物俟乎其中，以听主人之命者。至于废稿残牍，有如落叶飞尘，随扫随有，除之不尽，颇为明窗净几之累，亦可暂时藏纳，以俟祝融⁽¹²⁾，所谓容懒藏拙之地是也。知此则不独书案为然，即抚琴观画、供佛延宾之座，俱应有此。一事有一事之需，一物备一物之用。《诗》云："童子佩觽⁽¹³⁾"，《鲁论》云："去丧，无所不佩⁽¹⁴⁾"。人身且然，况为器乎？

一曰隔板，此予所独置也。冬月围炉，不能不设几席；火气上炎，每致桌面台心为之碎裂，不可不预为计也。当于未寒之先，另设活板一块，可用可去，衬于桌面之下，或以绳悬，或以钩挂，或于造桌之时，先作机彀以待之⁽¹⁵⁾，待受火气，焦则另换，为费不多。此珍惜器具之婆心，虑其暴殄天物，以惜福也。

一曰桌撒⁽¹⁶⁾。此物不用钱买，但于匠作挥斤之际，主人费启口之劳，僮仆用举手之力，即可取之无穷，用之不竭。从来几案与地不能两平，挪移之时必相高低长短，而为桌撒，非特寻砖觅瓦时费辛勤，而且相称为难，非损高以就低，即截长而补短。此虽极微极琐之事，然亦同于临渴凿井⁽¹⁷⁾，天下古今之通病也，请为世人药之。凡人兴造之际，竹头木屑，何地无之？但取其长不逾寸，宽不过指，而一头极薄，一头稍厚者，拾而存之，多多益善，以备挪台撒脚之用。如台脚所虚者少，则止入薄者，而留其有余者于脚外，不则尽数入之。是止一寸之木，而备高低长短数则之用，又未尝费我一钱，岂非极便于人之事乎？但须加以油漆，勿露竹头木屑之本形。何也？一则使之与桌同色，虽有若无。一则恐童子扫地之时，不能记忆，仍谬认为竹头木屑而去之，势必朝朝更换，将亦不胜其烦；加以油漆，则知为有用之器而存之矣。只此极细一着，而有两意存焉，况大者乎？劳一人以逸天下，予非无功于世者也。

【注释】

〔1〕《燕几图》：宋代黄长睿撰有《燕几图》。初为六几，有一定尺寸，称"骰子桌"。后增一小几，合而为七，易名"七星"。纵横排列，使成各种几何图形，按图设席。燕几，可以错综分合的案几。

〔2〕则效：效法，模仿。

〔3〕布帛菽粟：均系生活必需品，比喻虽然平常，却不可缺少的东西。

〔4〕冕旒（miǎn liú）：古代帝王、诸侯及卿大夫的礼冠。后专指皇冠。

〔5〕庀（pǐ）：置办，准备。

〔6〕抽替：即抽屉。

〔7〕丹铅：丹砂和铅粉，古人校勘文字时用以涂抹的材料。胶糊：糨糊。

〔8〕司之有人：有人整理。

〔9〕役之：用之。左右手：得力助手。《史记·淮阴侯列传》载刘邦误以为萧何逃亡，"大怒，如失左右手"。

〔10〕卞（biàn）急：性急。

〔11〕卒（cù）急：匆促，急迫。

〔12〕祝融：传说中的古帝，一说为帝喾时的火官，后人尊为火神。

〔13〕童子佩觿（xī）：语出《诗经·卫风·芄兰》。觿，古代用象骨制成、形状如锥的解绳结的工具，本为成人所佩的备用之物，给童子佩带，是祝其早日成才。

〔14〕"《鲁论》云"二句：即今本《论语》，语见《乡党》篇。指丧服满了以后，什么都可以佩带。

〔15〕机彀（gòu）：这里指挂钩一类的装置。

〔16〕桌撒：桌几下平时垫桌脚用的木片。

〔17〕临渴凿井：犹言临时抱佛脚。语出《内经·素问》。

【译文】

我刚看到《燕几图》时，佩服设计者的聪明比我强十倍百倍。因自己没有财力购置，就到处寻找置办了燕几的人，请教他这种几案是否真的适用，可是终未找到。我费了好大心思，不可不说是惨淡经营，可是人们却不去仿制燕几，这究竟是什么原因呢？我想大概是因为其太涉繁琐，而且没有这种很大的屋子，能把它全部陈列在里面，以观其全貌的缘故。大凡人们要制作器物，务必使人人都可以置备，家家都需要使用，才能像布帛菽粟那样成为大众所必需的时行和畅销的物品，否则，你只卖帝王的冠冕，贵族的玉食，那恐怕问津者寥寥，要卖出去也就很难了。所以我所说的，总是务必舍弃高远的标准而求大众化的口味。

几案的设置，我因为没有财力购置材料，所以还没有设计制作它。但我寻思，如果想设置几案，其中有三件小物品是必不可少的：

第一是抽屉。这是世上原本就有的东西，然而人们大多忽略这个事，因此有的几案安抽屉而有的不安。殊不知抽屉这个东西，有了它会省许多事，没有它就会麻烦不少，而且它还可以借来作为容懒藏拙的地方。文人常用所需，如信纸、剪刀、锥子、丹砂、铅粉、糨糊之类的东西，无一可少，虽说也许有人专管此事，可是放在别的地方，要用时毕竟不能随取随得，不能像使唤自己的左右手那样方便。我是个急性子，往往呼唤童仆没到，就自己动手去寻。在书房中，无论远近曲直，总是觉得抬足走路麻烦，如果安上了抽屉，那么凡是常用急需的物品，都放在里面，不仅取用时就在手边，而且仿佛有神物等在抽屉里，随时听候主人使唤一样。至于废稿残纸，有如落叶飞尘，随扫随有，除也除不干净，要使书斋窗明几净，这些东西颇为累赘，有了抽屉，也就可以暂时藏里边，等积多了付之一炬，我所谓抽屉为容懒藏拙的地方，也就是这个意思。知道了这一点，那么不仅书桌需要安置抽屉，就是抚琴观画、供佛迎宾的台座，也都应该设抽屉。一件事情就有一件事情的需要，一种物品会派一种物品的用场。《诗经》中说："童子佩觿。"《论语》说："去丧，无所不佩。"人身上佩戴的饰物尚且这样，何况是器物呢？

第二是隔板。这是我独创的设置。冬天围炉烤火取暖，不能不设几席；盆火热气上升，常常导致桌面台心被灼烤而碎裂，不能不预先采取防护措施。应当在天气还没有寒冷之前，另设一块活动的隔板，用时可以支上，不用时可以撤去，衬在桌面之下．或用绳子悬吊，或用钩子系挂，或者在造桌子之时，先做好放隔板的机关以备使用，到时用隔板挡住火气，如果烤焦了就另换一块，费用也不太大。这是我珍惜器具的一片婆心，担心会暴殄天物，以此来惜福啊。

第三是桌撒。此物不用花钱去买，只须在工匠加工木料时，主人费开口之劳，僮仆用举手之力，就可以取之不尽，用之不竭。几案与地面总是不能两相平合，挪动的时候通常会出现高低不平的情况，而要找垫平空隙的桌撒，不仅寻砖觅瓦时颇费辛苦，而且厚薄大小很难相称，不是损高以就低，就是截长而补短。这虽然是极细微极琐碎的事情，然而也和临渴凿井一样，是古今天下人的通病，请让我为世人来治一治吧。大凡人们在兴建制作之际，竹头木屑，哪里没有？只要拣取那些长不过寸，宽不过指，而一头很薄，一头稍厚的，保存起来，多多益善，以备挪移几案时垫桌腿之用。如果桌腿下的空隙小，那就只塞进薄的那头，而把多余的部分留在桌腿外，否则，如果桌腿下的空隙大，就整个塞进去。如此，只不过一寸长的碎木料，而可以备空隙厚薄大小多种情况之用，又未曾花费我们一文钱，岂不是于人极为方便的事情吗？只是必须加以油漆，不要显出竹头木屑的本形。为什么呢？一来可以使木撒与桌腿同一颜色，虽有若无。二来是担心童子扫地的时候，不能记忆，仍然误认为是竹头木屑而把桌撒扫走扔了，那就势必天天更换，会令人不胜其烦；如果加以油漆，那就知道这是有用的东西而会注意保存。仅仅是加漆这极细微的一着，就有两层用意在里面，何况大的方面呢？让我一个人劳点心力却能使天下人安逸，我并非无功于世的人啊。

椅　杌

　　器之坐者有三：曰椅，曰杌[1]，曰凳。三者之制，以时论之，今胜于古，以地论之，北不如南；维扬之木器[2]，姑苏之竹器[3]，可谓甲于古今，冠乎天下矣，予何能赘一词哉！但有二法未备，予特创而补之，一曰暖椅，一曰凉杌。予冬月著书，身则畏寒，砚则苦冻，欲多设盆炭，使满室俱温，非止所费不资，且几案易于生尘，不终日而成灰烬世界；若止设大小二炉以温手足，则厚于四肢而薄于诸体，是一身而自分冬夏，并耳目心思，亦可自号孤臣孽子矣[4]。计万全而筹尽适，此暖椅之制所由来也。制法列图于后。一物而充数物之用，所利于人者，不止御寒而已也。盛暑之月，流胶铄金[5]，以手按之，无物不同汤火，况木能生此者乎？凉杌亦同他杌，但杌面必空其中，有如方匣，四围及底，俱以油灰嵌之，上覆方瓦一片。此瓦须向窑内定烧，江西福建为最，宜兴次之，各就地之远近，约同志数人，敛出其资，倩人携带，为费亦无多也。先汲凉水贮杌内，以瓦盖之，务使下面着水，其冷如冰，热复换水，水止数瓢，为力亦无多也。其不为椅而为杌者，夏月少近一物，少受一物之暑气，四面无障，取其透风；为椅则上段之料势必用木，两胁及肩又有物以障之，是止顾一臀而周身皆不问矣。此制易晓，图说皆可不备。

【注释】

〔1〕杌（wù）：也叫杌子，一种小凳子。

〔2〕维扬：今江苏扬州。

〔3〕姑苏：今江苏苏州。

〔4〕孤臣孽子：指失势的大臣和失宠的庶子。语出《孟子·尽心上》。

〔5〕流胶铄（shuò）金：犹言流金铄石。形容盛夏酷热，日光猛烈，将胶漆、金石都烤化、销熔了。

【译文】

供人安坐的器物有三种：椅子、杌子、凳子。三种器物的制作，以时代而论，今人胜于古人，以地区而论，北方不如南方。扬州的木器，苏州的竹器，可以说是古今第一，天下之首，哪能容我再多一句嘴呢？但还是欠缺两种式样，我特为创制出来加以弥补，这两样东西，一是暖椅，二是凉杌。冬月著书，我的身体畏寒，砚台怕冻，想多置备些炭盆，使满室都能暖和，不仅炭价不便宜，而且几案容易沾灰起尘，用不了一天就成了灰烬世界。如果止设大的脚炉小的手炉来暖手脚，那就厚待了四肢而薄待全身其他部分，这样是一人之身而自分一部分在寒冬里，另一部分却在温暖的夏日，连最重要的耳目心思，也会因为没有受到优待而自号为孤臣逆子了。为了筹划一个让人四肢全身都感到舒适的万全之策，这是我制作暖椅的基本动机和思路。制作方法列图于后。暖椅虽则只是一个器物，却可以派几种器物的用场，对人的好处，不仅仅只是保暖御寒而已。酷暑季节，阳光暴晒，流金铄石，以手触碰物体，没有一样不似沸汤如火焰，更何况木本来就能生火呢？凉杌与其他杌子的结构一样，只是凉杌的杌面，中间必须是空的，像方匣子一样，四周以及底部，都用油灰嵌实，上面盖一片方瓦。此瓦必须向瓷窑内预定烧制，江西福建最好，宜兴其次，可以视地方远近，约几个有相同意向的人，一起凑钱，请人购买携带，花费也不会太多。先汲来凉水贮在杌内，用瓦片盖上，务必使瓦的下面碰着水面，使其凉冷如冰，如果水和瓦片热了，就再换凉水，水只要几瓢，不须要花很多力气。之所以不做成椅子而做成杌子，是为了夏天能够少接近一物，就会少受一物的暑气，四面没有任何障蔽，是为了便于透风；如果是做成椅子，那么上半部分的材料势必要用木料，人的左右两胁及肩部就会被椅子两边的扶手和后面的靠背挡住，这样是只顾一臀而周身都置之不顾。杌子的制作很容易明白，所以样图和文字说明都可以不用准备了。

图一八：暖椅式

如太师椅而稍宽，彼止取容臀，而此则周身全纳故

图一八　暖椅式

也。如睡翁椅而稍直[1]，彼止利于睡，而此则坐卧咸宜，
坐多而卧少也。前后置门，两旁实镶以板，臀下足下俱
用栅。用栅者，透火气也；用板者，使暖气纤毫不泄也；
前后置门者，前进人而后进火也。然欲省事，则后门可
以不设，进人之处亦可以进火。此椅之妙，全在安抽替
于脚栅之下。只此一物，御尽奇寒，使五官四肢均受其
利而弗觉。另置扶手匣一具，其前后尺寸，倍于轿内所
用者。入门坐定，置此匣于前，以代几案。倍于轿内所
用者，欲置笔砚及书本故也。抽替以板为之，底嵌薄砖，
四围镶铜。所贮之灰，务求极细，如炉内烧香所用者。
置炭其中，上以灰覆，则火气不烈，而满座皆温，是隆

冬时别一世界。况又为费极廉，自朝抵暮，止用小炭四块，晓用二块至午，午换二块至晚。此四炭者，秤之不满四两，而一日之内，可享室暖无冬之福，此其利于身者也。

若至利于身而无益于事，仍是宴安之具，此则不然。扶手用板，镂去掌大一片，以极薄端砚补之，胶以生漆，不问而知火气上蒸，砚石常暖，永无呵冻之劳，此又利于事者也。不宁惟是，炭上加灰，灰上置香，坐斯椅也，扑鼻而来者，只觉芬芳竟日，是椅也而又可以代炉。炉之为香也散，此之为香也聚，由是观之，不止代炉，而且差胜于炉矣。有人斯有体，有体斯有衣，焚此香也，自下而升者能使氤氲透骨[2]，是椅也而又可代薰笼[3]。薰笼之受衣也，止能数件；此物之受衣也，遂及通身。迹是论之，非止代一薰笼，且代数薰笼矣。

倦而思眠，倚枕可以暂息，是一有座之床；饥而就食，凭几可以加餐，是一无足之案；游山访友，何烦另觅肩舆[4]，只须加以柱杠，覆以衣顶，则冲寒冒雪[5]，体有余温，子猷之舟可弃也[6]，浩然之驴可废也[7]，又是一可坐可眠之轿；日将暮矣，尽纳枕簟于其中，不须臾而被窝尽热；晓欲起也，先置衣履于其内，未转瞬而襦袴皆温[8]。是身也，事也，床也，案也，轿也，炉也，薰笼也，定省晨昏之孝子也[9]，送暖偎寒之贤妇也，总以一物焉代之。苍颉造字而天雨粟，鬼夜哭[10]，以造化灵秘之气泄尽而无遗也。此制一出，得无重犯斯忌，而重杞人之忧乎[11]？

【注释】

〔1〕睡翁椅：类今之躺椅。

〔2〕氤氲（yīn yūn）：形容香气浓郁。

〔3〕薰笼：罩在薰炉上的笼子，以供薰香和烘干之用。

〔4〕肩舆：轿子。

〔5〕冲寒：顶着风寒。

〔6〕子猷之舟：《世说新语·任诞》载王子猷乘舟雪夜访戴逵，乘兴而来，兴尽而归，虽已到戴家门口却转身返回，并未见戴逵。

〔7〕浩然之驴：《韵府群玉》载：孟浩然曾于灞水冒雪骑驴寻梅。称："吾诗思在风雪中驴子背上。"唐代诗人孟浩然。

〔8〕襦袴（rú kù）：内衣裤。

〔9〕定省晨昏：指子女侍奉父母的日常礼节。晨起省视问安，晚上服侍就寝叫定省。

〔10〕苍颉（jié）造字而天雨粟。鬼夜哭：语出《淮南子·本经训》。

（11）杞人之忧：杞人忧天事，见《列子·天瑞》："杞国有人忧天地崩坠，身亡所寄，废寝食者。"

【译文】

暖椅如太师椅而稍宽。太师椅只取其能容纳臀部而供人安坐，而暖椅则能容纳全身。暖椅又如睡翁椅而稍直，睡翁椅止利于睡卧，而暖椅却端坐睡卧都可以两得其便，因此它比睡翁椅更有用，因为人们白天坐的时间多而卧的时间少。暖椅前后都安上门，左右两旁实镶木板，臀下和脚下都用栅栏。用栅栏，是为了透火气；用木板，是为了使暖气丝毫不会泄散；前后都安门，是为了前面进人而后面放入炭火盆。但如果想省事的话，那么后门也可以不设，因为前门进人之处也可以进炭火盆。这种暖椅的巧妙之处，全在于脚栅栏之下安置抽屉。只因为有了这个抽屉，就可以完全驱除奇寒，使人五官四肢全身都在不知不觉中温暖起来。另外再安上一具扶手匣，它的前后尺寸，比暖椅轿箱中所用的取暖抽屉大一倍。入门坐定以后，把扶手匣放在面前，用来代替几案。扶手匣比暖椅轿箱中的取暖抽屉大一倍，是想便于放置笔砚以及书本的缘故。抽屉用木板制作，底部垫嵌薄砖，四围镶铜。所贮的灰，务求极细，就像香炉内烧香所用的一样。把炭放在里面，上面以细灰覆盖，那样火气就不会太烈，而满座都很温暖，隆冬时节却仿佛置身于另外一个温暖如春的世界。况且又花费极低廉，从早至晚，止须小炭四块，一早烧两块一直可以用到中午，中午换两块可以烧到晚上。这四小块炭，称一称不到四两重，而一日之内，可以享受室暖无冬之福，这是它对身体有益的方面。

但如果至于只有益于身体，而无益于做事情，那么它仍然只能算是用来享乐安卧的工具。可是暖椅却不是这样的。扶手匣用板制作，板上挖去一片巴掌大的地方，用极薄的端砚补上，再用生漆黏合，这样不用问就知道当火气上蒸时，砚石一直保持温暖，可以永无呵冻之劳，这就又有利于做事了。不仅如此，炭上加灰，灰上放香，那么坐在暖椅上，只觉得扑鼻而来的，是整日的芳香，可见这种暖椅是椅子，却又可以替代香炉。而且香炉的香味是分散的，暖椅的香气却是集中定向的，由此观之，暖椅不仅可以替代香炉，并且效果还略胜香炉一筹。有人就有身体，有身体就要穿衣，暖椅焚香，香气自下而上升飏弥漫，浓郁的芳香浃肌透骨，那么这暖椅是椅子，却又可以替代薰笼。并且薰笼受衣薰衣，每次只能数件；而暖椅受衣薰衣，却可以遍及全身。就此而论，一张暖椅不是只代替一只薰笼，而是可以替代数只薰笼。

倦了想睡一会儿，倚着枕头可以小憩片刻，这样，暖椅是一张有座位的眠床；肚子饿了想吃点东西，凭几可以加餐，则暖椅又成了一个无腿的几案；游山访友，何须麻烦另外寻找轿子，只须给暖椅加上用来扛抬的柱杠，上面覆盖篷布，那么即使冒着风霜顶着雨雪，依然会觉得身体暖和，那王徽之的小船，孟浩然的蹇驴，都可以弃而不用了，这暖椅又成了一乘可坐可眠的轿子；日暮时分，把枕头席子等卧具放进暖椅中，不到片刻被窝里就都暖烘烘了；早晨想起床，先将衣服鞋袜放进暖椅里，转眼之间内外衣裤也都热乎乎的了。这样一只暖椅，既可暖身，又方便做事，可以当眠床，可以当几案，可以代替轿子，也可以代替香炉，还可以用作薰衣笼，孝子应该做的昏定晨省尽心尽力的事情，贤妻会想到的冬温夏清送暖偎寒的杂务，全都用这暖椅一物来包办代替了。相传苍颉造字，而天雨粟，鬼夜哭，是因为文字的发明使造化的灵秘之气被泄露无遗了。如今我这暖椅的创意制作一出，是不是又会重犯这样的忌讳，重现这样的情形，而再度造成杞人之忧呢？

床　帐

　　人生百年，所历之时，日居其半，夜居其半。日间所处之地，或堂或庑[1]，或舟或车，总无一定之在，而夜间所处，则止有一床。是床也者，乃我半生相共之物，较之结发糟糠[2]，犹分先后者也。人之待物，其最厚者当莫过此。然怪当世之人，其于求田问舍[3]，则性命以之，而寝处晏息之地[4]，莫不务从苟简[5]，以其只有己见，而无人见故也。若是则妻妾婢媵是人中之榻也[6]，亦因己见而人不见，悉听其为无盐嫫姆[7]，蓬头垢面而莫之讯乎？

　　予则不然。每迁一地，必先营卧榻而后及其他，以妻妾为人中之榻，而床第乃榻中之人也。欲新其制，苦乏匠资；但于修饰床帐之具，经营寝处之方，则未尝不竭尽绵力，犹之贫士得妻，不能变村妆为国色，但令勤加盥栉，多施膏沐而已[8]。其法维何？一曰床令生花，二曰帐使有骨，三曰帐宜加锁，四曰床要着裙。

　　曷云“床令生花”？夫瓶花盆卉，文人案头所时有也，日则相亲，夜则相背，虽有天香扑鼻，国色昵人，一至昏黄就寝之时，即欲不为纨扇之捐[9]，不可得矣。殊不知白昼闻香，不若黄昏嗅味。白昼闻香，其香仅在口鼻；黄昏嗅味，其味直入梦魂。法于床帐之内先设托板，以为坐花之具；而托板又勿露板形，妙在鼻受花香，俨若身眠树下，不知其为妆造也者。先为小柱二根，暗钉床后，而以帐悬其外。托板不可太大，长止尺许，宽可数寸，其下又用小木数段，制为三角架子，用极细之钉，隔帐钉于柱上，而后以板架之，务使极固。架定之后，用彩色纱罗制成一物，或象怪石一卷[10]，或作彩云数朵，护于板外以掩其形。中间高出数寸，三面使与帐平，而以线缝其上，竟似帐上绣出之物，似吴门堆花之式是也[11]。若欲全体相称，则或画或绣，满帐俱作梅花，而以托板为虬枝老干，或作悬崖突出之石，无一不可。帐中有此，凡得名花异卉可作清供者[12]，日则与之同堂，夜则携之共寝。即使群芳偶缺，万卉将穷，又有炉内龙涎[13]，盘中佛手[14]，与木瓜、香楠等物可以相继[15]。若是则身非身也，蝶也，飞眠宿食尽在花间；人非人也，仙也，行起坐卧无非乐境。予尝于梦酣睡足，将觉未觉之时，忽嗅蜡梅之香，咽喉齿颊尽带幽芬，似从脏腑中出，不觉身轻欲举，谓此身必不复在人间世矣。既醒，语妻孥曰："我辈何人，遽有此乐，得无折尽平生之福乎？"妻孥曰："久贱常贫，未必不由于此。"此实事，非欺人语也。

　　曷云"帐使有骨"？床居外，帐居内，常也。亦有反此旧制，而使帐出床外者，善则善矣，其如夏月驱蚊，匿于床栏曲折之处，有若负嵎[16]，欲求美观，而以膏血殉之，非长策也。不若仍从旧制。其不从旧制，而使帐出床外者，以床有端正之体，帐无方直之形，百计撑持，终难服帖，总以四角之近柱者软而无骨，不能肖柱以为形，有犄角牴牾之势也，故须别为赋形，而使之有骨。用不粗不细之竹，制为一顶及四柱，俟帐已挂定而后撑之，是床内有床，旧制之便与新制之精，二者兼而有之矣。床顶及柱，令置轿者为之，其价颇廉，仅费中人一饭之资耳。

曷云"帐宜加锁"？设帐之故有二：蔽风、隔蚊是也。蔽风之利十之三，隔蚊之功十之七，然隔蚊以此，闭蚊于中而使之不得出者亦以此。蚊之为物也，体极柔而性极勇，形极微而机极诈。薄暮而驱，彼宁受奔驰之苦，挞伐之危，守死而弗去者十之八九。及其去也，又必择地而攻，乘虚以入。昆虫庶类之善用兵法者，莫过于蚊。其择地也，每弃后而攻前；其乘虚也，必舍垣而窥户。帐前两幅之交接处，皆其据险扼要，伏兵伺我之区也。或于风动帐开之际，或于取器入溺之时，一隙可乘，遂鼓噪而入。法于门户交关之地，上中下共设三纽，若妇人之衣扣然。至取溺器时，先以一手绾帐，勿使大开，以一手提之使入，其出亦然。若是则坚壁固垒，彼虽有奇勇异诈，亦无所施其能矣。至于驱除之法，当使人在帐中，空洞其外，始能出而无阻。世人逐蚊，皆立帐檐之下，使所开之处蔽其大半，是欲其出而闭之门也。犯此弊者十人而九，何其习而不察，亦至此乎？

曷云"床要着裙"？爱精美者，一物不使稍污。常有绮罗作帐，精其始而不能善其终，美其上而不得不污其下者，以贴枕着头之处，在妇人则有膏沐之痕，在男子亦多脑汗之迹。日积月累，无瑕者玷而可爱者憎矣，故着裙之法不可少。此法与增添顶柱之法相为表里。欲令着裙，先必使之生骨，无力不能胜衣也。即于四竹柱之下，各穴一孔，以三横竹内之，去簟尺许[17]，与枕相平，而后以布作裙，穿于其上，则裙污而帐不污，裙可勤涤，而帐难频洗故也。至于枕簟被褥之设，不过取其夏凉冬暖，请以二语概之，曰：求凉之法，浇水不如透风；致暖之方，增绸不如加布。是予贫士所知者。至于羊羔美酒亦足御寒，广厦重冰尽堪避暑，理则固然，未尝亲试。"知之为知之，不知为不知"[18]，此圣贤无欺之学，不敢以细事而忽之也。

【注释】

〔1〕庑（wǔ）：堂下周围的走廊、廊屋。

〔2〕结发糟糠：指共度贫穷、共过患难的妻子。《后汉书·宋弘传》："臣闻贫贱之知不可忘，糟糠之妻不下堂。"

〔3〕求田问舍：买田置屋。语见《三国志·魏志·陈登传》。多用以指只图小利而胸无大志者。

〔4〕寝处晏息：指晚上休息睡觉。

〔5〕苟简：随便，简单。

〔6〕媵（yìng）：随嫁女。

〔7〕无盐：姓钟离，名春。貌丑而德贤，被齐宣王立为王后。嫫姆：即嫫母，古代传说中貌丑德贤的女子，为黄帝次妃。

〔8〕膏沐：妇女润发用的油脂。《诗经·卫风·伯兮》："岂无膏沐，谁适为容。"

〔9〕纨扇之捐：语本汉班婕妤《怨歌行》。诗借咏纨扇至秋凉即被弃置箧笥中，以喻恩情中道断绝。纨扇，细绢制成的团扇。捐，舍弃。

〔10〕卷：通"拳"。

〔11〕吴门：古吴县城（今苏州）的别称。堆花：装饰物上凸起的花朵或花纹。

〔12〕清供：清雅的供品。

〔13〕龙涎：香名。抹香鲸的一种分泌物。因得于海上，称龙涎。

〔14〕佛手：果名，为枸橼的变种，果实有裂纹似拳，或开张如指，通称佛手。

〔15〕香楠：楠树富于香气，故称香楠，产于四川、云南等地。

〔16〕负嵎：即负隅，指凭险顽抗。

〔17〕簟（diàn）：竹席。

〔18〕"知之为知之"二句：见《论语·为政》。

【译文】

人生百年，所度过的时光，白天占了一半，夜晚占了一半。白天所居处和活动的场所，或厅堂或走廊，或舟船或车马，总是没有固定的处所，而夜里所处的地方，那就只有一张床。这张床啊，乃是与我半生相伴的器物，即使与结发糟糠之妻相比较，也还有个先来后到呢。所以人们看待器物，最应当看重和厚待的，莫过于床榻。然而让人奇怪的是，当今的人们把买田地置房屋看作性命一样，而对待天天睡觉休息的床榻，却无不马马虎虎简单凑合，大概是因为床榻只有自己看见，而别人看不见的缘故吧。要是这样的话，那么妻妾婢媵就好比是人中之榻，难道也因为只有自己看见而别人看不见，就任凭她们全都像无盐嫫姆那样丑陋，一个个蓬头垢面也不闻不问吗？

我却不是这样。每次搬一个地方，一定优先考虑安排好卧榻，然后才考虑别的事情，因为我以为妻妾好比人中之榻，而床第就好比是榻中之人，是重中之重。我很想更新床榻的形制，只是苦于缺乏制作资金；但我对于装点修饰床帐之设施，筹划营造寝卧之处的方法，则未尝不绞尽脑汁，竭尽绵薄之力，就好像贫寒之士娶妻，虽然不能把平常村姑变为国色天香，但也会让她们勤加梳妆，用心打扮。那么筹营床帐的具体方法是什么呢？一曰床令生花，二曰帐使有骨，三曰帐宜加锁，四曰床要着裙。

啥叫"床令生花"呢？那些瓶花盆卉，是文人案头常常摆放的，白天和它们相亲近，夜晚却要和它们分离，虽有天香扑鼻，国色亲人，但是一到昏黄就寝之时，即使不想像捐弃秋天的纨扇一样离开它们，也不可能做到。殊不知白昼闻香，不若黄昏嗅味。

白昼闻香，其香味仅在口鼻之间；而黄昏嗅味，其香味会直入梦魂。要想使床笫生花，办法是在床帐之内先设托板，以供摆放花盆之用；而托板又不要让它露出板形，妙在鼻受花香，俨然如同我身安眠于花树之下，而不知这是人为制作人工妆点的产物。先要准备两根小柱，暗钉在床后，然后把帐子悬在它外面。托板不可太大太长，大约一尺长，几寸宽就可以了，托板下面再用几段小木条，制成一个三角架子，用极细的钉子，隔着帐子钉在柱上，然后把托板架在上面，务必让它极为稳固。架定之后，用彩色纱罗制作成一物，或者像一卷怪石，或者制成几朵彩云，护在托板外面来掩藏板形。中间高出数寸，让它与帐子三面齐平，用线缝在帐子上面，就像是帐上绣出来的东西一样，这恰似吴门堆花的式样。如果想取得整体谐调相称的效果，那么或是画或是绣，让满帐都是梅花，而把托板装饰成虬枝老干，或者做成突出悬崖的山石形状，无一不可。帐中有了这个东西，凡是得到清雅可人、足供观赏的名花异卉，那么不仅白天可以与之同堂，夜里还可以携之共寝。即使是群芳偶缺，万卉将尽的时候，还可以有炉内的龙涎香，盘中的佛手、柑桔和木瓜、香楠等物可以接上去轮着摆放。如此置身于床帐之中，那么此身并非我身，而仿佛是美丽的蝴蝶，在花丛中翩翩飞翔，觅食眠宿；人也并非凡人，而仿佛是快乐的神仙，行也可，坐也罢，起也宜，卧也好，都在乐境之中。我曾经在梦酣睡足，将醒未醒之时，忽然嗅到蜡梅的香味，咽喉齿颊之间尽带幽芳，好似是从自己的肺腑之中飘溢而出，不觉我身轻盈飘飘欲仙，自以为此身必定已经不在人间世上了。醒来以后，我对妻儿们说："我是什么人呀，竟忽然会享受到这样的快乐，会不会折尽我平生之福呢？"妻儿们说："你久贱常贫，未必不是因为这个缘故。"这是实有的事，绝不是骗人的话。

啥叫"帐使有骨"呢？床在外边，帐子挂床内，这是通常的做法。也有相反的做法，把帐子挂在床外边，好虽然好，怎奈夏月里驱赶蚊子，蚊子会藏在床栏曲折隐秘的地方，有如负隅顽抗一样，想要求得美观好看，却要以用自己的血喂蚊子为代价，也不是可以长久的上上之策。不如仍然按照过去的做法把帐子挂在床内为好。有人之所以不按照过去做法而把帐子挂在床外，是因为床有端正之体，而帐子无方直之形，如果把帐子挂在床内，即使千方百计撑持，终究很难让帐子服贴。特别是四角靠近柱杆的地方，总是柔软而无骨，怎么也不能挂得像柱子一样有型，呈现有棱有角方直对称的态势。所以须要另外设法让帐子有骨，赋予其端直方正之形。可以用不粗不细的竹子，制作一个上有方顶旁及四柱的支架，等帐子挂好以后，再撑起来，这样床内有床，旧制的方便和新制的精美，两者兼而有之。这种有方顶和四柱的支架，可以让做轿子的人来制作，价钱很便宜，只要花费相当于中等人家一顿饭钱就可以了。

啥叫"帐宜加锁"呢？设帐子的原因有两个：就是为了蔽风、隔蚊子。蔽风的好处大约占了十分之三，隔蚊子的好处则占了十分之七。然而，隔蚊子用帐子，把蚊子关在里面而使它不能跑出去的也是帐子。蚊子这东西，身体极其柔弱而性情极其勇猛，体形极其微小而心机极其奸诈。傍晚时分驱赶蚊虫，它们宁肯受奔驰之苦、挞伐之危，死守帐子中而不逃出去的，大约占了十之八九。就是那些离开了，也必定会选择空隙之地进攻，乘虚而入。在昆虫一类当中最善于用兵法的，恐怕莫过于蚊子了。它选择进攻之地，常常是弃后而攻前；它乘虚而入时，必定舍弃墙垣而窥视门户。帐前两幅交接供人进出的地方，是蚊子占据要害，潜藏埋伏，伺机进攻的区域。或是乘风动帐开之际，或是等取器撒尿之时，只要有一点儿空隙可钻，蚊子们便会嗡嗡叫着往里钻。防御的方法是，在帐前两幅交关联接供人进出的地方，上中下共设三个纽，就像妇人衣服上的纽扣一样。等到取溺器的时候，先用一只手把住帐子，不让帐子门户洞开，用另一只手把溺壶提进去，完事后把尿壶拿出时也是如此。这样做，那我的帐子就会像铜墙铁壁一样攻不可破，蚊子即使有奇勇异诈，也都无计可施无能为力了。至于说到驱蚊的办法，应当人在帐内，把帐子打开，才能使蚊子出而无阻。可是人们赶蚊子，都是站在帐檐之下，使帐子打开的地方被挡住了一大半，这就等于想赶蚊子出来却又关上大门。犯这种毛病的，十个人当中有九个，为什么他们都习而不察，到了这样的地步呢？

啥叫"床要着裙"呢？爱精洁美观的人，每一样东西都不让弄脏一点点。常常有人用绮罗做帐子，开始干干净净，后来就漫不经心，越来越脏，不能善始善终，或者上面依然精洁，而下边就很容易脏，因为帐子下面贴枕着头的地方，在妇人则有铅黛的余渍膏沐的油痕，在男子也多有头油脑汗之迹，日积月累，原本洁净无瑕的帐幕被污染了，美观可爱的图案也因为被染脏而令人不忍目睹，所以着裙的法子必不可少。这法子与增添方顶四柱的方法互为表里。因为要使帐子着裙，预先必须使帐子有骨架来支撑，如果软而无力就不能承受床裙的分量。具体方法是：就在四根竹柱之下，各钻一孔，然后以三根竹竿横插进去，横竿与枕相平，离竹席一尺左右，然后用布作床裙，穿在横竿上面，那么即使床裙脏了，帐子也不会脏，因为裙子脏了，可以勤加洗涤，而帐子却难以频频洗换。至于枕头、竹席、被褥等物的设置，不过取其冬暖夏凉，请让我用两句话来概括，那就是：求凉之法，浇水不如透风；致暖之方，增绸不如加布。这些都是我这个贫寒之士所体验而得知的。至于用羊羔美酒也足以御寒，建造高大的亭屋，再加上冬天埋冰夏日取用可以避暑降温，道理固然不错，但我却未曾亲自尝试过。"知之为知之，不知为不知"，这是圣贤实在无欺之学，不敢因为小事就忽略了。

橱　　柜

造橱立柜，无他智巧，总以多容善纳为贵。尝有制体极大而所容甚少，反不若渺小其形而宽大其腹，有事半功倍之势者，制有善不善也。善制无他，止在多设搁板。橱之大者，不过两层、三层，至四层而止矣。若一层止备一层之用，则物之高者大者容此数件，而低者小者亦止容此数件矣。实其下而虚其上，岂非以上段有用之隙，置之无用之地哉？当于每层之两旁，别钉细木二条，以备架板之用。板勿太宽，或及进身之半[1]，或三分之一，用则活置其上，不则撤而去之。如此层所贮之物，其形低小，则上半截皆为余地，即以此板架之，是一层变为二层，总而计之，即一橱变为两橱，两柜合成一柜矣，所裨不亦多乎？或所贮之物，其形高大，则去而容之，未尝为板所困也。此是一法。

　　至于抽替之设，非但必不可少，且自多多益善。而一替之内，又必分为大小数格，以便分门别类，随所有而藏之，譬如生药铺中，有所谓"百眼橱"[2]者。此非取法于物，乃朝廷设官之遗制，所谓五府六部群僚百执事，各有所居之地与所掌之簿书钱谷是也。医者若无此橱，药石之名盈千累百，用一物寻一物，则卢医扁鹊无暇疗病[3]，止能为刻舟求剑之人矣[4]。此橱不但宜于医者，凡大家富室，皆当则而效之，至学士文人，更宜取法。能以一层分作数层，一格画为数格，是省取物之劳，以备作文著书之用。则思之思之，鬼神通之；心无他役，而鬼神得效其灵矣。

【注释】

　　〔1〕进身：犹进深。这里指橱柜的深度。

　　〔2〕百眼橱：中药铺里贮存药材的有许多抽屉的药橱。

　　〔3〕卢医扁鹊：战国时名医。卢医，即扁鹊。因家于卢国，故亦称卢医。

　　〔4〕刻舟求剑：比喻拘泥成法，不知变通。典出《吕氏春秋·察今》。

【译文】

　　打制橱柜，无须其他智巧，总以多容善纳为贵。有的橱柜体形很大，可是所容纳的东西却很少，反而不如那些外形看起来很小，而肚腹里面容纳物品的空间实际上挺宽大，能够收到事半功倍效果的橱柜，这就要看设计制作得好不好了。好的设计制作，关键只在多设搁板。大的橱柜，里面也不过两层、三层，至四层就到顶了。如果一层只备一层用，那么高的大的东西能放几件，而低的矮的东西也就只能放同样的件数。那么往往下面塞满了，上面却空着，岂不是把上面有用的空间，置之无用之地了吗？应当在每层的两旁，另外再钉两条细木条，以备架板之用。板不要太宽，或是到进身的一半，或是到进身的三分之一，用的时候就架上活板，不用时就撤下活板。如果这一层所存放的东西，其形状低下，那么上半截就空出了多余的地方，就可以把这块活板架上，这样一层就变为两层，若是每层都这样，那么总起来计算，就一橱变成了两橱，两柜合成了一柜了，所带来的好处不是也很多吗？或者所要储藏的东西，其形状高大，那就把活板去掉再放进去，那就不会因为活板碍事。这只是一种方法。

至于设置抽屉，非但必不可少，而且多多益善。而一个抽屉里面，又必须分为大小数格，以便分门别类，随具体需要来存放东西，就好像生药铺中，有所谓"百眼橱"的一样。这种办法，不是从"百眼橱"这样的事物中取法得来，乃是从朝廷设官传下来的制度学来的，所谓五府六部群僚百执事，各有其办公所居的地方和所掌管的簿书钱谷的职能，这与"百眼橱"的原理是一样的。医生如果没有这种"百眼橱"，那药石之名成千累万，混放在一起，要用的时候，需要一种药就找一种药，那么就算是卢医、扁鹊那样的神医，也会忙于找药而无暇治病救人了，只能做刻舟求剑的傻瓜了。此橱不仅适宜于医生，凡是大家富室，也都应当仿而效之，至于文人学士，就更应当取法了。如果能够以一层分作数层，一格画为数格，这样就可以省掉寻找东西的烦劳与时间，让人得以有余暇更好地作文著书。那么，能够集中精力想象思考，灵感就会到来，思路就会顺畅；心无旁骛，思想不受干扰，艺术神灵也就有机会展现发挥其奇效和灵验了。

箱 笼 箧 笥

随身贮物之器，大者名曰箱笼，小者称为箧笥[1]。

制之之料，不出革、木、竹三种；为之关键者[2]，又不出铜铁二项，前人所制亦云备矣。后之作者，未尝不竭尽心思，图为奇巧，总不出前人之范围；稍出范围即不适用，仅供把玩而已。予于诸物之体，未尝稍更，独怪其枢太庸[3]，物而不化，尝为小变其制，亦足改观。法无他长，惟使有之若无，不见枢钮之迹而已。止备二式者，腹稿虽多，未经尝试，不敢以待验之方误人也。

予游东粤[4]，见市廛所列之器[5]，半属花梨、紫檀[6]，制法之佳，可谓穷工极巧，止怪其镶铜裹锡，清浊不伦。无论四面包镶，锋棱埋没，即于加锁置键之地，务设铜枢，虽云制法不同，究竟多此一物。譬如一箱也，磨砻极光[7]，照之如镜，镜中可使着屑乎？一笥也，攻治极精，抚之如玉，玉上可使生瑕乎？有人赠我一器，名“七星箱”，以中分七格，每格一替[8]，有如星列故也。外系插盖，从上而下者。喜其不钉铜枢，尚未生瑕着屑，因筹所以关闭之。遂付工人，命于中心置一暗橛[9]，以铜为之，藏于骨中而不觉，自后而前，抵于箱盖。盖上凿一小孔，勿透于外，止受暗橛少许，使抽之不动而已。乃以寸金小锁，锁于箱后。置之案上，有如浑金粹玉，全体昭然，不为一物所掩。觅关键而不得，似于无锁；窥中藏而不能，始求用钥。此其一也。

后游三山，见所制器皿无非雕漆，工则细巧绝伦，色则陆离可爱[10]，亦病其设关置键之地难免赘瘤，以语工师，令其稍加变易。工师曰：“吾地般、倕颇多[11]，如其可变，不自今日始矣。欲泯其迹，必使无关键而后可。"予曰："其然？岂其然乎？"〔12〕因置暖椅告成。欲增一匣置于其上，以代几案，遂使为之。上下四旁，皆听工人自为雕漆，俟其成后，就所雕景物而区画之：前面有替可抽者，所雕系"博古图"〔13〕，镈罍钟磬之属是也〔14〕；后面无替而平者，系折枝花卉，兰菊竹石是也。皆备五彩，视之光怪陆离。但抽替太阔，开闭时多不合缝，非左进右出，即右进左出。予顾而筹之，谓必一法可当二用，既泯关键之迹，又免出入之疵，使适用美观均收其利而后可。乃命工人亦制铜㦸一条，贯于抽替之正中，而以薄板掩之，此板即作分中之界限。夫一替分为二格，乃物理之常，乌知有一物焉贯于其中，为前后通身之把握哉？得此一物贯于其中，则抽替之出入皆直如矢，永无左出右入、右出左入之患矣。前面所雕"博古图"，中系三足之鼎，列于两旁者一瓶一炉。予鼓掌大笑曰："'执柯伐柯，其则不远。'〔15〕即以其人之道，反治其身足矣〔16〕！"遂付铜工，令依三物之成式，各制其一，钉于本等物色之上。鼎与炉瓶皆铜器也，尚欲肖其形与式而为之，况真者哉？不问而知其酷似矣。鼎之中心穴一小孔，置二小钮于旁，使抽替闭足之时，铜㦸自内而出，与钮相平。㦸与钮上俱有眼，加以寸金小锁，似鼎上原有之物，虽增而实未尝增也。锁则锁矣，抽开之时，手执何物？不几便于入而穷于出乎？曰：不然。瓶炉之上原当有耳，加以铜圈二枚，执此为柄，抽之不烦余力矣。此区画正面之法也。铜㦸既从内出，必在后面生根，未有不透出本匣之背者，是铜皮一块与联络补缀之痕，俱不能泯矣。乌知又有一法，为天授而非人力者哉！所雕诸卉，菊在其中，菊色多黄，与铜相若，即以铜皮数层，剪千叶菊花一朵，以暗虀之透出者穿入其中，胶之甚固，若是则根深蒂固，谁得而动摇之？

予于此一物也，纯用天工，未施人巧，若有鬼物伺乎其中，乞灵于我，为开生面者。制之既成，工师告予曰："八闽之为雕漆，数百年于兹矣，四方之来购此者，亦百千万亿其人矣，从未见创法立规有如今日之奇巧者，请行此法，以广其传。"予曰："姑迟之，俟新书告成，流布未晚。"窃恐世人先睹其物而后见其书，不知创自何人，反谓剿袭成功以为己有^{〔17〕}，讵非不白之冤哉！工师为谁？魏姓，字兰如；王姓，字孟明。闽省雕漆之佳，当推二人第一。自不操斤，但善于指使，轻财尚友，雅人也。

【注释】

〔1〕箧笥（qiè sì）：藏物的竹器。箧，小箱子。

〔2〕关键：与下文所说的枢、枢纽，都是指使箱笼能启闭自如的部件。

〔3〕庸：缺乏新意。

〔4〕予游东粤：李渔曾于康熙七年（1668）游广东，次年返金陵（南京）。

〔5〕市廛（chán）：市中商店。

〔6〕花梨：木名。形似紫檀，色紫红，微香。紫檀：木名。材质坚实细密。二者均为制造家具和乐器等的贵重木材。

〔7〕磨砻：打磨。

〔8〕替：抽屉。

〔9〕虀：音义通"闩"。用以启闭开合的金属条或木条。

〔10〕陆离：鲜明。

〔11〕般、倕：能工巧匠。般，公输班，即鲁班；倕，共工，传说中的巧匠。

〔12〕"其然"二句：语出《论语·宪问》，意为：是这样吗？难道真是这样吗？

〔13〕博古图：这里指雕绘于器物上的古玩图案。

〔14〕罇罍（zūn léi）：盛酒的器物。

〔15〕"执柯伐柯"二句：语出《诗经·豳风·伐柯》："伐柯伐柯，其则不远。"意为拿斧头砍做斧头柄的材料，样子即在手边。

〔16〕"即以其人之道"二句：语出朱熹《四书集注》中《中庸》第十三章注。

〔17〕剿袭：模仿，抄袭。

【译文】

随身贮存物品的器具，大的名叫箱笼，小的称为箧笥。制作这些器具的材料，不出皮革、木头、竹子这三种；而其中用作开关枢纽部分的材料，又不出铜、铁两类，前人的制作体式方法也可以说很详备了。后代的制作者，未尝不竭尽心思，追求奇巧，总超越不了前人的范围；即使稍稍越出范围，就不适用了，只能供人把玩而已。我对于箱笼箧笥诸器具的体制结构，未尝稍加更改创新，唯独奇怪它们的机关枢纽太过平庸，机械而缺乏变化，曾经对其形制做过一些小小的变化，也足以有所改观。我改进的法子，也没有什么别的长处，唯独能使开关枢纽部分由有变无，由明变暗，看不出开关枢纽的痕迹罢了。这里只介绍两种式样，因为我创意腹稿虽然不少，但是未经尝试，不敢以有待验证的方法来误导别人。

我游东粤的时候，看到街市上陈列的箱笼箧笥等器具，多半是用花梨木、紫檀木制成的，制作方法之精美，可以说是穷工极巧，只是奇怪其以这样上佳的木质，却要镶铜裹锡，清浊色调不搭，雅俗不伦不类。且不论四面包镶，使箱笼箧笥的锋颖棱角都被遮掩埋没了，就拿在加锁置栓的地方，都务必安上铜制枢纽这一点而言，虽说这是制作方法不同，但毕竟是多此一物。譬如一只箱笼，打磨得极为光亮，像是光可鉴人的一面镜子，明镜之中难道可以让它沾上碎屑吗？又譬如一只小竹箱，制作得极为精致，用手抚模上去，质感如同玉石，美玉之上难道可以让它生斑点出瑕疵吗？有人送给我一个箱子，名叫"七星箱"，因为箱子中间分成七格，每格一个抽屉，有如七星陈列，所以这样取名。箱子的外面设置一块从上往下的插盖。我很喜欢它没有钉上铜枢纽，还没有生出瑕疵沾上碎屑，于是就筹划怎样关闭和锁上它的办法。想妥办法后，就付与工匠，让他在箱子中间安一根暗闩，以铜来制作，暗闩藏在木柱当中，让人不会看到，从后往前，抵于箱盖。箱盖上凿一个小孔，不要让它穿透到外面，止让暗闩插进来一点点，使插盖抽不动就可以了。再用寸金小锁，锁在箱后。把它放置在几案之上，有如浑金粹玉，整体玲珑可爱，没有一点瑕疵掩藏它的精美。想找机关枢纽的所在，却索而不得，好似根本就没有锁；想窥见箱中所藏之物却不能够，才求问锁钥何在。这是其一。

后来游览福州三山，见到那里所制作的器皿全都采用雕漆工艺，作工精细灵巧，美妙绝伦，色彩绚丽夺目，很是可爱，但觉得美中不足的，也是其设置机关枢纽的地方难免成为赘瘤，我把自己的想法告诉工匠师傅，让他们稍加改进。工匠师傅说："本地像公输般、共工那样的能工巧匠很多，如果它能够改变，就不会等到今天才开始了。要想让它不留任何痕迹，除非不设锁钥才行。"我说："是这样的吗？难道真是这样的吗？"因为我当时正好制作一个暖椅，刚刚告成，想增加一个匣子放在暖椅上，以代替几案，于是就让他们替我加工制作。上下四周，都听凭工匠自己按雕漆工艺处理，等到制成以后，再根据其所雕景物而加以筹划设计：匣子的前面有抽屉，可以抽进抽出，抽屉上雕的是一幅"博古图"，就是酒器钟磬之类的东西；后面没有抽屉，是平的，上面雕的是一幅折枝花卉，就是兰菊竹石等等。都绘成五颜六色，看上去明丽可爱。只是抽屉太阔，开合时多不合缝，不是左边进右边出，就是右边进左边出。我注意到这一情况，筹划解决办法，认为必须想出一个具有双重效用的方法，既可以隐藏机关枢纽的痕迹，又可以避免抽屉开合时不能合缝的毛病，使其既适用又美观一举两得。于是就让工匠也制作了一条铜闩，贯穿于抽屉正中，而用薄板把它掩藏起来，这一薄板同时也可兼做抽屉中分的界限。把一个抽屉分成二格，本来就是常见的事理，可哪里知道有铜闩一物暗暗贯穿于抽屉之中，作为使抽屉前后通身合缝，开合时不致左右错位的中轴呢？有这条铜闩贯穿于中间，那么整个抽屉抽进抽出就都像箭矢一样直，就永远不会出现不是左边进右边出，就是右边进左边出的问题了。匣子前面抽屉上雕的"博古图"，中间是一个三足鼎，列于鼎两旁的是一瓶一炉。我鼓掌大笑说："'执柯伐柯，其则不远。'即以其人之道，反治其人之身就足够了。"于是吩咐铜匠，让他依照"博古图"上的鼎、瓶、炉三样事物的现成式样，分别制作一件，钉在图中所雕鼎、瓶、炉的上面。鼎和炉、瓶都是铜器，尚且要模仿它们的形状和式样去制作，何况是真的呢？所以不问就知道这些仿制品必定酷似原物。在鼎的中心挖一个小孔，在两旁安上两个小钮，使抽屉关紧之时，铜闩自内而出，与钮相平。闩与钮上都有眼，加上寸金小锁，就像是鼎上原有的东西，虽然是另外增设的，而实际效果却好似未曾增设一样。锁倒是可以锁上了，可抽开的时候，手把在什么东西上呢？如果没有抓手，不就等于只方便推抽屉进去却没法子拉出来吗？我说：不然。瓶炉上面原来就应当有耳，可以加上两枚铜圈，拿这个当抓手，拉抽屉就轻松不费力了。这是外边和正面的处理方法。铜闩既然是由内而出，那就必定要在后面生根，没有能不透出本匣子背面的。如此，那块铜皮和联络补缀的痕迹，就都不能消除而难免会露出来。哪知又有一个法子，乃是老天赐授而非人力所为呢！所雕兰菊竹石，其中就有菊花，菊花颜色多为黄色，和铜色调相似，就用几层铜皮，剪一朵千叶菊花，把暗闩透出之处穿到菊花中，用胶粘合固定，如此就根深蒂固，谁又能够摇动它呢？

我创制这样一个物件，纯用天工，未施人巧，就好像冥冥之中有鬼神在注视着参与着，乞灵于我，为之别开生面。制成以后，工匠师傅告诉我说："福建的雕漆工艺，在此流传数百年了，四面八方前来购买雕漆制品的，也有百千万亿人，却从来没有见过像今天这样奇巧的创意设计和形制式样。请允许我们推行这种制法，让它广为流传。"我说："姑且推迟一下，等我的新书告成，你们再推广传布也不晚。"因为我担心世人先看见这新式的创制，而后看见我写的书，因而不知道这样的发明创自谁人，反而会认为我剿袭别人现成的发明创意而据为己有，那岂不是会让我蒙受不白之冤吗？工匠师傅是谁呢？一位姓魏，字兰如；另一位姓王，字孟明。福建省从事雕漆工艺的工匠当中最优秀的，当推他们二位为第一。自己不必亲自动手执锯运斤，只是善于设计指导，又轻财尚友，真是风雅之人啊。

骨　　董

　　是编于骨董一项[1]，缺而不备，盖有说焉。崇高古器之风，自汉魏晋唐以来，至今日而极矣。百金贸一卮[2]，数百金购一鼎，犹有病其价廉工俭而不足用者。常有为渺小之物，而费盈千累万之金钱，或弃整陌连阡之美产，皆不惜也。夫今人之重古物，非重其物，重其年久不坏；见古人所制与古人所用者，如对古人之足乐也。若是则人与物之相去，又有间矣。设使制用此物之古人至今犹在，肯以盈千累万之金钱与整陌连阡之美产，易之而归，与之坐谈往事乎？吾知其必不为也。予尝谓人曰：物之最古者莫过于书，以其合古人之心思面貌而传者也。其书出自三代，读之如见三代之人；其书本乎黄虞，对之如生黄虞之世；舍此则皆物矣。物不能代古人言，况能揭出心思而现其面貌乎？古物原有可嗜，但宜崇尚于富贵之家，以其金银太多，藏之无具，不得不为长房缩地之法[3]，敛丈为尺，敛尺为寸，如"藏银不如藏金，藏金不如藏珠"之说，愈轻愈小，而愈便收藏故也。矧金银太多，则慢藏诲盗[4]，贸为古董，非特穿窬不取[5]，即误攫入手[6]，犹将掷而去之。迹是而观，则古董、金银为价之低昂，宜其倍蓰而无算也[7]。乃近世贫贱之家，往往效颦于富贵，见富贵者偶尚绮罗，则耻布帛为贱，必觅绮罗以肖之；见富贵者单崇珠翠，则鄙金玉为常，而假珠翠以代之。事事皆然，习以成性，故因其崇旧而黜新，亦不觉生今而反古。有八口晨炊不继，犹舍旦夕而问商周[8]；一身活计茫然，宁遣妻孥而不卖古董者。人心矫异，讵非世道之忧乎？予辑是编，事事皆崇俭朴，不敢侈谈珍玩，以为末俗扬波。且予窭人也[9]，所置物价，自百文以及千文而止，购新犹患无力，况买旧乎？《诗》云："惟其有之，是以似之。"[10]生平不识古董，亦借口维风，以藏其拙[11]。

【注释】

〔1〕骨董：古董。

〔2〕贸：买。卮：古代盛酒的器皿。

〔3〕长房缩地之法：传说东汉费长房有化远为近之法。葛洪《神仙传·壶公》："房有神术，能缩地脉，千里存在目前，宛然放之，复舒如旧也。"

〔4〕"金银太多"二句：是说金银太多，随便放置，就等于叫人来偷盗。慢藏诲盗，语出《易·系辞上》。

〔5〕穿窬（yú）：穿墙窬壁，指偷盗或偷盗者。

〔6〕攫（jué）：抓取。

〔7〕倍蓰（xǐ）：数倍。倍，一倍；蓰，五倍。

〔8〕舍旦夕而问商周：是指置现实日常生活问题于不顾而惟古董是求。

〔9〕窭（jù）人：贫寒之人。

〔10〕"惟其有之"二句：为《诗经·小雅·裳裳者华》诗句。本意是指君子内有才德，其外在的仪表风度恰似其内质。

〔11〕"借口维风"二句：是说借批评、纠正"末俗"世风以藏拙。

【译文】

这一编对于骨董这一项，缺而不备，我不介绍是有理由的。崇尚古玩的风气，自汉魏晋唐以来，到现在已经盛行到登峰造极的地步了。花上百金买一个小酒樽，花数百金买一只鼎，还有人嫌它们价廉工俭而不满足。常常有人为了很小的一件古玩，而花费了盈千累万的金钱，或者舍弃整陌连阡大片大片肥沃的田地，都毫不吝惜。今人之所以看重古玩，其实并不是看重古玩本身，而是看重它年代久远而不损坏；看到古人所制作的，古人所使用的器物，就如同面对古人一样而感到满足快乐。如果是这样，那么人和物之间相去，又有距离。假使制作和使用此物的古人到现在还活在世上，他会用盈千累万的金钱和大片大片的肥沃田地，把此物换回去，和它相对而坐，晤谈往事吗？我知道他必定不会那样做。我曾经对人说：最古的物品莫过于书，因为它们是合着古人的心思面貌而写成而流传的啊。其书出自夏、商、周三代，读了它就好像见到了三代时期的人；其书本于黄帝、虞舜，对着它，就仿佛生活在黄帝、虞舜之世；舍此之外那就是一般的物品了。一般的物品尚且不能代古人说话，哪还能够揭示出古人的心思而且呈现出他们的风貌呢？古物原本有可供嗜好的理由和价值，但却只宜于富贵之家来崇尚。这是因为富贵人家金银太多，没有收藏之具，所以不得不仿效神仙费长房的缩地之法，把丈缩敛为尺，把尺缩敛为寸，如同"藏银不如藏金，藏金不如藏珠"的说法，把财富变得愈轻愈小，而愈便于收藏的缘故。何况金银太多，那就会容易疏忽保管，招徕盗贼，拿金银购换成古董，不仅盗贼不取，即使误取到手，还是会扔掉离开。由此而观之，那么古董、金银价值的高低，相差应该不止数倍，而是无数倍。可奈近世贫贱之家，往往效颦于富贵人家，见他们偶尔崇尚绮罗，就以穿布帛为贱，视为耻辱，必定要寻购绮罗来仿效他们的装扮；见他们单单崇尚珠翠，就鄙视金玉为一般的东西，也用珠翠来代替金玉。事事如此，习以成性，所以因为他们崇尚古旧的而贬黜新近的，也就不自觉地生在今世却向往古代。有人全家八口早饭都没得吃，还不管早晚的营生而只顾着打听商周古器；一身生计事业一片茫然，竟然宁肯驱遣妻儿，也不卖掉古董。人心怪异变态到这样的地步，岂不是世道的忧患吗？我编这部书，事事都崇尚俭朴，不敢侈谈珍玩，就怕为末世衰败的习俗扬波助澜。况且我本是贫寒之人，所用来购买物品的价钱，自百文以至千文，就罢手了，买新物品尚且担心财力不足，更何况去买古董旧物呢？《诗经》中说："惟其有之，是以似之。"我生平不识古董，也只得借口维护风俗教化，以掩盖我的朴拙。

炉　　瓶

炉瓶之制[1]，其法备于古人，后世无容蛇足。但护持衬贴之具[2]，不妨意为增减。如香炉既设，则锹箸随之，锹以拨灰，箸以举火，二物均不可少。箸之长短，视炉之高卑，欲其相称，此理易明，人尽知之；若锹之方圆，须视炉之曲直，使勿相左，此理亦易明，而为世人所忽。入炭之后，炉灰高下不齐，故用锹作准以平之，锹方则灰方，锹圆则灰圆，若使近边之地炉直而锹曲，或炉曲而锹直，则两不相能，止平其中而不能平其外矣，须用相体裁衣之法，配而用之。然以铜锹压灰，究难齐截，且非一锹二锹可了。此非僮仆之事，皆必主人自为之者。予性最懒，故每事必筹躲懒之法，尝制一木印印灰[3]，一印可代数十锹之用。初不过为省繁惜劳计耳，讵料制成之后，非止省力，且极美观，同志相传，遂为一定不移之法。譬如炉体属圆，则仿其尺寸，镟一圆板为印[4]，与炉相若，不爽纤毫，上置一柄，以便手持。但宜稍虚其中，以作内昂外低之势，若食物之馒首然。方者亦如是法。加炭之后，先以箸平其灰，后用此板一压，则居中与四面皆平，非止同于刀削，且能与镜比光，共油争滑，是自有香灰以来，未尝现此娇面者也。既光且滑，可谓极精，予顾而思之，犹曰尽美矣，未尽善也，乃命梓人镂之[5]。凡于着灰一面，或作老梅数茎，或为菊花一朵，或刻五言一绝，或雕八卦全形，只须举手一按，现出无数离奇，使人巧天工两擅其绝，是自有香炉以来，未尝开此生面者也。湖上笠翁实有裨于风雅，非僭词也[6]。请名此物为"笠翁香印"。方之眉公诸制[7]，物以人名者，孰高孰下，谁实谁虚，海内自有定评，非予所敢饶舌。用此物者，最宜神速，随按随起，勿迟瞬息，稍一逗留，则气闭火息矣。雕成之后，必加油漆，始不沾灰。

　　焚香必需之物，香锹香箸而外，复有贮香之合，与插锹箸之瓶之数物者，皆香与炉之股肱手足，不可或无者也。然此外更有一物，势在必需，人或知之而多不设，当为补入清供。夫以箸拨灰，不能免于狼藉，炉肩鼎耳之上，往往蒙尘，必得一物扫除之。此物不须特制，竟用蓬头小笔一枝，但精其管，使与濡墨者有别，与锹箸二物同插一瓶，以便次第取用，名曰"香帚"。至于炉有底盖，旧制皆然，其所以用此者，亦非无故。盖以覆灰，使风起不致飞飏；底即座也，用以隔手，使移动之时，执此为柄，以防手汗沾炉，使之有迹，皆有为而设者也。然用底时多，用盖时少。何也？香炉闭之一室，刻刻焚香，无时可闭；无风则灰不自扬，即使有风，亦有窗帘所隔，未有闭熄有用之火，而防未必果至之风者也。是炉盖实为赘瘤，尽可不设。而予则又有说焉：炉盖有时而需，但前人制法未善，遂觉有用为无用耳。盖以御风，固也。独不思炉不贮火，则非特盖可不用，并炉亦可不设；如其必欲置火，则盖之火熄，用盖何为？予尝于花晨月夕及暑夜纳凉，或登最高之台，或居极敞之地，往往携炉自随，风起灰飏，御之无策，始觉前人呆笨，制物而不善区画之，遂使贻患及今也。同是一盖，何不于顶上穴一大孔，使之通气，无风置之高阁，一见风起，则取而覆之，风不得入，灰不致飏，而香气自下而升，未尝少阻，其制不亦善乎？止将原有之物，加以举手之劳，即可变无益为有裨。昔人点铁成金，所点者不必是铁，所成者亦未必皆金，但能使不值钱者变而值钱，即是神仙妙术矣。此炉制也。

瓶以磁者为佳，养花之水清而难浊，且无铜腥气也。然铜者有时而贵，以冬月生冰，磁者易裂，偶尔失防，遂成弃物，故当以铜代之。然磁瓶置胆，即可保无是患。胆用锡，切忌用铜，铜一沾水即发铜青，有铜青而再贮以水，较之未有铜青时，其腥十倍，故宜用锡。且锡柔易制，铜劲难为，价亦稍有低昂，其便不一而足也。磁瓶用胆，人皆知之，胆中着撒[8]，人则未之行也。插花于瓶，必令中窾[9]，其枝梗之有画意者随手插入，自然合宜，不则挪移布置之力不可少矣。有一种倔强花枝，不肯听人指使，我欲置左，彼偏向右，我欲使仰，彼偏好垂，须用一物制之，所谓撒也，以坚木为之，大小其形，勿拘一格，其中则或匾或方，或为三角，但须圆其外，以便合瓶。此物多备数十，以俟相机取用。总之，不费一钱，与桌撒一同拾取，弃于彼者复收于此。斯编一出，世间宁复有弃物乎？

【注释】

〔1〕炉瓶：香炉和花瓶。

〔2〕护持衬贴之具：即配套的用品与工具。

〔3〕木印：这里指锹面上刻有花纹的木锹。

〔4〕镟：回旋着切削。

〔5〕梓人：木工，匠人。镂：雕刻。

〔6〕僭词：言过其实的话。

〔7〕眉公：明代陈继儒，字仲醇，号眉公、麋公，华亭（今上海松江）人，为当时名士，人们因以眉公命名某些食品、器物。参见《饮馔部》之《肉食第三·猪》。

〔8〕撒：用以固定或塞紧器物的竹、木或金属片。

〔9〕中窾（kuǎn）：这里是指恰到好处。窾，空处，中空。

【译文】

　　香炉、花瓶的制作，其方法古人已经有详备的论述，后人无须画蛇添足。只是护持衬贴的工具，不妨用点心加以增减变化。比如既设了香炉，那么炉锹和炉筷就需要随之配备，炉锹用来拨灰，炉筷用来夹炭点火，这两种工具均不可少。炉筷尺寸是长还是短，须视香炉的高低而定，要使二者比例相称，这个道理容易明白，人人都知道；但像炉锹的形状是方还是圆，则须视香炉的曲直而配置，不能让二者形状相悖，这个道理也容易明白，却被人们所忽视。把炭加进香炉之后，炉灰高下不齐，所以要用炉锹为准将其压平。炉锹如果是方形的，那么压出的灰也就呈方形，炉锹如果是圆形的，那么压出的灰也就呈圆形。假使香炉是方而直的，炉锹却是圆而曲的，或者香炉是圆而曲的，炉锹却是方而直的，那么当用炉锹去压平接近炉壁边缘的炉灰时，炉锹和香炉二者就不能相合，那就只能压平中间而不能压平周边了，所以必须用相体裁衣的方法，用圆锹配圆炉，方锹配方炉，相应配合起来用。然而用铜锹来压灰，终究难以压得平整，而且也不是一锹两锹可以了事的。这不关僮仆的事，都必须由主人亲自来办。我生性最懒，所以每样事情必然都要先筹划躲懒的办法，曾经设计制作了一把木印印灰，一印可以代替数十锹的功用。起初不过是为了省些繁琐减点辛劳而已，谁料到制成之后，不只省力，而且极为美观，于是志同道合的朋友相互推广传播，于是就成了固定不变的方法。比如炉体是圆的，就仿照炉体的尺寸，锬一块圆板做印，与炉子形状大小相像，不差纤毫，上面安上把手，以便手拿。但应该让中间部位稍稍虚空一些，以便做成内高外低的形状，好像食物中馒头的样子。方的木印也是用这个方法制作。加炭以后，先用炉筷把灰弄平，然后用此板一压，那么中间和四面都一样平，不仅形同快刀削过一般，而且简直能与镜面比光，与香油比滑，这是自从有香灰以来，从未出现过如此娇美的画面。看上去又光又滑，可谓极其精致，可是我反复端详，再三思量，还是说，够美了，却还没有达到尽善的地步。于是就吩咐木匠刻镂。凡是木印着灰的一面，或者镂数茎老梅，或者镌一朵菊花，或者刻一首五言绝句，或者雕一个八卦全形，只须举手一按，便现出无数离奇，使人巧夺天工，两擅其绝，自从有香炉以来，可以说未尝别开过如此的生面。我湖上笠翁实在有益于风雅，说这话并不过分。所以请求把此款木印叫做"笠翁香印"。如果拿这款香印与陈眉公发明并以他的名字冠名的物品形制相比较，谁高谁低，谁实谁虚，海内自有定评，我是不敢饶舌多嘴的。用香印压灰，最宜神速，随按随起，不要有片刻迟疑，稍一迟缓逗留，就会气闭火熄。香印制作雕好以后，必须加刷油漆，才不会沾灰。

　　焚香所必需的器物，除了香炉锹、香炉筷而外，还有贮香的盒子，以及插香锹、香筷的瓶子等物品，都是香与炉的股肱手足，是不可或缺的。然而此外还有一样器物，势在必需，人们也许知道，却大多不置备，应该为之补入，以作为清雅的供品。因为，用炉筷拨香灰，不能避免香灰飞散，炉肩鼎耳之上，往往蒙上灰尘，必须要有样东西去扫而除之。这样东西无须特制，就用一枝蓬头小笔，只要笔管做得精致一些，使它有别于沾墨的笔就可以了，与香锹、香筷二者一同插在瓶子里，以便需要时依次取用，可以取名为"香帚"。至于香炉有底有盖，从前香炉的形制都是如此，之所以要用底和盖，也并非没有缘故。炉盖用来覆盖灰尘，使风起不致香灰飞飏；炉底就是香炉的底座，用来隔手，在移动香炉的时候，把着它作为手柄，以防手汗沾染香炉，留下污痕，都是有目的才设置的。然而用炉底的机会多，用炉盖的次数少。为什么呢？香炉封闭在室内使用，刻刻焚香，几乎没有不点香的时候，所以无需加盖；没有风时，灰不会自己飞起来，即使有风，也为窗帘所阻隔，所以没有必要盖熄这有用的香火，来防范那未必真能吹进来的风。如此炉盖实在成了多余之物，完全可以不加设置。可是我在这点上却又有说法：炉盖或者仍然有需要的时候，只是前人制作方法还不够完善，才使得人们误以有用的东西为毫无用处之物。炉盖用来御风，固然本来如此。唯独没有想到，如果香炉不贮火，那么非但炉盖可以不用，就是连香炉本身也可以不设；如果香炉一定要燃火，那么一盖上盖子，香火就熄灭了，那用盖子又是为什么呢？我曾经在花晨月夕及暑夜纳凉时，或登上最高的亭台，或安坐在极宽敞的平地，往往携炉自随，一遇到风起灰飏，就拿它束手无策，才觉得前人也或有呆笨之处，制作器物不善于设计，于是遗患至今。我想，同样是一个炉盖，为什么不在炉盖顶上挖一个大孔，使得它可以通气呢？没风的时候，可以把炉盖束之高阁，一见风起，就取来盖上，风吹不进去，灰扬不起来，而香气却可以自下而上飞升弥漫，丝毫不会受到阻碍。这样改制一下，不是很好吗？止是将原有之物，加以举手之劳，就可变无益为有用。古人点铁成金，所点者不必是铁，所成者也未必都是金，只要能使不值钱的变成值钱的，就是神仙妙术了。这是关于香炉形制的一些设想。

　　而花瓶以瓷瓶为好，能使养花之水清而不容易变浊，而且不会有铜腥气。不过铜瓶有时也有它可贵的长处，因为冬月结冰，瓷瓶容易冻裂，偶尔没注意，就变成了废弃物，所以应当以铜瓶来替代瓷瓶。但是如果在瓷瓶里安置内胆，就可以确保没有这个隐患。瓶胆用锡，切忌用铜。铜一沾水，就会生锈发铜青，有了铜青再贮水，比起没有铜青之时来，其铜腥气味会增加十倍，所以适宜用锡。而且锡很柔软，容易加工制作；铜比较坚硬，制作加工要难一些，价格上也稍有高低的差别，铜比锡贵一点，可知用锡的便利不一而足。瓷瓶安置瓶胆，人人都知道，但是在瓶胆中着撒，人们却没有试行过。插花于瓶中，一定要使它合乎审美致趣，取那些有画意的枝梗，随手插入，自然合宜，否则挪移布置的工夫就不可少了。有一种倔强花枝，不肯听人指使摆弄，我想把它放左边，它偏偏向右，你想让花枝仰首，它偏偏喜欢垂下，必须用一样东西来制服它，所谓撒，就是这样一个东西，用坚硬的小木块，可大可小，形状也不拘一格，中间可以扁，可以方，也可以是三角形，但外缘都必须呈圆形，以便和花瓶相合。可以多备一些撒，以便需要时相机取用。总之，可以不费一钱，与桌撒一同拾取，那里弃之不用的东西，收起来可以用在这里。这本书一问世，世间难道还会有废弃的东西吗？

屏　　轴

十年之前，凡作围屏及书画卷轴者[1]，止有巾条、斗方及横批三式[2]。近年幻为合锦[3]，使大小长短以至零星小幅，皆可配合用之，亦可谓善变者矣。然此制一出，天下争趋，所见皆然，转盼又觉陈腐，反不若巾条、斗方诸式，以多时不见为新矣，故体制更宜稍变。变用何法？曰：莫妙于冰裂碎纹，如前云所载糊房之式，最与屏轴相宜，施之墙壁犹觉精材粗用，未免亵视牛刀耳[4]。法于未书未画之先，画冰裂碎纹于全幅纸上，照纹裂开，各自成幅，征诗索画既毕，然后合而成之。须于画成未裂之先，暗书小号于纸背，使知某属第一，某居第二，某横某直，某角与某角相连，其后照号配成，始无攒凑不来之患[5]。其相间之零星细块，必不可少，若憎其琐屑而不画，则有宽无窄，不成其为冰裂纹矣。但最小者，勿用书画，止以素描间之[6]，若尽有书画，则纹理模糊不清，反为全幅之累。此为先画纸绢，后征诗画者而言，盖立法之初，不得不为其简且易者。殆裱之既熟，随取现成书画，皆可裂作冰纹，亦犹裱合锦之法，不过变四方平正之角，为曲直纵横之角耳。此裱匠之事，我授意而使彼为之者耳。

更有书画合一之法，则其权在我，授意于作书作画之人，裱匠则行其无事者也。"诗中有画，画中有诗[7]。"此古来成语；作画者取诗意命题，题诗者就画意作诗，此亦从来成格。然究竟诗自诗而画自画，未见有混而一之者也。混而一之，请自今始。法于画大幅山水时，每于笔墨可停之际，即留余地以待诗，如峭壁悬崖之下，长松古木之旁，亭阁之中，墙垣之隙，皆可留题作字者也。凡遇名流，即索新句，视其地之宽窄，以为字之大小，或为鹅帖行书[8]，或作蝇头小楷。即以题画之诗，饰其所题之画，谓当日之原迹可，谓后来之题咏亦可，是"诗中有画，画中有诗"二语，昔作虚文，今成实事，亦游戏笔墨之小神通也。请质高明，定其可否。

【注释】

〔1〕围屏：可以环绕障蔽的屏风。

〔2〕巾条：条幅，直挂的长条画。斗方：书画所用的一尺见方的单幅笺，也指一尺见方的册页书画作品。横批：犹横披。横挂的条形书画。

〔3〕合锦：这里指将大小长短不一的书画配合用之而成的卷轴和锦屏。

〔4〕亵视牛刀：亵视，轻视。牛刀，这里犹言牛刀割鸡，大材小用的意思。

〔5〕攒（cuán）凑：拼合，聚拢。

〔6〕素描：单纯用线条描写，不加彩色。

〔7〕"诗中有画"二句：苏轼《东坡题跋·书摩诘〈蓝田烟雨图〉》："味摩诘之诗，诗中有画；观摩诘之画，画中有诗。"

〔8〕鹅帖：即鹅群帖，世传为王羲之子献之手笔。实为南朝宋以后好事者附会王羲之写《道德经》换鹅事而伪造。

【译文】

十年之前，凡制作围屏及书画卷轴的，只有巾条、斗方及横批三种样式。近年来变幻流行合锦，使大小长短以至零星小幅，都可以配合起来用，也可以说是善于变化了。可这种形制一出现，天下人争着仿效，所见之处都是合锦，转眼间就又觉得陈腐了，反而不如巾条、斗方诸样式，因为多时不见而觉得耳目一新了，可见体式形制更应稍加改进变化。那用什么方法改变呢？我说：没有比冰裂碎纹更妙的了，像前面我介绍糊房式样时说到过的那种，用在屏轴上最为相宜，把它用在糊墙壁上面还是觉得未免有点精材粗用，就像用牛刀去杀鸡，把牛刀看轻贱了。制作冰裂纹屏轴的具体方法，就是在未书写未绘画之前，先在全幅纸上画上冰裂碎纹，然后照纹裂开，各自成幅，等到或征求索要，或请人创作，或自己创作的诗画作品完成以后，将它们合在一起就成了。须要注意在冰裂碎纹描成未裂之先，应当在纸的背面用小字暗暗写上编号，以便知道哪个属于第一，哪个放在第二，哪个是横哪个直，哪一个角与哪一个角相邻相连等等，这以后按照编号相配而成，才不会出现混乱或拼合不上的问题。其中相间的零星细块，必不可少，如果嫌它们琐屑而不画，那么有宽无窄，就不成其为冰裂纹了。但是最小的，可以不用书画，只用素描线条分开就行了，如果全都用书画，那么纹理模糊不清，反而成为全幅的拖累了。这里是就先画纸绢，后征求诗画的情况而言的，因为初次尝试这种制作方法，不得不先从简单易行的做法开始。等到裱糊冰裂纹的技巧熟练了，随时取来现成书画，都可以裂作冰纹，就可以像裱合锦的方法那样去裱糊冰裂纹，只不过把合锦中的四四方方平平正正之角，改成曲直纵横的角罢了。这些都是裱匠的事情，由我授意而让他们去完成而已。

还有一种书画合一的方法，则其构思谋划全在我，由我授意作书作画之人，裱匠就没有什么别的事情了。"诗中有画，画中有诗。"这是古来的成语；画家取诗意来命题作画，诗人取画意来题诗，这已成为诗人画家题诗作画的惯例。然而毕竟还是诗自诗而画自画，还没有见到把诗与画混而为一的情况。诗与画混而为一，请从今天开始。方法是在画大幅山水画时，每到笔墨可停之际，就留出余地来等人题诗，如峭壁悬崖之下，长松古木之旁，亭阁之中，墙垣之隙，都是可以留作题诗书写的地方。凡是遇上名流，就索请他在上头写下新句，可视其空间的宽窄，来决定字的大小，或为鹅贴行书，或作蝇头小楷。就用题画的诗，来修饰其所题的画，说是当日作画时的原迹也可以，说是后来的题咏也可以。这"诗中有画，画中有诗"两句话，从前不过是虚语，现在却成了实事，也算是游戏笔墨中的一种小神通。不妨请教于高明的人，来评定一下可以不可以。

茶　具

　　茗注莫妙于砂壶[1]，砂壶之精者，又莫过于阳羡[2]，是人而知之矣。然宝之过情[3]，使与金银比值，无乃仲尼不为之已甚乎[4]？置物但取其适用，何必幽渺其说[5]，必至理穷义尽而后止哉！凡制茗壶，其嘴务直，购者亦然，一曲便可忧，再曲则称弃物矣。盖贮茶之物与贮酒不同，酒无渣滓，一斟即出，其嘴之曲直可以不论；茶则有体之物也，星星之叶，入水即成大片，斟泻之时，纤毫入嘴，则塞而不流。啜茗快事，斟之不出，大觉闷人。直则保无是患矣，即有时闭塞，亦可疏通，不似武夷九曲之难力导也[6]。

　　贮茗之瓶，止宜用锡。无论磁铜等器，性不相能，即以金银作供，宝之适以祟之耳[7]。但以锡作瓶者，取其气味不泄；而制之不善，其无用更甚于磁瓶。询其所以然之故，则有二焉：一则以制成未试，漏孔繁多。凡锡工制酒壶茶注等物，于其既成，必以水试，稍有渗漏，即加补葺[8]，以其为贮茶贮酒而设，漏即无所用之矣；一到收藏干物之器，即忽视之，犹木工造盆桶则防漏，置斗置斛则不防漏，其情一也。乌知锡瓶有眼，其发潮泄气反倍于磁瓶，故制成之后，必加亲试，大者贮之以水，小者吹之以气，有纤毫漏隙，立督补成。试之又必须二次，一在将成未镟之时[9]，一则已成既镟之后。何也？常有初时不漏，殆镟去锡时，打磨光滑之后，忽然露出细孔，此非屡验谛视者不知。此为浅人道也。一则以封盖不固，气味难藏。凡收藏香美之物，其加严处全在封口，封口不密，与露处同。吾笑世上茶瓶之盖必用双层，此制始于何人？可谓七窍俱蒙者矣[10]。单层之盖，可于盖内塞纸，使刚柔互效其力；一用夹层，则止靠刚者为力，无所用其柔矣。塞满细缝，使之一线无遗，岂刚而不善屈曲者所能为乎？即靠外面糊纸，而受纸之处又在崎岖凹凸之场，势必剪碎纸条，作蓑衣样式，始能贴服。试问以蓑衣覆物，能使内外不通风乎？故锡瓶之盖，止宜厚不宜双。藏茗之家，凡收藏不即开者，于瓶口向上处，先用绵纸二三层，实褙封固[11]，俟其既干，然后覆之以盖，则刚柔并用，永无泄气之时矣。其时开时闭者，则于盖内塞纸一二层，使香气闭而不泄。此贮茗之善策也。若盖用夹层，则向外者宜作两截，用纸束腰，其法稍便。然封外不如封内，究竟以前说为长。

【注释】

〔1〕茗注：茶壶。

〔2〕阳羡：即今江苏宜兴。

〔3〕宝之过情：过分珍爱。

〔4〕仲尼不为已甚：不做过分的事情。语出《孟子·离娄下》。

〔5〕幽渺其说：说得虚无缥缈，故弄玄虚。

〔6〕武夷九曲：武夷山，在福建崇安西南。其山绵亘百二十里，三十六峰，溪流缭绕其间，分为九曲。

〔7〕祟之：害之。

〔8〕补苴（jū）：修补，弥补缺漏。

〔9〕镟（xuàn）：打磨、刮削。

〔10〕七窍俱蒙：糊涂得无可救药。

〔11〕褙（bèi）：把布或纸一层层粘贴在一起。

【译文】

　　饮茶之具，莫妙于砂壶，而砂壶中最精美的，又莫过于宜兴紫砂壶，这已是人所共知的了。然而，如果珍爱得过了分，将它与金银器比值同价，这岂不是属于孟子所说的仲尼所不为的已甚的事情吗？购置物品，只要取它适合管用就可以了，何必故弄玄虚，搞得神神秘秘，一定要穷尽其理竭尽其义，把它渲染得登峰造极无以复加才罢手呢！凡是制作茶壶，壶嘴务求其直，购买茶壶也要注意这一点，壶嘴一弯曲，那就令人堪忧了，如果曲而由曲，那就废了，可以扔掉。因为贮茶的壶与贮酒的壶不一样，酒没有渣滓，一斟就出来了，所以酒壶壶嘴是曲还是直可以不必理会；茶却是用茶叶浸泡的有体之物，星星点点的一小片茶叶，开水一泡就成大大的叶片，斟茶倒水的时候，稍有几片茶叶进入壶嘴，就会塞住壶嘴，使茶水流不顺畅。饮茶品茗本来是高兴的事情，茶斟而不出，会让人大感心烦气闷。要是壶嘴是直的，就保证不会有这样的麻烦，即使也许有时会偶尔堵塞，也容易疏通，不会像武夷山中九曲溪流那样曲曲弯弯难以疏导。

　　贮藏茶叶的茶瓶，只宜用锡来制作。无论是瓷瓶还是铜瓶，都不能与茶叶的习性相吻合，即使用金瓶银罐来贮藏，似乎是珍惜茶叶，实际上是祸害它。只用锡来作茶瓶，是取其不会让茶叶的清香跑掉；但是如果制作得不好，就没有这样的效果，那就还不如瓷瓶。要问这是什么缘故，那么主要有两方面原因。一方面是锡瓶制成后没有试一下，就不会发现很多的漏孔。大凡锡工制作酒壶茶壶等器皿，在制成以后，一定会先贮水试一试，稍有渗漏，就加以修补，因为它是为贮茶水贮酒水而制作的，漏了那酒壶茶壶就没办法用了；可是一到制作收藏干物的器物时，就忽视了这一条，就像木工造盆造桶就会注意防漏，而造斗造斛就不注意防漏一样，其情由是一样的。可哪里知道这锡瓶倘若有眼，其返潮生湿漏泄气味反而比瓷瓶更要加倍，所以制成以后，必须要亲手加以验试，大的可以用水贮藏来看，小的可以吹气观察，有一丝一毫的漏隙，就应该紧盯着立即补上。而且试漏还必须进行两次，一次应该在将成未镟之时，一次应该在已成镟好之后。为什么要这样呢？因为常常有起初不漏，而一到镟去凸锡，打磨光滑之后，忽然露出细孔的，这种情况如果不多试两次，仔细观察，就很难发现。这只能给浅陋的人说道说道。另一方面是因为锡瓶的封盖如果不够严密，气味也就难以保藏。凡是收藏香美的物品，要更加严格密闭的地方全在封口，封口不密，跟有漏孔的害处是一样的。我曾经笑话世上茶瓶的盖子必用双层，这个用法不知始于何人？真可谓是七窍俱蒙了。其实还是用单层瓶盖好，可以在盖内塞上软软的绵纸，以收刚柔相济之功；如果用双层盖子，就只靠刚硬的盖子起作用，没有柔软的衬垫起作用了。把细缝塞满，使之严丝合缝，一线无遗，这是刚硬而不善屈曲的盖子所能做到的吗？即使靠外面糊纸，而受纸的地方又凹凸不平，势必要剪碎纸条，做成像蓑衣的样式，才能贴服一些。试问用蓑衣去覆盖东西，能够使内外不透风吗？所以锡瓶的瓶盖，只宜加厚，而不宜做成双层盖。善藏茶叶之家，凡是需要收藏一段时间，而不马上打开取用的，就须在瓶口向上的地方，先用二三层绵纸，裱糊密封得严严实实，等到干了以后，再盖上盖子，这样就可以刚柔并用，永远不会有泄漏气味的时候。假使需要时开时闭的，就在盖内塞垫一两层纸，也能使香气闭而不泄。这是贮藏茶叶的良策。如果瓶盖要用夹层，那么向外的一层应该做成两截，中间用纸束腰，这个方法稍稍好一些。然而封外不如封内，究竟还是前面的说法更好一些。

酒　　具

酒具用金银，犹妆奁之用珠翠，皆不得已而为之，非宴集时所应有也。富贵之家，犀则不妨常设⁽¹⁾，以其在珍宝之列，而无炫耀之形，犹仕宦之不饰观瞻者。象与犀同类，则有光芒太露之嫌矣。且美酒入犀杯，另是一种香气。唐句云："玉碗盛来琥珀光⁽²⁾"。玉能显色，犀能助香，二物之于酒，皆功臣也。至尚雅素之风，则磁杯当首重已。旧磁可爱，人尽知之，无如价值之昂，日甚一日，尽为大力者所有，吾侪贫士，欲见为难。然即有此物，但可作骨董收藏，难充饮器。何也？酒后擎杯，不能保无坠落，十损其一，则如雁行中断，不复成群。备而不用，与不备同。贫家得以自慰者，幸有此耳。然近日冶人⁽³⁾，工巧百出，所制新磁，不出成、宣二窑下⁽⁴⁾，至于体式之精异，又复过之。其不得与旧窑争值者，多寡之分耳。吾怪近时陶冶，何不自爱其力，使日作一杯，月制一盏，世人需之不得，必待善价而沽，其利与多制滥售等也，何计不出此？曰：不然。我高其技，人贱其能，徒让垄断于捷足之人耳。

【注释】

〔1〕犀：指用犀牛角制成的酒具。

〔2〕玉碗盛来琥珀光：为唐李白《客中作》诗句。

〔3〕冶人：冶炼、陶铸器物的工匠。

〔4〕成、宣二窑：均指景德镇官窑烧制的瓷器。明宣德中以营造所丞在景德镇专督工匠造瓷，称宣德窑。成窑是指成化年间景德镇官窑所烧制的瓷器。

【译文】

　　酒具用金银制作，犹如妆奁使用珠翠，都是不得已而为之，不是宴饮相聚时所应该有的事情。富贵之家，不妨常设一些犀制酒具，因为它虽在珍宝之列，却又无炫耀的外形，就好比仕宦之人不过于讲究外在仪表、穿衣打扮一样。象牙是犀角的同类，却有光芒太露之嫌。况且美酒斟入犀杯，另是一种香气。唐人诗句说："玉碗盛来琥珀光。"玉能显酒色，犀能助酒香，这两种酒具对于美酒而言，都是有功之臣。至于崇尚雅素之风，那么就应当首选瓷制酒杯。旧瓷杯可爱，人人都知道，无奈价格昂贵，而且日甚一日，尽为财大气粗的富豪们所拥有，我们这些清贫之士，想见一下都难。然而即使有这种瓷杯，也只能当作骨董收藏，而难以用作饮酒之具。为什么呢？因为酒后举杯，不能保证没有失手掉落的时候，一套十个瓷杯，如果摔破一个，那就如同雁行中断，不成雁阵一样，不复成套了。但若是备而不用，又与没有备一样。贫寒之家能得聊以自慰的，就是所幸有此瓷杯。然而近年来，烧制瓷器的工匠们，精工巧制，新样异品，层出不穷，所烧制的新瓷器，不在明代成化、宣德年间景德镇官窑烧制的瓷器之下，至于体制样式之精致奇异，更有所超越。这些新瓷之所以不能与旧骨董争值，也就是多和少的分别了。我奇怪近时的这些陶冶师，为什么不珍惜自己的劳动价值，假如每日只作一只瓷杯，每月只制一个瓷盏，让世人迫切需要却供不应求，物以稀为贵，那就一定会等得到以理想的高价售出，所获得的利润，实际上和现在这样多制滥售是相等的。为什么不用这样的生产营销策略呢？回答是：不是这样的。我想让自己的技术得到更高的价值，可有人却会自贱其能，薄利多销，那样的话，市场就白白地让那些卖低价的捷足之人垄断去了。

碗　碟

碗莫精于建窑[1]，而苦于太厚。江右所制者，虽窃建窑之名，而美观实出其上，可谓青出于蓝者矣。其次则论花纹，然花纹太繁，亦近鄙俗，取其笔法生动，颜色鲜艳而已。碗碟中最忌用者，是有字一种，如写《前赤壁赋》、《后赤壁赋》[2]之类。此陶人造孽之事，购而用之者，获罪于天地神明不浅。请述其故。"惜字一千，延寿一纪。"此文昌垂训之词[3]。虽云未必果验，然字画出于圣贤，苍颉造字而鬼夜哭[4]，其关乎气数，为天地神明所宝惜可知也。用有字之器，不为损福，但用之不久而损坏，势必倾委作践，有不与造孽陶人中分其咎者乎[5]？陶人但司其成，未见其败，似彼罪犹可原耳。字纸委地，遇惜福之人，则收付祝融，因其可焚而焚之也。至于有字之废碗，坚不可焚，一似入火不热、入水不濡之神物。因其坏而不坏，遂至倾而又倾，道旁见者，虽有惜福之念，亦无所施，有时抛入街衢，遭千万人之践踏，有时倾入混厕，受千百载之欺凌，文字之祸，未有甚于此者。吾愿天下之人，尽以惜福为念，凡见有字之碗，即生造孽之虑。买者相戒不取，则卖者计穷；卖者计穷，则陶人视为畏途而弗造矣。文字之祸其日消乎？此犹救弊之末着。倘有惜福缙绅，当路于江右者[6]，出严檄一纸，遍谕陶人，使不得于碗上作字，无论赤壁等赋不许书磁，即成化、宣德年造，及某斋某居等字，尽皆削去。试问有此数字，果得与成窑、宣窑比值乎？无此数字，较之常值增减半文乎？有此无此，其利相同，多此数笔，徒造千百年无穷之孽耳。制抚藩臬，以及守令诸公[7]，尽是斯文宗主[8]，宦豫章者[9]，急行是令，此千百年未造之福，留之以待一人。时哉时哉[10]，乘之勿失！

【注释】

〔1〕建窑：福建瓷器，宋代于福建建安县（即今福建建瓯）设窑，后移建阳县（今福建建阳）。又明清时德化产白瓷，称德化瓷。

〔2〕《前赤壁赋》、《后赤壁赋》：北宋苏轼所作散文名篇。

〔3〕文昌：即梓潼帝君，道教中神名。相传姓张名亚子，仕晋战死，后人立庙纪念。元仁宗曾封其为"辅文开化文昌司禄宏仁帝君"。道家谓玉帝命梓潼掌管文昌府及人间功名、禄位事。

〔4〕苍颉造字而鬼夜哭：语出《淮南子·本经训》。

〔5〕中分其咎：共同担当罪责。中分，平分。

〔6〕当路于江右：在江西担任行政长官。

〔7〕"制抚藩臬（niè）"二句：指各级官吏。

〔8〕斯文宗主：文化的守护者与文人众所景仰者。

〔9〕豫章：汉郡名，郡治在今江西南昌。

〔10〕时哉时哉：语出《论语·乡党》。指正是时候。

【译文】

碗碟最精致的莫过于建窑，却苦于太厚。江西所烧制的碗碟，虽然窃借了建窑的名义，但是实际上比建窑出的碗碟更加美观，可以说是青出于蓝而胜于蓝啊。其次就要论碗碟的花纹了，然而花纹太繁的话，也会显得近乎鄙俗，只要取其笔法生动，颜色鲜艳就可以了。碗碟中最忌讳用的，是有字的那一种，比如写了《前赤壁赋》、《后赤壁赋》之类的就是。这是陶冶瓷碗瓷碟的工匠们造孽的事情，连购买这种碗碟加以使用的人，也会深深地获罪于天地神明。请容我叙述其中的缘故。"惜字一千，延寿一纪。"这是文昌帝君垂训的教导。虽说未必果真应验，然而字画出于圣贤，苍颉造字而天雨粟，鬼夜哭，可见，文字与气数相关，为天地神明所宝重珍惜。当然，使用有字的碗碟器皿这件事本身，还不会折损福气，但是如果用后过了段时间这碗碟被损坏，势必要被丢弃而遭踩踏作践，能够不和造孽的工匠们共同分担罪过吗？而且工匠只管烧制写上字的碗碟器皿，并没有造成和看见它们被损坏作践，似乎他们的罪过还可以原谅。写了字的废纸扔在地下，遇到敬惜字纸惜福积德的人，会把它们收起来交付火神祝融，因为纸可以烧就烧了。至于有字的废碗，却坚不可焚，简直就像是放火里烧不热，浸水里泡不湿的有灵的神物。因为它损坏了而又不能销毁处理，于是就被到处扔来扔去，道旁路边看到的人，虽然有惜福的念头，也无计可施，它们有时被抛到小巷大街上，遭到千万人的践踏，有时被倒进厕所茅坑里，受千百年的欺凌，文字所遭受的灾祸，没有比这些更不堪的了。我希望天下的人，都以惜福积德为愿，凡是见到有字的碗碟，就应当产生有关造孽的思虑。要买碗碟的人应当相互告诫别去买有字的碗碟，那么卖的人就没法出手；卖的人没法出手，那么工匠们就会担心此路不通卖不出去而不再烧制有字碗碟了。这样文字之祸就可望日渐消除了吧？不过这还只是补救此弊的下策。倘若有惜福积德的官员，在江西当政掌权的，最好出一张严厉的通告，使瓷窑工匠人人都知晓，让他们不得在碗碟上作字，不要说像《赤壁赋》这类名作不许写到瓷上，就是成化、宣德年造，以及某斋某居等字，也全都削去。试问有了这几个字，果真就能够与明代成化窑、宣德窑的瓷器同价比美吗？没有这几个字，就会比平常价格短少半文钱吗？其实，有这些字没这些字，价格利润是一样的，多了这几笔字，徒然添加千百年无穷的罪过罢了。总督、巡抚、藩台、臬台，以及太守县令等衮衮诸公，都是掌握权力的斯文领袖，秉政江西的大员们，应当赶紧下达这样的禁令，这是千百年来的未造之福，一直等待着某位人士来享有。真正是难得的好时机啊，机不可失，赶快行动吧！

灯　烛

灯烛辉煌，宾筵之首事也[1]。然每见衣冠盛集，列山珍海错，倾玉醴琼浆，几部鼓吹[2]，频歌叠奏，事事皆称绝畅，而独于歌台色相，稍近模糊。令人快耳快心，而不能大快其目者，非主人吝惜兰膏[3]，不肯多设，只以灯煤作祟[4]，非剔之不得其法，即司之不得其人耳。吾为六字诀以授人曰："多点不如勤剪。"勤剪之五，明于不剪之十。

原其不剪之故，或以观场念切，主仆相同，均注目于梨园[5]，置晦明于不问；或以奔走太劳，职无专委，因顾彼以失此，致有炬而无光，所谓司之不得其人也。欲正其弊，不过专责一人，择其谨朴老成，不耽游戏者，则二患庶几可免。然司之得人，剔之不得其法，终为难事。大约场上之灯，高悬者多，卑立者少。剔卑灯易，剔高灯难。非以人就灯而升之使高，即以灯就人而降之使卑，剔一次必须升降一次，是人与灯皆不胜其劳，而座客观之亦觉代为烦苦，常有畏难不剪，而听其昏黑者。

予创二法以节其劳，一则已试而可自信者，一则未敢遽信而待试于人者。已试维何？长三四尺之烛剪是已。以铁为之，务为极细，粗则重而难举；然举之有法，说在后幅。有此长剪，则人不必升，灯亦不必降，举手即是，与剔卑灯无异矣。未试维何？暗提线索，用傀儡登场之法是已[6]。法于梁上暗作长缝一条，通于屋后，纳挂灯之绳索于中，而以小小轮盘仰承其下，然后悬灯。灯之内柱外幕[7]，分而为二，外幕系定于梁间，不使上下，内柱之索上跨轮盘。欲剪灯煤，则放内柱之索，使之卑以就人，剪毕复上，自投外幕之中，是外幕高悬不移，俨然以静待动。同一灯也，而有劳逸之分，劳所当劳，逸所当逸，较之内外俱下，而且有碍手碍脚之繁者，先踞一筹之胜矣。其不明抽以索，而必暗投梁缝之中，且贯通于屋后者，其故何居？欲埋伏抽索之人于屋后，使不露形，但见轮盘一转，其灯自下，剪毕复上，总无抽拽之形，若有神物厕于梁间者。予创为是法，非有心炫巧，不过善藏其拙。盖场上多立一人，多生一人之障蔽。使以一人剪灯，一人抽索，了此及彼，数数往来[8]，则座客止见人行，无复洗耳听歌之暇矣。故藏人屋后，撤去一半藩篱，耳目之前何等清静。藏人屋后者，亦不必定在墙垣之外，厅堂必有退步，屏幛以后即其处也。或隔绛纱，或悬翠箔[9]，但使内见外，而外不见内，则人工不露而天巧可施矣。每灯一盏，用索一条，以蜡磨光，欲其不涩。梁间一缝，可容数索，但须预编字号，系以小牌，使抽者便于识认。剪灯者将及某号，即预放某索以待之，此号方升，彼号即降，观其术者，如入山阴道中，明知是人非鬼，亦须诧异惊神，鼓掌而观，又是一番乐事。惜予囊悭无力[10]，未及指使匠工；悬美法以待人，即谓自留余地亦可。

梁上凿缝，势有不能，为悬灯细事而损伤巨料，无此理也。如置此法于造屋之先，则于梁成之后，另镶薄板二条，空洞其中而蒙蔽其下，然后升梁于柱，以俟灯索，此一法也。已成之屋，亦如此法，但先置绳索于中，而后周遭以板。此法之设，不止定为观场，即于元夕张灯，寻常宴客，皆可用之，但比长剪之法为稍费耳。

制长剪之法，视屋之高卑以为长短，短者三尺，长者四五尺，直其身而曲其上，如鸟喙然[11]，总以细巧坚劲为主。然用之有法，得其法则可行，不得其法则虽设而不适于用，犹弃物也。盖以铁为剪，又长数尺，是其体不能不重，只手高擎，势必摇动于上，剪动则灯亦动；灯剪俱动，则他东我西，虽欲剪之，不可得矣。法以右手持剪，左手托之，所托之处，高右手尺许。剪体虽重，不过一二斤，只手孤擎则不足，双手效力则有余；擎而剪之者一手，按之使不动摇者又有一手，其势虽高，何足虑乎？孤掌难鸣，众擎易举。天下事，类如是也。

长剪虽佳，予终恶其体重，倘能以坚木为身，止于近灯煤处用铁，则尽美而又尽善矣。思而未制，存其说以俟解人。

长剪难于概用，惟有烛无衣，与四围有衣而空洞其下者可以用之。若明角灯、珠灯[12]，皆无隙可入，虽有长剪，何所用之？至于梁间放索，则是灯皆可。二事亦可并行，行之之法，又与前说相反：灯柱居中不动，而提起外幕以俟剪，剪毕复下。又合居重驭轻之法，听人所好而为之。

【注释】

〔1〕宾筵：宴请宾客的酒席。

〔2〕鼓吹：奏演鼓吹乐的乐队；由鼓、钲、箫、笳等乐器合奏的鼓吹曲。

〔3〕兰膏：灯油。古代用泽兰炼制的油点灯，故称灯油为泽兰。

〔4〕灯煤：灯芯上凝结的烟尘。

〔5〕梨园：戏班子，这里指戏台。

〔6〕傀儡：木偶戏中的木偶人。

〔7〕内柱外幕：指灯柱和灯罩、灯笼。

〔8〕"了此及彼"二句：指料理了这盏又去料理那盏，频繁地走来走去。

〔9〕箔（bó）：簾。

〔10〕囊悭（qiān）无力：囊中羞涩，没有财力。

〔11〕鸟喙（huì）：鸟嘴。

〔12〕明角灯：亦称羊角灯，灯罩以羊角胶制成，故名。古时灯罩多用纸或纱绢，不及用羊角胶制成的灯罩好，它既具透光性，其上亦可绘图画，更可防风雨。珠灯：用五色珠装饰的灯。

【译文】

灯烛辉煌，是欢宴宾客时最重要的一件事。可是，每每见到宴会酒席之上高朋满座，个个精神抖擞，衣冠楚楚，桌上摆列满满的是山珍海错，主宾们频频斟饮玉醴琼浆，还有乐队戏班，鼓乐齐鸣，频歌叠奏，真个是事事妙绝，称心如意，然而惟独戏台歌坛之上，美丽的演员盛妆的形貌，轻歌曼舞的姿容，因为灯烛暗淡而无法看清楚。让佳宾们虽快耳快意，却不能尽享眼福，这倒并非主人吝惜灯油蜡烛，不肯多设，而是因为灯芯作祟，要不是剪剔灯芯不得其法，那就是专门负责灯烛照明的不得其人。我为此编了一句六字诀来传授给别人，叫做："多点不如勤剪。"只要勤剪灯芯，虽只五盏灯，会比不及时剪剔灯芯的十盏灯还要明亮，可谓事半功倍。推原不勤剪灯芯的原因，或者因为看戏心切，主与仆都很投入，专注于戏台上精彩的演出，而对于灯烛的明暗不管不顾；或者因为奔来奔去太劳碌忙累，没有委派专人负责此事，因而顾此失彼，致使虽点灯烛却不明亮，就是所谓专管灯烛的不得其人。因此要纠正这个问题也很简单，不过就是委派专人，选择一位谨朴老成，不会沉溺剧情耽于游戏的人来专门负责此事，那么上面所说的两个问题大致都可以避免。然而，虽然找到了合适的人来专管此事，但假如剪剔灯芯不得其法，也还是很难做好这件事。大约大厅戏场上的灯盏，高悬的多，低立的少。剪剔低处的灯容易，剪剔高处的灯芯就很困难。不是让人爬得很高去够着灯，就是把灯烛降低下来以让人够得着，每剪剔一次，就必须升降一次，这样无论是人爬梯子登高还是把灯放下来，都是不胜其劳的麻烦事，而且宾客观者看到也替他们感到不舒服，所以常常有畏难不剪，而任凭灯烛昏暗的。

我创设了两个办法来减轻他们的劳烦。一个办法我已经试用过，所以自信是完全有把握的，另外一个办法则不敢自信满满地说有十足的把握，有待于经过实际验证。已经试过的是什么办法呢？就是长三四尺的蜡烛剪。长剪刀用铁制作，一定要很细很细，因为粗了就太重，而难以举高；然而要高举长剪，也有好办法，具体后面再讲。有了这把长剪，那么人就不必登高，灯也不必放低了，手举高一点就行，和剪剔低处的灯烛芯没什么两样。未经试过的办法是什么呢？就是暗提线索，用傀儡戏控制木偶登场活动的操作方法。方法是在屋梁上暗作一条长缝，通到屋后，把挂灯的绳索穿在里面，用一个小小的活动轮盘仰承此绳索自如上下，然后把灯盏悬挂起来。灯的内座和外罩，分为两部分，外罩系定于梁间，使它不能上下活动，内座的绳索则上跨于轮盘之上。如果要剪剔灯芯上的灯煤，就放下内座的绳索，使灯座降低以使人能够着，剪完后再拉上去，自动归位到外罩里，这样外罩高悬不移，俨然以静待动。同一盏灯，而有劳逸之分，劳所当劳，逸所当逸，比内外一同放下来，而且有碍手碍脚之繁难，就已经先胜一筹了。之所以不在明处抽拉绳索，而一定要将绳索穿在屋梁的暗缝之中，并且一直要贯通到屋后，原因到底在哪里呢？就是想把抽拉绳索的人埋伏在屋后，不让他露面，只见轮盘一转，灯就自己下降，剪完以后又自己上升，总无抽拽的形迹，就好像有神物藏在梁间操控一样。我创设这个方法，不是有心炫耀我的巧思，不过是善藏其拙。因为场上多站一个人，就会多出一个人的障蔽。假使让一个人剪灯，一个人抽索，剪完了这一盏再剪那一盏，频繁地来来往往，那么座客就会只见干活的人走来走去，而不再有洗耳静心听歌看戏的余暇了。所以把抽索人藏在屋后，就撤除了一半的障蔽，耳目之前会是何等的清静。把人藏在屋后，也不一定非要藏在墙垣之外不可，厅堂必有容人退转藏身之处，像屏障后面就是这样的地方。或者隔着一层绛纱，或者悬挂一道翠帘，只要能让里面看得见外面，而外面看不见里面，那么就可以不露人工痕迹而施以天巧了。每一盏灯，用一条绳索，绳索打蜡磨光，欲其滑溜而不滞涩。梁间的一道暗缝，可以容几条绳索，但须预先编好字号，用小牌系上，让抽索人便于识认。剪灯者将要剪到某号，就预先放下某号索等待着，此号方升，彼号即降，观看升降剪灯操作的人，如入山阴道中，目不暇接，明知是人非鬼，也会诧异惊神，鼓掌观看，称叹叫绝，又别是一种乐趣。可惜我囊中羞涩，还没有条件指使工匠们实现这个设计；只能将这个美妙方法标示介绍，以待别人去实施享受，就说我是自留余地也是可以的。

其实，在梁上凿缝，情势有所不能，为了悬挂灯烛这类小事而损坏房屋的主梁巨木，没有这样的道理。如果在造屋之先采用这个创意，那么等屋梁初成之后，在屋梁上另外镶二条与屋梁颜色相同的薄板上去，两薄板之间包成一条中空的暗缝，然后把屋梁架到柱子上，以备安置灯索，这是一个办法。已经建好的屋，也可以采用这个创意，只是先把灯索放里面，然后再钉薄板把灯索围起来。这一方法的运用，不只局限于观演场所，就是元宵夜灯会挂灯，平常宴客等场合，也都可以用，只是比使用长剪花费稍多一些罢了。

制作长剪方法，是视屋子的高矮来决定剪子的短长，短的三尺，长的四五尺，剪身要直，剪尖要弯曲，像鸟嘴那样的形状，总之以细巧坚利为好。然而，使用长剪有方法窍门，用得其法就可行，如果用得不得其法，那么虽然置备了长剪也不适用，等于是一件废物。因为长剪是铁制的，而且又有好几尺长，这样它的重量不可能不重，用一只手高举，剪刀势必在上面晃动，剪刀动那么灯盏也动；灯与剪都晃晃悠悠，那么难免它往东我往西，虽然想剪也剪不到位。应对办法是用右手持剪，左手帮助托着剪刀，托剪的地方高右手一尺左右。剪刀虽重，也不过一二斤，单独用一只手高举，那么力量不足，但双手一起效力，自然就绰绰有余了。一只手高举长剪剪剔灯煤，另一只手扶托剪刀不让它晃动，灯盏虽然挂得高，又何足为虑呢？孤掌难鸣，众擎易举。天下的事情，也都类似这个道理呀。

长剪虽然好，但我终究还是嫌它分量重，倘若能够用坚硬的木料作剪把，只在接近灯煤的地方用铁，那样就尽美而又尽善了。不过这只是想法，还没有制作过，姑且存此说法等待见解高明的人来吧。

长剪难于通用于所有灯烛，只有那些有灯座无灯罩，与四周虽有灯罩而中间有空洞并且开口的，才可以使用长剪，像明角灯，珠灯之类的灯，都无空隙可以让长剪伸入，虽有长剪子，又怎么用呢？至于梁间暗置抽索，那就什么样的灯都可以用。这两种办法也可以配合着一并使用，具体使用的方法，又与前面所说的相反：灯座居中不动，而提起灯罩以便使用长剪，剪好以后再把灯罩放下来。这样做又合乎居重驭轻之法，可以听由人们所偏好去选择运用。

笺　简

笺简之制，由古及今，不知几千万变。自人物器玩，以迨花鸟昆虫，无一不肖其形，无日不新其式；人心之巧，技艺之工，至此极矣。予谓巧则诚巧，工则至工，但其构思落笔之初，未免驰高骛远[1]，舍最近者不思，而遍索于九天之上、八极之内，遂使光灿陆离者总成赘物，与书牍之本事无干。予所谓至近者非他，即其手中所制之笺简是也。既名笺简，则"笺简"二字中便有无穷本义。鱼书雁帛而外[2]，不有竹刺之式可为乎[3]？书本之形可肖乎？卷册便面，锦屏绣轴之上，非染翰挥毫之地乎？石壁可以留题，蕉叶曾经代纸，岂竟未之前闻，而为予之臆说乎？至于苏蕙娘所织之锦[4]，又后人思之慕之，欲书一字于其上而不可复得者也。我能肖诸物之形似为笺，则笺上所列，皆题诗作字之料也。还其固有，绝其本无，悉是眼前韵事，何用他求？已命奚奴逐款制就[5]，售之坊间，得钱付梓人，仍备剞劂之用[6]，是此后生生不已，其新人见闻，快人挥洒之事，正未有艾[7]。即呼予为薛涛幻身[8]，予亦未尝不受，盖须眉男子之不传，有愧于知名女子者正不少也。

已经制就者，有韵事笺八种，织锦笺十种。韵事者何？题石、题轴、便面、书卷、剖竹、雪蕉、卷子、册子是也。锦纹十种，则尽仿回文织锦之义，满幅皆锦，止留縠纹缺处代人作书[9]，书成之后，与织就之回文无异。十种锦纹各别，作书之地亦不雷同。惨淡经营，事难缕述，海内名贤欲得者，倩人向金陵购之。是集内种种新式，未能悉走寰中[10]，借此一端，以陈大概。售笺之地即售书之地，凡予生平著作，皆萃于此[11]。有嗜痂之癖者，贸此以去，如偕笠翁而归。千里神交，全赖乎

此。只今知己遍天下，岂尽谋面之人哉？金陵书铺廊坊间有
"芥子园名笺"五字者，即其处也。

　　是集中所载诸新式，听人效而行之；惟笺帖之体裁，
则令奚奴自制自售，以代笔耕，不许他人翻梓⁽¹²⁾。已经
传札布告，诫之于初矣。倘仍有垄断之豪，或照式刊行，
或增减一二，或稍变其形，即以他人之功冒为己有，食其
利而抹煞其名者，此即中山狼之流亚也⁽¹³⁾。当随所在之
官司而控告焉，伏望主持公道。至于倚富恃强，翻刻湖上
笠翁之书者，六合以内，不知凡几。我耕彼食，情何以
堪？誓当决一死战，布告当事，即以是集为先声。总之，
天地生人，各赋以心，即宜各生其智，我未尝塞彼心胸，
使之勿生智巧，彼焉能夺吾生计，使不得自食其力哉？

【注释】
　　〔1〕驰高骛远：指笺简样式和图案的设计远远脱离了笺简的性质与功
能。骛，马飞快地跑，指追求。
　　〔2〕鱼书雁帛：古乐府《饮马长城窟行》："呼儿烹鲤鱼，中有尺素
书。"《汉书·苏武传》："教使者谓单于，言天子射上林中，得雁，足有系
帛书。"后因称书信为"鱼雁"。
　　〔3〕竹刺：古代名片。在竹简上刺上名字，所以叫竹刺。
　　〔4〕苏蕙娘所织之锦：苏蕙，字若兰。其夫窦滔，携宠姜赴任襄阳
镇守，久无音问。蕙娘悔恨悲伤，织五彩锦作《回文璇玑图诗》赠滔，计
八百余言，纵横反复。皆成妙句，文辞凄婉。滔为之感动，夫妇和好如
初。见《晋书·列女传》。
　　〔5〕奚奴：仆人，奴仆。
　　〔6〕剞劂（jī jué）：雕刻书板用的刀具，因泛称书籍雕板为剞劂。
　　〔7〕艾：尽；停止。
　　〔8〕薛涛：字洪度，唐代才女。元和初，涛在西川，居百花潭，好制
小诗，惜纸幅太大，命匠人造彩色小笺。时人名为薛涛笺。
　　〔9〕縠（hú）纹：水波纹。这里指水波纹图案的信笺纸。

〔10〕悉走寰中：流行于全国。

〔11〕萃（cuì）：汇聚。

〔12〕翻梓：翻刻，翻印。

〔13〕中山狼之流亚：像中山狼一样的人。中山狼，明马中锡根据古代寓言传说撰写《中山狼传》，写了东郭先生与中山狼的故事。流亚，同一类的人或物。

【译文】

笺简的制作，从古至今，不知变了几千万次。从人物器玩，以至花鸟昆虫，没有一样不惟妙惟肖，没有一日不新其样式；人心的巧妙，技艺的精工，在此也到了极致。我却以为，巧妙诚然巧妙，精工也是精工之至，但在其构思落笔之初，未免好高骛远，舍弃近在耳目之内的对象不去观察揣摩，而穷搜于九天之上，遍索于八极之内，于是使得所制成的笺简虽然光灿陆离，却总成赘物，与书信简牍的本来面目与性质功能毫无关系。我所谓的近在耳目之内的对象不是别的，就是手中所制作笺简。既然取名为笺简，那么只"笺简"二字之中便有着无穷的本义。鱼书雁帛之外，不是还有竹刺的样式可以制作吗？不是还有书本的形制可以仿效吗？卷册扇面之上，锦屏绣轴之间，难道不是染翰挥毫的地方吗？石壁之上可以留下题咏，蕉叶之面曾经代替纸张，难道以前竟然没有听说过，而是我胡编乱造的说法吗？至于苏蕙娘织成的《回文璇玑图诗》五彩锦，则又是后人思之慕之，渴望在这上头书写一字半句而不可能得的。我能逼真地仿效这里所说的各种事物的形象样式制成笺简，而笺简上所仿效所绘制的，都是可以在这笺简上题诗或书写的材料。恢复其原本应有的面目，去除其本来没有的东西，全是眼前有情趣韵致的事物，哪里用得着到别处去寻求呢？我已命奴仆逐款制成各式各样的笺简，在市面上出售，赚了钱就交付刻工，仍然作为制作雕板印制笺简出版书籍的费用，这样，此后不断良性循环，生生不已，我设计创制的笺简就会不断面世，那些新人耳目，快人挥洒之事，就会时时出现而不会停歇了。即使称我为薛涛笺创制者的化身，我也未尝不接受，因为须眉男子不流传于后世，有愧于知名女子的真不少啊。

已经设计制作成的笺简，有韵事笺八种，织锦笺十种。所谓韵事笺有什么呢？它们是题石、题轴、扇面、书卷、剖竹、雪蕉、卷子、册子等等。锦纹笺十种，则尽是模仿回文织锦之义，满幅都是锦，止留縠纹空白处让人作书写信，书信写成之后，与织就的回文没有差别。十种锦纹各有差异，写作书信的空白之处也不雷同。真可谓是惨淡经营，精心创意制作，妙处难以一一详述，海内名贤如果想得到这些笺简，可以托人到金陵去买。我这本书里说到的种种新款式，还没有全部在全国流传，借此一端，以陈述大概情况。出售笺简的地方也就是出售我刊刻的书籍的地方，凡是我生平所写的著作，都汇集在这里。有偏爱嗜好的人们，把我所撰写的著作和我创意制作的笺简买回去，就好比带着我李笠翁而回。千里之外，彼此神交，全都依赖这些了。如今我的知己已经遍布天下，哪里都是谋面相见过的朋友啊？金陵书铺廊坊间有"芥子园名笺"这五个字的地方，就是出售我的著作和我制作的笺简的地方。

　　这本书中所记载的种种新款式，听任人们随意效仿制作；惟有笺帖的体制款式，则已吩咐奴仆自制自售，是我用来代替笔耕维持生计的，所以不许别人翻刻。这是一开始就已经发布告示，告诫公众了。倘若仍然还有垄断之豪强，或照我原创的款式刊印出售，或增减一二，或稍变其形，那就是以他人之功冒为己有，侵吞他人的利益而抹煞其名，这也就是中山狼一类的人。我定当会向剽窃者所在的官府提出控告，诚切希望当地的地方官主持公道。至于那些倚仗财富和势力，翻刻我湖上笠翁的著作的人，天下四方，不知有多少。我苦心笔耕，他却坐享其利，让人情何以堪？我发誓定当决一死战，在此公开警告当事人，就以这本书开个头。总之，天地生人，各赋予他以心灵与大脑，每个人都应该发挥自己的才思与智慧，我未曾堵塞那些人的心胸，使他们不能产生智能和巧思，他们怎能夺我的生计，使我不得自食其力呢？

位 置 第 二

　　器玩未得，则讲购求；及其既得，则讲位置。位置器玩与位置人才同一理也。设官授职者，期于人地相宜；

安器置物者，务在纵横得当。设以刻刻需用者，而置之高阁，时时防坏者，而列于案头，是犹理繁治剧之材[1]，处清净无为之地，黼黻皇猷之品，作驱驰孔道之官[2]。有才不善用，与空国无人等也。他如方圆曲直，齐整参差，皆有就地立局之方，因时制宜之法。能于此等处展其才略，使人入其户登其堂，见物物皆非苟设，事事具有深情，非特泉石勋猷于此足征全豹[3]，即论庙堂经济[4]，亦可微见一斑。未闻有颠倒其家，而能整齐其国者也。

【注释】

〔1〕理繁治剧之材：治理繁难事务的能手。

〔2〕"黼黻皇猷之品"二句：是指才华横溢、深谋远虑的大臣，却疲于奔命地干些杂务。黼黻（fǔ fú），古代礼服上绘绣的华美花纹，也指华丽的辞藻。皇猷（yóu），帝王的谋划。孔道，大道。

〔3〕泉石勋猷：构思、布局园林山水的艺术才能与功绩。

〔4〕庙堂经济：在朝为官的经国济世的政治才能。

【译文】

尚未购得器玩，就要讲究如何选购；等到购得以后，那么就要讲究如何安排位置。把器玩安放在什么位置上，和把人才安排在什么位置上，是一样的道理。朝廷设官授职，是期望特定人才与部门职位两相适宜；主家安置器物，则务求在空间左右纵横之间陈列摆放得恰到好处。假设以刻刻需要使用的器物，反而置之高阁，时时需要防止损坏的器物，反而摆在案头，这就像把善于处理纷繁复杂紧急事物的干才，安排在清净无为的岗位上，把深谋远虑、可以为帝王之师的股肱谋臣，派去作常年在交通要道上疲于奔命的使者。有才不善于使用，就等于空国无人。其他诸如方圆曲直，齐整或参差，都有因地制宜的对策，因时制宜的方法。如能在这种地方展现自己的才略，使人登堂入室，见到件件器物都不是随意摆设，样样事情都寄有远意深情，不仅是他构思布局泉石的园林艺术造诣，在这里足以窥其全豹，就是论到在庙堂为官的经国济世的雄才大略，也可由此略显一斑。没有听说过谁家里弄得颠三倒四一团糟，而能把国家治理得井井有条的。

忌　排　偶

"胪列古玩，切忌排偶[1]。"此陈说也。予生平耻拾唾余[2]，何必更蹈其辙。但排偶之中，亦有分别。有似排非排，非偶是偶；又有排偶其名，而不排偶其实者。皆当疏明其说，以备讲求。如天生一日，复生一月，似乎排矣，然二曜出不同时，且有极明微明之别，是同中有异，不得竟以排比目之矣。所忌乎排偶者，谓其有意使然，如左置一物，右无一物以配之，必求一色相俱同者与之相并，是则非偶而是偶，所当急忌者矣。若夫天生一对，地生一双，如雌雄二剑，鸳鸯二壶，本来原在一处者，而我必欲分之，以避排偶之迹，则亦矫揉执滞，大失物理人情之正矣。即避排偶之迹，亦不必强使分开，或比肩其形，或连环其势，使二物合成一物，即排偶其名，而不排偶其实矣。大约摆列之法忌作八字形，二物并列不分前后，不爽分寸者是也；忌作四方形，每角一物，势如小菜碟者是也；忌作梅花体，中置一大物，周遭以小物是也；余可类推。当行之法，则与时变化，就地权宜，视形体为纵横曲直，非可预设规模者也。如必欲强拈一二，若三物相俱，宜作品字形，或一前二后，或一后二前，或左一右二，或右一左二，皆谓错综；若以三者并列，则犯排矣。四物相共，宜作"心"字及

"火"字格，择一或高或长者为主，余前后左右列之，但宜疏密断连，不得均匀配合，是谓参差；若左右各二，不使单行，则犯偶矣。此其大略也，若夫润泽之，则在雅人君子。

【注释】

〔1〕排偶：这里指呆板、机械，一味讲究对称、整齐的排列方式。

〔2〕耻拾唾余：以因袭旧说为耻。

【译文】

"胪列古玩，切忌排偶。"这已是老生常谈。我生平耻于拾人唾余，何必还要重蹈前人的复辙，说别人说滥了的话呢？但排偶当中，还是有各种具体的差异需要区分。比如，有似排而非排，非偶却是偶；又有顶着排偶的名，却并没有排偶之实的。诸如此类，都应当梳理明白其名其实，以备探究研习。如天上出了一个太阳，又升起一个月亮，这似乎就是排偶了，但是太阳和月亮出现在不同的时间，而且有极明与微明的差别，这是同中而有异，不应该就当作排比对偶来看待了。真正所当忌讳的排偶，是指那些刻意造作而成的呆板的对称形式，例如左边摆放一样物件，右边缺少一样物件东西来配它，就非得寻求一件色彩形制都相同的东西，与它并列摆放，这就是本非排偶却刻意造成排偶，是最应该避忌的。如果本来就是天生的一对，比如雌雄双剑、鸳鸯二壶，原本就成双成对在一起的，而我却偏偏硬要将它们分开，以避免排偶之迹，那就未免矫揉造作，古板僵化，大失人情物理的正道与实际了。即使要避免排偶之迹，像这种情况也不必强使它们分开，而应该顺其自然，或者比肩其形，或者连环其势，使二物合成一物，这就是虽有排偶之名，却并无排偶之实了。大约摆列物品的方法，忌作八字之形，就是两件东西，一左一右并列摆放，而且不分前后，不差分毫；忌作四方形，就是东南西北每个角上放一件东西，摆得态势像是四个小菜碟子；又忌作梅花形，就是中间放个大的，四周围绕着放些小物件；诸如此类，余下的可以此类推。当行合理的做法，就是与时变化，因地制宜，灵活处理，要根据物体的形状，来考虑其相互之间纵横曲直的位置关系，相应搭配，合理摆放，不可以预先设定死板僵化的格局模式。如果一定要强求我拈出一两点要紧的话，那么像三件东西摆在一起，宜摆成品字形，或一前二后，或一后二前，或左一右二，或右一左二，都可谓有错综之美；如果把三件东西并列摆放，就犯了排偶的毛病。又比如四件东西放在一起，就最好摆成“心”字和“火”字格，可选择一件或高一些或长一些的为主，而把其余三件分别摆在前后左右，但要注意疏密相间，似断实连，不得均匀配合，等距摆放，这样可谓有参差之美；如果左右两边各摆两件，而不让单个另放，那就犯了机械对称的毛病。这是大略的原则，如果要进一步发挥，那就要看雅人君子的修为了。

贵　活　变

幽斋陈设，妙在日异月新。若使骨董生根，终年瓠系一处[1]，则因物多腐象，遂使人少生机，非善用古玩者也。居家所需之物，惟房舍不可动移，此外皆当活变。何也？眼界关乎心境，人欲活泼其心，先宜活泼其眼。即房舍不可动移，亦有起死回生之法。譬如造屋数进，取其高卑广隘之尺寸不甚相悬者，授意匠工，凡作窗棂门扇，皆同其宽窄而异其体裁，以便交相更替。同一房也，以彼处门窗挪入此处，便觉耳目一新，有如房舍皆迁者；再入彼屋，又换一番境界，是不特迁其一，且迁其二矣。房舍犹然，况器物乎？或卑者使高，或远者使近，或二物别之既久而使一旦相亲，或数物混处多时而使忽然隔绝。是无情之物变为有情，若有悲欢离合于其间者。但须左之右之，无不宜之，则造物在手，而臻化境矣。人谓朝东夕西，往来仆仆，"何许子之不惮烦乎[2]"？予曰：陶士行之运甓[3]，视此犹烦，未有笑其多事者；况古玩之可亲，犹胜于甓，乐此者不觉其疲，但不可为饱食终日无所用心者道[4]。

古玩中香炉一物，其体极静，其用又妙在极动，是当一日数迁其位，片刻不容胶柱者也[5]。人问其故，予以风帆喻之。舟行所挂之帆，视风之斜正为斜正，风从左而帆向右，则舟不进而且退矣。位置香炉之法亦然。当由风力起见，如一室之中有南北二牖，风从南来，则宜位置于正南，风从北入，则宜位置于正北；若风从东南或从西北，则又当位置稍偏，总以不离乎风者近是。若反风所向，则风去香随，而我不沾其味矣。又须启风来路，塞风去路。如风从南来而洞开北牖，风从北至而大辟南轩，皆以风为过客，而香亦传舍视我矣[6]。须知器玩之中，物物皆可使静，独香炉一物，势有不能。"爱之能勿劳乎[7]？"待人之法也，吾于香炉亦云。

【注释】

〔1〕匏（páo）系：《论语·阳货》："吾岂匏瓜也哉，焉能系而不食。"旧时以比喻不得出仕，或久未升迁。这里指古董被久置一处。

〔2〕何许子之不惮烦：语出《孟子·滕文公上》："何为纷纷然与百工交易？何许子之不惮烦？"许子指许行，为战国时农家学派代表人物，主张自耕而食，自食其力，孟子则认为社会有分工，许子的用品也来自百工的制作，故有此说。

〔3〕陶士行之运甓（pì）：《晋书·陶侃传》载：陶侃，字士行。在广州为官时，朝运百甓于斋外，暮运于斋内，以此励志勤力。甓，砖。

〔4〕饱食终日无所用心：语出《论语・阳货》。

〔5〕胶柱：这里指静置一处而不挪动。

〔6〕传舍视我：视我处为旅店。

〔7〕爱之能勿劳乎：语出《论语・宪问》。本意为：爱他，能叫他不劳苦吗？

【译文】

　　幽雅的书斋陈设之妙在于日异月新。如果让古董像落地生根一样，终年固定摆放在一处，那么就会因为物象陈旧老套，于是使人也似乎缺少了一点生气和新鲜劲，这就不能算是善于玩赏古董。居家所需要的物品，惟有房舍是不可能移动的，此外都应当灵动变化。为什么呢？眼界关系着人的心境，要想使人的心境舒朗活泼，就应当先使他眼前的事物境界舒朗活泼起来。即使房舍不可能移动，也有起死回生的方法。比如建造几进的房屋，可以选取几间高低宽窄大小尺寸差不太多的房间，授意工匠，凡是制作这几间房屋的窗棂门扇，都要宽窄相同而样式各异，以便以后相互替换。同样一个房间，如果把那一间的门扇窗棂挪到这一间来，就会觉得耳目一新，就好像整个房屋都换了一样；再走进那一个房间，又会觉得另换了一番境界。这样，就不只是搬了一间，而是如同搬了两间屋一样。房屋尚且能如此，何况是器物呢？或者平时放在低处的东西，可以让它摆到高处；或者平常离得远一点的物件，可以挪到身边近处；或者一对物件分开很久了，而让它们一旦相亲；或者几样东西混放在一处多时，而让它们忽然隔绝。这样，无情的器物也似乎变得有情有意，仿佛在器物摆放位置的调整组合之中也满含着悲欢离合的人生况味。然而，物品摆放左右、高低、远近、聚散等等的无论怎样腾挪变化，都要恰到好处，顺乎自然，那样才会如造物主那样挥洒自如，而臻于出神入化的最高境界。人们也许会说，如此朝东暮西，往来折腾，忙忙碌碌，"许先生为何如此不怕麻烦啊"？我说：陶士行早晚屋里屋外倒腾着搬砖头，看起来麻烦多了，好像也没有人笑他多事啊；何况古玩可亲可爱，还远胜于砖头，乐于此者自然也就不觉其疲了，当然这些道理是不需要对那些饱食终日无所用心的人说的。

古玩中的香炉，这一物品的体性是极静穆的，可是香炉的使用妙处，却在于动，它应当一天之内挪动好几次位置，片刻不容固定不动在一处。有人要问这是什么缘故，我就用风帆来作比喻。水上行船所悬挂的风帆，要看风向的斜正来相应调整其角度，如果风从左面吹来，而帆却向右，那么船就不能前进而只反而会倒退了。香炉摆放位置的方法也是如此。应当从考虑风势、风向起头，如果一个房间里有南北两个窗户，风从南面吹来，那么香炉摆的位置最好是在正南，风从北面吹来，那么香炉摆的位置最好是在正北；如果风从东南或者是西北吹来，那么它摆的位置就应当相应稍稍偏一点，总之是以不离上风口为好。如果摆的位置在下风口，与风吹来的方向相反，那么风去香随，我却闻不到香味了。此外，还须注意启开风的来路，堵塞风的去路。如果风从南面吹来却让北窗洞开，风从北面吹到却大开南窗，都是把风当做过客，而香也就把我的房间当成不作停留的旅店了。要知道在器玩之中，所有的种类都可以静置一处，唯独香炉这一物件，却势必不能静置不动。"爱之能勿劳乎？"这是待人的方法，我对待香炉，也持这样的看法。

卷五 饮馔部

蔬 食 第 一

吾观人之一身，眼耳鼻舌，手足躯骸，件件都不可少。其尽可不设而必欲赋之[1]，遂为万古生人之累者，独是口腹二物。口腹具，而生计繁矣[2]；生计繁，而诈伪奸险之事出矣；诈伪奸险之事出，而五刑不得不设[3]。君不能施其爱育，亲不能遂其恩私，造物好生[4]，而亦不能不逆行其志者，皆当日赋形不善，多此二物之累也。草木无口腹，未尝不生；山石土壤无饮食，未闻不长养。何事独异其形，而赋以口腹？即生口腹，亦当使如鱼虾之饮水，蜩螗之吸露[5]，尽可滋生气力，而为潜跃飞鸣。若是则可与世无求，而生人之患熄矣。乃既生以口腹，又复多其嗜欲，使如溪壑之不可厌[6]。多其嗜欲，又复洞其底里[7]，使如江海之不可填。以致人之一生，竭五官百骸之力，供一物之所耗而不足哉！吾反复推详，不能不于造物是咎。亦知造物于此，未尝不自悔其非，但以制定难移，只得终遂其过。甚矣！作法慎初，不可草草定制。吾辑是编而谬及饮馔，亦是可已不已之事。其止崇俭啬，不导奢靡者，因不得已而为造物饰非，亦当虑始计终，而为庶物弭患⁽⁸⁾。如逞一己之聪明，导千万人之嗜欲，则匪特禽兽昆虫无噍类⁽⁹⁾，吾虑风气所开。日甚一日，焉知不有易牙复出，烹子求荣⁽¹⁰⁾，杀婴儿以媚权奸，如亡隋故事者哉⁽¹¹⁾！一误岂堪再误，吾不敢不以赋形造物视作覆车⁽¹²⁾。

　　声音之道，丝不如竹，竹不如肉，为其渐近自然。吾谓饮食之道，脍不如肉⁽¹³⁾，肉不如蔬，亦以其渐近自然也。草衣木食，上古之风，人能疏远肥腻，食蔬蕨而甘之⁽¹⁴⁾，腹中菜园不使羊来踏破⁽¹⁵⁾，是犹作羲皇之民，鼓唐虞之腹⁽¹⁶⁾，与崇尚古玩同一致也。所怪于世者，弃美名不居，而故异端其说，谓佛法如是，是则谬矣。吾辑《饮馔》一卷，后肉食而首蔬菜，一以崇俭，一以复古；至重宰割而惜生命，又其念兹在兹⁽¹⁷⁾，而不忍或忘者矣。

【注释】

　　〔1〕赋：授给，设置。

　　〔2〕生计：谋生的手段和事务。

　　〔3〕五刑：我国古代主要刑罚的总称，通常是指殷、周时代的墨、劓、剕、宫、大辟。

　　〔4〕造物：造物者，创造万物者。

　　〔5〕蜩蟑（tiáo táng）：蝉的别名。

　　〔6〕厌：同"餍"。吃饱，满足。

　　〔7〕洞其底里：是指造物主赋予人以排泄系统。

　　〔8〕庶物：万物。弭（mǐ）：消除。

　　〔9〕匪特：不仅。噍（jiào）类：活人和活物。噍，嚼，吃。

　　〔10〕易牙复出，烹子求荣：易牙，又作狄牙，为齐桓公宠臣，相传他为了献媚求荣，曾烹其爱子为羹进献齐桓公。见《韩非子·十过》。

　　〔11〕杀婴儿以媚权奸，如亡隋故事：《唐人说荟·开河记》载，隋炀帝时，陶榔儿兄弟杀他人之子，蒸熟后献给当时权奸麻叔谋吃。

〔12〕覆车：覆车之戒，指失败的教训。

〔13〕脍不如肉：切得很细的肉不如未切碎的肉。

〔14〕蕨（jué）：一种野菜。

〔15〕腹中菜园句：邯郸淳《笑林》："有人常食蔬茹，忽食羊肉，梦五藏（脏）神曰：'羊踏破！'"

〔16〕羲皇：伏羲氏，传说中古帝王。唐虞：即尧、舜，古史称陶唐氏（尧）与有虞氏（舜）时为太平盛世。

〔17〕念兹在兹：念念不忘。语出《尚书·大禹谟》。

【译文】

我看人的全身，眼、耳、鼻、舌、手脚、躯干，样样都不可缺少；大概本来尽可不予添设而造物主偏偏要赋予人类，于是成为万古生民大负担的，只有肚腹和嘴巴这两样东西。有了肚腹和嘴巴的存在，人的生计就纷繁复杂了；生计繁杂，而诈伪奸险的事就层出不穷了；诈伪奸险的事层出不穷，而各种刑罚就不得不设立了。以致君主帝王不能普施对民众的爱护与教育，父母双亲不能实现对子女的慈爱与亲情，造物主虽有好生之德，而有时却也不能不违背自己的本意行事，这都是因为当初赋予人类形骸时不尽合理，多了这两样东西造成的后果。草木没有嘴巴和肚腹，未尝不生不长；山石土壤不吃不喝，没有听说不长养万物。为什么偏偏要人类的身体与众生灵不同，而多赋予了肚腹和嘴巴呢？就是生了肚腹和嘴巴，也应当像鱼虾那样饮水，像蝉儿那样吸露，也尽可以滋生气力，在水里潜游跳跃，在高处飞着唱着。如果是那样的话人也就可以无求于世，无争于人，而生民的忧患与纷争也就止息了。可是竟然既多生了肚腹嘴巴，又还要让人多生许多的嗜欲，使其像深深的溪谷沟壑那样永远无法填满。既已多了那么多的嗜欲，又还要洞开其下面的口子，使其就像江海那样总也填不平。以致人的一生，辛苦奔忙，劳碌一生，竭尽了五官百骸全部的精力，供养口腹这一样东西的消耗还满足不了啊！我思来想去，反复推究，不能不怪罪造物主了。也知道造物主在这件事情上，未尝不自己后悔当初的失误，但因为造物既已赋形于人，就难以再改变，只好就这样错到底了。可见，在创始立法之初，不得不万分谨慎，决不可草草定下来，这实在太重要了！我编这本书而谬谈饮食，也是可以终止又不可不做的一件事。我只崇尚俭朴节约，不倡导豪侈奢靡，是因为迫不得已，要为造物主掩饰过错，也就自当思虑其始计其长远，而为芸芸众生消弭祸患。如果逞我一己之聪明，导引千万人的嗜欲，那么不但禽兽昆虫将无法生息与存续，而且我担心这样的风气一开，日甚一日，谁知会不会再有像春秋时易牙那样的怪物出现，烹子求荣，或者烹死别人家的婴儿以献媚于权奸，如覆亡的隋朝的旧事啊！一误岂可再误，我不敢不将造物主当初赋形造物的失误，视为覆车之殷鉴。

音乐之道，丝不如竹，竹不如肉，因为其渐近自然。我以为饮食之道，是脍不如肉，肉不如蔬，也是因为其渐近自然。穿草衣食果木，这是上古人类之风，人们如果能疏远肥腻的荤腥，吃些蔬果野菜而甘之如饴，不吃羊肉之类的肉食，如古人所说的腹中菜园，不让羊来踏破，这就像是生活在伏羲时代的百姓，享受着尧舜时代吃饱穿暖的好日子，与崇尚古玩是同样的趣致。我觉得奇怪的是，世人放弃了那么有趣的佳话和美妙的生活方式，而故意将其当做异端，认为佛法才如此主张，这就是谬误了。我编撰这《饮馔》一卷，把肉食放在后面而首先讲蔬菜，一是为了崇尚节俭，二是为了恢复古风；至于对屠宰之事特别慎重，爱惜动物的生命，更是念兹在兹，而不忍或忘。

笋

论蔬食之美者，曰清，曰洁，曰芳馥，曰松脆而已矣。不知其至美所在，能居肉食之上者，只在一字之鲜。《记》曰："甘受和，白受采。"[1] 鲜即甘之所从出也。此种供奉，惟山僧野老躬治园圃者，得以有之，城市之人向卖菜佣求活者[2]，不得与焉。然他种蔬食，不论城市山林，凡宅旁有圃者，旋摘旋烹[3]，亦能时有其乐。至于笋之一物，则断断宜在山林，城市所产者，任尔芳鲜，终是笋之剩义⁽⁴⁾。此蔬食中第一品也，肥羊嫩豕⁽⁵⁾，何足比肩⁽⁶⁾？但将笋肉齐烹，合盛一簋⁽⁷⁾，人止食笋而遗肉，则肉为鱼而笋为熊掌可知矣⁽⁸⁾。购于市者且然，况山中之旋掘者乎？

　　食笋之法多端，不能悉纪，请以两言概之，曰："素宜白水，荤用肥猪。"茹斋者食笋，若以他物伴之，香油和之，则陈味夺鲜，而笋之真趣没矣。白煮俟熟⁽⁹⁾，略加酱油。从来至美之物，皆利于孤行⁽¹⁰⁾，此类是也。以之伴荤，则牛羊鸡鸭等物皆非所宜，独宜于豕，又独宜于肥。肥非欲其腻也，肉之肥者能甘，甘味入笋，则不见其甘，但觉其鲜之至也。烹之既熟，肥肉尽当去之，即汁亦不宜多存，存其半而益以清汤。调和之物，惟醋与酒。此制荤笋之大凡也⁽¹¹⁾。笋之为物，不止孤行并用各见其美，凡食物中无论荤素，皆当用作调和。菜中之笋与药中之甘草，同是必需之物，有此则诸味皆鲜，但不当用其渣滓，而用其精液。庖人之善治具者⁽¹²⁾，凡有焯笋之汤⁽¹³⁾，悉留不去，每作一馔⁽¹⁴⁾，必以和之，食者但知他物之鲜，而不知有所以鲜之者在也。《本草》中所载诸食物，益人者不尽可口，可口者未必益人，求能两擅其长者，莫过于此。东坡云："宁可食无肉，不可居无竹。无肉令人瘦，无竹令人俗。"⁽¹⁵⁾不知能医俗者，亦能医瘦，但有已成竹未成竹之分耳。

【注释】

〔1〕《记》：《礼记》。甘受和，白受采：甘美之物易于调味，洁白之物易于着色。

〔2〕卖菜佣：菜贩。

〔3〕旋：即，即刻。

〔4〕剩义：这里指次一等的风味。

〔5〕豕：猪。

〔6〕比肩：比美。

〔7〕簋（guǐ）：古时用陶或铜制成的盛食物的器具，圆口，两耳。

〔8〕肉为鱼而笋为熊掌：语本《孟子·告子下》："鱼，我所欲也；熊掌，亦我所欲也。二者不可得兼，舍鱼而取熊掌者也。"

〔9〕俟（sì）：等待。

〔10〕孤行：不用他物，单独取用。

〔11〕大凡：大概，大致。

〔12〕庖人之善治具者：厨师中善于烹调的人。

〔13〕焯（chāo）：把蔬菜放在开水里略煮一下就拿出来。

〔14〕馔（zhuàn）：饭菜。

〔15〕"东坡云"数句：出自苏轼《于潜僧绿筠轩》。

【译文】

人们谈论蔬菜的美，曰清爽，曰洁净，曰芳香，曰松脆而已。却不知道它至美之处，能够居于肉食之上的，只在一个"鲜"字。《礼记·礼器》上说："甘受和，白受采。"甘美的味道就是从鲜味中来的。这样的一份享受，只有亲身侍弄园圃种植果蔬的山僧野老，才能得而有之，城市里从菜贩子那里买菜吃的人，是没法得到的。可是其他种类的蔬菜，不论是在城市还是在山林，凡是宅子旁边有块菜园就可以种，随时可摘随即可烹，也能时时享受到这种乐趣。但至于笋这一食物，就断断乎只适宜生长在山野林间，城市里长出来的，任凭它是多么清香鲜美，也终究算是竹笋中的次等品了。笋，是蔬菜食物中的第一品，肥羊嫩猪，哪里能与它比肩？只要将笋和肉一齐烹治，合盛在一个食簋里，人们就会只吃笋却把肉剩下了。那么就可以知道，在人们眼里，肉好比是可以割爱的鱼，而笋好比是决不能放弃的熊掌。从菜市场上买到的尚且如此，何况是刚刚从山里现挖到的呢？

笋的吃法有多种多样，不能一一记述，请允许我用两句话来加以概括："素宜白水，荤用肥猪。"茹素吃斋的人在食笋时，如果用别的食物来伴它，再用香油拌和，那样鲜味就会被陈味夺走，而笋的真趣本味就没了。吃素的话，把笋用白水煮熟了，略微加点酱油就好了。从来最美味的食物，都适宜单独烹制，笋就属于此类。如果要拿笋来配荤菜，那么牛羊鸡鸭等肉类都不合适，唯独适宜于猪肉，又唯独适宜于肥猪肉。用肥肉不是想让它油腻，而是因为猪肉中的肥肉有一种甘味，这甘味透入到笋中，那就不觉其甘，只感觉鲜到了极点。烹治熟了以后，肥肉全都应当去掉，就是肉汁也不宜多留，保存一半再加上清汤。拌和的佐料，惟有醋和酒。这就是烹制荤笋菜的基本要点。笋作为一种食材，不仅单独烹制和与其他食材并用都能各呈美味，而且凡是食材，无论是荤还是素，都可以用笋来调和搭配。蔬菜里面的笋和药材里面的甘草一样，都是必需要用的东西。有了笋，那么无论烹制什么都会味道鲜美，只是不应当用它的渣滓，而要用它的精华。厨师中凡是善于烹调的，只要有焯笋的汤，都会留着不倒掉。每做一道菜肴，一定要和上笋汤。食客只知道别的东西很鲜，却不知道还有使它变鲜的东西在里面。《本草》中所记载的各种食物，对人有益的并不一定都可口，可口的却未必对人有益，要想找到一种既可口又有益的两长兼擅的食物，那就莫过于笋了。苏东坡说过："宁可食无肉，不可居无竹。无肉令人瘦，无竹令人俗。"却不知道能医治人的俗气的东西，也能医治人的瘦，只是有已经长成的竹和尚未长成的笋之间的区别罢了。

蕈

求至鲜至美之物于笋之外，其惟蕈乎[1]？蕈之为物也，无根无蒂，忽然而生，盖山川草木之气，结而成形者也。然有形而无体，凡物有体者必有渣滓，既无渣滓，是无体也。无体之物，犹未离乎气也，食此物者，犹吸山川草木之气，未有无益于人者也。其有毒而能杀人者，《本草》云以蛇虫行之故。予曰不然。蕈大几何，蛇虫能行其上？况又极弱极脆而不能载乎！盖地之下有蛇虫，蕈生其上，适为毒气所钟[2]，故能害人。毒气所钟者能害人，则为清虚之气所钟者，其能益人可知矣。世人辨之原有法，苟非有毒，食之最宜。此物素食固佳，伴以少许荤食尤佳，盖蕈之清香有限，而汁之鲜味无穷。

【注释】

〔1〕蕈（xùn）：菌类植物，俗称菌子。无毒的可供食用，如香菇、蘑菇之类。

〔2〕钟：汇聚，集中。

【译文】

要在笋之外选一味最鲜、最美的食材，大概只有蕈了吧？蕈这样一种植物，既没有根也没有蒂，忽然就生长出来了，是因为山川草木之气凝结而形成的。然而它有形却没有肢体，大凡事物中有肢体的就一定有渣滓，蕈既然没有渣滓，那就是没有肢体的了。没有肢体的东西，那就还没有脱离山川草木之气，所以吃这种食物，就好像是吸食山川草木之气，没有对人无益的。蕈之中有毒而能杀人的，《本草》说是因为毒蛇毒虫子在上面爬过的缘故。我说不是这样。蕈有多大啊，蛇虫怎么能从它上面爬过呢？况且蕈又是极弱极脆而不能负载蛇虫之重的植物啊！大概是地下藏有毒蛇毒虫，蕈生长在它们上面，恰好为毒气所熏蒸汇聚，所以能毒害人。毒气所聚的那一类蕈能害人，那么为山川草木清虚之气所凝聚的那一类蕈，就能够对人们有益那是显而易见的了。世人辨认哪种蕈有毒，哪种蕈无毒，原本就有办法，如果没有毒，那是最适宜食用的。蕈这种食物，素吃固然好，如果拌和少许荤食那就更妙了。这是因为蕈的清香有限，而它汤汁的鲜味会让人回味无穷。

莼

陆之蕈，水之莼[1]，皆清虚妙物也。予尝以二物作羹，和以蟹之黄，鱼之肋，名曰"四美羹"。座客食而甘之曰：“今而后，无下箸处矣！”[2]

【注释】

〔1〕莼：莼菜，水生草本，其嫩叶适宜做汤。

〔2〕“今而后”二句：是说品尝过这样鲜美的菜肴，以后再没有什么好吃的菜了。《晋书·何曾传》载，何曾生活极其奢侈，“食日万钱，犹曰无下箸处”。箸，筷子。

【译文】

陆上生的蕈和水里长的莼，都是清虚奇妙的食物。我曾经用这两种食材做成一道羹汤，和以蟹黄、鱼肋，取名为“四美羹”。在座的食客吃了都说好，还说：“吃了这个菜以后，就再也没有可以下筷子的地方了。”

菜

世人制菜之法，可称百怪千奇，自新鲜以至于腌糟酱腊，无一不曲尽奇能，务求至美，独于起根发轫之事缺焉不讲[1]，予甚惑之。其事维何？有八字诀云：“摘之务鲜，洗之务净。”务鲜之论，已悉前篇。蔬食之最净者，曰笋，曰蕈，曰豆芽；其最秽者，则莫如家种之菜。灌肥之际，必连根带叶而浇之；随浇随摘，随摘随食，其间清浊，多有不可问者。洗菜之人，不过浸入水中，左右数漉[2]，其事毕矣。孰知污秽之湿者可去，干者难去，日积月累之粪，岂顷刻数漉之所能尽哉？故洗菜务得其法，并须务得其人。以懒人、性急之人洗菜，犹之乎弗洗也。洗菜之法，入水宜久，久则干者浸透而易去；洗叶用刷，刷则高低曲折处皆可到，始能涤尽无遗。若是则菜之本质净矣。本质净而后可加作料，可尽人工，不然是先以污秽作调和，虽有百和之香，能敌一星之臭乎？噫，富室大家食指繁盛者，欲保其不食污秽，难矣哉！

菜类甚多，其杰出者则数黄芽。此菜萃于京师[3]，而产于安肃[4]，谓之"安肃菜"，此第一品也。每株大者可数斤，食之可忘肉味。不得已而思其次，其惟白下之水芹乎[5]？予自移居白门[6]，每食菜、食葡萄，辄思都门；食笋、食鸡豆，辄思武陵[7]。物之美者，犹令人每食不忘，况为适馆授餐之人乎[8]？

菜有色相最奇，而为《本草》、《食物志》诸书之所不载者，则西秦所产之头发菜是也[9]。予为秦客，传食于塞上诸侯[10]，一日脂车将发[11]，见坑上有物，俨然乱发一卷，谬谓婢子栉发所遗[12]，将欲委之而去。婢子曰："不然。群公所饷之物也[13]。"询之土人，知为头发菜。浸以滚水，拌以姜醋，其可口倍于藕丝、鹿角等菜。携归饷客，无不奇之，谓珍错中所未见。此物产于河西，为值甚贱，凡适秦者皆争购异物，因其贱也而忽之，故此物不至通都，见者绝少。由是观之，四方贱物之中，其可贵者不知凡几，焉得人人物色之？发菜之得至江南，亦千载一时之至幸也。

【注释】

〔1〕起根发轫：指事情的发端，第一步。轫，刹住车轮的木头。
〔2〕漉：滤干。
〔3〕萃：汇集。
〔4〕安肃：今河北徐水。

〔5〕白下：今江苏南京中心城区。

〔6〕白门：南朝宋都城建康西城门，因西方属金，金气白，故称白门。后因称金陵（南京）为白门。

〔7〕鸡豆：当指鸡头，即芡，水生植物，种子名芡食，可供食用或入药。《齐民要术》："鸡头、竹笋肥美。"武陵：治所在今湖南常德。

〔8〕适馆授餐：语出《诗经·郑风·缁衣》。指招待宾客，供应膳食。

〔9〕西秦：秦岭西部，指甘肃东部地区。

〔10〕传食于塞上诸侯：语出《孟子·滕文公下》。传食，辗转受人供养，游食四方之意。1666 年，李渔率其家庭剧团到北京，后又应陕西、甘肃巡抚之邀，前往西安、兰州一带漫游，直至 1667 年才返回南京。

〔11〕脂车：启程前给车轴上油，语出《诗经·小雅·何人斯》。

〔12〕栉（zhì）发：梳头发。

〔13〕饷（xiǎng）：款待或馈赠食物。

【译文】

　　世上人烹制蔬菜食品的方法，可以称得上是千奇百怪。从新鲜菜以至于盐腌、酒糟、酱渍、腊制，没有一样不是曲尽其所能，务必要追求至善至美。却惟独对于烹制蔬菜的起根发轫阶段怎样做缺而不论。我实在大惑不解。那么，烹制蔬菜的第一步应当怎样做呢？我这里有一个八字口诀："摘之务鲜，洗之务净。"关于务求新鲜的观点，可以详见前几篇所论。蔬菜里面最干净的，是笋、蕈、豆芽；而最不干净的，就莫过于家常种的菜了。家常种的菜浇粪肥的时候，一定是连根带叶一起浇的；随浇随摘，随摘随吃，这里面是干净还是污浊，大多是不可问究的。洗菜的人，不过是把菜浸泡到水中，左右涮几下沥沥干，洗菜的事就算完成了。谁知道那些污秽的东西，湿的还可以比较容易洗掉，干的却难以除去，日积月累的粪迹，哪里是顷刻之间轻轻涮沥几下就能洗干净？所以洗菜务必要讲究方法，而且必须务求合适的人。用懒惰的人、性急的人洗菜，就像不洗一个样。洗菜的方法，泡水里的时间要长一些，泡久一些那么菜上干的脏东西被浸透泡软了，就容易洗去；洗菜叶最好用刷子刷，用刷子那叶面上凹凸不平，弯曲皱裂之处就都可以洗到，才能洗得干净彻底，不留脏物。像这样洗，那么菜就从头到脚由里到外都彻底洗干净了，彻底洗干净后就可以拌上调料，可以烹调加工，否则是先以污秽之物作了调料，即使施展再高超的烹饪技艺，就是加上各种各样的香料来调和，又怎能敌过一星半点儿的臭味儿呢？唉！有钱的大户人家吃饭的人多，吃的东西也品种繁多，要想保证不吃到脏东西，实在难啊！

蔬菜的种类很多，其中最突出的，那就要数黄芽菜了。这种菜荟萃于京城，而其产地在河北安肃，人们称之为"安肃菜"。它是蔬菜中第一等的上品。黄芽菜大的每棵有几斤重，吃起来可以让人忘了肉味。不得已而求其次，大概要数南京的水芹菜了。我自从移居南京以后，每当吃菜、吃葡萄时，就怀想京城；每当吃竹笋、芡实时，就怀想武陵。曾经尝到过的美味佳肴，尚且能使人每当再食之时还念念不忘，更何况是那些热情设宴，殷勤款待过我的人呢？

蔬菜当中色相最为奇特的，而且在《本草》、《食物志》这些重要书籍中所没有记载的，就是西秦之地所出产的头发菜了。我客居陕西，游食于塞上诸侯贵族之家，有一天将要乘车启程，看见炕上有一团东西，俨然就是一卷乱发，误以为是丫鬟梳头时所遗留下来的，正要把它扔掉离开。丫鬟说："那不是乱发，而是各位大人送给你的礼物。"问了当地人，才知道这是发菜。用滚开水浸泡过后捞起沥干，然后拌上姜和醋，吃起来滋味比藕丝、鹿角等菜品加倍地可口。我把它带回来招待宾客，无不啧啧称奇，以为吃遍了山珍海错，美味佳肴，竟然从来没有见到过。这东西产于河西，价钱非常便宜，凡是到秦地去的人都争相购买别的新奇东西，却因为发菜价钱便宜而忽略了它，因此这东西到不了大城市，见到的人很少。由此可见，天下四方便宜的东西里面，可贵的好东西还不知道有多少，哪里都能得到人们去物色，去选取啊？发菜能得以传到江南，也是千载逢于一时的大幸啊。

瓜　茄　瓠　芋　山药

瓜茄瓠芋诸物[1]，菜之结而为实者也。实则不止当菜，兼作饭矣。增一簋菜[2]，可省数合粮者[3]，诸物是也。一事两用，何俭如之？贫家购此同于籴粟[4]。但食之各有其法，煮冬瓜丝瓜忌太生，煮王瓜甜瓜忌太熟；煮茄瓠利用酱醋而不宜于盐；煮芋不可无物伴之，盖芋之本身无味，借他物以成其味者也；山药则孤行并用无所不宜，并油盐酱醋不设，亦能自呈其美，乃蔬食中之通材也。

【注释】

〔1〕瓠（hù）：瓠瓜，葫芦。
〔2〕箁：见《笋》注〔7〕。
〔3〕合（gě）：量器，十合为一升。
〔4〕籴（dí）粟：买粮食。

【译文】

　　瓜、茄、葫芦、芋头等类食物，都是菜结成的果实。实际上它们不仅可以当菜吃，而且还可以当饭吃。要说增加一盘菜，可以节省几合粮食，那么指的就是这几种菜。一物可以两用，既作菜肴又当粮食，还有什么东西能像这些菜品那样俭省啊？贫寒人家买了这些菜，就像买进了粮食一样。但这几种菜吃起来各有各的做法：煮冬瓜、丝瓜，切忌太生；煮王瓜、甜瓜，切忌太熟；煮茄子、葫芦，用酱和醋味道更好，而不适宜用盐；煮芋头不能没有别的食材来配合它，因为芋头本身是没什么味道的，要借助别的食物以成其味；山药那就或单独作，或和其他食材一起作，无所不宜，就是连油盐酱醋都不放，也能自己呈现其美味，乃是蔬食中的通材。

葱　蒜　韭

　　葱蒜韭三物，菜味之至重者也。菜能芬人齿颊者，香椿头是也；菜能秽人齿颊及肠胃者，葱蒜韭是也。椿头明知其香而食者颇少，葱蒜韭尽识其臭而嗜之者众，其故何欤？以椿头之味虽香而淡，不若葱蒜韭之气甚而浓。浓则为时所争尚，甘受其秽而不辞；淡则为世所共遗，自荐其香而弗受。吾于饮食一道，悟善身处世之难。一生绝三物不食，亦未尝多食香椿，殆所谓"夷、惠之间"者乎[1]？

予待三物有差。蒜则永禁弗食；葱虽弗食，然亦听作调和；韭则禁其终而不禁其始[2]，芽之初发，非特不臭，且具清香，是其孩提之心之未变也。

【注释】

〔1〕夷、惠：指春秋时代的伯夷、柳下惠，为恬淡清高之士。

〔2〕禁其终而不禁其始：禁绝用老的，不禁绝吃嫩的。

【译文】

葱、蒜、韭三种食物，是蔬菜里面口味最重的。蔬菜中能让人齿颊留香的，是香椿头；蔬菜中能使人齿颊及肠胃都染上臭味的，就是葱、蒜、韭了。香椿头人们明知道它香，但吃的人却很少；葱、蒜、韭都知道它臭，但嗜好它的人却很多。这是什么缘故呢？因为香椿头的味道虽然清香，却又有些寡淡，不像葱、蒜、韭的口味重而且浓烈。口味浓烈，就为时人所争相好尚，甘愿受其秽气而趋之若鹜；味道清淡，就被世人所共同遗忘，虽然散发清香却乏人问津。我从饮食一道中，悟到了修身养性，为人处世的艰难。我这一生谢绝葱、蒜、韭这三种食物，从不吃它，但也未曾多吃香椿。大概就属于所谓的"伯夷、柳下惠之间"吧？

我对待三种食物也还是有所区别的：蒜，那是向来禁绝，永远不吃的；葱我虽然不吃，但还是听任用它作调料的；至于韭菜，那我是禁吃老韭，而不禁吃新韭的，因为韭菜初发之芽，非但不臭，而且还有一种清香，这就好像是童心还在，尚未改变一样。

萝 卜

生萝卜切丝作小菜，伴以醋及他物，用之下粥最宜。但恨其食后打嗳[1]，嗳必秽气。予尝受此厄于人，知人之厌我亦若是也，故亦欲绝而弗食。然见此物大异葱蒜，生则臭，熟则不臭，是与初见似小人，而卒为君子者等也。虽有微过，亦当恕之，仍食勿禁。

【注释】

〔1〕打嗳：打嗝儿。

【译文】

生萝卜切成丝作小菜，拌上醋和其他调料，用来下粥是最合适的。只可惜吃了萝卜以后会打嗝，一打嗝就一定会散发秽气。我曾经在别人那里遭过这份罪，知道如果我也这样的话，别人同样会讨厌我，所以也想禁绝而不食。然而我又见此物与葱、蒜有很大不同，生吃就会臭，熟吃却不会臭。这就跟有些人初见时似乎是小人，但最后却发现他是位君子的情形是一样的。虽然有微小的缺点，还是应当宽恕它，所以仍然食用，没有禁绝。

芥 辣 汁

菜有具姜桂之性者乎？曰：有，辣芥是也。制辣汁之芥子，陈者绝佳，所谓愈老愈辣是也。以此拌物，无物不佳。食之者如遇正人，如闻说论[1]，困者为之起倦，闷者以之豁襟，食中之爽味也。予每食必备，窃比于夫子之不撤姜也[2]。

【注释】

〔1〕谠（dǎng）论：正直的言论。

〔2〕不撤姜：《论语·乡党》篇："不撤姜食，不多食。"

【译文】

若要问蔬菜中有具备生姜和桂皮的质性的东西吗？我说：有，辣芥就属于这一类。制作辣汁的芥子，以老的陈的为绝佳，正像俗语所谓的愈老愈辣。用芥辣汁来拌食物，就没有什么东西是不好吃的了。吃了它的人就像遇上正人君子，听到了正直的言论，困倦者吃了它，精神为之而振作，郁闷者吃了它，襟怀为之而豁朗，真是食物中爽利痛快的一味啊。我每次吃饭必备此物，私下里把它比作孔夫子的不撤姜。

谷 食 第 二

食之养人，全赖五谷〔1〕。使天止生五谷而不产他物，则人身之肥而寿也，较此必有过焉；保无疾病相煎，寿夭不齐之患矣。试观鸟之啄粟，鱼之饮水，皆止靠一物为生，未闻于一物之外，又有为之肴馔酒浆〔2〕、诸饮杂食者也。乃禽鱼之死，皆死于人，未闻有疾病而死，及天年自尽而死者。是止食一物乃长生久视之道也。人则不幸而为精腴所误〔3〕，多食一物多受一物之损伤，少静一时少安一时之淡泊。其疾病之生，死亡之速，皆饮食太繁，嗜欲过度之所致也。此非人之自误，天误之耳。天地生物之初，亦不料其如是，原欲利人口腹，孰意利之反以害之哉！然则人欲自爱其生者，即不能止食一物，亦当稍存其意，而以一物为君。使酒肉虽多，不胜食气〔4〕，即使为害，当亦不甚烈耳。

【注释】

〔1〕五谷：粮食作物。通常指稻、黍、稷、麦、豆。

〔2〕肴馔（yáo zhuàn）：丰盛的饭菜。

〔3〕腆（tiǎn）：丰盛、精美。

〔4〕使酒肉虽多，不胜食气：语出《论语·乡党》。意思是要节制饮食，肉虽多，不使其胜过五谷之气。食气，五谷之气。

【译文】

　　食物滋养吾人，全依赖着五谷。假使大自然只生长五谷而不出产其他物品，那么人们身体之肥壮而且可得长寿，比起现实当下的状况来一定要好得多；保证不会有疾病煎熬，寿夭不齐的忧患。试看鸟儿啄粟，鱼儿饮水，都只靠一种食物为生，没有听说在这一种食物之外，又开发加工出各种各样的肴馔酒浆，名目繁多的饮料小吃。而且鸟儿鱼儿的死，多死于人类之手，没有听说有罹患疾病而死，以及天年到了自己死的。这说明只吃一种食物，乃是长生不老，长久视息于人间的途径。人却不幸而为各式各样的美味佳肴所误，多吃一种食物，就多遭受一种食物的消耗损伤，少得一刻宁静，就少安享一时的淡泊。人们疾病的产生，死亡的迅速，全都是饮食太繁，嗜欲过度所招致的。这不是人自己的错误，而是老天爷误人。天地化生人类万物之初，也没有料到会如此这般，原本是想让人多些口福，谁料到想有利于他却反而是害他！既然如此，那么人们如果想自珍自爱其生命生活的话，即便做不到只吃一种食物，那也应该稍稍存有这样的理念，而以一种食物为主君。使人就算多吃了点酒和肉，也不会胜过五谷主食之气，并且不会超出人体的消化能力，那么即使有些害处，危害也应该不至于太严重。

饭　　粥

　　粥饭二物，为家常日用之需，其中机彀[1]，无人不晓，焉用越俎者强为致词[2]？然有吃紧二语[3]，巧妇知之而不能言者，不妨代为喝破，使姑传之媳[4]，母传之女，以两言代千百言，亦简便利人之事也。先就粗者言之：饭之大病，在内生外熟，非烂即焦；粥之大病，在上清下淀，如糊如膏。此火候不均之故，惟最拙最笨者有之，稍能炊爨者必无是事[5]。然亦有刚柔合道，燥湿得宜，而令人咀之嚼之，有粥饭之美形，无饮食之至味者。其病何在？曰：挹水无度[6]，增减不常之为害也。其吃紧二语，则曰："粥水忌增，饭水忌减。"米用几何，则水用几何，宜有一定之度数。如医人用药，水一钟或钟半，煎至七分或八分，皆有定数。若以意为增减，则非药味不出，即药性不存，而服之无效矣。不善执爨者，用水不均，煮粥常患其少，煮饭常苦其多。多则逼而去之，少则增而入之，不知米之精液全在于水，逼去饭汤者，非去饭汤，去饭之精液也。精液去则饭为渣滓，食之尚有味乎？粥之既熟，水米成交，犹米之酿而为酒矣。虑其太厚而入之以水，非入水于粥，犹入水于酒也。水入而酒成糟粕，其味尚可咀乎？故善主中馈者[7]，挹水时必限以数，使其勺不能增，滴无可减，再加以火候调匀，则其为粥为饭，不求异而异乎人矣。

宴客者有时用饭，必较家常所食者稍精。精用何法？曰：使之有香而已矣。予尝授意小妇，预设花露一盏，俟饭之初熟而浇之，浇过稍闭，拌匀而后入碗。食者归功于谷米，诧为异种而讯之，不知其为寻常五谷也。此法秘之已久，今始告人。行此法者，不必满釜浇遍[8]，遍则费露甚多，而此法不行于世矣。止以一盏浇一隅，足供佳客所需而止。露以蔷薇、香橼、桂花三种为上[9]，勿用玫瑰，以玫瑰之香，食者易辨，知非谷性所有。蔷薇、香橼、桂花三种，与谷性之香者相若，使人难辨，故用之。

【注释】

〔1〕机彀（gòu）：奥妙，道理。

〔2〕越俎（zǔ）：越俎代庖。谓人各有专职，厨师虽不做饭，掌管祭祀的人也不越过樽俎去替厨师做饭。喻指越权处理他人管理的事务。语出《庄子·逍遥游》。俎，古代祭祀、燕飨时陈放牲体等食品的器具。也用指切肉用的砧板。

〔3〕吃紧：要紧，重要。

〔4〕姑：婆婆。

〔5〕爨（cuàn）：烧火做饭。

〔6〕挹（yì）：舀。

〔7〕中馈（kuì）：古时妇女在家中主持供应饮食之事。馈，膳食。

〔8〕釜（fǔ）：锅。

〔9〕香橼（yuán）：也叫枸橼。常绿乔木，花瓣里面白色，外面淡紫色，果长圆形，黄色，味酸而苦，有香气。

【译文】

粥、饭这两种食物，是家家户户平常日用所必需的。烧饭煮粥的诀窍，可以说是无人不晓，哪里用得着我来越俎代庖，强为说辞呢？然而有十分要紧的两句话，是巧妇虽然知道却说不明白，不妨由我代她们说破，使婆婆传给儿媳妇，母亲传给女儿，用这两句话代替千言万语，也是对人简便有利的一件好事情。先从粗略的方面来说吧：煮米饭最大的毛病，在于里面生，外面熟，不是煮烂了，就是烧焦了；熬粥的最大毛病，在于上面是清汤，下面却成了饭糊，又像糨糊，又像脂膏。这些都是火候不均匀的缘故，只有最拙最笨的人才会做出这种半生半熟，或者既不像粥又不像饭的东西，稍微会点儿烧火做饭的人就一定不会做出这样糟糕的事情。然而也有刚柔软硬合度，干湿稠稀得当，但让人咀嚼品味起来，却感觉粥和饭的样子虽然不错，但是却没有喝粥吃饭应当有的那种好味道。这毛病出在哪里呢？依我说：这都是注水无度，增减无常，不是太多就是太少所造成的危害。我前面提到那十分要紧的两句话，就是："粥水忌增，饭水忌减。"米用多少，那么水就要用多少，应当有一定的比例。就好像医生用药，水加一盏或是一盏半，药煎到七分还是八分，都有一定的标准。如果随便加水或减水，任意煎到五六分还是九十分，那么不是药味煎不出来，就是药性没有保存住，而病人服用了也没有效果。不善于烧火做饭的人，用水不均匀，煮粥常常忧虑水太少，煮饭常常苦恼水太多。多呢就滗点出来，少呢就加点进去。却不知道米的精华全在水里头。滗掉了饭汤，不仅仅是去掉了饭汤，而是去掉了饭里的精华。精华去掉了，那么饭就成渣滓了，吃起来还会有饭香味吗？粥煮熟以后，水和米融为一体，就如同酿米而化成了酒。如果担心它太厚太稠，就随便加水进去，那不是加水到粥里，而是好像加水进酒里。水加进了酒里，酒也就成酒糟酒渣了，那吃起来还能喷喷回味吗？所以善于打理饭食的，注水时一定会限定比例数量，使其一勺也不能增加，一滴也无可再减；再加上火候调匀，那么无论是做饭还是熬粥，就是不刻意求佳求异，也自然会与众不同。

宴请客人有时要用饭，一定要比家常所吃的稍精致一些。用怎样的方法能做得精致呢？依我说：就是使它有香味而已。我曾经授意家里主厨的女眷，预先备设一盏花露，等饭刚熟时浇上，浇过以后稍稍闷一下，盛饭时要拌均匀。食客把饭清香好吃的原因归功于谷米，诧异猜测是哪种特别的品种，向我询问，却不知道它就是用平常五谷做的。这个方法我保密了很久，现在才公开告知世人。还要注意的是，采用这个方法时，不必把整锅饭都淋遍，如果整片浇洒那所费的花露就太多了，而这方法也就不能流行于世了。只用一小盏花露浇在饭锅一角，到足够供贵客所需为止。花露以蔷薇、香橼、桂花三种为最佳，不要用玫瑰露，因为玫瑰的香气，食客容易辨认，知道那不是谷物所有的香味。蔷薇、香橼、桂花这三种的香味，和谷物的香味比较近似，使人难以辨识，所以采用它们。

汤

　　汤即羹之别名也。羹之为名，雅而近古；不曰羹而曰汤者，虑人古雅其名，而即郑重其实，似专为宴客而设者。然不知羹之为物，与饭相俱者也，有饭即应有羹，无羹则饭不能下，设羹以下饭，乃图省俭之法，非尚奢靡之法也。古人饮酒，即有下酒之物；食饭，即有下饭之物。世俗改下饭为"厦饭"，谬矣。前人以读史为下酒物，岂下酒之"下"，亦从"厦"乎？"下饭"二字，人谓指看馔而言，予曰不然。看馔乃滞饭之具，非下饭之具也。食饭之人见美馔在前，匕箸迟疑而不下，非滞饭之具而何？饭犹舟也，羹犹水也；舟之在滩，非水不下，与饭之在喉，非汤不下，其势一也。且养生之法，食贵能消；饭得羹而即消，其理易见。故善养生者，吃饭不可无羹；善作家者，吃饭亦不可无羹。宴客而为省馔计者，不可无羹；即宴客而欲其果腹始去，一馔不留者，亦不可无羹。何也？羹能下饭，亦能下馔故也。近来吴越张筵，每馔必注以汤，大得此法。吾谓家常自膳，亦莫妙于此。宁可食无馔，不可饭无汤。有汤下饭，即小菜不设，亦可使哺啜如流[1]；无汤下饭，即美味盈前，亦有时食不下咽。予以一赤贫之士，而养半百口之家，有饥时而无馑日者[2]，遵是道也。

【注释】
　　〔1〕哺啜（chuò）：饮食；吃喝。哺，吃，咀嚼。啜，喝，饮。
　　〔2〕馑（jǐn）：饿肚子，饥荒。

【译文】

汤就是羹的别名。羹这个名称，文雅而显得近于古意；我不称作羹而称为汤，是顾虑人们因为这个名称古雅，而就此郑重其事起来，好像这碗汤是专门为欢宴宾客而设的。但是却不知羹作为食物，是和饭相随在一起的，有饭就应该有羹，没有羹那饭就难咽下。设羹以备用它来下饭，乃是图省俭的法子，而不是尚奢靡的方式。古人饮酒，就有下酒的菜肴；吃饭，就有下饭的食物。世俗改下饭为"厦饭"，那就错了。前人把读史书视作下酒之物，难道下酒的"下"字也应该写作"厦"字吗？"下饭"这两个字，人们以为是指菜肴说的，我说不然。菜肴实在是滞碍下饭的东西，而不是下饭的东西。吃饭的人看到美味佳肴摆在眼前，调羹筷子迟疑着不下去，不是滞碍下饭的东西那又是什么？饭就好像舟船，羹就好似那行船的水；船滞碍在河滩，没有水就不能航行，这与饭停在喉咙口，没有汤就咽不下去，是一样的情势。并且照养生之道看，吃食贵在能够消化；饭得到羹的帮助就能消化，这个道理显而易见。所以善于养生的，吃饭不能没有羹；善于持家的，吃饭也不能没有羹。宴请宾客时为了节省菜肴，不能没有羹；即使是宴请宾客而想让他们吃饱喝足了才走，一样菜也不剩下，还是不能没有羹。为什么？这是因为羹能够帮助下饭，也能帮助下菜的缘故。近来江浙一带人家摆筵席，每顿饭都一定有汤，可以说是大得此法。我认为家常自己用膳，也莫妙于用汤下饭。宁可吃饭没有菜，也不能没有汤。只要有汤下饭，就算是没有备小菜，也可以吃饱喝足痛痛快快；如果没有汤下饭，即便是美味佳肴摆满眼前，有时也会食不下咽。我作为一个赤贫之士，却养着人口半百的家庭，虽然有肚子饿的时候，却没有挨饿的日子，就是因为用了这个办法。

糕　饼

谷食之有糕饼，犹肉食之有脯脍[1]。《鲁论》云[2]："食不厌精，脍不厌细。"[3] 制糕饼者，于此二句当兼而有之。食之精者，米麦是也；脍之细者，粉面是也。精细兼长，始可论及工拙。求工之法，坊刻所载甚详，予使拾而言之，以作制饼制糕之印板，则观者必大笑曰：笠翁不拾唾余，今于饮食之中，现增一副依样葫芦矣！冯妇下车⁽⁴⁾，请戒其始。只用二语括之，曰："糕贵乎松，饼利于薄。"

【注释】

〔1〕脯脍（fǔ kuài）：肉和鱼。脯，干肉；脍，细切的鱼肉，特指生食的鱼片。

〔2〕《鲁论》：即今本《论语》。

〔3〕"食不厌精"二句：语出《论语·乡党》篇。

〔4〕冯妇：人名。《孟子·尽心下》载，晋国冯妇善搏虎，后为善士，不再打虎。一次，禁不住众人的迎求，一时技痒，终又攘臂下车。众人悦之，可是却受到士人的讥笑。后称重操旧业者为"冯妇"。

【译文】

谷类食品中有糕和饼，就像肉类食品中有肉干、肉丝一样。《论语·乡党》里面说："食不厌精，脍不厌细。"制作糕饼的人，对于这两句话里提到的精和细要上心一些，制作时应当兼而有之。谷类粮食里面精的，是米和麦；经过加工以后细的，是粉和面。精和细兼长，才谈得到制作得是巧还是拙。精工细作的方法，坊间刊刻的书里面记载得已经很详尽了，我假使把它们捡起来再絮叨一遍，当作制饼制糕的模板，那么看到的人一定会大笑说：那笠翁一向声称不拾人唾余，今天却在饮食当中，现成增添了一副依样葫芦了。想起《孟子》上讲的冯妇下车，重操旧业，而为人耻笑的故事，请让我一开始就以此为戒吧。这里只用两句话概括制作糕饼的要点："糕贵乎松，饼利于薄。"

面

南人饭米，北人饭面，常也。《本草》云："米能养脾，麦能补心。"各有所裨于人者也。然使竟日穷年止食一物，亦何其胶柱口腹[1]，而不肯兼爱心脾乎？予南人而北相，性之刚直似之，食之强横亦似之。一日三餐，二米一面，是酌南北之中，而善处心脾之道也。但其食面之法，小异于北，而且大异于南。北人食面多作饼，予喜条分而缕析之，南人之所谓"切面"是也。南人食切面，其油盐酱醋等作料，皆下于面汤之中，汤有味而面无味，是人之所重者不在面而在汤，与未尝食面等也。予则不然，以调和诸物尽归于面，面具五味而汤独清，如此方是食面非饮汤也。

所制面有二种，一曰"五香面"，一曰"八珍面"。五香膳己，八珍饷客，略分丰俭于其间。五香者何？酱也，醋也，椒末也，芝麻屑也，焯笋或煮蕈煮虾之鲜汁也。先以椒末、芝麻屑二物拌入面中，后以酱醋及鲜汁三物和为一处，即充拌面之水，勿再用水。拌宜极匀，扞宜极薄，切宜极细，然后以滚水下之，则精粹之物尽在面中，尽勾咀嚼，不似寻常吃面者，面则直吞下肚，止咀咂其汤也。八珍者何？鸡鱼虾三物之肉，晒使极干，与鲜笋、香蕈、芝麻、花椒四物，共成极细之末，和入面中，与鲜汁共为八种。酱醋亦用，而不列数内者，以家常日用之物，不得名之以珍也。鸡鱼之肉，务取极精，稍带肥腻者弗用，以面性见油即散，扞不成片，切不成丝故也。但观制饼饵者，欲其松而不实，即拌以油，则面之为性可知已。鲜汁不用煮肉之汤，而用笋蕈虾汁者，亦以忌油故耳。所用之肉，鸡鱼虾三者之中，惟虾最便，屑米为面，势如反掌，多存其末，以备不时之需；即膳己之五香，亦未尝不可六也。拌面之汁，加鸡蛋青一二盏更宜，此物不列于前而附于后者，以世人知用者多，列之又同剿袭耳⁽²⁾。

【注释】

〔1〕胶柱口腹：这里指饮食刻板、单调。

〔2〕剿袭：抄袭。

【译文】

　　南方人吃米饭，北方人吃面食，这是通常的情况。《本草》上说："米能养脾，麦能补心。"可见米和面对于人们各有裨益。然而假使一天到晚一年四季只吃一种食物，那又是何等古板固执啊？主食如此单调，不考虑这会亏待了口腹，难道还不肯兼顾爱惜自己心和脾两方面所需吗？我是南方人，却兼有北方人的性情相貌，性格上的刚强正直像北人，饮食上的强横不拘也像北人。一天三餐，两顿吃米饭，一顿吃面食，这是斟酌兼取南北主食而取其中和，以善待心与脾的养生之道。但我吃面食的方法，与北方稍有不同，而与南方则大不相同。北方人吃面食，大多是做成饼，我却喜欢条分而缕析做成面条，也就是南方人所谓的"切面"。南方人吃切面，把油盐酱醋等作料，都下到面汤里面，汤有味而面条却没有味，如此则人们所重的不在面而是在汤，那就与未曾吃面一样。我却不是这样，我是把各种佐物调料都和到面里，使得面条五味俱全，而惟独汤是清的，这样方才是吃面而不是饮汤。

　　我所制作的面条有两种，一种叫"五香面"，一种叫"八珍面"。五香面是用来自己享用的，八珍面才拿出来款待客人，两种面条略微有丰盛和俭省之分。所谓"五香"是哪几样呢？就是酱、醋、花椒末、芝麻屑、焯笋或者煮蕈或者煮虾的鲜汁。先把花椒末、芝麻屑两样拌进面里，然后用酱、醋及鲜汁这三样和在一起，就把它用作和面的水，不要再用水了。和面应该匀匀的，擀面应该薄薄的，切面应该细细的，然后下到滚开的水里，那样精华的东西都在面条里头了，尽够人咀嚼回味的了，不像寻常吃的面，面条稀里哗啦直吞肚子里了，才只能在汤里边咀尝咂摸出些许的味道来。那么所谓"八珍"又是哪几样呢？是鸡、鱼、虾三种肉，把它们晒得干透了，和鲜笋、香蕈、芝麻、花椒四种东西一起研成极细的末，和到面里，连鲜汁一共为八种。当然，酱和醋也要用上，而不把它们算进去，是因为这些都是家常日用的东西，就不能用珍来称名了。鸡和鱼的肉，一定要选取极精的部分，稍带一星半点的肥腻都不要用，这是因为面的质性是见油就散，那就擀不成片，切不成丝了；只要看看做面食糕饼的，想让糕饼松软而不板实，就拌点油到面里，那么面的质性就可知了。鲜汁不用煮肉的汤，而用笋汁、蕈汁、虾汁等等，也是因为面忌油的缘故罢了。所用的肉，鸡、鱼、虾三样当中，只有虾是最方便的，把虾米研成细面，易如反掌，平时多存些虾米末，以备不时之需；即使是自家享用的"五香面"，也未尝不可以加上虾末成为"六香"。和面的汁，加上一二小盏鸡蛋清那就更合适了，这东西我不列在前面，而只把它附在后面谈，是因为世人知道用它的很多，列在前面谈，又不免形同抄袭别人了。

粉

粉之名目甚多，其常有而适于用者，则惟藕、葛[1]、蕨、绿豆四种。藕、葛二物，不用下锅，调以滚水，即能变生成熟。昔人云："有仓卒客，无仓卒主人。"欲为仓卒主人，则请多储二物。且卒急救饥亦莫善于此。驾舟车行远路者，此是糇粮中首善之物[2]。粉食之耐咀嚼者，蕨为上，绿豆次之。欲绿豆粉之耐嚼，当稍以蕨粉和之。凡物入口而不能即下，不即下而又使人咀之有味，嚼之无声者，斯为妙品。吾遍索饮食中，惟得此二物。

绿豆粉为汤，蕨粉为下汤之饭，可称二耐，齿牙遇此，殆亦所谓劳而不怨者哉！

【注释】

〔1〕葛：多年生草本植物，葛根肥大，可制淀粉，也可作药用，能发汗、解热。

〔2〕糇（hóu）粮：干粮。

【译文】

粉的名目品种很多，常见而适于食用的，就惟有藕、葛、蕨、绿豆四种。其中藕、葛两种粉，不用下锅煮，只要用滚开水冲调，就能把生粉变成熟粉了。前人说："只有仓促之间来到的不速之客，不应该有急急忙忙张皇失措的主人。"要想做仓促中胸有成竹，不慌不忙的主人，就请多储备些藕粉葛粉这两样东西。而且临时救急充饥，也没有比它们更好的食物了。对于那些驾船乘车出远门的人来说，它们也是干粮里面首选的最佳食品。粉食当中耐人咀嚼的，以蕨粉为第一，绿豆粉次之。想要让绿豆粉耐人咀嚼，就应当稍稍掺和一些蕨粉进去。大凡食物入口后而不能立即吞下，不立即吞下，又使人咀之而有味，嚼之又无声的，才属于妙品。我找遍了各种食物，也只找到这两种。又，绿豆粉作汤，蕨粉则为下汤的饭，可称得上是两种极耐咀嚼的食物，牙齿遇上了这两种妙品，大概也会辛苦而愉快地享受，大概也是所谓"劳而不怨"吧！

肉 食 第 三

"肉食者鄙"[1]，非鄙其食肉，鄙其不善谋也。食肉之人之不善谋者，以肥腻之精液，结而为脂，蔽障胸臆，犹之茅塞其心，使之不复有窍也。此非予之臆说，夫有所验之矣。诸兽食草木杂物，皆狡猾而有智[2]。虎独食人，不得人则食诸兽之肉，是匪肉不食者虎也；虎者，兽之至愚者也。何以知之？考诸群书则信矣。"虎不食小儿"，非不食也，以其痴不惧虎，谬谓勇士而避之也。"虎不食醉人"，非不食也，因其醉势猖獗，目为劲敌而防之也。"虎不行曲路，人遇之者，引至曲路即得脱。"其不行曲路者，非若澹台灭明之行不由径[3]，以颈直不能回顾也。使知曲路必脱，先于周行食之矣[4]。《虎苑》云："虎之能搏狗者，牙爪也。使失其牙爪，则反伏于狗矣。"[5]迹是观之，其能降人降物而借之为粮者，则专恃威猛，威猛之外，一无他能，世所谓"有勇无谋"者，虎是也。予究其所以然之故，则以舍肉之外，不食他物，脂腻填胸，不能生智故也。然则"肉食者鄙，未能远谋"，其说不既有征乎？吾今虽为肉食作俑[6]，然望天下之人，多食不如少食。无虎之威猛而益其愚，与有虎之威猛而自昏其智，均非养生善后之道也。

【注释】

〔1〕"肉食者鄙"：语出《左传·庄公十年》："肉食者鄙，未能远谋。"肉食者，指高官厚禄者。

〔2〕狡獝（xù）：狡猾欺诈。獝，鸟惊飞。

〔3〕澹（tán）台灭明：字子羽，孔门弟子。澹台，复姓。《论语·雍也》："有澹台灭明者，行不由径，非公事，未尝至于偃之室也。"行不由径，走路不抄小道。

〔4〕周行（háng）：大路。语出《诗经·周南·卷耳》。

〔5〕《虎苑》：书名。明王穉登撰，两卷，有《广百川学海》本等。

〔6〕作俑：语出《孟子·梁惠王上》："仲尼曰：'始作俑者，其无后乎！'"后称开罪恶先例的人为"始作俑者"。俑，古时殉葬所用的土偶、木偶。

【译文】

　　"肉食者鄙。"这句话并不是鄙视其吃肉，而是鄙视其不善智谋。吃肉的人之所以不善于智谋，是因为肉里头肥腻的油汁，凝结而为脂肪，堵塞了胸臆，就好像茅草把心堵塞了，使它失了灵性，不再有窍可开。这不是我瞎猜乱说，而是有实际事例可以验证的。许多以草木杂物为食的野兽，都狡黠机警而有智慧。老虎吃人，吃不到人就吃各种野兽的肉，如此则非肉不食的，是老虎；而老虎，是兽类中最愚蠢的。怎么知道老虎最蠢的呢？看看各种书籍的记载就会相信了。书上说"虎不食小孩"，并不是真的不吃，而是因为小孩子天真烂漫，心性痴傻，还不知道惧怕老虎，老虎误认为他是勇士，所以避开他。书上还有"虎不食醉人"的说法，并不是真的不吃，而是因为喝醉的人撒起酒疯来，颠倒狂放，老虎把他视为劲敌，所以退却防备他。书上又说："老虎不行曲路，人遭遇到老虎，可以将它引到弯路上，就可以顺利逃脱。"老虎的不走弯路，并不是像孔门弟子澹台灭明那样，是出于思想理念而不抄小道不走捷径，而是因为老虎脖子僵直，不能回顾。如果老虎有智慧，那它假使知道人到了弯曲的路上准定会逃脱，会抢先在大路上就把人吃了。《虎苑》上说："老虎之所以能够搏杀狼狗，是因为它有獠牙和爪子。假使老虎失去了爪牙，就会反过来臣伏于狼狗了。"由此观之，老虎之所以能够降服人，降服动物，以人和动物为食，只是专靠它的威猛，除了威猛以外，就再没有什么别的能耐了，世人所谓"有勇无谋"，老虎就是这样的。我探究其所以然，就是因为它除了肉以外，别的什么东西都不吃，脂肪油腻塞满了心胸，使它不能生出智慧来的缘故。既然如此，那么"肉食者鄙，未能远谋"，这个说法不是已经得到验证了吗？我现在虽然在探讨肉食方面开了个头，但还是希望天下人，多吃不如少吃。没有老虎的威猛而加重自己的愚蠢，跟有老虎的威猛却让自己神智昏聩，这些都不是养生、善后之道。

猪

　　食以人传者，"东坡肉"是也。卒急听之，似非豕之肉，而为东坡之肉矣。东坡何罪？而割其肉以实千古馋人之腹哉，甚矣！名士不可为，而名士游戏之小术，尤不可不慎也。至数百载而下，糕、布等物，又以眉公得名[1]。取"眉公糕"、"眉公布"之名，以较"东坡肉"三字，似觉彼善于此矣。而其最不幸者，则有溷厕中之一物[2]，俗人呼为"眉公马桶"。噫！马桶何物，而可冠以雅人高士之名乎？予非不知肉味，而于豕之一物，不敢浪措一词者，虑为东坡之续也。即溷厕中之一物，予未尝不新其制，但蓄之家，而不敢取以示人，尤不敢笔之于书者，亦虑为眉公之续也。

【注释】

〔1〕眉公：陈继儒，明代文学家、书画家，字仲醇，号眉公，华亭（今上海市松江）人。自命隐士，而又周旋于官绅间。

〔2〕溷（hùn）：厕所。

【译文】

食物因名人而闻名于世，流传广泛的"东坡肉"就是。乍听起来，好像不是猪肉，而是苏东坡的肉了。苏东坡有什么罪？而要割他的肉来填千古馋馋食客的肚皮呢？实在是太过分了！名士不好做，而名士那些游乐玩笑的小把戏，尤其不可不谨慎。几百年以来，糕点、布料等东西，又因陈眉公而得名。拿"眉公糕"、"眉公布"这些名称来和"东坡肉"三个字相较，似乎觉得它们还比这个要好听一些。而其中最不幸的，那就算是厕所里有的一样东西，居然被俗人称为"眉公马桶"。唉！马桶是什么东西啊？竟然可以冠以雅人高士的名字吗？我不是不懂得肉味儿，而对于猪肉这一食物，却不敢随便多说一句，就是担心重蹈苏东坡的覆辙。即使是厕所里那个物件，我也未尝没有搞点创新，做些改进，但只是藏在家里，却不敢拿给别人看，尤其不敢写进书里，之所以如此，也是怕重蹈陈眉公的覆辙啊！

羊

物之折耗最重者，羊肉是也。谚有之曰："羊几贯，帐难算，生折对半熟对半，百斤止剩念余斤，缩到后来只一段。"大率羊肉百斤，宰而割之，止得五十斤，迨烹而熟之，又止得二十五斤，此一定不易之数也。但生羊易消，人则知之；熟羊易长[1]，人则未之知也。羊肉之为物，最能饱人，初食不饱，食后渐觉其饱，此易长之验也。凡行远路及出门作事，卒急不能得食者，啖此最宜。秦之西鄙[2]，产羊极繁，土人日食止一餐，其能不枵腹者[3]，羊之力也。《本草》载羊肉，比人参、黄芪。参芪补气，羊肉补形。予谓补人者羊，害人者亦羊。凡食羊肉者，当留腹中余地以俟其长。倘初食不节而果其腹，饭后必有胀而欲裂之形，伤脾坏腹，皆由于此，葆生者不可不知[4]。

【注释】

〔1〕熟羊易长：是说吃熟羊肉容易饱胀。

〔2〕秦之西鄙：秦的西部，即今陕西西部、甘肃东部一带。鄙，边远的地方。

〔3〕枵（xiāo）腹：饿肚子。枵，空虚。

〔4〕葆生：养生。

【译文】

食物中加工折耗最重的，就是羊肉。谚语里面有这样的顺口溜："羊几贯？帐难算。生折对半熟对半，百斤只剩念余斤，缩到后来只一段。"一般而言，百斤重的一头羊，宰杀后割下来，只能得五十斤左右的肉，而等到烹烧煮熟以后，又只能得二十五斤了，这是个一定不变的比例。但是，生羊肉容易折耗，人们都知道；而熟羊肉容易饱胀，人们却未必知道了。羊肉这种食物，最能饱人，刚吃不觉得饱，吃了以后渐渐就觉得饱了，这就是羊肉容易饱胀的验证。凡是行远路及出门做事，临时匆匆忙忙中没有吃的，那么备点羊肉吃是最合适的。甘肃一带，产羊十分繁多，当地人每天只吃一餐，却能不觉得肚子饿，就是因为羊肉的作用。《本草》上记载，羊肉可以和人参、黄芪相比。人参、黄芪补气，羊肉补形。我以为能够滋补人体的是羊，而伤害人的也是羊。凡是吃羊肉的人，应当注意在肚子里留有余地，以备羊肉入肚以后涨发起来。倘若刚开始吃时不知道加以节制，把肚子撑得饱饱的，那么饭后一定会出现肚子胀得像要裂开来一样的情形，损伤脾胃，吃坏肚子，都是因为这个缘故。注意养生的人不可不知道这一点。

牛　犬

　　猪羊之后，当及牛犬。以二物有功于世，方劝人戒之之不暇，尚忍为制酷刑乎？略此二物，遂及家禽，是亦以羊易牛之遗意也[1]。

【注释】
　　〔1〕以羊易牛：语出《孟子·梁惠王上》。齐宣王曾吩咐用羊代替牛宰杀后祭祀。

【译文】
　　讲了猪和羊之后，就应当轮到写牛和犬了。因为这两种动物对世人是有功的，我要劝人们戒食它们都还来不及呢，怎么还忍心为它们创设各种酷刑吗？我略过这两种动物不谈，而接下去就谈家禽，这也算是《孟子》上所载齐宣王吩咐换下牛来用羊祭的做法的遗意吧。

鸡

　　鸡亦有功之物，而不讳其死者，以功较牛犬为稍杀[1]。天之晓也，报亦明不报亦明，不似畎亩[2]、盗贼，非牛不耕，非犬之吠则不觉也。然较鹅鸭二物，则淮阴羞伍绛、灌矣[3]。烹饪之刑，似宜稍宽于鹅鸭。卵之有雄者弗食，重不至斤外者弗食。即不能寿之，亦不当过夭之耳。

【注释】

〔1〕杀：减小。

〔2〕畎（quǎn）亩：田地，田间。

〔3〕淮阴羞伍绛、灌：语出《史记·淮阴侯列传》：韩信"居常鞅鞅，羞与绛、灌等列"。羞伍，羞与为伍。绛，指绛侯周勃。灌，灌婴。

【译文】

　　鸡也是对人有功劳的动物。我之所以不忌讳它的死，是因为它的功劳比起牛和狗来要稍小一些。天要亮了，鸡报晓天会亮，鸡不报晓天也会亮，这不像耕田、防盗贼，没有牛就耕不了，没有狗儿狂吠警告主人就不会察觉。然而鸡比起鹅和鸭两种家禽来要高过一等胜过一筹，那就如同汉代淮阴侯韩信羞于与绛侯周勃、颍阴侯灌婴为伍一样。所以对鸡所加的烹饪之刑，似乎应该比对鹅、鸭稍宽一些。能孵出小鸡的蛋就不要吃，还没长到一斤以上的鸡就不要吃。即便不能使鸡长寿到自然死亡，也不应当让它们过分早地夭亡。

鹅

　　鹅鹅之肉无他长[1]，取其肥且甘而已矣。肥始能甘，不肥则同于嚼蜡。鹅以固始为最[2]，讯其土人，则曰："豢之之物[3]，亦同于人。食人之食，斯其肉之肥腻亦同于人也。"犹之豕肉以金华为最，婺人豢豕[4]，非饭即粥，故其为肉也甜而腻。然则固始之鹅，金华之豕，均非鹅豕之美，食美之也。食能美物，奚俟人言？归而求之，有余师矣。但授家人以法，彼虽饲以美食，终觉饥饱不时，不似固始、金华之有节，故其为肉也，犹有一间之殊。盖终以禽兽畜之，未尝稍同于人耳。"继子得食，肥而不泽。"其斯之谓欤？

有告予食鹅之法者，曰："昔有一人，善制鹅掌。每豢肥鹅将杀，先熬沸油一盂，投以鹅足，鹅痛欲绝，则纵之池中，任其跳跃。已而复擒复纵，炮瀹如初[5]。若是者数四，则其为掌也，丰美甘甜，厚可径寸，是食中异品也。"予曰："惨哉斯言，予不愿听之矣！物不幸而为人所畜，食人之食，死人之事。偿之以死亦足矣，奈何未死之先，又加若是之惨刑乎？二掌虽美，入口即消，其受痛楚之时，则有百倍于此者。以生物多时之痛楚，易我片刻之甘甜，忍人不为，况稍具婆心者乎[6]？地狱之设，正为此人，其死后炮烙之刑[7]，必有过于此者。"

【注释】

〔1〕鹢鹢（yì）：鹅叫声，这里指鹅。

〔2〕固始：今河南沈丘。

〔3〕豢之之物：喂养鹅的饲料。

〔4〕婺（wù）：浙江金华。

〔5〕炮：烹饪法的一种，把鱼肉等物用油在急火上迅速炒熟。瀹（yuè）：浸渍。

〔6〕婆心：仁慈心肠。

〔7〕炮烙：相传是殷商纣王用的一种酷刑，用炭火将铜柱加热，令犯人在上面行走。

【译文】

鹅的肉没有什么别的长处，就取它的肥而且甘罢了。肉肥才能甘，不肥就味同嚼蜡了。鹅以河南固始出产的为最好。询问当地人，他们告诉我说："喂养鹅的饲料，也得和人吃的一样。吃了人吃的食物，鹅肉的肥腻也就和人一样了。"就像猪肉以浙江金华的出产为最上品，金华人养猪，不是用米饭就是用粥，所以猪的肉就甘甜而肥腻。如此的话，那么固始的鹅，金华的猪，都并非鹅和猪本身美味，而是喂养它们的食物使得它们变得味美。食物能使动物的肉味美，这还用得着等人来说吗？我回到故乡寻求请教，不愁找不到我的老师。但是我把这个方法传授给家人。他们虽然也用美食来喂养，而我总是觉得他们喂得饥饱不时，不像固始、金华的人们喂得那样定时定量，有节制有规律，所以喂出来的鹅，它们的肉和固始鹅、金华猪那样的还有相当一段差距。大约终究是以养禽畜的方式态度喂养它们，而未曾稍稍像对待人那样精心地去喂养。俗话说："继子得食，肥而不泽。"说的就是这种情况吧？

有人告诉我吃鹅的方法，说："过去有一个人，善于烹制鹅掌。每当鹅养肥了将要宰杀时，先熬上一锅沸油，把鹅脚放进去。鹅疼得要死，就再把它放到冷水池里，任它疼得乱蹦乱跳。过会儿再捉它放进滚油锅，再放回冷水池里，就像前面那样再熬煎一回。像这样捉放折腾三四次，那样烹熟的鹅掌，肥美甘甜，厚度差不多可达一寸，这是食物中的异品啊。"我说："你讲的这些实在太惨酷了，我不愿意听下去了！动物不幸而被人所蓄养，吃人们喂养的食物，为人们的饮食需要而死。它们以死来回报人们的蓄养也足够了，为什么要在它没死之前，还施加如此惨酷的刑罚呢？两只鹅掌虽然烹制得味道很美，能够入口即化，但那鹅忍受痛苦的时间，却比这享受美味的时间要长出一百倍。拿活生生的动物长时间的痛楚，换来自己片刻甘甜美味的享受，就连残忍的人都不会干这事，更何况是稍微有一点婆心，一点慈悲的人呢？阴间地狱之设，正是为这样一类残忍无比的人准备的，他们死后遭受炮烙的酷刑，必定会比这个更厉害。"

鸭

禽属之善养生者，雄鸭是也。何以知之？知之于人之好尚。诸禽尚雌，而鸭独尚雄；诸禽贵幼，而鸭独贵长。故养生家有言："烂蒸老雄鸭，功效比参芪。"使物不善养生，则精气必为雌者所夺，诸禽尚雌者，以为精气之所聚也。使物不善养生，则情窍一开，日长而日瘠矣，诸禽贵幼者，以其泄少而存多也。雄鸭能愈长愈肥，皮肉至老不变，且食之与参、芪比功，则雄鸭之善于养生，不待考核而知之矣。然必俟考核，则前此未之闻也。

【译文】
　　禽类里面善于养生的，就要数雄鸭了。从哪里知道的呢？是从人们的好尚当中了解到的。人们选买家禽的时候，对于其他的禽类，人们都以雌为贵，而唯独对鸭子，却以雄为贵；对其他的禽类，都以嫩为贵，而唯独对鸭子，是以老为贵。所以养生家有这样的话："烂蒸老雄鸭，功效比参芪。"假使动物不善于养生，那么精气一定会被雌的夺去，各种禽类都以雌为贵，是因为精气都凝聚到它们身上了。假使动物不善于养生，那么一到发情期后，它就日日长而天天瘦，各种禽类以幼为贵，是因为它们精气泄漏得少而储存得多。雄鸭却能越长越肥，皮肉到老也不变，并且吃它的功效可以与人参、黄芪相比美，那么雄鸭的善于养生，不需要等待考查核实就可以知道了。然而必须要等待考查核实才对，因为以前这种说法实在闻所未闻。

野 禽 野 兽

野味之逊于家味者，以其不能尽肥；家味之逊于野味者，以其不能有香也。家味之肥，肥于不自觅食而安享其成；野味之香，香于草木为家而行止自若。是知丰衣美食，逸处安居，肥人之事也；流水高山，奇花异木，香人之物也。肥则必供刀俎[1]，靡有孑遗[2]；香亦为人朵颐[3]，然或有时而免。二者不欲其兼，舍肥从香而已矣。

野禽可以时食，野兽则偶一尝之。野禽如雉、雁、鸠、鸽、黄雀、鹌鹑之属，虽生于野，若畜于家，为可取之如寄也。野兽之可得者惟兔，獐、鹿、熊、虎诸兽，岁不数得，是野味之中又分难易。难得者何？以其久住深山，不入人境，槛阱之入[4]，是人往觅兽，非兽来挑人也。禽则不然，知人欲弋而往投之[5]，以觅食也，食得而祸随之矣。是兽之死也，死于人；禽之毙也，毙于己。食野味者，当作如是观。惜禽而更当惜兽，以其取死之道为可原也。

【注释】

〔1〕刀俎（zǔ）：剁肉的刀和砧板。

〔2〕靡有孑（jié）遗：语出《诗经·大雅·云汉》。靡，无，没有。孑遗，幸存。

〔3〕朵颐：动腮嚼食。朵，鼓动。颐，面颊，腮。

〔4〕槛阱（jiàn jǐng）：捕猎野兽的栅栏和陷坑。

〔5〕弋（yì）：用绳系在箭上射向猎物。

【译文】

　　野禽的味道不及家禽之味的地方，是野味不够肥；家禽的味道不及野味的地方，是家味不够香。家味之所以肥，是肥在不用自己去找食吃，而是安享其成；野味之所以香，是因为野禽以山林为家，以草木为食，行走起卧，自由自然。由此可知，丰衣美食，居处安逸，是使人身肥体胖的条件；高山流水，奇花异木，是使人气息清香的要素。家禽一养肥就必定会被人宰割，无一幸免；野禽有香味也会被人捕杀以大快朵颐，但或者有时还可能幸免。肥和香二者要是不想兼得，舍弃肥而取其香吧。

　　野禽可以时常一享口福，野兽那就偶尔才能尝一尝了。野禽像雉、雁、鸠、鸽、黄雀、鹌鹑之类，虽然生长在野外，却也好像养在家里一样，因为可以随时抓取，仿佛是寄养在野外似的。野兽当中可以捕到的，就只有兔子了，而像獐、鹿、熊、虎等野兽，一年也捕不到几次，如此则野味之中又有难得和易得之分。难得的原因何在？因为野兽久住深山，不太闯入人居环境，它们掉进陷阱，也是猎人前往搜捕野兽设置陷阱的结果，而不是野兽主动来向人挑衅。野禽就不是这样，明明知道人们想要捉住它，却偏偏前去自投罗网，因为要找食吃，食物找到了，灾祸也就跟着来了。这样看来，野兽的死，是死于人的捕猎；而野禽的丧命，是丧在自投罗网。吃野味的人，当作如是观。怜惜野禽，更应当怜惜野兽，因为它们被杀的原因不是出于自找的。

鱼

　　鱼藏水底，各自为天，自谓与世无求，可保戈矛之不及矣。乌知细罟之奏功[1]，较弓矢置罘为更捷[2]。无事竭泽而渔，自有吞舟不漏之法[3]。然鱼与禽兽之生死，同是一命，觉鱼之供人刀俎，似较他物为稍宜。何也？水族难竭而易繁。胎生卵生之物，少则一母数子，多亦数十子而止矣。鱼之为种也似粟，千斯仓而万斯箱[4]，皆于一腹焉寄之。苟无沙汰之人[5]，则此千斯仓而万斯箱者生生不已，又变而为恒河沙数[6]。至恒河沙数之一变再变，以至千百变，竟无一物可以喻之，不几充塞江河而为陆地，舟楫之往来能无恙乎？故渔人之取鱼虾，与樵人之伐草木，皆取所当取，伐所不得不伐者也。我辈食鱼虾之罪，较食他物为稍轻。兹为约法数章，虽难比乎祥刑[7]，亦稍差于酷吏。

　　食鱼者首重在鲜，次则及肥，肥而且鲜，鱼之能事毕矣。然二美虽兼，又有所重在一者。如鲟、如鳇[8]、如鲫、如鲤，皆以鲜胜者也，鲜宜清煮作汤；如鳊、如白[9]、如鲥、如鲢，皆以肥胜者也，肥宜厚烹作脍。烹煮之法，全在火候得宜，先期而食者肉生[10]，生则不松；过期而食者肉死，死则无味。迟客之家[11]，他馔或可先设以待，鱼则必须活养，候客至旋烹。鱼之至味在鲜，而鲜之至味又只在初熟离釜之片刻，若先烹以待，是使鱼之至美，发泄于空虚无人之境；待客至而再经火气，犹冷饭之复炊，残酒之再热，有其形而无其质矣。煮鱼之水忌多，仅足伴鱼而止，水多一口，则鱼淡一分。司厨婢子，所利在汤，常有增而复增，以致鲜味减而又减者，志在厚客，不能不薄待庖人耳。更有制鱼良法，能使鲜肥迸出，不失天真，迟速咸宜，不虞火候者[12]，则莫妙于蒸。置之镟内[13]，入陈酒、酱油各数盏，覆以瓜姜及蕈笋诸鲜物，紧火蒸之极熟。此则随时早暮，供客咸宜，以鲜味尽在鱼中，并无一物能侵，亦无一气可泄，真上着也。

【注释】

〔1〕罟（gǔ）：捕鱼的网。

〔2〕罝罦（jū fú）：捕野兽的网。

〔3〕吞舟不漏：不让大鱼逃掉。

〔4〕千斯仓而万斯箱：表示数量极多。语出《诗经·小雅·甫田》。

〔5〕沙汰：淘汰。

〔6〕恒河沙数：佛经中语，形容数量之多无法计数。恒河，南亚有名的大河。

〔7〕祥刑：慎用刑罚。同"详刑"。《书·吕刑》："告尔祥刑。"

〔8〕鲚（jì）：鲦鱼，俗称"鲚花鱼"。为我国名贵淡水食用鱼之一。

〔9〕白：鲦鱼，亦称"白鲦"。

〔10〕先期：未到火候，与下文"过期"即烧过了头相对。

〔11〕迟（zhí）客：等待客人。

〔12〕虞：忧虑，担心。

〔13〕镟（xuàn）：旋子，温酒之具，这里是指蒸笼、蒸镀之类的器具。

【译文】

　　鱼类深藏在水底，与人类有着不同的天地，自以为与世无求，可以保证人类的矛戈伤害不到自己。哪里知道细密的渔网捕杀的功效，比起弓箭和兽网来更加快捷。人类不需要竭泽而渔，自有使吞舟的大鱼也逃不脱罗网的办法。然而鱼类与飞禽走兽的生生死死，虽然同是一命，却觉得鱼被抓上案板供人宰割，好似比别的动物要稍稍合适一些。为什么呢？因为水族动物较难赶尽杀绝，而易于繁衍生殖。胎生和卵生的动物，少的一母只生数子，多的也不过是几十子就到顶了；而鱼类的产子却像粟米一样，千斯仓而万斯箱，都寄于雌鱼一腹之中。假如没有来杀灭淘汰它们的人类，那么这千斯仓而万斯箱的鱼儿，生生不息，无休止地繁衍下去，又会变为像恒河沙一样，数也数不清。至于如恒河沙数的鱼儿，代代繁衍，鱼类族群数量规模一变再变，以至千增百变，终于竟然没有一样东西一个名目可以指喻它不可思议的巨大数量，那不几乎要充塞江河而变为陆地，舟船往来还能畅通无阻安然无恙吗？所以渔民之捕捞鱼虾，与樵夫的砍伐草木，都是取其所当取，砍伐其所不得不伐。我辈吃鱼虾的罪过，比吃别的动物的罪过要稍为轻一些。我特在此约定几条规则，虽然还难于和慎用刑罚的良吏相比，也还是比那些滥施刑罚的酷吏好一些。

吃鱼首先重在鲜，其次就是肥。又肥又鲜，鱼的好处就都在这里了。然而即使兼有鲜和肥这两种好处，还是应当相对不同的鱼而侧重其中的某一方面。如鲟鱼、鳟鱼、鲫鱼、鲤鱼，都是以鲜取胜的，因为鲜所以就适合清煮作汤；如鳊鱼、白鱼、鲥鱼、鲢鱼，都是以肥取胜的，因为肥所以就适合加厚料烹治，作成鱼片。烹鱼煮鱼的方法，全在火候适宜，火候不到，吃起来肉生，肉生就不松软；过了火候，吃起来肉死，肉死就没了味道。准备宴客的人家，客人没到之前，其他菜肴有的可以事先做好备用，而鱼却必须活养在水里，等客人到了随即烹治。鱼的至味在鲜，而鲜的至味只在刚刚烹熟起锅的那个片刻，如果是先烹治好了备用，这就会使鱼最美的味道，在无人享受的情况下发散在虚空之中；等到客人来了再回锅烧热，再经火气，就像冷饭重新炒一次，残酒再来热一下，那个形还在，却已经没有原先那种质性和味道了。煮鱼的水切忌过多，只要刚刚没过鱼身就行了。水多一口，那么鱼的鲜味就淡一分。掌厨的女佣，想着分点鱼汤喝，常常把水加了又加，以致鱼的鲜味减而又减，要想用美味的鱼汤厚待客人，就不能不薄待厨子。更有一种烹鱼的良法，能让鱼既鲜又肥，一同臻于佳境，不失鱼的天然本味，紧烧慢炖都合适，也不用担心掌握不好火候，那就是清蒸，烹鱼之法没有比这更妙的了。把鱼放在蒸盘里，加陈黄酒、酱油各几小盏，再把酱瓜、生姜以及香蕈、竹笋等几种时鲜佐料撒铺在鱼身之上，然后用急火猛蒸到熟透。这个菜无论早晚，都随时可以用来招待客人，无所不宜，因为鲜味全都在鱼里，没有一样食物的味道能侵渗进去，而鱼鲜味也不会散失丝毫，真是做鱼的上策。

虾

笋为蔬食之必需，虾为荤食之必需，皆犹甘草之于药也。善治荤食者，以焯虾之汤和入诸品，则物物皆鲜，亦犹笋汤之利于群蔬。笋可孤行，亦可并用；虾则不能自主，必借他物为君。若以煮熟之虾单盛一筵，非特华筵必无是事，亦且令食者索然。惟醉者糟者，可供匕箸。是虾也者，因人成事之物，然又必不可无之物也。"治国若烹小鲜"〔1〕，此小鲜之有裨于国者。

【注释】

〔1〕"治国若烹小鲜"：语出《老子》："治大国，若烹小鲜。"小鲜，小鱼。

【译文】

笋是蔬食中必需的，虾是荤食中必需的，都好比甘草是药里面不可少的一味药材。善于烹制荤菜的，会把焯虾的汤和到各道菜肴中去。那么每个菜都更鲜了，也就像笋汤能让各种蔬食变鲜一样。笋可以单独烹治，也可以和其他菜一起烹治食用；虾就不能单独成菜了，一定要借用其他的食材来做主料。如果拿煮熟的虾单独盛一个盘子，不仅盛宴上一定不会有这样的做法，而且也会让食客感到味道索然。只有醉虾和糟虾，才可以单独端上来让客人享用。这说明虾这种食材，是要借助别的食物配合才能成就其美味，但是它又是必不可少的食物。《老子》说："治大国如烹小鲜。"这也算是小鱼、小虾对国家有所裨益的地方吧。

鳖

"新粟米炊鱼子饭〔1〕，嫩芦笋煮鳖裙羹。"林居之人述此以鸣得意，其味之鲜美可知矣。予性于水族无一不嗜，独与鳖不相能，食多则觉口燥，殊不可解。一日邻人网得巨鳖，召众食之，死者接踵，染指其汁者，亦病数月始痊。予以不喜食此，得免于召，遂得免于死。岂性之所在，即命之所在耶？予一生侥幸之事难更仆数[2]，乙未居武林[3]，邻家失火，三面皆焚，而予居无恙；己卯之夏[4]，遇大盗于虎爪山，贿以重资者得免，不则立毙，予囊无一钱，自分必死，延颈受诛，而盗不杀；至于甲申、乙酉之变[5]，予虽避兵山中，然亦有时入郭，其至幸者，才徙家而家焚，甫出城而城陷，其出生于死，皆在斯须倏忽之间[6]。噫！予何修而得此于天哉？报施无地，有强为善而已矣。

【注释】

〔1〕粟米：小米。鱼子饭：新收割的小米，黄而香糯，似鱼子，故称"鱼子饭"。

〔2〕难更仆数：形容人或事物很多，数也数不清。语出《礼记·儒行》。

〔3〕乙未：清顺治十二年（1655）为乙未年。武林：浙江杭州。

〔4〕己卯：明崇祯十二年（1639）为己卯年。

〔5〕甲申、乙酉之变：甲申，明崇祯十七年（1644）为甲申年，闯王李自成军队攻入北京，明思宗朱由检自缢于煤山（今北京景山）。乙酉，南明弘光二年（1645）为乙酉年，清兵南下，攻破南明留都南京，弘光帝朱由崧在芜湖被俘。

〔6〕斯须：一会儿，瞬间，与"倏忽"义同。

【译文】

"新粟米炊鱼子饭，嫩芦笋煮鳖裙羹。"住在山林里边的诗人以这样的诗句描述所吃的美味来自鸣得意，那道鳖裙羹的味道之鲜美就可想而知了。我生性对水族类食物几乎没有一样不嗜好，却惟独和鳖不对付，吃多了就觉得口干舌燥，实在无法解释原因。有一天邻居张网捕到一只巨鳖，请众乡邻去吃，结果连着死了几个人，就连只是尝了点儿鳖鱼汤的，也病了几个月才痊愈。我因为不喜欢吃鳖，所以才得免于被邀请，于是才得幸免于一死。难道我的性之所在，就是我的命之所在吗？我一生之中侥幸的事数也数不清。顺治十二年乙未岁（1655），我住在杭州，邻家失火，我住的屋周围三面的房子都烧到了，而我的住房安然无恙；崇祯十二年己卯岁（1639）夏天，我在杭州萧山的虎爪山上遇上了大盗，能拿出重金来贿赂强盗的人才得幸免，否则立刻就被杀掉，我口袋里一个子儿也没有，自己料想必死无疑，只好束手待毙，但强盗却没有杀我；至于甲申、乙酉两年（清顺治初，1644年、1645年）的事变，我虽然跑到山里躲避兵乱，但有时也进城里去，都平安而归，最幸运的是，我刚刚搬了家，旧居就被焚毁了，才从城里逃出来，城就陷落了，好几次死里逃生，都只在须臾转瞬之间。唉！我从哪里修来的好运，能得到老天爷的垂怜眷顾，让我几次三番逃出生天？我不知道怎么去报答上苍，只有努力尽心行善罢了。

蟹

予于饮食之美，无一物不能言之，且无一物不穷其想象，竭其幽渺而言之[1]；独于蟹螯一物，心能嗜之，口能甘之，无论终身一日皆不能忘之，至其可嗜、可甘与不可忘之故，则绝口不能形容之。此一事一物也者，在我则为饮食中之痴情，在彼则为天地间之怪物矣。予嗜此一生，每岁于蟹之未出时，即储钱以待；因家人笑予以蟹为命，即自呼其钱为"买命钱"。自初出之日始，至告竣之日止，未尝虚负一夕，缺陷一时。同人知予癖蟹，招者饷者，皆于此日，予因呼九月十月为"蟹秋"。虑其易尽而难继，又命家人涤瓮酿酒以备糟之醉之之用。糟名"蟹糟"，酒名"蟹酿"，瓮名"蟹甏"，向有一婢勤于事蟹，即易其名为"蟹奴"，今亡之矣。蟹乎！蟹乎！汝于吾之一生，殆相终始者乎？所不能为汝生色者，未尝于有螃蟹无监州处作郡，出俸钱以供大嚼，仅以悭囊易汝⁽²⁾。即使日购百筐，除供客外，与五十口家人分食，则入予腹者有几何哉？蟹乎！蟹乎！吾终有愧于汝矣。

蟹之为物至美，而其味坏于食之之人。以之为羹者，鲜则鲜矣。而蟹之美质何在？以之为脍者，腻则腻矣，而蟹之真味不存。更可厌者，断为两截，和以油、盐、豆粉而煎之，使蟹之色、蟹之香与蟹之真味全失。此皆似嫉蟹之多味，忌蟹之美观，而多方蹂躏，使之泄气而变形者也。世间好物，利在孤行，蟹之鲜而肥，甘而腻，白似玉而黄似金，已造色香味三者之至极，更无一物可以上之。和以他味者，犹之以爝火助日⁽³⁾，掬水益河，冀其有裨也，不亦难乎？凡食蟹者，只合全其故体，蒸而熟之，贮以冰盘，列之几上，听客自取自食。剖一筐，食一筐，断一螯，食一螯，则气与味纤毫不漏。出于蟹之躯壳者，即入于人之口腹，饮食之三昧，再有深入于此者哉？凡治他具，皆可人任其劳，我享其逸，独蟹与瓜子、菱角三种，必须自任其劳。旋剥旋食则有味⁽⁴⁾，人剥而我食之，不特味同嚼蜡，且似不成其为蟹与瓜子、菱角，而别是一物者。此与好香必须自焚，好茶必须自斟，童仆虽多，不能任其力者，同出一理。讲饮食清供之道者⁽⁵⁾，皆不可不知也。

宴上客者势难全体[6]，不得已而羹之，亦不当和以他物，惟以煮鸡鹅之汁为汤，去其油腻可也。

瓮中取醉蟹，最忌用灯，灯光一照，则满瓮俱沙，此人人知忌者也。有法处之，则可任照不忌。初醉之时，不论昼夜，俱点油灯一盏，照之入瓮，则与灯光相习，不相忌而相能，任凭照取，永无变沙之患矣。（此法都门有用之者。）

【注释】

〔1〕幽渺：幽深微妙。

〔2〕悭（qiān）囊：聚钱袋，亦称扑满。又指吝啬人的钱袋。这里指不宽裕的钱袋。

〔3〕爝（jué）火助日：语本《庄子·逍遥游》。爝火，小火把。

〔4〕旋剥旋食：一边剥一边吃。

〔5〕讲：讲究。清供：即清玩，指可供闲居时赏玩的书画、金石、古玩之类。

〔6〕上客：尊贵的客人。全体：这里指整只蟹。

【译文】

对于饮食的美妙，我没有一样东西不能说道说道，而且没有一样东西不是穷尽其想象，竭尽其微妙来言说的。唯独对螃蟹这一种食物，我会打心眼里嗜好它，能在口中舌尖品味它的甘美，无论是终其一生，还是具体的每一天，我都心心念念，不能忘怀它的味道；但是至于为什么会嗜好它，会喜欢它的滋味，会念念不忘它的缘故，我却不能说出一个字来形容它。这样一件事情，这样一种美味，就我而言就是饮食生涯中的一份痴情，就蟹而言则是天地之间的一种怪物了。我一辈子嗜蟹如命，每年在螃蟹还没上市的时候，就已经专门备好钱等着了；因为家里人笑我以蟹为命，我就自己把这笔预备买螃蟹的专款叫做"买命钱"。从它刚上市售卖的那天开始，到蟹季结束无蟹可买的那天为止，我的饭桌上没有空过它一夕，缺过它一时。朋友们知道我有嗜蟹如命的怪癖，想邀请我，款待我的，都选在蟹季的日子里，我因此把九月、十月称为"蟹秋"。考虑到螃蟹季节很快就过去，而这以后就没得吃了，所以又让家人洗净瓮酿好酒，预备糟蟹、醉蟹之用。我称呼糟蟹的糟为"蟹糟"，称呼醉蟹的酒为"蟹酿"，称呼盛蟹的瓮为"蟹甓"，家里原来有一个丫鬟，勤于经办有关螃蟹的事情，我就改称她为"蟹奴"，可惜现在她已经去世了。蟹啊！蟹啊！你之于我的一生，大概总是要伴随始终的吧？我所不能为你生色的是，未曾在既产螃蟹，又没有任命通判官来专门监察当地官员的地方作郡守，可以拿出俸钱多多买来供我大快朵颐，而只能从空空的钱囊中拿出这可怜的几个钱去换你。即使能够一天买上百筐，除了供招待客人以外，还要和五十多口家人分吃，那么吃进我肚子里的又能有多少呢？蟹啊！蟹啊！我终究是有愧于你的啊！

蟹是至美的食物，可是它的美味却坏在吃它的人手里。拿它做成蟹羹，鲜倒是鲜了，可是蟹本质的美味在哪里呢？把它做成蟹条，腻倒是腻了，但蟹的真味也就不存在了。更令人生厌的是，把蟹断为两截，和上油、盐、豆粉而煎它炸它，使蟹之色、蟹之香、蟹之真味全都失掉了。这类做法都简直好像是妒忌螃蟹色香味俱全，而想方设法要蹂躏它，使它失去原有的香气，改变它本来的形质。世上最好的食物，都适宜单独烹制。蟹的鲜而肥、甘而腻，蟹的肉白似玉，蟹的壳黄似金，都已臻于色、香、味三者的极致，更没有另外哪一种食物可以在它之上。把别的味道和进蟹里，就像是用小小的火帮助太阳照明，捧一把水来增益江河的水量，想要对它有所补益，不也很困难吗？

凡是吃螃蟹的，只应当保全它本来完整的形态，把它蒸熟，盛放在素净洁白的瓷盘中，摆放在几案上，听任客人自取自食。吃的时候，打开一笼，就吃完这一笼，折断一只蟹钳，就吃掉这一只蟹钳，这样蟹的香气和美味丝毫也不会泄露掉。刚从蟹的躯壳里剥出来，就进入了人的口中腹中，饮食三昧，还有比这更深切的吗？凡消受其他食物，都可以让人代劳，而我可以安逸地坐享其成，唯独螃蟹、瓜子和菱角这三种，必须自己动手。一边剥一边吃，才有味道，让别人剥来我吃，不仅吃起来味同嚼蜡，而且好像那已经不成其为螃蟹、瓜子和菱角，而是吃别的什么东西了。这就和好香必须自己点，好茶必须自己斟，童子佣人虽然很多，却不能使他们出力代劳，是同样的道理。讲究饮食和古玩清供之道的人们，都不能不知晓这个道理。

设宴款待贵客时，如果势难用整只蟹上席，不得已而把它做成蟹羹，那也不应该掺和进别的食物和味道，只要用煮鸡煮鹅的汁液作汤，去掉它们的油腻就可以了。

从瓮里取醉蟹时，最忌讳用灯，灯光一照，蟹儿一躲，那么就满瓮都成沙了，这是人人都知道的忌讳。倘若有办法处治，那就可以任凭你怎样照也不用忌。刚开始做醉蟹的时候，不论白天还是夜里都点上一盏油灯，照着把蟹放进瓮里，那么蟹就会习惯灯光照明，就不会忌光亮，与灯相安无事，任凭你用灯光照亮去捉取，而永远没有变沙的隐患了。（这个法子在都门有使用的。）

零 星 水 族

予担簦二十年[1]，履迹几遍天下。四海历其三，三江五湖则俱未尝遗一，惟九河未能环绕[2]，以其迂僻者多[3]，不尽在舟车可抵之境也。历水既多，则水族之经食者，自必不少，因知天下万物之繁，未有繁于水族者，载籍所列诸鱼名，不过十之六七耳。常有奇形异状，味亦不群，渔人竟日取之，土人终年食之，咨询其名，皆不知为何物者。无论其他，即吴门、京口诸地所产水族之中[4]，有一种似鱼非鱼，类状河豚而极小者，俗名"斑子鱼"，味之甘美，几同乳酪，又柔滑无骨，真至味也，而《本草》、《食物》诸书，皆所不载。近地且然，况寥廓而迂僻者乎[5]？海错之至美[6]，人所艳羡而不得食者，为闽之"西施舌"、"江瑶柱"二种[7]。"西施舌"予既食之，独"江瑶柱"未获一尝，为入闽恨事。所谓"西施舌"者，状其形也。白而洁，光而滑，入口呷之，俨然美妇之舌，但少朱唇皓齿牵制其根，使之不留而即下耳。此所谓状其形也。若论鲜味，则海错中尽有过之者，未甚奇特，朵颐此味之人[8]，但索美舌而呷之，即当屠门大嚼矣[9]。其不甚著名而有异味者，则北海之鲜鳓[10]，味并鲥鱼，其腹中有肋，甘美绝伦。世人以在鲟鳇腹中者为"西施乳"[11]，若与此肋较短长，恐又有东家西家之别耳[12]。

　　河豚为江南最尚之物，予亦食而甘之。但询其烹饪之法，则所需之作料甚繁，合而计之，不下十余种，且又不可缺一，缺一则腥而寡味。然则河豚无奇，乃假众美成奇者也。有如许调和之料施之他物，何一不可擅长，奚必假杀人之物以示异乎？食之可，不食亦可。若江南之鲚[13]，则为春馔中妙物。食鲥鱼及鲟鳇有厌时，鲚则愈嚼愈甘，至果腹而犹不能释手者也。

【注释】
　　〔1〕担簦（dēng）：背着伞，这里指漂泊风尘，奔走跋涉。簦，古代有长柄的笠，类似后来的伞。
　　〔2〕九河：古黄河自孟津而北，分为九道，故名。九河古道，湮废已久，当在今（山东）德州和天津之间。四海、三江、五湖：九河与三江、五湖、四海这些名目，古来说法不一，难以确指，作者用以泛称华夏九州广大的区域。
　　〔3〕迂僻：偏僻。
　　〔4〕京口：即今镇江。

〔5〕寥廓：空阔，广远，这里指偏远之地。

〔6〕海错：语出《书·禹贡》："海物唯错。"是说海中物产，种类繁多。后因称海味为海错。

〔7〕西施舌：贝类动物。形状酷似舌头，肉白似乳，阔若大指，长约二寸，味极鲜美。江瑶柱：贝类，也称江瑶、江珧。壳大而薄，前尖后广，呈楔形。其肉柱味极鲜美，为海味珍品。

〔8〕朵颐：见《野禽野兽》注〔3〕。

〔9〕屠门大嚼：比喻渴想而不能得，姑为已得之状以自慰。语出《新论·琴道》。屠门，肉店，屠宰之地。

〔10〕鳓（lè）：鱼名，状如鲥鱼。

〔11〕鲟（xùn）：古称"鳣"。体延长，亚圆筒形，青黄色，腹白色。产于我国的有中华鲟等。鳇（huáng）：古称"鳣"。背灰绿色，腹黄白色。肉鲜美，卵尤名贵。西施乳：河豚的别称，腹内胰白。

〔12〕东家西家之别：即美丑高下之别。西家指西施，东家指东施，语本《庄子·天运》。

〔13〕鲚（jì）：鱼名。亦称"凤尾鱼"、"烤子鱼"。体侧扁，尾部延长，银白色。为名贵经济鱼类。

【译文】

　　我在外奔波二十年，足迹几乎遍及天下。四海之中已游历其三，三江五湖则一个都没有落下，只有九河没能环游，因为它们迂回偏僻的地方多，不全在车船可以抵达的地方。游历的水域既然很多，那么吃过的水产，自然一定不会少，因此知道天下万物的繁盛，没有超过水族的，书籍中所记载的各种鱼类的名称，不过是其中的十分之六七罢了。常常有一些奇形异状，味道也与平常多数鱼类不同的，打渔人整天捕它，当地人成年吃它，但问这鱼叫什么名，他们都不知道这是什么鱼。不说其他地方，就说苏州、镇江等地所出产的水产当中，有一种像鱼又不是鱼，形状有点类似河豚但体形极小的，俗名叫它"斑子鱼"，它的味道之甘美，几乎同奶酪相同，又柔滑无骨，真是一种至美的味道，但《本草》、《食物志》这些书，都没有记载。近的地方尚且这样，何况是辽远偏僻的地方呢？海味之中最美的，人们所艳羡却吃不到的，是福建的"西施舌"、"江瑶柱"两种。"西施舌"我已经吃过了，只有"江瑶柱"

还没有尝到过，这是我入闽之行的一件憾事。之所以称"西施舌"，是形容它的形状像舌头。"西施舌"白而洁，光而滑，入口咂摸，俨然似美女的舌头，只是少了朱唇皓齿系牵着舌根，使它在嘴里留不住，一下子就被吞下去了。这就是以形状仿佛相似而得名的"西施舌"。若是论鲜味，那么海味中超过它的有的是，也没有什么太奇特的，爱吃这一海味的人，只是为了找到美舌而吮咂它，就以此权当屠门大嚼，过过干瘾了。还有不是很有名，但有奇异味道的一种海产，那就是北海中出产的鲜蝤，味道可以和鲥鱼相比美，它的肚子里长有肋骨，甘美得无与伦比。世人把在鲟鱼和鳇鱼肚子里的肋骨称作"西施乳"，但要是和北海鲜蝤的肋骨论短长比高下，恐怕又会有效颦东施与绝色西施的天差地别了。

河豚是江南最受人推崇的水产，我也吃过而且觉得甘美好吃。但请教它的烹制方法，那么需要的佐料十分繁多，合起来算算，不下十多种，而且一样也不能缺少，缺少了一样就会腥气而且寡淡无味。如此则河豚本身并没有什么奇特，乃是借助别的众多美味才成全了它的奇特味道。有那么多调和的佐料，放到别的食物里，哪一种不能显出些擅长之处啊，又何必要借这种可能含毒吃得死人的东西，来显示奇异呢？所以这河豚吃也可，不吃也可。像江南的鲚鱼，则是春季菜肴中绝妙的食物。吃鲥鱼及鲟鱼、鳇鱼，会有吃厌的时候，鲚鱼却是愈嚼味道愈甘美，一直到肚子吃饱了还舍不得放手呢。

不载果食茶酒说

果者酒之仇，茶者酒之敌，嗜酒之人必不嗜茶与果，此定数也。凡有新客入座，平时未经共饮，不知其酒量浅深者，但以果饼及糖食验之：取到即食，食而似有踊跃之情者，此即茗客，非酒客也；取而不食，及食不数四而即有倦色者，此必巨量之客，以酒为生者也。以此法验嘉宾，百不失一。予系茗客而非酒人，性似猿猴，以果代食，天下皆知之矣；讯以酒味则茫然，与谈食果饮茶之事，则觉井井有条，滋滋多味。兹既备述饮馔之事，则当于二者加详，胡以缺而不备[1]？曰：惧其略也。性既嗜此，则必大书特书，而且为罄竹之书[2]，若以寥寥数纸终其崖略[3]，则恐笔欲停而心未许，不觉其言之汗漫而难收也[4]。且果可略而茶不可略，茗战之兵法[5]，富于《三略》、《六韬》[6]，岂《孙子》十三篇所能尽其灵秘者哉[7]！是用专辑一编，名为《茶果志》，孤行可，尾于是集之后亦可。至于曲蘗一事[8]，予既自谓茫然，如复强为置吻，则假口他人乎？抑强不知为知，以欺天下乎？假口则仍犯剿袭之戒；将欲欺人，则茗客可欺，酒人不可欺也。倘执其所短而兴问罪之师，吾能以茗战战之乎？不若绝口不谈之为愈耳。

【注释】

〔1〕胡以：何以。

〔2〕罄竹之书：这里指充分叙述。罄，用尽。竹，竹简。语出《唐书·李密传》。

〔3〕崖略：大略，概略。崖，边际。略，粗略。

〔4〕汗漫：漫无边际。

〔5〕茗战：斗茶。

〔6〕《三略》、《六韬》：均为古代兵书。《三略》，又名《黄石公三略》，相传为授张良兵法的黄石公所作，为《武经七书》之一。《六韬》，旧题姜太公撰。分文韬、武韬、龙韬、虎韬、豹韬、犬韬。

〔7〕《孙子》十三篇：《孙子》，旧题春秋孙武撰。一卷，共十三篇。为我国流传至今的最古老的兵书。

〔8〕曲蘗（niè）：即酒母，用以酿酒的酵母，这里用作酒的代称。

【译文】

　　水果是酒的仇家，茶是酒的仇敌。嗜好喝酒的人，一定不嗜好茶和水果，这是确凿不移的定数。凡是新客入席，平时没在一起喝过酒的，不知道他酒量是深还是浅，只要用果饼和糖果试他：拿过来就吃，吃起来好像还挺来劲的，那就是茶客，不是酒客；拿起来却不吃，以及吃不到三四个就显出厌倦神色的，那一定是有海量的酒客，是嗜酒如命，以酒为生的人。用这个办法来验试嘉宾，百试百中，一个也错不了。我自己是茶客，不是嗜酒之人，性情好似猿猴，拿果子当饭，天下人都知道；问我酒的滋味，那就茫然不知所对，与我谈论吃果子饮茶的事，就会觉得井井有条，滋味多多。本部分备述饮馔之事，就应当对这两样饮食有更加详尽的述论，为什么反而缺而不备呢？回答是：因为担心讲得太简略。既然我的性情嗜好这两样饮食，就一定会大书特书，而且会作洋洋洒洒的罄竹之书，如果用寥寥几张纸就说一个大概，那就怕笔想停下来，心里却不允许，不知不觉就扯得漫无边际，难以收回来了。而且果品可以谈得简略一些，茶却不能简略，斗茶之中的兵法，要比古代兵书《三略》、《六韬》所谈的还要丰富，《孙子兵法》十三篇哪里能穷尽其灵机奥秘呢？饮茶食果是需要专门编辑一部书，名叫《茶果志》，可以单独刊行，也可以附在这本书后面。至于酒这一事物，我既然自己都觉得茫茫然，如果还要勉强插嘴说东道西，那么我是借了别人的言说来重复一些陈词滥调呢？还是强不知为知，来欺骗天下人呢？借别人的言说来说，那么仍然是触犯了抄袭剽窃的戒律；要是想欺骗别人，那么我是茶客而不是酒客，茶客还可以欺欺他，酒客那可没法子骗的。倘若有人抓住我不会饮酒的短处而兴问罪之师，我能用斗茶的方法来迎战吗？我不如闭口不谈还更好一些。

种 植 部

已载群书者，片言不赘。非补未逮之论〔1〕，即传自验之方。欲睹陈言，请翻诸集。

【注释】

〔1〕未逮：不及，没有达到。

【译文】

已被群书所记载的相关说法，本书片言只语都不赘述。以下所论的，不是补充前人还没有谈到的观点，就是我自己检验过的有效的方法。如果想看到陈言旧说，就请去翻阅别的相关书籍吧。

木 本 第 一

草木之种类极杂，而别其大较有三，木本、藤本、草本是也。木本坚而难瘃〔1〕，其岁较长者，根深故也；藤本之为根略浅，故弱而待扶，其岁犹以年纪；草本之根愈浅，故经霜辄坏，为寿止能及岁。是根也者，万物短长之数也，欲丰其得，先固其根，吾于老农老圃之事，而得养生处世之方焉。人能虑后计长，事事求为木本，则见雨露不喜，而睹霜雪不惊。其为身也挺然独立，至于斧斤之来，则天数也，岂灵椿古柏之所能避哉？如其植德不力而务为苟且[2]，则是藤本其身，止可因人成事，人立而我立，人仆而我亦仆矣。至于木槿其生[3]，不为明日计者，彼且不知根为何物，遑计入土之浅深[4]，藏荄之厚薄哉[5]！是即草木之流亚也。噫！世岂乏草本之行，而反木其天年，藤其后裔者哉？此造物偶然之失，非天地处人待物之常也。

【注释】

〔1〕痿（wěi）：同萎，枯萎。

〔2〕植德：树德，培养道德。苟且：得过且过，敷衍了事。

〔3〕木槿（jǐn）：木名。落叶灌木，夏秋开红、白或紫色花，朝开暮敛。

〔4〕遑（huáng）计：哪里顾得上考虑。遑，常用于反问句，何暇的意思。

〔5〕荄（gāi）：草根。

【译文】

　　草木的种类极为繁杂，而加以分门别类，则大致有三，就是木本、藤本和草本。木本类植物坚实，而且很难枯萎，它的寿命比较长，那是因为根深的缘故；藤本类植物的根略为浅一些，所以体质柔弱，需要攀附树木枝干或藤架得到扶持，它的寿命还可以按年计算；草本类植物的根更加浅，所以一经霜打就会枯萎坏死，寿命至多也只有一年。如此说来，这根是各种植物寿命长短的决定因素。想要有丰富的收获，先要巩固它的根本。我由老农夫老园丁种植草木这件事中，领悟到了养生处世的方法。人们要是能够深谋远虑，计划长远，事事都力求效仿木本类植物，把根扎得深深的稳稳的，那就能遇到雨露滋润而不得意忘形，遇见霜欺雪压也不惊慌失措。其立身，伟岸挺拔，独立不惧，至于遇到斧头砍来难逃戕害，那就是天数了，难道这是通灵的大椿树和千百年的古松柏所能避免的吗？如果人不努力培养自己的德行，而只是务求得过且过，那他的立身处世就像藤本植物，只能依傍别人成事，别人挺立，我也能立足，别人倒了，那我也就跟着倒下了。至于像木槿那样的一生，他不知道有没有明天，也不为明天作打算，它连根为何物都不明白，哪里还顾得上考虑扎根入土的深浅，培根之土的厚薄呢？这在草木中就算是末流的。唉！这世上哪里缺乏以像草本植物一样没有根基，随风反复的品行，却反倒有像根深叶茂的木本植物那样长久的天年，和像藤本植物那样枝条蔓延不绝的子孙后代的人啊？这只能说是造物主偶然的失误，而不是天地对待人类和万物的常情。

牡　　丹

　　牡丹得王于群花，予初不服是论，谓其色其香，去芍药有几？择其绝胜者与角雌雄，正未知鹿死谁手。及睹《事物纪原》[1]，谓武后冬月游后苑，花俱开而牡丹独迟，遂贬洛阳。因大悟曰：强项若此[2]，得贬固宜，然不加九五之尊，奚洗八千之辱乎？[3] 物生有候，葭动以时[4]，苟非其时，虽十尧不能冬生一穗；后系人主，可强鸡人使昼鸣乎[5]？如其有识，当尽贬诸卉而独崇牡丹。花王之封，允宜肇于此日，惜其所见不逮，而且倒行逆施，诚哉其为武后也！予自秦之巩昌[6]，载牡丹十数本而归，同人嘲予以诗，有"群芳应怪人情热，千里趋迎富贵花"之句。予曰："彼以守拙得贬，予载之归，是趋冷非趋热也。"兹得此论，更发明矣。艺植之法[7]，载于名人谱帙者[8]，纤发无遗，予傥及之，又是拾人牙后矣。但有吃紧一着，花谱偶载而未之悉者，请畅言之。

　　是花皆有正面，有反面，有侧面；正面宜向阳，此种花通义也[9]。然他种或能委曲，独牡丹不肯通融，处以南面即生，俾之他向则死[10]，此其肮脏不回之本性[11]，人主不能屈之，谁能屈之？予尝执此语同人，有迁其说者。予曰："匪特士民之家[12]，即以帝王之尊，欲植此花，亦不能不循此例。"同人诘予曰："有所本乎？"予曰："有本。吾家太白诗云：'名花倾国两相欢，常得君王带笑看。解释春风无限恨，沉香亭北倚栏杆。'[13]倚栏杆者向北，则花非南面而何？"同人笑而是之。斯言得无定论？

【注释】

　　[1]《事物纪原》：旧题宋高承撰，十卷。共五十五部，包括天地山川，鸟兽草木，阴阳五行，礼乐制度。记事达一千八百四十一条，叙述事物的起源。

　　[2]强项：不肯低头，刚直不屈服。

　　[3]九五之尊：至尊，帝位。语出《易·乾》。八千之辱：指牡丹被武后贬洛阳事。

　　[4]葭（jiā）动：古代为测节气，将苇膜烧成灰，放在律管内，到某一节候，相应律管内的葭灰就会自行飞出来。葭，初生的芦苇。

　　[5]鸡人句：暗用牝（pìn）鸡司晨的成语以讽刺武后。鸡人，古代报晓之官。

　　[6]巩昌：府名。治所在今甘肃陇西。

　　[7]艺植：种植。艺，种植，也指种植方法。

　　[8]谱帙（zhì）：这里指花谱一类的著作。谱，作示范或可供寻检的图书、样本。帙，用布帛制成的包书的套子，因称一套书为一帙。

　　[9]通义：适用于一般情况的道理与法则。

　　[10]俾（bǐ）：使。

　　[11]肮脏（kǎng zǎng）：高亢刚直貌。

〔12〕匪特：不仅。匪，同"非"。

〔13〕"名花倾国"一诗：为李白《清平调词》三首其三。

【译文】

牡丹能够成为群花之王，我起初不服这种说法，以为其色其香，能比芍药好上多少呢？选取芍药中绝佳的与牡丹一决雌雄，还不知道鹿死谁手呢？等看到《事物纪原》这本书，里面说武则天冬月游宫中后花苑，见群花都已经开了，而只有牡丹迟迟不开，于是就把它贬到洛阳。我因此而大悟道：如此倔强不屈，遭贬固然是其所宜，然而，要是不给它加上九五之尊的花王称号，又怎么洗去被远贬八千里路的耻辱呢？植物生长有特定的季候，葭动飞灰，一阳来复，春天来了，花儿就开了，倘若还没到时候，就是十位唐尧圣君也不能让冬天的大地长出一穗谷麦；武后虽然是君王，难道可以强迫公鸡在白天打鸣吗？如果真有见识，她就应当尽贬其他各种花卉，而单单崇尚牡丹。封牡丹为花王，本来应该就从武后赏花的那一天开始，可惜她的识见达不到这地步，反而倒行逆施，这就是她之所以为武则天啊！我从甘肃陇西的巩昌府，带了十几株牡丹回来。有朋友写诗嘲讽我，有"群芳应怪人情热，千里趋迎富贵花"之句。我说："牡丹因为守拙而被贬，我带她回来，是趋冷，而不是趋热。"现在得到这番理论，我的意思就阐发得更明确了。牡丹种植的方法，记载在名人所作花谱书籍里，没有一丝一毫的遗漏。我倘若涉及那些内容，就又是拾人牙慧了。不过还是有很要紧的一点，前人花谱里偶尔提到但没有详细探讨的，请允许我畅所欲言。

所有的花都有正面，有反面，还有侧面；正面应当向阳，这是种花通常的惯例。但是别种的花或许可以委曲一下，独有牡丹是决不肯通融的，让她处于面南向阳的位置就活，栽种成别的朝向就死。这是她刚直倔强，宁死不屈的本性，君主尚且不能使她屈服，还有谁能使她屈服呢？我曾经把这话对朋友们说，有人认为我的说法太迂腐。我说："不仅是士人百姓人家，就是以帝王之尊，想要栽种牡丹，也不能不遵循这个通例。"这位朋友反问我说："你这话有所本吗？"我说："当然有所本啊。我的本家李太白诗说：'名花倾国两相欢，常得君王带笑看。解释春风无限恨，沉香亭北倚栏杆。'所谓倚栏杆，就是朝北站，那么花不是向着南又是什么呢？"朋友笑了，认为是这个理。那么，我这个话难道还不能作为定论吗？

梅

花之最先者梅，果之最先者樱桃。若以次序定尊卑，则梅当王于花，樱桃王于果，犹瓜之最先者曰王瓜，于义理未尝不合，奈何别置品题，使后来居上。首出者不得为圣人，则辟草昧致文明者[1]，谁之力欤？虽然，以梅冠群芳，料舆情必协[2]；但以樱桃冠群果，吾恐主持公道者，又不免为荔枝号屈矣。姑仍旧贯[3]，以免抵牾[4]。种梅之法，亦备群书，无庸置吻，但言领略之法而已。花时苦寒，既有妻梅之心[5]，当筹寝处之法。否则衾枕不备，露宿为难，乘兴而来者，无不尽兴而返，即求为驴背浩然，不数得也[6]。观梅之具有二：山游者必带帐房，实三面而虚其前，制同汤网[7]，其中多设炉炭，既可致温，复备暖酒之用。此一法也。园居者设纸屏数扇，覆以平顶，四面设窗，尽可开闭，随花所在，撑而就之。此屏不止观梅，是花皆然，可备终岁之用[8]。立一小匾，名曰"就花居"。花间竖一旗帜，不论何花，概以总名曰"缩地花"[9]。此一法也。若家居所植者，近在身畔，远亦不出眼前，是花能就人，无俟人为蜂蝶矣。然而爱梅之人，缺陷有二：凡到梅开之时，人之好恶不齐，天之功过亦不等，风送香来，香来而寒亦至，令人开户不得，闭户不得，是可爱者风，而可憎者亦风也；雪助花妍，雪冻而花亦冻，令人去之不可，留之不可，是有功者雪，有过者亦雪也。其有功无过，可爱而不可憎者惟日，既可养花，又堪曝背，是诚天之循吏也[10]。使止有日而无风雪，则无时无日不在花间，布帐纸屏皆可不设，岂非梅花之至幸，而生人之极乐也者，然而为之天者，则甚难矣。

蜡梅者，梅之别种，殆亦共姓而通谱者欤[11]？然而有此令德，亦乐与联宗。吾又谓别有一花，当为蜡梅之异姓兄弟，玫瑰是也。气味相孚[12]，皆造浓艳之极致，殆不留余地待人者矣。人谓过犹不及[13]，当务适中，然资性所在，一往而深，求为适中，不可得也。

【注释】

〔1〕草昧：蒙昧，原始未开化的状态。与"文明"（即社会进步状态）相对。

〔2〕舆情：公众的意愿。协：附和，赞同。

〔3〕姑仍旧贯：暂且沿用老办法。仍，依照，沿用。

〔4〕牴牾（dǐ wǔ）：矛盾。也作"抵牾"。

〔5〕妻梅：种养梅花，与梅相伴。北宋林逋隐居杭州西湖孤山，无妻无子，以种梅养鹤自娱，而有"梅妻鹤子"的佳话。

〔6〕"乘兴而来"几句：参见《居室部·制度第一·椅杌》"暖椅式"部分之注〔6〕、〔7〕。

〔7〕汤网：《史记·殷本纪》载：商汤出猎，看到人们张网四面，还祝祷说："自天下四方皆入吾网！"汤吩咐去其三面，并祝祷："欲左，左；欲右，右。不用命，乃入吾网。"诸侯闻之，感汤宽厚之德。后因以汤网比喻刑政的宽大。

〔8〕终岁：终年，全年。

〔9〕缩地：旧指术士化远为近的法术。

〔10〕循吏：好官，旧时称遵理守法的官吏。

〔11〕通谱：古代同姓之人互认为同族叫通谱。这里指蜡梅属梅之一族。

〔12〕相孚：相近。

〔13〕过犹不及：事情做过了头，就如同没做够一样。语出《论语·先进》。

【译文】

开花最先的是梅花，结果最先的是樱桃。如果以开花结果的先后次序来决定尊卑，那么梅花应当在花中称王，樱桃应当在果中称王。就像最先结瓜的就叫王瓜一样，这未尝不合道理，可是无奈人们却另外设置品评标准，使得迟开的花后来居上反而占了王位。如果首先出道的不得为圣人，那么开辟草昧，导引人类走向文明的，又是谁的力量呢？虽然如此，假使让梅花为群芳之冠，我料想公众舆情必定会附和赞同；但是如果要把樱桃作为群果之冠，我恐怕主持公道的人们，又免不了会为荔枝叫屈了。所以姑且还是按照原来的老规矩来安排先后次序，以免发生矛盾和争论。种植梅花的方法，各种花谱书籍里也都有详备的记述，用不着我再多说了。这里只谈一下欣赏梅花的方法罢了。梅花盛开的时节，人们正苦于天气寒冷，既然你有宋人林和靖以梅为妻的那份爱心，就应当筹划为看梅在野外坐卧的办法。要不然，被子枕头没准备好，难以露宿户外，就会让乘兴而来观赏梅花的人，无不扫兴而归，就是想做骑在驴背上吟诗赏梅的诗人孟浩然，也没有多少机会。观赏梅花时要带的用具有两种；前往山间游览观赏的一定要带帐篷，三面围实，而前面空着，形制类同于将那德政及于禽兽的商汤王所吩咐的网开三面改为网开一面，帐中多设些炉炭，既可以取暖，又能供暖酒之用。这是一种方法。游园观赏梅花的，可以设置几扇纸屏，上面盖上平顶，四面设几扇窗子，可开可闭，随花开的处所和方向调整，花开在哪里，就把纸屏撑到哪里，花开在哪个方向，就打开哪个方向的纸窗。这种纸屏不仅可以用来观梅，也可以用来观赏所有的花，并且一年四季都可以用。还可以在上面立一小块匾额，名为"就花居"。在花间竖一面旗帜，不论是何种花，概用一个总名，就叫"缩地花"。这又是一种方法。如果是家居所种植的梅花，近在身旁，远的也能一眼望见，这是花儿自来近人，而不必等待人像蜜蜂和蝴蝶一样飞来飞去辛苦找花了。但是，对于爱梅花的人来说，有两个缺陷会妨碍观赏：大凡到了梅花开放的时节，人的好恶不同，老天爷的功过也不均等，风送梅花香来，可是也把寒潮送来了，花香一到，寒潮也就到了，让人开门也不好，因为受不了寒风，关窗也不是，因为闻不到花香，这样，可爱的是风，而可憎的也是风；皑皑白雪衬托出梅花的娇艳，但雪冻花也会被冻着，让人去之也不可，留之也不行，这样，有功劳的是雪，有过错的也是雪。只有功劳而没有过错，可爱而不可憎的，惟有太阳，阳光既可以滋养花木，又可以送来温暖，让赏花人享受曝背之福，太阳真是老天恪尽职守惠及人间的好官啊！假使天上只有太阳，没有风雪，那么人就可以无日无时不在花间，布帐、纸屏都可以不设，这难道不是梅花的至幸，而且也是人生极致的快乐吗？然而，这也太让老天爷为难了。

蜡梅，是梅花中的另一品种，大概因为都叫梅，所以才在花谱中列在一块的吧？然而蜡梅有如此美德，梅花们会很乐意与她同族联宗的。我还认为另外有一种花，应当是蜡梅的异姓兄弟，那就是玫瑰。玫瑰和蜡梅气味差不多，都达到了浓艳香郁的极致，几乎是不留余地地待人观赏了。前人说过分就和不及一样，应当务求适中，然而腊梅和玫瑰，她们的资质秉性如此，花儿一开就色深味浓，如果想强求她们适中合度，也是不可能的。

桃

凡言草木之花，矢口即称桃李，是桃李二物，领袖群芳者也。其所以领袖群芳者，以色之大都不出红白二种，桃色为红之极纯，李色为白之至洁，"桃花能红李能白"一语，足尽二物之能事。然今人所重之桃，非古人所爱之桃；今人所重者为口腹计，未尝究及观览。大率桃之为物，可目者未尝可口[1]，不能执两端事人。凡欲桃实之佳者，必以他树接之，不知桃实之佳，佳于接，桃色之坏，亦坏于接。桃之未经接者，其色极娇，酷似美人之面，所谓"桃腮"、"桃靥"者，皆指天然未接之桃，非今时所谓碧桃、绛桃、金桃、银桃之类也。即今诗人所咏，画图所绘者，亦是此种。此种不得于名园，不得于胜地，惟乡村篱落之间，牧童樵叟所居之地，能富有之。欲看桃花者，必策蹇郊行[2]，听其所至，如武陵人之偶入桃源[3]，始能复有其乐。如仅载酒园亭，携姬院落，为当春行乐计者，谓赏他卉则可，谓看桃花而能得其真趣，吾不信也。噫！色之极媚者莫过于桃，而寿之极短者亦莫过于桃，"红颜薄命"之说单为此种。凡见妇人面与相似而色泽不分者，即当以花魂视之，谓别形体不久也[4]。然勿明言，至生涕泣。

【注释】

〔1〕可目者未尝可口：花赏心悦目者果实不见得好吃。

〔2〕策蹇（jiǎn）：骑着驴子或马儿。策，赶马，古时赶马用的棍子叫"策"。蹇，驴，也指驽马。

〔3〕武陵人之偶入桃源：语出晋陶渊明《桃花源记》。

〔4〕别形体：（魂）离躯体，指死亡。

【译文】

大凡人们提到草木之花，开口就会说到桃和李，这说明桃花和李花，在群芳中具有领袖地位。桃李两种花之所以能领袖群芳，是因为花的颜色大多数都不出红和白两种，桃花的颜色是极为纯粹的红，而李花的颜色是至洁的白，"桃花能红李能白"一句，足以概括这两种花的特点。但是现代人所看重的桃花，并不是古人所喜爱的桃花；现代人们看重她，是出于满足自己口腹之欲的考虑，未尝讲究涉及其观赏性。大略而言，桃这种植物，好看的未必就好吃，好吃的未必就好看，不可能既可观又可口，两方面都让人称心如意。凡是想要让桃子好吃的，一定要用别的桃树枝条嫁接过来，却不知道桃子好吃，是好在嫁接上，而桃花颜色变得不如原先的美，也是坏在嫁接上。桃树没经过嫁接的，那花儿的颜色极为娇美，酷似美人的脸。人们形容美女时常说的"桃腮"、"桃靥"等等，都是指天然生长、未经嫁接的桃，而不是指现在所谓的碧桃、绛桃、金桃、银桃之类的桃。就是现今诗人所咏叹的，画家所描绘的，也是这未经嫁接的品种。这种天然生长的桃花，你在有名的花园里找不到她，在风景名胜之地也找不到她，只有在乡村之中，篱笆旁边，在牧牛的童子和砍柴的老人所栖居的那些地方，才开满了这样自然这样美丽的花。想要看这样的桃花，必须得骑着驴儿马儿，行到郊外，信马由缰，听任它把我带到哪儿，就像武陵人偶然走进桃花源一样，如此才可能再次享受那样的风景和快乐。如果仅仅是在亭园，在院落，摆上酒菜，带着姬妾，只是出于时值春日当及时行乐的考虑，说是观赏别的花卉也许还可以，要说是专为看桃花，而且还指望着能够得到此中真趣，我不相信这是可能的。

唉！颜色极妩媚的，莫过于桃花，而寿命极短暂的，也莫过于桃花。"红颜薄命"的说法，就像单单为此种花儿说的。大凡见到哪位女子的面容和桃花相似，而色泽几乎不能区分的，就应当以花魂视之，而且可以认为这花魂脱离她形体的时间不会太久了。然而不要对她明言，免得她伤心落泪。

李

李是吾家果，花亦吾家花，当以私爱嬖之[1]，然不敢也。唐有天下，此树未闻得封。天子未尝私庇，况庶人乎？以公道论之可已。与桃齐名，同作花中领袖，然而桃色可变，李色不可变也。"邦有道，不变塞焉，强哉矫！邦无道，至死不变，强哉矫！"[2] 自有此花以来，未闻稍易其色，始终一操，涅而不淄[3]，是诚吾家物也。

至有稍变其色，冒为一宗，而此类不收，仍加一字以示
别者，则郁李是也^{（4）}。李树较桃为耐久，逾三十年始老，
枝虽枯而子仍不细，以得于天者独厚，又能甘淡守素，
未尝以色媚人也。若仙李之盘根，则又与灵椿比寿^{（5）}。
我欲绳武而不能^{（6）}，以著述永年而已矣。

【注释】

〔1〕嬖（bì）：偏爱，宠爱。

〔2〕"邦有道"数语：比喻无论环境气候适宜还是恶劣，李花终不改
其本色。语本《礼记·中庸》。不变塞，谓守直不变，德行充实。矫，刚
强貌。

〔3〕涅而不淄：用涅染也染不黑，比喻不受环境的影响。语出《论
语·阳货》。涅，一种矿物，古时用作黑色染料。淄，通"缁"，黑色。

〔4〕郁李：木名。即唐棣。落叶灌木，又名雀李、喜梅。

〔5〕灵椿：古代传说大椿长寿，故称"灵椿"。《庄子·逍遥游》："上
古有大椿者，以八千岁为春，八千岁为秋。"

〔6〕绳武：继承先祖。《诗经·大雅·下武》："绳其祖武。"这里是效
仿的意思。绳，继承。武，脚印，足迹。

【译文】

　　李子是我李家的果子，李花也是我李家的花，我应当因这份
个人私情而偏爱她，但是我不敢这样做。李唐皇室拥有天下，也没
听说李树因此受到赐封。帝王天子尚且未曾因私情而偏爱，何况是
平民百姓呢？我出于公道来评论她就可以了。李花与桃花齐名，同
为花中领袖，但是桃花颜色可以改变，李花颜色却决不可变。《礼
记·中庸》说："邦有道，不变塞焉，强哉矫！邦无道，至死不变，
强哉矫！"自有此花以来，没听说她的颜色有丝毫的改变，她的操
守始终如一，质性洁白，染也染不黑，此花真不愧是我李家的花！
至于有颜色稍有变异，冒为李之同宗，却不被李家收纳，就加上一
个字冠名以示区别的一种花，那就是郁李。李树比起桃树来要耐
久，超过三十年才变老，枝干虽然枯萎了，但果实却仍然不小。这

是因为它得天独厚，又能甘于平淡，保持素洁的本色，从来不曾以花色媚人。要是如仙李那样盘根错节，根深叶茂，那就又可以与灵椿寿命相当了。我想要继承效仿李树之风，却不能做到，只得靠著书立说来延长寿命，留点名声罢了。

杏

种杏不实者，以处子常系之裙系树上，便结子累累。予初不信而试之，果然。是树性喜淫者，莫过于杏，予尝名为"风流树"。噫！树木何取于人，人何亲于树木，而契爱若此，动乎情也[1]？情能动物，况于人乎？其必宜于处子之裙者，以情贵乎专；已字人者，情有所分而不聚也。予谓此法既验于杏，亦可推而广之，凡树木之不实者，皆当系以美女之裳；即男子之不能诞育者，亦当衣以佳人之裤。盖世间慕女色而爱处子，可以情感而使之动者[2]，岂止一杏而已哉！

【注释】
〔1〕契：意气相通，投合。
〔2〕以情感：以情感去打动。

【译文】
种杏树却不结杏子的，如果把处子常穿的裙系在树上，便会结出累累果实。我起初不信这种说法，而经过试验，果真如此。如此则树之喜好淫色的，莫过于杏树，我曾经给它起名叫"风流树"。唉！杏树有取于人的是什么，人又缘何如此亲近杏树，有这样相投的缘分，能够这样亲近，是因为情动于中的缘故吧？情能感动植物，何况是对人呢？杏树之所以必须要系上处子的衣裙，是因为情贵乎专一；已经嫁人的女子，感情就有所分散而不凝聚于一了。我以为这个方法既然在杏树上已经得到应验，也可以推而广之，凡是不结果子的树木，都应当系以美女的衣裳；即使不能生育的男人，也应当让他穿上佳人的裤子。因为世上慕女色而爱处子，可以为她们的情意所感染，所打动的，哪里只是杏树一种而已啊！

梨

予播迁四方[1]，所止之地，惟荔枝、龙眼、佛手诸卉[2]，为吴越诸邦不产者[3]，未经种植，其余一切花果竹木，无一不经葺理[4]。独梨花一本，为眼前易得之物，独不能身有其树为楂梨主人[5]，可与少陵不咏海棠，同作一等欠事[6]。然性爱此花，甚于爱食其果。果之种类不一，中食者少[7]，而花之耐观，则无一不然。雪为天上之雪，此是人间之雪；雪之所少者香，此能兼擅其美。唐人诗云：“梅虽逊雪三分白，雪却输梅一段香。”[8]此言天上之雪。料其输赢不决，请以人间之雪为天上解围。

【注释】

〔1〕播迁：流离迁徙。

〔2〕佛手：果名，为枸橼的变种，果实有裂纹如拳，或开张如指，通称佛手。

〔3〕吴越诸邦：指江浙一带。

〔4〕葺（qì）理：料理。这里指栽种。

〔5〕楂（zhā）：果名，似梨而味较酸涩。

〔6〕少陵不咏海棠：参见《海棠》注〔11〕。欠事：欠缺之事。

〔7〕中食：好吃，中吃。

〔8〕"梅虽逊雪三分白"数语：实为宋卢梅坡《雪梅》诗句。

【译文】

我平生漂泊，四海为家，所暂住过的地方，惟有荔枝、龙眼、佛手这几种花木，是江浙一带不出产的，没有种植过，其余一切花果竹木，没有一样不栽种苗木，修剪枝条，精心打理。独有梨花这一种，虽说是眼前容易得到的东西，却不能拥有其树而成为楂梨主人。这可以和杜甫从来不吟咏海棠，同样是一等令人感到欠缺和遗憾的事情。然而我生性喜爱梨花，甚过爱吃梨子。梨子的种类不止一种，中吃的少，而梨花的耐人观赏，却没有一种不是如此。雪是天上的雪，而这花乃是人间的雪；雪所缺少的是香气，而梨花却能够兼擅其美，既有雪花所有的洁白，又有雪花所没有的清香。前人有诗说："梅虽逊雪三分白，雪却输梅一段香。"这里是说天上的雪与地上的梅，我料想两者之间一定是难决输赢的，那就请用梨花这人间的雪，为天上的雪解围吧。

海　　棠

"海棠有色而无香"，此《春秋》责备贤者之法[1]。否则无香者众，胡尽恕之，而独于海棠是咎？然吾又谓海棠不尽无香，香在隐跃之间[2]，又不幸而为色掩。如人生有二技，一技稍粗，则为精者所隐；一术太长，则六艺皆通，悉为人所不道。王羲之善书[3]，吴道子善画[4]，此二人者，岂仅工书善画者哉？苏长公不善棋酒[5]，岂遂一子不拈，一卮不设者哉？诗文过高，棋酒不足称耳。吾欲证前人有色无香之说，执海棠之初放者嗅之，另有一种清芬，利于缓咀[6]，而不宜于猛嗅。使尽无香，则蜂蝶过门不入矣，何以郑谷《咏海棠》诗云[7]"朝醉暮吟看不足，羡他蝴蝶宿深枝"？有香无香，当以蝶之去留为证。且香之与臭，敌国也。《花谱》[8]云："海棠无香而畏臭，不宜灌粪。"去此者必即彼，若是则海棠无香之说，亦可备证于前，而稍白于后矣。噫！"大音希声[9]"，"大羹不和[10]"。奚必如兰如麝，扑鼻薰人，而后谓之有香气乎？

王禹偁诗话云："杜子美避地蜀中，未尝有一诗及海棠，以其生母名海棠也。"[11]生母名海棠，予空疏未得其考；然恐子美即善吟，亦不能物物咏到。一诗偶遗，即使后人议及父母。甚矣，才子之难为也！鼎革以前[12]，吾乡杜姓者，其家海棠绝胜，予岁岁纵览，未尝或遗。尝赠以诗云："此花不比别花来，题破东君着意培。不怪少陵无赠句，多情遍向杜家开。"似可为少陵解嘲。

秋海棠一种，较春花更媚。春花肖美人，秋花更肖美人；春花肖美人之已嫁者，秋花肖美人之待年者；春花肖美人之绰约可爱者，秋花肖美人之纤弱可怜者。处子之可怜，少妇之可爱，二者不可得兼，必将娶怜而割爱矣。相传秋海棠初无是花，因女子怀人不至，涕泣洒地，遂生此花，名为"断肠花"。噫！同一泪也，洒之林中，即成斑竹[13]，洒之地上，即生海棠，泪之为物神矣哉！

春海棠颜色极佳，凡有园亭者不可不备，然贫士之家不能必有，当以秋海棠补之。此花便于贫士者有二：移根即是，不须钱买，一也；为地不多，墙间壁上，皆可植之。性复喜阴，秋海棠所取之地，皆群花所弃之地也。

【注释】
〔1〕《春秋》责备贤者：见《选剧第一》注〔13〕。

〔2〕隐跃：隐约。

〔3〕王羲之：字逸少，东晋著名书法家。世称"书圣"。

〔4〕吴道子：名道玄。唐代著名画家。有"画圣"之称。

〔5〕苏长公：即苏轼。北宋著名文学家。

〔6〕咀：品味。

〔7〕郑谷：字守愚，唐代诗人。

〔8〕《花谱》：明王象晋著有《群芳谱》三十卷，其中有蔬、果、花、卉诸谱。

〔9〕大音希声：语出《老子》第四十一章。希声，无声。

〔10〕大羹不和：语出《礼记·乐记》："大飨之礼，尚玄酒而俎腥鱼，大羹不和，有遗味者矣。"大羹，指商周时期人们祭祀祖先时所供的不加任何调料的肉羹。不和，不调加其他佐料，似乎无味，却在天然本味中俱含众味，犹老子所说"味无味"。

〔11〕王禹偁：字元之，山东巨野人，北宋文学家。诗话：指王氏论诗之语。其《送冯学士入蜀》有"莫学当年杜工部，因循不赋海棠诗"之句。

〔12〕鼎革以前：指明亡以前。鼎革，革故鼎新，改朝换代。

〔13〕斑竹：紫竹，又叫湘妃竹。古代神话传说大舜皇帝南巡不返，葬于苍梧，舜妃娥皇、女英思念大舜，泪洒湘竹，竹悉成斑。

【译文】

有人说"海棠有色而无香"，这是《春秋》责备贤者的手法。否则，没有香味的花很多，为什么别的全都可以宽恕，而单单向海棠问罪呢？但是我又以为海棠不是全然没有香味，只不过它的香气隐隐约约之间，又不幸而被它的花色掩盖住了。就像人有两种技能，一种稍稍粗疏一些，就会被更精湛的那一项盖过；有人某一项技艺太擅长了，那么即使他六艺皆通，人们也只记得他擅长的这一项，那六艺全都不会被人提起。王羲之善于书法，吴道子善于绘画，其实这两位大师，哪里仅仅是工于书法，或者擅长绘画而已？说苏东坡不善于弈棋饮酒，哪里就真的一子不碰，滴酒不沾啊？不过是因为他的诗文成就太高了，下棋饮酒这类事就不足称道罢了。我想验证一下前人有色无香之说，于是拿一朵刚开的海棠花来闻，觉得她另有一种清香，这种香味适宜静静地闻，慢慢地品，而不适宜猛嗅。假使海棠全然没有香味，那么蜜蜂和蝴蝶经过时也不会停留徘徊了，何以郑谷的《咏海棠》诗说"朝醉暮吟看不足，羡他蝴蝶宿深枝"呢？海棠有香还是无香，应当以蜜蜂和蝴蝶的去留为证。而且香味与臭气，是相对立的。《花谱》上说："海棠没有香味而害怕臭气，所以不宜浇粪。"离弃排斥臭气的，必然接近亲附与臭气相对立的香味，如此则海棠没有香气的说法，也可以既被上述诗句证伪和否定于前，又为我这个说法阐明辩白于后了。唉！古人说："大音希声"，"大羹不和"，何必一定要像兰花和麝香那样，气味扑鼻薰人，而后才称为有香气呢？

王禹偁有《诗话》说："杜子美入四川避乱期间，未曾有一首诗吟咏海棠，因为他的生母名叫海棠。"杜甫生母是否名叫海棠，我才疏学浅，对这个说法没有考证过；然而我恐怕子美就是善于吟诗，也不能每种事物都毫无遗漏地吟咏个遍吧。诗里边偶然有一样没提到，就让后人议论到父母。太过分了，才子实在难当啊！改朝换代以前，我家乡有一位姓杜的，他家海棠花开得好极了，我年年都去一饱眼福，未曾漏掉过一次。曾经赠诗给他说："此花不比别花来，题破东君着意培。不怪少陵无赠句，多情遍向杜家开。"此诗似乎可以为杜少陵解嘲。

秋海棠这一种花，比春海棠更加娇媚。春天的海棠花像美人，秋天的海棠花更像美人；春海棠像已经出嫁的美人，秋海棠像待字于闺中的美人；春海棠像风姿绰约妩媚可爱的美人，秋海棠像婷婷袅袅使人怜惜的美人。处子之可怜，少妇之可爱，倘若这两种美不可兼得，那必将选取可怜的而割舍可爱的了。相传起初是没有秋海棠这种花的，因为有女子思念恋人，却等不来心上人，相思之泪洒落大地，于是就生出了秋海棠这种花，所以她又叫"断肠花"。唉！同是一样的相思之泪，洒在竹林里，就变成了斑竹；洒在土地上，就生出了海棠，相思之泪，真是神奇的事物啊！

春海棠的颜色极佳，凡是有园亭的都不可不备，然而贫士之家不一定都能有，应当用秋海棠来补上。秋海棠便于贫士栽种的有两点：移栽秋海棠的根就可以了，不须用钱去买，这是一；另外一点是占地不多，墙间壁上，都可以栽种。而且生性喜阴，秋海棠所取的地方，都是群花所要离弃的地方。

玉 兰

　　世无玉树，请以此花当之。花之白者尽多，皆有叶色相乱，此则不叶而花，与梅同致。千干万蕊，尽放一时，殊盛事也。但绝盛之事，有时变为恨事。众花之开，无不忌雨，而此花尤甚。一树好花，止须一宿微雨，尽皆变色，又觉腐烂可憎，较之无花，更为乏趣。群花开谢以时，谢者既谢，开者犹开，此则一败俱败，半瓣不留。语云：“弄花一年，看花十日。”为玉兰主人者，常有延伫经年[1]，不得一朝盼望者[2]，讵非香国中绝大恨事？故值此花一开，便宜急急玩赏，玩得一日是一日，赏得一时是一时。若初开不玩而俟全开，全开不玩而俟盛开，则恐好事未行，而杀风景者至矣[3]。噫！天何仇于玉兰？而往往三岁之中，定有一二岁与之为难哉！

【注释】

　　〔1〕延伫经年：盼望了一年。延伫，久久伫立，引颈而望。
　　〔2〕盼望：观赏。
　　〔3〕杀风景者：败人清兴者，这里指摧花之雨。旧题唐李义山《杂纂》上有《杀风景》的条目。

【译文】

　　世间没有玉树，就请把玉兰花当作玉树吧。白色的花树很多，都会有叶色来与花色相间相混，而这玉兰却只是开花，先不长叶子，这与梅花有着相同风致。千条枝干，万朵花蕊，一时间就全都开放了，实在是花中盛事啊。但绝盛之事，有时却或许会变成憾事。众花开放的时候，没有哪种花是不忌下雨的，而玉兰花尤其怕得厉害。一树好花，只须有一宿微雨，就全都变了颜色，又会让人觉着腐烂可憎，比起不开花和未开花来，还要更无趣。其他各种花卉，花开花谢，各各都有先后，有定期，谢的已然谢了，可是开的犹在盛开，玉兰花却是一败俱败，半瓣不留。俗语说："弄花一年，看花十日。"而作为玉兰的主人，常常会伸长脖子经年累月地盼望着花开，却可能连一天都没有观赏到，这难道不是众香国里绝大的憾事吗？所以当玉兰花刚开放的时候，便应该趁早赶紧观赏，能观赏一日是一日，能观赏一时是一时。假若初开之时不急急地去观赏，而要等花全开了再去，花儿全开了依然不去，而想等着盛开之时，那恐怕是好事未行，而杀风景的事倒是来了。唉！老天爷同玉兰花有什么仇啊，往往两三年中，定要有一两年为难它呢？

辛　夷

　　辛夷[1]，木笔，望春花，一卉而数异其名，又无甚新奇可取，名有余而实不足者，此类是也。园亭极广，无一不备者方可植之，不则当为此花藏拙。

【注释】
　　〔1〕辛夷：香木名，春天开花，花似莲而小如盏，初出时，苞长半寸，尖如笔头，故一名木笔。白者名玉兰，亦称望春花、迎春花。

【译文】
　　辛夷，木笔，望春花，同一种花而有好几个不同的花名，又没有什么新奇可取的地方，所谓名有余而实不足，就是指这一类的事物。惟有园亭极广大，想要所有花卉无一不备的人家才可以栽种，否则的话还是应当为此花藏拙，以不种为好。

山　茶

　　花之最不耐开，一开辄尽者，桂与玉兰是也；花之最能持久，愈开愈盛者，山茶[1]、石榴是也。然石榴之久，犹不及山茶；榴叶经霜即脱，山茶戴雪而荣。则是此茶也者，具松柏之骨，挟桃李之姿，历春夏秋冬如一日，殆草木而神仙者乎？又况种类极多，由浅红以至深红，无一不备。其浅也，如粉如脂，如美人之腮，如酒客之面；其深也，如朱如火，如猩猩之血，如鹤顶之朱，可谓极浅深浓淡之致，而无一毫遗憾者矣。得此花一二本，可抵群花数十本。惜乎予园仅同芥子，诸卉种就，不能再纳须弥[2]，仅取盆中小树，植于怪石之旁。噫！善善而不能用，恶恶而不能去，予其郭公也夫[3]？

【注释】

　　〔1〕山茶：又名茶花、曼陀罗树。开花于隆冬花少之季，花期也较长。

　　〔2〕"惜乎予园仅同芥子"三句：李渔在南京设计营造了"芥子园"。芥子、须弥：语本佛经。芥子，芥草的种子，比喻极其微小；须弥，佛教传说中山名，比喻极其高大。

　　〔3〕善善、恶恶：喜欢好的，厌恶坏的。郭公：木偶，傀儡。北齐后主高纬好傀儡，谓之"郭公"。这里指不能主宰自己的意志，顺自己好恶行事。

【译文】

　　花卉中最不耐开，一开就尽的，是桂花和玉兰；开得最持久的，而且愈开愈繁盛的，是山茶和石榴。但是石榴花的持久，还不及山茶花；石榴的叶子一经霜冻就会脱落，山茶却斗寒冒雪更加精神。如此看来，这山茶花既具松柏之骨鲠，又挟桃李之风姿，历经春夏秋冬而如一日，大约可算是草木中的神仙吧？又何况山茶种类极多，由浅红以至深红，无一不备。其花色浅的，如粉如脂，如美人之腮，如酒客之面；其花色深的，如朱如火，如猩猩之血，如鹤顶之珠。可以说是到了花色之深、之浅、之浓、之淡的极致，而没有一丝一毫的遗憾了。得到这山茶一两株，可以抵得上别的花木数十株。可惜我的园子仅小如芥子，已经遍种各色群花，就不能再纳须弥了，所以只取花盆里长的那种小山茶树，种在怪石旁边。唉！我好喜欢的好品种却不能用，很讨厌的坏东西却不能去除，那我岂不是成了郭公傀儡了吗？

紫　　薇

　　人谓禽兽有知，草木无知。予曰：不然。禽兽草木尽是有知之物，但禽兽之知稍异于人，草木之知又稍异于禽兽，渐蠢则渐愚耳。何以知之？知之于紫薇树之怕痒[1]。知痒则知痛，知痛痒则知荣辱利害，是去禽兽不远，犹禽兽之去人不远也。人谓树之怕痒者，只有紫薇一种，余则不然。予曰：草木同性，但观此树性痒，即知无草无木不知痛痒，但紫薇能动，他树不能动耳。人又问既然不动，何以知其识痛痒？予曰：就人喻之，怕痒之人，搔之即动，亦有不怕痒之人，听人搔扒而不动者，岂人亦不知痛痒乎？由是观之，草木之受诛锄，犹禽兽之被宰杀，其苦其痛，俱有不忍言者。人能以待紫薇者待一切草木，待一切草木者待禽兽与人，则斩伐不敢妄施，而有疾痛相关之义矣。

【注释】
　　〔1〕紫薇树之怕痒：紫薇又名痒痒树、百日花、满堂红。夏秋间开

花，花期长达六个月。

【译文】

　　人们说禽兽有知，草木无知。我说：不然。禽兽和草木一样，都是有灵性、有知觉的东西，只是禽兽的知觉，稍稍异于人类，而草木的知觉，又稍稍异于禽兽，相形之下，三者渐蠢而渐愚。何以知道呢？是从紫薇怕痒而得知。知痒那就知痛，知痛知痒那也就知道荣辱利害，这样紫薇树的知觉与禽兽就相去不远了，犹如禽兽与人相去不远一样。人们说树木之中怕痒的，只有紫薇一种，我却不以为然。依我说，草木同类之间，性情也都是相通和共同的，只要看这树生性怕痒，就可以知道没有哪一种草哪一种木不知痛痒，只是紫薇怕痒时能动，而其他的树怕痒时却不能动罢了。有人又要问，别的树既然不动，你又从哪里知道它们识痛痒呢？我说：就拿人来作个比喻吧，怕痒的人，一挠他痒痒，他就会动，但也有不怕痒的人，任人怎样搔挠，他却端坐不动，难道此人也不知痛痒吗？由此观之，草木之遭受诛锄，犹如禽兽之被宰杀一样，其苦其痛，都有让人不忍言说的。人们要是能够像对待紫薇那样对待一切草木，能够像对待一切草木那样对待禽兽与他人，那么人类就不会有乱杀、乱砍之举，就会体验到同为生命的人与人，人与禽兽、草木之间，那种疾痛相连，息息相关的深切意义了。

绣　　球[1]

　　天工之巧，至开绣球一花而止矣。他种之巧，纯用天工，此则诈施人力，似肖尘世所为而为者[2]。剪春罗[3]、剪秋罗诸花亦然[4]。天工于此，似非无意，盖曰："汝所能者，我亦能之；我所能者，汝实不能为也。"若是则当再生一二蹴球之人立于树上[5]，则天工之斗巧者全矣。其不屑为此者，岂以物可肖，而人不足肖乎？

【注释】

〔1〕绣球：又称八仙花、紫阳花。落叶灌木，夏日开花，为观赏植物。

〔2〕肖（xiào）尘世所为：仿照人为之物。

〔3〕剪春罗：又名剪红罗、碎剪罗、剪金花。柔茎绿叶，入夏开花，深红色。

〔4〕剪秋罗：一名汉宫秋。色深红，八月间开花。

〔5〕蹴球：踢球。

【译文】

大自然的鬼斧神工，到了绣球花开时，足以令人叹为观止。别种花的争奇斗艳，巧形妙色，纯粹是出于自然天工，而这绣球却好像是老天爷故意假装施了人为之力，似乎是效仿尘世中人的做法和样子去做的。还有剪春罗、剪秋罗这一类的花也是如此。创造万物的上苍施展天工造就这绣球花，似乎并非无意，他大约是在对我们人类说："你所能做的事，我也能做；而我所能做的事，你却实在做不了。"如果是这样，那就还应当再生出一两个踢球的小人儿，站在这绣球树上，那样天工的斗巧就齐全了。老天爷不屑于做这个，难道是因为物可以效仿，而人却不值得效仿吗？

紫　　荆

紫荆一种〔1〕，花之可已者也。但春季所开，多红少紫，欲备其色，故间植之。然少枝无叶，贴树生花，虽若紫衣少年，亭亭独立，但觉窄袍紧袂，衣瘦身肥，立于翩翩舞袖之中，不免代为跼蹐〔2〕。

【注释】

〔1〕紫荆：又名紫珠、满条红、苏芳花。豆科落叶乔木。因似黄荆花又呈深紫色，故名紫荆。

〔2〕踧踖（cù jí）：拘束，局促不安。

【译文】

　　紫荆这一种花，是可以不种的。只是春季所开的花，多为红色，而很少有紫色的，想要让园子里的花色齐备一些，故而可以间隔着栽种它。不过紫荆花少枝无叶，贴着树干开花，虽然像是紫衣少年，亭亭独立，但总觉得它窄袍紧袖，衣瘦体肥，周围群芳烂漫，好似翩翩起舞的少女，而它孤独地立于其中，不免替它感到局促不安。

栀　　子

　　栀子花无甚奇特[1]，予取其仿佛玉兰。玉兰忌雨，而此不忌；玉兰齐放齐凋，而此则开以次第。惜其树小而不能出檐，如能出檐，即以之权当玉兰，而补三春恨事，谁曰不可？

【注释】

　　〔1〕栀子花：又名水横枝，玉荷花。茜科草，常绿灌木或小乔木。夏季开花，白色。

【译文】

　　栀子花似乎没什么奇特的地方，我取它仿佛与玉兰花相似。玉兰花忌雨，而栀子花不忌；玉兰花一起开放，又一齐凋谢，而此花则渐次开放。可惜的是栀子的树干太小，而不能长过屋檐。如果它能长出屋檐，就可以权且拿它当玉兰花，来弥补三春的遗憾，谁会说不可以呢？

杜鹃　樱桃

　　杜鹃[1]、樱桃二种[2]，花之可有可无者也。所重于樱桃者，在实不在花；所重于杜鹃者，在西蜀之异种，不在四方之恒种[3]。如名花俱备，则二种开时，尽有快心而夺目者，欲览余芳，亦愁少暇。

【注释】

〔1〕杜鹃：又名映山红，春季开红花。

〔2〕樱桃：又名含桃、荆桃。落叶乔木，春季开花，白色或淡红色。

〔3〕恒种：常种，一般品种。

【译文】

杜鹃、樱桃这两种花，是可有可无的。所看重樱桃的，在它的果实而不在它的花，所看重杜鹃的，是产在川西的奇异品种，而不是东西南北到处都有的普通品种。如果各种名花都栽种齐备，那么这两种花开放时，周围有的是赏心悦目的奇异花卉，就是想要观览这可有可无的花，也会发愁没有时间。

石　榴

芥子园之地不及三亩[1]，而屋居其一，石居其一，乃榴之大者复有四五株[2]。是点缀吾居，使不落寞者榴也；盘踞吾地，使不得尽栽他卉者亦榴也。榴之功罪，不几半乎？然赖主人善用，榴虽多不为赘也。榴性喜压，就其根之宜石者从而山之，是榴之根即山之麓也[3]；榴性喜日，就其阴之可庇者从而屋之，是榴之地即屋之天也；榴之性又复喜高而直上，就其枝柯之可傍，而又借为天际真人者从而楼之[4]，是榴之花即吾倚栏守户之人也。此芥子园主人区处石榴之法[5]，请以公之树木者[6]。

【注释】

〔1〕芥子园：见《山茶》注〔2〕。

〔2〕石榴：汉武帝时由张骞从西域安国传入内地，故又名安石榴。夏日开花，花红似火。

〔3〕山之麓：山脚。

〔4〕天际真人：天上神仙。语出《世说新语·容止》。

〔5〕区处：分别处理，安排。

〔6〕公：公开。树木者：种树者，培植花草的人。

【译文】

我的芥子园，面积不到三亩，而屋子占三分之一，山石占三分之一，还有四五株很大的石榴树。那点缀我的居处，使其不落寞的，就是石榴了；那盘踞在我的园子，使得我不能尽栽其他花卉的，也是石榴。那么石榴树的功和过，不是几乎就各占一半了吗？但是全靠主人我精心设计，巧为安排，石榴树虽多，却并没有成为累赘。石榴树生性喜欢承当重压，我就在那些适宜压石的树根之上设置山石，这样石榴的树根就是假山的山麓；石榴树生性喜欢阳光，我就在它树荫底下可以遮阳的地方盖个屋棚，这样，枝繁叶茂的石榴就成了凉棚之顶了；石榴树生性又喜欢劲直向上，我就因了石榴树枝干可倚可傍之处，借它天际真人的出尘之姿，建一座小楼，那么石榴花就成了我的倚栏守户之人。这就是作为芥子园主人的我安置石榴树的办法，请允许我把它公布给种树的人们。

木　　槿

木槿朝开而暮落[1]，其为生也良苦。与其易落，何如弗开？造物生此，亦可谓不惮烦矣。有人曰：不然。

木槿者，花之现身说法以儆愚蒙者也。花之一日，犹人之百年。人视人之百年，自觉其久，视花之一日，则谓极少而极暂矣。不知人之视人，犹花之视花，人以百年为久，花岂不以一日为久乎？无一日不落之花，则无百年不死之人可知矣。此人之似花者也。乃花开花落之期虽少而暂，犹有一定不移之数，朝开暮落者，必不幻而为朝开午落，午开暮落；乃人之生死，则无一定不移之数，有不及百年而死者，有不及百年之半与百年之二三而死者；则是花之落也必焉，人之死也忽焉。使人亦如木槿之为生，至暮必落，则生前死后之事，皆可自为政矣，无如其不能也。此人之不能似花者也。人能作如是观，则木槿一花，当与萱草并树。睹萱草则能忘忧⁽²⁾，睹木槿则能知戒。

【注释】

〔1〕木槿：木名。落叶灌木，夏秋开红、白或紫色花，朝开暮敛。

〔2〕萱草：古人以为此草可使人忘忧，故称忘忧草。

【译文】

木槿花早晨开而晚上落，它的生涯可真是辛苦。与其这么容易落，那还不如不开吧？造物主生此花，也真可谓不怕麻烦了。有人说：不然。木槿，是用自己的现身说法，来警醒愚蠢蒙昧者的花。花发一日，犹如人活百年。人们看人生百年，自己觉得很久很长，看花的一日，就认为是极少极短了。却不知人之视人，犹如花之视花一样，人将百年看得很漫长，那花难道不将一日看得很漫长吗？没有一日不落之花，那么没有百年不死之人也就可想而知了。这是人相似于花之处。而朝开暮落的花期虽少虽短，却还是有一定不移的规律，早晨开而晚上落的，一定不会变幻为早晨开而午间落，或者午间开而晚上落；而人的生死，却没有一定不移的规律，有不到一百岁就死了的，有不到半百就死了的，甚至有活不过二十、三十的；如此说来，花落是有定期的，人死却在忽然间发生。假使人也像木槿的一生，到了黄昏就一定凋落，那么生前死后的事情，就都可以由自己做主了，但无奈他不能这样做。这是人不能相似于花之处。如果人们能作如是观，那么木槿这一种花，就应当和萱草栽种在一块。目睹萱草就能让人忘却忧愁，看见木槿就能使人懂得止戒。

桂

秋花之香者，莫能如桂。树乃月中之树，香亦天上之香也[1]。但其缺陷处，则在满树齐开，不留余地。予有《惜桂》诗云："万斛黄金碾作灰[2]，西风一阵总吹来。早知三日都狼藉，何不留将次第开？"盛极必衰，乃盈虚一定之理[3]，凡有富贵荣华一蹴而至者，皆玉兰之为春光，丹桂之为秋色。

【注释】

〔1〕"树乃月中之树"二句：唐宋之问《灵隐寺》诗有"桂子月中落，天香云外飘"之句。传说在杭州灵隐寺、天竺寺，每至秋中月下，常有桂子如豆，从天外、月宫飘落下来。

〔2〕斛（hú）：古代以十斗为一斛，南宋末年改为五斗。

〔3〕盈虚：满盈与亏缺，盛与衰。

【译文】

秋花的香味，没有比得过桂花的。桂树乃是月宫中的树，桂香也是来自天上的香。但它的缺陷之处，则是在满树一齐开花，不留一点余地。我有《惜桂》一诗说："万斛黄金碾作灰，西风一阵总吹来。早知三日都狼藉，何不留将次第开？"盛极必衰，乃是自然盈虚消长的一定之理。凡是荣华富贵一蹴而就的人，都是如玉兰映照的春光，丹桂显现的秋色一般难以久长。

合　欢

"合欢蠲忿，萱草忘忧。"[1]皆益人情性之物，无地不宜种之。然睹萱草而忘忧，吾闻其语矣，未见其人也；对合欢而蠲忿，则不必讯之他人，凡见此花者，无不解愠成欢，破涕为笑。是萱草可以不树，而合欢则不可不栽。栽之之法，《花谱》不详。非不详也，以作谱之人非真能合欢之人也。渔人谈稼事，农父著樵经，有约略其词而已。凡植此花，不宜出之庭外，深闺曲房是其所也。此树朝开暮合，每至昏黄，枝叶互相交结，是名合欢。植之闺房者，合欢之花宜置合欢之地，如椿萱宜在承欢之所[2]，荆棣宜在友于之场[3]，欲其称也。此树栽于内室，则人开而树亦开，树合而人亦合。人既为之增愉，树亦因而加茂，所谓人地相宜者也。使居寂寞之境，不亦虚负此花哉？灌勿太肥，常以男女同浴之水，隔一宿而浇其根，则花之芳妍较常加倍。此予既验之法，以无心偶试而得之。如其不信，请同觅二本，一植庭外，一植闺中，一浇肥水，一浇浴汤，验其孰盛孰衰，即知予言谬不谬矣。

【注释】

〔1〕合欢蠲忿，萱草忘忧：语出嵇康《养生论》。合欢，叶似槐叶，至晚则合。故也叫合昏。古代常以合欢赠人，谓可消怨合好。蠲（juān）忿，消除忿恨。

〔2〕椿萱：代称父母。椿，通称香椿。古代传说大椿长寿，后因用以

指父亲。萱，又名忘忧。《诗经·卫风·伯兮》："焉得谖（萱）草？言树之背。"背即北堂，古为母亲所居之处，后因以萱（堂）为母亲（居处）的代称。承欢：指侍奉孝敬父母。

〔3〕荆：灌木名。种类甚多，牡荆、紫荆等都简称荆。棣：木名，其果实名山樱桃。《诗经·小雅·常棣》："常棣之华，鄂不铧铧。凡今之人，莫如兄弟。"后因以棣华喻兄弟。友于：《书·君陈》有"惟孝友于兄弟"之句，后因以"友于"称兄弟友爱。

【译文】

　　嵇康《养生论》说："合欢蠲忿，萱草忘忧。"它们都是益人情性的植物，没有什么地方不适宜栽种。然而至于说看见萱草使人乐而忘忧，我听过这样的话，却没有见过这样的人；面对合欢花可以消除忿恨，那就不必再去问讯别的人了，凡是见到此花的，没人不是解怒成欢，破涕为笑。果真如此，那萱草可以不种，合欢却不可以不栽。合欢的栽法，《花谱》里说得不太详细。不是特意不详细，而是写《花谱》的人不是真能合欢的人。要是渔民谈起种庄稼的事情，如果农夫写作砍柴经，也一样只有约略其辞大致说一下而已。凡是种植合欢花，不宜出庭院之外，深闺曲房才是适合她的地方。此树花叶早晨开晚上合，每到黄昏，那枝枝叶叶互相交结，所以名为合欢。之所以要种在深闺曲房，是因为合欢之花应该种在合欢之地，就像分别象征父母双亲的香椿和萱草，适宜栽在侍奉承欢的父母所居之处，象征朋友之义兄弟之情的紫荆和棠棣，则适合种在朋友兄弟常聚之所一样，是想让它们名实相宜。此树栽在室内，那么人开怀树也开花，花树合而人也和合。人既因花树而增添愉悦，花树也因人而更加茂盛，这就是所谓的人地相宜。假使让它孤单地在冷冷清清的地方自开自落，不是冷落辜负了合欢花吗？浇灌合欢花，不要用太肥的水。常用男女同浴的水，隔一宿浇灌它的根，那么合欢花的芬芳娇美，会比平常加倍。这是我已经验试过的方法，是无意之中偶然试出来的。假如你不信，请同时找来两株合欢，一株栽在庭院外，一株种在闺房中，一株浇肥料水，一株浇洗浴水，来验证一下它们谁盛谁衰，那就会知道我的话对不对了。

木　芙　蓉

水芙蓉之于夏[1]，木芙蓉之于秋[2]，可谓二季功臣矣。然水芙蓉必须池沼，"所谓伊人，在水一方"者[3]，不可数得。茂叔之好[4]，徒有其心而已。木则随地可植。况二花之艳，相距不远。虽居岸上，如在水中，谓之秋莲可，谓之夏莲亦可，即自认为三春之花，东皇未去也亦可[5]。凡有篱落之家，此种必不可少。如或傍水而居，而岸不见此花者，非至俗之人，即薄福不能消受之人也。

【注释】

〔1〕水芙蓉：即莲花，荷花。

〔2〕木芙蓉：木名，又称芙蓉。插枝即生，秋季开花。

〔3〕"所谓伊人"二句：语出《诗经·秦风·蒹葭》。

〔4〕茂叔之好：周敦颐，字茂叔，宋代理学家。曾作《爱莲说》，标举莲花"出淤泥而不染，濯清涟而不妖"的高洁品格。

〔5〕东皇：司春之神。

【译文】

水芙蓉之于夏天，木芙蓉之于秋天，可以说是这两个季节的功臣了；然而水芙蓉必须有池塘，如《诗经》上所写"所谓伊人，在水一方"的意境，是不容易得到的。若无池塘，虽然像宋人周敦颐那样喜爱莲花，也不过徒有愿心而已。但木芙蓉就可以随地栽种。何况这两种花的艳美，也相距不远。木芙蓉虽然居于岸上，如同长在水中一样，说它是秋莲可以，说它是夏莲也可以，就是自认为是三春的花，仿佛司春之神东皇还没离开，那也没有什么不可以。凡是有篱笆的人家，这种花就必不可少。如果有谁傍水而居，而居然岸边没有栽种木芙蓉，看不到芙蓉花开，那么，他要不是俗不可耐之人，就是福薄不能消受之人。

夹 竹 桃

夹竹桃一种[1]，花则可取，而命名不善。以竹乃有道之士，桃则佳丽之人，道不同不相为谋，合而一之，殊觉矛盾。请易其名为"生花竹"，去一桃字，便觉相安。且松、竹、梅素称三友，松有花，梅有花，惟竹无花，可称缺典。得此补之，岂不天然凑合？亦女娲氏之五色石也[2]。

【注释】

〔1〕夹竹桃：又称桃柳、地开桃等。花娇艳似桃花，叶狭长似竹，故名夹竹桃。

〔2〕女娲氏之五色石：《淮南子·天文训》和《览冥训》记共工与颛顼争为帝，怒触不周山，天柱折，地维缺。于是女娲炼五色石以补天。女娲，神话传说中上古女帝名，或谓伏羲之妹，或谓伏羲之妻。

【译文】

夹竹桃这种植物，开的花是可取的，名字却叫得不好。因为竹好比是有道行的高士，而桃却好比是娇艳的佳人，道不同不相为谋，硬生生地捏合在一起，总觉得很矛盾。请让我把它的名字换成"生花竹"，去掉一个桃字，便觉得不会矛盾了。而且松、竹、梅向来被称为三友，松有花，梅有花，惟有竹子无花，可说是缺欠。得"生花竹"来弥补，岂不是天然凑合吗？也好像是女娲氏炼来补天的五色石。

瑞 香[1]

茂叔以莲为花之君子，予为增一敌国，曰：瑞香乃花之小人。何也？《谱》载此花"一名麝囊，能损花，宜另植"[2]。予初不信，取而嗅之，果带麝味，麝则未有不损群花者也。同列众芳之中，即有朋侪之义[3]，不能相资相益，而反祟之[4]，非小人而何？幸造物处之得宜，予以不能为患之势。其开也，必于冬春之交，是时群花摇落，诸卉未荣，及见此花者，仅有梅花、水仙二种，又在成功将退之候，当其锋也未久，故罹其毒也亦不深[5]，此造物之善用小人也。使易冬春之交而为春夏之交，则花王亦几被篡，矧下此者乎[6]？唐宋诸名流，无不怜香嗜色，赞以诗词者，皆以蚤春无花[7]，得此可搔目痒，又但见其佳，而未逢其虐耳。予僭为香国平章[8]，焉得不秉公持正？宁使一小人怒而欲杀，不敢不为众君子密堤防也。

【注释】

〔1〕瑞香：花名，大者名锦薰笼，又称麝囊花。

〔2〕《谱》：指明王象晋所著《群芳谱》。见《种植部·木本第一·海棠》注〔8〕。

〔3〕朋侪（chái）：朋友，朋辈。侪，辈。

〔4〕祟：古人想象中的鬼怪或鬼怪出而祸人，这里指祸害。

〔5〕罹（lí）：遭受，遭遇。

〔6〕矧（shěn）：况且。

〔7〕蚤：同"早"。

〔8〕僭（jiàn）：超越本分。香国平章：指品评褒贬花卉者。平章，评说，品评。

【译文】

周敦颐以莲为花中的君子，我为其树立一个对立面，说：瑞香乃是花中的小人。为什么呢？《群芳谱》上记载此花"一名麝囊，能损害别种花卉，适宜于另植"。我起初不相信，拿来嗅闻，果然带着麝香的味道，麝香就没有不损伤群花的。既然与别的花同列于众芳之中，那就应该有朋友同辈的情义，但瑞香不仅不能在中间起相助相益的好作用，却反而祸害群芳，不是小人又是什么呢？幸亏造物主处置得宜，形成一种不能为患作祟的情势来制约它。瑞香开花时，一定是在冬春之交，这时群花已经凋残零落，而早春开放的各种花卉还没到欣欣向荣的时候；能够遇见瑞香的只有梅花、水仙，而且这又是在两种花盛开过后正要谢幕之时，正面受其锋芒的时间不长，所以遭受它的毒害也不深，这是造物主善用小人之处。假使将瑞香开放的时间从冬春之交改为春夏之交，那么牡丹的花王之位或许也会被它篡夺，何况是不如牡丹的别种花呢？唐宋的名流们，无不爱怜其香味，嗜好其颜色，作诗填词吟咏赞叹瑞香，都是因为早春时节没什么花，得此瑞香花可以暂且饱一饱眼福，又只见到它的好处，而没有遇见它放肆淫威的一面罢了。我贸然僭越，以香国平章自居，怎能不秉公而论，主持正义呢？宁肯让一个小人愤怒得想杀我，也不敢不为花国众君子严加设防。

茉　莉

　　茉莉一花，单为助妆而设，其天生以媚妇人者乎？是花皆晓开，此独暮开。暮开者，使人不得把玩，秘之以待晓妆也。是花蒂上皆无孔，此独有孔。有孔者，非此不能受簪，天生以为立脚之地也。若是则妇人之妆，乃天造地设之事耳。植他树皆为男子，种此花独为妇人。既为妇人，则当眷属视之矣。妻梅者止一林逋[1]，妻茉莉者当遍天下而是也。

　　欲艺此花[2]，必求木本。藤本一样着花，但苦经年即死，视其死而莫之救，亦仁人君子所不乐为也。木本最难过冬，予尝历验收藏之法。此花瘘于寒者什一，毙于干者什九，人皆畏冻而滴水不浇，是以枯死。此见噎废食之法，有避呕逆而经时绝粒⁽³⁾，其人尚存者乎？稍暖微浇，大寒即止，此不易之法。但收藏必于暖处，篾罩必不可无，浇不用水而用冷茶，如斯而已。予艺此花三十年，皆为燥误，如今识此，以告世人，亦其否极泰来之会也⁽⁴⁾。

【注释】

〔1〕林逋：北宋诗人。字君复，钱塘（今杭州）人。参阅《木本第一·梅》注〔5〕。

〔2〕艺：种植。

〔3〕避呕逆而经时绝粒：即因噎废食之意。

〔4〕否（pǐ）极泰来：恶运到头，好运到来。情况坏到极点，就向好的方向转化。

【译文】

　　茉莉这一种花，好像是单单为帮助女子化妆而设的。它是天生来取媚妇人的吧？所有的花都是早上开的，惟独这花在晚上开。之所以晚上才开放，大概是让人不得赏玩，藏起来以待妇人晨妆之时吧。所有的花蒂上都没有孔，惟独这花有孔。之所以有孔，是因为如果没有孔就不能受纳簪子，天生用来作为生根立脚之地的。如此则妇女的梳妆，乃是天造地设的事情。种其他的树木都只为男子，种茉莉花单单只为妇女。既然是专为妇女，那么就应当把此花当作眷属来看待了。以梅花为妻的，只有一个林逋，而以茉莉花为妻的，应当是天底下所有的男子了。

　　想栽种茉莉花，一定要寻求到木本的。藤本的茉莉也一样开花，但可惜的是它过一年就会死，看着它死而没法子救，也是仁人君子所不乐意做的。木本茉莉最难过冬，我曾把各种收藏茉莉的方法试验了个遍。此花被冻死的只有十分之一，被干死的却有九成之多，人们都怕它冻死，因而一滴水也不浇，它因此干枯而死。这是因噎废食的做法，如有人为了避免打嗝呕吐而长时间一粒米都不吃，那这个人还能活得下去吗？气温稍暖时略微浇点水，大寒之时就停止浇水，这是不能改变的方法。但收藏茉莉必须在暖和之处，一定要加盖竹篾罩子，浇茉莉不用水而用冷茶，如此而已。我种茉莉花三十年了，都是坏在没注意浇水而太干燥，如今我明白了这个道理，将其告诉世人，这也是茉莉否极泰来的机会吧。

藤 本 第 二

藤本之花，必须扶植。扶植之具，莫妙于从前成法之用竹屏。或方其眼，或斜其槅[1]，因作葳蕤柱石，遂成锦绣墙垣[2]，使内外之人隔花阻叶，碍紫间红，可望而不可亲，此善制也。无奈近日茶坊酒肆，无一不然，有花即以植花，无花则以代壁。此习始于维扬[3]，今日渐及他处矣。市井若此，高人韵士之居，断断不应若此。避市井者，非避市井，避其劳劳攘攘之情[4]，锱铢必较之陋习也[5]。见市井所有之物，如在市井之中，居处习见[6]，能移性情，此其所以当避也。即如前人之取别号，每用"川"、"泉"、"湖"、"宇"等字，其初未尝不新，未尝不雅，后商贾者流家效而户则之，以致市肆标榜之上，所书姓名非川即泉，非湖即宇，是以避俗之人，不得不去之若浼[7]。迩来缙绅先生悉用"斋"[8]、"庵"二字，极宜；但恐用者过多，则而效之者又入从前标榜[9]，是今日之斋、庵，未必不是前日之川、泉、湖、宇。虽曰名以人重，人不以名重，然亦实之宾也。已噪寰中者

仍之继起⁽¹⁰⁾，诸公似应稍变。人问植花既不用屏，岂遂
听其滋蔓于地乎？曰：不然。屏仍其故，制略新之。虽
不能保后日之市廛⁽¹¹⁾，不又变为今日之园圃，然新得一
日是一日，异得一时是一时，但愿贸易之人，并性情风
俗而变之。变亦不求尽变，市井之念不可无，垄断之心
不可有⁽¹²⁾。觅应得之利，谋有道之生，即是人间大隐。
若是则高人韵士，皆乐得与之游矣，复何劳扰锱铢之足
避哉？花屏之制有三，列于《藤本》之末。

【注释】

〔1〕槅（gé）：房屋或器物上的隔板。

〔2〕葳蕤（wēi ruí）、锦绣：这里是指茂盛、鲜艳的花卉。葳蕤，草
木枝繁叶茂的样子。

〔3〕维扬：旧扬州府别称，今江苏扬州。

〔4〕劳劳攘攘：形容人来人往，非常拥挤热闹。

〔5〕锱铢必较：斤斤计较。锱铢，古代极小的重量单位，六铢为一
锱，四锱为一两。

〔6〕居处习见：平时惯见，常见。

〔7〕浼（měi）：污染，被污染之物。

〔8〕迩（ěr）来：近来。缙绅：旧时官宦的装束，因作官宦的代称。

〔9〕则：效法。标榜：称扬，炫耀。

〔10〕寰（huán）中：天下，世上。仍：依照，因袭。

〔11〕市廛（chán）：闹市区，店铺集中之处。

〔12〕垄断：独占。

【译文】

　　藤本类的花，必须扶植支撑才能蔓延滋长。撑持之具，莫妙于
从前就有现成常用的方法，就是用竹屏。竹屏或编成方眼，或做成
斜的隔板，作为青藤绿枝攀援生长的骨架，花儿盛开的时候，绿叶
鲜花簇拥环绕的竹篱笆，就成锦绣一般的屏风和墙垣，在这锦绣屏

风内外的人们，被姹紫嫣红的繁花和生意盎然的绿叶间隔开来，可以相望而不可亲近，这真是很好的创制。无奈近来茶坊酒楼，没有一处不是如此，有花的就用竹篱笆来种花，没花就用它来代替墙壁。这种风气开始于扬州，现在渐渐影响到别的地方。如果市井人家都这样做，那高人韵士的房舍，就断断不应该如此。所以要避市井，并非是避市井本身，而是要避开市井中那种纷纷扰扰、熙熙攘攘的世情，和斤斤计较的陋习。见到市井中日常有的东西，就如同身在市井之中，一直在这样的环境里，习惯成自然，不知不觉中就会潜移默化，移人情性，这就是应当避开市井的原因。就拿前人的取别号来说，过去每每用"川"、"泉"、"湖"、"宇"等字，起初未尝不新，未尝不雅，后来商人老板家家仿效，户户套用，以致市场店家的字号、招牌上，大字书写的姓名是非川即泉，非湖即宇，所以避俗的人，不得不像清除污渍一样去掉它。近来士大夫们都用"斋"、"庵"二字，当然是极为相宜的；只恐用的人太多，套用的仿效的又把它写进从前的字号、招牌，那么今日的斋、庵，未必不是从前的川、泉、湖、宇了。虽然说名以人重，人不以名重，但名毕竟也是实之宾啊。已名噪天下的人士沿袭前人继续这种做法，诸公似乎应该稍微有所变化了。有人问，种植藤本花卉既然不用屏了，那么难道就听任它们滋生蔓延在地上吗？我说：不然。屏还是要依照原来用法，只是形制上应当略微创新一下。虽然不能保证后日市井，不会再来跟风模仿，而又变成今日的园圃，不过能新得一日是一日，能异得一时是一时。但愿做生意的人们，连他们的性情风俗都一起改变。变也并不是要求全部改变，市井的观念不可无，垄断之心思不可有。寻找应该得到的利润，谋求有道义的人生，那就是人间真正的大隐。如果能这样做，那么高人雅士都会乐于和他们交游，又哪里还有纷纷扰扰的世情，和斤斤计较的陋习需要避开呢？花屏的形制有三种，列在《藤本》这部分的最后。

蔷　薇

结屏之花，蔷薇居首[1]。其可爱者，则在富于种而不一其色。大约屏间之花，贵在五彩缤纷，若上下四旁皆一其色，则是佳人忌作之绣，庸工不绘之图，列于亭斋，有何意致？他种屏花，若木香、酴醾[2]、月月红诸本[3]，族类有限，为色不多，欲其相间，势必旁求他种。蔷薇之苗裔极繁，其色有赤、有红、有黄、有紫，甚至有黑；即红之一色，又判数等，有大红、深红、浅红、肉红、粉红之异。屏之宽者，尽其种类所有而植之，使条梗蔓延相错，花时斗丽，可傲步幛于石崇[4]。然征名考实，则皆蔷薇也。是屏花之富者，莫过于蔷薇。他种衣色虽妍，终不免于捉襟露肘[5]。

【注释】

〔1〕结屏之花，蔷薇居首：蔷薇种类甚多，花色不一，开时连春接夏，攀附于岩壁、墙垣等处，构成美丽的屏式景观。

〔2〕酴醾（tú mí）：也作"酴醿"，花名。以色似酴醾酒，故名。

〔3〕月月红：即月季。常绿或半常绿小灌木，于4月下旬至11月，月月开花，故名。

〔4〕步幛：用于遮蔽风尘或视线的一种屏幕。《晋书·石崇传》载，时贵戚富豪以豪侈奢靡相竞，贵戚王恺作紫丝布障四十里，石崇即作锦步障五十里以敌之。

〔5〕捉襟露肘：语出《庄子·让王》："捉衿而肘见。"

【译文】

适合结屏的花，以蔷薇居首。蔷薇的可爱，就在于品种丰富，颜色多样。大凡屏间的花，贵在五彩缤纷，若是上下四边都为一个颜色，那是佳人刺绣所避忌的图案，庸常的画工都不会描绘的画面，放在亭斋里面，有什么意趣情致呢？别种的屏花，如木香、酴醾、月月红等，族类有限，花色也不多，想要诸色相间，有色彩斑斓的效果，势必另外找来别的品种。蔷薇的苗裔极为繁盛，它的颜色有赤、有红、有黄、有紫，甚至有黑的；就是单单红的这一色，又可以分数等，有大红、深红、浅红、肉红、粉红的差异。宽广的大幅花屏，把它所有的品种都聚在一起种上，让藤条枝蔓绵延交错，开花时节，蔷薇花儿争奇斗艳，异彩纷呈，足以傲视石崇的锦绣步障。然而征询其花名，察考其花形，则都是蔷薇。如此说来，屏花里面色彩最丰富的，莫过于蔷薇。其他种类的花颜色虽然鲜艳，还是因为色调没有蔷薇丰富，相形之下终不免捉襟露肘。

木　香

木香花密而香浓[1]，此其稍胜蔷薇者也。然结屏单靠此种，未免冷落，势必依傍蔷薇。蔷薇宜架，木香宜棚者，以蔷薇条干之所及，不及木香之远也。木香作屋，蔷薇作垣，二者各尽其长，主人亦均收其利矣。

【注释】

〔1〕木香：即"酴醾"。一般以花大棘长条而紫心者为酴醾，以花小而繁，小枝而檀心者为木香。

【译文】

木香花密而香浓，这是它稍稍胜过蔷薇的地方。然而结屏单靠此种花，未免显得有些冷落，势必要依傍于蔷薇。蔷薇适宜于搭架种植，木香适宜于搭棚种植，因为蔷薇的茎干枝条蔓延所及，没有木香的远。木香作花屋，蔷薇作墙垣，二者各尽其所长，主人也均收其利了。

酴　醾

酴醾之品，亚于蔷薇、木香[1]，然亦屏间必须之物，以其花候稍迟，可续二种之不继也。"开到酴醾花事了"[2]，每忆此句，情兴为之索然。

【注释】

〔1〕酴醾、木香：见《蔷薇》注〔2〕、《木香》注〔1〕。

〔2〕"开到酴醾花事了"：为宋王淇《春暮游小园》中诗句。

【译文】

酴醾的品位，逊色于蔷薇、木香，然而也是花屏之间必须要有的品种，因为它的花期稍迟一些，在蔷薇、木香两种花谢以后难乎为继时，酴醾可以接上去。"开到酴醾花事了"，每当想起这句诗，情致意兴为之索然。

月 月 红

俗云："人无千日好，花难四季红。"四季能红者，现有此花，是欲矫俗言之失也。花能矫俗言之失，何人情反听其验乎？缀屏之花，此为第一。所苦者树不能高，故此花一名"瘦客"。然予复有用短之法，乃为市井之人强迫而成者也。法在屏制之第三幅。此花有红、白及淡红三本，结屏必须同植。

此花又名长春，又名斗雪，又名胜春，又名月季[1]。予于种种之外，复增一名曰"断续花"。花之断而能续，续而复能断者，只有此种。因其所开不繁，留为可继，故能绵邈若此[2]；其余一切之不能续者，非不能续，正以其不能断耳。

【注释】

〔1〕月季：又名月月红。见《蔷薇》注〔3〕。

〔2〕绵邈：久远。

【译文】

俗语说："人无千日好，花难四季红。"但是四季都能红的，现成就有月月红这种花，这是为了矫正这两句俗语的失误吧。花儿能以她顽强的生命四季的鲜花矫正这一俗语的失误，为什么人间却要以世情的凉薄来坐实应验这句话呢？点缀在花屏间的花卉，此花当为第一。所遗憾的是月月红长不高，所以这花还有一个名字叫"瘦客"。不过我又有一个用它短处的妙法，乃是为市井中人强逼出来的。这方法画在屏制那部分的第三幅。此花有红、白及淡红三种，结屏时必须一同种植。

此花又名长春，又名斗雪，又名胜春，又名月季。我在种种名称以外，又给它增一名字叫"断续花"。花儿之中断了能够续，续了还能再断的花，只有月月红这一种。因为它所开的花不是十分繁密，给后续的花留下了基础和余地，所以能有这样绵绵不绝的花期；其余一切不能持续的品种，本来并不是不能接续，正是因为它们争先恐后，一气怒放，不知道蓄势暂歇罢了。

姊 妹 花[1]

花之命名，莫善于此。一蓓七花者曰"七姊妹"，一蓓十花者曰"十姊妹"。观其浅深红白，确有兄长娣幼之分[2]，殆杨家姊妹现身乎[3]？余极喜此花，二种并植，汇其名为"十七姊妹"。但怪其蔓延太甚，溢出屏外，虽日刈月除[4]，其势犹不可遏。岂党与过多，酿成不戢之势欤[5]？此无他，皆同心不妒之过也，妒则必无是患矣。故善御女戒者[6]，妙在使之能妒。

【注释】

〔1〕姊妹花：为野蔷薇的变种。

〔2〕娣：妹妹。

〔3〕杨家姊妹：指杨贵妃姐妹。

〔4〕刈（yì）：割，除。

〔5〕戢（jí）：收敛，控制。

〔6〕御：控制，治理。女戎：犹言女祸，旧时称因宠信女子或由女主执政而败坏国事的为女祸。语出《国语·晋语》。

【译文】

花的命名，没有比姊妹花这名字更好的了。一个蓓蕾开七瓣花的叫"七姊妹"，一个蓓蕾开十瓣花的叫"十姊妹"。观察花儿颜色的浅白深红，会觉得它们确实有大小长幼之分，大概是杨家姊妹现身吧？我极其喜爱姊妹花，把七姊妹和十姊妹种在一起，合在一块儿名叫"十七姊妹"。只是奇怪它们蔓延得太过厉害，一直要漫溢出花屏之外，虽然天天修剪，月月整枝，依然遏制不了它们的长势。难道是因为党羽过多，酿成了这种无法控制的态势吗？这没有别的原因，都是姊妹同心、不相嫉妒的缘故，如果相互嫉妒，那就不会有这种顾忌了。所以善于掌控驾驭女子的，奥妙全在于让她们相互妒忌。

玫　　瑰

花之有利于人，而无一不为我用者，芰荷是也[1]；花之有利于人，而我无一不为所奉者，玫瑰是也。芰荷利人之说见于本传；玫瑰之利同于芰荷，而令人可亲可溺[2]，不忍暂离，则又过之。群花止能娱目，此则口眼鼻舌以至肌体毛发，无一不在所奉之中。可囊可食[3]，可嗅可观，可插可戴，是能忠臣其身，而又能媚子其术者也[4]。花之能事，毕于此矣！

【注释】

〔1〕芰（jì）：植物名，即"菱"。

〔2〕溺：亲近，宠爱。

〔3〕可囊：可以做香囊。

〔4〕媚子：这里指惹人爱怜。术：方法，技艺。

【译文】

　　众花之中对人有益，而没有一点不能被我们所用的是荷花；对人有益，而没有一点不能奉献给我们的是玫瑰。荷花有益于人的说法见于本书《种植部》的《芙蕖》本传中；玫瑰的益处，同于荷花，而玫瑰让人可亲可爱，让人不忍心与她有短暂的离别，则又超过荷花。群花只能养眼娱目，而此花则不同，我们的口唇、眼睛、鼻子、舌头，以至肌体和毛发，无一不得益于玫瑰的奉献。玫瑰可以做香囊，可以当食品，可以闻香，可以观色，可以插，可以戴，总之，这玫瑰花既有竭尽所能奉献一切的忠臣风格，又有惹人爱怜让人心旷神怡的仙子本领。花儿之能事，全都集于玫瑰之一身。

素　　馨[1]

　　素馨一种，花之最弱者也，无一枝一茎不需扶植，予尝谓之"可怜花"。

【注释】

　　〔1〕素馨：植物名。又称耶悉茗。佛书中称鬘华，为梵文苏摩那的省译。花白色，初秋开花，香气芬冽，畏寒，养于温室中，供观赏。

【译文】

　　素馨这一品种，是芳菲世界中最柔弱的花，没有一枝一茎不需要扶植，我曾经把它称为"可怜花"。

凌　霄[1]

藤花之可敬者，莫若凌霄。然望之如天际真人[2]，卒急不能招致[3]，是可敬亦可恨也[4]。欲得此花，必先蓄奇石古木以待，不则无所依附而不生，生亦不大。予年有几，能为奇石古木之先辈而蓄之乎？欲有此花，非入深山不可。行当即之[5]，以舒此恨。

【注释】

〔1〕凌霄：又名紫葳。为紫葳科落叶藤本。花呈橘红色，枝条柔曼，而有攀援凌云之势，故名。

〔2〕天际真人：天上神仙。

〔3〕卒急：仓促紧急。

〔4〕恨：遗憾。

〔5〕行：将要。即：就，赴。

【译文】

藤本类花卉中可敬的，谁也不如凌霄。一眼望去，却像一位天边的神仙，仓促之中不能招它来到身边，这真是又可敬又遗憾。想要得到此花，必须先寻找搜罗一些奇石古木准备着，要不然凌霄就无所依附，就不能很好地生长，即使种活了，也长不大开不好花。我年寿几何，能够老到作为奇石古木的前辈而收藏它们吗？要想拥有和养好此花，非得到深山里去不可。要做就马上出发前往，以纾解心中的遗憾。

真　珠　兰[1]

此花与叶，并不似兰，而以兰名者，肖其香也。即香味亦稍别，独有一节似之：兰花之香，与之习处者不觉[2]，骤遇始闻之，疏而复亲始闻之，是花亦然。此其所以名兰也。闽、粤有木兰[3]，树大如桂，花亦似之，名不附桂而附兰者，亦以其香隐而不露，耐久闻而不耐急嗅故耳。凡人骤见而即觉其可亲者，乃人中之玫瑰，非友中之芝兰也。

【注释】

〔1〕真珠兰：即珠兰，又名金粟兰、鱼子兰，以花形似珠子而得名。金粟兰科常绿亚灌木。开黄色碎花，花香清雅，颇似幽兰。

〔2〕习处：相处很久。

〔3〕木兰：落叶乔木，叶子互生，卵形或倒卵形，花较大，外紫里白。

【译文】

真珠兰的花与叶，并不像兰花，而之所以名其为兰，是因为其香气像兰花。就是香味也稍有不同，独有一节与兰花相似：兰花的香，与它相处很久便会觉察不到，突然遇上才闻得到，疏远以后再亲近才闻得到，真珠兰也是这样。这就是真珠兰能以兰为名的原因。福建、广东有一种木兰，像桂树那样大，花也像桂花，然而它的名字不附于桂，而附于兰，也是因为它的香气隐而不露，耐于久闻而不耐急嗅的缘故。凡是人骤然遇见就觉得他可亲可近的，属于人中的玫瑰，而不是友人中的兰花。

草 本 第 三

草本之花，经霜必死；其能死而不死，交春复发者，根在故也。常闻有花不待时，先期使开之法，或用沸水浇根，或以硫磺代土，开则开矣，花一败而树随之，根亡故也。然则人之荣枯显晦，成败利钝，皆不足据，但询其根之无恙否耳。根在，则虽处厄运，犹如霜后之花，其复发也，可坐而待也；如其根之或亡，则虽处荣肷显耀之境[1]，犹之奇葩烂目[2]，总非自开之花，其复发也，恐不能坐而待矣。予谈草木，辄以人喻。岂好为是哓哓者哉[3]！世间万物，皆为人设。观感一理，备人观者，即备人感。天之生此，岂仅供耳目之玩，情性之适而已哉？

【注释】

〔1〕肷（hū）：肥美，丰厚。

〔2〕奇葩烂目：奇花耀人眼目。

〔3〕哓哓（xiāo）：争辩声。

【译文】

草本类的花卉，一经霜冻就必然会死；但它之所以能死而不死，到来年春天又会重新萌芽生长，这是因为根须还在的缘故。常常听说有来不及等到花期，而人为让花儿提前开放的法子：或是用烧开的水浇灌根须，或是用硫黄代替泥土来培植，只是这样做法，花倒是提前开了，但花儿一谢，整棵花卉也就随之而亡，这是因为它的根被戕害了的缘故。如此观之，那么人的荣枯显晦，成败利钝，都不足以当作评价一个人的依据，只需要追问他的根是否完好无损，顽强地存在着就可以了。根在，那么即使身处厄运，犹如霜后之花，其重新萌芽生长，开枝散叶，鲜花绽放的情景，是可以坐等，指日可待的；如果它的根或许死了，那么即便身处肥沃之地，显眼之境，也像因为人为催发而提前开放的奇花那样灿烂夺目，终究不是自然自在的生命，自开自放的花儿，它重新开放的时候恐怕是等不来了。我谈论草木，动不动就拿人打比方。哪里是喜欢这样喋喋不休啊！世间万物，都是为人而设的。所见所闻，与所思所感是相通的，供人观看欣赏的，同时也就是让人感悟感叹的。天生草木花卉，难道仅仅是供人娱悦耳目，舒适性情就罢了吗?

芍 药

芍药与牡丹媲美⁽¹⁾，前人署牡丹以"花王"，署芍药以"花相"。冤者！予以公道论之：天无二日，民无二王，牡丹正位于香国，芍药自难并驱。虽别尊卑，亦当在五等诸侯之列，岂王之下，相之上，遂无一位一座，可备酬功之用者哉？历翻种植之书，非云"花似牡丹而狭"，则曰"子似牡丹而小"。由是观之，前人评品之法，或由皮相而得之。噫！人之贵贱美恶，可以长短肥瘦论乎？每于花时奠酒，必作温言慰之曰："汝非相材也，前人无识，谬署此名，花神有灵，付之勿较，呼牛呼马，听之而已。"予于秦之巩昌⁽²⁾，携牡丹、芍药各数十本而归，牡丹活者颇少，幸此花无恙，不虚负戴之劳，岂人为知己死者，花反为知己生乎？

【注释】

〔1〕芍药：多年生草本。初夏开花，与牡丹花相似。

〔2〕巩昌：府名。在今甘肃陇西。

【译文】

芍药可以与牡丹媲美，前人题牡丹为"花王"，题芍药为"花相"，冤啊！我来论个公道：天无二日，民无二王，牡丹既然在香国里得了正位，芍药自然难以与之并驾齐驱。虽然要区分尊卑，那也应当在五等诸侯之列，难道王之下，相之上，就再也没有一位一座，可以备作酬赏有功者之用吗？翻遍涉及种花植树的书，不是说

"花似牡丹而狭"，就是讲"子似牡丹而小"。由此观之，前人品评的方法，或是依据外表皮相而得来的。唉！人的责贱美丑，可以根据长短肥瘦来论定么？每当芍药花开时节以酒奠之，我一定要以温言好语安慰芍药花神说："你不是相材，前人没有识见，错题了这个名目，让你委屈了，花神有灵，不必计较，哪怕呼为牛，呼为马，听便而已。"我从甘肃巩昌带回牡丹、芍药各数十株，牡丹成活的不多，幸运的是芍药花全都安然无恙，使我没有白费一路携带的辛劳。难道人为知己者死，花反为知己者生么？

兰

　　"兰生幽谷，无人自芳"[1]，是已。然使幽谷无人，兰之芳也，谁得而知之？谁得而传之？其为兰也，亦与萧艾同腐而已矣[2]。"如入芝兰之室，久而不闻其香"[3]，是已。然既不闻其香，与无兰之室何异？虽有若无，非兰之所以自处，亦非人之所以处兰也。吾谓芝兰之性，毕竟喜人相俱，毕竟以人闻香气为乐。文人之言，只顾赞扬其美，而不顾其性之所安，强半皆若是也。然相俱贵乎有情，有情务在得法；有情而得法，则坐芝兰之室，久而愈闻其香。兰生幽谷与处曲房[4]，其幸不幸相去远矣。兰之初着花时，自应易其坐位，外者内之，远者近之，卑者尊之；非前倨而后恭[5]，人之重兰非重兰也，重其花也，叶则花之舆从而已矣[6]。居处一定，则当美其供设，书画炉瓶，种种器玩，皆宜森列其旁[7]。但勿焚香，香薰即谢，匪妒也，此花性类神仙，怕亲烟火，非忌香也，忌烟火耳。若是则位置堤防之道得矣。然皆情也，非法也，法则专为闻香。"如入芝兰之室，久而不闻其香"者，以其知入而不知出也，出而再入，则后来之香倍乎前矣。故有兰之室不应久坐，另设无兰者一间以作退步，时退时进，进多退少，则刻刻有香，虽坐无兰之室，若依倩女之魂。是法也，而情在其中矣。如止有此室，则以门外作退步，或往行他事，事毕而入，以无意得之者，其香更甚。此予消受兰香之诀，秘之终身，而泄于一旦，殊可惜也。

此法不止消受兰香，凡属有花房舍，皆应若是。即焚香之室亦然，久坐其间，与未尝焚香者等也。门上布帘必不可少，护持香气，全赖乎此。若止靠门扇开闭，则门开尽泄，无复一线之留矣。

【注释】

〔1〕兰生幽谷，无人自芳：语本《淮南子·说山训》："兰生幽谷，不为莫服而不芳。"兰，也叫"春兰"、"兰花"等。多年生常绿草本。叶线形，花清香，与梅、竹、菊同被称为"四君子"。

〔2〕萧艾：野蒿与臭草。常用以比喻不肖、小人。

〔3〕"如入芝兰之室"二句：语出《孔子家语》。芝兰，灵芝与兰草，灵芝为菌类植物之一种，古人以为瑞草。

〔4〕曲房：深邃幽隐的密室。

〔5〕前倨而后恭：先傲慢，而后谦恭，前后态度截然相反。语出《战国策·秦策一》。

〔6〕舆从：车马随从。

〔7〕森列：整齐地陈列。

【译文】

《淮南子》说："兰生幽谷，无人自芳。"说得不错。然而，假使幽谷中没有人，兰花的芬芳，谁人能够知道？谁人能够为它传扬？那么虽然其为兰花，也与萧艾之类野蒿臭草一样枯萎腐烂罢了。《孔子家语》说："如入芝兰之室，久而不闻其香。"这话也说得是。但是，既然不闻其香，那与没有养兰花的屋子有什么不同呢？虽然有兰花，却与没有一样，这应该不是兰花对待自己的态度，也不应该是人们对待兰花的态度。我以为芝兰的本性，毕竟喜欢与人相处，毕竟以人们闻它的香气为乐。文人之言，只顾赞扬兰花的美，却不顾兰花的天性是否得以安适顺遂，文人们大半都是如此。然而人与兰花有缘相处，贵在有情，有情还须务求得法；既有情，又得法，那么默坐芝兰之室，时间愈久，就愈能闻到它的清香。若是如此，兰花生长于幽谷与居处于幽雅的花房，它们的幸与不幸就相去甚远了。兰花含苞待放的时候，就自然应移换它的位置，外边的移到里面来，离我远的移得近些，位置低的移到高处；这倒谈不上是前倨而后恭，因为人们看重兰，不是看重兰草，而是看重它的花，兰叶只不过是花的陪衬罢了。兰花的位置一经固定，就要美化它所处的环境，书画炉瓶，种种器玩，都应当合理有序地列于兰花旁边。但是切勿焚香，香烟一薰，花就要谢了。这倒不是由于炉忌，而是因为兰花生性类似神仙，怕近烟火，不是忌香，是忌烟火罢了。如此这般，那么兰花位置与环境的布局，所要注意提防的事项就都合乎要求了。然而，这些还都属于有情的层面，不是得法的层面。法，则是专为闻香而设。之所以会有"如入芝兰之室，久而不闻其香"的说法，是因为人们只知入，而不知出，出去一会儿，再进芝兰之室，那么后来闻到的幽香，比之先前要超过一倍。所以植兰之室，不应该久坐，应当另外设一间没有兰花的屋子，用作退居之所，时进时退，进多退少，那就时时刻刻有香味闻到，虽然坐在没有兰花的屋里，也像是依傍着情女之香魂。这个是赏兰之法，而情也就在其中了。如果只有这一间植兰的屋子，那就以门外作退身，或者就走出去做别的事情，办完事再进去，因为是无意中得之，其幽雅的馨香更加美妙。这些就是我享受兰香的心得秘诀，保密了一生，今天却泄于一旦，实在可惜啊。

　　这个法子不只用于享受兰花的香气，凡属有花的房舍，都应当这样。即使是焚香的屋子，也是一样，久坐在里边，就和未曾点香一样了。门上的布帘一定不可少，护持香气，全靠着这个。要是只靠着一道门扇开合来保持香气，那么门一开香味就全飘散了，一丝儿都留不下。

蕙

蕙之与兰[1]，犹芍药之与牡丹，相去皆止一间耳。而世之贵兰者必贱蕙，皆执成见，泥成心也[2]。人谓蕙之花不如兰，其香亦逊。吾谓蕙诚逊兰，但其所以逊兰者，不在花与香而在叶，犹芍药之逊牡丹者，亦不在花与香而在梗。牡丹系木本之花，其开也，高悬枝梗之上，得其势则能壮其威仪，是花王之尊，尊于势也；芍药出于草本，仅有叶而无枝，不得一物相扶，则委而仆于地矣，官无舆从，能自壮其威乎？蕙兰之不相敌也反是。芍药之叶苦其短，蕙之叶偏苦其长；芍药之叶病其太瘦，蕙之叶翻病其太肥。当强者弱，而当弱者强，此其所以不相称，而大逊于兰也。兰蕙之开，时分先后。兰终蕙继，犹芍药之嗣牡丹[3]，皆所谓兄终弟及，欲废不能者也。善用蕙者，全在留花去叶，痛加剪除，择其稍狭而近弱者，十存二三；又皆截之使短，去两角而尖之，使与兰叶相若，则是变蕙成兰，而与"强干弱枝"之道合矣[4]。

【注释】

〔1〕蕙：蕙兰。叶似草兰而稍瘦长，暮春开花，一茎可开八九朵，香味比兰稍逊。

〔2〕泥：拘泥。

〔3〕嗣（sì）：继承。

〔4〕强干弱枝：语出《史记·汉兴以来诸侯年表序》。干，树干。枝，枝叶。

【译文】

　　蕙之于兰，就像芍药之于牡丹，相差都只有那么一点点罢了。而世上以兰为贵的人必定以蕙为贱，那都是固执于成见，拘泥于成心。人们说蕙花不如兰花，蕙香也逊色于兰香。我认为蕙诚然逊色于兰，但它之所以逊色于兰之处，不在花与花香，而在叶，就像芍药不如牡丹之处，也不在花与花香，而在梗一样。牡丹属于木本花卉，牡丹花开放时，高悬在枝梗之上，很有一种气势，得其气势就能壮其威仪，花王之尊，就是尊在这气势上头；芍药出于草本，只有叶子，而没有枝干，倘若得不到一物来相扶持，就容易东倒西歪，仆倒在地了，当官的没有车舆侍从，能够自壮其威仪吗？蕙与兰的不相匹敌，情形却与此相反。芍药的叶子可惜太短了点，蕙的叶可惜偏偏长了些；芍药的叶子嫌它太瘦，蕙的叶子反而嫌它太肥。本应当强的反而弱，而本应当弱的反而强，这就是蕙与兰之所以不相匹敌，比兰大为逊色的地方。兰花和蕙花的开放，时间上有先后之分。兰花开完了，蕙花接上去，就像芍药花期之接续牡丹，都是所谓的兄终弟及，想废也不能废的。善于养蕙赏蕙的，全在留其花而去其叶，将蕙叶痛加剪除，选择其稍稍细窄而近于柔弱的，留下十分之二三；又都把它们截短，剪去两角让它显得尖一些，使其与兰叶相似，那么这就变蕙为兰，而与"强干弱枝"的道理相吻合了。

水　　仙

　　水仙一花，予之命也[1]。予有四命，各司一时[2]：春以水仙、兰花为命，夏以莲为命，秋以秋海棠为命，冬以蜡梅为命。无此四花是无命也；一季缺予一花，是夺予一季之命也。水仙以秣陵为最^[3]。予之家于秣陵，非家秣陵，家于水仙之乡也。记丙午之春^[4]，先以度岁无资，衣囊质尽，迨水仙开时，则为强弩之末，索一钱不得矣。欲购无资，家人曰："请已之^[5]。一年不看此花，亦非怪事。"予曰："汝欲夺吾命乎？宁短一岁之寿，勿减一岁之花。且予自他乡冒雪而归，就水仙也，不看水仙，是何异于不返金陵，仍在他乡卒岁乎^[6]？"家人不能止，听予质簪珥购之^[7]。予之钟爱此花，非痂癖也^[8]。其色其香，其茎其叶，无一不异群葩，而予更取其善媚。妇人中之面似桃，腰似柳，丰如牡丹、芍药，而瘦比秋菊、海棠者，在在有之；若如水仙之淡而多姿，不动不摇，而能作态者，吾实未之见也，以"水仙"二字呼之，可谓摹写殆尽。使吾得见命名者，必颡然下拜。

不特金陵水仙为天下第一，其植此花而售于人者，亦能司造物之权，欲其早则早，命之迟则迟，购者欲于某日开，则某日必开，未尝先后一日；及此花将谢，又以迟者继之，盖以下种之先后为先后也。至买就之时，给盆与石而使之种，又能随手布置即成画图，皆风雅文人所不及也。岂此等末技，亦由天授，非人力邪^[9]？

【注释】

〔1〕"水仙一花"二句：是说珍爱水仙花，将其视若性命一般。

〔2〕司：主管，经营。

〔3〕秣陵：今江苏南京、江宁。

〔4〕丙午：康熙五年（1666）为丙午年，是年李渔五十六岁。他五十岁左右由杭州移家金陵（今江苏南京）后，直至康熙十六年（1677）

六十七岁时才由金陵再移居杭州，直至去世。

〔5〕已：停止，罢手。

〔6〕卒岁：过年。

〔7〕质：典当，抵押。簪：插定发髻或冠的长针。珥：耳饰。

〔8〕痂癖：喜食疮痂的怪癖。这里指人的癖好。

〔9〕由天授，非人力：《史记·淮阴侯列传》："且陛下所谓天授，非人力也。"

【译文】

水仙这一种花儿，是我的性命。我有四命，各管一个季节：春季以水仙、兰花为我的性命，夏季以莲花为命，秋季以秋海棠为命，冬季以蜡梅为命。没有这四类花儿，我就如同没了性命一般；要是某一季节缺了我一种花，这就等于夺了我一季的性命。水仙以南京出产的为最好。我之所以迁居安家于南京，不是安家于南京，而是安家于水仙之乡啊。记得丙午之春，先是因为没钱过年，好衣服都拿去当了，等到水仙花开的时候，就更成了强弩之末，一文钱也找不出来了。想买水仙而拿不出钱，家人说："还是算了吧。一年不看这水仙花，也不是什么不可接受的怪事。"我说："你是想要夺我的命吗？我宁肯短了一岁的寿，也不能减了这一岁的花。况且我从他乡冒雪赶回来，就是为了能够就近观赏水仙，不看水仙，这不等于我没回南京，仍然在他乡过年吗？"家里人劝止不了我，只好听任我典当了簪珥首饰来购买水仙。我钟爱这水仙花，并非是什么怪异的癖好。水仙其色其香，其茎其叶，没有一样不异于群葩，而我更取其善媚。妇人之中，面似桃花，腰似杨柳，丰盈如牡丹、芍药，而清瘦堪比秋菊、海棠的，到处都有；若是如水仙那样淡雅而多姿，不动不摇，而能作态的，我实在从来没有见到过，要是用"水仙"二字品评称呼这样的女子，可以说是神态毕现，曲尽其妙。假使我能够得见那位为"水仙"命名的高人，一定会恭恭敬敬，颓然下拜。

南京不仅水仙为天下第一，就是那些种植水仙出售水仙的人们，也能代行造物主的职权，要它早点开就能早开，让它迟些开就会迟些开，买的人想要它某一天开，那么到那一天就一定会开，未曾早一天或晚一天；等到这一茬花儿谢了，又可以用迟开的花儿去接班，都是用下种的先后来安排花期的先后。到顾客买下的时候，卖花人会送给花盆和卵石让人去种，还能随手布置，即成很有画意的图景，这都是风雅文人所不及的。难道这等小小的手艺技巧，也是老天授予，而不是人力可为的吗？

芙　蕖

　　芙蕖与草本诸花[1]，似觉稍异；然有根无树，一岁一生，其性同也。《谱》云："产于水者曰草芙蓉，产于陆者曰旱莲。"则谓非草本不得矣。予夏季以此为命者，非故效颦于茂叔[2]，而袭成说于前人也；以芙蕖之可人，其事不一而足。请备述之：群葩当令时，只在花开之数日，前此后此皆属过而不问之秋矣。芙蕖则不然。自荷钱出水之日[3]，便为点缀绿波。及其劲叶既生[4]，则又日高一日，日上日妍，有风既作飘飖之态，无风亦呈袅娜之姿，是我于花之未开，先享无穷逸致矣。迨至菡萏成花[5]，娇姿欲滴，后先相继，自夏徂秋[6]，此时在花为分内之事，在人为应得之资者也。及花之既谢，亦可告无罪于主人矣，乃复蒂下生蓬，蓬中结实，亭亭独立，犹似未开之花，与翠叶并擎，不至白露为霜，而能事不已。此皆言其可目者也。可鼻则有荷叶之清香，荷花之异馥，避暑而暑为之退，纳凉而凉逐之生。至其可人之口者，则莲实与藕，皆并列盘餐，而互芬齿颊者也。只有霜中败叶，零落难堪，似成弃物矣，乃摘而藏之，又备经年裹物之用。是芙蕖也者，无一时一刻，不适耳目之观；无一物一丝，不备家常之用者也。有五谷之实，而不有其名；兼百花之长，而各去其短。种植之利，有大于此者乎？予四命之中，此命为最。无如酷好一生[7]，竟不得半亩方塘，为安身立命之地；仅凿斗大一池，植数茎以塞责，又时病其漏，望天乞水以救之。殆所谓不善养生，而草菅其命者哉[8]。

【注释】

〔1〕芙蕖：荷花、莲花的别名。多年生草本植物，生浅水中。

〔2〕茂叔：北宋周敦颐，字茂叔，有《爱莲说》一文。

〔3〕荷钱：指莲荷新叶才出，小如铜钱。

〔4〕劲：这里指盛，大。

〔5〕菡萏（hàn dàn）：荷之花，未开称菡萏，已开称芙蕖。

〔6〕徂（cú）：往，到。

〔7〕无如：无奈。

〔8〕草菅（jiān）其命：将它的命看得如同野草一般。语出《汉书·贾谊传》。草菅，草茅，比喻极微贱。

【译文】

荷花与各种草本类的花相比，似乎觉得稍有差异；然而在有根而没有枝干，一年一生这些方面，它们的质性是相同的。王象晋《群芳谱》上说："生在水中的叫草芙蓉，生在陆上的叫旱莲。"那么就是认为不能说荷花不是草本之花。我在夏天以荷花为命，不是故意效颦仿效于周茂叔，而袭用前人现成的说法；而是因为荷花的可人心意，所表现的方面不一而足。请容我详细讲来：群花合于时令，也就只在开花的那几天，在其开花以前和开花之后，都属于无人问津的时间。荷花却不是这样，从"小荷才露尖尖角"的那一刻起，它便能点缀一池碧波。等到它的茎叶长出来，那就又一天比一天高，一天比一天美，有风时，就随风摇曳，仪态万方，无风时，也青荷如盖，袅娜多姿，如此，则荷花尚未开放，我们就先已享受领略了无穷的韵致。待到菡萏绽放，水面清圆，绿叶红花，露珠晶莹，荷风清香，各色荷花，淡白深红，前后相继，次第开放，从夏日一直到秋凉，都是荷花盛开的好时光，在花儿，娇艳地盛开好像是她的分内之事，在人们，欣赏荷花也似乎是应得的享受。等到荷花谢了以后，本来也可以说是没有什么对不住主人了，却竟然又在花蒂上生出莲蓬，莲蓬里面结出果实，亭亭独立，依然好似未开之花，和绿叶一同高擎于水面上，不到白露为霜，它就不会停止其诗情画意，增景添色之能事。这些都还只是说的荷花可饱眼福的方面。更还有鼻子可闻的，那就是荷叶的清香，荷花的馥郁，在荷花池边纳凉避暑，令人神清气爽，觉得暑气随荷风而消退，凉意伴荷香而并生，竟成一片清凉世界。至于说到荷花的可人之口，那就是莲子和莲藕了。都是并列于家常餐盘，让人口舌生津，齿颊留香的美食。只有霜打后的败叶，零落难堪，似乎成了废弃的东西，但是摘下来藏好，又能供全年裹东西之用。如此则荷花这种植物，没有一时一刻，不适宜于人们的观赏享受；没有一物一丝，不能备作家常日用。有同于五谷之实，却没有五谷之名；兼有百花的各种长处，而又去掉了它们各自的短处。种养植物的好处，还有比荷花更多的吗？我的四命当中，夏日以荷为命这一条最重要。无奈我一生酷爱荷花，竟然得不到半亩方塘，为此花与我作安身立命之地；仅仅挖凿出斗大的一个小池，种上几株，聊以塞责，又常常为它漏水而苦恼，只好仰望苍天乞水求雨来救它。我这样大概就是所谓不善养生，而草菅荷花之命的人了。

罂　粟[1]

　　花之善变者，莫如罂粟，次则数葵，余皆守故不迁者矣。艺此花如蓄豹，观其变也[2]。牡丹谢而芍药继之，芍药谢而罂粟继之，皆繁之极、盛之至者也。欲续三葩，难乎其为继矣。

【注释】
　　〔1〕罂粟：二年生草本植物，花呈红色、粉色或白色。果实球形，可

制鸦片。

〔2〕"艺此花如蓄豹"二句：《易·革》："君子豹变，其文蔚也。"古人认为豹的斑纹富于变化。艺，种植。

【译文】

　　花儿中善于变化的品种，没有像罂粟这样的了，其次就数葵，余下的都是固守原貌不变化的。种植罂粟这种花，就如同蓄养豹子一样，要观察它的变化。牡丹谢了以后，芍药相继开放，芍药谢了以后，罂粟又接了上去，几种花都是繁盛到极致。想要找这三种花的后续者，那可真是难乎为继了。

葵〔1〕

　　花之易栽易盛，而又能变化不穷者，止有一葵。是事半于罂粟，而数倍其功者也。但叶之肥大可憎，更甚于蕙。俗云："牡丹虽好，绿叶扶持。"人谓树之难好者在花，而不知难者反易。古今来不乏明君，所不可必得者，忠良之佐耳。

【注释】

　　〔1〕葵：菊科草本植物。有向日葵、锦葵、蜀葵、秋葵等。

【译文】

　　花儿中容易栽种，容易种得苗壮繁盛，而又能变化无穷的，只有葵花这一种。种葵花相比种罂粟，真可以说是事半而功倍了。但葵花叶之肥大而让人厌憎，比蕙更甚。俗话说："牡丹虽好，要有绿叶扶持。"人们说种树最难好的是花，却不知道难好的其实反而容易。古往今来不乏明君，不容易得到的，是忠良的辅佐之臣罢了。

萱⁽¹⁾

萱花一无可取，植此同于种菜，为口腹计则可耳。至云对此可以忘忧，佩此可以宜男，则千万人试之，无一验者。书之不可尽信⁽²⁾，类如此矣。

【注释】

〔1〕萱：萱草，又名忘忧、宜男等。

〔2〕书之不可尽信：《孟子·尽心下》："尽信《书》，则不如无《书》。"

【译文】

萱花一无可取，种植此花就如同种菜一样，为口腹考虑就可以了。至于说到面对它可以忘忧，戴上它宜于生男孩，却是千万人都试过，没有一个灵验的。书不能全信，就和这事一样。

鸡　冠

予有《收鸡冠花子》一绝云⁽¹⁾："指甲搔花碎紫雯⁽²⁾，虽非异卉也芳芬。时防撒却还珍惜，一粒明年一朵云。"此非溢美之词，道其实也。花之肖形者尽多，如绣球、玉簪、金钱、蝴蝶、剪春罗之属⁽³⁾，皆能酷似，然皆尘世中物也；能肖天上之形者，独有鸡冠花一种。氤氲其象而瑷瓀其文⁽⁴⁾，就上观之，俨然庆云一朵⁽⁵⁾。乃当日命名者，舍天上极美之物，而搜索人间。鸡冠虽肖，然而贱视花容矣，请易其字曰"一朵云"。此花有红紫黄白四色，红者为红云，紫者为紫云，黄者为黄云，白者为白云。又有一种五色者，即名为"五色云"〔6〕。以上数者，较之"鸡冠"，谁荣谁辱？花如有知，必将德我。

【注释】

〔1〕鸡冠花：一年生草本植物。以花状如红鸡冠而得名。花多呈红色，也常有其他颜色者。

〔2〕雯：云形成的文采。

〔3〕绣球：见《木本第一·绣球》注〔1〕。"玉簪"等：见后"玉簪"、"金钱"诸条注文。

〔4〕氤氲（yīn yūn）：烟气弥漫貌。叆叇（ài dài）：云盛貌。

〔5〕庆云：一种彩云，古人以为祥瑞之气。

〔6〕五色云：云呈五种彩色，古人以为祥瑞。

【译文】

我有一首《收鸡冠花子》的绝句诗道："指甲搔花碎紫雯，虽非异卉也芳芬。时防撒却还珍惜，一粒明年一朵云。"这不是溢美之词，是说的实际情况。花儿中肖似事物形状的尽管有许多，如绣球、玉簪、金钱、蝴蝶、剪春罗之类，都能酷似，然而它们所酷肖的都是尘间的东西相像；能够肖似天上事物之形状的，唯独鸡冠花这一种。它云霞弥漫的气象，和秾郁艳丽的云纹，近前观看上面，俨然是祥云一朵。然而当日命名的人，却舍弃天上极美的事物，而只是搜索人间的事物。叫鸡冠虽然挺像的，然而却太看低了这一种花容。请给它换一个名字，叫做"一朵云"。此花有红、紫、黄、白四种花色，红的称为红云，紫的称为紫云，黄的称为黄云，白的称为白云。还有一种五色俱备的，就命名为"五色云"。以上几种名称，比起"鸡冠"这个花名来，哪些个更能给此花增光添彩？哪个会让此花被轻贱被辱没？花儿如有知觉，一定会感谢我的。

玉　簪〔1〕

花之极贱而可贵者，玉簪是也。插入妇人髻中，孰真孰假，几不能辨，乃闺阁中必需之物。然留之弗摘，点缀篱间，亦似美人之遗。呼作"江皋玉佩"⁽²⁾，谁曰不可？

【注释】

〔1〕玉簪：多年生草本植物，也称白萼、白鹤仙等。夏秋间开花。花洁白如玉而含蕊如簪头，有芳香。

〔2〕江皋玉佩：用郑交甫故事。《文选·晋郭璞〈江赋〉》李善注引《韩诗内传》说：郑交甫行于汉水边，遇见两位女子。郑将二女送他的佩玉纳于怀中。忽然间佩玉和二女都不见了。

【译文】

花儿中价钱很便宜，而品质可贵的，是玉簪。把它插入妇人发髻中，哪个是真簪，哪个是假簪，几乎不能辨别，乃是闺阁中必需的东西。不过把它留下不摘，点缀在花篱之间，也好似美人的馈赠。把它称做"江皋玉佩"，谁能说不可以呢？

凤　　仙⁽¹⁾

凤仙极贱之花，止宜点缀篱落，若云备染指甲之用，则大谬矣。纤纤玉指，妙在无瑕，一染猩红，便称俗物。况所染之红，又不能尽在指甲，势必连肌带肉而丹之。迨肌肉褪清之后，指甲又不能全红，渐长渐退，而成欲谢之花矣。始作俑者⁽²⁾，其俗物乎？

【注释】

〔1〕凤仙：又名小桃红、旱珍珠。桠间作花，头翅尾足皆具，如凤之形，故又名金凤花，有红、白、紫、碧等色。

〔2〕始作俑者：最早做土（陶）木偶来用以殉葬的人，比喻最先做某

类坏事的人和不良风气的倡导者。语出《孟子·梁惠王上》。

【译文】

　　凤仙是极贱的花，只适宜作花篱的点缀，如果说可以供女子染指甲之用，那就错到家了，纤纤玉指，其美妙就在洁白无瑕，一旦染上点猩红的颜色，便可算是俗物。何况所染上的猩红色，又不能全都只留在指甲上面，势必会连肌带肉都被染红。等到肌肉上的猩红色褪清之后，指甲上又不能全红，而是指甲渐渐长一点儿，颜色也就慢慢褪一点儿，就成为快要谢的花了。始作俑者，应该是个俗物吧？

金　钱[1]

　　金钱、金盏[2]、剪春罗[3]、剪秋罗诸种[4]，皆化工所作之小巧文字。因牡丹、芍药一开，造物之精华已竭，欲续不能，欲断不可，故作轻描淡写之文，以延其脉。吾观于此，而识造物纵横之才力亦有穷时，不能似源泉混混[5]，愈涌而愈出也。合一岁所开之花，可作天工一部全稿。梅花、水仙，试笔之文也，其气虽雄，其机尚涩[6]，故花不甚大，而色亦不甚浓。开至桃李棠杏等花，则文心怒发，兴致淋漓，似有不可阻遏之势矣；然其花之大犹未甚，浓犹未至者，以其思路纷驰而不聚，笔机过纵而难收，其势之不可阻遏者，横肆[7]也，非纯熟也。迨牡丹、芍药一开，则文心笔致俱臻化境[8]，收横肆而归纯熟，舒蓄积而罄光华[9]，造物于此，可谓使才务尽，不留丝发之余矣。然自识者观之，不待终篇而知其难继。何也？世岂有开至树不能载、叶不能覆之花，而尚有一物焉高出其上、大出其外者乎？有开至众彩俱齐、一色不漏之花，而尚有一物焉红过于朱、白过于雪者乎？斯时也，使我为造物，则必善刀而藏矣[10]。乃天则未肯告乏也，夏欲试其技，则从而荷之；秋欲试其技，则从而菊之；冬则计穷力竭，尽可不花，而犹作蜡梅一种以塞责之。数卉者，可不谓之芳妍尽致，足殿群芳者乎[11]？然较之春末夏初，则皆强弩之末矣[12]。至于金钱、金盏、剪春罗、剪秋罗、滴滴金[13]、石竹诸花[14]，则明知精力不继，篇帙寥寥，作此以塞纸尾，犹人诗文既尽，附以零星杂著者是也。由是观之，造物者，极欲骋才，不肯自惜其力之人也；造物之才，不可竭而可竭，可竭而终不可竟竭者也。究竟一部全文，终病其后来稍弱。其不能弱始劲终者，气使之然，作者欲留余地而不得也。吾谓才人著书，不应取法于造物，当秋冬其始，而春夏其终。则是能以蔗境行文[15]，而免于江淹才尽之诮矣[16]。

【注释】

〔1〕金钱：金钱花，又名子午花、夜落金钱花。因其正午开花，子夜落花，花似金钱，故名。

〔2〕金盏：金盏草，又名杏叶草。叶似初生莴苣，抱茎而生。花开茎头，金黄色，状如盏子，四时不绝，又名长春花。

〔3〕剪春罗：草名，又名剪红罗等。柔茎绿叶，花大如铜钱。

〔4〕剪秋罗：草名，一名汉宫秋。秋天开，白或深红色花。

〔5〕混混（gǔn gǔn）：同"滚滚"，水流不绝貌。

〔6〕其机尚涩：指开始挥毫时，用笔生涩，挥洒不开。

〔7〕横肆：纵横恣肆。

〔8〕臻：达到。化境：出神入化、自然精妙的境界。

〔9〕罄：显现。

〔10〕善刀而藏：语出《庄子·养生主》。善，通"缮"，引申为揩拭。

〔11〕殿：压轴，压台。

〔12〕弩：古时一种利用机械装置射箭的弓。

〔13〕滴滴金：旋覆花的别名。多年生草本。叶针形或长椭圆形，花色黄，圆而覆下，故名。又名金沸草。

〔14〕石竹：亦名石竹子、洛阳花。石竹科多年生草本。叶似小竹叶，有节，开红、白小花。常植于庭院供观赏。

〔15〕蔗境：语出《世说新语·排调》。顾恺之吃甘蔗，先吃尾梢，谓之"渐入佳境"。这里用"蔗境"指为文由始至终，越来越佳。

〔16〕江淹才尽：江淹字文通，济阳考城（今河南兰考东）人。早年即以文才著称，晚年才思衰退，时人谓之江郎才尽。诮：责备。

【译文】

　　金钱、金盏、剪春罗、剪秋罗这几种花，都是自然造化所作的一些小巧文章。因为牡丹、芍药一旦开过，那么造物主所创作的最有神采、最为华美的乐章已经接近告一段落，想要接续这华彩乐章不可能，想要戛然而止又欲罢不能，所以作这样一些轻描淡写的文字，以续延气脉。我由此观察，从而明白造物主鬼斧神工纵横开阖的才力也许也会有暂时歇息的时候，不能像源泉那样滔滔滚滚，越喷涌越充沛。合起来看一年之中所次第开放的花卉，可以当作自然天工精心创作的一部全稿。梅花、水仙，是开篇试笔的文章，其气势虽然雄健，但其运笔机锋却还没有完全放开，所以花朵不是很大，颜色也不是很浓丽。开到桃花、李花、海棠、杏花这些花卉的时候，那就文心怒发，兴致淋漓，好似有一种不可遏阻的气势；然而这些花朵还不是太大，花色也不是至浓，仿佛因为造物者思路纷繁发散，而尚未凝聚，笔机也过于奔放，而难以收束，其不可遏阻之势，是一气纵横驰骋，汪洋恣肆的结果，还没到文心炉火纯青的阶段。只有等到牡丹、芍药一开，那么造物主的文心笔致，就都臻于出神入化的最高境界，收敛了纵横驰骋之势，而归于炉火纯青，舒放了蓄积的内蕴，闪耀着灿烂的光华，造物主创意挥洒到如此境界，可以说是充分发挥了所有才华，不留下一丝一毫的余地了。然而在有眼光的人看来，用不着等到终篇，就知道这是最辉煌的高潮阶段，后面难乎为继了。为什么呢？世上哪里有花儿已经开到树不能承载，叶不能覆盖了，而居然还会有花儿比它还高，比它还大的吗？世上哪里有花儿已经开到万紫千红、花色俱全、一色不漏的地步，而居然还会有色彩比朱还红，比雪还白的花儿吗？这个时候，假如我是造物主，那么一定会像庄子笔下的庖丁一样把解牛刀擦干净放好。可是老天却不肯自认疲了乏了，该歇息了，夏日还想小试自己的才艺，从而就有了绽放的荷花；秋季还要小试自己的技能，从而就有了绽放的菊花；到了冬天，那也应该是计穷力竭，尽可以不再造花开花了吧，却还要创造蜡梅这一种花来聊以塞责。上面说到的这几种花，难道可以不认为她们是芳华美艳到了极致，足以成为群芳的殿军吗？然而比起春末夏初的花来，却都像似强弩之末。至于金钱、金盏、剪春罗、剪秋罗、滴滴金、石竹等各种花，那就是明知道自己精力不继，篇幅寥寥，作了这些塞在纸尾，如同文人编自己的文集，诗文都放进去了，再附上零星杂著。由此看来，造物主是个极想驰骋才情，不肯顾惜自己气力的人；造物主的才气，是不可能穷竭而又可能暂竭的，可能暂竭却终究不可能穷竭的。从头至尾审视这样一部完整的篇章，终究还是担心它后面稍稍弱了一些。之所以不能让文章起势稍弱，结尾强劲，实在是气使之然，作者也许想要留点余地却不能。我认为才子著书，不应当取法造物主，应当起始像秋冬的花一样，而终篇则像春夏一样。这样，文章就能像顾恺之先吃甘蔗尾梢渐入佳境那样，而免受江郎才尽的讥诮。

蝴　蝶　花[1]

　　此花巧甚。蝴蝶，花间物也，此即以蝴蝶为花。是一是二，不知周之梦为蝴蝶欤？蝴蝶之梦为周欤？非蝶非花，恰合庄周梦境[2]。

【注释】
　　[1] 蝴蝶花：即三色堇。多年生草本植物，有分枝，花近圆形，通常呈黄、白、紫三色。

〔2〕"不知周之梦"几句：《庄子·齐物论》："昔者庄周梦为胡蝶，栩栩然胡蝶也，自喻适志与！不知周也。俄然觉，则蘧蘧然周也。不知周之梦为胡蝶与，胡蝶之梦为周与？"

【译文】

这种花巧妙极了。蝴蝶，是在花丛中翩翩起舞的，它就照蝴蝶的模样开出花来。蝴蝶和蝴蝶花，是一物呢？还是两物？就像不知是庄周在梦里变成了蝴蝶？还是蝴蝶在梦里变成了庄周？这蝴蝶花既非蝶，也非花，恰好合于庄周的梦境。

菊

菊花者，秋季之牡丹、芍药也。种类之繁衍同〔1〕，花色之全备同，而性能持久复过之。从来种植之书，是花皆略，而叙牡丹、芍药与菊者独详。人皆谓三种奇葩，可以齐观等视，而予独判为两截，谓有天工人力之分。何也？牡丹、芍药之美，全仗天工，非由人力。植此二花者，不过冬溉以肥，夏浇以湿，如是焉止矣。其开也，烂漫芬芳，未尝以人力不勤，略减其姿而稍俭其色。菊花之美，则全仗人力，微假天工。艺菊之家，当其未入土也，则有治地酿土之劳，既入土也，则有插标记种之事〔2〕。是萌芽未发之先，已费人力几许矣。迨分秧植定之后〔3〕，劳瘁万端〔4〕，复从此始。防燥也，虑湿也〔5〕，摘头也，掐叶也，芟蕊也〔6〕，接枝也〔7〕，捕虫掘蚓以防害也，此皆花事未成之日，竭尽人力以俟天工者也。即花之既开，亦有防雨避霜之患，缚枝系蕊之勤，置盎引水之烦，染色变容之苦，又皆以人力之有余，补天工之不足者也。为此一花，自春徂秋[8]，自朝迄暮，总无一刻之暇。必如是，其为花也始能丰丽而美观，否则同于婆娑野菊[9]，仅堪点缀疏篱而已。若是则菊花之美，非天美之，人美之也。人美之而归功于天，使与不费辛勤之牡丹、芍药齐观等视，不几恩怨不分，而公私少辨乎？吾知敛翠凝红，而为沙中偶语者[10]，必花神也。

自有菊以来，高人逸士无不尽吻揄扬[11]，而予独反其说者，非与渊明作敌国[12]。艺菊之人终岁勤动，而不以胜天之力予之，是但知花好[13]，而昧所从来[14]。饮水忘源，并置汲者于不问[15]，其心安乎？是前题咏诸公，皆若是也。予创是说，为秋花报本，乃深于爱菊，非薄之也。

予尝观老圃之种菊[16]，而慨然于修士之立身与儒者之治业[17]。使能以种菊之无逸者砺其身心[18]，则焉往而不为圣贤？使能以种菊之有恒者攻吾举业[19]，则何虑其不掇青紫[20]？乃士人爱身爱名之心，终不能如老圃之爱菊，奈何！

【注释】

〔1〕繁衍：兴盛，繁多。
〔2〕插标记种：菊花品种花色繁多，插种后应设立标志，标明品种等。
〔3〕分秧植定：菊花茎部粗壮，多分枝，可分枝扦插，嫁接繁殖。
〔4〕劳瘁：辛苦劳累。
〔5〕防燥、虑湿：菊花既要防干燥，又忌潮湿多水。
〔6〕芟：割去，剪除。
〔7〕接枝：嫁接。
〔8〕徂（cú）：往，到。
〔9〕婆娑：枝叶分披貌。

〔10〕偶语：私语，这里指表示异议。

〔11〕尽吻揄扬：用尽言语，加以褒扬。

〔12〕渊明：陶潜，一名渊明，字元亮，东晋文学家，浔阳柴桑（今江西九江）人。平生爱菊。作敌国：犹言唱对台戏。

〔13〕但：只。

〔14〕昧：糊涂，不明白。

〔15〕汲者：取水、担水的人。

〔16〕老圃：老园艺师。

〔17〕修士：修身之士，操行纯洁的人。治业：做学问。

〔18〕无逸：不耽于享乐安逸，勤劳不倦。砺：磨砺，磨炼。

〔19〕有恒：有恒心，能始终不渝地坚持到底。举业：又称举子业，科举时代为应考试而准备的学业。

〔20〕掇（duō）：拾取。青紫：本为古时公卿服饰，因用指高官显爵。

【译文】

菊花，就像是秋季的牡丹、芍药一样。不仅种类的繁盛相同，并且花色的丰富多彩，应有尽有也相同，而生性还能让花期持久，这一点菊花还超过了牡丹和芍药。从来有关种植的书籍，别的花都略略谈一下，而谈到牡丹、芍药和菊花就特别详尽。人们都认为这三种奇葩，可以等量齐观，一视同仁，而我却偏偏要把她们分成两类，认为其中有天工和人力之分。为什么呢？牡丹、芍药的美丽，全仗天工，不由人力。栽种这两种花，不过冬天灌些肥，夏天洒点水，这样也就行了。花儿开时，烂漫芬芳，未曾因为人力不够勤，而会让花容略略减少，或者使花色不够精神。菊花的美，则全仗人力，稍微借一点天工之力。种植菊花的人家，当菊花还没有栽植的时候，就得付出平整土地，施肥松土的辛劳，等到栽种入土以后，就要做好标记，插在相应位置，以标明品种。这样，花儿还尚未萌芽开放之前，已经费了许多的人力。等到分秧栽植以后，各种辛苦劳累的事情，又从这里开始。又要谨防过于干燥，又要担心过于潮湿，摘头啊，掐叶啊，去蕊啊，接枝啊，还要捕虫掘蚓以防虫害，这都是菊花还没有开放的时候，竭尽人力，以等待天工。即便是菊花开了以后，也还有防雨避霜的担心，缚枝系蕊的辛勤，置盆引水的烦累，染色变容的苦恼，凡此种种，又都是以人力之有余，来弥补天工之不足的方面。为了这一种花,从春天到秋天,从早晨到晚上,总没有一刻的闲暇。一定要这样,菊花绽放时才会丰满艳丽而富于观赏性,否则就会像婆娑野菊一样,仅仅可以充作点缀篱笆之用而已。像这样,那么菊花的美,不是天工使它美,而是人力使它美啊。把人力所赋予的美归功于天,使菊花与不必费辛勤劳苦的牡丹、芍药等量齐观,一视同仁,不几乎是恩怨不加区分,公私欠缺明辨吗?我知道那些敛翠凝红,在沙土之中窃窃私语表示异议的,一定是花神了。

自有菊花以来,高人逸士无不赞不绝口。而我独独与他们的说法有些相反,这倒并不是故意要和陶渊明唱对台戏。只是栽培菊花的人终年辛勤劳作,人们却不因为其胜过天工的力量赞美他们,这是只知道菊花好,却不明白菊花的好是从何而来。饮水却忘了源泉,并且连汲井、担水的人都不闻不问,只字不提,难道于心能安吗?以前题咏菊花的诗人诸公都是这样的。我创立这个说法,细说缘由,是为这秋季的花魁报本反始,乃是本于爱菊之深,而不是薄待此花啊。

我曾经观看老园丁种菊养菊,而引发了对修行之士的立身和儒生学者的治学的深切感慨。假使能够以种菊养菊那样不图安逸,勤劳不倦的精神来砥砺磨炼自己的身心,那么往哪方面努力而不能成为圣贤?假使能够以种菊养菊那样毫不懈怠,持之以恒的精神来钻研练习科举八股文,那么又何愁谋取高官显爵不如探囊取物一般?只是士人们爱身、爱名的心,终究不能像老园丁的爱菊之心,那又能怎么办呢?

菜

菜为至贱之物,又非众花之等伦[1],乃《草本》、《藤本》中反有缺遗,而独取此花殿后[2],无乃贱群芳而轻花事乎?曰:不然。菜果至贱之物,花亦卑卑不数之花[3],无如积至贱至卑者而至盈千累万,则贱者贵而卑者尊矣。"民为贵,社稷次之,君为轻"者[4],非民之果贵，民之至多至盛为可贵也。园圃种植之花，自数朵以至数十百朵而止矣，有至盈阡溢亩，令人一望无际者哉？曰：无之。无则当推菜花为盛矣。一气初盈，万花齐发，青畴白壤[5]，悉变黄金，不诚洋洋乎大观也哉[6]！当是时也，呼朋拉友，散步芳塍[7]，香风导酒客寻帘，锦蝶与游人争路，郊畦之乐，什伯园亭，惟菜花之开，是其候也。

【注释】

〔1〕等伦：处于同等地位的人或物。

〔2〕《草本》二句：是说本书《草本》、《藤本》部分都没有罗列记载菜花一条，却在此将此花压轴殿后。

〔3〕卑卑不数：平平常常，排不上号。

〔4〕"民为贵，社稷次之，君为轻"：语出《孟子·尽心下》。社稷，社为土神，稷为谷神。古时帝王祭祀社稷，后因以指称国家。

〔5〕青畴：绿色的田野。

〔6〕洋洋大观：语出《庄子·天地》："夫道，覆载万物者也，洋洋乎大哉！"洋洋，盛大、众多的样子。

〔7〕塍（chéng）：田间土埂子，田间小道。

【译文】

　　菜花似乎是至为低贱之物，又不是可以和众花卉相提并论的同类，而我在本书《草本》、《藤本》两部分中反而都没有提及，却单单取此花放到这里来压轴，是不是太贱视群芳而看轻花艺了呢？我说：不然。菜果然是至为低贱之物，菜花也是平平常常在百花谱里排不上号的花儿，哪里想到最贱最卑之物而累积到成千上万，那么低贱者会变得尊贵起来，卑微者也会变得高大起来了。孟子所说的"民为贵，社稷次之，君为轻"，不是说百姓真的个个高贵，而是指老百姓极多极盛，蕴含着无限的可能、无上的精彩、无比的创意、无敌的伟力和无穷无尽的生命能量，是至可珍贵的。园林花圃里种植的花卉，从几朵到几十朵几百朵，也就到顶了，有至于铺盖原野，溢满田亩，令人一望无际心旷神怡的吗？回答是：没有。既然没有，那么就自然应当推举菜花为最盛的植物。早春生气刚刚勃发的时候，万花齐齐怒放，蓝天白云之下，青青的原野，空旷的田亩，那大片大片嫩黄的、金色的油菜花忽然间将你眼前的世界变成了花的海洋，这不诚然是生命中的奇迹，天地之间的洋洋大观吗？当此良辰美景之时，呼朋唤友，漫步在芳草清香、群英鲜美的田埂上，蜜蜂儿引导着微醺的酒客寻找花帘，花丛中翩翩飞舞的彩蝶与游人争路，郊野田间的乐趣令人心醉，超过亭园十倍百倍，当菜花盛开之际，也正是我们归依自然，享受这迷人春光的时候。

众 卉 第 四

草木之类，各有所长，有以花胜者，有以叶胜者。花胜则叶无足取，且若赘疣[1]，如葵花、蕙草之属是也。叶胜则可以无花，非无花也，叶即花也，天以花之丰神色泽归并于叶而生之者也。不然绿者叶之本色，如其叶之，则亦绿之而已矣，胡以为红，为紫，为黄，为碧，如老少年[2]、美人蕉[3]、天竹[4]、翠云草诸种[5]，备五色之陆离[6]，以娱观者之目乎？即其青之绿之，亦不同于有花之叶，另具一种芳姿。是知树木之美，不定在花，犹之丈夫之美者，不专主于有才，而妇人之丑者，亦不尽在无色也。观群花令人修容，观诸卉则所饰者不仅在貌。

【注释】

〔1〕赘疣：比喻多余无用的东西。

〔2〕老少年：植物名。又名后庭花、雁来红。至深秋，叶脚深紫而顶红。纯红者为老少年。

〔3〕美人蕉：多年生草本植物。又名红蕉。花开如莲，深红照眼。

〔4〕天竹：即南天竹。常绿灌木，羽状复叶，小叶披针形，初夏开白色小花。

〔5〕翠云草：亦称"剑柏"，蕨类植物，绿茎小叶，青翠可爱。

〔6〕陆离：绚丽缤纷貌。

【译文】

　　草木之类，各有所长，有以花取胜的，有以叶取胜的。以花取胜的，那么叶子就没有可取之处了，而且成了多余的东西，如葵花、蕙草之类就是。以叶取胜的，那么就可以没有花儿了，不是没有花，叶子就是花了，上天把花的丰神色泽都归并于叶子，让它这样长出来。不然的话，绿色是叶子本来的色调，如果单单是作为叶子，那也就让它光长成绿色就行了，为什么又让叶子呈现为红色，为紫色，为黄色，为碧色，如老少年、美人蕉、天竹、翠云草等等种类，五光十色，绚丽多彩，让观赏者大饱眼福呢？即便是呈现青色、绿色的叶子，也不同于有花的叶子，而是别具一种芬芳美丽的姿色。由此得知，树木的美不一定全在花上，就像大丈夫的美，并不一定专主于有才，而女子的丑陋也并不都在欠缺姿色一样。观赏群花，能让人注意修饰容貌，观赏众卉，那就会让人明白，需要修饰的不仅仅是容貌。

芭　　蕉〔1〕

　　幽斋但有隙地〔2〕，即宜种蕉。蕉能韵人而免于俗〔3〕，与竹同功，王子猷偏厚此君〔4〕，未免挂一漏一。蕉之易栽，十倍于竹，一二月即可成阴。坐其下者，男女皆入画图，且能使台榭轩窗尽染碧色，"绿天"之号〔5〕，洵不诬也〔6〕。竹可镌诗〔7〕，蕉可作字，皆文士近身之简牍〔8〕。乃竹上止可一书，不能削去再刻；蕉叶则随书随换，可以日变数题，尚有时不烦自洗，雨师代拭者，此天授名笺，不当供怀素一人之用⁽⁹⁾。予有题蕉绝句云："万花题遍示无私，费尽春来笔墨资。独喜芭蕉容我俭，自舒晴叶待题诗。"此芭蕉实录也。

【注释】

〔1〕芭蕉：多年生草本植物，花白色，蕉叶阔大，碧绿成荫。

〔2〕隙地：空地。

〔3〕韵人：这里指使人风雅有韵致。

〔4〕王子猷（yóu）：王徽之，字子猷，王羲之之子，献之之兄。琅邪临沂（今山东临沂）人。平生爱竹，曾指竹语人曰："何可一日无此君邪！"后因以此君指竹。

〔5〕"绿天"之号：芭蕉又名绿天。

〔6〕洵（xún）：诚然，实在。诬：虚假。

〔7〕镌（juān）：雕刻。

〔8〕简牍（dú）：古时用来写字的竹片和木简，代指纸张。

〔9〕不当供怀素一人之用：据宋陶穀《清异录·草》载，唐代著名书法家怀素居零陵（今湖南零陵），于所居东郊遍植芭蕉数亩，取芭蕉叶代纸而书，号其所居为"绿天庵"。

【译文】

幽斋只要有一片空地，就应当种上芭蕉。芭蕉能让人脱俗，更风雅有韵致，与竹子有同样的作用，而王子猷偏爱此君，未免挂一漏一。芭蕉栽培的容易度，超过竹子十倍，一两个月就可以绿叶成荫。坐在绿荫下面，男女都如入图画之中，而且能够使台榭轩窗全都染上碧绿的色调，"绿天"的称号，诚然并非虚言。竹子上可以镌刻诗句，芭蕉叶上也可以书写文字，都是文士身边的简牍和纸张。不过竹上只能刻写一次，不能削去再刻；蕉叶却可以随写随换，可以日变数题，而且有时不必劳烦书写者自己去洗净蕉叶，雨师可以代为洗濯拭净，这是天授名笺，不应当只供怀素一人使用。我有一首题蕉绝句，诗曰："万花题遍示无私，费尽春来笔墨资。独喜芭蕉容我俭，自舒晴叶待题诗。"这是芭蕉的实录。

翠　云

　　草色之最蒨者^{〔1〕}，至翠云而止^{〔2〕}。非特草木为然，尽世间苍翠之色，总无一物可以喻之，惟天上彩云，偶一幻此。是知善着色者惟有化工^{〔3〕}，即与倾国佳人眉上之色并较浅深，觉彼犹是画工之笔^{〔4〕}，非化工之笔也。

【注释】

　　〔1〕蒨（qiàn）：翠绿，鲜明。

　　〔2〕翠云：即翠云草。见《众卉第四》条注〔5〕。

　　〔3〕化工：指自然造化之工。

　　〔4〕画工：画匠，这里指画艺平庸者，以别于化工。

【译文】

　　草色中最翠绿鲜亮的，到翠云草即可叹为观止。不仅草木是这样，阅尽人间苍翠之色，总无一样事物可以形容比喻它，也惟有天上的彩云，偶尔才能变幻出这样的颜色，由此可知惟有自然造化之工最善于为天地万物着色，就是拿翠云草色来与倾国佳人眉上颜色一起比较浅深，也会觉得佳人的眉色犹然不过是人间画工之笔，而不是大自然出神入化之功。

虞　美　人^{〔1〕}

　　虞美人花叶并娇，且动而善舞，故又名"舞草"。《谱》云："人或抵掌歌《虞美人》曲，即叶动如舞^{〔2〕}。"予曰：舞则有之，必歌《虞美人》曲，恐未必尽然。盖歌舞并行之事，一姬试舞，众姬必歌以助之，闻歌即舞，势使然也。若曰必歌《虞美人》曲，则此曲能歌者几？歌稀则和寡，此草亦得借口藏其拙矣。

【注释】

〔1〕虞美人：又名丽春花、锦被花等。罂粟科一二年生草本。花开或如红云飘飘，或如彩蝶飞舞，故有蝴蝶满园春之美名。传说是项羽宠姬虞美人的化身，故名。

〔2〕人或抵掌歌《虞美人》曲：传说宋代沈括作《虞美人曲》，此草枝叶皆动，见沈括《梦溪笔谈五·乐律》。《虞美人》曲为唐教坊曲名，后用为词牌和曲牌。取名于虞姬，又名《一江春水》、《玉壶冰》等。

【译文】

虞美人的花儿和叶子都很娇美，而且灵动善舞，所以又名"舞草"。《群芳谱》上说："人们如果拍掌打节拍唱《虞美人》曲，虞美人花的叶子就会动起来，像是跳舞一样。"我说：虞美人灵动跳舞是有的，可是说一定要歌唱《虞美人》曲它才会舞动起来，却恐怕未必尽然。大约唱歌和跳舞是连在一起的事，一位美女试着翩翩起舞，众女子一定会唱歌为她助兴，听到歌声，随即起舞，是情势之所必然的事。如果说一定要歌唱《虞美人》曲，虞美人才能舞动起来，那么这支曲子能够唱的又有几个人？歌声稀少，那么应和起舞的也就很少，这虞美人草也就得到藏拙的借口了。

书　带　草⁽¹⁾

书带草其名极佳，苦不得见。《谱》载出淄川城北郑康成读书处⁽²⁾，名"康成书带草"。噫！康成雅人，岂作王戎钻核故事⁽³⁾，不使种传别地耶？康成婢子知书⁽⁴⁾，使天下婢子皆不知书，则此草不可移，否则处处堪栽也。

【注释】

〔1〕书带草：即沿阶草。其叶坚韧，胜过其他草。相传汉代经学大师郑玄门下取以束书，故名。

〔2〕淄川：今山东淄博。郑康成：郑玄，字康成，东汉高密（今山东高密）人，著名经学家。

〔3〕王戎钻核故事：《世说新语·俭啬》："王戎有好李，卖之，恐人得其种，恒钻其核。"

〔4〕康成婢子知书：《世说新语·文学》载郑玄家奴婢皆读书，善诵《诗经》。婢子间能以《诗经》中诗句问答对话。

【译文】

书带草这个名字起得极好，遗憾的是不得见它。《花谱》记载它出于淄川城北郑康成读书处，叫做"康成书带草"。噫！郑康成是位风雅之人，难道也会效法晋人王戎钻李核卖李子的故事，不让好品种传到别的地方吗？康成的婢女能读书识字，假使天下婢女们都不能读书识字，那么这草就不可移植，否则那就到处都可以移栽了。

老　少　年

此草一名"雁来红"〔1〕，一名"秋色"，一名"老少年"，皆欠妥切。雁来红者，尚有蓼花一种〔2〕，经秋弄色者又不一而足，皆属泛称；惟"老少年"三字相宜，而又病其俗。予尝易其名曰"还童草"，似觉差胜。此草中仙品也，秋阶得此，群花可废。此草植之者繁，观之者众，然但知其一，未知其二，予尝细玩而得之。盖此草不特于一岁之中经秋更媚，即一日之中亦到晚更媚，总之后胜于前，是其性也。此意向矜独得〔3〕，及阅徐竹隐诗〔4〕，有"叶从秋后变，色向晚来红"一联，不知确有所见如予，知其晚来更媚乎？抑下句仍同上句，其晚亦指秋乎？难起九原而问之〔5〕，即谓先予一着可也。

【注释】

〔1〕雁来红：即老少年。见《众卉》条注〔2〕。

〔2〕蓼花：草本，种类较多，有水蓼、马蓼、辣蓼等。叶味辛香，花淡红或白色。

〔3〕向矜独得：一向自负是个人独到的发现。

〔4〕徐竹隐：宋徐似道，号竹隐。有《竹隐集》，已佚。

〔5〕九原：春秋时晋国卿大夫的墓地，后泛指墓地。

【译文】

这草一名"雁来红"，一名"秋色"，一名"老少年"，都不是很贴切。叫"雁来红"的，还有一种叫蓼花；到了秋天颜色鲜艳富于变化的，又并不只有"雁来红"这一种花草，"雁来红"和"秋色"这两种名称都属于泛称；惟有"老少年"三个字还算相宜，不过又嫌它俗气。我曾经改易其名，叫"还童草"，似乎觉得稍微好一些。这草是草本类里面的仙品，秋季里阶台上有了它，别的各种花都不摆也可以。栽种这草的人家很多，观赏它的人也不少，然而都是只知其一，不知其二，我曾经仔细观赏玩味才有所发现。大约此草不但在一年当中进入秋季时更为鲜艳娇媚，就是一日之中，也是到晚上会更加鲜艳娇媚，总之是越长越美越长越好，经霜以后更美，这是它的品性。这个看法，我向来自得，以为是自己独到的见解，到后来看到徐竹隐的诗，其中有"叶从秋后变，色向晚来红"一联，不知道他是否的确与我英雄所见略同，明白这草到晚上会更加鲜艳娇媚呢？还是此联下句仍然同上句一样，所说的晚也是指四季中较晚的秋天？没法把诗人从九泉之下唤起来请教，那就认为他早已在我之前发现了这一点吧。

天 竹

竹无花，而以夹竹桃代之[1]；竹不实，而以天竹补之[2]。皆是可以不必然，而强为蛇足之事[3]。然蛇足之形自天生之，人亦不尽任咎也。

【注释】

〔1〕夹竹桃：见《木本第一·夹竹桃》条及注。

〔2〕天竹：见《众卉第四》条注〔4〕。

〔3〕蛇足之事：画蛇添足，事出《战国策·齐策二》。

【译文】

竹子不开花，而用夹竹桃来代替；竹子不长果实，而用天竹来弥补。都是可以不必那样做的，却勉强要干画蛇添足的事情。不过，这"蛇足"的形状是由天然而生的，人们也不能完全应承下这项指责。

虎 刺

"长盆栽虎刺，宣石作峰峦。"[1] 布置得宜，是一幅案头山水。此虎丘卖花人长技也[2]，不可谓非化工手笔。然购者于此，必熟视其为原盆与否。是卉皆可新移，独虎刺必须久植，新移旋踵者百无一活[3]，不可不知。

【注释】

〔1〕"长盆栽虎刺"二句：不详为何人所作。虎刺，一名寿庭木，又名伏牛花。茎有刺，花淡黄色，根叶可入药。

〔2〕虎丘：山名，在江苏苏州市西北阊门外，一名海涌山。相传春秋时吴王阖闾葬于此，三日有虎踞于其上，故名。这里指苏州。长技：擅长

的技艺。

〔3〕旋踵：把脚后跟转过来，形容极短的时间。

【译文】

"长盆栽虎刺，宣石作峰峦。"布置得当的话，盆栽虎刺就是一幅绝佳的案头山水。这是苏州虎丘卖花人擅长的技艺，不可不认为是臻于化境的工巧手笔。但在买盆栽虎刺的时候，你一定要仔细审视它是不是原盆。凡是花卉一般都可以重新移栽，唯独虎刺必须长期栽培在原盆里，刚刚重新移栽的，一百盆里恐怕连一盆也种不活，这一点不能不知道。

苔

苔者，至贱易生之物，然亦有时作难；遇阶砌新筑，冀其速生者，彼必故意迟之，以示难得。予有《养苔》诗云："汲水培苔浅却池，邻翁尽日笑人痴。未成斑藓浑难待[1]，绕砌频呼绿拗儿[2]。"然一生之后，又令人无可奈何矣。

【注释】

〔1〕藓（xiǎn）：苔藓。浑：简直。
〔2〕绿拗儿：指青苔。拗：违拗，不顺从。

【译文】

苔本来是很低贱，很容易生长的植物，不过也有生出麻烦的时候；遇上新筑砌的台阶，希望青苔快点长出来的时候，它却一定要故意慢慢地生长出来，好像要显摆它的难得。我有一首《养苔》诗说："汲水培苔浅却池，邻翁尽日笑人痴。未成斑藓浑难待，绕砌频呼绿拗儿。"然而一旦它生出来之后，就又让人无可奈何了。

萍

　　杨入水为萍[1]，是花中第一怪事。花已谢而辞树，其命绝矣，乃又变为一物，其生方始，殆一物而两现其身者乎？人以杨花喻命薄之人，不知其命之厚也，较天下万物为独甚。吾安能身作杨花，而居水陆二地之胜乎？

　　水上生萍，极多雅趣；但怪其弥漫太甚，充塞池沼，使水居有如陆地，亦恨事也。有功者不能无过，天下事其尽然哉？

【注释】

　　〔1〕杨入水为萍：古时传说柳絮飘落水中，化而为浮萍。参见《植物名实图考长编》卷十三"水萍"条。此说并无科学与事实依据。

【译文】

　　杨花飘入水中，就化成了浮萍，这是花卉里面第一奇怪的事情。花儿本来已经凋谢，而从杨柳树上飘落下来，那么它的生命也就终结了，竟然又变成了另外一种生命，而且它的第二季生命才刚刚开始。这大概是一物而现身两次吧？人们用杨花来比喻薄命之人，却不知道比起天下万物来，唯独杨花的命要厚得多。我怎样才能化身为杨花，而能得以栖居于水中陆上两处胜地呢？

　　水上生长浮萍，有极多的雅趣；只是怪它滋生蔓延得太厉害，充塞了池沼，使得居于水中就如同长在陆上差不多，这也是一件遗憾的事情。有功劳的也不能没有过失，天下事情都是这样的吗？

竹 木 第 五

未经种植者不载

竹木者何？树之不花者也。非尽不花，其见用于世者在此不在彼，虽花而犹之弗花也[1]。花者媚人之物，媚人者损己，故善花之树多不永年[2]，不若椅桐梓漆之朴而能久[3]。然则树即树耳，焉如花为？善花者曰[4]："彼能无求于世则可耳，我则不然。雨露所同也，灌溉所独也；土壤所同也，肥泽所独也。子不见尧之水，汤之旱乎[5]？如其雨露或竭，而土不能滋，则奈何？盍舍汝所行而就我[6]？"不花者曰："是则不能，甘为竹木而已矣。"

【注释】

〔1〕虽花而犹之弗花也：即使开花也犹如没有开花一样。

〔2〕永年：长寿。

〔3〕椅桐梓漆：均为树木名。椅，又称山桐子、水冬瓜。初夏开黄花，结小红果。材木可为小家具。桐，有梧桐、油桐、泡桐等种，科属不同。古书多指梧桐。梓，落叶树，木质轻而易于割裁加工，古时常用作琴瑟及建筑用料。漆，漆树，落叶乔木，其树汁可作涂料。

〔4〕善花者：擅长开花的树木。

〔5〕尧之水，汤之旱：传说尧帝时曾发洪水，商汤时曾经大旱。

〔6〕盍舍汝所行而就我：善花者以花媚人而得到人们的精心培育和灌溉，不花者则默默地以其材木为世所用，这里作者假设善花者奉劝不花者效法前一种生存方式。盍，何不。

【译文】

竹木是什么？就是不开花的树。也不是都不开花，因为它为世人所用的，是实用的方面，而不是观赏性的花，所以即便开了花也就像没开花一样。花是媚人之物，媚人之物对自己有损害，所以以开花见长的树大多活不太长久，不如那些椅、桐，梓、漆的树木，朴质而能活得久长。既然如此，那么树就是树罢了，为什么要如同花儿一样？以开花见长的树说："你们能够无所求于世人，那不开花当然是可以的，我们却不然。在受大自然雨露滋润这一点上，我们和你们是相同的，但干旱时节能够及时得到灌溉，却是我们所独享的；我们和你们扎根的土壤是相同的，但施肥照料之惠却也是我们所独享的。你没看见唐尧时期的洪水，商汤时期的大旱吗？如果万一哪天雨露也许枯竭，而土壤不能滋润，那你们怎么办呢？为什么不放弃你们的这一套行事做风，而像我们一样呢？"不擅长开花的树说："这些我却做不到，我还是甘心做竹木算了。"

竹

俗云："早间种树，晚上乘凉。"喻词也。予于树木中求一物以实之，其惟竹乎？种树欲其成阴，非十年不可。最易活莫如杨柳，求其阴可蔽日，亦须数年。惟竹不然，移入庭中，即成高树。能令俗人之舍，不转盼而成高士之庐[1]。神哉此君，真医国手也[2]！种竹之方，旧传有诀云："种竹无时，雨过便移，多留宿土，记取南枝。"予悉试之，乃不可尽信之书也。三者之内，惟一可遵，"多留宿土"是也。移树最忌伤根，土多则根之盘曲如故，是移地而未尝移土，犹迁人者并其卧榻而迁之，其人醒后尚不自知其迁也。若俟雨过方移，则沾泥带水，有几许未便。泥湿则松，水沾则濡，我欲留土，其如土湿而苏，随锄随散之，不可留何？且雨过必晴，新移之竹，晒则叶卷，一卷即非活兆矣。予易其词曰"未雨先移"。天甫阴而雨犹未下[3]，乘此急移，则宿土未湿，又复带潮，有如胶似漆之势，我欲多留，而土能随我，先据一筹之胜矣。且栽移甫定而雨至，是雨为我下，坐而受之，枝叶根本，无一不沾滋润之利。最忌者日，而日不至；最喜者雨，而雨即来；去所忌而投以喜，未有不欣欣向荣者。此法不止种竹，是花是木皆然。至于"记取南枝"一语，尤难遵奉。移竹移花，不易其向，向南者仍使向南，自是草木之幸。然移草木就人，当随人便，不能尽随草木之便。无论是花是竹，皆有正面，有反面，正面向人，反面向空隙，理也。使记南枝而与人相左，犹娶新妇进门，而听其终年背立，有是理乎？故此语只当不说，切勿泥之。总之，移花种竹，只有四字当记"宜阴忌日"是也。琐琐繁言，徒滋疑扰。

【注释】

〔1〕不转盼：很快，瞬间。盼，望。

〔2〕医国手：治国的能手。

〔3〕甫：刚刚。

【译文】

俗话说："早间种树，晚上乘凉。"这是比喻形容的说法。我在树木中寻找一种来作为实例，那么大概只能是竹子了吧？种树想等到绿树成荫，没有十年是不可能的。最容易栽活长大的是杨柳，但是要等它长出能够蔽日遮阳的绿荫，也须得等上几年。惟有竹子不是这样，移到庭院之中，就成了修长而能遮阴的树。它能让俗人的房舍，转眼之间就成了高士的庐宇。此君真是神奇啊，真乃医国之手啊！种竹的方法，旧传口诀说："种竹无时，雨过便移，多留宿土，记取南枝。"我完全按照要求试种过，才知道是不可尽信之书。三项要求里面，惟有一样可以遵循照办，就是"多留宿土"。移竹最忌伤根，土多那么根须的盘曲就能仍然保持原样，那样则竹子虽然异地移植，但移地却未曾移土，就像要让人挪动一下，把他连卧榻一同迁移，那人醒来后自己还不知道已经迁移别处了。如果要等到雨过以后才移竹子，就会沾泥带水，有许多的不方便。泥湿了根土就松散，沾上水了根土就黏糊，我想保留原本的根土，可是根土在雨后又湿又酥，随锄随散，不容易留住，那怎么办？而且雨过必晴，刚刚移栽的竹子，一经暴晒竹叶就卷起来了，这竹叶一旦卷起来，那就是移栽不能存活的预兆。所以我改换了那句词，叫"未雨先移"。天刚刚阴下来而雨还没有下的时候，乘此良机赶紧移栽，那么宿土未湿，又再带点儿潮气，有如胶似漆之势，我想要多保留原本的根土，而土也能随我心意，那就已经先胜一筹了。而且刚刚移栽停当，好雨便应时而至，好像这雨是专门为我而下，坐而受之，竹子的枝叶本根，从上到下，无一不得到沾溉滋润。竹子移栽，最忌的是阳光暴晒，而阳光不至；最喜欢的是雨水，而雨水随即就来；免去竹子移栽时所忌讳的烈日，而投给它所喜欢所需要的好雨，那所移栽的竹子自然没有不欣欣向荣的。此法不仅适用于移种竹子，凡是移花移木都可以如此。至于"记取南枝"一语，尤其难于遵照奉行。移竹移花，不改换方向，向南的仍旧让它向南，自然是草木们的幸运。然而移栽草木，以近人居，自然当随人们的方便，不能全随草木之便。无论是花还是竹，都有正面，有反面，正面向着人居，反面向着空隙之地，这才是常理。假使记取南枝而与人相左，就像娶了新妇进门，而听任她常年背对着自己，有这样的道理么？所以此个话只当没说，切勿拘泥。总之，移花种竹，只有四字当记，那便是"宜阴忌日"。如果此外再添加琐细烦言，徒然只会滋生疑惑困扰。

松　　柏

"苍松古柏"，美其老也。一切花竹，皆贵少年，独松、柏与梅三物，则贵老而贱幼。欲受三老之益者，必买旧宅而居。若俟手栽，为儿孙计则可，身则不能观其成也。求其可移而能就我者，纵使极大，亦是五更，非三老矣〔1〕。予尝戏谓诸后生曰："欲作画图中人，非老不可。三五少年，皆贱物也。"后生询其故。予曰："不见画山水者，每及人物，必作扶筇曳杖之形〔2〕，即坐而观山临水，亦是老人矍铄之状〔3〕。从来未有俊美少年厕于其间者〔4〕。少年亦有，非携琴捧画之流，即挈盒持樽之辈〔5〕，皆奴隶于画中者也〔6〕。"后生辈欲反证予言，卒无其据〔7〕。引此以喻松柏，可谓合伦〔8〕。如一座园亭，所有者皆时花弱卉，无十数本老成树木主宰其间，是终日与儿女子习处，无从师会友时矣。名流作画，肯若是乎？噫！予持此说一生，终不得与老成为伍〔9〕，乃今年已入画，犹日坐儿女丛中。殆以花木为我，而我为松柏者乎？

【注释】

〔1〕五更、三老：古代设三老五更之位，天子以父兄之礼养之，示天下以孝悌。

〔2〕扶筇（qióng）曳杖：拄着拐杖。筇，竹名，可为杖，故拐杖也叫筇。

〔3〕矍铄（jué shuò）：形容老年人目光炯炯，身体健朗。

〔4〕厕于：置身于。

〔5〕挈（qiè）：悬持，提拿。樽：盛酒器。

〔6〕奴隶于画中者：在画中处于随侍者地位的人。

〔7〕卒：最终。

〔8〕合伦：相类。伦，同类。

〔9〕老成：阅历丰富、练达世事的人。

【译文】

"苍松古柏"，是赞美松柏的苍劲古老。一切花竹，都贵年少，唯独松、柏、梅三种植物，却是以老为贵，而以幼为贱。想要享受这"三老"的益处的话，一定要买旧宅居住。如果等自己亲手栽种，那么此举为儿孙计还可以，自己却不能亲眼见到松柏长成大树了。寻找那些可以移栽，而且能够移近我的居所的松柏，那么纵使已经长得极大，也不过是"五更三老"之中被视为兄长辈的"五更"，而不是当作尊长的"三老"了。我曾经开玩笑地对几个年轻后生说："想要当画里面的人物，非得年老不可。十五六岁的少年，就轻贱了一些，不够有分量。"年轻后生询问此中的缘故，我说："没看见画山水的人，每当画及人物，一定画作挂着拐，携着杖的形象，即便是坐着观山临水看风景，也是画作老者精神矍铄的样子。从来没有俊美少年厕身于其间的。当然，少年也有，不是携琴捧画之流，就是捧着食盒，端着酒樽之辈，都是在画里面被使唤侍奉人的角色。"后生辈想要找几个例子来反证我的话，最终还是没有找到依据。把我说的这些情形来比喻松柏，可以说是恰相类似。比如一座亭园，所有的都是柔弱应时的花卉，而没有十几株老成树木在里面作主心骨，那就好像是整天和儿女辈们习处厮混，没有从师会友的时间了。名家作画，肯这样吗？唉！我一辈子持这个说法，却终究不得与老成之人为伍，而今已经到了可以入画的年纪，却还是日日坐在儿女堆里。大概是把我看作花木，而在花木之中，我就成了松柏吧？

梧　　桐

梧桐一树[1]，是草木中一部编年史也，举世习焉不察，予特表而出之[2]。花木种自何年？为寿几何岁？询之主人，主人不知，询之花木，花木不答。谓之"忘年交"则可，予以"知时达务"则不可也[3]。梧桐不然，有节可纪，生一年纪一年。树有树之年，人即纪人之年，树小而人与之小，树大而人随之大，观树即所以观身。

《易》曰："观我生进退[4]。"欲观我生，此其资也。予垂髫种此[5]，即于树上刻诗以纪年，每岁一节，即刻一诗，惜为兵燹所坏[6]，不克有终[7]。犹记十五岁刻桐诗云："小时种梧桐，桐叶小于艾[8]。簪头刻小诗，字瘦皮不坏。刹那三五年，桐大字亦大。桐字已如许，人大复何怪。还将感叹词，刻向前诗外。新字日相催，旧字不相待。顾此新旧痕，而为悠忽戒[9]。"此予婴年著作，因说梧桐，偶尔记及，不则竟忘之矣。即此一事，便受梧桐之益。然则编年之说，岂欺人语乎？

【注释】

〔1〕梧桐：落叶乔木。木材白色，质轻而坚韧，可制乐器和各种器具。

〔2〕表：表彰。

〔3〕予以"知时达务"：肯定、称许其了解时势通达事务。

〔4〕观我生进退：语出《易·观》。

〔5〕垂髫（tiáo）：古代儿童未冠者头发下垂，因以"垂髫"指代童年或儿童。

〔6〕兵燹（xiǎn）：因战争而造成的焚烧破坏等灾害。

〔7〕不克有终：不能坚持做到最后。克，能。

〔8〕艾：艾草，多年生草本，黄花，叶有香气。

〔9〕悠忽：懒散，游荡。

【译文】

　　梧桐这一种树，是草木中的一部编年史。全世界的人们都习以为常，却没有发现这一点，我特地将其揭示出来。花木是哪一年种的？有多少年寿命了？这些问题去问树的主人，主人不知道，去问花木，花木也不能回答。说这叫"忘年交"还可以，称之为"知时达务"就不行了。梧桐却不然，它有树节可以纪年，生长一年，纪一年。树有树的年龄，人就纪人的岁数，树小而人和它一样小，树长大起来，人也一样跟着长大，观树也就是观察我自身。《周易》

里面说:"观我生进退。"想要观察"我生",这梧桐树也是一种凭据吧。我童年时代种过一棵梧桐树,就在树上刻诗以纪年,每年长一节,就刻一首诗,可惜梧桐树被战火所毁坏,我的纪岁诗也没能一直做下来。还记得十五岁时我刻在梧桐上的诗:"小时种梧桐,桐叶小于艾。簪头刻小诗,字瘦皮不坏。刹那三五年,桐大字亦大。桐字已如许,人大复何怪。还将感叹词,刻向前诗外。新字日相催,旧字不相待。顾此新旧痕,而为悠忽戒。"这是我少年时的诗作,因为说到梧桐,偶尔忆及此诗,要不然的话最后也就彻底遗忘了。就是这一件事,也便是受了这梧桐树的好处。既然如此,那么梧桐树是一部编年史的说法,难道是骗人的话吗?

槐　　榆[1]

　　树之能为阴者,非槐即榆。《诗》云:"于我乎,夏屋渠渠。"[2]此二树者,可以呼为"夏屋",植于宅旁,与肯堂肯构无别[3]。人谓夏者大也,非时之所谓夏也。予曰古人以厦为大者,非无取义。夏日之屋,非大不凉,与三时有别,故名厦为屋。训夏以大,予特未之详耳。

【注释】

　　〔1〕槐、榆:树木名。均为落叶乔木,木材可作建筑材料。

　　〔2〕《诗》云"句:语见《诗经·秦风·权舆》。夏屋,大的食器,亦解作大屋。渠渠,殷勤貌,盛情款待的样子。

　　〔3〕与肯堂肯构无别:和盖房子、兴家业没什么两样。肯堂肯构,语出《尚书·大诰》,指儿子能继承父业,根据父亲确定的建房设想和计划打地基建房子。

【译文】

　　绿树中最能成荫的,不是槐树,就是榆树。《诗经·秦风·权舆》说:"於我乎,夏屋渠渠。"这两种树,就可以叫做"夏屋",种在家宅旁边，就和盖房子，兴家业没什么两样。人们说"夏"的意思就是大，不是平时所说的季节意义上的夏。我说古人以厦为大，并不是没有取意根据的。夏天的房屋，不大就不够凉快，和其他三个季节有所不同，所以给屋子取名为厦。至于训夏为大，我还不知道具体原因。

柳

柳贵乎垂，不垂则可无柳。柳条贵长，不长则无袅娜之致，徒垂无益也。此树为纳蝉之所，诸鸟亦集。长夏不寂寞，得时闻鼓吹者[1]，是树皆有功，而高柳为最。总之，种树非止娱目，兼为悦耳。目有时而不娱，以在卧榻之上也；耳则无时不悦。鸟声之最可爱者，不在人之坐时，而偏在睡时。鸟音宜晓听，人皆知之；而其独宜于晓之故，人则未之察也。鸟之防弋[2]，无时不然。卯辰以后[3]，是人皆起，人起而鸟不自安矣。虑患之念一生，虽欲鸣而不得，鸣亦必无好音，此其不宜于昼也。晓则是人未起，即有起者，数亦寥寥，鸟无防患之心，自能毕其能事[4]。且扪舌一夜[5]，技痒于心，至此皆思调弄[6]，所谓"不鸣则已，一鸣惊人"者是已[7]，此其独宜于晓也。庄子非鱼，能知鱼之乐[8]；笠翁非鸟，能识鸟之情。凡属鸣禽，皆当以予为知己。种树之乐多端，而其不便于雅人者亦有一节：枝叶繁冗，不漏月光。隔婵娟而不使见者[9]，此其无心之过，不足责也。然匪树木无心，人无心耳。使于种植之初，预防及此，留一线之余天，以待月轮出没，则昼夜均受其利矣[10]。

【注释】

〔1〕鼓吹：指蝉与鸟儿的鸣叫。

〔2〕弋：带绳子的箭，用于射鸟。

〔3〕卯辰以后：谓早晨五点到九点以后。卯辰，旧时计时法以早晨五点至七点为卯时；七点至九点为辰时。

〔4〕毕其能事：充分发挥它的技能。毕，竭尽；用尽。

〔5〕扪舌：闭口不鸣。扪，执持。

〔6〕调弄：摆弄。

〔7〕"不鸣则已"二句：语出《史记·滑稽列传》。

〔8〕"庄子非鱼"二句：《庄子·秋水》："庄子曰：'鯈鱼从容出游，是鱼之乐也。'惠子曰：'子非鱼，安知鱼之乐？'庄子曰：'子非我，安知我不知鱼之乐？'"

〔9〕婵娟：指月。

〔10〕"使于种植之初"五句：意思是说种树时要预留空间，这样不至出现"枝叶繁冗，不漏月光"的缺憾。

【译文】

　　柳树贵在枝条如垂丝，不垂就用不着有柳树了。柳丝枝条以长为贵，不长就没有袅娜的韵致，光会下垂而枝条很短，就没什么益处，因为不够美观。柳是吸引容纳蝉儿们来栖居的地方，群鸟也聚集在大柳树上。长长的夏日里不感到寂寞，能够时时听到鸟儿鸣蝉儿唱，那些美妙的自然天籁之音，所有的树都有功劳，而最有功劳的是高大的柳树。总之，种树不仅为了娱目，同时也兼为悦耳。眼睛有时还无法感知到娱悦，那是因为人有时要在卧榻之上休息；但耳朵那就每时每刻都能得到愉悦了。鸟鸣最可爱动听的时候，不在人端坐之时，而偏偏在睡卧之时。鸟音宜于清晨拂晓之时谛听，这个人人都知道；但是为什么鸟音独独宜在清晨拂晓之时听的缘故，人们就未曾观察到了。鸟儿在白天防备人的捕捉射杀，无时无刻不是如此。卯时辰时以后，人们都起床活动了，人一起来鸟儿们就不安了。忧虑担心之念一旦产生，即使想鸣唱也不能够，鸣唱了也一定不会有好声音，这就是鸟鸣不适宜白天听的原因。而拂晓之时则人们都没有起床，即使有早起的，也为数寥寥，鸟没有防备忧虑的戒心，自然能够充分施展发挥它们的才艺。况且扪舌闭嘴了整整一夜，心中技痒，到这个时候就都想着调舌卖弄一番了，所谓"不鸣则已，一鸣惊人"即是如此，这也就是鸟鸣适宜清晨拂晓之时听的原因。庄子不是鱼，却能感受鱼的快乐；笠翁不是鸟，却能体验鸟的心情。凡属鸣禽，都应当把我当成知己。栽种树木的乐趣有许多方面，但是也有一节不便于风雅之士：枝繁叶茂，月光就被完全遮蔽了。隔绝了明月婵娟，使人无法领略到洒向大地那如水的月华，或是婆娑斑驳的月光，这是大树的无心之过，不该责怪的。其实这也不是树木无心，而是人不够有心罢了。假使在当初种植树木时，就预先想到防到这一点，设法留下一线之余天，以待月轮出没，那就白天夜晚都能享受柳树的好处了。

黄　　杨

　　黄杨每岁长一寸[1]，不溢分毫，至闰年反缩一寸[2]，是天限之木也。植此宜生怜悯之心。予新授一名曰"知命树"。天不使高，强争无益，故守困厄为当然[3]，冬不改柯[4]，夏不易叶，其素行原如是也。使以他木处此，即不能高，亦将横生而至大矣；再不然，则以才不得展而至瘁[5]，弗复自永其年矣。困于天而能自全其天，非知命君子能若是哉？最可悯者，岁长一寸是已；至闰年反缩一寸，其义何居？岁闰而我不闰，人闰而己不闰，已见天地之私；乃非止不闰，又复从而刻之[6]，是天地之待黄杨，可谓不仁之至，不义之甚者矣。乃黄杨不憾天地，枝叶较他木加荣，反似德之者，是知命之中又知命焉。莲为花之君子，此树当为木之君子。莲为花之君子，茂叔知之；黄杨为木之君子，非稍能格物之笠翁[7]，孰知之哉？

【注释】

〔1〕黄杨：常绿灌木或小乔木。木材淡黄色，木质致密，可作雕刻的材料。

〔2〕至闰年反缩一寸：黄杨岁长一寸，不逾分毫，闰年反缩一寸，此是古代传说，无事实与科学依据。

〔3〕困厄：艰难窘迫的处境。

〔4〕柯：树枝。

〔5〕瘁：枯萎。

〔6〕刻：减损。

〔7〕格物：研究事物。格，推究。

【译文】

　　黄杨树每年长高一寸，不多长一分一毫，到了闰年反而缩短一寸，是受到老天限制的一种树木。种植此树，应当心生怜悯。我新授予它一个名字，就叫"知命树"。天不让它长高，勉强去争也没有什么益处，所以把安处困厄之境视为本来应当如此的事情，冬天不改枝条的形状，夏天不变树叶的颜色，它平素行事原本就是如此。假使让别的树木处在这种境地，即便不能再长高，也会横着生长得很大；再不然，那就会因为才华不得施展而至于憔悴枯萎，不再能自享其天年。黄杨树虽然受困于天，却能自全其天年，不是知命君子能做到这样吗？最可让人心生怜悯的，就是它每年只能生长一寸；到了闰年反而缩小了一寸，这里又有什么义理呢？闰年多了一个月，而我黄杨树却没有多长一个月，别人有闰年，而自己却没有，这已经显现出天地的偏心了；而且竟然非但不让黄杨闰年多长一月，还反而从中克扣它的尺寸，这天地对待黄杨树，可以说是不仁到了极致，不义到了过分的地步。但黄杨却并不对天地心生不满，开枝散叶比别的树木更欣欣向荣，反而好像对天地心怀感激，这黄杨树是知命的生灵中更加知命的。如果说莲花是花中君子，那么黄杨当为树木中的君子。莲花为花中君子，周茂叔对此很清楚；黄杨是树木中的君子，除了稍稍能够推究事物原理的我李笠翁，还有谁能够知道这一点呢？

棕　　榈⁽¹⁾

　　树直上而无枝者，棕榈是也。予不奇其无枝，奇其无枝而能有叶。植于众芳之中而下不侵其地，上不蔽其天者，此木是也。较之芭蕉，大有克己妨人之别。

【注释】
　　〔1〕棕榈：通称棕树，常绿乔木。茎干无分枝，木材可制器具。

【译文】
　　在树木之中，树干向上直长，而没有枝条的是棕榈。我不奇怪它没有枝条，只奇怪它没有枝条却能有叶子。栽种在众多草木当中，下不侵其地、上不蔽其天的，就是这棕榈树。将它与芭蕉比较，棕榈克己，芭蕉妨人，二者大有区别。

枫　　柏⁽¹⁾

　　草之以叶为花者，翠云、老少年是也；木之以叶为花者，枫与柏是也。枫之丹，柏之赤，皆为秋色之最浓。而其所以得此者，则非雨露之功，霜之力也。霜于草木亦有有功之时，其不肯数数见者⁽²⁾，虑人之狎之也。枯众木而独荣二木⁽³⁾，欲示德威之一斑耳。

【注释】
　　〔1〕枫：枫树，落叶乔木，叶至秋季经霜后，丹红如染。柏：乌桕树，落叶乔木，叶呈菱形，秋天变红。
　　〔2〕数数：频频，频繁。

〔3〕枯、荣：使草木或衰或盛。

【译文】

　　花草之中以叶为花的，是翠云、老少年；树木之中以叶为花，是枫树、柏树。枫树色丹，柏树色赤，都是秋色中最浓烈最艳丽的。它们之所以能够如此浓烈如此艳丽，那就不是雨露的功效，而是寒霜的力量。寒霜对于草木也有有功的时候，其所以不肯频繁表现出这一点，是担心人们因为熟悉而轻狎它。它使众多树木都枯萎，而独独让枫与柏这两种树枝叶如此美丽茂盛，是想展示其恩德和威严之一斑罢了。

冬　青

　　冬青一树[1]，有松柏之实而不居其名，有梅竹之风而不矜其节，殆"身隐焉文"之流亚欤[2]？然谈傲霜砺雪之姿者[3]，从未闻一人齿及。是之推不言禄[4]，而禄亦不及。予窃忿之，当易其名为"不求人知树"。

【注释】

　　〔1〕冬青：常绿乔木。木材可制器具。
　　〔2〕身隐焉文：《左传·僖公二十四年》："（介之推）对曰：'言，身之文也。身将隐，焉用文之？'"流亚：同一类人物。
　　〔3〕傲霜砺雪：犹言傲霜斗雪。砺，磨。
　　〔4〕子推不言禄：介子推，春秋晋国人，曾从晋公子重耳流亡诸国。后重耳回国得位，厚赏流亡时从属，而未及子推。子推遂和母亲隐居于绵山上。后重耳为逼子推出来受赏，放火烧山，介子推终因坚持不受赏而被烧死。

【译文】

　　冬青这一种树，有松树、柏树的实质，却不占松与柏的名号，有梅与竹的风韵格调，却不会自视清高，大概就是介之推所说"身隐焉文"的隐士一类吧？然而，人们谈论树木傲霜斗雪的风姿，却从来没有听到过有一个人提到冬青树。这也就像介之推不言及爵禄赏赐，而爵禄赏赐也不及之推一样。我私下为此感到愤愤不平，觉得应当把冬青树改名为"不求人知树"。

卷六　颐养部

行 乐 第 一

伤哉！造物生人一场，为时不满百岁。彼夭折之辈无论矣，姑就永年者道之[1]，即使三万六千日，尽是追欢取乐时，亦非无限光阴，终有报罢之日。况此百年以内，有无数忧愁困苦、疾病颠连[2]、名缰利锁、惊风骇浪阻人燕游[3]，使徒有百岁之虚名，并无一岁二岁享生人应有之福之实际乎！又况此百年以内，日日死亡相告，谓先我而生者死矣，后我而生者亦死矣，与我同庚比算[4]、互称弟兄者又死矣。

噫！死是何物？而可知凶不讳[5]，日令不能无死者惊见于目，而怛闻于耳乎[6]！是千古不仁，未有甚于造物者矣。虽然，殆有说焉。不仁者，仁之至也。知我不能无死，而日以死亡相告，是恐我也。恐我者，欲使及时为乐，当视此辈为前车也。康对山构一园亭[7]，其地在北邙山麓[8]，所见无非丘陇[9]。客讯之曰："日对此景，令人何以为乐？"对山曰："日对此景，乃令人不敢不乐。"达哉斯言！予尝以铭座右。兹论养生之法，而以行乐先之；劝人行乐，而以死亡怵之[10]，即祖是意。欲体天地至仁之心，不能不蹈造物不仁之迹。

养生家授受之方，外藉药石⁽¹¹⁾，内凭导引⁽¹²⁾，其借口颐生而流为放辟邪侈者⁽¹³⁾，则曰"比家"。三者无论邪正，皆术士之言也⁽¹⁴⁾。予系儒生，并非术士。术士所言者术，儒家所凭者理。《鲁论·乡党》一篇⁽¹⁵⁾，半属养生之法。予虽不敏，窃附于圣人之徒，不敢为诞妄不经之言以误世⁽¹⁶⁾。有怪此卷以颐养命名，而觅一丹方不得者，予以空疏谢之。又有怪予著《饮馔》一篇，而未及烹饪之法，不知酱用几何，醋用几何，醯椒香辣用几何者⁽¹⁷⁾。予曰："苟若是，是一庖人而已矣⁽¹⁸⁾，乌足重哉！"人曰："若是则《食物志》、《遵生笺》、《卫生录》等书⁽¹⁹⁾，何以备列此等？"予曰："是诚庖人之书也。士各明志，人有弗为。"

【注释】

〔1〕永年：高寿。

〔2〕颠连：困顿不堪。

〔3〕燕游：宴饮游乐。

〔4〕同庚：同岁。比算：同辈。

〔5〕不讳：这里指无所顾忌。

〔6〕怛（dá）：悲痛，恐惧。

〔7〕康对山：康海，字德涵，号对山，陕西武功人。明代文学家，"前七子"之一。

〔8〕北邙（máng）山：即邙山，也叫北芒，在今河南洛阳东北。汉魏以降，公卿王侯贵族多葬于此，后因以泛指墓地。麓：山脚。

〔9〕丘陇：坟墓。

〔10〕怵：戒惧。

〔11〕藉：借。药石：泛指药物。

〔12〕导引：古代医家的一种养生术。指呼吸俯仰，屈伸手足，使血

气流通，促进身体健康。

〔13〕颐生：养生。放辟邪侈：偏颇过分，乖戾不正。

〔14〕术士：指讲天文和阴阳灾异的方士，后泛指以占卜、星相等为职业的人。

〔15〕《鲁论·乡党》：即《论语·乡党》。

〔16〕诞妄不经：荒诞虚妄，没有根据。

〔17〕醝（cuō）：白酒。

〔18〕庖人：厨师。

〔19〕《食物志》：不详所指。《遵生笺》：明高濂撰《遵生八笺》十九卷，分《清修妙论》、《四时调摄》、《起居安乐》等八部分。《卫生录》：明张继科著有《卫生记录》十章，涉论常用药、食疗法、养生学等多方面内容。

【译文】

伤感啊！造物主生人一场，给人一生的寿命不满一百岁。那些夭折的人就不去说他了，姑且就拿那些长命百岁的人来说吧，即使百年三万六千个日子，全都是寻欢作乐的时光，也不是无穷无尽的光阴，终究有宣告完结的那一日。何况这百年之内，便有无数的忧愁困苦、疾病缠身、名缰利锁、惊风骇浪，阻碍人们宴饮游乐，使人空有百岁的虚名，却并没有一年、两年享受人生应有幸福的实际啊！又何况这百年以内，天天都有死亡的噩耗来报，说先我而生的人死了，后我而生的人也死了，跟我同庚同辈，互称兄弟的人又死了。

唉！死亡是一个什么东西呢？而可以明知凶恶不祥，却无所顾忌，日日都让终究免不了一死的人们耳闻目睹死亡，而胆战心惊，惶惶不安呢？如此是千古以来，没有比造物主更不仁慈的了。虽然如此，这里面还是有道理可说的。造物主的不仁，实际上是至高无上的大仁至仁。知道我终究不可能逃过一死，却日日以死亡相告，是在恐吓我警告我。恐吓我警告我的用意，是想让我把死者视为前车之鉴，好好及时行乐，享受人生。康对山曾经建造一座园亭，地点就在北邙山麓，视野所及，无非都是豪贵们旧冢新坟。有客人问他："天天对着这些景观，让人怎么能快乐起来呢？"康对山说："正是天天对着这些景观，才令人不敢不快乐。"这真是达观通透之言！我曾经以此作为座右铭。如今讨论养生之法，而把行乐放到前面来谈；劝人行乐，却先以死亡来恐吓，就是本着这样的精神。要想体现天地至高无上的仁心，就不能不效仿造物主，作些看似不仁慈的事情。

养生家传授给人的养生之法，或者外借药石之力，或者内凭导引之术，那些借口养生而流为怪僻邪侈的，则称为"比家"。这三者不论是邪是正，都是江湖术士之言。我是儒生，并不是术士，术士所讲论的是术，而儒家所依凭的是理。《论语》中《鲁论·乡党》一篇，一半属于养生之法。我虽愚钝，私下里却把自己归附于圣人学生的行列，所以不敢说那些虚妄邪僻怪诞不经的话来贻误世人。要是有人责怪这一卷以"颐养"为名，却在里面找不到一个丹方，我只能因为自己见解浅薄学问空疏，而道个歉。要是还有人责怪我写《饮馔》一篇，而没有具体谈到烹饪之法，不知道烧菜时酱用多少，醋用多少，料酒、花椒、香料、辣椒用多少。我说："如果我这样写的话，那只是一个厨子的水准而已，哪里还有什么值得重视的呢？"有人说："如此说来，那么《食物志》、《遵生笺》、《卫生录》等书，为什么都完备地列举了这些内容？"我说："那些确实就是厨子的书啊。士人各明其志，可以有所不为。"

贵人行乐之法

人间至乐之境，惟帝王得以有之；下此则公卿将相，以及群辅百僚，皆可以行乐之人也。然有万几在念[1]，百务萦心，一日之内，除视朝听政，放衙理事，治人事神，反躬修己之外，其为行乐之时有几？曰：不然。乐不在外而在心，心以为乐，则是境皆乐[2]，心以为苦，则无境不苦。身为帝王，则当以帝王之境为乐境；身为公卿，则当公卿之境为乐境。凡我分所当行，推诿不去者[3]，即当摈弃一切悉视为苦，而专以此事为乐。谓我为帝王，日有万几之冗，其心则诚劳矣，然世之艳慕帝王者，求为片刻而不能，我之至劳，人之所谓至逸也。为公卿将相、群辅百僚者，居心亦复如是。则不必于视朝听政、放衙理事、治人事神、反躬修己之外，别寻乐境，即此得为之地，便是行乐之场。一举笔而安天下，一矢口而遂群生[4]，以天下群生之乐为乐，何快如之？若于此外稍得清闲，再享一切应有之福，则人皇可比玉皇，俗吏竟成仙吏，何蓬莱三岛之足羡哉[5]？

　　此术非他，盖用吾家老子"退一步"法[6]。以不如己者视己，则日见可乐；以胜于己者视己，则时觉可忧。从来人君之善行乐者，莫过于汉之文、景[7]；其不善行乐者，莫过于武帝[8]。以文、景于帝王应行之外不多一事，故觉其逸；武帝则好大喜功，且薄帝王而慕神仙，是以徒见其劳。人臣之善行乐者，莫过于唐之郭子仪[9]；而不善行乐者，则莫如李广[10]。子仪既拜汾阳王，志愿已足，不复他求，故能极欲穷奢，备享人臣之福；李广则耻不如人，必欲封侯而后已，是以独当单于，卒致失道后期而自刭。故善行乐者必先知足，二疏云[11]："知足不辱，知止不殆。"[12] 不辱不殆，至乐在其中矣。

【注释】

〔1〕万几：指纷繁的政务，犹下文所谓的"百务"。

〔2〕是境皆乐：犹言一切境况都可以为乐。

〔3〕推诿：推委，把事情、责任推给别人。

〔4〕矢口：开口，随口。遂群生：使百姓大众安居乐业，正常生活。

〔5〕蓬莱三岛：古代传说中渤海里神仙所居的蓬莱、方丈、瀛洲三座神山。见《史记·封禅书》。

〔6〕吾家老子：老子，春秋时思想家，道家创始人，著《老子》。楚

国苦县（今河南鹿邑东）人。或说老子即老聃，姓李名耳，字伯阳，故李渔称"吾家老子"。"退一步"法：《老子》一书，主张抱雄守雌，平易恬淡，或即李渔所谓"退一步"法。

〔7〕汉之文、景：指汉文帝刘恒和景帝刘启。汉兴，扫除烦苛，与民休息。文帝节俭，务在养民，景帝遵从，出现了"文景之治"的局面。所以李渔有这样的说法。

〔8〕武帝：汉武帝刘彻。他雄才大略，治国多有建树，但他好大喜功，迷信方术，祀神求仙，屡屡受骗，徒见其劳。

〔9〕郭子仪：唐代军事家。华州郑县（今陕西华县）人。在"安史之乱"中以一身系时局安危者二十年。累官至太尉、中书令。封汾阳郡王。

〔10〕李广：西汉名将，陇西成纪（今甘肃秦安）人。在反击匈奴的战争中屡立战功，被称为"飞将军"。后随卫青攻打匈奴，因失道被责，自刭而卒。

〔11〕二疏：汉宣帝时名臣疏广与侄子疏受。皆博通经史，疏广为太傅，疏受为少傅，同时以年老乞致仕，时人贤之。目为"二疏"。

〔12〕"知足不辱"二句：语出《老子》四十四章。意为知满足而不贪求，知适可而止，就不会受到羞辱，遇到危险。

【译文】

人世间最快乐的境界，唯有帝王可得拥有；帝王以下，则有公卿将相，以及朝廷百官和群僚了，都是可以有条件行乐的人。可是这些人个个日理万机，有百千公务忧心费神，一天之内，除了上朝听政，升衙理事，治理百姓，敬事神明，和反躬自省，修身养性之外，他们用于行乐的时间能有多少呢？我说：不然。快乐不在身外，而在内心，要是自己心中以为快乐，那么无论怎样的处境也都是快乐的，要是自己心中以为痛苦，那么没有什么境地是不痛苦的。身为帝王，那就应当把帝王之境当作乐境；身为公卿大臣，那就应当把公卿之境当作乐境。凡属我分内之事，必须去做，也推诿不掉的，那就应当摒弃所有把这一切视为痛苦的念头，而专以此等事务视为乐事。应当这样想：我作为帝王，每天有军国大事需要决断，万千事务必须处理，的确劳心费神；但是世上那些艳羡帝王的人，想当个一时半刻，过过帝王瘾，都绝无可能，我觉得最为劳苦的事情，在别人看来是最安逸的。那些身为公卿将相，百官群僚的人，也应该秉持这样的心态和想法。那样就不必在上朝听政、升衙理事、治理百姓、敬事神明和反躬自省、修身养性之外，去另外寻找快乐之境，就是眼前这个自己可得以有所作为的境地，便是行乐之场。一提笔，就能使天下平安无事，岁月宁静，一开口，便可让百姓安居乐业，各遂所愿，以天下苍生的快乐为快乐，世上还有什么快活能比得上这个呢！如果能够在此之外稍稍得些清闲的时刻，再去享受一切人生应当享有的福分，那样的话，人间的帝王就比得上天上的玉皇，俗世的官吏竟然可以成为天界的上仙了，那蓬莱三岛的仙境还有什么值得羡慕呢？

　　上述方法不是别的，就是用我的本家老子的"退一步"法。以境遇不如自己的人来对照自己，那么天天所见到的都是可乐之境；以境遇胜过自己的人来对照自己，那么就时时处处都觉得可忧可虑。历代帝王中善于行乐的，莫过于汉代的文帝和景帝；不善于行乐的，莫过于武帝。这是因为汉文帝和汉景帝在帝王所应当去做的事务之外，不会去多做一件分外之事，所以觉得很安逸；汉武帝却是好大喜功，而且轻视自己的帝王生涯，却去羡慕神仙境界，所以只见到他徒劳地忙碌辛苦。而历代大臣中善于行乐的，莫过于唐代的郭子仪；而不善于行乐的，莫过于汉代的李广。郭子仪被封为汾阳王之后，觉得自己的志向和心愿已经得到实现与满足，就不再有其他的企求，所以能够穷奢极欲，尽享作为大臣所能够享受到的福气；而李广却耻于名位不如他人，非得要得到封侯才肯罢休，所以他独自率部迎战匈奴单于，终于导致迷失道路，贻误战期，因而自刎而死的悲惨结局。因此善于行乐的人，必须先要懂得知足常乐。汉代疏广、疏受叔侄曾引述老子的话说："知足不辱，知止不殆。"没有耻辱，没有危殆，极致的快乐也就在其中了。

富人行乐之法

　　劝贵人行乐易，劝富人行乐难。何也？财为行乐之资，然势不宜多，多则反为累人之具。华封人祝帝尧富寿多男，尧曰："富则多事。"华封人曰："富而使人分之，何事之有[1]？"由是观之，财多不分，即以唐尧之圣，帝王之尊，犹不能免多事之累，况德非圣人而位非帝王者乎？陶朱公屡致千金[2]，屡散千金，其致而必散，散而复致者，亦学帝尧之防多事也。兹欲劝富人行乐，必先劝之分财；劝富人分财，其势同于拔山超海，此必不得之数也。财多则思运，不运则生息不繁[3]。然不运则已，一运则经营惨淡，坐起不宁，其累有不可胜言者。财多必善防，不防则为盗贼所有，而且以身殉之。然不防则已，一防则惊魂四绕，风鹤皆兵[4]，其恐惧觳觫之状[5]，有不堪目睹者。且财多必招忌。语云："温饱之家，众怨所归。"以一身而为众射之的，方且忧伤虑死之不暇，尚可与言行乐乎哉？甚矣！财不可多，多之为累亦至此也。

然则富人行乐，其终不可冀乎？曰：不然。多分则难，少敛则易[6]。处比户可封之世[7]，难于售恩[8]；当民穷财尽之秋，易于见德。少课锱铢之利[9]，穷民即起颂扬；略蠲升斗之租[10]，贫佃即生歌舞。本偿而子息未偿，因其贫也而贳之[11]，一券才焚，即噪冯驩之令誉[12]；赋足而国用不足，因其匮也而助之，急公偶试，即来卜式之美名[13]。果如是，则大异于今日之富民，而又无损于本来之故我。觊觎者息而仇怨者稀[14]，是则可言行乐矣。其为乐也，亦同贵人，不必于持筹握算之外别寻乐境，即此宽租减息，仗义急公之日，听贫民之欢欣赞颂，即当两部鼓吹[15]；受官司之奖励称扬，便是百年华衮[16]。荣莫荣于此，乐亦莫乐于此矣。至于悦色娱声、眠花藉柳、构堂建厦、啸月嘲风诸乐事，他人欲得，所患无资，业有其资[17]，何求不遂？是同一富也，昔为最难行乐之人，今为最易行乐之人。即使帝尧不死，陶朱现在，彼丈夫也，我丈夫也，吾何畏彼哉？去其一念之刻而已矣。

【注释】

〔1〕"华封人祝帝尧富寿多男"数句：出自"华封三祝"寓言故事。谓华封人以尧为圣人，一祝其寿，二祝其富，三祝其多男子。尧三辞，曰："多男子则多惧，富则多事，寿则多辱。"事见《庄子·天地》。帝尧，传说中上古氏族社会后期部落首领。陶唐氏，名放勋，史称唐尧。

〔2〕陶朱公：即范蠡，春秋时越国大夫，助越王勾践灭吴后，功成身退，至陶（今山东定陶西北），以经商致富，疏财施善，十九年中三致千金。

〔3〕"财多则思运"二句：资本应该流动运作，方能增值生财。

〔4〕风鹤皆兵：风声鹤唳，草木皆兵。见《晋书·谢玄传》。

〔5〕觳觫（hú sù）：恐惧发抖的样子。

〔6〕敛：积敛，敛财。

〔7〕比户可封：即比屋可封，语出《尚书·大传五》。指教化富有成就，使家家都有道德，人人皆可旌表。

〔8〕售恩：市恩，用钱财来收买人心。

〔9〕课：征收赋税。锱铢之利：蝇头小利。锱铢，古代极小的计量单位，四分之一两为一锱，六分之一锱为一铢。

〔10〕蠲（juān）：通"捐"，减免，除去。

〔11〕贳（shì）：通"赦"，赦免，免除。

〔12〕"一券才焚"二句：冯谖（huān），战国时孟尝君门下食客。曾把不能还息的债券付之一炬，替孟尝君收买人心。噪（zào），大声叫嚷。令誉，好名声。

〔13〕卜式：西汉河南人。屡以家财捐助政府，武帝任为中郎，后封关内侯，官御史大夫。

〔14〕觊觎：非分的希望与企求。

〔15〕两部鼓吹：语出《南齐书·孔稚珪传》，言稚珪以门庭内蛙鸣声当两部鼓吹。鼓吹，乐队所奏乐曲。

〔16〕华衮：古代君王显贵的礼服。华，言其华美多彩。

〔17〕业：已经。

【译文】

　　劝贵人行乐容易，劝富人行乐却难。为什么呢？钱财为行乐的资本，然而钱财又不宜太多，太多了反而成为拖累人的东西了。《庄子·天地》篇里头说，华封人祝福帝尧富有，长寿，多生男孩儿，尧说："富有了，就会多事。"华封人说："富有了，让别人来分走一些，那会有什么事呢？"由此观之，钱财多了，而不能分给别人，即使以唐尧的圣明，帝王的尊贵，尚且不能免除多事的牵累，何况是那些德行不如圣人，名位不及帝王的人呢？陶朱公范蠡，屡次赚得千金，又屡次散掉千金，他之所以赚来大把的财富又定要散给穷人，散尽之后又能再次赚得，也是在仿效帝尧的预防多事啊！现在要劝富人行乐，一定要先劝他散财给需要的人；而要劝富人分财，那势必如同拔起高山跨越大海那样困难，是必定成功不了的事情。财富多了，那就得费神琢磨怎样让它流动运转起来，因为不流动就不会产生利润。然而不流动也就罢了，一旦流动起来，那么主人就得惨淡经营，就会行卧不安，那种辛苦劳累说也说不完。钱财多了，必然还要善于安全防护，防护不好就会被强盗小偷所偷窃占有，甚至有因为财物而送了命的。然而不去防护也就罢了，一旦考虑防护，就会整天惊魂四绕，风声鹤唳，草木皆兵，那种战战兢兢、惊恐万状的样子，让人不堪忍受，不忍目睹。况且钱财多了，必然招来忌恨。常言说："温饱之家，众怨所归。"以一人之身而成了众矢之的，只怕连担惊受怕、忧伤虑死尚且忙不过来，哪里还有余暇容你与他谈论行乐之事啊？太严重了！财富不可太多，财富一多，所造成的麻烦牵累竟然至于此啊。

　　如此说来，那么富人行乐这事，就终究无可指望了吗？我说：不然。多分一些财富给人就比较困难，但少聚敛财富却相对容易一些。处在日日丰衣足食、人人品行高尚、户户德可封爵的盛世，就难于通过散财施物来换得感恩之心；而当百姓困穷、民生凋敝的年代，就容易通过分享财物来显示美德。少课收些赋税，放弃点蝇头小利，穷苦百姓就会群起颂扬；略略蠲免些田租，让掉升斗之粮，贫困佃户就会载歌载舞。欠债的人还了本金但利息还不上，你因为他贫困而宽免了利息，借据刚一烧掉，你就赢得了像战国时孟尝君门客冯谖那样的好声誉；你收的赋税充足而国家财用不足，因为国家财力匮乏你就捐资相助，急公好义之举偶然一试，就赢来汉代卜式那样的好名声。果真如此的话，那你就会和现在一般的富翁大不相同，而这又无损于你本然的故我。那些原先觊觎你财富的人打消了念头，而那些本来对你怀有仇怨的人也少了，这样，那你就可以谈得上行乐了。富人之为乐，也同贵人一样，也不一定非得在账本算盘之外另找乐境，就是在你宽租减息，仗义急公之日，听到贫苦百姓欢欣鼓舞，称颂赞叹之时，就相当于听到了两部鼓吹的美妙合奏；受到官府的表彰奖励，也就如同穿上了百年的华衮，尊贵的礼服。要是讲荣耀，荣耀莫过于此，如果言快乐，快乐也莫过于此。至于那些娱声悦色、眠花宿柳、构堂建厦、啸月嘲风之类各种快乐之事，他人也想得到，所愁的是没有钱财，而富人已经富于钱财，又有何种追求愿想不能实现呢？如此一来，那么同样一位富翁，昔日为最难于行乐的人，现在却成为最易于行乐的人。即使是帝尧没有死去，范蠡而今健在，他们是大丈夫，我也是大丈夫，我有什么好敬畏他们的呢？只不过是要除掉贪得无厌、锱铢必较的一点刻薄念头罢了。

贫贱行乐之法

穷人行乐之方，无他秘巧，亦止有退一步法。我以为贫，更有贫于我者；我以为贱，更有贱于我者；我以妻子为累，尚有鳏寡孤独之民[1]，求为妻子之累而不能者；我以胼胝为劳[2]，尚有身系狱廷，荒芜田地，求安耕凿之生而不可得者。以此居心，则苦海尽成乐地。如或向前一算，以胜己者相衡，则片刻难安，种种桎梏幽囚之境出矣[3]。

一显者旅宿邮亭[4]，时方溽暑[5]，帐内多蚊，驱之不出。因忆家居时堂宽似宇，簟冷如冰[6]，又有群姬握扇而挥，不复知其为夏，何遽困厄至此[7]！因怀至乐，愈觉心烦，遂致终夕不寐。一亭长露宿阶下，为众蚊所啮，几至露筋，不得已而奔走庭中，俾四体动而弗停[8]，则啮人者无由厕足[9]；乃形则往来仆仆[10]，口则赞叹嚣嚣[11]，一似苦中有乐者。显者不解，呼而讯之，谓："汝之受困，什伯于我[12]，我以为苦，而汝以为乐，其故维何？"亭长曰："偶忆某年，为仇家所陷，身系狱中。维时亦当暑月，狱卒防予私逸[13]，每夜拘挛手足[14]，使不得动摇，时蚊蚋之繁[15]，倍于今夕，听其自啮，欲稍稍规避而不能，以视今夕之奔走不息，四体得以自如者，奚啻仙凡人鬼之别乎[16]！以昔较今，是以但见其乐，不知其苦。"显者听之，不觉爽然自失。此即穷人行乐之秘诀也。

不独居心为然，即铸体炼形亦当如是。譬如夏月苦炎，明知为室庐卑小所致，偏向骄旸之下来往片时[17]，然后步入室中，则觉暑气渐消，不似从前酷烈；若畏其湫隘而投宽处纳凉[18]，及至归来，炎蒸又加十倍矣。冬月苦冷，明知为墙垣单薄所致，故向风雪之中行走一次，然后归庐返舍，则觉寒威顿减，不复凛冽如初；若避此荒凉而向深居就燠[19]，及其再入，战栗又作何状矣？由此类推，则所谓退步者，无地不有，无人不有。想至退步，乐境自生。

予为两间第一困人[20]，其能免死于忧，不枯槁于连遭蹭蹬者[21]，皆用此法。又得管城一物[22]，相伴终身，以扫千军则不足，以除万虑则有余。然非善作退步，即楮墨亦能困人[23]。想虞卿著书[24]，亦用此法，我能公世[25]，彼特秘而未传耳。

由亭长之说推之，则凡行乐者，不必远引他人为退步，即此一身，谁无过来之逆境？大则灾凶祸患，小则疾病忧伤。"执柯伐柯，其则不远。"[26] 取而较之，更为亲切。

凡人一生，奇祸大难非特不可遗忘，还宜大书特书，高悬座右。其裨益于身者有三：孽由己作，则可知非痛改，视作前车[27]；祸自天来，则可止怨释尤，以弭后患[28]；至于忆苦追烦，引出无穷乐境，则又警心惕目之余事矣。如曰省躬罪己[29]，原属隐情，难使他人共睹，若是则有包含韫籍之法[30]。或止书罹患之年月[31]，而不及其事；或别书隐射之数语[32]，而不露其详；或撰作一联一诗，悬挂起居亲密之处。微寓己意，不使人知，亦淑慎其身之妙法也[33]。此皆湖上笠翁瞒人独做之事，笔机所到，欲讳不能，俗语所谓"不打自招"者，非乎？

【注释】

　　〔1〕鳏寡孤独：《孟子·梁惠王下》："老而无妻曰鳏，老而无夫曰寡，老而无子曰独，幼而无父曰孤。"

　　〔2〕胼胝（pián zhī）：老茧。

　　〔3〕桎梏（zhì gù）：脚镣和手铐，比喻束缚人和物的东西。

　　〔4〕邮亭：驿馆，古时递送文书者投宿之所。

　　〔5〕溽（rù）暑：夏天潮湿、闷热的天气。

　　〔6〕簟（diàn）：竹席。

　　〔7〕遽：匆忙，突然。

〔8〕俾（bǐ）：使。四体：四肢。

〔9〕啮人者：咬人者，指蚊子。厕足：驻足。

〔10〕仆仆：辛苦劳累的样子。

〔11〕嚣嚣（áo áo）：自得貌。

〔12〕什伯：十倍、百倍。

〔13〕私逸：偷偷逃走。

〔14〕拘挛：捆绑。

〔15〕蚊蜹（ruì）：蚊虫。蜹，昆虫名，嗜吸人畜之血，咬后奇痒。

〔16〕奚啻（chì）：何止。

〔17〕骄旸（yáng）：烈日。旸，日出，天晴。

〔18〕湫隘（jiǎo ài）：低洼狭小。

〔19〕燠（yù）：热，暖。

〔20〕两间：天地之间。

〔21〕迍邅（zhūn zhān）：困顿不得志。蹭蹬（cèng dèng）：遭遇挫折。

〔22〕管城一物：指毛笔。韩愈《毛颖传》以拟人化的手法，写毛笔被封诸管城，号曰管城子。后因以"管城子"作为笔的别称。

〔23〕楮（chǔ）墨：纸和墨，指书、画或诗文。

〔24〕虞卿：战国时策士。曾因进说赵王，为上卿，受相印，故称虞卿。后因事逃亡，穷愁著书，世传为《虞氏春秋》，已佚。

〔25〕公世：公诸于世。

〔26〕"执柯伐柯"二句：是说拿着斧头砍伐作斧头（柄）的木材，样子、法则就在手边。语本《诗经·豳风·伐柯》。

〔27〕前车：可引以为戒的往事，前车之覆，后车之鉴。

〔28〕弭（mǐ）：平息，消除。

〔29〕省躬：自我反省。

〔30〕包含韫籍：含蓄，不直接言明。

〔31〕罹患：遭难。

〔32〕隐射：影射。

〔33〕淑慎：委婉而谨慎。语出《诗经·邶风·燕燕》。

【译文】

　　穷人行乐的方法，没有其他的秘方和技巧，也只有这个退一步法。我以为自己贫穷，还有比我更贫穷的；我以为自己卑贱，还有比我更卑贱的；我以妻子儿女为拖累，却还有鳏寡孤独之人，无妻子，无丈夫，无父亲，无子嗣，想要求得被亲人，被妻子儿女所拖累却不能够；我以耕田劳作，手脚磨起老茧视为劳苦，可是还有人被押在大牢里，家里田地荒芜，想要求得安安稳稳耕地凿井的劳作生涯，却不可得。只要心里存有这种想法，那么苦海全都变成了乐地。如果有人非得向前面算往高处看，拿境遇胜过自己的人来衡量自我，那就会片刻也难以心安，披枷带锁，绳捆索绑，幽禁囚系的种种情景就立马会成为心灵的现实。

　　有一位显贵者外出住旅店，当时正值潮湿闷热的大暑天，床帐里蚊子很多，驱不出赶不尽。于是想起平常家居时光，厅堂宽敞高大如天宇，床席清凉得如冰水，又有成群的娇姬美妾在旁边挥扇，根本感觉不到这是在夏天，怎么会一下子竟然困厄到这样的境地！因为心里总是怀想着至快乐的时节与光景，所以越发觉得心里烦躁，于是竟至于整夜都没有合眼。有一位亭长露宿在旅店的台阶下面，被一群蚊子咬得几乎要露出筋来，不得已而在庭院里来往奔跑，不停地手舞足蹈晃动四肢，想让咬人的蚊子无处歇脚；看他跑来跑去的样子，挺辛苦劳累的，但听他嘴里啧啧连声，恰似在赞叹欣赏，就好像苦中有乐，蛮自得享受的样子。那个显贵人见了大感不解，叫过来询问他，说："你所受的苦，比我重十倍百倍，我以为苦，而你却以为乐，这是什么缘故呢？"那个亭长说："偶然想起某一年，我被仇人所陷害，身陷牢狱之中。那时也正当酷暑时分，狱卒为了防备我私下逃逸，每天夜里都把我的手和脚捆绑得严严实实，让我丝毫动弹不得。当时蚊虫比今晚还要多一倍，我只能任凭它们叮咬，想要稍稍躲避一下都不可能。以那次噩梦般的遭遇来看今天晚上，我还能够不停地来往奔走，四肢也可以活动自如，驱赶蚊虫，那何止于神仙与凡夫，活人和死鬼的差别？用昔日的惨状来与今天比较，所以只见其乐，不知其苦。"那位显贵者听了，不觉恍然大悟，又若有所失。这个亭长的心态和做法，就是穷人行乐的秘诀。

　　不仅在内心精神层面应当这样来看待苦与乐，就是于外在身体的锻炼和适应环境上也应当如此。譬如夏天苦于炎热，明明知道是由于居室矮屋子小所致，却偏偏要到烈日下花一时半刻走上几个

来回，然后再踱回屋里，就会觉得暑气渐消，不像先前那样酷热不
堪了；倘若因为畏惧嫌憎房屋矮小狭窄，而去高敞的厅堂纳凉，等
到回来以后，小屋内像似蒸笼，感觉暑热又增十倍。到冬天苦于
寒冷，明明知道是由于墙壁单薄所致，却故意向风雪之中去行走一
次，然后回到屋里，那就会觉得严寒顿时缓解了不少，不再像起初
那样凛冽了；假如避开寒冷的陋室，而前往大屋深宅去烤火取暖，
等到再进入到原先的小屋，那么在因寒冷而冻得浑身打战时，不知
道又会是怎么个样子。以此类推，那么所谓退一步的方法，无处不
有，无人不有。想到退一步，那么快乐的境界就自然会产生。

　　我可以说是天地之间遭厄受困的第一人，之所以能够得免于
忧愁而死，也没有被坎坷挫折，困顿不堪的命运弄得形容枯槁，都
是因为用了这个退一步法。又加上我还有这一枝毛笔，与我终身相
伴，用它来横扫千军自然做不到，但是用它来排解忧虑却是绰绰有
余的。然而，如果不善于作退一步之想，即使笔墨纸砚也能够使人
困坐愁城。想象战国时人虞卿在穷愁中著书立说，也是用了这个方
法，只不过我能将它公之于世，而虞卿却秘而未传罢了。

　　由上面提到的亭长之说推而论之，那么凡是行乐之人，不必
远引他人经历来作退一步之想，就是自己这一人之身，谁没有亲身
经历过逆境与难处？大的方面则有凶灾祸患，小的方面则有疾病忧
伤。《诗经·豳风·伐柯》上说："执柯伐柯，其则不远。"不舍近求
远，以他人经历作退一步之想，而是忆取亲身经历的艰难逆境来比
照自己当下的境遇，更为亲切，也更加适宜。

　　凡人一生中所经历过的奇祸大难，非但不可以遗忘，而且还
应该大书特书，像座右铭一样高高地悬挂在显著位置，来警诫自
己，提醒自己。它裨益于我身的有三个方面：倘若那些罪孽是由
自己作出来的，那么就可以将其视为前车之鉴，以便知道如何痛
改前非；假如灾祸是从天而降，人们无法抗拒，那么可以不再怨
天尤人，以便消除后面的隐患；至于追忆过去的痛苦烦恼，引出
现在无穷的乐境，那还只是警心惕目之余的意外收获。如果说反
躬自省，罪己恕人，原本属于个人隐情，不便于让别人一起共睹，
如此则另外有保守隐秘，包涵隐情的方法。或者只书写遭遇祸患
的年月时间，而不提及具体事由；或者另外写几句影射与提示性

的话，而不透露详情；或者撰写一副对联、一首诗歌，悬挂在自己每天起居活动比较私密的地方。微微寄寓和蕴含自己的心意，不让别人知晓，这也是含蓄审慎严谨修身的好方法。这些都是我湖上笠翁瞒着别人自个儿独做的事情，现在信手写来，笔锋到此，想要隐讳也不能了，俗话所说的"不打自招"，难道不是这样的吗？

家庭行乐之法

世间第一乐地，无过家庭。"父母俱存，兄弟无故，一乐也。"[1]是圣贤行乐之方，不过如此。而后世人情之好向，往往与圣贤相左。圣贤所乐者，彼则苦之；圣贤所苦者，彼反视为至乐而沉溺其中。如弃现在之天亲而拜他人为父[2]，撇同胞之手足而与陌路结盟，避女色而就娈童，舍家鸡而寻野鹜，是皆情理之至悖，而举世习而安之。其故无他，总由一念之恶旧喜新、厌常趋异所致。若是，则生而所有之形骸亦觉陈腐可厌，胡不并易而新之，使今日魂附一体，明日又附一体，觉愈变愈新之可爱乎？

其不能变而新之者，以生定故也。然欲变而新之，亦自有法。时易冠裳，迭更帷座[3]，而照之以镜，则似换一规模矣。即以此法而施之父母兄弟骨肉妻孥，以结交滥费之资而鲜其衣饰，美其供奉，则"居移气，养移体"[4]，一岁而数变其形，岂不犹之谓他人父，谓他人母，而与同学少年互称兄弟，各家美丽共缔姻盟者哉[5]？

有好游狭斜者[6]，荡尽家资而不顾，其妻迫于饥寒而求去。临去之日，别换新衣而佐以美饰，居然绝世佳人。其夫抱而泣曰："吾走尽章台[7]，未尝遇此娇丽。由是观之，匪人之美，衣饰美之也。倘能复留，当为勤俭克家[8]，而置汝金屋。"妻善其言而止。后改荡从善，卒如所云。又有人子不孝而为亲所逐者，鞠于他人[9]，越数年而复返，定省承欢[10]，大异畴昔[11]。其父讯之，则曰："非予不爱其亲，习久而生厌也；兹复厌所习见，而以久不睹者为可亲矣。"众人笑之，而有识者怜之。何也？习久而厌其亲者，天下皆然，而不能自明其故。此人知之，又能直言无讳，盖可以为善之人也。

此等罕譬曲喻，皆为劝导愚蒙。谁无至性，谁乏良知，而俟予为木铎[12]？但观孺子离家，即生哭泣，岂无至乐之境十倍其家者哉？性在此而不在彼也。人能以孩提之乐境为乐境，则去圣人不远矣。

【注释】

〔1〕"父母俱存"三句：语出《孟子·尽心上》。

〔2〕天亲：指父母、兄弟、子女等的血亲。

〔3〕帏：帏帐，帘幕。

〔4〕居移气，养移体：语出《孟子·尽心下》，意为居住环境改变气度，日常奉养改变体质。

〔5〕共缔姻盟：缔结婚约，结为亲家。

〔6〕狭斜：古乐府有《长安有狭斜行》，述少年冶游之事，旧时因称娼妓之家为"狭斜"。

〔7〕章台：汉长安有章台街。后用为妓院聚集之地的代称。

〔8〕克家：语出《易·蒙》，意为能担当家事，继承祖先的事业。

〔9〕鞠：养。

〔10〕定省（xǐng）：即"昏定晨省"，旧指子女早晨晚间向父母问安。

〔11〕畴昔：往昔。

〔12〕木铎（duó）：木舌的铃，古代施行政教传布命令时用的。

【译文】

　　世间第一乐地，没有比得上家的。孟子说："父母俱存，兄弟无故，一乐也。"由此可知圣贤行乐的方法，也不外乎是这样。而后世人情所爱好所崇尚的，往往与圣贤相左。圣贤们认为快乐的，他们却以此为苦；圣贤们以为是苦的，他们反而视为至快乐的事情而沉溺其中不能自拔。比如有人抛开健在的生身父母而去拜别人为父母，撇下同胞手足而去和陌路之人结拜为盟兄盟弟，躲避女色而亲近娈童，舍弃家中妻妾而去外面寻欢猎艳。这些都是极端违背人情伦理的行为，而举世之人都已经看得习惯，做得心安了。这没有别的缘故，都是由喜新恶旧、厌常趋异的一念所致。如果依这样的理念，那么人一生下来就天然具有的五官面目、四肢百骸，也会被觉得陈腐可厌。何不一并都换成新的，使其魂魄今日附一躯体，明日又附于另一躯体，这样日日常变，愈变愈新，是不是觉得很可爱呢？

　　人体之所以不能变旧成新，是因为生下来就定好了形的。然而要想变化为新的，也自有办法。时不时换一下衣冠，经常变一变帷帐帘幕、座椅环境，拿镜子照照，就好像变换了一个模样。就用这个办法实施于父母兄弟、妻儿老小和所有的亲人，拿出那些原先要用于结交朋友胡乱浪费的钱，给亲人们购置鲜衣美服、漂亮首饰，让他们得到美好丰盛的供养。那么就会像孟子所说的"居移气，养移体"，让他们的气度面貌，随环境条件而改观。这样一年之内数次改变他们的形象，难道不就像是称他人为父，叫他人为母，而与同学少年互称兄弟，跟各家的美人佳丽缔结姻缘了吗？

　　有人喜好斗鸡走狗、寻花问柳，为此荡尽了家产也毫不顾惜，他的妻子迫于饥寒，而请求离开他。临走的那一天，他妻子另外换上新衣裳，戴上漂亮的首饰，居然是一位绝代佳人。她丈夫抱着她哭道："我走遍了章台妓院，也没有遇到过像你那样娇美的女子。由此观之，不是那些女人长得美，而是漂亮的衣服首饰使她们显得美。倘若你能够留下来，我定当勤俭持家，重振家业，让你像阿娇皇后一样，住在金屋子里面。"妻子认为他说得不错，就留了下来。后来这个人改掉了坏毛病，走上了正道，最后实现了他的诺言。还有一个不孝之子，被父亲赶出家门，为别人所收养。过了几年他又回到了自己家，从此昏定晨省，膝下承欢，恭恭敬敬，孝顺父母，跟以前大不一样。父亲询问他缘故，他就说："不是我不爱父母，只是因为朝夕相处在一起时间长了，就有些厌烦了；现在又因为与收养我的那家人相处得久了，所以有些厌烦，看到很久没有见到的亲生父母，就觉得可亲了。"众人都嘲笑他，而有见识的人却理解同情他。为什么呢？因为朝夕相处的时间长了而厌烦父母亲人，天下人都是这样的，却不能自己明白其中的缘故。此人知道，而且又能直言不讳，他的本性是好的，是可以为善的人。

我煞费苦心，用这样少见的事例，这么绕弯子打比方，都是为了劝导那些愚蒙的人。谁没有至情至性？谁缺乏天性良知？还用得着等我去唤醒启蒙吗？只要看看小孩儿一离开家离开父母，就会哭泣，难道就没有比家里快乐十倍的至乐之境吗？小孩子的天性决定了他的至乐之境在家里头，而不是在别的什么地方啊。如果人们能以小孩子的乐境为乐境，那离圣人就不远了。

道途行乐之法

"逆旅"二字[1]，足概远行，旅境皆逆境也。然不受行路之苦，不知居家之乐，此等况味，正须一一尝之。予游绝塞而归[2]，乡人讯曰："边陲之游乐乎？"予曰："乐。"有经其地而惮焉者曰[3]："地则不毛，人皆异类，睹沙场而气索，闻钲鼓而魂摇[4]，何乐之有？"予曰："向未离家，谬谓四方一致，其饮馔服饰皆同于我，及历四方，知有大谬不然者。然止游通邑大都，未至穷边极塞，又谓远近一理，不过稍变其制而已矣。及抵边陲，始知地狱即在人间，罗刹原非异物[5]。而今而后，方知'人之异于禽兽者几希'[6]，而近地之民去绝塞之民者，反有霄壤幽明之大异也⁽⁷⁾。不入其地，不睹其情，乌知生于东南，游于都会，衣轻席暖，饭稻羹鱼之足乐哉！"此言出路之人，视居家之乐为乐也；然未至还家，则终觉其苦。

又有视家为苦，借道途行乐之法，可以暂娱目前，不为风霜车马所困者，又一方便法门也。向平欲俟婚嫁既毕⁽⁸⁾，遨游五岳；李固与弟书⁽⁹⁾，谓周观天下⁽¹⁰⁾，独未见益州⁽¹¹⁾，似有遗憾；太史公因游名山大川⁽¹²⁾，得以史笔妙千古。是游也者，男子生而欲得，不得即以为恨者也。有道之士，尚欲挟资裹粮，专行其志，而我以糊口资生之便，为益闻广见之资⁽¹³⁾，过一地即览一地之人情，经一方则睹一方之胜概，而且食所未食，尝所欲尝，所余者而归遗细君⁽¹⁴⁾，似得五侯之鲭以果一家之腹⁽¹⁵⁾，是人生最乐之事也，奚事哭泣阮途⁽¹⁶⁾，而为乘槎驭骏者所窃笑哉⁽¹⁷⁾？

【注释】

〔1〕逆旅：客舍。逆，迎，迎止宾客的馆舍。此处意含双关，兼顺逆之"逆"义。

〔2〕绝塞：绝远的边塞、边疆。

〔3〕惮：惧怕。

〔4〕钲鼓：钲和鼓。古代行军时用以指挥行动的乐器。

〔5〕罗刹：佛经中恶鬼的通称。原为古印度土著族之一，雅利安人诬罗刹族人凶恶可畏，遂成为恶鬼的代称。

〔6〕人之异于禽兽者几希：语出《孟子·尽心上》。几希，无几，甚少。

〔7〕霄壤幽明：极言差异之大。霄壤，天与地。幽明，阴与阳，死与生。

〔8〕向平：即向子平，东汉朝歌（今河南淇县）人。子女婚嫁已毕，遂不问家事，出游名山大川，不知所终。

〔9〕李固：字子坚，东汉汉中南郑（今属陕西）人。其《与弟圔书》

见严可均《全后汉文》卷八十六。

〔10〕周观：遍观。

〔11〕益州：古州名。东汉治所在雒（今四川广汉北）。中平中移治绵竹（今德阳东北）。兴平中又移成都（今成都市）。

〔12〕太史公：司马迁，西汉史学家、文学家。字子长，夏阳（今陕西韩城南）人。早年遍游名山大川，寻访历史遗迹。后发愤而著《史记》。

〔13〕"而我以糊口资生之便"二句：李渔自编自导，率领其家庭剧团到各地演出，以维持生计，足迹遍及十余省。

〔14〕归遗细君：事见《汉书·东方朔传》。言武帝赐从官肉，东方朔不等长官到来，便先自拔剑割肉而去，以遗细君的事。细君，东方朔妻子之名，后以"细君"为妻的代称。

〔15〕五侯之鲭：指汉代娄护合成帝母舅王谭、王根等五侯所馈珍膳而烹饪的杂烩，世称五侯鲭。鲭，鱼和肉的杂烩。果腹：吃饱肚子。

〔16〕哭泣阮途：阮籍，字嗣宗，"竹林七贤"之一。每至穷途，辄恸哭而返。

〔17〕乘槎驭骏者：指得道成仙者，也指飞黄腾达的人。乘槎，乘坐竹木筏。传说天河通海，有个住在海边的人，曾见每年八月海上有木筏漂来，他就乘上木筏，结果到了天河，看到了牛郎织女。见晋张华《博物志》卷十。窃笑：暗笑。

【译文】

"逆旅"这两个字，足以概括远行的况味，旅行之境全都是逆境啊。然而没经历过行路的艰苦，就不会体验居家的快乐，这等人生况味，正需一一品尝。我游历绝远的边塞而归故乡，乡里有人问我："边陲之游快乐吗？"我说："快乐。"有去过那些地方，至今对那里心有余悸的人说："那里的地，是不毛之地，那里的人，是异族别类的人。看到那昔日的沙场，让人心慌气短，恍惚听到战鼓杀伐之音、呐喊厮杀之声，使人魂飞魄散，有什么快乐可言呢？"我说："以前没有离家远行时，错误地以为天下四方全都一个样，各地的饮食服饰都同我们这里一样。等到游历四方以后，才知道真是大谬不然。但这还只是游历了那些交通要道上的都市重镇，没有到过极边绝塞穷乡僻壤，还是以为天下地方有远近，但道理是同一个，不过只是具体样式稍稍有些变化罢了。等到去边陲地区一游，才知道地狱就在人间，罗刹鬼也并不是什么罕见的异物。从今而后，方才知道人不同于禽兽的地方只有一点点，而内地居民和边塞居民之间的差异，反倒如有天上和地下的差别，黑夜与白昼的不同。如果不亲身深入那个地方，目睹那种景象，哪里能够知道生在东南地区，游于繁华都会，穿着轻柔的华服，睡着暖暖的床席，吃着香喷喷的米饭，喝着鲜美的鱼羹，这是多么幸运和快乐啊！"这是说的出门在外的人，能够有更深切的体验和感受，更能以居家生活的快乐为快乐；然而在他们还没有回到家的时候，那么终究会觉得出门在外的苦。

我又有视居家生活为苦，而借旅途来行乐的办法，可以暂且娱乐目前的旅途生涯，不被这一路的风霜雨雪，与车马劳顿颠沛所困，这是又一种方便法门。汉代人向子平打算等子女婚嫁以后，就前往遨游五岳；李固给弟弟的信，说看遍了天下各个地方，唯独没有见过益州，似乎颇有遗憾；太史公马迁因为壮游名山大川，使得他的史笔妙绝千古。由此可见，壮游天下，是男子汉生来就希望得到实现的愿望，得不到实现就以为是人生的一大憾事。那些有道之士，尚且打算带上盘缠，背着干粮，专力实现自己壮游的志向，而我趁奔走各地糊口谋生之便，得以开阔视野，增长知识，丰富见闻。每到一地，就观察该地的风土人情，每过一方，就饱览一方的历史遗迹、风景名胜。而且能够吃到以前从未吃到过的东西，尝到早就想要尝的美味，把剩下的保存好，带回家送给妻妾共享，就好像得到"五侯之鲭"那样的美味佳肴，让全家人解馋果腹。这是人生最快乐的一件事啊，何必要像西晋阮籍那样恸哭于穷途，而被那些乘着仙筏、驾着骏马的达官贵人所偷偷耻笑呢？

春季行乐之法

人有喜怒哀乐，天有春夏秋冬。春之为令，即天地交欢之候，阴阳肆乐之时也。人心至此，不求畅而自畅，犹父母相亲相爱，则儿女嬉笑自如，睹满堂之欢欣，即欲向隅而泣，泣不出也。然当春行乐，每易过情，必留一线之余春，以度将来之酷夏。盖一岁难过之关，惟有三伏，精神之耗，疾病之生，死亡之至，皆由于此。故俗话云："过得七月半，便是铁罗汉。"非虚语也。思患预防，当在三春行乐之时，不得纵欲过度，而先埋伏病根。花可熟观，鸟可倾听，山川云物之胜可以纵游，而独于房欲之事略存余地。盖人当此际，满体皆春。春者，泄尽无遗之谓也。草木之春，泄尽无遗而不坏者，以三时皆蓄，而止候泄于一春，过此一春，又皆蓄精养神之候矣。人之一身，能保一时尽泄而三时皆不泄乎？尽泄于春而又不能不泄于夏，虽草木不能不枯，况人身之浮脆者乎？欲留枕席之余欢，当使游观之尽致。何也？分心花鸟，便觉体有余闲；并力闺帏，易致身无宁刻。然予所言，皆防已甚之词也[1]；若使杜情而绝欲，是天地皆春而我独秋，焉用此不情之物[2]，而作人中灾异乎！

【注释】

〔1〕已甚：过分。

〔2〕不情：不合情理。

【译文】

　　人有喜怒哀乐，天有春夏秋冬。春天这个季节，就是天地交欢的节候，阴阳肆乐的时令。冬去春来，阴阳交泰，万象更新，到了这个美好的季节，人的心情即使不求舒展畅快，也自然而然是欢畅的，就好像父母相亲相爱，那么儿女们就会嬉笑自如，看到全家上下和和美美欢畅欣喜，你就是想躲到墙角去哭，也哭不出来啊。但是，在春季行乐，每每容易纵情过度，一定要注意保留一线多余的春情，以便安度即将到来的炎炎夏日。因为一年之中最难过的关口，惟有三伏，精气神的耗损，多种疾病的发生，死亡的到来，都是由于三伏天的酷热难当。所以俗话说："过得七月半，便是铁罗汉。"这可不是一句虚言。想要预防炎夏的不适，在三春行乐的时候就应当注意，切不要纵欲过度，事先埋伏下病根。繁花似锦，可以尽兴观赏；鸟儿欢唱，可以尽情倾听；山川风物，景观名胜，可以纵意游览。而独独在房事情欲这个事情上，要略略留存些余地。因为当春意盎然之际，人们也自然春情勃发，溢满身心。没有了冰雪严寒的压抑，万物竞相萌发，肆意生长，春天就意味着泄尽无遗。草木的生机，泄尽无遗却不会消耗损坏，那是因为草木们在夏秋冬三季都在默默地积蓄着，只等着到春天这一季节尽情萌发宣泄，过了这一个春季，就又都是养精蓄神的时候了。而人的一生，能够保证只在春天这一时节泄发无余，而其余三季都不发泄吗？如果在春季已经尽泄无遗，而又不能不在夏季及秋冬季一泄再泄，即使是草木尚且不能不枯萎，何况人之躯体的虚浮脆弱呢？要想留得床笫枕席之余欢，就应当尽情尽兴去观光游览。为什么呢？把心思分散到风景花鸟上面，便会觉得身体轻松，精力有余；把精力专注于闺房帷幕之间，那就容易导致身心没有片刻的宁静。不过我这里所讲的，都是防止过甚无度的话；假如片面地理解为是提倡压抑情感，主张禁欲主义，那不成了春回大地，万物生意盎然之时，而唯独我还待在肃杀的秋冬，生机全无，我哪会用这样不合情理的做法，去成为人间灾异呢？

夏季行乐之法

酷夏之可畏，前幅虽露其端，然未尽暑毒之什一也。使天只有三时而无夏，则人之死也必稀，巫医僧道之流皆苦饥寒而莫救矣。止因多此一时，遂觉人身叵测，常有朝人而夕鬼者。《戴记》云："是月也，阴阳争，死生分。"[1]危哉斯言，令人不寒而栗矣。凡人身处此候，皆当时时防病，日日忧死。防病忧死，则当刻刻偷闲以行乐。从来行乐之事，人皆选暇于三春[2]，予独息机于九夏[3]。以三春神旺，即使不乐，无损于身；九夏则神耗气索，力难支体，如其不乐，则劳神役形，如火益热，是与性命为仇矣。《月令》以仲冬为闭藏[4]；予谓天地之气闭藏于冬，人身之气当令闭藏于夏。试观隆冬之月，人之精神愈寒愈健，较之暑气铄人[5]，有不可同年而语者。凡人苟非民社系身[6]，饥寒迫体，稍堪自逸者，则当以三时行事，一夏养生。过此危关，然后出而应酬世故，未为晚也。

追忆明朝失政以后，大清革命之先，予绝意浮名，不干寸禄[7]，山居避乱，反以无事为荣。夏不谒客[8]，亦无客至，匪止头巾不设[9]，并衫履而废之。或裸处乱荷之中，妻孥觅之不得[10]；或偃卧长松之下[11]，猿鹤过而不知。洗砚石于飞泉，试茗奴以积雪；欲食瓜而瓜生户外，思啖果而果落树头。可谓极人世之奇闻，擅有生之至乐者矣。后此则徙居城市，酬应日纷，虽无利欲薰人，亦觉浮名致累。计我一生，得享列仙之福者，仅有三年。今欲续之，求为闰余而不可得矣[12]。伤哉！人非铁石，奚堪磨杵作针[13]；寿岂泥沙，不禁委尘入土。予以劝人行乐，而深悔自役其形[14]。噫！天何惜于一闲，以补富贵荣朊之不足哉[15]？

【注释】

〔1〕“《戴记》云”数句：引自《礼记·月令》，原文为：“是月也，日长至，阴阳争，死生分。”汉代，《礼》有戴德和其从兄之子戴圣（世称大戴、小戴）分别选编的两种传礼的本子，即《大戴记》和《小戴记》（今之《礼记》）。李渔说的《戴记》指戴圣（小戴）的《礼记》。

〔2〕选暇：挑选空闲时间。

〔3〕息机：摆脱事务，停止活动。

〔4〕《月令》：《礼记》篇名。传为周公所作，实为秦汉间人抄合《吕氏春秋》十二月记首章而成。记述了一年十二个月的时令、行政及相关事物。闭藏：闭塞，收藏。

〔5〕铄（shuò）：熔化，损耗。

〔6〕民社系身：担负着有关国家和人民的重任。社，社稷。

〔7〕干：求。

〔8〕谒：拜访。

〔9〕匪止：不仅。头巾：明清时读书人戴的儒巾。

〔10〕妻孥：妻子儿女的统称。

〔11〕偃（yǎn）：仰卧。

〔12〕闰余：农历一年与地球公转一周相比，约差十日有余，此即为闰余，每数年积所余之时日为闰，而置闰月。这里以"闰余"指想要额外得到的一点时间、光阴。

〔13〕奚堪：何堪。磨杵作针：明曹学佺《蜀中广记·上川南道·彭山县》载，李白有感于老妇磨铁杵作针的精神，而发愤卒业。这里用以感慨岁月世事耗损生命，催人老去。杵，棒。

〔14〕自役其形：自己役使自己的躯体疲于奔命。

〔15〕富贵荣朊（wǔ）：犹言富贵荣华。朊，美，厚。

【译文】

炎夏酷暑的可怕，前面虽然提了个头，但实在还没有说到暑毒的十分之一。假使老天只安排春、秋、冬三季，而没有这夏天，那死的人就会少许多，巫婆、神汉、方士、医生、和尚、道士之流大概就会因为丢掉饭碗而饥寒交迫无可自救了。只因为多了这一个夏季，于是就觉得人身叵测，常常有早上还是好好的一个大活人，到晚上就死去，成了新鬼。《小戴礼记·月令》中提到仲夏时说："是月也，日长至，阴阳争，死生分。"这个话说得似乎有些危言耸听，听来叫人不寒而栗。大凡人们身处这个季节，真当都要时时预防疾病，日日忧虑死亡。其实，为了防病忧死，就更应当时时刻刻忙里偷闲来及时行乐。从来人们大都选择在三春闲暇时光行乐，惟有我偏要在九夏时停减杂务，休息行乐。因为人在三春时气健神旺，即使无暇行乐，对身体也不会有什么损害；而九夏三伏，高温酷暑，就会使人耗精神伤元气，容易体力不支，如果不注意休息行乐，就会使身心倦息，疲惫不堪，就好比火上加油，熬煎生命，那简直是跟自己的身家性命为仇了。《礼记·月令》把仲冬作为天地闭藏的节候；我认为天地之气确实闭藏于冬日，而人身之气则应当使其闭藏于夏天。试看隆冬腊月，人的精气神越冷越健，比起炎炎酷暑熬炼吾人的情景，真是不可同日而语啊。凡既没有出仕做官，不必担当社稷百姓的重任，不会有公务缠身，又不必为衣食之所安而奔走，稍有些余暇条件可以享受闲情逸致的人，就应当在春、秋、冬三个季节做事，而空出一夏来休养我生。过了夏季这个危险的难关，然后再出来应酬交游，处理世务，也为时不晚。

追忆明朝失政以后，大清革命之先，我弃绝追求虚名的念头，不谋求任何官位俸禄，居住在山里躲避兵乱，反以无事为荣。整个夏天不出去拜访客人，也没有客人来访叩门，不但不用戴头巾，而且连衣衫鞋履也不用。有时裸身藏在乱荷之中，妻儿都找不到我；有时躺卧于长松之下，猿猴仙鹤从旁边经过都不知道。在飞泉之下洗涮笔砚，用所藏的雪水煮来沏茶；要吃瓜而瓜就长在屋外，想尝尝水果而果子就会落下枝头。这样神仙似的生活，真可以说是极尽了人世间的奇闻，享有了生命中最快乐的时光。这以后，我就移居到城市，应酬越来越多，虽然还不能说是到了利欲熏人的地步，但这纷纷扰扰的生涯，也终究觉得是为虚名所累。屈指算来，我这一生当中，能够享受到神仙般幸福的时光，也只有这三年。现在就是想继续那样的生活，哪怕是求得额外的闰余零头也不可能了。伤心啊！人并非铁石，怎能经得起那样磨杵成针的损耗？寿岂是泥沙，怎能够禁得住委身尘埃埋入泥土？现在，我用这些文字奉劝世人行乐，而深深地悔恨与自责我役使己身疲于奔命的愚蠢。唉！老天爷何以吝惜这一点点空闲，不肯赐给我来弥补荣华富贵的不足啊？

秋季行乐之法

过夏徂秋，此身无恙，是当与妻孥庆贺重生，交相为寿者矣。又值炎蒸初退，秋爽媚人，四体得以自如，衣衫不为桎梏，此时不乐，将待何时？况有阻人行乐之二物，非久即至。二物维何？霜也，雪也。霜雪一至，则诸物变形。非特无花，亦且少叶；亦时有月，难保无风。若谓"春宵一刻值千金"，则秋价之昂，宜增十倍。

有山水之胜者，乘此时蜡屐而游[1]，不则当面错过。何也？前此欲登而不可，后此欲眺而不能，则是又有一年之别矣。有金石之交者[2]，及此时朝夕过从，不则交臂而失。何也？袥襶阻人于前[3]，咫尺有同千里；风雪欺人于后，访戴何异登天[4]？则是又负一年之约矣。至于姬妾之在家，一到此时，有如久别乍逢，为欢特异。何也？暑月汗流，求为盛妆而不得，十分娇艳，惟四五之仅存；此则全副精神，皆可用于青鬟翠黛之上。久不睹而今忽睹，有不与远归新娶同其燕好者哉？为欢即欲，视其精力短长，总留一线之余地。能行百里者，至九十而思休；善登浮屠者[5]，至六级而即下。此房中秘术，请为少年场授之。

【注释】

〔1〕蜡屐：用蜡涂木屐，使之亮泽。语出《世说新语·雅量》。

〔2〕金石之交：指交情坚如金石的朋友。

〔3〕袥襶（nài dài）：避暑戴的斗笠草帽。

〔4〕访戴：指王徽之雪夜乘船访问戴逵的事，见刘义庆《世说新语·任诞》。

〔5〕浮屠：佛塔。

【译文】

九夏过去，就是三秋，我身安然无恙，为此就应当与妻儿共庆又得重生，互贺延寿之喜。此时又正值炎热蒸人的暑气刚刚退去，初秋时节，气候爽朗，风景迷人，四肢可以伸展自如，套上衣衫也不会觉得受到束缚，此刻还不及时行乐，更待何时？况且有阻碍人们行乐的两样东西，不久就会来到。这两样东西是什么？就是霜啊，雪啊。霜雪一到，那么许多植物就会改变形状色泽。不但花儿凋谢了，而且风扫残叶，枝头剩下的叶子也很少。虽说也时时有月色，却难保没有凉风。如果说"春宵一刻值千金"，那么秋宵应当贵过春宵十倍。

有山水胜景可以游赏的，就当趁这样的大好时光穿好涂蜡的木屐，登山临水尽兴游观，否则当面错过岂不可惜。为什么呢？因为在这之前是酷暑，想登山遥望却不可能；在这以后是寒冬，想临水远眺也不行，一错过就又得等下一年才能遇上这样的好光景。如有生死之交的好朋友，就应当趁这个时候经常拜访来往，早晚同游，不然就会失之交臂。为什么呢？之前是暑热天气，外出就要戴上笠帽等以遮阴防暑，这就会影响人们不便出门访友，所以朋友之间虽近在咫尺，却如隔千里；之后风雪欺人，想仿效雪夜访戴的佳话，难度不是和登天差不多吗？错过了秋天，那就等于又负了一年之约。至于家中的姬妾，一到这个时候，犹如久别之后忽然相逢，那欢爱又大异于平常。为什么呢？暑月天汗流浃背，想要盛装艳抹也不能，十分娇艳，也只剩四五分；而到此时却可以将全副精神，都用于打理云鬟，描画眉黛。好久没见到精心梳妆打扮的容颜，而今忽然看到，那岂不像远行归来夫妻重逢或新婚燕尔一样如胶似漆？为欢纵欲，要视其精力的长短多少，总得留一线余地。譬如能走一百里的，走到九十里的光景就应当考虑休息一下；擅于攀登佛塔的，爬到第六层就应当下来了。这是房中秘术，请允许我传授给少年场中的人们。

冬季行乐之法

冬天行乐，必须设身处地，幻为路上行人，备受风雪之苦，然后回想在家，则无论寒燠晦明[1]，皆有胜人百倍之乐矣。尝有画雪景山水，人持破伞，或策蹇驴[2]，独行古道之中，经过悬崖之下，石作狰狞之状，人有颠蹶之形者[3]。此等险画，隆冬之月，正宜悬挂中堂[4]。主人对之，即是御风障雪之屏，暖胃和衷之药。若杨国忠之肉阵[5]，党太尉之羊羔美酒[6]，初试或温，稍停则奇寒至矣。善行乐者，必先作如是观，而后继之以乐，则一分乐境，可抵二三分；五七分乐境，便可抵十分十二分矣。然一到乐极忘忧之际，其乐自能渐减，十分乐境，只作得五七分；二三分乐境，又只作得一分矣。须将一切苦境又复从头想起，其乐之渐增不减又复如初。此善讨便宜之第一法也。譬之行路之人，计程共有百里，行过七八十里，所剩无多，然无奈望到心坚，急切难待，种种畏难怨苦之心出矣。但一回头，计其行过之路数，则七八十里之远者可到，况其少而近者乎？譬如此际止行二三十里，尚余七八十里，则苦多乐少，其境又当何如？此种想念，非但可为行乐之方，凡居官者之理繁治剧[7]，学道者之读书穷理，农工商贾之任劳即勤，无一不可倚之为法。噫！人之行乐，何与于我，而我为之嗓敝舌焦，手腕几脱。是殆有媚人之癖，而以楮墨代脂韦者乎[8]？

【注释】

〔1〕燠（yù）：暖，热。

〔2〕蹇（jiǎn）：跛足。

〔3〕颠蹶（jué）：颠仆，跌倒。

〔4〕中堂：厅堂正中。

〔5〕肉阵：唐玄宗时，杨国忠生活豪奢荒淫。冬月选体肥婢妾列前以遮风，号肉阵，又称肉屏风。

〔6〕党太尉：宋初将领党进。羊羔美酒：用糯米肥羊肉等，与麦面同

酿制成的酒。《本草纲目》有宋宣和年化成殿羊羔酒方。

〔7〕理繁治剧：处理繁杂难办的事务。

〔8〕媚人之癖：献媚于人的嗜好。楮（chǔ）墨：纸和墨。这里指文字、著述。脂韦，油脂和软皮。这里指妇女化妆用的脂粉。

【译文】

　　冬季行乐，必须设身处地，想象自己是赶路的行人，一路上受尽了风雪之苦，然后回头再想想自己在家中时，无论天气是阴冷还是晴暖，都会有胜过旁人百倍的快乐。曾经有这样的雪景山水画，画中人或是撑着一把破伞，或是骑着一头瘸腿的瘦驴，在风雪之中古道之上踽踽独行，经过悬崖之下，崖上怪石作狰狞之状，画中人则一副疲惫不堪，东倒西歪的模样。像这样让人看了心惊胆寒的画，隆冬时节，正适宜悬挂中堂。主人面对这样一幅画，就如同是一面抵御风寒、遮挡霜雪的屏风，一剂温暖肠胃、调和脏腑的良药。像杨国忠用来挡风的肉阵屏风，党太尉用来御寒的羊羔美酒，刚开始尝试或者会感觉温暖，稍停一下，就会倍觉难挡奇寒。善于行乐的，必先作如是观，想想辛苦难捱的经历和情景，然后再感受当下的快乐，那么一分乐境，可以抵得上二三分；五七分快乐，便可以抵得上十分十二分了。然而，一旦到了快乐至极，忘却忧愁之际，那么快乐感自然就会渐次减轻。十分乐境，只能算得五分七分；二三分乐境，又只能算得一分了。必须将所有的辛苦难捱苦境再从头想起，那么快乐感才会像当初一样，渐次增加而不至于递减。这是善于讨得便宜的第一原则和最佳办法。就譬如赶路的人，旅程算起来总共有一百里，走过七八十里，所剩下的路程已经不多了，但是无奈盼望及早抵达的心太切，因为心急不耐烦，那么就会产生种种畏难怨苦的情绪。其实只要回过头来，计算一下已经走过的路程，那么七八十里远的路程都已经走过来了，何况剩下的这一段已经很短很近的路呢？譬如这时才走了二三十里，还剩下七八十里，那当然就苦多乐少，这样的境况又该怎么样呢？这种退一步的想法，不但可以当作行乐的良方，而且举凡作官的要处理大量繁难的公务，求学问道的要读很多书穷究其理，农夫工匠、商贾贩夫日日劳作奔走种种辛苦，没有一行不可以依仗此法来化苦为乐。唉！人们行乐与否，与我有何相干？而我却为此说得喉咙发干，口焦舌燥，奋笔疾书，手腕几乎都要累断了。我这个人大概有向人献媚地犯贱癖好吧，只不过女子是涂脂抹粉，梳妆打扮，以为悦己者容，而我呢，是以笔墨来代替脂粉吧？

随时即景就事行乐之法

行乐之事多端，未可执一而论。如睡有睡之乐，坐有坐之乐，行有行之乐，立有立之乐，饮食有饮食之乐，盥栉有盥栉之乐[1]。即袒裼裸裎[2]、如厕便溺，种种秽亵之事，处之得宜，亦各有其乐。苟能见景生情，逢场作戏，即可悲可涕之事，亦变欢娱。如其应事寡才，养生无术，即征歌选舞之场，亦生悲戚。兹以家常受用，起居安乐之事，因便制宜，各存其说于左。

【注释】
〔1〕盥栉（guàn zhì）：洗脸，梳头。
〔2〕袒裼（tǎn xī）：脱去上衣，赤膊。裸裎（chéng）：裸体。

【译文】
行乐这事有许多方面，有各种具体情形，不能拘泥一端，一概而论。比如睡觉有睡觉的乐趣，静坐有静坐的乐趣，走路有走路的乐趣，伫立有伫立的乐趣，饮食有饮食的乐趣，洗浴梳妆有洗浴梳妆的乐趣。即便是天热时袒身露背，内急时小便大解，凡此种种秽亵不雅之事，只要处置得当，也各有各的乐趣。假使能够见景生情，逢场作戏，即使是可悲可泣之事，也会变得令人有欢娱之感。假如缺乏应对事务的才华和灵气，没有修身养性的合适方法，那么即便是在美女堆里征歌选舞的场景之中，也会生出伤感悲戚的心情。下面，我就平常居家的那些享有与受用，起居安乐的各类事项，应该如何根据不同的情况，采用相应的方法，谈谈我的见解。

睡

有专言法术之人⁽¹⁾，遍授养生之诀，欲予北面事之。予讯益寿之功，何物称最？颐生之地⁽²⁾，谁处居多？如其不谋而合，则奉为师，不则友之可耳。其人曰："益寿之方，全凭导引⁽³⁾；安生之计，惟赖坐功⁽⁴⁾。"予曰："若是则汝法最苦，惟修苦行者能之。予懒而好动，且事事求乐，未可以语此也。"其人曰："然则汝意云何？试言之，不妨互为印政⁽⁵⁾。"予曰："天地生人以时，动之者半，息之者半。动则旦，而息则暮也。苟劳之以日，而不息之以夜，则旦旦而伐之⁽⁶⁾，其死也，可立而待矣。吾人养生亦以时，扰之以半，静之以半，扰则行起坐立，而静则睡也。如其劳我以经营，而不逸我以寝处，则岌岌乎殆哉⁽⁷⁾！其年也，不堪指屈矣。若是则养生之诀，当以善睡居先。睡能还精，睡能养气，睡能健脾益胃，睡能坚骨壮筋。如其不信，试以无疾之人，与有疾之人合而验之。人本无疾而劳之以夜，使累夕不得安眠，则眼眶渐落而精气日颓，虽未即病，而病之情形出矣。患疾之人，久而不寐，则病势日增；偶一沉酣，则其醒也必有油然勃然之势⁽⁸⁾。是睡非睡也，药也；非疗一疾之药，乃治百病，救万民，无试不验之神药也。兹欲从事导引，并力坐功，势必先遣睡魔，使无倦态而后可。予忍弃生平最效之药，而试未必果验之方哉？"其人艴然而去[9]，以予不足教也。

予诚不足教哉！但自陈所得，实为有见而然，与强辩饰非者稍别。前人睡诗云："花竹幽窗午梦长，此中与世暂相忘。华山处士如容见，不觅仙方觅睡方。"[10]近人睡诀云："先睡心，后睡眼。"此皆书本唾余，请置弗道，道其未经发明者而已。睡有睡之时，睡有睡之地，睡又有可睡可不睡之人。请条晰言之[11]。由戌至卯[12]，睡之时也。未戌而睡，谓之先时，先时者不祥，谓与疾作思卧者无异也[13]。过卯而睡，谓之后时，后时者犯忌，谓与长夜不醒者无异也。且人生百年，夜居其半，穷日行乐，犹苦不多，况以睡梦之有余，而损宴游之不足乎？

有一名士善睡，起必过午，先时而访，未有能晤之者，予每过其居，必俟良久而后见。一日闷坐无聊，笔墨具在，乃取旧诗一首，更易数字而嘲之曰："吾在此静睡，起来常过午。便活七十年，止当三十五。"同人见之，无不绝倒。此虽谑浪[14]，颇关至理。是当睡之时，止有黑夜，舍此皆非其候矣。然而午睡之乐，倍于黄昏，三时皆所不宜，而独宜于长夏。非私之也，长夏之一日，可抵残冬之二日；长夏之一夜，不敌残冬之半夜。使止息于夜，而不息于昼，是以一分之逸，敌四分之劳，精力几何，其能堪此？况暑气铄金，当之未有不倦者。倦极而眠，犹饥之得食，渴之得饮，养生之计，未有善于此者。午餐之后，略逾寸晷[15]，俟所食既消，而后徘徊近榻。又勿有心觅睡，觅睡得睡，其为睡也不甜。必先处于有事，事未毕而忽倦，睡乡之民自来招我。桃源、天台诸妙境[16]，原非有意造之，皆莫知其然而然者。予最爱旧诗中，有"手倦抛书午梦长"[17]一句。手书而眠，意不在睡；抛书而寝，则又意不在书，所谓莫知其然而然也。睡中三昧，惟此得之。此论睡之时也。

睡又必先择地。地之善者有二：曰静，曰凉。不静之地，止能睡目不能睡耳，耳目两岐[18]，岂安身之善策乎？不凉之地，止能睡魂不能睡身，身魂不附，乃养生之至忌也。

至于可睡可不睡之人，则分别于"忙闲"二字。就常理而论之，则忙人宜睡，闲人可以不必睡。然使忙人假寐，止能睡眼不能睡心，心不睡而眼睡，犹之未尝睡也。其最不受用者，在将觉未觉之一时，忽然想起某事未行，某人未见，皆万万不可已者，睡此一觉，未免失事妨时，想到此处，便觉魂趋梦绕，胆怯心惊，较之未睡之前，更加烦躁，此忙人之不宜睡也。闲则眼未阖而心先阖，心已开而眼未开；已睡较未睡为乐，已醒较未醒更乐，此闲人之宜睡也。然天地之间，能有几个闲人？必欲闲而始睡，是无可睡之时矣。有暂逸其心以妥梦魂之法：凡一日之中急切当行之事，俱当于上半日告竣[19]，有未竣者，则分遣家人代之，使事事皆有着落。然后寻床觅枕以赴黑甜[20]，则与闲人无别矣。此言可睡之人也。

而尤有吃紧一关未经道破者，则在莫行歹事。"半夜敲门不吃惊"，始可于日间睡觉，不则一闻剥啄[21]，即是逻倅到门矣[22]。

【注释】

〔1〕法术：旧时方术之士装神弄鬼等种种所谓变化之术。这里指养生之术。

〔2〕颐生：养生。

〔3〕导引：古医家的一种养生术。通过调节呼吸，俯仰屈伸，使气血流通，促进身体健康。

〔4〕坐功：静坐的功夫。

〔5〕印政：印证。

〔6〕旦旦：天天。伐：消耗。

〔7〕岌岌乎殆哉：形容十分危险。语出《孟子·万章上》："天下殆哉，岌岌乎！"岌岌，高险貌。

〔8〕油然勃然：指有精神，有生气。

〔9〕艴（fú）然：发怒的样子。

〔10〕"花竹幽窗午梦长"四句：为陆游《午梦》诗。华山处士，指陈抟，真源人。字图南。先隐于武当山，后居华山，每寝处，百余日不起。

〔11〕条晰言之：逐条讲清楚。

〔12〕由戌至卯：旧式计时法，指晚上七至九点钟到早晨五至七点钟的时间段。

〔13〕疾作：发病。

〔14〕谑（xuè）浪：戏谑，玩笑。

〔15〕寸晷（guǐ）：片刻，寸阴。晷，日影，比喻时光。

〔16〕桃源：晋陶渊明有《桃花源记》，后因以桃源喻指理想境界，这里指仙境。天台：山名，在今浙江天台县北。传说东汉刘晨、阮肇入天台采药，遇二女，留住半年回家，子孙已历七世。后人因以天台为仙境的代称。

〔17〕手倦抛书午梦长：为宋蔡确《夏日登车盖亭》。

〔18〕岐：分歧，不统一。

〔19〕告竣：完成。

〔20〕黑甜：酣睡，也特指昼寝。

〔21〕剥啄：敲门声。

〔22〕逻倅（cuì）：巡逻兵。这里指官府的差役。

【译文】

有位专门喜欢谈论法术的人，到处传授他所谓的养生诀窍，想要我拜他为师。我问他如果想要有效地延年益寿，哪一种因素最重要？颐养生命的地方，又以何处居多？如果他的答案与我不谋而合，我就奉他为师，否则只把他当朋友就行了。这人说："延年益寿的方法，全凭导引之术；安养生命的手段，只靠打坐之功。"我说："如果这样，那么你的法术最辛苦，只有修苦行的人才能办到。我生性疏懒而且又好动，并且事事都要求轻松快乐，我不适合跟你谈论导引、打坐这些方法。"那人说："既如此，那么你怎样的见解呢？何妨说说看，可以相互印证。"我说："天地是按照一定的时间法则来化生人类，让他用生命中一半的时间来活动，另一半时间睡觉休息。活动是在白天，休息则在夜晚。如果让一个人白天劳动，到夜晚却不让他休息，这样天天消耗他，那么这个人的死亡，就立等可待了。吾人颐养生命也要遵循时间法则，纷扰劳碌用一半时间，安静休息用另一半时间，所谓纷扰不外乎行起坐立，而安静就是指睡眠。如果让我日日夜夜劳心劳力，却不让我有安逸睡觉的时间，那我的性命也就岌岌乎可危了，年寿也屈指都不够数了。如果真的是这样，那么养生的诀窍，就应当以善于睡眠放到优先的位置上。高质量的睡眠能够还精补脑，能够调养元气，能够健脾益胃，能够强壮筋骨。要是有人怀疑这个说法，可以尝试将健康人与有疾病的人合在一起对比验证。让那个本来没病的人整夜劳作，连着几夜都不得安眠，那么他就会眼眶渐渐凹陷下去，精气神也一天比一天颓丧，即使没有即刻患病，也已经显出一副病态。而原来患病的人，如果长久没睡好觉，病势就会一天天加剧；但是偶尔沉沉地酣睡一觉，那么醒来时就一定会呈现精神恢复生机勃发的态势。如此说来，睡眠不单单是睡眠，而是一味特效药；而且还不是简单治疗一种病的药，而是包治百病，拯救万民，每试都有奇效的神药。现在要想让我从事导引之术，致力静坐之功，势必要先驱赶睡魔，使人没有疲倦之态以后才可以。我难道会忍心舍弃生平最好的特效药，而去尝试那未必真有灵验的方子吗？"那人听了我这番话，怒气冲冲地走了，以为我不值得受他的教诲。

　　我确实不值得教诲，但我自述心得，实为有依据有见地而然，与强词夺理、文饰谬误的人还是稍有区别的。前人有睡眠诗说："花竹幽窗午梦长，此中与世暂相忘。华山处士如容见，不觅仙方觅睡方。"近人有关于睡眠的口诀说："先睡心，后睡眼。"这些都是书上说滥了的话头，请让我先丢开不谈，只谈谈为我独得而未经人发现和阐明的一些方面吧。依我看来，睡眠有适宜睡眠的相应时间，睡眠有适宜睡眠的特定地方，睡眠又有可以睡的人和可以不睡的人等等分别。请允许我条分缕析来说个明白。由戌时到卯时，是适合睡眠的时间。没到戌时就入睡了，称为"先时"，先时者不太吉祥，可以说是与疾病发作总想躺下来的人没什么两样。过了卯时才睡，称为"后时"，后时者犯了禁忌，可以说是与那些长夜不醒的人没什么两样。况且人生百年，夜晚占其一半，整天行乐，还苦于时间不够多，何况是以过度和多余的睡眠时间，去减损本来就不够的宴游行乐的时间呢？

　　我认识一位特别能睡的名士，他一定要睡到午后才起床，先于这个时间去拜访他，没有谁能够见到他。我每次到他家，都一定要等上很长的时间才能见他。一天我等在那里闷得无聊，看到笔墨都在，于是取一首旧诗，改换了几个字，写下来嘲讽他："吾在此静睡，起来常过午。便活七十年，止当三十五。"朋友们见了，无不为此笑得前俯后仰。这首小诗虽然是开开玩笑，但却与生命至理密切相关。可以说，宜当睡眠的时间，只有黑夜，除此之外都不是适合睡眠的时间。然而午睡的快乐，要超过夜晚的一倍，其他三个季节都不是太适宜，而独独适宜于长长的夏日。这并非偏私于夏日，而是因为长夏一日，可以抵得上残冬的两天；长夏时的一夜，不及残冬时长夜的一半。假使长夏时只在夜里休息，而白天不午休一下，这就是要用一分的安逸休息，去抵消四分的劳顿，一个人有多少精力，怎么能经受得了这样的消耗？何况，夏日暑气仿佛连金石都能熔化，到了这流金铄石的大热天，没有人不感到疲倦的。疲倦极了，就会犯困，就像饿极了就想吃东西，渴极了就想喝水一样自然而然，这时养生的办法，没有比午睡更好的了。午餐以后，略略过个片刻，等到所吃的东西消化了，然后慢慢踱到床前。也不要有心刻意寻觅睡乡，那样即使睡着了，也不是香甜的睡眠。一定要先处于有事要做的境况，事情若了未了，忽然倦意上来了，睡乡之民自然就来招我入伙了。陶渊明笔下的武陵人进了桃花源，传说中刘晨、阮肇游历天台仙境，这些奇妙境界本来就不是刻意能到的，都是不知什么缘故自然而然就遇上了。我最喜欢的旧诗中，有"手倦抛书午梦长"一句。手里拿着书躺着看，好似其意本不在睡眠；把书抛下就睡着了，那么其本意又不在书，就是所谓不知什么缘故自然而然就睡着了。睡眠中的三昧，惟有这句诗解悟得最透彻。这里谈论的是睡眠的时间与时机。

睡眠还必须选好地方。睡觉的好地方不外乎两点：一个是安静，另一个是凉爽。不安静的地方，只能睡眼不能睡耳，耳朵和眼睛两相背离，不在一条道上，岂是安宁身心的上策呢？不凉爽的地方，只能睡魂不能睡身，身体与魂魄两不相符，乃是养生最大的禁忌啊。

至于可以睡和不可以睡的人，那么分别就在于"忙"和"闲"这两个字。就常理而言，那么忙碌的人应当睡，空闲的人可以不必睡。然而让忙人假寐养神，只能睡眼不能睡心，心没有睡而只是眼睡，那就跟没有睡一个样。其最不受用的，是在要睡着却还没有睡着的那一刻，忽然想起有某件事情没有办、某一个人没有见，都是万万不能忘记做的。睡了这一觉，未免耽误了事情，错过了时间。想到了这里，便会觉得魂牵梦绕，胆战心惊，比起没有睡觉之前，更加情绪烦躁，心神不宁。这就是忙人之所以不适宜睡眠的缘故。而闲人则是在眼睛还没有合合上以前，心就已经先"阖"上了，心已经打开时，眼睛还没有睁开；睡过以后比还没有睡时快乐，睡醒以后比还没有醒时更加快乐。这就是闲人之所以适宜睡眠的缘故。然而天地之间，能有几个闲人？一定要闲下来然后才能开始睡觉，那就没有可以睡觉的时候了。有一个暂时使心神宁逸，梦魂安妥以便睡个好觉的办法：凡是一天当中应该即刻要办的紧急事务，都应该在上午妥善处理。有还没办完的，就分别派家人代为去办，做到事事都有着落。然后再寻床觅枕而进入香甜的梦乡，那样就与闲人没什么两样了。这是说的可以睡的人。

尤其还有最要紧的一关尚未道破的，那就是不要为非作歹。"半夜敲门不吃惊"，才可以在白天高枕无忧，要不然，心魂怎能够得到安宁，一听见敲门声，就会以为是捕快差役到门上抓人来了。

坐

从来善养生者，莫过于孔子。何以知之？知之于"寝不尸，居不容"二语[1]。使其好饰观瞻，务修边幅，时时求肖君子，处处欲为圣人，则其寝也，居也，不求尸而自尸，不求容而自容。则五官四体，不复有舒展之刻。岂有泥塑木雕其形，而能久长于世者哉？"不尸"、"不容"四字，绘出一幅时哉圣人[2]，宜乎崇祀千秋[3]，而为风雅斯文之鼻祖也！

吾人燕居坐法[4]，当以孔子为师，勿务端庄而必正襟危坐，勿同束缚而为胶柱难移[5]。抱膝长吟[6]，虽坐也，而不妨同于箕踞[7]。支颐丧我[8]，行乐也，而何必名为坐忘[9]？但见面与身齐，久而不动者，其人必死。此图画真容之先兆也[10]。

【注释】

〔1〕"寝不尸"二句：语本《论语·乡党》。容，一本作"客"。是说孔子睡觉时不像死尸一样直躺着，平时居家也不像会客或作客时那样讲究容仪。

〔2〕时哉圣人：语本《孟子·万章下》："孔子，圣之时者也。"时，应时，合时。

〔3〕崇：恭敬奉祀。

〔4〕燕居：闲居，家居生活。

〔5〕"勿务"二句：意谓平时闲坐可以随意一些，无须太作筋骨。胶柱难移，柱为琴瑟的弦柱，将其胶粘，则柱不能转动，不能调音。这里指坐姿僵直。

〔6〕抱膝长吟：《三国志·诸葛亮传》注引《魏略》说诸葛亮"每晨

夜从容，常抱膝长啸。"抱膝，手抱膝而坐，沉思貌。

〔7〕箕踞：坐时两脚伸直岔开，形如簸箕。是一种轻慢不敬的坐姿。

〔8〕支颐：用手撑着下巴。丧我：语出《庄子·齐物论》，指抛弃我见，达到忘我的境界。

〔9〕坐忘：语出《庄子·大宗师》，是指道家追求的物我两忘、淡泊无思虑的境界。

〔10〕图画真容：画肖像以留作纪念，这里代指死亡。

【译文】

　　从来善于养生的人，莫过于孔子。何以知道这一点呢？是从《论语·乡党》中"寝不尸，居不容"这两句话知道的。假使他喜好整饬仪容，务修边幅，时时追求酷似君子的派头，处处想要成为圣人的模样，那么他睡觉的时候，就算不是刻意要直挺挺地仰卧着，也自然会保持这样的睡姿；居家闲坐的光景，就算不想修饰仪容板板整整，也自然会维持这样的形象。那么他的五官四肢，就不再会有片刻自如舒展的时候。岂有躯体僵硬如泥塑木雕一般的生命，能够长久活在世上呢？"不尸"、"不容"这四个字，生动地绘出了一副顺应世事、合于时代的圣人画像，怪不得能千秋万代受到世人的祭祀和崇敬，成为千古风雅斯文的鼻祖啊！

　　我们日常家居起坐，应当以孔子为师，不要务求端庄，一定要摆出一副正襟危坐的样子，不要把自己束缚起来，像定音的弦柱被胶粘住一样难以运动自如。不妨以手抱膝，自在长吟，即使坐着，也不妨双腿自然舒展，如箕踞之状。也可以手托腮帮子，若有所思，或一无所思，完全忘了我自己，这就是行乐啊，何必定要以庄子标举的"坐忘"来指称这种状态？只要看到谁脸和身子僵直呆滞，久而久之纹丝不动的，那这个人一定是要死了。这副模样就像是将要被人描画遗容的先兆啊。

行

　　贵人之出，必乘车马。逸则逸矣，然于造物赋形之义，略欠周全。有足而不用，与无足等耳，反不若安步当车之人[1]，五官四体皆能适用。此贫士骄人语。乘车策马，曳履搴裳[2]，一般同是行人，止有动静之别。使乘车策马之人，能以步趋为乐，或经山水之胜，或逢花柳之妍，或遇戴笠之贫交[3]，或见负薪之高士[4]，欣然止驭，徒步为欢，有时安车而待步，有时安步以当车，其能用足也，又胜贫士一筹矣。至于贫士骄人，不在有足能行，而在缓急出门之可恃。事属可缓，则以安步当车；如其急也，则以急行当马。有人亦出，无人亦出；结伴可行，无伴亦可行。不似富贵者假足于人，人或不来，则我不能即出，此则有足若无，大悖谬于造物赋形之义耳[5]。兴言及此，行殊可乐！

【注释】

〔1〕安步当车：《战国策·齐策四》载，齐宣王要颜斶任官，许以美食好车。颜拒绝道："斶愿得晚食以当肉，安步以当车。"

〔2〕曳履搴裳：拖着鞋子，撩起衣裳。

〔3〕戴笠之贫交：指贫贱之交。戴笠，头戴笠帽，指贫者。

〔4〕负薪：指贫贱或在野的人。

〔5〕悖谬：背理荒谬。

【译文】

富贵之人出行，一定会乘车骑马。安逸倒是安逸的，然而对于造物主赋予人们四肢百骸的本意而言，这样做却是不够周全妥善的。双脚是用来行路的，有脚却不用它，那就等于没有脚一样，反不如安步当车的人，迈开双腿，甩动双臂，五官四肢都能各尽其用。这是贫士骄人和自傲的话。其实乘车骑马出行，与撩起衣衫提着鞋子走路，一样都是赶路的行人，只有一静一动的分别。

假使乘车骑马的人，能够以散步行走为乐，或是经过青山绿水的胜景，或是看到红花翠柳的美丽，或是遇到头戴斗笠的贫贱之交，或是见到身背柴火的高人韵士，欣然停下车马，走走看看，叙旧谈笑，自是身心俱泰，无限欢畅，有时车马缓缓行进以待步行，有时下来从容漫步以代车马，那富贵之人在运用双脚方面，又胜过贫士一筹了。至于贫士能够足以自傲的，不在于有双脚可以行路，而在于无论是缓是急，出门时都可以有恃无恐。如果事情可以缓办，那就安步当车；如果事情紧急，那就疾行或奔跑，就当作骑马。有别人可以出门，没有别人也可以上路；与人结伴可以一起出行，没有人结伴也可以自由出行。不像富贵人要借助于别人的脚才能赶路，别人如或不来，那么我就不能及时出门，这样有一双脚，却好像没有脚一样，极大地悖谬于造物主赋予人们四肢百骸的本意。心有所感，言及于此，行走实在是一件让人快乐的事。

立

立分久暂，暂可无依，久当思傍。亭亭独立之事，但可偶一为之，旦旦如是，则筋骨皆悬而脚跟如砥[1]，有血脉胶凝之患矣[2]。或倚长松，或凭怪石，或靠危栏作轼，或扶瘦竹为筇[3]。既作羲皇上人[4]，又作画图中物，何乐如之！但不可以美人作柱，虑其础石太纤，而致栋梁皆仆也。

【注释】

〔1〕砥：石。

〔2〕血脉胶凝：血脉流动不畅。

〔3〕筇（qióng）：可作手杖的竹子，竹杖。

〔4〕羲皇上人：上古之人。陶渊明《与子俨等疏》："常言五六月中，北窗下卧，遇凉风暂至，自谓是羲皇上人。"

【译文】

　　站立有长时站立和短时站立之分，短时站立可以无所依傍，长时站立就应当考虑有所扶靠。亭亭独立的事情，只可偶一为之，如果天天如此，那么浑身筋骨都像是悬空的，而脚跟如同石头一样，就会产生血脉凝结，流通不畅的毛病。应当或倚着高大的松树，或靠着嶙峋的怪石，或凭着高高的栏杆，就像扶着马车上的扶手，或是拄着瘦瘦的竹枝，就像撑着龙头拐杖。这样既成了上古时代的羲皇上人，又作了图画中的人物，还有什么比这更快乐的啊！只是不可以拿美人当柱子靠，担心的是她们的基石太纤弱了，或许会使栋梁都倒塌下来。

饮

　　宴集之事，其可贵者有五：饮量无论宽窄，贵在能好；饮伴无论多寡，贵在善谈；饮具无论丰啬，贵在可继；饮政无论宽猛[1]，贵在可行；饮候无论短长，贵在能止。备此五贵，始可与言饮酒之乐；不则曲蘖宾朋[2]，皆凿性斧身之具也[3]。

　　予生平有五好，又有五不好，事则相反，乃其势又可并行而不悖。五好、五不好维何？不好酒而好客；不好食而好谈；不好长夜之欢，而好与明月相随而不忍别；不好为苛刻之令，而好受罚者欲辩无辞；不好使酒骂坐之人，而好其于酒后尽露肝膈[4]。坐此五好、五不好，是以饮量不胜蕉叶[5]，而日与酒人为徒。

　　近日又增一种癖好、癖恶[6]：癖好音乐，每听必至忘归；而又癖恶座客多言，与竹肉之音相乱[7]。饮酒之乐，备于五贵、五好之中，此皆为宴集宾朋而设。若夫家庭小饮与燕闲独酌，其为乐也，全在天机逗露之中、形迹消忘之内。有饮宴之实事，无酬酢之虚文⁽⁸⁾。睹儿女笑啼，认作斑斓之舞⁽⁹⁾；听妻孥劝诫，若闻《金缕》之歌⁽¹⁰⁾。苟能作如是观，则虽谓朝朝岁旦，夜夜元宵可也。又何必座客常满，樽酒不空⁽¹¹⁾，日藉豪举以为乐哉？

【注释】

〔1〕饮政：饮酒时的规矩、法则。古人饮酒常行酒令，推一人为令官，约定某种游戏规则，违者受罚。

〔2〕曲蘖（qū niè）：此指酒。

〔3〕戕性斧身：戕害性命和身体。

〔4〕尽露肝膈（gé）：吐露肺腑心声。

〔5〕蕉叶：浅酒杯，以形似蕉叶得名。

〔6〕癖恶：对某种事物特别厌恶。

〔7〕竹肉之音：指音乐。

〔8〕酬酢（zuò）：相互敬酒。

〔9〕斑斓之舞：《艺文类聚》卷二十引《列女传》，有老莱子着五色彩衣娱亲故事。斑斓，多姿多彩貌。

〔10〕《金缕》之歌：金缕歌，曲调名，又称"金缕曲"，亦名"贺新郎"。

〔11〕"座客常满"二句：《后汉书·孔融传》载：孔融曾感叹道："坐上客恒满，尊中酒不空，吾无忧矣。"

【译文】

聚会宴饮这件事，其可贵者有五个方面的内容：酒量无论是大是小，贵在能真正喜欢；酒伴无论是多是少，贵在健谈有缘；酒具肴馔无论是丰美还是俭啬，贵在能够供给得上；酒令无论是宽松还是严苛，贵在可以施行；饮酒时间无论是短是长，贵在能够适可而止。这五项内容全都具备，才可以谈饮酒之乐；否则的话，美酒与宾朋，就都成为戕害心性，损伤身体之具了。

我平生有五好，又有五不好。这五好和五不好，事情虽然看似相反，但其情势却又是相反相成，可以并行不悖的。那么这五好、五不好是什么呢？不好酒而好客；不好食而好谈；不好通宵饮酒长夜尽欢，而好与明月相随不忍分别；不好行苛刻酒令，而好使受罚之人想要辩解却无话可说；不好借酒装疯骂骂咧咧的人，而好其于酒后倾诉衷肠。因了这五好五不好，所以我虽然酒量浅得喝不了一小杯，却日日与老酒客们为伍。

近日我又增添了一种癖好和一种癖恶：癖好是喜欢音乐，常常听得入神就乐而忘返；而癖恶则是厌恶在座客人叽叽喳喳多嘴多舌，扰乱了美妙的丝竹歌唱之声。饮酒的乐趣，全在这五贵、五好之中了，这都是为欢聚宴请朋友宾客而设的。至于家中小饮和闲居独酌，其中的乐趣就全在自然而然、天机显露之中，放浪忘形、解忧消愁之内了。有欢饮宴乐之实事，没有酬酢客套之虚文。看着儿女们或笑或哭，都可以认作老莱子为娱乐双亲所跳的彩衣之舞；听到妻子儿女的劝诫，就好像听到《金缕曲》"劝君惜取少年时"的歌声。假如能作如是观，那么即使说天天过大年，夜夜庆元宵，也是可以的，又何必一定要"座上客常满，樽中酒不空"，天天借豪奢狂饮之举以为乐呢？

谈

读书，最乐之事，而懒人常以为苦；清闲，最乐之事，而有人病其寂寞。就乐去苦，避寂寞而享安闲，莫若与高士盘桓[1]，文人讲论[2]。何也？"与君一夕语，胜读十年书。"[3] 既受一夕之乐，又省十年之苦，便宜不亦多乎？"因过竹院逢僧话，又得浮生半日闲。"[4] 既得半日之闲，又免多时之寂，快乐可胜道乎？善养生者，不可不交有道之士；而有道之士，多有不善谈者。有道而善谈者，人生希觏[5]，是当时就日招，以备开聋启瞆之用者也[6]。即云我能挥麈[7]，无假于人，亦须借朋侪起发[8]，岂能若西域之钟簴[9]，不叩自鸣者哉？

【注释】

〔1〕盘桓：交往。

〔2〕讲论：探讨，讨论。

〔3〕"与君一夕语"二句：古语。或作"共君一夜话，胜读十年书"。

〔4〕"因过竹院逢僧话"二句：唐李涉《题鹤林寺僧舍》诗句。

〔5〕希觏（gòu）：难得遇到。

〔6〕瞆（kuì）：眼目昏花。

〔7〕挥麈（zhǔ）：挥动麈尾，指清谈。晋代名士清谈时，常执麈尾挥动，以为谈助，后人因称谈论为挥麈。

〔8〕起发：启发。

〔9〕西域之钟簴（jù）：指由西方传入的自鸣座钟。

【译文】

  读书，是最快乐的事，而懒惰的人却常常以为苦；清闲，也是最快乐的事，却有人嫌寂寞冷清。那么，要寻求快乐，不受辛苦，避免寂寞而享受安闲，不如与高士往来，听文人讲论。为什么呢？"与君一夕语，胜读十年书。"既享受到了一夕的快乐，又省去了十年的辛苦，这便宜得的不是太多了吗？"因过竹院逢僧话，又得浮生半日闲。"既得到了半日之闲暇，又免受了多时的寂寞，那快乐怎能道得完呢？善于养生的人，不可不与有道行有见识之士多交往；而有道行与见识之士，多有不善于言谈的。既有道行又有见识，而且善谈的人，一辈子都难得遇到。如果遇上了，就应当时时前去拜访，日日请他过来，从而帮助自己开悟心性，启迪智慧，广益知识，耳聪目明地观照世事，洞察人生。即使说自己善于清谈，不必求助于别人，那也须要借助朋辈的起头引发，往复辩论，岂能像西方传来的那种自鸣钟，不用叩击就能自动鸣响呢？

沐　浴

  盛暑之月，求乐事于黑甜之外，其惟沐浴乎？潮垢非此不除，浊污非此不净，炎蒸暑毒之气亦非此不解。

此事非独宜于盛夏，自严冬避冷，不宜频浴外，凡遇春温秋爽，皆可借此为乐。

　　而养生之家则往往忌之，谓其损耗元神也[1]。吾谓沐浴既能损身，则雨露亦当损物，岂人与草木有二性乎？然沐浴损身之说，亦非无据而云然。予尝试之。试于初下浴盆时，以未经浇灌之身，忽遇澎湃奔腾之势[2]，以热投冷，以湿犯燥，几类水攻。此一激也，实足以冲散元神，耗除精气。而我有法以处之：虑其太激，则势在尚缓；避其太热，则利于用温。解衣磅礴之秋[3]，先调水性，使之略带温和，由腹及胸，由胸及背，惟其温而缓也，则有水似乎无水，已浴同于未浴。俟与水性相习之后，始以热者投之，频浴频投，频投频搅，使水乳交融而不觉，渐入佳境而莫知。然后纵横其势，反侧其身，逆灌顺浇，必至痛快其身而后已。此盆中取乐之法也。至于富室大家，扩盆为屋，注水为池者，冷则加薪，热则去火。自有以逸待劳之法，想无俟贫人置喙也[4]。

【注释】

　〔1〕元神：指元气。

　〔2〕澎湃奔腾：这里指热气蒸腾。

　〔3〕解衣磅礴：语出《庄子·田子方》。讲一位画师"解衣槃礴，羸"。解衣，脱衣露身。磅礴，交叉着脚坐着。这里指脱衣沐浴。秋：指时候。

　〔4〕置喙（huì）：插嘴。

【译文】

　　盛夏暑热时节，想要在沉酣香甜的梦乡之外再寻求快乐的事情，那大概只有沐浴了吧？不洗澡，潮湿的泥垢就不能清除，汗渍污浊就不能去净，炎蒸暑毒之气也不能消除。沐浴这件事不仅仅适宜于盛夏，除了严冬需要避寒，不宜频繁沐浴之外，凡是遇到春温秋爽的时候，都可以借沐浴来获得乐趣。

然而养生家们却往往避忌沐浴这件事，认为它会损耗人的元神。我认为沐浴既然能耗费元气，损害身体，那么雨露也应当会损害植物了，难道人与草木有两种截然不同的性质吗？但沐浴伤身这种说法，也并非全然没有根据而这样说的。我尝试过。试想在刚下浴盆的时候，以尚未经过浸泡预热的身躯，忽然遇上滚烫的热水，热气蒸腾而上，凉寒的身体投进热水里，干燥的肌肤被湿气所侵犯，那几乎类似于受到水攻。这样猛然一激，确实足以冲散元神，消耗精气。但我有办法对付它：既然顾虑寒热、燥湿乍然相激会损耗元气，那就适宜缓缓地洗来；既然避忌太热，那就适合温温地调水。宽衣解带之时，先调试好水温，让它略带温和，然后由腹及胸，由胸及背，渐次擦洗浸泡，因为这样洗温热而和缓，所以会感觉有水却似乎无水，已经沐浴过却好像还没有沐浴一样。等到习惯了水温以后，才开始再添加热水，一边洗一边加，一边倒一边搅匀，使水乳交融而不觉，渐入佳境而不知。然后就可以放手擦洗，手势或纵或横，身体或侧或反，热水也可以逆着灌，顺着浇，一定要洗到浑身舒坦才作罢。这是在澡盆中取乐的方法。至于那些富室大家，把浴盆扩大成浴室，注水而成浴池，太冷就添柴烧火，太热就抽禾撤火。他们自然会有以逸待劳的办法，想来不用等我这样的穷人来多嘴了。

听 琴 观 棋

弈棋尽可消闲，似难借以行乐；弹琴实堪养性，未易执此求欢，此琴必正襟危坐而弹，棋必整槊横戈以待。百骸尽放之时，何必再期整肃？万念俱忘之际，岂宜复较输赢？常有贵禄荣名付之一掷，而与人围棋赌胜，不肯以一着相饶者，是与让千乘之国，而争箪食豆羹者何异哉⁽¹⁾？故喜弹不若喜听，善弈不如善观。人胜而我为之喜，人败而我不必为之忧，则是常居胜地也；人弹和缓之音而我为之吉，人弹噍杀之音而我不必为之凶⁽²⁾，则是长为吉人也。或观听之余，不无技痒，何妨偶一为之，但不寝食其中而莫之或出，则为善弹善弈者耳⁽³⁾。

【注释】

〔1〕"千乘之国"云云：语出《孟子·尽心上》："好名之人能让千乘之国。苟非其人，箪食豆羹见于色。"战国时期，小国称千乘，大国称万乘。乘，兵车，古以一车四马为一乘。箪（dān）食豆羹：形容清淡朴素的饮食。箪，古代盛饭食的圆形竹器。

〔2〕噍（jiāo）杀：声音急促。《礼记·乐记》："其哀心感者，其声噍以杀。"

〔3〕"但不寝食其中"二句：是说只要不是过分沉溺于弹琴下棋之中，既能投入又能超脱，就是善于弹琴下棋的人。

【译文】

下棋尽可以消闲解闷，却似乎难以借它来作乐；弹琴的确能够修身养性，却不容易拿它来寻欢。因为琴艺，必定要以正襟危坐的姿势平心静气的心境去弹奏，而棋艺，也必定要以枕戈待旦决一雌雄的架势去博弈。可是，当我们好不容易能让全身筋骨完全放松的时候，何必再让自己整齐严肃起来呢？终于可以把一切都放下什么都忘掉的时候，哪里还适宜再去计较输赢争个高下啊？常常有人可以把荣华富贵、功名利禄丢在一边，却与人下围棋，赌输赢，连一子一步都不肯相饶，这和把千乘之国拱手相让，却与人争夺一碗饭食一份羹汤有什么两样呢？所以喜欢弹琴不如喜欢听琴，善于弈棋不如善于观棋。有人胜了我也替他高兴，有人败了我却不必代他发愁，那样我就常处于优胜之地；人家奏出和缓明亮之音，我以为吉祥而心生欢喜，人家弹出急促噍杀之曲，我却不必感到凶险而影响心情，这样我就一直是吉祥之人。当然，有时在观棋听琴之余，如果有点儿心动技痒，那也不妨偶一为之，但切忌不可废寝忘食，沉溺其中而不可自拔，这样才能够算得上是善于弹琴、善于弈棋的人。

看 花 听 鸟

花鸟二物，造物生之以媚人者也。既产娇花嫩蕊以代美人，又病其不能解语，复生群鸟以佐之。此段心机，竟与购觅红妆，习成歌舞，饮之食之，教之诲之以媚人者，同一周旋之至也[1]。而世人不知，目为蠢然一物，常有奇花过目而莫之睹，鸣禽悦耳而莫之闻者。至其捐资所买之侍妾，色不及花之万一，声仅窃鸟之余绪，然而睹貌即惊，闻歌辄喜，为其貌似花而声似鸟也。噫！贵似贱真，与叶公之好龙何异[2]？予则不然。每值花柳争妍之日，飞鸣斗巧之时，必致谢洪钧[3]，归功造物。无饮不奠[4]，有食必陈[5]，若善士信妪之侫佛者。夜则后花而眠，朝则先鸟而起，惟恐一声一色之偶遗也。及至莺老花残，辄怏怏如有所失。是我之一生，可谓不负花鸟；而花鸟得予，亦所称"一人知己，死可无恨"者乎？

【注释】

〔1〕周旋：这里是周全、周到之意。

〔2〕叶公之好龙：语出汉刘向《新序·杂事》。

〔3〕洪钧：天，自然。万物皆由天所化育而成，因称天为洪钧。钧，制作陶器的转轮。

〔4〕奠：奠酒。祭祀时的一种仪式，将酒洒在地下。

〔5〕陈：摆上供品。

【译文】

　　花鸟二物，是大自然创造出来愉悦人的。既已化育了娇花嫩蕊来代表美人，又担心花儿不解言语，不会发声，又生出各种鸟儿们来辅助群芳。自然造化的这番用心，竟然与选购红妆女子，教会她们习歌练舞，给她们吃给她们喝，教导她们，培训她们，让她们表演，以供观者欣赏的人一样，都考虑得周到全面之至。然而世人却不知道这一切，把花鸟视为蠢然无知的东西，常常有奇花在眼前绚丽绽放却熟视无睹，有鸣禽在耳边婉转歌唱却充耳不闻的人。至于他花钱所买的侍妾，容色还不及鲜花的万分之一，声音也只是偷学到鸟鸣最粗浅的层面，然而他却一见容貌，就惊艳莫名，听到歌声，就喜不自胜。就是因为她们容貌稍有点像花，声音略有些像鸟罢了。唉！珍视相似的却贱视本真的，这与叶公好龙有什么区别？我却不是这样的。每当杨柳清新、春花灿烂、争奇斗妍的日子，飞鸟鸣禽、悠扬婉转、此起彼应的时令，一定要感恩于大自然，归功于造物主。凡饮酒时定要洒酒祭拜天地，进餐前先供陈肴馔虔诚默祷，如同善男信女一心向佛一样。晚上，我要在夜深花睡去以后才安眠，早晨，我先于鸟儿们起床，惟恐偶然遗漏了一声莺啼、一样花色。等到黄莺儿老了，鲜花儿残了，就会心中若有所失怏怏不乐。如此，我的一生，正可谓不负花鸟；而花儿鸟儿能够得遇上我李笠翁，也就是所谓"一人知己，死可无恨"了吧？

<h2 style="text-align:center">蓄 养 禽 鱼</h2>

　　鸟之悦人以声者，画眉、鹦鹉二种。而鹦鹉之声价，高出画眉上，人多癖之，以其能作人言耳。予则大违是论，谓鹦鹉所长止在羽毛，其声则一无可取。鸟声之可听者，以其异于人声也。鸟声异于人声之可听者，以出于人者为人籁，出于鸟者为天籁也。使我欲听人言，则盈耳皆是，何必假口笼中？况最善说话之鹦鹉，其舌本

之强⁽¹⁾，犹甚于不善说话之人；而所言者又不过口头数语。是鹦鹉之见重于人，与人之所以重鹦鹉者，皆不可诠解之事⁽²⁾。至于画眉之巧，以一口而代众舌，每效一种，无不酷似，而复纤婉过之，诚鸟中慧物也。予好与此物作缘，而独怪其易死。既善病而复招尤⁽³⁾，非殁于己⁽⁴⁾，即伤于物，总无三年不坏者。殆亦多技多能所致欤？

鹤、鹿二种之当蓄，以其有仙风道骨也。然所耗不资⁽⁵⁾，而所居必广，无其资与地者，皆不能蓄。且种鱼养鹤，二事不可兼行，利此则害彼也。然鹤之善唳善舞⁽⁶⁾，与鹿之难扰易驯，皆品之极高贵者，麟凤龟龙而外⁽⁷⁾，不得不推二物居先矣。乃世人好此二物，又分轻重于其间，二者不可得兼，必将舍鹿而求鹤矣。显贵之家，匪特深藏苑囿，近置衙斋，即倩人写真绘像⁽⁸⁾，必以此物相随。予尝推原其故，皆自一人始之，赵清献公是也。琴之与鹤，声价倍增，讵非贤相提携之力欤⁽⁹⁾？

家常所蓄之物，鸡犬而外，又复有猫。鸡司晨，犬守夜，猫捕鼠，皆有功于人而自食其力者也。乃猫为主人所亲昵，每食与俱，尚有听其搴帷入室⁽¹⁰⁾，伴寝随眠者。鸡栖于埘⁽¹¹⁾，犬宿于外，居处饮食皆不及焉。而从来叙禽兽之功，谈治平之象者⁽¹²⁾，则止言鸡犬而并不及猫。亲之者是，则略之者非；亲之者非，则略之者是。不能不惑于二者之间矣！曰：有说焉。昵猫而贱鸡犬者，犹癖谐臣媚子⁽¹³⁾，以其不呼能来，闻叱不去；因其亲而亲之，非有可亲之道也。鸡犬二物，则以职业为心，一到司晨守夜之时，则各司其事，虽豢之美食⁽¹⁴⁾，处以曲房⁽¹⁵⁾，使不即彼而就此，二物亦守死弗至。人之处此，亦因其远而远之，非有可远之道也。即其司晨守夜之功，与捕鼠之功亦有间焉。鸡之司晨，犬之守夜，忍饥寒而尽瘁，无所利而为之，纯公无私者也；猫之捕鼠，因去害而得食，有所利而为之，公私相半者也。清勤自处，不屑媚人者，远身之道；假公自为，密迩其君者⁽¹⁶⁾，固宠之方。是三物之亲疏，皆自取之也。然以我司职业于人间，亦必效鸡犬之行，而以猫之举动为戒。噫！亲疏可言也，祸福不可言也。猫得自终其天年，而鸡犬之死，皆不免于刀锯鼎镬之罚⁽¹⁷⁾。观于三者之得失，而悟居官守职之难。其不冠进贤⁽¹⁸⁾，而脱然于宦海浮沉之累者，幸也。

【注释】

〔1〕舌本：舌根。

〔2〕诠解：解释。

〔3〕尤：灾殃，病。

〔4〕殁（mò）：死。

〔5〕不资：不够供给。

〔6〕唳（lì）：鸣叫。

〔7〕麟凤：麒麟和凤凰，与龙一样，都是传说中的珍异动物。

〔8〕倩人：请人。写真：摹画人与物的形象。

〔9〕"赵清献公"数句：赵抃，字阅道，宋衢州西安（今衢县）人。神宗时擢为参知政事，卒谥清献。《宋史》本传载神宗语云："闻卿匹马入蜀，以一琴一鹤自随。为政简易，亦称是乎？"

〔10〕搴帷：揭起门帘、帷帐。

〔11〕鸡栖于垝（shí）：语出《诗经·王风·君子于役》。垝，墙壁上挖洞制成的鸡窠。

〔12〕治平之象：太平安定的景象。治平，治国平天下。

〔13〕癖谐臣：喜欢亲近俳优弄臣。

〔14〕豢（huàn）：喂养。

〔15〕曲房：深邃幽隐的密室。

〔16〕迩（ěr）：近，亲近。

〔17〕鼎镬（huò）：古代的烹饪之器。鼎，用于烹饪。镬，锅。

〔18〕不冠进贤：不戴进贤冠。进贤冠，古时原为儒者所戴的一种缁布冠，后百官皆戴用。这里用代指做官。

【译文】

　　禽鸟之中以声音取悦于人的，有画眉和鹦鹉两种。而鹦鹉的身价，在画眉之上，人们大多嗜好养鹦鹉，是因为它能仿效人说话。我却极力反对这样的想法，认为鹦鹉之所长只在羽毛，它的声音却一无可取。鸟鸣之所以悦耳动听，是因为与人的声音不一样。鸟鸣不同于人声而悦耳动听，是因为声音出自于人的只是人籁，出自于鸟的才是天籁啊。假使我想要听人说话，那么随处都是人声，满耳都能听到，又何必要借助樊笼中的鸟儿之口呢？况且就算鸟儿里面最善于学人说话的鹦鹉，它舌根的僵硬，比不善说话的人还要严重；而且它有口无心说的，也不过就是口头上那几句话。如此看来，鹦鹉被人们所看重，和人们之所以看重鹦鹉，都是莫名其妙，无可解释的事情。至于画眉鸟的灵巧，能够以一张小嘴代替众多口舌，每学一种，无不酷似，而且又纤细婉转，甚至过于原唱，诚然是鸟儿之中最聪明伶俐的。我喜欢与画眉鸟结缘，却独独惋惜奇怪它那么容易死去。画眉鸟既容易惹病，而且又动辄招来伤害，不是自己病死，就是被其他东西所伤害，总没有能安然无恙地活过三个年头的。大概也是因为它多才多艺所致吧？

　　鹤和鹿这两种动物之所以应当蓄养，是因为它们有仙风道骨。然而养它们的耗费不低，而且它们所居处的地方还必须足够宽广，没有资金实力和一块够大的土地，都无法蓄养。而且养鱼和养鹤，两件事不可能一起做，有利于这一个就妨害了那一个。然而鹤善于唳鸣，善于翔舞，鹿安静灵敏，容易驯养，都是品性极为高贵的动物，在麒麟、凤凰、龟鼋、飞龙以外，不得不推鹤和鹿居于先列。但世人喜好这两种动物，又在它们中间分出先后轻重，如果两者不可兼得，那必定会舍弃鹿而求取鹤。显贵人家，不仅把鹤深藏在园子中，或者就近养在身边衙斋里，即便是请人写真画像，也必定让鹤相伴随。我曾经考校推原鹤更被珍视的缘故，都是从一个人起始的，他就是宋代赵清献公赵抃。自从他以一琴一鹤自随而匹马入蜀上任以后，琴与鹤的身价倍增，这难道不是这位贤明宰相的提携之功吗？

　　人们家常所蓄养的动物，鸡犬以外，又还有猫。清晨鸡能打鸣叫早，夜晚狗能看家护院，猫能捕捉老鼠，都是有功于人类而能够自食其力的动物。但是猫更能被主人所亲昵，常常吃饭时都与它一起，甚至还任它爬进床帏钻入被窝，陪着睡伴着眠。鸡蜷曲在鸡窝里面，狗趴卧在房屋外边，住的吃的都不如猫。而向来人们叙述禽兽的功劳，谈论天下治乱升平的征象时，却只提鸡和犬，而并不涉及猫。如果亲近猫是对的，那么忽略它就是错的；如果亲近它是错的，那么忽略它就是正确的了。真让人在这两者之间困惑啊！我说：这里面有一个说法。对猫亲昵而贱视鸡狗，就好像喜欢亲近俳优弄臣和媚人的女子，是因为猫不用召唤，它自己就会来到你身边，听到你呵叱它也不离开；因为它亲近人，所以人也对它亲近，并不是它有什么可亲之道。鸡和犬这两种动物，则专心专意忠于职守，一到该司晨该守夜的时辰，那它们就各司其事，即使你让它们离开原来司晨守夜的环境，喂它们精美的食物，给它们住内院舒适的小屋，可是它们还是死守着不肯离开。人们对待这两种动物，也是因为它们疏远人，所以就疏远它们，并不是它们有什么可疏之道。就是鸡司晨，狗守夜的功劳，与猫捉老鼠的功劳相比，也有一定的不同和差距。鸡的司晨，狗的守夜，忍饥受寒而鞠躬尽瘁，对自己没啥好处，它们却尽力去做，纯粹是出于大公无私；而猫捉老鼠则不然，除去鼠害是为了得到食物，是对它有利才去做的，公心和私利各占了一半。清正勤勉，淡泊自处，不屑献媚于人，是让人疏远之道；假公义而为自己，亲密接近主子上司，是巩固自己得宠地位的方法。那么。这三种动物与人的亲疏远近，都是它们自己的作为所招致的。但是，以我们要在人世间担当某种角色与任务，从事某项职业与事业而言，那也必须效法鸡犬的行事作为，而以猫的举动表现为戒。

唉！动物与人之间亲近还是疏远可以随便说说，而是祸还是福的命运却深不可测让人心情沉重无法轻易谈论。猫能活得自得安稳，终其天年，而鸡犬的死亡，却都免不了要受用刀锯宰割用烹锅烧煮的刑罚。看看猫和鸡犬这三种动物的得失，而可以悟到居官守职之艰难。那些不戴进贤之冠的官帽，从而超然脱离于官场宦海波谲云诡沉浮升降无限牵累的人们，真是幸运啊。

浇 灌 竹 木

"筑成小圃近方塘，果易生成菜易长。抱瓮太痴机太巧，从中酌取灌园方⁽¹⁾。"此予山居行乐之诗也。能以草木之生死为生死，终可与言灌园之乐，不则一灌再灌之后，无不畏途视之矣。殊不知草木欣欣向荣，非止耳目堪娱，亦可为艺草植木之家助祥光，而生瑞气。不见生财之地万物皆荣，退运之家群生不遂？气之旺与不旺，皆于动植验之。若是则汲水浇花，与听信堪舆⁽²⁾，修门改向者无异也。不视为苦，则乐在其中。督率家人灌溉，而以身任微勤，节其劳逸，亦颐养性情之一助也。

【注释】

〔1〕"抱瓮太痴机太巧"二句：用《庄子·天地》"抱瓮老人"典故。原文记述一灌园老人，宁愿抱瓮取水灌溉，而拒绝用桔槔借助机械之力提水以提高功效的事。

〔2〕堪舆：即所谓风水。风水，指相看住宅基地或墓地形式以预测吉凶的一种带有迷信色彩的法术。"堪"为高处，"舆"为下处。

【译文】

"筑成小圃近方塘，果易生成菜易长。抱瓮太痴机太巧，从中酌取灌园方。"这是我山居行乐的诗。只有那些能够将草木的生死视同人之生死的人，才能和他谈论种植浇灌园圃苗木的乐趣。否则，浇灌了一次两次之后，没有人不视作可畏的长路望而却步的。殊不知草木欣欣向荣，不仅能让人耳目一新，心旷神怡，也可以为那些种草植树的人家平添祥瑞之气。君不见，那些生财之地，都是万物滋荣，草木旺发；而退运败落之家，无不草木萧瑟，种什么都无有起色吗？主家气运之旺与不旺，都可以在他家所养动物、所栽植物上得到验证。如果是这样，那么汲水浇花这件事情，实在与听信了风水先生的话，不辞辛苦，折腾着修整大门，改变朝向，以求得好运的做法一样重要。不把浇灌竹木这件事视为多余的苦差事，那么干起来就乐在其中了。何况，督促率领家人浇灌，自己亲自参与一些轻微的劳动，劳逸有节，张弛有度，对于调节身心，颐养性情也是一大帮助啊。

止 忧 第 二

忧可忘乎？不可忘乎？曰：可忘者非忧，忧实不可忘也。然则忧之未忘，其何能乐？曰：忧不可忘而可止，止则所以忘之也。如人忧贫而劝之使忘，彼非不欲忘也，啼饥号寒者迫于内，课赋索逋者攻于外[1]，忧能忘乎？欲使贫者忘忧，必先使饥者忘啼，寒者忘号，征且索者忘其逋赋而后可，此必不得之数也。若是则"忘忧"二字徒虚语耳。犹慰下第者以来科必发，慰老而无嗣者以日后必生，迨其不发不生，亦止听之而已，能归咎慰我者而责之使偿乎？语云："临渊羡鱼，不如退而结网。"[2]慰人忧贫者，必当授以生财之法；慰人下第者，必先予以必售之方[3]；慰人老而无嗣者，当令蓄姬买妾，止妒息争，以为多男从出之地。若是则为有裨之言^{〔4〕}，不负一番劝谕。止忧之法，亦若是也。忧之途径虽繁，总不出可备、难防之二种，姑为汗竹^{〔5〕}，以代树萱^{〔6〕}。

【注释】

〔1〕课赋索逋（bū）：征求税赋，追索欠款。

〔2〕"临渊羡鱼"二句：语本《淮南子·说林训》和《汉书·董仲舒传》。

〔3〕必售之方：必定能获得成功的方法、诀窍。

〔4〕裨（bì）：有益。

〔5〕汗竹：写下来。汗竹，犹言"汗青"。古代写字于竹简上，先用火炙竹简令汗，干则易写，又不受虫蛀，称为汗青。因以汗青指书册或写成书册。

〔6〕树萱：种忘忧草。

【译文】

忧愁可以忘记吗？还是不可以忘记？我说：可以忘记的不是忧愁，是忧愁就实在忘不了。那么，忧愁既然忘不了，人又怎么能够快乐起来呢？我说：忧愁虽然不可能忘记，但是可以止歇，歇止忧愁就是用来忘记忧愁的。如果有人忧愁贫穷，而你要劝使他忘掉，他不是不想忘掉，无奈家里老小哭着喊饿，号着叫冷，外头有人打上门来，催租逼债，如此内外交困，忧愁能够忘记得了吗？要想让穷困者忘记忧愁，必须先让饥者不再因挨饿而哭泣，寒者不再为受冻而号叫，让催租逼债的人忘记租税债务，停止征索催逼，这才切实可行，可这必然是难以办到的。如此则"忘忧"二字就只是一句空话罢了。就像宽慰一个刚刚落第的人说，下一次科举考试你定能高中，安慰一位年老而无子嗣的人说，日后你一定会生个大胖小子，等到下一次发榜他依然名落孙山，垂垂老矣他还没生出儿子，也只好听之任之而已，能归咎安慰自己的人，而责令他作出赔偿吗？古人说："临渊羡鱼，不如退而结网。"如要安慰那些忧愁穷困的人，定当向他们传授生财脱贫的具体方法；安慰落第的人，必须先教给他必能高中的秘诀；安慰年老而无子嗣的人，应当叫他蓄姬买妾，防止嫉妒平息纷争，以营造多生子嗣环境的条件。要像这样那才算是有益的话，不枉费了一番劝谕的苦心。止忧之法，也是如此。忧愁的来由和路径虽然名目繁多，但总不超出可以防备和难以防备这两种，姑且写下来公之于众，权当我为大家种忘忧之草。

止眼前可备之忧

拂意之境〔1〕，无人不有，但问其易处不易处，可防不可防。如易处而可防，则于未至之先，筹一计以待之。此计一得，即委其事于度外，不必再筹，再筹则惑我者至矣。贼攻于外而民扰于中，其可乎？俟其既至，则以前画之策取而予之，切勿自动声色。声色动于外，则气馁于中〔2〕。此以静待动之法，易知亦易行也。

【注释】
〔1〕拂意：不如意。拂，违，逆。
〔2〕气馁：灰心丧气。

【译文】
不如意的逆境，无人不有，只问它容易解决还是不容易解决，可以预防还是不可以预防。如果容易解决而且又可以预防，那就在逆境还没有到来之前，先筹划一个计策等着它。这计策一旦想妥，就将此事置之度外，不必再思量筹划，如果再多费思虑，那么困惑我的东西就不期而至了。那就好比城外有强盗进攻，而城内有人在闹事，内外夹攻，那还能够扛得住吗？等到逆境既来之时，就用先前筹划的策略来应对，但要不动声色，切勿自己慌了手脚。如果声色动于外，心里着了慌，事情就更麻烦了。这是以静待动的方法，容易懂，也容易实行。

止身外不测之忧

　　不测之忧，其未发也，必先有兆。现乎蓍龟[1]，动乎四体者，犹未必果验。其必验之兆，不在凶信之频来，而反在吉祥之事之太过。乐极悲生，否伏于泰[2]，此一定不移之数也。命薄之人，有奇福，便有奇祸。即厚德载福之人[3]，极祥之内，亦必酿出小灾。盖天道好还[4]，不敢尽私其人[5]，微示公道于一线耳。达者处此，无不思患预防，谓此非善境，乃造化必忌之数，而鬼神必睊之秋也[6]。萧墙之变[7]，其在是乎？止忧之法有五：一曰谦以省过，二曰勤以砺身，三曰俭以储费，四曰恕以息争，五曰宽以弥谤[8]。率此而行，则忧之大者可小，小者可无；非巡环之数[9]，可以窃逃而幸免也。只因造物予夺之权，不肯为人所测识，料其如此，彼反未必如此，亦造物者颠倒英雄之惯技耳。

【注释】

　　〔1〕蓍（shì）龟：蓍草与龟甲，古代用以占卜吉凶祸福。

　　〔2〕乐极悲生：语本《淮南子·道应训》。否（pǐ）伏于泰：即福兮祸所伏之意。否、泰，是《周易》中的两个卦名。否，天地不相交通，失利；泰，天地相交，亨通。古人认为否泰、吉凶、祸福是相互转化的，故又有"否极泰来"、"祸兮福所倚"之说。

　　〔3〕厚德载福：德行深厚的人必有厚福。语出《周易·坤》。

　　〔4〕天道好还：指行善者必得厚报，行恶者必受其殃，这是上天的规律、法则。

　　〔5〕私：偏私。

〔6〕瞯（jiàn）：窥视。

〔7〕萧墙之变：内在潜藏的变故。萧墙，门屏，古代宫室、民居用以分隔内外的当门小墙。

〔8〕弥：止息，消除。

〔9〕巡环之数：即上文所谓"乐极悲生，否伏于泰，此一定不移之数"。巡环，循环。

【译文】

那些不可预测的忧患，在还没有发生时，一定会先有预兆。那些占卜时呈现在蓍草、龟背上，显现在肢体动作上的征象，倒还未必果真会灵验。那定会应验的征兆，不在于凶信频频传来，而反在吉祥的事情太过太多。乐极生悲，祸福相倚，这是一定不移的理数。命薄的人，忽然享有奇福，那便会有奇祸发生。即便是其德深厚能够承载福分的人，在极为吉祥之中，也必然会酿出点小小灾祸。原来天道好还，会以福祸回报善恶，不可能全然偏私某一个人，会在几微之间巧妙地显现他的公道。通达之士处在这样的境况中，无不心怀忧患，预为防范，认为这并不一定是好境遇，乃是意味着造化必有所忌讳，并会谋求某种平衡的定数，而且也是鬼神定然窥测着，随时准备作祟的多事之秋。祸起萧墙的变故，就在这样的境遇、这样的时候吧？要防止身外不测之忧的方法有五条：一是谦恭地反省自己的过失，二是勤勉地磨砺自己的身心，三是生活节俭要储备资金，四是以忠恕之心止息纷争，五是宽宏大量以消除诽谤。只要按照这五项内容去行事，那么忧之大者可以化小，小者可以化无；这样就不会落入乐极生悲的循环不移的理数，而以自己的德行暗暗规避，得以幸免于难。只因为造物主的生杀予夺的大权，是不肯让人们所猜测识破的，你料想会如此这般，它却反而未必这般如此，这也是造物主颠倒作弄英雄的惯用伎俩吧。

调饮啜第三〔1〕

《食物本草》一书〔2〕，养生家必需之物。然翻阅一过，即当置之。若留匕箸之旁[3]，日备考核，宜食之物则食之，否则相戒勿用，吾恐所好非所食，所食非所好，曾皙睹羊枣而不得咽[4]，曹刿鄙肉食而偏与谋[5]，则饮食之事亦太苦矣。尝有性不宜食而口偏嗜之，因惑《本草》之言，遂以疑虑致疾者。弓蛇之为祟[6]，岂仅在形似之间哉！"食色性也。"[7] 欲藉饮食养生，则以不离乎性者近似。

【注释】

〔1〕啜（chuò）：喝，吃。

〔2〕《食物本草》：明卢和撰，二卷，有《格致丛书》本。

〔3〕匕箸：舀汤的勺、匙和筷子。

〔4〕"曾皙"句：《孟子·尽心下》："曾皙嗜羊枣，而曾子不忍食羊枣。"曾子，即曾参，曾皙之子。父子均为孔门弟子。羊枣，果名。又称牛奶柿。

〔5〕"曹刿"句：用《左传》曹刿论战故事。《左传·庄公十年》："肉食者鄙，未能远谋。"肉食者，指身居高位、享受厚禄的人。

〔6〕弓蛇之为祟：杯弓蛇影故事，出于《风俗通·怪神》，《晋书·乐广传》亦有记载。用以比喻疑神疑鬼，自相惊扰。祟，作怪。

〔7〕食色性也：饮食男女，是人的天性。语出《孟子·告子下》。

【译文】

《食物本草》一书，是养生家必需要有的东西。但是翻阅一遍之后，就应当置之一旁。如果留它在汤勺碗筷之旁，餐桌之上，以备日日翻看，来考查核对，书上说什么该吃，就照着去做来吃，否则就相互告诫不要做来吃，要是这样，我恐怕他爱吃的东西被认为不应该吃，而被认为该吃的东西又是他不爱吃的。曾皙看到羊枣，眼热嘴馋却不能吃，曹刿鄙视肉食却偏让他吃，那样的话，本来可以一饱口福的饮食之事，也就成了一件太苦的差事了。曾经有人生性体质据说不适合吃某种东西，可是他偏偏就酷爱吃这个，因为惑于《食物本草》所言，于是疑神疑鬼，反而因此得病。杯弓蛇影之所以作怪，正是因为心理因素，难道只是因为弓与蛇外形的相似吗？"食色，性也。"

要想凭借饮食来养生，那不违背人的天性爱好就差不离了。

爱食者多食

生平爱食之物，即可养身，不必再查《本草》。春秋之时并无《本草》，孔子性嗜姜，即不撤姜食，性嗜酱，即不得其酱不食[1]，皆随性之所好，非有考据而然。孔子于姜、酱二物，每食不离，未闻以多致疾。可见性好之物，多食不为祟也。但亦有调剂君臣之法[2]，不可不知。"肉虽多，不使胜食气。"[3] 此即调剂君臣之法。肉与食较，则食为君而肉为臣；姜、酱与肉较，则又肉为君而姜、酱为臣矣。虽有好不好之分，然君臣之位不可乱也。他物类是。

【注释】

〔1〕"孔子性嗜姜"四句：《论语·乡党》："不得其酱，不食。""不撤姜食，不多食。"

〔2〕调剂君臣之法：中医用药时，称起主治作用的药物为君，起辅助作用的药物为臣，讲究君臣佐使的互补与搭配。

〔3〕"肉虽多"句：见《论语·乡党》。食气，饭食，主食。

【译文】

生平爱吃的东西，就可以养身，不必再查《食物本草》这些书。春秋之时并没有《食物本草》，孔子生性酷爱吃姜，就不撤姜食，每餐必备，又生性酷爱吃酱，就不得其酱不食，都是随我性之所好，而不是照书上考据的结论来饮食的。孔子每餐都不离姜和酱这两样食物，没听说他因此而得病。可见生性喜欢吃的东西，多吃一点是不会作祟的。但是也有调节君臣佐使的方法，不应该不知道。"肉虽多，不使胜食气。"这就是所谓调节君臣佐使的方法。肉食和饭食相比较，那么饭食为君，肉食为臣；姜和酱与肉食相比较，那么又应当以肉为君，而以姜和酱为臣。虽然人们有爱吃这样或不爱吃那样的分别，但是君臣的位置是不能颠倒混乱的。其他东西也是如此。

怕食者少食

凡食一物而凝滞胸膛〔1〕，不能克化者〔2〕，即是病根，急宜消导〔3〕。世间只有瞑眩之药〔4〕，岂有瞑眩之食乎？喜食之物，必无是患，强半皆所恶也。故性恶之物即当少食，不食更宜。

【注释】

〔1〕凝滞：凝结积滞。

〔2〕克化：消化。

〔3〕消导：消化泄导。

〔4〕瞑眩之药：使人头晕目眩的药。《书·说命上》："若药不瞑眩，厥疾不瘳。"

【译文】

凡是吃一种食物，却凝结积滞在胃里，不能消化的，就是病根，应该尽快想办法消化泄导郁积的食物。世上只有吃了使人头晕目眩的药物，哪有吃了使人头晕目眩的食物？喜欢吃的东西，一定没有这样的毛病，出问题的大半都是因为吃了自己不喜欢的东西。所以对自己生性厌恶的食物，就应当尽量少吃，不吃更好。

太 饥 勿 饱

欲调饮食，先匀饥饱。大约饥至七分而得食，斯为

酌中之度⁽¹⁾，先时则早，过时则迟。然七分之饥，亦
当予以七分之饱，如田畴之水务与禾苗相称，所需几
何，则灌注几何，太多反能伤稼，此平时养生之火候
也。有时迫于繁冗，饥过七分而不得食，遂至九分十
分者，是谓太饥。其为食也，宁失之少，勿犯于多。多
则饥饱相搏而脾气受伤，数月之调和，不敌一朝之紊
乱矣。

【注释】

〔1〕酌中：适中。

【译文】

想要调节饮食，先要调匀饥饱。大约感到有七分饿时可以吃
饭，这是一个比较适中的尺度。在这之前吃就有点早，过了这个时
点再吃就有些迟。然而，七分饿时进食，也应该只吃到七分饱。这
就像往田地里面浇水灌水，一定要和秧苗作物的需要相称，需要多
少，那就浇灌多少，水浇灌得太多了反而会伤害庄稼。这就是人们
平时养生应当注意把握的火候。有时迫于繁冗的事物，饿过了七
分还没得吃饭，于是饿到了九分十分，这就是太饥。这个时候吃东
西，宁可吃少一点，也不要犯吃得太多的毛病。吃得多了，就会饥
饱相争，使脾胃之气受伤。那样的话，几个月的调养，也敌不过这
样一次脾胃紊乱所造成的严重后果。

太 饱 勿 饥

饥饱之度，不得过于七分，是已。然又岂无饕餮太
甚⁽¹⁾，其腹果然之时⁽²⁾？是则失之太饱。其调饥之法，
亦复如前，宁丰勿啬⁽³⁾。若谓逾时不久，积食难消，以

养鹰之法处之[4]，故使饥肠欲绝，则似大熟之后[5]，忽遇奇荒。贫民之饥可耐也，富民之饥不可耐也，疾病之生多由于此。从来善养生者，必不以身为戏。

【注释】

〔1〕饕餮（tāo tiè）：贪吃。

〔2〕果然：饱食的样子。

〔3〕宁丰勿啬：宁可吃得偏多，不要偏少。

〔4〕养鹰之法：饲养猎鹰的方法。指狩猎之前，要使其饥饿。

〔5〕大熟：大丰收。

【译文】

掌握饥饱的度，不能超过七分饥或七分饱，这是对的。然而，又怎么会没有碰到饕餮大餐，实在抵不住美味佳肴的诱惑，胡吃海喝一通，使肚子塞得滚圆的时候呢？这样就是吃得太饱了。调和饥饱的方法，也如前面说过的原理一样，再吃时宁可稍稍偏多一些，而不要一下子吃得偏少。如果认为离前次吃饭的时间还没多久，积滞的食物难以消化，就用养鹰熬鹰的办法来处理，故意饿得饥肠辘辘，使肠子都几乎要饿断了，那就像大丰收之后，忽然遇上了历史上罕见的大荒年。穷人的饥饿相对还耐受性好一些，而富人挨饿就更不可忍耐了，疾病的发生大多是由于饥饱不定时，饥一顿饱一顿没有规律的原因。善于养生的人，从来都不会拿自己的身家性命当儿戏的。

怒时哀时勿食

喜怒哀乐之始发，均非进食之时。然在喜乐犹可，在哀怒则必不可。怒时食物易下而难消，哀时食物难消亦难下，俱宜暂过一时，候其势之稍杀[1]。饮食无论迟早，总以入肠消化之时为度。早食而不消，不若迟食而即消。不消即为患，消则可免一餐之忧矣。

【注释】

〔1〕杀：减弱，消除。

【译文】

喜怒哀乐等情绪刚发作的当口，都不是适宜进食的时机。然而，要是说在欣喜快乐的时候还可以进食的话，那么在哀伤愤怒的时候就一定不可以进食。愤怒时食物容易吃下去，却不容易消化，悲哀时食物更是既难以消化而且还难以咽下去，在这样的时候，都应当暂时过一段时间，等到愤怒哀伤的情绪稍稍平复减弱一些，才适当进点食。饮食无论迟一点还是早一点，总以食物进入肠胃得以消化的时间为度。吃得早而消化不了，那就还不如晚一些进食，吃下去就能消化。食物吃下去不消化，就会得病，消化好就可以免除一餐之忧了。

倦时闷时勿食

倦时勿食，防瞌睡也。瞌睡则食停于中，而不得下。烦闷时勿食，避恶心也。恶心则非特不下，而呕逆随之。食一物，务得一物之用。得其用则受益，不得其用，岂止不受益而已哉！

【译文】

困倦时不要进食，是为了防止进食以后打瞌睡。一打瞌睡，那么食物就停滞在胃肠里，而不能往下去。烦闷时不要进食，是为了避免恶心。一恶心，那么非但食物不往下走，而且打嗝呕吐会接踵而来。吃一种食物，就务必要让这一样食物发挥效用。如果能够得到食物的效用，那么人就会受益，如果不能发挥食物的效用，那岂止是不能受益而已呢！

节色欲第四

行乐之地，首数房中。而世人不善处之，往往启妒酿争，翻为祸人之具。即有善御者，又未免溺之过度，因以伤身，精耗血枯，命随之绝。是善处不善处，其为无益于人者一也。

至于养生之家，又有近姹远色之二种[1]，各持一见，水火其词。噫！天既生男，何复生女，使人远之不得，近之不得，功罪难予，竟作千古不决之疑案哉！予请为息争止谤，立一公评：则谓阴阳之不可相无，犹天地之不可使半也。天苟去地，非止无地，亦并无天。江河湖海之不存，则日月奚自而藏？雨露凭何而泄？人但知藏日月者地也，不知生日月者亦地也。人但知泄雨露者地也，不知生雨露者亦地也。地能藏天之精，泄天之液，而不为天之害，反为天之助者，其故何居？则以天能用地，而不为地所用耳。天使地晦，则地不敢不晦；迨欲其明，则又不敢不明。水藏于地，而不假天之风，则波涛无据而起；土附于地，而不逢天之候，则草木何自而生？是天也者，用地之物也；犹男为一家之主，司出纳吐茹之权者也[2]。地也者，听天之物也；犹女备一人之用，执饮食寝处之劳者也。

果若是，则房中之乐，何可一日无之？但顾其人之能用与否，我能用彼，则利莫大焉。参苓芪术皆死药也[3]，以死药疗生人，犹以枯木接活树，求其气脉之贯未易得也。黄婆姹女皆活药也[4]，以活药治活人，犹以雌鸡抱雄卵，冀其血脉之通不更易乎？凡借女色养身而反受其害者，皆是男为女用，反地为天者耳。倒持干戈，授人以柄，是被戮之人之过，与杀人者何尤[5]？

　　人问：执子之见，则老氏"不见可欲，使心不乱[6]"之说，不几谬乎？予曰：正从此说参来，但为下一转语：不见可欲，使心不乱，常见可欲，亦能使心不乱。何也？人能屏绝嗜欲，使声色货利不至于前，则诱我者不至，我自不为人诱，苟非入山逃俗，能若是乎？使终日不见可欲而遇之一旦，其心之乱也，十倍于常见。可欲之人不如日在可欲之中，与此辈习处，则是"司空见惯浑闲事[7]"矣，心之不乱，不大异于不见可欲而忽见可欲之人哉？老子之学，避世无为之学也；笠翁之学，家居有事之学也。二说并存，则游于方之内外，无适不可。

【注释】

　　〔1〕近姹远色：古代方术养生之士，或主采补之说，或恐枯耗精血而远避女色。姹，美丽，娇艳。

　　〔2〕茹：吃，吞。

　　〔3〕参苓芪术：人参、茯苓、黄芪、白术，均为补药。死药：参苓芪术等药，皆已经过加工炮制，非原来处于生命状态的存活的植物，故称死药。

　　〔4〕黄婆：指老婆婆。姹（chà）女：美丽少女。

　　〔5〕尤：罪过，归咎。

　　〔6〕"不见可欲"二句：《老子》第三章："不见可欲，使民心不乱。"意为让民众见不到引起贪欲的事物，民心就不会乱。

　　〔7〕司空见惯浑闲事：唐孟棨《本事诗》载，司空李绅宴请卸任的和州刺史刘禹锡，刘即席赋诗，有"司空见惯浑闲事，断尽江南刺史肠"句。

【译文】

　　行乐之地，首先要数房中男女之事。而世人不善于处理这件事，所以往往引发忌妒，酝酿纷争，使它反而成了祸害人的东西。即使有人善于驾驭控制，却又未免沉溺于其中，过了合适的度，以致因为此事而伤身，精神消耗，血气枯竭，性命也随之断送。上述两种情况，无论是善于处理还是不善于处理，其无益于人却是完全一致的。

　　至于那些养生家们，又有近女色采补和远女色避害两派主张，双方各执己见，交锋辩论，形同水火。唉！老天爷既然化生了男人，何必再化生出女人，让男人远她们不得，近她们也不是，功罪难定，竟成为千古不决的一桩疑案呢！我请求为止息彼此的纷争，消弭相互的攻讦，提出一种客观公允的评论：那就是说阴和阳谁也离不开谁，就好像天和地不可以只得其半。天如果离开了地，那就不仅没有了地，而且也没有了天。江河湖海都不存在了，那么太阳月亮从哪里升起，落下来又藏到哪里去呢？雨露又依凭什么途径泻泄流通呢？人们只知道藏留日月的是地，却不知道化生日月的也是地。人们只知道让雨露得以泄导的是地，却不知道化育雨露的也是地。大地能储藏天之精华，泄导天之汁液，而不为天之害，反为天之助，其原因究竟在哪里呢？那就是因为天能用地，而不为地所用。天要让地晦暗下去，那么地就不敢不晦暗；等到天要让地明亮起来，那么地又不敢不明亮起来。水藏于地上，如果不借助天之风，那么波涛就没有动力和势能，掀不起浪来；土附着在大地上，要是逢不到合适的天时与气候，那么草木又从何而生？既然如此，那么天，是用地之主；就像男人为一家之主，管理家庭收支出入大权一样。地，是听命服从于天的；就像女人是预备为一人所用，操持饮食寝处等事务的劳作一样。

　　假如果真是这样的话，那么房中之乐，怎么可以有一天没有呢？但那就要看其人能用人还是不能用人，我能用她，那么益处就莫大于此了。人参、茯苓、黄芪、白术这些补药都是些死药，用死药来治疗活人，就像用枯木嫁接到活树上，想要它能够得以气脉贯通，是不容易办到的。不管是黄脸婆还是妙龄少女，都是一味味活药，用活药来治疗活人，就像用母鸡抱孵经雄鸡点精过的蛋，希望它血脉和通，不是更为容易吗？凡是借女色养身，却反受其害的，都是男人反过来被女人所用，地反过来成了天罢了。自己倒拿干戈刀剑，把把柄交给对方，锋刃对着自己，那被杀丧命，也是被害者自己的过错，怎么能单方面归咎于杀人者呢？

有人问：按照你的见解，老子的"不见可欲，使心不乱"之说，不几乎就是谬误了吗？我说：我的见解正是从老子此说参悟来的，只是要转换一下说法：老子说，不见可欲，使心不乱，我说，常见可欲，亦能使心不乱。为什么呢？人如果能完全摒弃嗜好断绝欲念，使声色货利不到眼前来，那样引诱我的因素不出现，我自然也就不会被诱惑。如果不是隐居深山，与世俗生活相隔绝，能够做到这样吗？假使终日未见到可欲之人可欲之事，却在哪一天忽然就遇上了，那么其内心的骚动混乱，将会十倍于常见可欲之人可欲之事的人。所以，有欲念的人不如就让他天天处在可欲之人可欲之事中，如果和可欲之人与事相处多了，就会习以为常，那么就成为"司空见惯浑闲事"了。内心不会骚动混乱，不就大异于那些见不到可欲之人与可欲之事，却在哪一天忽然遇上就心乱如麻的人吗？老子的学说，是避世无为之学；而我李笠翁的说法，是平常家居行事的说法。二说并存兼用，那么无论是投入到红尘之中畅游还是高蹈方外逍遥，都无施不可，无往不适。

节快乐过情之欲

乐中行乐，乐莫大焉。使男子至乐，而为妇人者尚有他事萦心[1]，则其为乐也，可无过情之虑。使男妇并处极乐之境，其为地也，又无一人一物搅挫其欢[2]，此危道也。决尽堤防之患，当刻刻虑之。然而但能行乐之人，即非能虑患之人；但能虑患之人，即是可以不必行乐之人。此论徒虚设耳。必须此等忧虑历过一遭，亲尝其苦，然后能行此乐。噫！求为三折肱之良医[3]，则囊中妙药存者鲜矣，不若早留余地之为善。

【注释】

〔1〕萦（yíng）心：记挂在心里。

〔2〕搅挫：打搅，影响。

〔3〕三折肱之良医：屡折其臂，就能亲身体验治疗骨折的方药之优劣，而成良医，即久病成良医之意。《左传·定公十三年》："三折肱，知为良医。"三，言其多。肱（gōng），手臂从肘至腕的部分，泛指手臂。

【译文】

在快乐的气氛和环境中行房，没有什么比这更快乐的了。假使男人已到极乐之境，而女人还有别的事情萦绕心头，那么其为乐，就可以不必担心情欲过度。假使男人和妇人同时处于极乐之境，其时、其地又没有一个人，一件事能够打搅影响他们寻欢，这就有些危险了。应当时时刻刻顾虑到精气神发露无遗，如同洪水决堤、大坝垮塌的祸患。然而，但凡耽于行乐的人，也就绝不是能够忧虑或在乎祸患的人；但凡能够虑及祸患的人，也就是可以不必行乐的人。那么我这些言论，不过形同虚设罢了。必须让这等忧虑为人们所亲历过演绎过一遍，亲身尝到过苦头，然后才可以行此乐中之乐。唉！都想在久病之后成为良医，可是皮囊之中的妙药精华也就所剩无几了，不如早留余地为好。

节忧患伤情之欲

忧愁困苦之际，无事娱情，即念房中之乐。此非自好，时势迫之使然也。然忧中行乐，较之平时，其耗精损神也加倍。何也？体虽交而心不交，精未泄而气已泄。试强愁人以欢笑，其欢笑之苦更甚于愁，则知忧中行乐之可已⁽¹⁾。虽然，我能言之，不能行之，但较平时稍节则可耳。

【注释】

〔1〕已：止。

【译文】

人们在忧愁困苦的时候，没有别的什么事情可以娱情，自然就会想到房中之乐。这不是个人自己的喜好，而是势所必然的事情。但是在忧愁困苦之中行乐，比起平时来，其耗精损神更要加倍。为什么呢？因为身体虽然相交了，但精神心气没有相交；精还没泄，气却已经泄了。试图强迫愁苦的人欢笑，那苦中作乐，强颜欢笑的苦，比忧愁困苦本身还要苦，就可以知道，在忧愁困苦之中行房，这事最好还是作罢。虽然道理是这样，我自己也能这样说，却不能这样去做，只是比平时稍稍加以节制就可以了。

节饥饱方殷之欲⁽¹⁾

饥寒醉饱四时，皆非取乐之候。然使情不能禁，必欲遂之，则寒可为也，饥不可为也；醉可为也，饱不可为也。以寒之为苦在外，饥之为苦在中，醉有酒力之可凭，饱无轻身之足据。总之交媾者战也，枵腹者不可使战⁽²⁾；并处者眠也，果腹者不可与眠。饥不在肠而饱不在腹，是为行乐之时矣。

【注释】

〔1〕方殷：正当剧盛的时候。

〔2〕枵（xiāo）腹：空腹。

【译文】

　　处在饥饿、寒冷、醉酒、饱食这四种状态中，都不是行房取乐的时候。但是假如情不自禁，一定要满足，那么寒冷时可以做，饥饿时就不可以做；醉酒时可以做，饱食后就不可以做。这是因为寒冷的苦是在体外，饥饿的苦是在体内，喝醉时尚有酒力可以凭借，饱食后却不像平时那样身体轻捷灵便可以依仗。总之，男女交媾，就如同战场厮杀，饥肠辘辘怎么能打仗；男女同床共枕，就像睡眠一样，吃得太饱不能马上就睡。不是饿到肠子都空，也不是饱得胃腹胀满，不饥不饱，才是行乐的时候。

节劳苦初停之欲

　　劳极思逸，人之情也，而非所论于耽酒嗜色之人。世有喘息未定，即赴温柔乡者，是欲使五官百骸、精神气血，以及骨中之髓、肾内之精，无一不劳而后已。此杀身之道也。疾发之迟缓虽不可知，总无不胎病于内者[1]。节之之法有缓急二种：能缓者，必过一夕二夕；不能缓者，则酣眠一觉以代一夕，酣眠二觉以代二夕。惟睡可以息劳，饮食居处皆不若也。

【注释】

　　〔1〕胎病于内：在此中蕴藏着致病的祸根。

【译文】

　　劳累到了极点，就想到放松一下，这是人之常情，但这不合适用来谈论贪恋酒食、沉迷女色的人。世上有人劳累以后喘息未定，就迫不及待赶赴温柔乡，这是非得让自己的五官百骸、精神气血，以及骨中之髓、肾中之精，没有一样不劳瘁万端，疲惫不堪，超额透支，消耗殆尽才算完。这是一种杀身取祸的危险举动。疾病发作的是早还是晚，是急还是缓，虽然不能确知，总是有病根萌发在身体里了。节制这种祸患的方法，有缓和急两种：能缓一缓的，就一定要熬过一夜两夜再说；不能缓不能熬的，那就先酣睡一觉，权当歇了一宿，酣睡两觉，权当歇了两夜。惟有睡眠才可以休养生息，缓解疲劳，饮食、闲坐都不如安然睡眠效果好。

节新婚乍御之欲

　　新婚燕尔，不必定在初娶，凡妇人未经御而乍御者[1]，即是新婚。无论是妻是妾，是婢是妓，其为燕尔之情则一也[2]。乐莫乐于新相知[3]，但观此一夕之为欢，可抵寻常之数夕，即知此一夕之所耗，亦可抵寻常之数夕。能保此夕不受燕尔之伤，始可以道新婚之乐。不则开荒辟昧[4]，既以身任奇劳，献媚要功[5]，又复躬承异瘵[6]。终身不二色者，何难作背城一战[7]，后宫多嬖侍者[8]，岂能为不败孤军？危哉！危哉！当筹所以善此矣。善此当用何法？曰：静之以心。虽曰燕尔新婚，只当行其故事[9]。"说大人，则藐之"[10]，御新人，则旧之。仍以寻常女子相视，而不致大动其心。过此一夕二夕之后，反以新人视之。则可谓驾驭有方，而张弛合道者矣。

【注释】

〔1〕乍：刚开始，最初。

〔2〕燕尔：又作"宴尔"，安乐的意思。《诗经·邶风·谷风》有"宴尔新昏，如兄如弟"之句，后因以作为祝贺新婚的常用语。

〔3〕乐莫乐于新相知：语出屈原《九歌·少司命》："悲莫悲兮生别离，

乐莫乐兮新相知。"

〔4〕辟昧：犹言开荒，启蒙。

〔5〕要（yāo）功：邀功。

〔6〕躬承：身受。异瘁：过度劳累。

〔7〕背城一战：在自己城下跟敌人决一死战。背城，这里含有所依恃之意。

〔8〕嬖（bì）：得宠之人。

〔9〕行其故事：做寻常做过的事。

〔10〕"说大人"二句：语出《孟子·尽心下》。说，说服。藐，藐视。

【译文】

所谓新婚燕尔，不一定单指新婚之夜，凡是未经交合的女子，而初次与之交合，也就如同新婚。无论是妻是妾，是婢是妓，那种新婚燕尔的情味都是一样的。乐莫乐于新相知，只要看看这一夜的欢娱，可以抵得上平常数夜之欢娱，就知道这一夜的消耗，也可以抵得上平常几夜的消耗。如果能够保住这一夜不受新婚燕尔初交的伤害，才可以谈得上新婚的快乐。要不然，因为是开荒启蒙第一回，身体既已十分劳累，又要献媚邀功，讨新人喜欢显自己本事，那就更加拼尽全力，让身心异常疲惫，极度透支。一辈子不交第二个女人的，何难作背城一战，要是后宫有众多得宠的佳丽，孤军奋战，岂有不败之理？危险呀！危险呀！应当筹划一个妥善之策来应对才好。要妥善应对处理这情形，该用什么方法好呢？我说：应当平静其心。虽说是燕尔新婚，只当作旧有平常的事情。孟子说："说大人，则藐之。"我说，御新人，则旧之。仍然把她视作旧日寻常女子，就不至于太过动心。过了这开头的一夜两夜之后，反而拿她视作新人。那就可以说是驾驭有方，一张一弛，合乎规律了。

节隆冬盛暑之欲

最宜节欲者隆冬，而最难节欲者亦是隆冬。最忌行

乐者盛暑，而最便行乐者又是盛暑。何也？冬夜非人不
暖，贴身惟恐不密，倚翠偎红之际，欲念所由生也。三
时苦于襶襶⁽¹⁾，九夏独喜轻便，袒裼裸裎之时⁽²⁾，春心
所由荡也。当此二时，劝人节欲，似乎不情，然反此
即非保身之道。节之为言，明有度也。有度则寒暑不
为灾，无度则温和亦致戾⁽³⁾。节之为言，示能守也。能
守则日与周旋而神旺，无守则略经点缀而魂摇。由有
度而驯至能守，由能守而驯至自然，则无时不堪昵玉，
有暇即可怜香。将鄙是集为可焚，而怪湖上笠翁之多
事矣。

【注释】

〔1〕三时：多义词。夏至后半月为三时，头时三日，中时五日，三时
七日。这里指春秋冬三个季节。襶襶（nài dài）：夏天遮日的笠帽；一说暑
月谒人，衣冠束身之状，谓之襶。襶子，比喻不晓事。此处取其衣冠束身
之义。

〔2〕袒裼（tǎn xī）裸裎（chéng）：赤身露体。

〔3〕戾（lì）：罪过，灾病。

【译文】

最应当节制情欲的是隆冬季节，而最难于节制情欲的也是隆冬
季节。最忌讳行乐的是酷暑时节，而最便于行乐的季节又是酷暑时
节。为什么呢？冬天夜里睡觉，非得有人一起睡才会暖和，贴身相
拥而卧，还唯恐挨得不紧密，倚翠偎红之际，欲念就由此产生。一
年四季之中，有三个季节都苦于衣装束缚，惟有九夏衣着轻便，令
人轻松喜悦，袒身露体之时，自然引得春心荡漾。正当这两个时
节，劝人节制情欲，似乎不近人情，然而违背隆冬酷暑应当节欲的
原则，就不符合保养身心之道。所谓的节，是明示什么都要有一个
合理的度。如果做到有度，那么就是隆冬酷暑行房为乐，也不会产

生灾殃；如果为乐无度没有节制，那么即便是在温和的节候寻欢，也会招致灾祸。所谓的节，也是明示能守的意思。如果能守，那么就是每天与佳丽周旋，也能做到精神旺健；不能守，那么即便是略加点缀，也会心动气衰，神散魂摇。由有度而渐渐修炼到能守，由能守而渐渐修炼到自然而然的境界，那就无论什么时候都可以倚翠偎红，有余暇时都可以怜香惜玉。那时就将鄙视我这本书，认为可以烧掉，而且责怪我湖上笠翁多事了。

却 病 第 五

病之起也有因，病之伏也有在[1]。绝其因而破其在，只在一字之和。俗云："家不和，被邻欺。"病有病魔，魔非善物，犹之穿窬之盗[2]，起讼构难之人也[3]。我之家室有备，怨谤不生，则彼无所施其狡猾，一有可乘之隙，则环肆奸欺而祟我矣[4]。然物必先朽而后虫生之，苟能固其根本，荣其枝叶[5]，虫虽多，其奈树何？人身所当和者，有气血、脏腑、脾胃、筋骨之种种，使必逐节调和，则头绪纷然，顾此失彼，穷终日之力，不能防一隙之疏。防病而病生，反为病魔窃笑耳。有务本之法，止在善和其心。心和则百体皆和。即有不和，心能居重驭轻，运筹帷幄[6]，而治之以法矣。否则内之不宁，外将奚视？然而和心之法，则难言之。哀不至伤，乐不至淫[7]，怒不至于欲触[8]，忧不至于欲绝。"略带三分拙，兼存一线痴；微聋与暂哑，均是寿身资。"此和心诀也。三复斯言，病其可却。

【注释】
　〔1〕病之伏也有在：是说疾病的潜伏、病根的存在有其所附着的对

象、所依凭的媒介或赖以生存的氛围、契机和条件。

〔2〕穿窬（yú）：挖墙洞，翻墙壁，指偷盗。穿，穿壁；窬，逾墙。

〔3〕起讼：挑起诉讼。构难：发难。

〔4〕环：周遍，全面。肆：无所顾忌，肆意。祟：害。

〔5〕荣其枝叶：使树木枝繁叶茂。

〔6〕运筹帷幄：决定策略，指挥作战。语出《史记·高祖本纪》。

〔7〕"哀不至伤"二句：孔子谓"《关雎》乐而不淫，哀而不伤。"见《论语·八佾》。淫，过分，失当。伤，过于哀伤。

〔8〕怒不至于欲触：谓虽然愤怒，但不至于狂怒到无法自我克制的地步。触，撞击，冲撞。

【译文】

　　疾病的发生都有其原因，疾病的潜伏都有其所在。要从根本上断绝其原因，破除其所在，只在于一个"和"字。俗话说："家不和，被邻欺。"病有病魔，病魔不是友善之物，就像破墙打洞的盗贼，挑起官司和争端的歹人。我的家室有所防备，我的家庭和睦，亲人齐心，没有内部的纷争与矛盾，那么强盗小偷就无机可乘，就是再狡猾也无计可施。如果不是这样，一旦有了可以乘虚而入的裂痕缝隙，那么环伺周围的盗贼就会肆无忌惮地逞凶狂，施奸计，来祸害我了。然而，一棵大树，一定是自身先有朽烂之处，而后虫子才会生出来危害大树。如果能够强固其根基，壮大其主干，使其枝繁叶茂，那么即使虫子很多，又能拿大树怎么样呢？人的身体系统中应当"和"的，有气血、脏腑、脾胃、筋骨等种种方面，如果一定要逐节调和，那就必然头绪纷乱，顾了这头顾不了那头，终日穷尽心力，也不能防备所有的疏漏，而一个小小的缝隙却足以毁掉整个大坝。本来用心费力是为了防病，结果身心损耗了，病却没有防住，反而被病魔暗暗取笑了。有从根本上解决问题的办法，那就是善于调和其心。心和，那全身整体及各个系统就都能调和。即便有暂时不和的，心也能够稳居重位，运筹帷幄，驾驭调停，有条不紊地处理局部问题。否则，心没有调和好，内心不宁，怎么能够抵御来自外部的威胁呢？然而和心之法，却是很难说清楚的。悲哀不至于伤心，快乐不至于过分，愤怒，不至于失控到想要撞墙的地步，忧伤不至于痛断肝肠。"略带三分拙，兼存一线痴；微聋与暂哑，均是寿身资。"这是和心的秘诀。反复咏叹品味这几句诗，大概就可以防病去疾了吧。

病未至而防之

病未至而防之者，病虽未作，而有可病之机与必病之势，先以药物投之，使其欲发不得，犹敌欲攻我，而我兵先之，预发制人者也[1]。如偶以衣薄而致寒，略为食多而伤饱，寒起畏风之渐，饱生悔食之心，此即病之机与势也[2]。急饮散风之物而使之汗，随投化积之剂而速之消。在病之自视如人事[3]，机才动而势未成，原在可行可止之界，人或止之，则竟止矣。较之戈矛已发，而兵行在途者，其势不大相径庭哉？

【注释】

〔1〕预发制人：《汉书·项籍传》："先发制人，后发制于人。"

〔2〕病之机与势：发病的契机条件和势头。

〔3〕病之自视如人事：意为，疾病的发生、预防和化解与社会危机的产生、预防和化解，其原理是相似的。

【译文】

所谓病未至而防之，指的是病虽然还没有发作，却有得病的契机条件和必定得病的趋势，这时先对症下药预防它，使疾病要发作却发作不了，就好像敌人想进攻我，我却抢占先机，先发制人一样。比如偶然因为衣裳单薄而着凉受寒，略为吃得多了点而积食伤饱，受寒着凉就渐渐有怕风的症候，积食伤饱就后悔吃得太多，这就是得病的契机和趋势。这时就要赶快饮用散风祛寒的汤药来发汗，或者立即服下除滞化积的药剂来尽快消化。想象那病魔自视也如人间的处事，有着相似的活动规律与运动机制，当机锋初发与形势未成之时，原本就处于可行与可止之间，这时人们及时服药加以阻止拦截，那么病魔也就真的因此止步不前了。这比起敌人已经发起攻击，而我方军队才行进在半路上的情况来，其形势不是大相径庭吗？

病将至而止之

病将至而止之者，病形将见而未见，病态欲支而难支^{〔1〕}，与久疾乍愈之人同一意况。此时所患者切忌猜疑。猜疑者，问其是病与否也。一作两歧之念^{〔2〕}，则治之不力，转盼而疾成矣^{〔3〕}。即使非疾，我以是疾处之，寝食戒严，务作深沟高垒之计^{〔4〕}；刀圭毕备^{〔5〕}，时为出奇制胜之谋^{〔6〕}。以全副精神，料理奸谋未遂之贼，使不得揭竿而起者^{〔7〕}，岂难行不得之数哉？

【注释】

〔1〕支：支撑，支持。

〔2〕两歧：分叉成两枝。指事物向不同方向发展或意见不能统一。

〔3〕转盼：转眼间。

〔4〕深沟高垒：深挖战壕，高筑壁垒。构筑坚固的防御工事。

〔5〕刀圭（guī）：古时量取中药的用具，形状像刀头的圭角。后也称医术为"刀圭"。

〔6〕出奇制胜：用奇计、奇兵战胜敌人。泛指用出乎意料的方法取胜。语出《孙子·兵势》。

〔7〕揭竿而起：汉贾谊《过秦论》："斩木为兵，揭竿而起。"

【译文】

所谓病将至而止之，说的是病症将要显现而还没有完全显现，病态想要遏制却又难以遏制，这和久病初愈的人是同一种情形。这个时候所当担心防范最应注意的，是切忌猜疑。猜疑，指总是问来问去是病了，还是没病。心中一旦有了猜疑、矛盾和纠结的两歧之念，一会儿这样想，一会儿那样想，茶饭不思，寝食难安，那么再好的治疗也会不得其力，效果不佳，转眼间也真成了病。即使不是病，我也当作有病那样来处置，睡觉吃饭都严阵以待，务必作深沟高垒的部署来防御；各种对症下药的手段和方法都一应俱全，随时可以实施出奇制胜的谋略。用全副精神，来料理奸谋未遂的贼人，使得他们不能揭竿而起来害人，这难道是什么不容易办到的事情吗？

病已至而退之

病已至而退之，其法维何？曰：止在一字之静。敌已深矣，恐怖何益？"剪灭此而朝食"[1]，谁不欲为？无如不可猝得[2]。宽则或可渐除，急则疾上又生疾矣。此际主持之力，不在卢医扁鹊，而全在病人[3]。何也？召疾使来者，我也，非医也。我由寒得，则当使之并力去寒；我自欲来，则当使之一心治欲。最不解者，病人延医，不肯自述病源，而只使医人按脉。药性易识，脉理难精，善用药者时有，能悉脉理而所言必中者，今世能有几人哉？徒使按脉定方，是以性命试医，而观其中用否也。

所谓主持之力不在卢医扁鹊，而全在病人者，病人之心专一，则医人之心亦专一，病者二三其词，则医人什百其径，径愈宽则药愈杂，药愈杂则病愈繁矣。昔许胤宗谓人曰："古之上医，病与脉值，惟用一物攻之。今人不谙脉理，以情度病，多其药物以幸有功，譬之猎人，不知兔之所在，广络原野以冀其获，术亦昧矣。"[4]此言多药无功，而未及其害。以予论之，药味多者不能愈疾，而反能害之。如一方十药，治风者有之，治食者有之，治痨伤虚损者亦有之。此合则彼离，彼顺则此逆，合者顺者即使相投，而离者逆者又复于中为祟矣。利害相攻，利卒不能胜害，况其多离少合，有逆无顺者哉？故延医服药，危道也。不自为政，而听命于人，又危道中之危道也。慎而又慎，其庶几乎⁽⁵⁾？

【注释】

〔1〕"剪灭此而朝食"：语出《左传·成公二年》。剪灭，消灭。

〔2〕无如：奈何，无奈。猝得：迅速取得，很快达到。

〔3〕"此际主持之力"几句：意为使疾病快速好转起主要作用的还是病人自己。

〔4〕许胤宗：唐代名医，义兴（今江苏宜兴）人。善于医治他人不能疗救的患者。事迹和所引许氏语，见《新唐书·方伎传》。上医：高明的医生。病与脉值：谓病情与病人的脉理相当。以幸有功：希望有幸产生疗效。广络：到处布下罗网。

〔5〕庶几乎：近似，差不多。这里承上文意，谓有病多吃药物，并一意听命于人，是危险的事情。只有慎重用药，单用一味，对症下药，对治病才差不多有所裨益。

【译文】

所谓病已至而退之，其方法是什么呢？我说：只在一个"静"字。敌军已经深入，恐怖害怕又有什么益处呢？《左传》里说："余姑翦灭此而朝食。"谁不想这样做呢？无奈消灭病魔是不可能猝然间就得成功的。放宽心思，那么也许可以渐渐除去病根。如果着急上火，急于求成，那么欲速则不达，可能反而会病上加病。这个时候决定性的因素，不在卢医扁鹊那样的良医，而全在病人自己。为什么呢？把病魔招来的，是我，而不是医生。如果我这病是由寒而起，那就应当让自己的身体系统全力祛寒；如果我这病是由情欲而生，那就应当让自己一心控制情欲。最让人迷惑不解的，是病人请医生来看病，却不肯自述病情根源，而只让医生搭脉。殊不知药性较容易辨识，脉理却很难精通，善于用药的医生时常会有，但能精通脉理而所言必能切中病情要害的，当今世上能有几人啊？光让医生把脉象定药方，这就等于是拿性命去试验医生，看他是不是高明。

所谓决定性的因素，不在卢医扁鹊那样的良医，而全在病人自己。意思就是指，如果病人心思能够专一，那么医生的心思也就会专一；要是病人心里疑疑惑惑，叙述病情前后出入，那么医生也就得考虑病情的多种可能，采用多种治疗思路与药物，治疗思路与方案越是宽越是多，他用药也就越是繁越是杂，用药越繁杂，病情也就越加重。唐代名医许胤宗曾经对人说："古代最高明的医生，诊病与把脉精准一致，而且只用一种药物攻治疾病。今人不熟谙脉理，以主观臆想猜度病情，多用药物以期侥幸取得疗效，譬如猎人，不知道兔子在哪里，于是就在原野上广布罗网，希望能够捕捉到它，这样的医术实在是不高明啊。"这还只是说多用药物没有疗效，而没有涉及滥用药物的危害。依我看来，用好多味药非但不能治好病，而且反而能把病人害了。比如一个方子里面有十味药，有治风的，有治食的，也有治痨伤虚损的。这味药倒是对症了，可那味药却可能与病症相悖了；那一种药对病症是和顺的，这一种药对病症却可能是违逆的。即使对症的、和顺的药与病症相投并且有效，而那些相悖的、违逆的却会在其中作祟和捣乱。利与害相攻，利终究不能胜过害，何况是有些药方中相悖的多，对症的少，甚至有些药方中只有违逆的，而没有和顺的呢？所以说，看医生吃药，本身也有一定的风险。不自己做主，却听命于人，这又是险上加险。对求医问药这件事，一定要慎之又慎，也许才差不多可以吧？

疗 病 第 六

"病不服药，如得中医。"[1] 此八字金丹[2]，救出世间几许危命！进此说于初得病时，未有不怪其迂者，必俟刀圭药石无所不投⁽³⁾，人力既穷，沉疴如故⁽⁴⁾，不得已而从事斯语。是可谓天人交迫，而使就"中医"者也。乃不攻不疗反致霍然⁽⁵⁾，始信八字金丹信乎非谬。

以予论之，天地之间只有贪生怕死之人，并无起死回生之药。"药医不死病，佛度有缘人。"旨哉斯言⁽⁶⁾！不得以谚语目之矣。然病之不能废医，犹旱之不能废祷。明知雨泽在天，匪求能致，然岂有晏然坐视⁽⁷⁾，听禾苗稼穑之焦枯者乎⁽⁸⁾？自尽其心而已矣。予善病一生，老而勿药。百草尽经尝试，几作神农后身⁽⁹⁾，然于大黄解结之外⁽¹⁰⁾，未见有呼应极灵，若此物之随试随验者也。

生平著书立言，无一不由杜撰⁽¹¹⁾，其于疗病之法亦然。每患一症，辄自考其致此之由，得其所由，然后治之以方，疗之以药。所谓方者，非方书所载之方，乃触景生情，就事论事之方也；所谓药者，非《本草》必载之药，乃随心所喜，信手拈来之药也。明知无本之言不可训世，然不妨姑妄言之，以备世人之妄听⁽¹²⁾。凡阅是编者，理有可信则存之，事有可疑则阙之，不以文害辞，不以辞害志⁽¹³⁾，是所望于读笠翁之书者。

药笼应有之物，备载方书。凡天地间一切所有，如草木金石，昆虫鱼鸟，以及人身之便溺，牛马之溲渤⁽¹⁴⁾，无一或遗。是可谓两者至备之书，百代不刊之典⁽¹⁵⁾。今试以《本草》一书高悬国门，谓有能增一疗病之物，及正一药性之讹者，予以千金。吾知轩岐复出⁽¹⁶⁾，卢扁再生〔17〕，亦惟有屏息而退，莫能觊觎者矣〔18〕。

然使不幸而遇笠翁，则千金必为所攫〔19〕。何也？药不执方，医无定格，同一病也，同一药也，尽有治彼不效，治此忽效者；彼是则此非，彼非则此是，必居一于此矣。又有病是此病，药非此药，万无可用之理，或被庸医误投，或为臧获谬取〔20〕，食之不死，反以回生者。迹是而观〔21〕，则《本草》所载诸药性，不几大谬不然乎？更有奇于此者，常见有人病入膏肓〔22〕，危在旦夕，药饵攻之不效，刀圭试之不灵，忽于无心中瞥遇一事，猛见一物，其物并非药饵，其事绝异刀圭，或为喜乐而病消，或为惊慌而疾退。"救得命活，即是良医；医得病瘥，便称良药。"由是观之，则此一物与此一事者，即为《本草》所遗，岂得谓之全备乎。

虽然，彼所载者，物性之常；我所言者，事理之变。彼之所师者人，人言如是，彼言亦如是，求其不谬则幸矣；我之所师者心，心觉其然，口亦信其然，依傍于世何为乎？究竟予言〔23〕，似创实非创也，原本于方书之一言："医者意也。〔24〕"以意为医，十验八九，但非其人不行。吾愿以拆字射覆者改卜为医〔25〕，庶几此法可行，而不为一定不移之方书所误耳。

【注释】

〔1〕"病不服药"二句：《汉书·艺文志·经方》："谚曰：'有病不治，常得中医。'"意谓如让庸医来治病，还不如不治。中医，不高明但也不太差的医生。

〔2〕金丹：古代方士炼金石为药，以求长生，谓之金丹。这里是指灵丹妙方。

〔3〕刀圭：见《病将至而止之》条注〔5〕。

〔4〕沉疴（kē）：严重而久治不愈的病。

〔5〕霍然：疾速貌。这里指疾病急速痊愈。

〔6〕旨哉斯言：这句话讲得真好啊。旨，味美，引申为赞美之词。

〔7〕晏然：安然，无动于衷。

〔8〕稼穑（sè）：这里指庄稼。

〔9〕神农：传说中古帝名。古史又称炎帝。相传他教民耕作，以兴农业，遍尝百草，创为医药，以治疾病。

〔10〕大黄：草药名。有泻火解毒，攻积导滞的功效。

〔11〕杜撰：编造，虚构。

〔12〕妄言、妄听：随便说说，随便听听。语出《庄子·齐物论》。

〔13〕"不以文害辞"二句：是说不要拘泥于局部的文句表述而误解了全篇的意思，不要局限于表层的意思而忽略了作者的本意。语出《孟子·万章上》。

〔14〕溲渤：本是"牛溲马勃"的省语，指两种至贱的中草药，车前草和屎菰，常用来比喻不值钱的东西，如用之得宜，亦自有其妙处。这里作者似指牛马的大小便。

〔15〕两者至备：是指备列天地间一切所有，包罗万象。不刊之典：不可磨灭或删改的经典。刊，改正。

〔16〕轩岐：指黄帝轩辕氏和医家始祖岐伯。传说岐伯为黄帝之佐官，造医方。因以轩岐并称，指高明的医家和医术。

〔17〕卢扁：扁鹊。扁鹊家在卢国，故称"卢扁"。

〔18〕觊觎（jìyú）：非分的希望或企图。

〔19〕攫（jué）：抓取。

〔20〕臧（zāng）获：古代对奴婢的贱称。

〔21〕迹是而观：由此看来。

〔22〕病入膏肓（huāng）：病势沉重，无法救治。语出《左传·成公十年》。古代医学上将心尖脂肪称"膏"，心脏与膈膜之间叫"肓"。

〔23〕究竟：穷极，推究到底。

〔24〕医者意也：意谓治病全靠医生的心意，要思虑精纯才能得到，这个"意"，不是用言语能讲清楚的。前《病已至而退之》条所见许胤宗就如此主张。

〔25〕拆字：也叫测字。术士让求占者任举一字，随机附会，以释吉

凶。射覆：古代一种猜物游戏。

【译文】

"病不服药，如得中医。"这八字金丹，救出过世间多少临危的性命啊！将这句话给刚刚得病时的人，没有不怪此说迂腐的。一定要等到到处求医问药，试过许多药方，尝过许多苦药，办法想尽了，钱也用光了，而沉重的病情却依然迁延不愈，才不得已照这八字箴言去做。这真可称得上是天意人情交相逼迫，才使他不得不考虑接受这一"中医"之说，停止求医问药。等到不求医不吃药，他的病情反而霍然而愈了，才相信这八字金丹确实说的没错。

依我而论，天地之间只有贪生怕死之人，而并无起死回生之药。"药医不死病，佛度有缘人。"这话说得太好了！不能看作是寻常谚语。当然，人生了病还是得治疗，不能讳疾忌医，就像大旱时不能不祈祷求雨一样。明知雨水滋润大地全凭老天爷，不是靠祈祷就能求得甘霖的，但是有谁能够无动于衷坐视不管，听任自己辛勤耕种指望着丰收的庄稼枯焦而死呢？只能竭尽心和力罢了。我一辈子多病，到老就不吃药了。百草都尝遍了，几乎成为神农后身了。然而，除了大黄能够有效消除便秘以外，再没有见到立竿见影、极其灵验，像大黄那样随试随验的药物。

我生平著书立说，没有一样不是由自身经验生发出来的，在治病方法上也是一样。每生一场病，我都要自己考察得病的原因。找到病因，然后选择配伍，拟定药方，进行治疗。我所谓的药方，不是医书上所记载的现成方子，而是我自己触景生情、就事论事开出的药方；我所谓的药，也不是《本草纲目》中必定记载的药，而是随心所喜、信手拈来的药。明知道没有得到前人经典支持的话，不可以拿来教导世人，但也不妨姑妄言之，以备世人姑妄听之。凡是读了我的书，觉得有什么可信的道理，就不妨留存着作参考；觉得哪些事由存有疑问，那就把它扔在一边好了，像孟子说的"不以文害辞，不以辞害志"，这也是对看我李笠翁之书的读者的一点期望。

药箱里应该备着的药物，医书上都有完备的记载。大凡天地之间一切所有，如草木金石、昆虫鱼鸟，乃至人的便溺和牛溲马勃等等，没有一样遗漏的。这类医书可以说是将天地之间所有可用之药包罗无遗的最完备的药书，是百代千年无可刊改的经典。如果今天试着把《本草》一书高悬国门，说凡是有谁能增加一味治病的药物，或者纠正关于某种药物药性把握上的错讹，就可以给他千金重赏。我料想即使是黄帝、岐伯复出，扁鹊再生，也惟有屏声息气，默默而退，没有谁会觊觎这份奖励。

但是假如不幸遇到我李笠翁，那么这千金之赏一定会被我夺得。为什么呢？因为用药不能拘执于现成药方，治病也没有固定不变的方法。同样的一种病，同样的一味药，尽有治那种病久不见效，治这种病却忽然很灵验的；如果那样的医方和药物是对症的，那么这样的医方和药物就是不对症的，如果那样的医方药物是不对症的，那么这样的医方药物就是对症的，二者必居其一。又有病就是这种病，而药却不是此病该用的这种药，本来万万没有可用此药的道理，或者是被庸医错用了，或者是仆人误取了，病人吃了没死，反而起死回生了。由此看来，那么《本草》一书所记载的各种药物的性能，不几乎也有大谬不然的吗？还有比这更奇怪的，常见有人已经病入膏肓，危在旦夕，服什么药物都不见效，用什么医术都不灵验。忽然无意中遇到某件事情，猛然间瞥见一样东西，而这件东西并不是药物，那件事情也同治疗毫无关系，结果却是或者因为喜悦而病情好转，或者因为惊慌而顽疾退去。"救得命活，即是良医；医得病痊，便称良药。"由此看来，那么病人所看见的这样东西，和遇到的这件事情，就是被《本草》所遗漏了的良药，怎么能够说《本草》所收药物完备无遗了呢？

虽然如此，《本草》所记载的，是药性的常态；而我上面所说的，是事理的变化。《本草》所师法的是前人，前人如此说，它也如此说，只求不出差错就是幸运了；我所师法的是心，心里觉得是如此，口中笔下也就如此说如此写，何必要依傍古人，附和世人呢？不过归根到底，我说的这一切，看似首创，实际上也并非首创，其原就本于前人医书上的一句话："医者，意也。"以意为医，十之八九会有灵验，不过这不是什么人都能做好的。我希望那些精通测字、射覆的人，由算命改行为医生，也许他们可以推行这个办法，而不会被那些一成不变的医书所贻误了。

本性酷好之药

一曰本性酷好之物可以当药。

凡人一生，必有偏嗜偏好之一物，如文王之嗜菖蒲菹[1]，曾晳之嗜羊枣[2]，刘伶之嗜酒[3]，卢仝之嗜茶[4]，权长孺之嗜爪[5]，皆癖嗜也。癖之所在，性命与通，剧病得此[6]，皆称良药。医士不明此理，必按《本草》而稽查药性，稍与症左[7]，即鸩毒视之[8]。

庚午之岁[9]，疫疬盛行[10]，一门之内，无不呻吟，而惟予独甚。时当夏五[11]，应荐杨梅，而予之嗜此，较前人之癖菖蒲、羊枣诸物，殆有甚焉，每食必过一斗。因讯妻孥曰：“此果曾入市否？”妻孥知其既有而未敢遽进[12]，使人密讯于医。医者曰：“其性极热，适与症反。无论多食，即一二枚亦可丧命。”家人识其不可，而恐予固索，遂诡词以应，谓此时未得，越数日或可致之。讵料予宅邻街，卖花售果之声时时达于户内，忽有大声疾呼而过予门者，知为杨家果也。予始穷诘家人[13]，彼以医士之言对。予曰：“碌碌巫咸[14]，彼乌知此[15]？急为购之！”及其既得，才一沁齿而满胸之郁结俱开[16]，咽入腹中则五脏皆和，四体尽适，不知前病为何物矣。家人睹此，知医言不验，亦听其食而不之禁，病遂以此得痊。

由是观之，无病不可自医，无物不可当药。但须以渐尝试，由少而多，视其可进而进之，始不以身为孤注[17]。又有因嗜此物，食之过多因而成疾者，又当别论。不得尽执以酒解醒之说，遂其势而益之。然食之既厌而成疾者，一见此物即避之如仇。不相忌而相能，即为对症之药可知已。

【注释】

〔1〕文王之嗜菖蒲菹：周文王，姓姬名昌。其子武王灭殷，建立周王朝。菖蒲，草名。生水边，有清气，亦名白菖。菹（zū），酱。这里指用菖蒲腌制而成的酱。

〔2〕曾皙之嗜羊枣：见《调饮啜第三》注〔4〕。

〔3〕刘伶之嗜酒：刘伶，西晋沛国（今安徽宿县）人，性嗜酒，著有《酒德颂》，"竹林七贤"之一。

〔4〕卢仝之嗜茶：卢仝，唐代诗人，自号玉川子，范阳（今河北涿县）人。生平嗜饮茶，其著名茶诗《走笔谢孟谏议案新茶》尽写连饮七碗清茶的快感。

〔5〕权长孺之嗜爪：权氏，唐人，性嗜食人指甲。一次酒酣，见到此物，馋涎流吻，连撮啖之，如获千金，全然不觉其秽污。事见宋顾文荐《负暄杂录·性嗜》。

〔6〕剧病：重病。

〔7〕左：相违，有出入。

〔8〕鸩（zhèn）毒：毒药。

〔9〕庚午之岁：明崇祯三年（1630）。

〔10〕疫疠（yì lì）：瘟疫。

〔11〕夏五：夏五月。

〔12〕遽：匆忙。

〔13〕穷诘（jié）：彻底地盘问。

〔14〕碌碌巫咸：平庸的巫师和医生。巫咸，传说唐尧时人，以术为帝尧之医。

〔15〕乌：哪里。

〔16〕沁（qìn）：润，渗透。

〔17〕孤注：冒险，倾其所有而为赌注。

【译文】

第一类可以拿来当药的，是病人本性中酷爱的东西。

　　大凡人的一生当中，一定会有偏嗜、偏好的一样东西。比如周文王喜欢用菖蒲腌制的酱菜，曾晳喜好羊枣，刘伶嗜酒如命，卢仝嗜茶如命，权长孺喜好啃指甲，他们都各有自己的癖好。这些癖好往往都和人的性命相关互通，重病中的人得到这些东西，都可以称得上是一味良药。可是医生不明白这个道理，一定要按照《本草》药典来稽核查考该物的药性，只要稍稍与疾病的症状有些相左，就把它们视为毒药，碰都不让病人碰一下。

　　庚午那年，瘟疫流行，全家人无不染病，痛苦呻吟，而我病得尤其厉害。当时正是夏季五月天，应该是杨梅应市的时候，而我的酷爱杨梅，比前人喜欢菖蒲、羊枣等食物，有过之而无不及，每次吃都一定要超过一斗。馋虫发动，我因此询问妻儿说："杨梅果上市了没有？"妻儿们知道市上已有杨梅，却不敢马上拿来给我吃，就让人暗地里去问医生。医生说："杨梅性极热，恰好与他的这个病相冲。不要说吃得多，就是只吃一两枚，也足可以让他送命。"家里人知道了我不能吃这东西，而又怕我坚持一定要取来吃，于是就说谎话来应付我，说这时杨梅还买不到，过几天也许就可以买到了。哪里料到我家宅子邻近街道，叫卖鲜花瓜果的声音时时传到屋里。忽然有人大声叫卖着经过我家门口，知道正是卖"杨家果"的。我开始追根究底地盘问家人，他们拿医生的话回答我。我说："那些碌碌平庸的巫师医生，哪里能够知道这里面的道理？赶快给我买来！"等到把杨梅买来以后，刚刚沾润到牙齿，我就觉得满胸的郁结全都化开散去了，等到咽进肚里，更感到五脏六腑全都调和了，四肢全身也都舒服了，简直不知先前的病是什么东西。家里人看到我奇迹般的变化，也知道医生的话不灵验，也就听任我吃杨梅，而不加禁止，于是我的病就因此得以痊愈。

　　由此来看，没有什么病是不可以自己医的，没有什么东西是不可以当药吃的。但是必须要逐步、渐进地尝试？看看可以吃再吃，一点点由少到多，这才不至于拿自己的身家性命孤注一掷。也有因为酷爱吃某样食物，吃得过多因而致病的，那又另当别论了，不能完全固守以酒解醉的说法，喝得越多，醉得越厉害，那会加重病势的。但是吃得太多而食伤成疾的，再一见到这东西就会避之若仇。可见，如果有什么食物一个人从来不会吃厌，也从来不会想到要忌口，吃了就里外浑身舒服，那便可知这食物对此人而言就是一味对症的药。

其人急需之药

二曰其人急需之物可以当药。

人无贵贱穷通，皆有激切所需之物[1]。如穷人所需者财，富人所需者官，贵人所需者升擢，老人所需者寿。皆卒急欲致之物也。惟其需之甚急，故一投辄喜，喜即病痊。如人病入膏肓，匪医可救[2]，则当疗之以此。力能致者，致之力；不能致，不妨给之以术[3]。家贫不能致财者，或向富人称贷，伪称亲友馈遗[4]，安置床头，予以可喜，此救贫之第一着也。未得官者，或急为纳粟[5]，或谬称荐举[6]；已得官者，或真谋铨补[7]，或假报量移[8]。至于老人欲得之遐年[9]，则出在星相巫医之口[10]，予千予百，何足吝哉！是皆"即以其人之道，反治其人之身[11]"者也。

虽然，疗诸病易，疗贫病难。世人忧贫而致疾，疾而不可救药者，几与恒河沙比数[12]。焉能假太仓之粟[13]，贷郭况之金[14]，是人皆予以可喜，而使之霍然尽愈哉？

【注释】
〔1〕激切：迫切，急切。

〔2〕匪：同"非"。

〔3〕绐（dài）之以术：想办法骗他。绐，骗。

〔4〕馈遗（kuì wèi）：馈赠，赠送。

〔5〕纳粟：向官府捐献粮食，以换取官爵或减免刑罚。明清时代，富家子弟向官府纳粟，可入国子监肄业，为监生。

〔6〕荐举：被举荐做官或被举应试。

〔7〕铨补：铨选补授官职。

〔8〕量移：唐宋时流放迁谪远方的人臣，遇赦酌情移近安置，称为量移。

〔9〕遐年：长寿。遐，远，长久。

〔10〕星相：星命相术。迷信者认为根据星象和相貌可以占测人事吉凶。这里指算命先生。

〔11〕"即以其人之道"二句：语出宋朱熹《四书集注》之《中庸》第十三章注。

〔12〕恒河沙：形容数量极多。见《肉食第三·鱼》注〔6〕。比数：同列，相提并论。

〔13〕太仓：古代皇都的国家粮库。

〔14〕郭况：东汉光武帝刘秀郭皇后之弟，以赏赐丰厚，京师号况家为"金穴"。

【译文】

第二类可以拿来当药的，是病人急需的东西。

人无论是贵是贱，是穷困潦倒，还是飞黄腾达，都有一些急切之中所需要的东西。比如穷人需要钱财，富人需要官位，贵人需要的是爬得更高，老人需要的是长寿。这些都是他们各自急切想要得到的东西。正因为他们需要得特别急切，所以一扔给他们，他们就会立即欢喜，一欢喜，病就痊愈了。如果哪个人病入膏肓，医生已经束手无策，放弃治疗了，那么就应当试试用这个办法来疗救他。力所能及的，就尽力去办，让病人如愿以偿；实在办不到的，就不妨耍些手段来哄哄病人。家里贫穷弄不到钱的，或者向富人借贷，就谎称是亲朋好友馈赠的，拿些钱放在病人床前，让他开心开心，这是救治贫困病人的第一高招。没得到官职的病人，或者赶快给官府捐献粮食来换取身份官职，或者假称他已经被举荐上去了，用不了多久就会被朝廷任用；已经得到官职的病人，或是当真设法为他谋取铨选补授官职的机会，或是假称他已遇赦放还，官复原职。至于老年病人想得到长寿，那么就可以从星相士、巫师医生口里说出来，许他能活一千岁，一百岁都行，这又有什么值得吝啬，舍不得说的！这些都是"即以其人之道，还治其人之身"的做法。

虽然这样，却还是疗治别的诸般病症容易，疗治贫穷的病症难啊。世上因为贫困而忧愁百结以致生病，生病后又因无钱医治而至不可救药的人，几乎可以说是恒河沙数。怎样才能借来朝廷官府粮仓里的粟米，贷来皇亲国戚、豪门富家的金钱，凡是贫病交加的人们，都让他们欢喜高兴起来，而使他们全都忽然痊愈呢？

一心钟爱之药

三曰一心钟爱之人可以当药。

人心私爱，必有所钟。常有君不得之于臣，父不得之于子，而极疏极远极不足爱之人，反为精神所注，性命以之者，即是钟情之物也。或是娇妻美妾，或为狎客娈童，或系至亲密友，思之弗得或得而弗亲，皆可以致疾。即使致疾之由非关于此，一到疾痛无聊之际，势必念及私爱之人。忽使相亲，如鱼得水，未有不耳清目明，精神陡健，若病魔之辞去者。

此数类之中，惟色为甚，少年之疾，强半犯此。父母不知，谬听医士之言，以色为戒，不知色能害人，言其常也，情堪愈疾，处其变也。人为情死，而不以情药之；岂人为饥死，而仍戒令勿食，以成首阳之志乎[1]？凡有少年子女，情窦已开，未经婚嫁而至疾，疾而不能遽瘳者⁽²⁾，惟此一物可以药之。即使病躯羸弱⁽³⁾，难使相亲，但令往来其前，使知业为我有⁽⁴⁾，亦可慰情思之大半。犹之得药弗食，但嗅其味，亦可内通腠理⁽⁵⁾，外壮筋骨，同一例也。至若闺门以外之人，致之不难，处之更易。使近卧榻，相昵相亲，非招人与共，乃赎药使尝也。

仁人孝子之养亲，严父慈母之爱子，俱不可不预蓄是方，以防其疾。

【注释】

〔1〕首阳之志：武王灭商，殷商孤竹君的两个儿子伯夷、叔齐耻食周粟，逃到首阳山，采薇而食，饿死山中。首阳，山名，今山西永济南之雷首山，传为夷、齐饿死之处。

〔2〕遽瘳：很快痊愈。

〔3〕羸（léi）弱：瘦弱。

〔4〕业：已经。

〔5〕腠（còu）理：中医指皮下肌肉之间的空隙和皮肤的纹理。

【译文】

第三类可以拿来当药的，是病人一心钟爱的人。

一个人对自己内心深处所眷恋、所爱慕着的人，一定是情有所钟，一往而深。常常有做君王的不待见大臣，做父亲的不待见儿子，而某个关系极疏极远，似乎很不值得关爱的人，反而成为他全副精神所倾注，甚至可以把性命交给对方的，那个人就是他所钟情的对象。或者为娇妻美妾，或者为狎客娈童，或者为至亲密友。思念着却见不到面，或是见到了却无法亲近，这些都可能招致疾患。即便疾病产生的缘由并不一定和这人有关，但是一到疾病痛苦难耐，或百无聊赖之际，势必想念自己心爱的人。假使这时忽然让他们相见相亲，如鱼得水，那么病人就没有不耳清目明，精神陡然间健旺起来，就像病魔离他而去一般。

这几类人人中，惟有女色最厉害，也最有效。少年人的病，多半都犯在这上头。父母双亲不知道情况，错误地听信了医生的话，以女色为戒，严防死守，却不知色能害人，是说平常的情况，而两情相悦，可以使疾病痊愈，是适应和处理病患变故的情况。人都将要为情为爱而死了，却还不用情用爱去救治他；这岂不像人都将要饿死了，却仍然戒令他不要进食，难道是让他像伯夷、叔齐一样活活饿死以全其节吗？凡是那些少男少女，情窦已开，还没来得结婚出嫁，而因爱情相思以致疾病，得病后又不能很快治好的，只有这一样可以治好他们的病。即便是病人身体虚弱，难以让他们相亲，只要让其所钟爱的人往来于床前，让其知道所爱的人已为我所有，也可以安慰其大半情思。这就像得药不吃，只要闻闻药的味道，也可以内通气脉，外壮筋骨，是一样的道理。至于像闺门以外的那些人，想找来并不难，让他与病人相处也更加容易。让病人喜欢的人凑近卧榻，相昵相亲，这不是叫人来陪他，而是买药来给他尝啊。

仁人孝子奉养双亲，严父慈母爱护子女，都不可以不预先存好我这个药方，以防备这样的疾病。

一生未见之药

四曰一生未见之物可以当药。

欲得未得之物，是人皆有，如文士之于异书，武人之于宝剑，醉翁之于名酒，佳人之于美饰，是皆一往情深，不辞困顿而欲与相俱者也。多方觅得而使之一见，又复艰难其势而后出之，此驾驭病人之术也。然必既得而后留难之，许而不能卒与，是益其疾矣。所谓异书者，不必微言秘籍[1]，搜藏破壁而后得之[2]，凡属新编，未经目睹者，即是异书，如陈琳之檄[3]，枚乘之文[4]，皆前人已试之药也。须知奇文通神，鬼魅遇之无有不辟者。

而予所谓文人，亦不必定指才士，凡系识字之人，即可以书当药。传奇野史，最祛病魔，倩人读之，与诵咒辟邪无异也⁽⁵⁾。他可类推，勿拘一辙⁽⁶⁾。富人以珍宝为异物，贫家以罗绮为异物，猎山之民见海错而称奇⁽⁷⁾，穴处之家人巢居而赞异⁽⁸⁾。物无美恶，希觏为珍⁽⁹⁾；妇少妍媸，乍亲必美。昔未睹而今始睹，一钱所购，足抵千金。如必俟希世之珍，是索此辈于枯鱼之肆矣⁽¹⁰⁾。

【注释】

〔1〕微言：精微之言。秘籍：珍贵罕见的书籍。

〔2〕破壁：毁坏了的墙壁。相传在汉武帝时曾于孔子故宅破壁中发现《尚书》、《礼》、《论语》、《孝经》等古文经书。

〔3〕陈琳之檄：陈琳，字孔璋，广陵（今江苏扬州）人，"建安七子"之一。檄，指琳为袁绍作声讨曹操的《为袁绍檄豫州》一文。传说曹操头痛病发，卧读琳所草书檄，翕然而起，头痛立时痊愈。

〔4〕枚乘之文：指西汉辞赋家枚乘《七发》。《七发》，假托楚太子有疾，吴客向其渲染铺排音乐、饮食、车马、游观、田猎、观涛和论道七事，使楚太子大受感发，为之汗出，其疾霍然而愈。

〔5〕诵咒：朗诵咒语。辟邪：施展法术，辟除邪祟。

〔6〕一辙：一种方法。

〔7〕猎山之民：山中猎户。海错：海中出产的各种珍异海味。

〔8〕穴处之家：居住在洞穴之中的人家。巢居：原始时代人无房舍，栖于树上，称巢居。

〔9〕希觏（gòu）：罕见，少见。觏，遇见。

〔10〕枯鱼之肆：卖干鱼的铺子。语出《庄子·外物》。

【译文】

第四类可以拿来当药的，是病人一生未见的东西。

每个人都会有想得到而没有得到的东西，例如文人之于异书，武士之于宝剑，醉翁之于名酒，美女之于漂亮的饰物，这些都是他们一往情深，不辞困顿苦累也要得到它们随身相伴的。想方设法寻得这些东西，让他见上一面，而且还要摆出一副极其艰难得来不易的架势，然后才拿出来给他过目，这是驾驭病人的手段。然而一定要在已经得到之后才可以迟留为难他，假如许下承诺而最终却不能兑现，给不了他最想得到的，这就会加重他的病情。这里所谓的异书，不一定是指那些阐述微言大义的珍本秘籍，搜求于秘藏，破墙毁壁之后得到的孤本奇书，古籍也好，新编也罢，凡属未经目睹过的，就是奇书异书。例如陈琳所作讨伐曹操的檄文，枚乘的《七发》赋文，都是前人已经试过的药。要知道奇文异书通于神明，鬼魅遇上它没有不躲藏避开的。而我所谓的文人，也不必定指才子，凡是认识字的人，都可以拿书当药。传奇野史之类，最祛病魔，请人读给病人听，和念诵咒语辟除妖邪没有两样。其他也可以此类推，不要拘泥于一格。富人以珍宝为奇异之物，贫家把绫罗绸缎当作稀罕物件，山里的猎人见到海鲜而啧啧称奇，居住在窑洞里的人偶然走进吊楼也会称奇赞异。事物不论好坏，难得见到就珍稀可贵；女子不论美丑，初次亲近都是美人。以前想见而没有见过的，今天才好不容易看到了，即便是一文钱就能买到的东西，也足以与千金相抵。如果一定要等到稀世珍宝，那病人就像庄子笔下所写的只能索之于枯鱼之肆的鲋鱼一样，等不到被拯救的时候了。

平时契慕之药

五曰平时契慕之人可以当药[1]。

凡人有生平向往，未经谋面者，如其惠然肯来，以此当药，其为效也更捷。昔人传韩非书至秦，秦王见之曰：“寡人得见此人与之游，死不恨矣！”[2] 汉武帝读相如《子虚赋》而善之曰：“朕独不得与此人同时哉！”[3] 晋时宋纤有远操，沉静不与世交，隐居酒泉，不应辟命。太守杨宣慕之，画其像于阁上，出入视之[4]。是秦王之于韩非，武帝之于相如，杨宣之于宋纤，可谓心神毕射⁽⁵⁾，寤寐相求者矣。使当秦王、汉帝、杨宣卧疾之日，忽致三人于榻前，则其霍然起舞，执手为欢，不知疾之所从去者，有不待事毕而知之矣。凡此皆言秉彝至好出自中心⁽⁶⁾，故能愉快若此。其因人赞美而随声附和者不与焉。

【注释】

〔1〕契慕：爱慕。

〔2〕"昔人传韩非书至秦"数语：见《史记·老子韩非列传》。

〔3〕"汉武帝读相如《子虚赋》"数语：见《史记·司马相如列传》。

〔4〕"宋纤有远操"数句：见《晋书·隐逸·宋纤传》。

〔5〕心神毕射：指全身心地仰慕、思念。

〔6〕秉彝：执守常道。语出《诗经·大雅·烝民》："民之秉彝，好是懿德。"

【译文】

第五类可以拿来当药的，是病人平时契慕的人。

凡是病人有生平向往企慕，却从未谋面的人，如果那人肯惠顾前来，就可以把此人当作给病人治疗的药，效果更为快捷。过去人们传说韩非的著作传到秦国，秦王看了这本书，说："寡人如果能够见到这个人，与他交游，死了也没有遗憾了！"汉武帝读了司马相如的《子虚赋》，非常赞赏，说："朕怎么独独不能与此人同时呢！"晋朝人宋纤有高远的德操与品行，性情沉静，不与世人交往，隐居在酒泉，不响应朝廷征召的命令。太守杨宣倾慕他，画了他的像挂在阁上，进出时都注视他。如此则秦王之于韩非，汉武帝之于司马相如，杨宣之于宋纤，可以说是全身心地眷注企慕，心意精神相契相通，心心念念，日思夜想，亟盼得以一见。假使当秦王、汉武帝、杨宣卧病在床的时候，忽然请到这三位来到病榻前，那么病人就会霍然起舞，握手言欢，浑然不知病魔从何而来，又怎样消失，乃至去往何处，这是用不着等到完事之后就可以知道的了。所有这些都是说的秉持常情至理，发自内心地好尚倾慕，所以能够如此愉快。那些只是因为人家赞美而人云亦云、随声附和的，就不属于这种情况。

素常乐为之药

六曰素常乐为之事可以当药。

病人忌劳，理之常也。然有"乐此不疲"一说作转语[1]，则劳之适以逸之，亦非拘士所能知耳[2]。予一生疗病，全用是方，无疾不试，无试不验，徒痈浣肠之奇[3]，不是过也。

予生无他癖，惟好著书，忧藉以消，怒藉以释，牢骚不平之气藉以铲除。因思诸疾之萌蘖[4]，无不始于七情，我有治情理性之药，彼乌能祟我哉！故于伏枕呻吟之初，即作开卷第一义[5]。能起能坐，则落毫端，不则但存腹稿。迨沉疴将起之日，即新编告竣之时。一生剞劂[6]，孰使为之？强半出造化小儿之手。此我辈文人之药，"止堪自怡悦，不堪持赠君"者[7]。而天下之人，莫不有乐为之一事，或耽诗癖酒，或慕乐嗜棋，听其欲为，莫加禁止，亦是调理病人之一法。

总之御疾之道[8]，贵在能忘；切切在心，则我为疾用，而死生听之矣。知其力乏，而故授以事，非扰之使困，乃迫之使忘也。

【注释】

〔1〕乐此不疲：喜欢的事，做起来不会觉得疲倦。语出《后汉书·光武帝纪下》。

〔2〕拘士：拘泥古板的人。

〔3〕徙痏：将脓疮挑破，使脓血流出。徙，迁移。痏，毒疮。浣，洗涤。

〔4〕萌蘖（niè）：旁出的芽。蘖，树木被砍伐后重生的枝条。

〔5〕第一义：佛教指最上、最深的妙理。这里指开始进行构思。

〔6〕剞劂（jī jué）：雕版，刻书。这里指著书笔耕。

〔7〕"止堪自怡悦"二句：为梁陶弘景《诏问山中何所有赋诗以答》诗句。前两句是："山中何所有？岭上多白云。"

〔8〕御疾：治病，控制病情。

【译文】

第六类可以拿来当药的，是病人素常乐意去做的事情。

病人忌怕劳累，这是常理。然而，反过来又有"乐此不疲"的说法，让病人做他喜欢做的事情，适度劳累一点，反而可以使他感到安逸快乐，而对缓解病情去除病根有益，这不是拘谨古板的人能够懂的。我一生治病，都用这个药方，无病不试，无试不验，哪怕是剜疮洗肠的奇术，也比不过这个方法。

我生来没有别的癖好，就喜欢著书，忧愁借此得以消解，愤怒借此得以缓释，牢骚不平之气借此得以铲除。因而想到各种疾病的萌芽与发生，无不起始于七情六欲，我有治情理性的药，它怎么能祸害我呢？所以我每次都在疾病初起刚刚伏枕呻吟时，就开始构思一本书的开卷发端与主旨要义。如果病情好转，能起能坐，就用笔写下来，否则就在心里打腹稿存着。等到我大病即将痊愈之日，也就是我的新书宣告完工之时。我一生撰写刊刻著作，是谁让我写的？大半出于造化小儿之手。著书立说，就是我辈文人治病的药，是如南朝陶弘景所谓"止堪自怡悦，不堪持赠君"的那一类。而天下之人，无不有自己特别乐意去做的一件事，或耽于吟诗，或嗜酒如命，或沉迷音乐，或醉心弈棋。听任他们去做自己想做的事，不要加以禁止，这也是调理病人的一个办法。

总之，对付和控制疾病的原则，是贵在能忘了它，放下它；假如切切在意，思虑忧心，那就会被病魔所控制，而等于将生死听任它安排了。知道病人神疲力乏，却故意让他做点事，这不是烦扰他，使他更疲累，而是要逼迫他忘掉自己的病，放下它。

生平痛恶之药

七曰生平痛恶之物与切齿之人，忽而去之，亦可当药。

人有偏好，即有偏恶。偏好者致之，既可已疾。岂偏恶者辟之使去，逐之使远，独不可当沉疴之"七发"乎[1]？无病之人，目中不能容屑[2]，去一可憎之物，如拔眼内之钉。病中睹此，其为累也更甚。故凡遇病人在床，必先计其所仇者何人，憎而欲去者何物，人之来也屏之[3]，物之存也去之。或诈言所仇之人灾伤病故，暂快一时之心，以缓须臾之死，或竟不死也亦未可知。刲股救亲[4]，未必能活；割仇家之肉以食亲，锢疾未有不起者[5]。仇家之肉，岂有异味可尝而怪色奇形之可辨乎？暂欺以方，亦未尝不可。此则充类至义之尽也[6]。愈疾之法，岂必尽然，得其意而已矣。

以上诸药，创自笠翁，当呼为《笠翁本草》。其余疗病之药及攻疾之方，效而可用者尽多。但医士能言，方书可考，载之将不胜载。悉留本等之事，以归分内之人，俎不越庖[7]，非言其可废也。总之，此一书者，事所应有，不得不有；言所当无，不敢不无。"绝无仅有"之号，则不敢居；"虽有若无"之名，亦不任受。殆亦可存而不必尽废者也。

【注释】
〔1〕七发：参见《一生未见之药》条注〔4〕。
〔2〕目中不能容屑：犹言眼中容不下沙子，疾恶如仇之意。

〔3〕屏：挡驾，拒斥。

〔4〕刲（kuī）股救亲：割股疗亲，是古代崇扬的一种愚孝行为。刲股，割下自己大腿上的肉。

〔5〕锢疾：即痼疾，经久难治的疾病。

〔6〕充类至义之尽也：依类而推论到终极。语出《孟子·万章下》。

〔7〕俎（zǔ）不越庖（páo）：尸祝不超越自己的职责范围去帮厨师烧饭。语本《庄子·逍遥游》。俎，古代祭祀时放祭品的几案。庖，庖人，厨师。

【译文】

第七类可以拿来当药的，是病人生平极其憎恶的东西和切齿痛恨的人，忽然间摒除或者消失，那也可以当药。

人既有偏好，也就会有偏恶。他所偏爱的东西，设法弄来，就可以治病。那么，难道把他特别讨厌的东西抛开驱走，离得远远的，就不能当作像枚乘《七发》所写到的能起沉疴使大病之人霍然而愈的灵丹妙药吗？没病的人，尚且眼里容不得沙子，除去一件可憎的东西，就像拔掉了眼中钉肉中刺那样痛快。那么，病中之人看见这类极其憎恶的东西和切齿痛恨的人，所受到的祸害会更加严重。所以凡是遇到有人卧病床榻，必须先考虑一下他仇恨的是何人，憎恶得必欲去之而后快的是何物，此人若来时，就挡驾拒绝他来见，此物如果还在，就赶快把它处理掉。或者诈称他所仇恨的人遇上灾祸，受了伤，得了病，甚至说他已经亡故，暂时让病人高兴一下，以缓解可能很快就要到来的死亡的危险，病人也许因此竟然没有死也未可知。割下自己腿上的肉，去疗救亲人，也未必就能活；但割下仇家的肉，让亲人吃，顽疾重病没有不见起色的。仇家的肉，岂有特别的气味可以闻出来？有什么奇怪特殊的颜色和形状可以辨认识别吗？不过是临时骗一下病人，也未尝不可。这是为了救人而根据类似原理推想出来的极端做法。治病救人的方法，因人而异，因病而施，哪里必须全都如此？把握住主旨，得其大意罢了。

以上各种药，都是我笠翁创意的，应当称之为《笠翁本草》。其余疗病的药和治疾的方，有效可用的还有很多。但有些药方、药物和治疗方法，医生们能够言说的，方剂著作中也可以查考的，如果我都记载下来，那将会记不胜记。我还是把这些与医者业内本职相关的事宜，全都留给分内该做的人去做吧。我不能越俎代庖，也不能包罗无遗，许多我没有提到的内容，不是不重要，更不是意味着可以废掉。总而言之，我这本书，按事理所当有的内容，我不得不详加阐述；照道理不该我说的内容，我也不敢不予以省略。"绝无仅有"的称号，我不敢忝然冒领；而"虽有若无"的名目，我也不会接受。大概也算是可以存留，而不必尽废的书吧。

附录

李 渔 传 一[1]

李渔，字笠翁，下李人。童时以五经受知学使者，补博士弟子员。已而游四方。居杭州湖上，自喜家与山水为邻，因号"湖上笠翁"。晚年作《归故乡赋》有云："采兰纫佩兮，观瀫引觞。"盖以此为终焉之志也。负才子名，所作率胸臆，构巧思。最著者词曲，旁及窗牖、床榻、服饰、器具、饮食各制度，悉出新意，故倾动一时。生平著述，汇为一编若干卷。见《金华诗录》。

【注释】

〔1〕《浙江省兰溪县志》卷十三上《人物志》，《中国方志丛书·华中地方·第五一八号》据清张许等修，陈风举等纂清嘉庆五年刊本影印，成文出版社有限公司印行。

李 渔 传 二[1]

李渔，字谪凡，邑之下李人。童时以五经受知学使者，补博士弟子员。少壮，擅诗古文词，著有才子称。好遨游，自白门移居杭州西湖上，自喜结邻山水，因号

"湖上笠翁"。题室楹云："繁冗驱人，旧业尽抛尘市里；湖山招我，全家移入画图中。"性极巧，凡窗牖、床榻、服饰、器具、饮食诸制度，悉出新意。人见之，莫不喜悦，故倾动一时。所交多名流才望，即妇孺亦皆知有李笠翁。晚年思归，作《归故乡赋》，有云："采兰纫佩兮，观瀫引舻。"盖于此有终焉之志也。生平著述，汇为一编，名曰《一家言》。又辑《资治新书》若干卷，其简首有"慎狱刍言"、"祥刑末议"数则，为渔所自撰，皆蔼然仁者之言。作诗文甚敏捷，求之可立待以去，而率意构思，不必尽准于古。最著者词曲，其意中亦无所谓高则诚、王实甫也。有十种曲盛行于世。当时李卓吾、陈仲醇名最噪，得笠翁为三矣。论者谓近雅则仲醇庶几，谐俗则笠翁为甚云。昔渔尝于下李村间凿沟引水环绕里址，自今大得其水利。

【注释】

〔1〕《光绪兰溪县志》卷五《文学》，《中国地方志集成》浙江府县志辑　据光绪十五年（1899）刻本影印。

中国古代名著全本译注丛书

周易译注	列子译注
尚书译注	孙子译注
诗经译注	鬼谷子译注
周礼译注	六韬·三略译注
仪礼译注	管子译注
礼记译注	韩非子译注
大戴礼记译注	墨子译注
左传译注	尸子译注
春秋公羊传译注	淮南子译注
春秋穀梁传译注	齐民要术译注
论语译注	金匮要略译注
孟子译注	食疗本草译注
孝经译注	救荒本草译注
尔雅译注	饮膳正要译注
考工记译注	洗冤集录译注
	周髀算经译注
国语译注	九章算术译注
战国策译注	茶经译注（外三种）修订本
贞观政要译注	酒经译注
晏子春秋译注	天工开物译注
	人物志译注
孔子家语译注	颜氏家训译注
荀子译注	梦溪笔谈译注
中说译注	世说新语译注
老子译注	闲情偶寄译注
庄子译注	山海经译注